THÈSES

DE LITTÉRATURE

TYPOGRAPHIE DE CH. LAHURE
Imprimeur du Sénat et de la Cour de Cassation
rue de Vaugirard, 9

THÈSES

DE LITTÉRATURE

PAR B. JULLIEN

DOCTEUR ÈS LETTRES, LICENCIÉ ÈS SCIENCES

PARIS

LIBRAIRIE DE L. HACHETTE ET Cie

RUE PIERRE-SARRAZIN, N° 14

(Près de l'École de médecine)

—

1856

PRÉFACE.

Les *Thèses de grammaire*, publiées au commencement de l'année dernière, avaient pour complément naturel les *Thèses de littérature*, que je donne aujourd'hui. Il est bien difficile, en effet, que celui qui porte un esprit de doute et d'examen sur une science, n'en fasse pas autant sur les autres ; et pour moi, que la littérature intéressait et occupait longtemps avant la grammaire philosophique, j'avais, dès mes premières années, pour ainsi dire, examiné librement, souvent contesté, quelquefois rejeté les opinions reçues, les jugements admis, les règles formulées par nos maîtres. La date de quelques-unes des pièces ici réunies, prouvera que cette liberté d'examen remonte chez moi presque aussi haut que mes souvenirs, et que si l'on trouve dans mon livre des propositions nouvelles, elles sont loin d'être improvisées ou irréfléchies.

Les lecteurs croiront peut-être, à la vue de ces lignes, qu'ils ont affaire à l'un de ceux qu'on désignait, il y a trente ans, sous le nom de *Romantiques*. Ce serait une erreur contre laquelle je ne saurais assez protester. Mon livre d'ailleurs ne tarderait pas à la détruire, quoique je n'y fasse à peu près aucune allusion à cette querelle autrefois brûlante. Mon silence à ce sujet vient de ce qu'elle m'a toujours semblé n'être fondée que sur un malentendu. Les romantiques de bon sens pensaient comme les vrais classiques, qu'on devait tendre à la perfection de la composition et du style, que par là seulement on lutterait avec avantage contre les grands génies des siècles passés. Les classiques éclairés de leur côté ne croyaient pas plus que les romantiques qu'on dût se traîner sur les pas des anciens, ne faire que ce qu'ils avaient fait, n'imaginer rien de nouveau. A ce point les deux doctrines, bien loin d'être opposées ou inconciliables, se réduisent au contraire à une seule ; et parce qu'elles se trouvaient à la fois chez les mêmes hommes, elles ne devaient pas les faire désigner par des noms différents. Il a fallu, pour avoir un sujet de querelle et occuper le public, prendre d'un côté les romantiques extravagants, de l'autre les classiques encroûtés [1]. Ceux-ci regardaient comme abominable toute tentative pour sortir des routes battues ; ceux-là croyaient qu'il suffisait pour réussir de s'abandonner à son génie, ou plutôt à son caprice, de rejeter toutes les règles, même celles de la syntaxe, et surtout de faire vite, c'est-à-dire de gâcher son travail. L'oubli où sont tombés les ouvrages des uns et des autres prouve que leurs théories étaient également erronées.

L'histoire nous montre, en effet, chez les hommes qui ont brillé dans la littérature, tout autre chose que des systèmes préconçus ou formulés absolument comme ceux que je rappelle. Elle nous fait voir

1. Voyez sur ce point notre *Histoire de la poésie française à l'époque impériale*, t. I, p. 14 et 15, dans le discours préliminaire.

a

dans les diverses parties des arts un progrès réel, dont, après certaines époques, on peut suivre la trace, déterminer, classer et nommer les résultats, si bien que ce qui fut d'abord la découverte des grands génies, tombe un jour dans le domaine commun, et devient insuffisant pour intéresser ou charmer les lecteurs. Il faut alors, si l'on veut faire œuvre qui dure, non pas renoncer aux mérites anciens, mais y en ajouter de nouveaux, et c'est là le fait des grands poëtes ou des grands écrivains aux différents âges. Cette vérité établie historiquement dans nos deux premières thèses, se reproduira sous des formes plus dogmatiques dans les pièces suivantes : elle présentera sous un jour que je crois nouveau, l'ancienne querelle des anciens et des modernes, dont celle des classiques et des romantiques n'était, à vrai dire, qu'un épisode, et modifiera beaucoup, du moins je l'espère, l'idée qu'on s'en est faite jusqu'ici, et que nos professeurs nous ont transmise.

Je ne dissimulerai pas que la forme tantôt dialoguée, tantôt dramatique, sous laquelle j'ai mis aussi bien dans mes *Thèses de grammaire* que dans mes *Études sur quelques points des sciences dans l'antiquité*, quelques-unes des doctrines que je tâchais d'établir, n'a pas eu l'approbation de tout le monde. Plusieurs personnes ont regardé comme puéril et même comme *impatientant*, le petit drame dans lequel j'enveloppais mon sujet ; il est bon toutefois d'ajouter que cette forme blâmée par quelques-uns est justement ce dont d'autres critiques, en assez grand nombre, m'ont le plus loué, ce qui m'a confirmé dans l'habitude que j'ai prise depuis longtemps de ne jamais disputer des goûts avec qui que ce soit.

Je crois cependant pouvoir dire, au point de vue, non pas du plaisir qu'on éprouve, mais de l'intelligence de la doctrine, que la forme critiquée ici, est beaucoup moins indifférente au fond des choses que quelques érudits ne le supposent. J'avoue que pour ce qui forme une science entière, ou même, parmi les simples branches ou sections des sciences, pour ce qui comprend une grande quantité de vérités particulières, la meilleure route à prendre est, sans comparaison, l'exposition directe et bien ordonnée dans la forme rigoureusement dogmatique, c'est-à-dire un traité proprement dit.

Il n'en est pas de même quand c'est une idée seulement qu'il s'agit de faire entrer dans l'entendement, autrement dit, lorsque la difficulté d'une théorie gît tout entière dans la façon de concevoir la chose. On ne saurait imaginer combien certains esprits, fort développés et richement doués d'ailleurs, sont rebelles à cette abstraction même qui fait le sujet de la thèse : la rapidité de conception, et la ténacité de mémoire dont ils se félicitent avec raison dans leurs études habituelles, loin d'être alors un avantage, est au contraire un danger, presque un péril : il ont glissé là-dessus sans rien comprendre au point précis que l'on discute. La forme du dialogue ou du conte a le mérite de leur présenter la même idée sous beaucoup de faces, de montrer en vingt façons comment elle est bien, et comment elle est mal saisie ; et malgré cela, ils n'arrivent pas toujours à la concevoir pleinement. Que serait-ce si l'auteur ordonnait son exposition et serrait ses raisonnements comme on le fait dans un traité où rien n'est douteux, ni la suite des idées, ni le genre de la démonstration, ni surtout le point de départ. C'est là ce qui a, chez les anciens comme chez nous, recommandé la forme du dialogue dans Platon ou Cicéron, celle du dialogue des morts dans Lucien ou Fontenelle, celle du conte enfin dans Voltaire. Là quoique le fond ait assurément une grande valeur, et qu'on puisse par la pensée le séparer de la forme, je ne crains pas d'affirmer que celle-ci contribue beaucoup au mérite des œuvres; qu'elle y est en un mot aussi bien placée qu'elle le serait mal s'il s'agissait d'enseigner complétement l'éloquence, la morale ou la métaphysique.

J'annonce clairement, en parlant ainsi, qu'on trouvera dans ce volume plusieurs points traités encore sous une forme non dogmatique; j'avertis que je n'ai pas seulement désiré par là répandre plus d'agrément sur mon travail (en quoi j'aurais fort bien pu me tromper); j'ai surtout voulu rendre plus précise et plus complète la connaissance du sujet sur lequel j'élevais des doutes, et plus assurée la conclusion à laquelle je m'arrêtais.

Je ne finirai pas cette préface sans ajouter deux observations importantes. La première se rapporte au caractère d'une ou deux de ces thèses. Le livre n'est pas fait pour des adolescents, mais bien pour des hommes dans la force de l'âge, ou sortis depuis longtemps du collége. Or, les questions littéraires sont profondément liées aux mœurs et aux coutumes des diverses époques : il y a donc, particulièrement lorsqu'il s'agit de l'antiquité, mille détails que l'érudit ou le critique doit connaître, dont le livre même peut exiger le rappel en un endroit donné, et qu'il importe pourtant d'écarter des mains ou des yeux de l'adolescence : c'est une raison pour que les hommes qui prendront intérêt aux questions traitées ici, ne laissent lire à leurs enfants ou aux écoliers, que celles où rien ne serait de nature à leur donner des idées fâcheuses.

La seconde observation est relative aux auteurs critiqués ici, dont quelques-uns sont aujourd'hui dans l'infortune ou même dans l'exil. Les pièces où il est question d'eux sont toutes antérieures aux événements qui les ont frappés; et s'il s'était trouvé dans mes jugements quelque chose qui y fit la moindre allusion, qui touchât à l'un de leurs actes ou à leur caractère, je les aurais sévèrement exclus. Mais il ne s'agit que de littérature proprement dite; il n'y avait donc aucune raison d'écarter leurs noms de ces thèses; et je les ai laissés subsister, ne pensant pas que ce qui n'est, au fond, qu'une différence d'opinion sur des questions d'agrément et de goût, pût leur être jamais pénible.

ERRATA.

Page 5, ligne 28 : le poéme épique, *lisez* les poëmes épiques.
   9,   1 : Phérécyde de Scyros. *lisez* de Syros.
   24,   4 et 5 : parce que nous en avons, *lisez* par ce que nous
              avons.
   37.   2 : *retranchez* peut-être.
   44,   18 : voyez aussi. *lisez* voyez.
   97,   5 : pièces recueillies. *lisez* chansons recueillies.
   116. 14 : on mit. *lisez* on suit.
   152, 18 : au-dessus, *lisez* au-dessous.
   165. 19 : ce ton poétique. *lisez* ce bon poétique.
   182, 14 : en sa fureur, *lisez* en sa faveur.
   183. 26 : est justement, *lisez* est précisément.
   197, 5 en remontant : l'*Atlantide*, *lisez* l'*Atlantiade*.
   215, 19 : s'il n'y a. *lisez* s'il y a.
   220, 5 : les intérêts des humains. *lisez* les intérêts humains.
   258, 31 : des conditions. *lisez* les conditions.
   269, 6 : sur ce sujet. *lisez* sur ce point.
   284, 15 : *ôtez la virgule après* assertion.
   301. 25 : *ôtez la virgule après* sa vue.
   334, 3 : M. V. Hugo. *lisez* M. Hugo.
   355, 3 : *ôtez le trait qui commence la ligne.*
   368, 10 : ses faussetés. *lisez* ces faussetés.
   369, 22 : voulions, *lisez* veuillions.
   416, 2 en remontant : une pensée, *lisez* ma pensée.
   425. 24 : disions. *lisez* disons.
   427. 19 : recuilli, *lisez* recueilli.
   431. 22 : de beau. *lisez* du beau.
   433. 22 : ains. *lisez* ainsi.
   Ibid., 33 : *mettez un trait d'union après* mem.
   448. 7 et 8 : cours ou *lycée*. *lisez* cours du Lycée.
   465. 6 : *mettez un point-virgule* (;) *après* présente.

COUP D'OEIL

SUR L'HISTOIRE

DES GENRES LITTÉRAIRES[1].

Les orateurs, les écrivains, les poëtes ont fait leurs ouvrages longtemps avant qu'on s'avisât de les classer, ou même de leur assigner une dénomination spéciale. Ensuite vinrent des savants curieux de ces diverses œuvres, qui remarquant entre elles soit des ressemblances, soit des différences dans le fond ou dans la forme, mirent ensemble celles qui paraissaient analogues, et inventèrent pour cha-

1. Dans cet exposé écrit en 1846, revu et complété depuis, je reprends la thèse soutenue par Perrault dans son *Parallèle des anciens et des modernes*, que les arts en général se perfectionnent avec le temps et augmentent sans cesse leurs moyens et leurs ressources. Je prends seulement la question d'un autre biais, je tâche de la circonscrire plus exactement, et surtout la manière dont je la traite n'a rien de commun avec celle de l'antagoniste de Boileau. Je remarquerai seulement ici que la supériorité du génie et du style chez celui-ci, a singulièrement offusqué nos esprits. Elle nous a même fait oublier la question, ou l'a déplacée. Nous lisons très-légèrement en France, nous acceptons les jugements tout faits, et n'appelons pas des arrêts de nos grands auteurs. La vérité est pourtant que le *Parallèle* est, quant au fond, un excellent ouvrage, dont la pensée fondamentale n'est pas exposée par Boileau, comme le lui a souvent reproché son éditeur Saint Marc; que ce qui est soutenu par Perrault, est, sauf l'exagération que comporte le dialogue, parfaitement vrai et raisonnable; et qu'il n'y aura guère dans la thèse ci-dessous qu'une autre manière de voir et de présenter les mêmes choses.

1

cune des classes ainsi formées, un nom générique qui en
rappelait à la fois la nature et les qualités distinctives.

Ce travail de critique et de classification se fit sans doute
assez tard et, surtout dans l'origine, un peu au hasard; il
ne prit une forme précise que quand les arts s'étant suffisamment développés dans la Grèce, on y jouit en même
temps d'assez d'aisance et de repos pour se livrer sans danger aux plaisirs de l'esprit et à l'étude qu'ils exigent.

Il s'opéra donc dans les habitudes, le langage, la conversation du peuple, un travail préparatoire, antérieur à tout
ouvrage écrit sur la matière, et par lequel on s'entendait
assez bien sur la nature des œuvres qu'on apprenait à nommer. Ce travail, important sans doute, mais intérieur et
caché, n'a guère laissé de traces que dans la langue même.
Toutefois on peut encore, d'après ces légers indices, se
représenter avec une grande vraisemblance, comme nous
le ferons tout à l'heure, le mouvement de l'esprit humain à
cette époque reculée.

Dans tous les cas, c'est là le début de la science appelée
aujourd'hui *littérature*, science qui classe, caractérise et
permet de juger avec intelligence les ouvrages en prose ou
en vers, mais qu'il ne faut pas confondre avec ces ouvrages
mêmes, comme on le fait trop souvent dans le monde. En
effet, quand, sous le nom de *littérature* d'un pays, on comprend tous les ouvrages écrits dans la langue de ce pays, par
la *littérature grecque*, la *littérature latine* on entend l'ensemble des ouvrages grecs ou latins qui nous restent; et la
grandeur ou la beauté de la littérature, prise dans ce sens,
consiste précisément dans le nombre ou la perfection de
ceux qui y entrent.

La *littérature* conçue en général et comme science abstraite n'est pas cela : c'est une collection bien ordonnée de
définitions, de règles, et s'il se peut d'exemples. Sa grandeur lui vient du nombre d'objets divers qu'elle peut em-

brasser; sa perfection, de l'exactitude de ses divisions, de la
clarté de ses définitions, du nombre, de la vérité, de la fécondité de ses principes. Elle peut faire des progrès, tandis
que les ouvrages produits dans le même temps seraient tout
à fait médiocres, si l'on vient à marquer des distinctions
nouvelles et bien fondées; elle peut rester stationnaire, lors
même que les ouvrages contemporains s'élèveraient au-
dessus de tous les précédents, s'ils sont toujours dans les
mêmes genres, si les critiques n'y trouvent le sujet d'aucune observation, d'aucune règle nouvelle. Bref, les ouvrages sont le produit pratique de l'industrie individuelle de
quelques hommes favorisés du ciel; la littérature est, comme
toute science digne de ce nom, le produit théorique du travail collectif de l'humanité, appliquant son attention aux
œuvres des auteurs, augmentant sans cesse et distribuant
mieux ses remarques.

Il importe de ne pas perdre de vue cette distinction, si
l'on veut se faire une idée juste des progrès de l'esprit humain. Ceux-ci, en effet, se rattachent par plusieurs points
aux œuvres des écrivains ou des poëtes; ils en dépendent
même en quelque façon et peuvent s'y appuyer sans cesse :
mais enfin ils ne doivent pas se confondre avec elles, puisque l'on a vu des compositions de la plus grande beauté,
comme l'*Iliade*, à une époque où il n'y avait pas même de
principes de littérature; et que, d'un autre côté, des ouvrages
jugés autrefois et regardés encore aujourd'hui avec raison
comme très-beaux, les tragédies de Sophocle, par exemple,
nous semblent le produit d'un art si peu avancé, qu'ils ne
seraient pas aujourd'hui supportés à la scène dans leur
forme exacte.

L'histoire des genres de littérature doit nous rendre ce
progrès sensible; il faut pour cela que sans analyser en
particulier les ouvrages ni les caractériser d'une manière précise, elle nous en fasse connaître la forme générale, et nous

montre comment cette forme s'est perfectionnée successivement pour arriver à ce que nous possédons aujourd'hui.

Cela suppose la série entière des écrits ou des poëmes
faits depuis l'antiquité grecque jusqu'à nos jours, partagée
en un certain nombre d'époques, dont chacune se distingue,
soit par le nombre des compositions reconnues, soit par leur
forme, soit par les règles admises; et, en effet, c'est là le
tableau que je vais tâcher de présenter brièvement, sous les
divisions et les dénominations qui suivent.

I. *Temps fabuleux.* — Il est d'abord évident qu'à l'origine
les ouvrages, et à plus forte raison les genres, étaient fort peu
nombreux. Les harangues ou discours prononcés dans de
petites assemblées furent certainement les premières productions de l'esprit; elles précèdent non-seulement tout
autre produit de la parole, elles précèdent même l'état social, du moins si l'on s'en rapporte à ce que dit Cicéron
avec beaucoup de vraisemblance[1], que « au temps où le
genre humain vivait encore dans les bois, comme les bêtes
sauvages, un homme d'une intelligence supérieure réunit
ses semblables par le discours, et leur persuada de remplacer la violence par le droit et la justice. »

Bientôt l'esprit humain s'ouvrit une nouvelle carrière :
des hommes doués d'une certaine facilité de parole, et en
même temps du sentiment de l'harmonie et de l'éclat des
images, s'exprimèrent dans cette forme de langage qu'on a
plus tard appelée des *vers*. On les distingua des harangueurs;
et l'on voit en effet que dès le temps de la guerre de Troie,
peut-être même un peu auparavant, on ne vante pas seulement les *agorètes*, qui discouraient avec talent, mais aussi
les *aèdes*, c'est-à-dire les *chanteurs*.

Ceux-ci devaient céder la place aux *poëtes*, dont le nom
signifie *faiseur, compositeur*. Mais alors, il n'y avait aucun

---

1. *De invent.*, I, 2.

art dans leurs chansons ; ils improvisaient en un langage vivement accentué ; et c'est pour cela qu'on les nommait *aèdes*.
Du reste, le goût des peuples hellènes les entourait déjà d'admiration et de louanges, puisque Homère représente[1] le
héraut amenant le chanteur Démodocus *aimable et honoré du
peuple;* et qu'Ulysse, en lui faisant remettre une portion de
viande très-distinguée, a soin d'ajouter que *les aèdes sont
en honneur chez tous les peuple du monde*, parce que *c'est
la muse* elle-même qui *les a instruits*, et qui *les chérit
tous*[2].

Tel paraît avoir été, dans ces temps reculés, tel est encore
aujourd'hui chez les sauvages ce que l'on pourrait appeler
l'état primitif de la littérature, si ce dernier mot, par cela
seul qu'il suppose l'écriture inventée, n'indiquait un état
social plus avancé que l'âge des aèdes et des agorètes.

L'histoire ou plutôt la tradition est assez d'accord avec ce
tableau tracé en quelque sorte *à priori*. En effet, dans les
temps obscurs qui précèdent la guerre de Troie, du xve au
xe siècle avant notre ère, les chefs ne sont pas seulement
des guerriers vaillants ; ce sont des agorètes habiles comme
Thésée, Nestor, Ulysse, Achille[3] ; et les chanteurs se char-
gent de conserver le souvenir des grandes actions. Les noms
de quelques-uns d'entre eux ont survécu au grand naufrage
du passé ; Eumyclée de Cypre, Darès de Phrygie, Dictys de
Gnosse, Orœbantius de Trézène, Mélixandre de Milet et d'autres[4], avaient raconté les faits des héros dans des récits en
vers classés depuis sous le nom de *poëmes cycliques*. Tous
sont antérieurs à Homère ; car avant le poëme épique, tels

1. *Odyss.*, VIII, v. 471.
2. *Odyss.*, VIII, v. 478.
3. Voy. l'*Histoire des premiers temps de la Grèce*, de Clavier.
4. Voyez à la suite du *Voyage du jeune Anacharsis*, la liste chronologique
des hommes illustres dans les lettres, les sciences et les arts, rédigée par
Sainte-Croix.

que l'*Iliade* et l'*Odyssée*, soumis à des règles sévères et difficiles, il s'en était certainement produit d'autres, fruits de l'inspiration seule, et sans l'observation d'aucune règle savante ou théorique. Ce sont là précisément les poëmes que nous appelons *cycliques :* plusieurs étaient assez courts et indépendants des poëmes voisins. C'est à une époque plus rapprochée de nous qu'on les a réunis entre eux et avec d'autres pour former ce *cycle poétique* si célèbre chez les Grecs, et qui leur a donné son nom.

En même temps à peu près que la poésie cyclique, naissent les poëmes lyriques et didactiques. Orphée, Musée, Eumolpe, Mélampus d'Argos, Pamphus d'Athènes, Linus de Thèbes, Olen de Lycie nous sont donnés [1], comme des *hymnographes*, c'est-à-dire des aèdes qui faisaient des chants en l'honneur des dieux, ou comme des poëtes *télétiques* [2], c'est-à-dire qui composaient des prières, des exhortations, des rituels en vers pour les cérémonies des mystères et des initiations. Or, les hymnes appartiennent essentiellement à la poésie lyrique, et les prières et les exhortations participent de ce genre et du genre didactique.

Il est remarquable que, dans le même temps, en Judée, David s'illustre par ses psaumes, et Salomon, son fils, par des livres entièrement didactiques. On ne doit pas douter que les ouvrages primitifs des Grecs, perdus dès le temps d'Aristote [3], ne fussent bien inférieurs aux chefs-d'œuvre qui nous sont restés des Juifs. Il est toujours intéressant de reconnaître que les productions poétiques se faisaient suivant des intentions semblables, dans des contrées assez éloignées et sans aucune communication entre les poëtes.

1. Voyez la même liste.

2. Ce mot est tiré de τελετή qui signifie *rite*, *mystère*, *initiation;* mais l est de fabrique moderne. Ni les Grecs ni les Latins n'employaient cet adjectif.

3. Arist., *Poet.*, c. 4, n° 3; Cic., *De nat. deor.*, I, 38, n° 107.

II. *Temps homériques.* — L'âge suivant, qui s'étend depuis la fin de l'époque troyenne jusqu'à l'ère des olympiades, de 1180 à 776 avant Jésus-Christ, n'apporte aucun changement dans ce que nous nommerions les *ouvrages en prose.* Il n'y a encore que des harangues, et ces harangues ne sont point écrites. Il n'en est pas de même des poëmes qui prennent une forme à la fois plus distincte et mieux arrêtée. Homère écrit l'*Iliade* et l'*Odyssée*, deux poëmes épiques où sont observées, probablement sans parti pris d'avance, mais par l'heureux instinct du poëte (ou des poëtes), les règles que l'on a depuis assignées à ce genre d'ouvrage.

Aristote [1] attribue aussi à Homère le *Margitès*, sorte d'épopée ironique, dont le héros était un fainéant. Il ajoute que ce poëme était à l'épopée sérieuse ce que la comédie était à la tragédie; et, comme pour Aristote, la comédie n'était guère qu'une parodie, une moquerie perpétuelle, nous voyons que le *Margitès* n'avait qu'un rapport fort éloigné avec les poëmes badins ou héroï-comiques que nous connaissons. Il se rapprochait plutôt, sauf le style, de ce que nous nommons un *poëme travesti* ou *burlesque*, et avait certainement un caractère satirique. Mais il est difficile de croire que ce genre d'ouvrage ait été dû au génie sérieux qui avait créé l'*Iliade.* On ne conçoit pas même qu'il appartienne à un siècle si reculé.

Peu de temps après Homère, Hésiode donna dans *Les travaux et les jours* un poëme didactique nettement caractérisé.

Sa *Théogonie* tient à la fois de ce poëme et du poëme cyclique déjà connu dans l'âge précédent, et que de nombreux poëtes continuaient de faire.

On met encore parmi les ouvrages homériques, des hymnes et la *Batrachomyomachie*, qui n'appartiennent probablement en aucune façon à l'auteur de l'*Iliade.* Toutefois quelques

---

1. *Poet.*, c. 4; toutefois la chose est bien contestée. Voyez dans l'*Essai sur la critique*, de M. Egger, p. 416, une note relative à ce passage.

hymnes peuvent être soit de la même époque, soit de l'âge immédiatement suivant; ils tiennent d'ailleurs de la poésie lyrique et de la poésie narrative [1].

Ainsi, autant qu'on en peut juger, pendant les trois ou quatre siècles qui s'écoulent de la guerre de Troie au VIIIe siècle avant notre ère, la poésie épique, la poésie didactique ont pris une forme déterminée; et la poésie lyrique a continué de se produire, mais un peu confuse, et mélangée avec la narration et l'exhortation. Cela ferait, dans ces siècles lointains, pour parler notre langage actuel, trois genres de poëmes, non pas exactement définis, du moins suffisamment distingués.

III. *Temps des sages.* — De l'ère des olympiades à l'an 510 avant J. C., époque de l'expulsion des enfants de Pisistrate à Athènes et des Tarquins à Rome, il s'écoule un espace de deux siècles et deux tiers pendant lesquels des genres nouveaux se produisent, et frappent assez l'attention publique pour appeler des noms particuliers.

La prose ne donne encore que peu de produits. On peut croire que l'éloquence orale s'était développée, puisque c'est le temps des sages et des législateurs; et que sans doute l'art de la parole avait fait quelques progrès par les Thalès, les Épiménide, les Solon; mais rien n'a jamais été recueilli de leurs discours. Ésope, leur contemporain, raconte, il n'écrit pas ces apologues ingénieux nommés de son nom des *Fables ésopiennes.* Ces pièces allégoriques, qu'il n'avait pas inventées, mais dont il fit un fréquent usage, eurent tant de succès qu'elles se transmirent de bouche en bouche, malheureusement sans aucune authenticité, jusqu'à Planude, moine grec du XIVe siècle, lequel en a fait le recueil que nous avons.

Cependant des récits historiques et des dissertations non versifiées commençaient aussi à se montrer. Le philosophe

1. Voyez l'*Histoire de la littérature grecque* de M. A. Pierron.

Phérécyde de Scyros, né 600 ans environ avant l'ère chrétienne, passe pour le premier qui ait écrit en prose. Selon d'autres, c'est à l'historien Cadmus de Milet, son contemporain, que serait dû cet honneur.

La poésie est plus heureuse et plus variée : le genre lyrique et parénétique, représenté en Judée par les prophètes Isaïe, Jérémie, Ézéchiel et Daniel, l'est en Grèce par Tyrtée, Alcée, Sapho, Érinne, Anacréon. Ce dernier s'exerce dans la chanson légère plutôt que dans l'ode.

Le poëme héroï-comique, ou plutôt héroïco-burlesque, est définitivement créé, soit qu'on rapporte le *Margitès* à cette époque, soit que l'on considère la *Batrachomyomachie* attribuée par quelques-uns à Pigrès, poëte du vi[e] siècle avant notre ère.

Les philosophes, si l'on excepte Phérécyde, exposaient alors leurs doctrines en vers. Anaximandre, Xénophane laissent des poëmes d'une forme ambitieuse et d'un style souvent forcé, mais qui appartiennent essentiellement au genre didactique.

Archiloque invente non-seulement le vers ïambique, mais les pièces mordantes auxquelles ce vers fut consacré d'abord. Il crée ainsi une nouvelle espèce de poëme analogue à la satire, quoique moins régulière que la nôtre, et dont on se fera une idée plus exacte en nommant ses pièces *invectives*, *sarcasmes*, *railleries amères*, *traits outrageants* [1].

Solon, Simonide de Céos, Mimnerme se distinguent dans la poésie élégiaque, alors tout à fait nouvelle, non pas quant à la facture des vers, employés plus d'un siècle auparavant par Callinus, et peu après lui par Tyrtée ; mais quant à la

---

[1]. Les pièces réunies par M. V. Hugo dans son volume intitulé *Châtiments*, me semblent de cette catégorie. Ce ne sont pas des satires dans le sens où nous prenons ce mot, parce qu'il n'y a ni objet précis, ni plan, ni suite régulière dans les idées. Ce sont des injures en lignes mesurées et rimées, précisément ce qu'il y avait dans les ïambes d'Archiloque.

pensée, qui particulièrement chez les derniers répondait
assez bien à l'élégie des modernes.

Les *gnomiques*, c'est-à-dire les moralistes, les poëtes sen-
tencieux et à maximes continuent en quelque façon le genre
didactique ancien, mais en y employant les distiques, ce
qui les rapproche de la poésie élégiaque. Le plus célèbre
d'entre eux est Théognis de Mégare, dont il nous reste un
poëme assez long, sous le titre de *Parénèse*, c'est-à-dire
exhortation.

Thespis fait les premiers essais de tragédie, et la première
comédie est jouée à Athènes par Susarion et Dolon sur un
théâtre mobile, c'est-à-dire sur des tréteaux. Il n'est pas facile de se faire une idée positive de ce qu'étaient ces premiers
essais dramatiques : on arrivera plutôt à cette connaissance
par la marche opposée, c'est-à-dire en énumérant les qualités qui leur manquaient certainement. On trouvera qu'ils
n'avaient rien de ce qui nous paraît aujourd'hui constituer
une pièce de théâtre, savoir une action qui se développe par
le dialogue et le jeu des acteurs.

Quant à Thespis, nous savons par Aristote[1] et par d'autres auteurs[2], qu'il n'employait qu'un acteur. Il n'y avait
donc pas de dialogue, ni par conséquent de véritable drame.
Tout se réduisait à des récits entremêlés de chants. Le
chœur répondait-il au récit? celui-ci se divisait-il en plusieurs parties qui se rattachaient entre elles? On peut débattre ces questions sur lesquelles les anciens fournissent
peu de lumières. Il résulte toujours que l'invention de
Thespis fut le germe d'où devait sortir la tragédie, mais
qu'il n'y avait rien encore qui pût donner la moindre idée
de cette œuvre.

Quant à Susarion, qu'on nomme aussi comme l'inventeur

1. *Poet.*, c. 4.
2. Diog. Laert., *De vitis*, III, n° 56; Athen., *Deipnos.*, XIV, p. 630. Voyez
aussi M. Egger, *Essai sur l'histoire de la critique*, p. 417.

de la comédie, il faut faire une observation semblable. Susarion était un bateleur. Il jouait avec Dolon ou tout autre
des *farces* ou *parades*. Il passe pour avoir le premier écrit
son dialogue en vers[1], et sans doute en vers peu réguliers
et peu châtiés : dans tous les cas il ne faut pas, chez lui,
chercher autre chose que ce que les gens de sa profession
nous donnent devant les théâtres en plein vent, où ils appellent la multitude. Son invention fut donc dans le genre
gai, du même degré que celle de Thespis dans le ton sérieux. Il y avait en effet en Attique, dès le temps de Solon,
des fêtes qui se terminaient par des festins, ou plutôt par la
débauche et les orgies, qu'on appelait *cômos*. A ces festins
se joignaient des chants plus ou moins gais, plus ou moins
licencieux qu'on nommait naturellement *le chant du cômos*,
en grec κωμῳδία, d'où nous avons fait *comédie*. Ce fut là
dedans que Susarion ou quelque autre imagina d'intercaler
soit des récits plaisants, soit des dialogues satiriques. Quelque temps après, ces dialogues, au lieu d'être l'accessoire,
devinrent le principal; et l'on eut précisément ce que nous
appelons aujourd'hui des *parades*, c'est-à-dire des monologues ou des conversations à deux personnages, dans lesquelles des baladins amusent la populace de leurs lazzis souvent grossiers, s'attaquent de paroles, et font rire par la
tournure piquante qu'ils savent donner aux injures.

Il n'y a certainement rien là dedans qui se rapporte,
même de loin, à ce que nous nommons aujourd'hui une *comédie;* mais telle est la marche des arts, tels sont les amé-
liorations et les perfectionnements que l'esprit humain ajoute
sans cesse à ses premières inventions. Ces germes informes
produisent à la longue des ouvrages merveilleux, devant
lesquels l'admiration des siècles se prosterne avec raison.
Néanmoins, il ne faut pas, à cause de cet état avancé de nos

---

1. *Scol. d'Aristoph.*, p. 17, 21, 23, de l'édit. de Didot, 1842.

jours, mépriser les premiers rudiments d'où sont sortis ces
merveilles, ni oublier complétement ces hommes ingénieux,
qui, en posant la première pierre de l'édifice, ont donné à
leurs successeurs le moyen de l'achever.

Du reste, si la Grèce venait de s'illustrer par un grand
nombre d'inventions heureuses, Rome était encore dans la
barbarie. A peine entendait-on dans le Latium les chants
grossiers des prêtres saliens, ceux des frères Arvaux et les
hymnes que Numa avait composés en l'honneur des dieux,
ainsi que quelques oracles ou *vaticinia* rendus, sans doute,
en vers saturniens, puisque ce ne fut que deux ou trois siècles plus tard, et sous l'inspiration d'Ennius, que Rome
emprunta à la Grèce la forme de ses vers et quelques-uns
de ses poëmes.

Le bagage littéraire de cette troisième époque se compose
donc, dans la prose, des premiers essais d'histoire ou de dissertation philosophique et des apologues, racontés, sinon
écrits; et dans les vers, outre les grands poëmes épiques et
cycliques, des odes et dithyrambes, des poëmes héroïco-burlesque, didactique et gnomique, des élégies, des invectives
en vers, enfin des premiers essais de tragédie et de comédie,
ou plus exactement de dialogues scéniques d'un caractère
sérieux ou plaisant entremêlés de chœurs.

IV. *Belle époque de la Grèce.* — Considérons maintenant
une quatrième division qui s'étendra depuis l'expulsion des
Pisistratides et des Tarquins jusqu'à la ligue achéenne et la
première guerre punique, de 510 à 270 avant J. C. Rome ne
peut encore montrer aucun ouvrage littéraire. Elle n'a que
ses lois royales, ses sénatus-consultes, ses lois tribunitiennes
et ses inscriptions sur des tombeaux[1]; toutefois l'éloquence
orale commençait à se montrer. Les républiques sont essentiellement parleuses; et celle de Rome ne put se fonder assu-

---

1. M. Egger, *Latini sermonis reliquiæ.*

rément sans beaucoup de discours[1]. Entre eux il y en a qui sont restés célèbres : par exemple ceux que Valérius Publicola prononça devant l'assemblée du peuple, soit pour louer son collègue Junius Brutus, mort en combattant contre les Étrusques qui voulaient rétablir les Tarquins[2], soit pour se défendre lui-même, lorsqu'à l'occasion de la maison qu'il bâtissait sur un point fort élevé de Rome, on l'accusait de vouloir s'emparer de la royauté[3]. Nous savons très-positivement que les discours continuèrent d'être prononcés dans le forum, et qu'ainsi l'éloquence parlée se perfectionna de plus en plus[4] : seulement presque rien ne fut écrit ni conservé, jusque vers le temps des guerres puniques dont nous parlerons tout à l'heure.

Mais c'est le beau temps de la Grèce, c'est le siècle de Périclès, de Philippe et d'Alexandre. Tous les genres de littérature connus chez les Grecs sont inventés ou poussés à leur perfection.

L'art de la parole est cultivé avec plus de soin et de succès que jamais. Les écoles s'ouvrent partout; Corax d'abord, puis Tisias, enseignent les premiers la rhétorique; les sophistes traitent les questions de philosophie dans des discours fleuris; les Gorgias, les Protagore ont un succès merveilleux; des orateurs vraiment dignes de ce nom, les Périclès, les Lycurgue, les Eschine, les Démosthène, s'élèvent à la plus haute éloquence en traitant les questions les plus graves de l'administration ou de la politique.

L'histoire fait des progrès immenses, et permet de distinguer parmi ses produits des espèces diverses. Quelques écrivains, comme Hécatée de Milet, Phérécyde de Léros, Acusi-

---

1. Cic., *Brutus*, c. 14, n°s 53 et suiv.
2. Domairon, dans sa *Rhétorique*.
3. Livius, *Hist. rom.*, II, 7.
4. *Oratorum rom. fragmenta*, etc., in-8°, 1837, édit. Dübner. Cf. *Historia eloquentiæ romanæ*, par Fr. Ellendt.

laüs, Charon de Lampsaque, suivant les traces de Cadmus de Milet, avaient rapporté en prose, mais sans choix et peut-être sans aucune suite, les événements passés. Hérodote d'Halicarnasse s'éleva tellement au-dessus de ses devanciers qu'il put passer, à juste titre, en Grèce, pour le père de l'histoire nationale, et que ses successeurs modifièrent plutôt le caractère de la narration historique qu'ils n'en changèrent la forme générale.

Une branche importante de cette sorte d'ouvrages, la biographie se produit à son tour, dans l'*Agésilas* attribué à Xénophon, dans la *Vie d'Homère* attribuée à Hérodote.

Les descriptions géographiques naissent aussi sous le nom de *Périples*, c'est-à-dire *circumnavigation*. Hellanicus de Mitylène avait déjà donné des descriptions à la fois géographiques et historiques des diverses parties du monde connu. Les voyages d'exploration entrepris le plus souvent dans des vues commerciales, et conservés dans les relations dont nous parlons, ont séparé tout à fait la géographie de l'histoire. Les premiers périples sont ceux du Carthaginois Hannon et du Carien Scylax, qui tous deux appartiennent à cette époque.

Dans le genre didactique, les philosophes écrivent des traités ou des dialogues. Les Héraclite, les Leucippe, les Démocrite exposaient ce qu'ils croyaient la vérité dans des ouvrages qui ne nous sont pas restés. Gorgias avait aussi fait un livre sur la nature. Platon effleura toutes les questions métaphysiques et morales dans une suite de dialogues dont la forme vaut mieux que le fond. Aristote enfin embrassa toutes les connaissances de son temps dans un ensemble de traités remarquables par leur liaison logique, par leur distribution savante, par la netteté des définitions et la rigueur de la marche.

A ces ouvrages sérieux il faut ajouter les satires, ou plutôt les *pots-pourris*, inventées par Ménippe le philosophe et par Bion le poëte, tous deux de la secte des cyniques.

C'étaient des pièces railleuses mêlées de prose et de vers, où l'on parlait de tout ; le succès en fut assez grand pour qu'on leur donnât le nom de l'inventeur : les *Satires ménippées* furent celles où on employait ainsi, sans règle précise, les deux formes du langage, pour exprimer des idées plaisantes ou mordantes sur toutes sortes de sujet.

Il faut aussi placer parmi les inventions littéraires de cette époque le genre épistolaire, qui sans doute était beaucoup plus ancien ; mais qui s'était bien perfectionné, et dont il nous reste, en effet, un assez grand nombre d'exemples.

La poésie continue ses brillants progrès. Dans le genre lyrique, Stésichore d'Himère et Pindare changent la forme des odes et emploient des strophes plus longues et composées de vers plus variés qu'Alcée et Sapho [1]. Pindare surtout donne à ses compositions un développement inconnu à ses prédécesseurs, et les fait chanter avec un plus grand appareil qu'autrefois. Il mérite par là le renom du plus grand des lyriques grecs [2].

La poésie épique, c'est-à-dire la narration faite en vers hexamètres des grands événements, avait presque cessé depuis Pisandre, au VIIe siècle avant notre ère [3] ; Panyasis la relève, et après lui Chérile et Antimaque regardés comme les poëtes épiques les plus célèbres depuis Homère [4], dont malheureusement nous n'avons presque rien.

Dans le genre de l'exposition, quelques philosophes, comme Parménide, écrivent en vers des ouvrages philosophiques ; d'autres célèbrent les merveilles de la nature ; Aratus décrit les mouvements des corps célestes et les présages qu'on peut tirer de leur éclat ou de leur couleur. Ce sont là des poëmes

1. Denys d'Halic., *De compos. verborum*, c. 19.
2. Quint., *Instit. orat.*, VIII, 6, n° 71 ; X, 1, n° 61.
3. Suidas, au mot *Panyasis*.
4. Voyez les fragments de ces poëtes, dans le volume d'Hésiode de la collection grecque de Didot.

didactiques proprement dits. Le genre satirique fait quelques
nouvelles acquisitions. Hipponax, qui florissait dans l'époque
précédente, avait vraisemblablement fait des invectives à la
manière d'Archiloque. Dans celle-ci, Timon de Phliunte,
philosophe sceptique, composa sous le nom de *Silles*, c'est-
à-dire *moqueries*, *railleries*, des poëmes bouffons écrits en
vers hexamètres, et renfermant des passages parodiés des
poëtes les plus célèbres. Il y tournait en ridicule le dogma-
tisme philosophique et ses prétentions [1].

Dans les dernières années de cette époque, Théocrite
donne au genre bucolique, sous le titre d'*Idylles*, sa forme
définitive. Ce genre avait été créé, longtemps auparavant, si
l'on en croit les traditions, par Daphnis, berger sicilien,
dont la mémoire est restée en honneur chez les poëtes bu-
coliques des siècles suivants. Toutefois, comme ce n'est là
qu'une tradition mythologique, on n'hésitera pas sans doute
à regarder Théocrite comme le véritable inventeur de ce
genre gracieux, mais borné et peu fécond; et qui, chez
nous, n'a pu produire aucun ouvrage réellement digne de
l'admiration de la postérité.

C'est surtout dans le genre dramatique qu'est la grande et
belle invention de la poésie de cette époque, comme est
l'histoire dans la prose. Ce fut Eschyle qui constitua véritablement le théâtre, et qui le fit sortir du germe informe où
il était enfermé par Thespis. Ce grand homme, né vers 525
avant notre ère, mit deux acteurs au lieu d'un, et leur fit
entreprendre une action qui se développait dans une suite
de scènes séparées par des chœurs; c'est-à-dire qu'on trouve
pour la première fois chez lui ce qui caractérise essentiellement le drame, une action qui marche et s'explique par le
dialogue. Ce n'est pas tout, il donna à ses acteurs des caractères, des mœurs, une élocution convenable; par cette ré-

---

1. Ficker, *Hist. abrégée de la littér. classique*, t. I, p. 183, de la traduction de M. Theil.

volution, le chœur, qui, dans l'origine, avait été la base du spectacle, n'en fut plus que l'accessoire et ne servit que d'intermède à l'action. Eschyle inventa aussi le costume et le masque théâtral, ainsi que la scène, qu'il fit exhausser et orner de décorations [1]. On reconnaît ici tous les caractères essentiels du genre dramatique : il n'y avait rien avant Eschyle, comme nous l'avons vu; par lui tout le nécessaire existe, à un état bien rudimentaire sans doute, mais que ses successeurs, Sophocle, Euripide, devaient perfectionner et qu'un grand nombre d'autres cultiveraient encore.

La comédie prit aussi, mais un peu plus tard [2], une forme dramatique. Épicharme de Sicile, contemporain d'Eschyle, fit le premier des fables comiques [3], c'est-à-dire qu'il prit un sujet déterminé, tandis que Susarion et ses successeurs batifolaient sur tous les sujets possibles et au hasard. Cratès, postérieur à Épicharme d'une trentaine d'années [4], fut le premier qui abandonna la satire personnelle pour traiter des sujets généraux [5]; Cratinus et Eupolis d'Athènes, et surtout Aristophane, s'illustrèrent dans le genre comique. Le dernier, dont il nous reste onze pièces, nous montre bien ce

---

1. Arist., *Poét.*, c. 4, n° 6; Hor., *Ars poet.*, v. 278, 279, 280.

2. Arist., *Poét.*, c. 4, n° 2.

3. Τὸ δὲ μύθους ποιεῖν Ἐπίχαρμος καὶ Φόρμις ἦρξαν. Arist.. *Poét.*, c. 5, n° 2. Batteux rend ainsi ce passage : « Épicharme et Phormis commencèrent à y mettre une action. » — Ce français dit plus que le grec : μύθος signifie *fable, sujet;* M. Egger traduit qu'Épicharme et Phormis introduisirent la fable comique (*Essai sur l'hist. de la crit.*, p. 319): et c'est mieux le sens. La fable ne consiste que dans un sujet : quant à une action, c'est beaucoup plus difficile : nous avons vu que c'était là ce qui distinguait surtout Eschyle; et puisque Aristote remarque que la comédie s'est perfectionnée *plus tard* que la tragédie, il n'est pas possible d'admettre qu'elle ait eu en même temps sa qualité principale.

4. Voyez les tables de Ficker, p. 315 et 321.

5. Arist., *Poét.*, c. 5, n° 2. Cela veut dire qu'il fit converser ou seulement réciter ses personnages sur l'avarice, sur l'hypocrisie, au lieu de faire désigner tel ou tel individu connu, comme avare ou comme hypocrite.

2

qu'était alors la comédie. La forme essentielle, c'est une suite de scènes, séparées ou non par des chœurs, et offrant chacune un sujet particulier de dialogue sans aucune dépendance de ce qui précède ni de ce qui suit. Le *Plutus* en peut donner la preuve. Ce dieu des richesses, aveugle, comme on sait, a été suivi et saisi par Chrémyle, qui ne veut plus le lâcher dès qu'il sait qui il est. Il apprend toutefois que si Plutus recouvrait la vue, il distribuerait ses dons d'une manière plus équitable, enrichirait les bons, ruinerait les méchants; il veut alors le conduire dans le temple d'Esculape pour le guérir, et en attendant le fait entrer dans sa maison. Cette première scène ou situation est suivie de six autres, savoir : 1° Blepsidème, voisin de Chrémyle, vient s'entretenir avec lui de sa nouvelle fortune ; 2° la pauvreté vient discuter avec eux et leur soutenir qu'elle fait le bonheur du monde; 3° la femme de Chrémyle apprend de l'esclave Carion ce qui s'est passé dans le temple d'Esculape, et Plutus revient guéri ; 4° un homme de bien enrichi et un délateur ruiné, depuis que Plutus y voit clair, viennent, l'un s'en réjouir, l'autre s'en lamenter; 5° une vieille, amoureuse d'un jeune homme qui ne la courtisait que pour son argent, et qui la méprise maintenant, vient se plaindre de lui à Chrémyle; 6° Mercure d'abord, et un prêtre ensuite, se désolent de ce que les hommes ne viennent plus honorer les dieux ni leur faire de sacrifices. Il est clair qu'il n'y a rien là de ce que nous nommons une action comique; qu'il n'y a pas même ce que nous trouvons dans les tragédies d'Eschyle, savoir, un certain fait qui commence et qui se termine. Nous n'y voyons que des scènes détachées qui se relient un peu par leur matière au sujet de Plutus, mais dont tout le mérite est compris dans chacune d'elles, et qu'on pourrait allonger, raccourcir ou même retrancher sans inconvénient pour le plan général. Cette observation est bien importante pour qui veut se rendre compte de l'état de l'art à cette époque. Elle

prouve qu'il n'y a rien de commun entre la comédie telle
que nous l'entendons, et celle que les Grecs ont nommée
l'*ancienne* ou la *moyenne comédie*. L'analogie commence à se
montrer dans la *comédie nouvelle*, celle de Philémon, Diphile et Ménandre, qui y mettent au moins depuis le commencement jusqu'à sa terminaison une action intéressante.
Nous n'en pouvons juger, il est vrai, que par Plaute et Térence ; là, du moins, nous retrouvons en gros la marche
d'une pièce de théâtre. Ce pas fait dans l'art de choisir et de
disposer un sujet mérite assurément la plus grande attention, et nous aurons à y insister ailleurs.

En récapitulant ce que nous venons de dire, nous voyons
que les inventions littéraires des deux siècles et demi que
nous examinons sont belles et nombreuses. Dans la prose,
l'éloquence délibérative et judiciaire, l'histoire, la biographie, les descriptions géographiques, les traités de sciences,
les dialogues philosophiques, les pièces mêlées ou satiriques ;
dans la poésie, l'ode pindarique ou le dithyrambe, les vers
parodiés, le genre bucolique ; enfin la tragédie et la comédie, tels sont les brillants produits de cette époque mémo-
rable, une de celles sans doute où l'esprit humain s'est le
plus honoré lui-même et qu'on oublie trop, tout en admi-
rant les ouvrages qu'elle a vus naître, de caractériser par
l'invention des genres qui lui appartiennent.

V. *Enfance de la littérature latine.* — De la fin de la première guerre punique au temps de Varron et de Cicéron ;
de 270 avant J.-C., jusqu'au premier siècle avant notre
ère, la Grèce n'invente plus guère de genre nouveau ;
elle ne perfectionne pas même, à proprement parler, ceux
qu'elle a, quoiqu'elle continue encore à produire des ouvrages. C'est réellement à Rome que se transporte le mouvement intellectuel, comme y était déjà la vie politique, éteinte
en Grèce, dès que la turbulence enfantine qui caractérisait
tous ses peuples ne trouva plus d'aliment, soit dans les dis-

positions générales, soit dans les avantages à enlever aux voisins. A Rome, au contraire, l'unité imprimée par la forme même du gouvernement, la gravité des délibérations du sénat, d'où le peuple était exclu, la suite dans les idées et dans le but poursuivi, garantissaient une existence sérieuse et une puissance féconde à l'empire de Romulus. Il fallait que la littérature, qui n'existait pas encore, se produisît, pour ainsi dire, tout entière et d'ensemble ; et en effet, les genres grecs y furent introduits par Livius Andronicus, par Ennius, par Plaute et d'autres imitateurs.

Quelques érudits ont à ce sujet débité bien des rêveries. Ils ont dit en particulier que cette littérature exotique à Rome, n'avait jamais pu ni s'y acclimater, ni même y prendre racine[1], qu'elle ne pouvait y avoir qu'une existence éphémère[2], qu'elle manquait d'originalité, qu'elle n'avait qu'une beauté d'emprunt[3]. Toutes ces assertions, exprimées en termes vagues et métaphoriques, ne sont fondées que sur des malentendus, sur une analyse très-incomplète des qualités littéraires des ouvrages, ou sur une étude fort superficielle des œuvres que l'on veut juger. Remettons, s'il est possible, un peu de vérité et des idées positives à la place de ces considérations fantastiques.

1° Qu'est-ce qu'une littérature propre à un pays ? Ne semblerait-il pas qu'il en est des ouvrages d'esprit comme des fruits qui mûrissent jusqu'à tel degré de latitude, et au delà restent verts ? Les ouvrages littéraires dépendent des hommes qui les font, et un peu de ceux qui les jugent, et non de la contrée où on les conçoit. Qu'un peuple grossier se polisse, et les ouvrages qu'on lui donne changeront comme

---

1. Ficker. *Hist. abrégée de la littérat. anc.*, trad. de M. Theil, t. II. p. 13 ; M. Egger. *Latini sermonis reliquiæ*, p. 292.

2. M. Charpentier. *Étude sur les Pères de l'Église*. t. II. à la fin : voyez aussi la *Revue de l'instruction publique*. n° du 10 nov. 1853, p. 466, col. 3.

3. Mêmes autorités. Thomas, *Essai sur les éloges*. c. 10.

lui. C'est ce qui s'est vu partout et de tout temps ; c'est ce qui même ne peut pas ne pas être. Les Romains s'étaient contentés jusqu'à 240 avant J.-C. des farces atellanes et des danses des Étrusques, c'est-à-dire des premiers rudiments d'une représentation théâtrale, en un mot, de parades en paroles ou en action. Dès qu'ils furent en relation avec la Grèce, ils sentirent qu'il y avait quelque chose de mieux, et voulurent l'avoir. C'est là tout le secret des imitations de Livius Andronicus et des autres importateurs.

2° La littérature romaine ne pouvait avoir qu'une existence éphémère. — Qu'est-ce que cela veut dire? Quand naît et quand meurt une littérature? Ces métaphores, empruntées de la vie humaine, représentent-elles au fond quelque chose de raisonnable? Pour moi, je n'en crois rien. La littérature romaine a vécu tout autant que la langue latine, et les causes qui l'ont fait périr sont politiques et non philosophiques ou littéraires. On dira peut-être que tout cela n'était plus à la fin de l'empire ce que l'on avait vu sous Auguste ou avant lui : certainement tout s'était plus ou moins modifié; mais qu'est-ce qui ne se modifie pas dans le monde? La langue grecque d'Homère et d'Hésiode est-elle celle de Périclès ou du Bas-Empire? Croit-on que la langue et la littérature de nos jours soient encore celles du temps de Louis XIV, et en conclura-t-on que celles-ci ne pouvaient pas vivre?

3° La littérature romaine manquait d'originalité. — Qu'est-ce que c'est que l'originalité? Je fais cette question avec d'autant plus d'assurance, que je suis bien certain que personne n'y répondra. Il est facile d'expliquer comment et en quoi un ouvrage donné est ou n'est pas original; mais dire en général ce que c'est que l'originalité, c'est ce que jusqu'à présent personne n'a pu faire, et qu'il faudrait cependant savoir avant d'attribuer ou d'ôter cette qualité à une littérature entière. Ceux qui emploient ce mot lui prêtent donc un

sens restreint et par cela même complétement faux. Les uns
croient que les seuls auteurs originaux sont ceux qui ouvrent
la mine littéraire : à ce compte, il n'y aurait chez nous que
les trouvères et les troubadours qui méritassent ce titre. Les
autres veulent que l'originalité consiste dans l'invention des
sujets; mais La Fontaine n'a presque pas inventé un seul
des siens : qu'y a-t-il pourtant de plus original que ce poëte,
dans ses contes et ses fables? Ceux-ci pensent qu'il ne faut
absolument imiter personne, c'est-à-dire que les arts devraient, selon eux, rester éternellement à l'état embryon-
naire où les a mis le premier inventeur. Ne suffit-il pas de
voir où l'on va avec ces définitions arbitraires pour en reconnaître la fausseté et les déclarer indignes d'un examen
sérieux? C'est qu'en effet l'originalité peut être partout. Le
mot seul l'indique. Quiconque fait ce que d'autres n'ont pas
fait avant lui est original en ce point. Le sera-t-il maintenant
sur une chose si importante, ou à un tel degré, qu'il attire
sur son invention l'attention des contemporains ou de la
postérité? C'est une autre question, qui ne pourra être résolue que par l'examen spécial de l'ouvrage. Il nous suffit
que l'originalité se montre, non-seulement dans la création
d'un genre littéraire, mais dans la composition d'une seule
œuvre; non-seulement dans l'invention, mais dans l'amélioration d'un sujet; non-seulement dans l'ensemble du
poëme, mais dans les détails; non-seulement dans le fond
des choses, mais dans la forme ou l'expression, pour qu'il
ne soit pas possible de la contester à la littérature romaine.

4° Ce qu'on dit de la beauté d'emprunt se rattache certainement à l'originalité, et n'est pas au fond plus solide. Il
semblerait que la beauté est quelque chose de matériel qu'on
peut prendre ici et mettre là, et qu'elle rend les choses
belles en s'y incorporant, pour ainsi dire. Ces rêveries pla-
toniques, depuis longtemps méprisées à bon droit, ne devraient

plus se glisser dans nos discours et y fausser nos jugements,
comme on le voit ici. En fait, une littérature est belle par
les ouvrages qui la forment ; et les ouvrages sont beaux
quand ils réunissent assez de qualités pour frapper l'attention
publique et soutenir pendant longtemps celle des connaisseurs. La beauté est donc la beauté ; elle est où elle est, et
n'y est jamais d'emprunt ; car une *beauté d'emprunt* serait
proprement une *beauté déplacée*, c'est-à-dire une laideur, ce
qu'assurément on ne peut pas dire quand on parle de la
beauté d'emprunt de la littérature latine. Du reste, il n'y a
là dedans rien d'absolu : tout est relatif aux temps, aux
lieux, à la constitution sociale, à la moralité des peuples, à
toutes les circonstances, en un mot, au milieu desquelles
nous vivons.

Cela dit, voyons un peu ce que fut, en effet, la littérature
latine avant l'introduction du système grec et ce qu'elle devint depuis. Elle avait ses vers fescennins et ses atellanes.
Les vers fescennins se rapportaient à nos *engueulements* [1] :
les atellanes étaient des parades à la façon de Susarion [2]. Il
s'y joignait sans doute quelque autre condition : car, dans les
littératures peu avancées, la forme des ouvrages n'étant pas
par elle-même suffisamment précise, on cherche à la déterminer par des circonstances extérieures. C'est ainsi que les
Grecs ont toujours cru que l'épopée ne pouvait être écrite
qu'en vers hexamètres, l'élégie qu'en distiques, les pièces satiriques qu'en ïambes ou en scazons ; les Romains, de leur
côté, se sont imaginé que les comédies étaient différentes
selon que les personnages étaient de telle ou telle nation, de
tel ou tel rang de la société. Toutes ces erreurs, qui prouvent
l'état enfantin de la littérature, doivent d'autant moins nous
étonner qu'on les retrouve partout. De même, nous dit-on,

---

1. Voy. dans nos *Études sur quelques points des sciences dans l'antiquité*,
le n° IX, p. 316 et 317.

2. Ci-dessus, p. 10 et 11.

les atellanes devaient être composées dans le dialecte ou le patois des Osques [1] ; mais il est bien évident que cela ne fait rien à la nature ni au mérite de l'ouvrage ; et ainsi nous pouvons nous faire une idée exacte de ces farces, parce que nous en avons chez nous dans le même genre.

Que firent maintenant les premiers écrivains ou poëtes romains? Ils introduisirent à Rome les œuvres plus grandes, mieux composées et mieux déterminées d'un peuple plus avancé, savoir : Livius Andronicus, l'*Odyssée* et des tragédies ; Névius, l'*Iliade cyprique*, etc. [2]. C'étaient là probablement de pures traductions. Mais des ouvrages originaux ou des imitations libres ne tardèrent pas à suivre. Névius, qui avait porté les armes dans la première guerre punique, fit sur cette expédition même un poëme héroïque en vers saturniens [3] ; Ennius composa sur Scipion un poëme épique en vers trochaïques, et un poëme cyclique sur l'histoire des Romains, savoir, ses *Annales* en vers hexamètres [4]. Névius essaya aussi de transporter sur le théâtre latin l'ancienne comédie grecque, c'est-à-dire la satire personnelle : il en changea seulement le sujet, et s'attaqua aux plus puissants personnages de la république, aux Scipions et aux Métellus, qui le firent mettre en prison, puis bannir de Rome, en 204 avant J. C. [5]. Plaute, rendu sage par cette épreuve, imita plutôt la comédie nouvelle, c'est-à-dire qu'il traita des sujets généraux, rattachant le tout à une action imaginaire qui se développait d'un bout à l'autre de la pièce. De même dans la tragédie, Ennius, Pacuvius et Attius, imitèrent la forme grecque et souvent les sujets ; mais quelquefois aussi ils traitèrent des sujets nationaux, et étendirent

1. Ficker, *Hist. abrégée de la littérat. anc.*, trad. de M. Theil, t. II, p. 13.
2. Ficker, ouv. cité, t. II, p. 15 et 21.
3. Ficker, ouv. cité, t. II, p. 21.
4. Ficker, ouv. cité, t. II, p. 22.
5. A. Gell., *Noct. att.*, XVII, 21 : VI, 8 ; Ficker, ouv. cité, t. II, p. 16.

ainsi le champ si étroitement restreint de la grande poésie grecque [1].

Il est clair par là que l'imitation romaine fut ce qu'est toujours l'imitation d'un peuple à l'égard d'un autre, ce que fut chez nous celle de Corneille, de Racine, de Voltaire à l'égard des pièces espagnoles, grecques ou italiennes, dont ils ont tiré quelques-uns de leurs chefs-d'œuvre. Cela n'a ni détruit ni diminué l'originalité ou le mérite du *Cid*, d'*Iphigénie*, de *Mérope*; et ces pièces, bien qu'imitées, sont à juste raison des titres de gloire éternels pour la France, si les auteurs y ont mis soit par les détails, soit par un meilleur arrangement, soit par le style, assez de valeur pour leur donner rang d'originaux.

La première chose à faire avant de parler de la servilité e de la stérilité de la littérature latine, c'est donc d'examiner en quoi elle diffère de son modèle, en quoi elle lui est inférieure ou supérieure : c'est après cela seulement qu'on pourra se prononcer avec quelque apparence de raison. Or, si nous faisons cet examen du point de vue littéraire, nous voyons que les ouvrages latins diffèrent essentiellement des grecs par l'*esprit romain*, et ce que je nomme la *bonne façon* ou le *bien fait*.

L'*esprit romain* est cet esprit d'ordre et de sobriété, ami de la grandeur, mais d'une grandeur justement mesurée, et qui évite avec autant de soin la boursouflure que la disette ; qui n'aime pas à parler à vide, et à mettre des mots insignifiants, ou des pensées sans intérêt comme sans valeur. C'est

---

1. Chez les Grecs une tragédie exigeait avant tout pour personnages des rois, des *Eupatrides*, ceux en un mot qui tenaient aux familles héroïques du pays. On peut s'en convaincre en lisant avec attention la *Poétique* d'Aristote (c. 9, nᵒˢ 2 et 8 ; 12, nᵒˢ 2 à 4; et c. 13), quoiqu'il ne le dise pas en termes exprès. Horace semble indiquer la même chose dans son *Art poétique* (v. 114 et 90). Chez les anciens, les arts en général, la poésie surtout, et particulièrement la poésie dramatique, étaient donc en quelque façon parquées dans certaines divisions ou clôtures artificielles et arbitraires dont il y avait du mérite à sortir. Les Romains l'ont fait pour les personnages tragiques. Il faut leur en savoir gré.

surtout dans les détails que cet esprit se montre. Il n'y a presque pas de mots en latin qui n'aient leur signification, presque pas de bouts de phrases parasites comme on les rencontre en si grande quantité dans les poëtes grecs. Même chez
les auteurs qui ont jeté les fondements de la littérature latine, les Névius, les Ennius, on trouve cette plénitude de
sens caractéristique du peuple-roi [1], et dont les Grecs ne paraissent pas avoir, à beaucoup près, senti le besoin au même
degré.

C'est surtout la *bonne façon* ou le *bien fait* qui me paraît
distinguer les Latins, quand on les compare aux Grecs, et
qui fait, même avec des sujets identiques et des détails à
peu près semblables, la supériorité incontestable et la vraie
originalité de la littérature latine. J'entends par le *bien fait*
cet ensemble de conditions d'après lesquelles, indépendamment même du génie de l'artiste, toutes les parties de son
œuvre sont entre elles dans de justes proportions, exactement à leur place, en parfaite relation avec ce qui précède
et ce qui suit, et procurent par cela seul à l'homme de goût,
au lecteur intelligent une satisfaction sans mélange [2].

Cette qualité est moins un produit immédiat de la nature
qu'un résultat de l'art et des observations que la pratique
exercée avec intelligence amène toujours. Les premiers poëtes
disent tout ce qui leur vient à l'esprit : un peu plus tard on
ne dit plus tout, on choisit, et l'on rejette ce qui ne vaut
pas la peine d'être énoncé. Dans les premiers essais, on met

---

1. Comparez. par exemple. les huit premiers vers de la *Médée* d'Euripide
avec l'imitation qu'en avait faite Ennius (*Rhetor. ad Herenn.*. II. 22, nº 34).
Il y a dans le grec plusieurs chevilles qui ont tout à fait disparu dans le
latin: et dans celui-ci un sentiment bien plus profond du délire de Médée.
Voyez aussi dans Aulu-Gelle (*Noct. att.*. II, 23) la comparaison d'un passage
de Cécilius à un autre de Ménandre : et malgré les éloges que le grammairien donne au comique grec. vous ne douterez pas qu'il n'y ait plus de
faits et de gaieté véritable dans le latin.

2. Voyez ci-dessous une étude plus complète du *bon*, du *bien fait*, du
beau, etc.

les choses comme elles viennent; plus tard on les dispose
dans le meilleur ordre, de manière à en faire bien saisir
l'ensemble et à les faire ressortir les unes par les autres.
L'expression fait des progrès pareils : les figures et les formes
du style sont devenues plus nettes, les qualités plus distinctes ; les poëtes ou les écrivains n'emploient plus telle ou
telle façon indifféremment, mais chacune à sa place ; et
ainsi s'établit graduellement dans les ouvrages une certaine
perfection de main-d'œuvre ignorée des premiers travail-
leurs, mais que leurs travaux ont contribué à former.

Je n'ai pas besoin de dire que cette qualité est relative;
qu'elle est le produit infaillible du temps quand rien ne
vient troubler la marche de l'art; que le *bien fait* des Romains par rapport aux Grecs serait souvent un *mal fait* par
rapport à nous, comme nous le verrons plus tard : je constate seulement que c'est là la véritable supériorité d'une
littérature sur celle qui l'a précédée, et que cette supériorité
se trouve dans les ouvrages latins relativement aux grecs.
En voulez-vous la preuve? Comparez l'*Iliade* à l'*Énéide*. Sur
les vingt-quatre chants qui composent la première, on en
pourrait retrancher dix-neuf; l'action du poëme, celle du
moins qu'on a supposée en faire l'unité, savoir, la colère
d'Achille offensé, les maux causés par sa retraite, la mort
de Patrocle et enfin celle d'Hector, resterait complète : c'est-
à-dire que les quatre cinquièmes environ de cette épopée,
s'ils ne sont pas inutiles à l'action, au moins n'y sont pas
nécessaires [1]. Est-ce là ce que nous pouvons nommer un
poëme bien fait? Dans l'*Énéide*, au contraire, Énée n'est-il
pas toujours en scène? et perd-on jamais de vue le point
principal, l'établissement des Troyens en Italie? Il y a donc

---

1. Cette considération est si importante que M. Val. Parisot n'hésite pas à
dire, dans une note de la préface du *Râmâyana*, que l'*Iliade* est faite par plusieurs auteurs, dont on a eu tort de réunir les chants tout à fait disparates
et d'un caractère fort différent (p. 5 et 6).

une différence notable dans la façon de ces deux ouvrages ; et indépendamment de la grandeur de l'œuvre ou du génie des auteurs, on ne peut douter que l'imitation ne vaille mieux en ce point que le modèle.

Prenons un autre exemple. Hésiode nous montre le débrouillement du chaos à peu près sous cette forme[1] :

Ce fut le chaos qui exista d'abord, et ensuite la terre à la large poitrine, le siége inébranlable de tous les immortels qui occupent les sommets de l'Olympe couverts de neige ; et le Tartare nébuleux (c'est-à-dire obscur) dans les profondeurs de la terre spacieuse ; et l'amour, qui, le plus beau entre les dieux immortels, et détruisant les soucis de tous les dieux et de tous les hommes, renverse dans nos cœurs l'intelligence et la sagesse. Du Chaos naquirent l'Érèbe et la Nuit obscure : et à leur tour l'Éther et le Jour vinrent de la Nuit, qui les conçut et les enfanta de l'Érèbe.

Voici par comparaison comment Ovide chez les Latins représente le même événement[2].

Avant la mer, la terre et le ciel qui les enveloppe, la face de la nature était la même dans tout l'univers ; les Grecs l'appelaient *Chaos*, masse informe et grossière, poids sans mouvement, où gisaient confusément entassés les germes opposés de toutes choses. Le soleil ne donnait pas encore sa lumière au monde, la lune ne renouvelait pas son cours et sa clarté ; ni la terre contenue par son propre poids, n'était suspendue au milieu des airs ; ni l'Océan n'avait sur ses côtes étendu ses eaux comme des membres allongés. Partout où se trouvait un élément, là étaient aussi les éléments contraires ; aussi la terre n'avait pas sa solidité, l'eau n'était pas navigable ni l'air transparent : rien n'avait sa forme, tout se faisait obstacle, parce que dans un même corps combattaient le froid et le chaud, le sec et l'humide, le dur et le mou, le lourd et le léger. Un dieu, ou la nature plus favorable, mit fin à ces divisions, sépara la terre du ciel, l'eau de la terre, le ciel lui-même de l'air plus épais qui nous environne.

Il faut remarquer plusieurs différences entre ces deux passages ; le dogme d'Hésiode est tout métaphorique : le Chaos,

1. *Théogon.*, v. 116 à 125.
2. *Metamorph.*, I, v. 5 à 23.

la Nuit, l'Érèbe, l'Amour, sont des êtres de raison, tandis
que l'air, le feu, la terre, l'eau, sont des êtres réels, dont la
séparation est quelque chose de positif, de sorte que la narration d'Ovide représente un événement physique, tandis
que celle d'Hésiode n'est qu'une fiction poétique, un tour
d'expression pour des idées purement spéculatives.

De plus, les vers d'Hésiode se rapportent à une époque
d'ignorance où les phénomènes avaient bien frappé les yeux,
mais sans qu'on eût encore songé à les classer, à les rapporter à des causes communes; tandis que ceux d'Ovide,
s'appuyant sur les doctrines d'Aristote, reconnues fausses
aujourd'hui, mais fort avancées alors, nous montrent la séparation des éléments de la manière la plus belle et la plus
savante que l'on conçût de son temps. Ces deux premières
différences sont assurément très-graves, et résultent évidemment des progrès de l'esprit humain pendant les siècles qui
séparent les deux auteurs. Toutefois ce n'est pas d'elles que je
veux parler ici : je prie le lecteur d'écarter le fond des idées
de ces deux passages, et d'examiner seulement la manière
dont l'exposition est faite par l'un et par l'autre poëte. Est-il
possible de ne pas reconnaître l'immense supériorité d'O-
vide? et ne trouve-t-on pas là une preuve nouvelle de ce
bien fait dont je m'occupe en ce moment?

Cette meilleure façon que je montre sur quelques vers,
on peut la suivre sur l'ouvrage entier : on peut prendre l'ensemble des *Métamorphoses* et celui de la *Théogonie*,
comme nous avons pris celui de l'*Énéide* et de l'*Iliade*, comme
nous savons qu'on pourrait examiner la facture des vers
dans chaque langue[1] : partout on verra le temps et l'expérience nous apporter des connaissances et des perfectionnements nouveaux : car, comme le dit excellemment Pascal[2],

---

1. *Études sur quelques points des sciences dans l'antiquité*, n° VIII, p. 278
et suiv. Comparez nos *Thèses de grammaires*, n° XI, p. 256 et suiv.
1. *De l'autorité en matière de philosophie.*

« l'homme est dans l'ignorance au premier jour de sa vie, mais il s'instruit sans cesse dans son progrès, et tire avantage non-seulement de sa propre expérience, mais encore de celle de ses prédécesseurs, parce qu'il garde toujours dans sa mémoire les connaissances qu'il s'est une fois acquises, et que celles des anciens lui sont toujours présentes dans les livres qu'ils ont laissés ; et comme il conserve ces connaissances, il peut aussi les augmenter facilement.... »

Mais ce n'était pas assez pour les Romains de cette meilleure façon dans les ouvrages déjà connus ; ce serait se tromper que de croire qu'ils n'ont pas trouvé eux-mêmes de formes nouvelles ;

Ut varias usus meditando extunderet artes [1]

n'est pas une loi moins vraie dans les produits littéraires que dans les arts manuels. Non-seulement les anciens genres se perfectionnent, mais ils se transforment et donnent de temps en temps naissance à des genres nouveaux. Dans la comédie, le besoin d'une pensée mieux nourrie, d'événements plus serrés, se fait sentir à ce point que Térence, imitant Ménandre, prend deux pièces grecques pour en faire une seule des siennes. Cette disposition railleuse qu'Archiloque et d'autres avaient montrée dans leurs invectives, Ennius et Pacuvius la développent dans des pièces écrites en vers de toute mesure, et sans sujet déterminé, ce qui leur fait donner le nom de *satires*, c'est-à-dire *farces* ou *mélanges*. Mais bientôt Lucile féconde ce germe précieux ; il prend pour sujet de chaque discours philosophique un point unique, et le traite en vers hexamètres : par là, en maintenant avec l'amour de la vérité, et le caractère plaisant et moqueur, le nom de *satire*, il mérite d'être regardé comme le créateur de ce genre dont il avait donné les premiers modèles remarquables, et

1. Virg., *Georg.*, I, v. 133.

que les Romains, en effet, se sont toujours vantés de ne devoir qu'à eux-mêmes[1].

Ainsi, en résumé, pendant cette époque, les Romains, sans renoncer à leurs farces nationales, imitent tous les genres cultivés dans la Grèce; mais cette imitation n'est pas servile : ils renforcent et varient leurs sujets; de plus, ils créent un genre extrêmement fécond, celui de la satire, et embellissent, par la juste proportion de l'ensemble et la sobriété majestueuse des détails, toutes les œuvres dont les Grecs leur ont donné le modèle.

VI. *Age d'or de la littérature latine.* — Après Lucile vient cette brillante époque de la littérature romaine, qu'on appelle souvent le *Siècle d'Auguste,* quoiqu'elle commence avant lui et finisse après. Tous les produits de la pensée humaine y prennent une forme et s'y élèvent à une hauteur qu'on n'avait pas encore vue.

On sait combien l'éloquence avait d'importance à Rome, combien elle avait été cultivée dès les premiers temps, quels orateurs lui servirent d'interprètes[2] : le dernier et le plus célèbre, Cicéron, est encore pour nous le type le plus élevé de l'éloquence ancienne. En vain quelques grands esprits ont voulu lui préférer Démosthène; c'est presque toujours par un parti pris ou en vertu de considérations métaphysiques qu'ils ont soutenu cette thèse. Qui lit l'un et l'autre sans esprit de système, ne manque pas de trouver dans l'orateur latin des sujets et des tons plus variés, des ressources bien autrement étendues, des facultés plus développées, une sensibilité plus profonde, un style plus harmonieux; c'est-à-dire que là, comme dans toutes les autres parties, en supposant même l'égalité de génie chez les hommes, l'art a évidemment marché, ses moyens se sont augmentés, ses

1. Satira tota nostra est. (Quint., *Instit. orat.*, X, 1, n° 93.)
2. Cic., *Brutus.*

produits se sont améliorés ; et que, s'il n'y a pas précisément des genres nouveaux, il y a dans le même genre des nuances que les peuples antérieurs ne pouvaient connaître.

Ils en est de même du genre épistolaire, qui a tant d'analogie avec le genre oratoire. Certes les lettres missives existaient depuis longtemps ; mais qu'est-ce que l'antiquité grecque peut comparer au recueil des lettres de Cicéron ? N'est-il pas vrai que c'est là une sorte d'ouvrage si profondément modifié, qu'il semble tout à fait original ?

L'histoire ne s'est pas moins élevée. Sans doute il ne faut ici rabaisser ni Hérodote, ni Thucydide, ni Xénophon : mais enfin le sujet mis en œuvre n'est pas indifférent ; et quelle comparaison y a-t-il à faire, pour un historien, des États turbulents de la Grèce et de leur politique capricieuse, à l'unité de vues, à l'ambition persévérante, à l'agrandissement du peuple romain ? C'est réellement chez lui, c'est bien rarement chez les Grecs que les politiques vont chercher des exemples ou des enseignements : aussi l'histoire, chez Salluste et chez Tite Live, avait-elle pris à la fois plus d'importance et une forme plus grande, plus sévère, plus *magistrale*, si l'on peut ainsi parler.

Les mémoires historiques dans les *Commentaires* de César, la biographie sous la plume de Cornélius Népos, dont nous n'avons plus malheureusement que la seule *Vie de Pomponius Atticus* [1], deviennent aussi des ouvrages d'un tout autre genre que ce qui avait paru jusque-là.

L'histoire littéraire, tentée longtemps avant Cicéron, prend dans son *Brutus* une forme si nette à la fois et si brillante, qu'il n'y a rien avant qui lui puisse être comparé, qu'on n'a rien fait depuis qui lui fût supérieur.

Le genre des traités ou exposés de doctrine, essayé par les

---

1. On sait aujourd'hui que les Vies des capitaines grecs qui nous sont parvenues sous le nom de Cornélius Népos ne sont pas de lui.

Grecs avec succès, prend aussi sous la plume des Romains une forme plus sérieuse et moins vagabonde. Les traités de Caton et de Varron sur l'agriculture, ceux de Cicéron sur l'éloquence sont des œuvres aussi originales que richement distribuées et élégamment écrites; et dans le genre du dialogue, sur les sujets littéraires comme dans les matières morales ou philosophiques, Cicéron n'y a-t-il pas donné une forme toute nouvelle, aussi supérieure aux *Dialogues* de Platon par la précision des formes et l'utilité des choses dites, que par l'intérêt réel qui s'y attache et la conclusion toujours certaine qu'on en peut tirer?

Voilà pour la prose; et l'on comprend déjà combien, en y regardant de près, on trouve que la littérature latine y fut originale, même dans les genres où elle avait des modèles. Que sera-ce si nous passons à la poésie? Dans le genre lyrique, Catulle et surtout Horace donnent des ouvrages aussi bien disposés que terminés exactement, et dont la juste proportion fait le principal mérite. On a dit du dernier qu'il rassemblait en lui seul Alcée, Anacréon et Pindare[1]; ce n'est pas assez : qu'il ait leurs qualités, je le veux bien ; mais la forme de ses odes est à lui ; jamais jusqu'alors on n'avait renfermé aussi complétement un sujet élevé dans une pièce bien faite et bien terminée de tout point.

Nous savons déjà combien Virgile a été neuf dans l'épopée ; et que son *Énéide*, malgré des imitations partielles, ne ressemble en rien aux principaux poëmes grecs. Ovide n'est pas moins original dans ses *Fastes*, et surtout dans ses *Métamorphoses*. Il emprunta, dit-on, ses matériaux aux Grecs, principalement à Nicandre et à Parthénius. Mais le mérite d'un poëme, comme de tout ouvrage de littérature, vient toujours de la manière dont il est traité, non du sujet qu'on y traite; et les *Métamorphoses* d'Ovide sont restées un des chefs-d'œuvre

1. Batteux, *Principes de littérature*, t. VI, ch. 7.

de l'antiquité, lorsque ses modèles sont oubliés et l'étaient presque de son temps.

Le poëme didactique prend aussi sous les Romains une forme si grande, si majestueuse et si belle que rien ne lui pouvait être assimilé jusque-là. Nous avons rappelé les travaux des Grecs dans ce genre, le petit poëme d'Hésiode, les chants mystérieux et boursouflés des premiers philosophes, les *Phénomènes* et les *Pronostics* d'Aratus; nous pourrions y joindre les *Thériaques* de Nicandre et la *Périégèse* de Scymnus. De quel étonnement ne dut-on pas être frappé lorsque Lucrèce, dans un poëme en six chants, d'une ordonnance égale à la grandeur de son sujet, essaya d'expliquer la nature entière, selon le système des épicuriens? le fit avec une clarté qu'on n'avait pas encore mise dans les matières philosophiques, avec une élévation d'idées, une vivacité d'images, une harmonie de versification auxquelles il ne semble pas qu'on eût jamais pensé en Grèce, et put dire aussi bien de la forme que de la matière de son poëme :

Avia Pieridum peragro loca, nullius ante
Trita solo [1] ?

lorsque Virgile, prenant pour sujet les travaux de l'agriculture, déploya toutes les ressources de la poésie la plus pure et la plus élevée dans ses *Géorgiques*, regardées comme son chef-d'œuvre et celui du genre?

Plusieurs autres après Virgile et Lucrèce, quoique moins heureusement qu'eux, écrivirent sur des sujets analogues, et contribuèrent à établir que le poëme didactique est un de ceux où Rome a le plus développé les ressources de la poésie, montré le mieux la fermeté de son esprit et le bon ordre de ses pensées; en un mot, qu'elle y a été créatrice de la même façon et au même degré que dans la satire.

Le genre de l'épître ne lui a pas été moins glorieux. Ho-

_____
1. *De natura rerum*, IV, v. 1.

race y est, comme dans ses satires, un modèle achevé que
rien n'avait précédé, si ce n'est Lucile. Ovide invente cette
nuance de l'épître qu'on a nommée d'après lui *héroïde*, et
qui se rapproche de l'élégie. Dans l'élégie, enfin, Catulle, Tibulle, Properce et Ovide, comme Virgile dans l'églogue éga-
lent au moins les plus beaux modèles que les Grecs leur eussent laissés, et y mettent plus de variété.

Je ne parle pas ici de la poésie dramatique de cette époque,
puisqu'il ne nous en reste rien, et que malgré les éloges de
Quintilien [1], nous ne pouvons dire expressément s'il y avait
progrès sur les Grecs. Tel est, du moins, en nous tenant ici
à ce que nous montre l'étude comparative des textes, tel est
pour l'époque littéraire qui commence aux premiers ouvrages
de Cicéron, et qui se termine à la mort d'Auguste, le bilan
de la littérature latine. Plusieurs genres lui appartiennent en
propre, et augmentent ainsi ce qu'on peut nommer notre
richesse littéraire ou la somme de nos plaisirs intellectuels.
Les autres sont tous si embellis, si perfectionnés, et dans
le plan, et dans les détails, et dans le style, qu'on peut les
regarder comme des créations véritables dont l'honneur appartient tout entier au génie romain.

VII. *Fin du paganisme.* — Qu'on ne croie pas qu'après cette
époque l'humanité cesse de produire : non, sans doute, soit
chez les auteurs latins, soit chez les Grecs, actuellement
soumis à la politique romaine et devenus Romains en quelque sorte, il fait faire selon les connaissances et les goûts de
l'époque des ouvrages jusqu'alors inconnus ou non remarqués. Suivons l'ordre des temps; indiquons seulement les
principales inventions littéraires, et l'on verra comment,
même pour cet âge dont les ouvrages sont presque entièrement perdus, il y a cependant des créations tout à fait originales, et qui, augmentant sans cesse le nombre des gen-

1. *Instit. orat.*, X, 1, n° 98.

res, enrichissent par là même cette littérature dont nous
essayons de retracer les progrès.

An 25 de J.-C. Phèdre florissait. N'est-ce pas à lui que
l'on doit deux des plus jolis genres d'ouvrage, le conte et
l'apologue en vers? Ce n'était pas le premier sans doute qui
écrivit ainsi des apologues. Tout le monde sait qu'on en
trouve dans Hésiode, dans Archiloque; et Horace en a introduit plusieurs et de charmants dans ses satires ou ses
épîtres. Mais là, les fables ne sont pas des ouvrages spéciaux,
complets en eux-mêmes, et méritant une dénomination
particulière. La création du genre semble appartenir à
Ésope pour la prose. Quant à la forme poétique donnée à
ces petites narrations, et qui est presque la seule admise
aujourd'hui, je crois qu'elle appartient à Phèdre, et qu'il a
marqué lui-même cette heureuse invention, quand il a dit
dans le prologue de son premier livre :

> Æsopus auctor quam materiam repperit
> Hanc ego polivi versibus senariis [1].

C'est à Phèdre qu'est dû aussi le genre du conte en vers,
qui, bien que semblable en quelques points à l'apologue,
s'en distingue cependant avec raison, puisqu'il n'a rien d'allégorique. Phèdre y a particulièrement réussi : son *Cordonnier devenu médecin*[2], son *Mot de César à un serviteur qui
faisait l'empressé*[3], son *Prince joueur de flûte*[4], et quelques

---

1. On a cru longtemps que Babrius, ou, comme on le nommait d'abord,
Babrias, était antérieur à Phèdre. Quelques-uns l'ont dit contemporain de
Bion et Moschus; d'autres l'ont fait vivre sous Auguste. Toutes ces opinions
se sont dissipées quand on a eu entre les mains le Babrius découvert par
M. Minas. M. Boissonade le croit contemporain d'Alexandre Sévère. Sans en-
trer dans aucune discussion à cet égard, la remarque que j'ai faite dans mes
Études sur quelques points des sciences dans l'antiquité (p. 287), que ses
vers sont tous composés suivant la règle latine avec des césures régulières
et surtout l'accent final sur la pénultième, montre qu'ils sont postérieurs à
Lucien, dont les vers ïambiques ne sont pas si réguliers.

2. Phædr., *Fabulæ*, I, 14.

3. *Fabulæ*, II, 5.

4. *Fabulæ*, V, 7.

autres sont des chefs-d'œuvre de narration familière. Il y
manque peut-être la gaieté que le français nous permet d'y
mettre, et qui n'était pas dans le caractère de la langue latine[1] : du moins y a-t-il, et peut-être pour la première fois
dans l'antiquité, cet art de raconter en vers les petites choses,
qui est devenu un des mérites excellents de notre littérature.

An 50 de J.-C. C'est le temps de Perse et Juvénal, comme
de Pline l'Ancien : qui pourrait dire que les deux premiers,
dans la satire régulière, ne se sont pas ouvert des voies nouvelles? que Pline, dans son *Histoire naturelle*, n'a pas réa-
lisé un plan encyclopédique tout à fait propre à son auteur,
et qui devait rester comme un monument, sinon de la connaissance exacte de la nature, au moins de la curiosité qui
animait les anciens, et qui trouvait un vaste champ dans
l'immensité de l'empire romain?

A la fin du premier siècle, Quinte-Curce et Tacite, l'un
dans son *Histoire d'Alexandre*, l'autre dans sa *Vie d'Agricola*,
donnent à la biographie une forme qui leur appartient; le
dernier, dans sa *Germanie*, mêle ensemble la géographie,
l'histoire et la politique; dans ses *Annales* et dans ses *Histoires* il se fraye une route inconnue. Plutarque, dans ses
Vies comparées et dans ses *OEuvres morales;* Frontin, dans
ses *Aqueducs*, montrent aussi quelque originalité; Martial,
surtout, crée en quelque façon l'épigramme et le madrigal,
c'est-à-dire qu'il y met cette forme vive, piquante, qu'on
ne trouve presque jamais chez les Grecs, et que le poëte
romain sait du moins apprécier et quelquefois atteindre.

Au milieu du second siècle, Ptolémée écrit ses ouvrages sur
l'astronomie, les plus avancés et les plus complets qu'aient
eus les anciens; Lucien trouve, dans le genre ingénieux et
piquant du *Dialogue des morts*, un cadre merveilleux pour
l'expression d'idées hardies, neuves, paradoxales, inattendues

---

1. Voyez nos *Thèses de grammaire*, n° XI, p. 261.

et presque toujours satiriques. Lucien n'était pas absolument
le premier qui fît converser des morts[1]; mais il a donné à
ses dialogues une direction si spéciale et un caractère si particulier, que c'est à propos des siens que le genre a été remarqué, et qu'on a pu le faire entrer d'une manière distincte
dans les traités de littérature. Apulée enfin crée le roman,
tel que nous l'entendons, c'est-à-dire comme une suite d'a-
ventures, liées la plupart du temps à quelque intrigue
d'amour, et qui s'enchaînent les unes aux autres. Il existait
avant lui bien des contes d'espèces différentes, des *contes
milésiens* presque tous lubriques, des *récits de voyages*, dans
lesquels on racontait, en les exagérant, les merveilles des
peuples éloignés; des *contes enchantés*, ou histoires d'hommes métamorphosés par les magiciens. C'est de tout cela, en
s'appuyant surtout de l'*Ane* de Lucien (ou de Lucius) qu'Apulée composa un roman fort développé, tableau allégorique
des mœurs dépravées de son siècle, et particulièrement dirigé
contre le penchant au mysticisme qui dominait alors[2] : l'arrangement et la composition de ces diverses parties, est, si
je ne m'abuse, et en mettant de côté, bien entendu, la lubri-
cité des tableaux qu'il aime à présenter, une des belles créations littéraires de notre auteur, et, par lui, de l'époque que
nous considérons.

Ainsi, en récapitulant ici les genres nouveaux au fond ou
dans la forme essentielle, ou au moins dans l'amélioration
de l'ensemble et des détails, et produits dans le monde romain ou gréco-romain pendant les deux siècles écoulés depuis Lucile, nous trouvons la haute éloquence, le genre
épistolaire, l'histoire générale ou nationale, la biographie,
l'histoire littéraire, l'histoire naturelle, le roman, les traités

1. Hom., *Odyss.*, XI; Virg., *Æneis*, VI; Hor., *Sat.*, II, 5; Cic. *Somn.
Scipionis*; Aristoph., *Ranæ*, etc. Voyez l'introduction de notre édition des
Dialogues des Morts de Fénelon, in-12, 1847.

2. Ficker, *Hist. abrégée de la littérat. class. anc.*, trad. de M. Theil, t. I,
p. 308, et t. II, p. 186.

dogmatiques, les dialogues littéraires ou philosophiques, les
dialogues des morts, l'ode horatienne, les poëmes épique,
historique à longue période, et didactique; la satire gaie
et légère et la satire cruelle; l'épître, l'apologue et le conte
en vers; enfin l'épigramme piquante et le madrigal, que
l'ancienne Grèce ignorait absolument ou ne distinguait pas
des compliments les plus mal tournés.

VIII. *Ère chrétienne.* — Cependant le monde païen marchait à sa ruine. Une religion, à ne la considérer même que
sous le rapport humain, n'est pas, comme se l'imaginent
quelques esprits superficiels, une croyance abstraite, dont
chacun est absolument le maître, et que les gouvernements
n'ont qu'à tolérer sans s'en occuper en aucune façon. La
croyance, ou ce qu'on appelle le *dogme*, se mêle essentiellement à la morale et à la politique. En ce qui tient à la conduite des peuples, elle favorise ou contrarie telle ou telle
forme de gouvernement : en ce qui touche à la morale, elle
concourt à la perfectionner ou l'arrête dans son développement. Un dogme exclusif et restreint comme le judaïsme ne
peut que séparer éternellement les hommes en petites peu-
plades ennemies les unes des autres. Un dogme large et ouvert comme le christianisme appelle au contraire à la fraternité
tous les peuples du monde et produit un droit des gens qui
s'étend à tous, même aux plus éloignés et aux plus sauvages.
La religion païenne, sans moralité aucune, avait évidemment
fait son temps. Elle ne pouvait qu'emprisonner l'univers
dans un état social insupportable et succomber sous le mépris public, à mesure que les discussions philosophiques, devenant de plus en plus communes et populaires, montreraient
davantage le vide de toutes ces croyances, leur néant même
et leur fâcheuse influence sur l'humanité [1]. Ce fut dans ces

1. Voyez dans le *Tableau de l'éloquence chrétienne au ive siècle*, par
M. Villemain, le chapitre préliminaire *Du polythéisme au premier siècle de
notre ère.*

circonstances qu'une religion plus élevée, plus pure, et, indépendamment de sa céleste origine, infiniment plus favorable au progrès et au bonheur de l'homme, vint résoudre
de la manière la plus satisfaisante et la plus complète ces
redoutables problèmes qu'agite sans cesse l'esprit humain.
Des idées nouvelles se formèrent aussitôt et firent naître en
quelque sorte des sentiments dont le germe était naturellement chez nous, mais qui ne s'étaient, pour ainsi dire, jamais
développés. La foi dans les promesses d'un Dieu, l'espérance
d'une autre vie, l'abnégation dans celle-ci, l'amour de nos
semblables, la fraternité universelle, en un mot, la charité
chrétienne, c'était là, il faut l'avouer, un esprit absolument
nouveau, une sorte de seconde création de notre nature
morale, et qui ne tarda pas à se traduire dans la région
qu'on peut appeler *littéraire* par des ouvrages tout à fait différents de ceux qu'on possédait jusque-là.

Déjà les Évangiles, les Actes des apôtres, les Épîtres, particulièrement celles de saint Paul, sont, comme œuvres de
littérature, sans analogues dans le monde païen. Je ne pourrais en donner une preuve plus frappante que le récit de la
passion de Notre-Seigneur, comparé à ce qui y ressemble le
plus dans l'antiquité [1], et que quelques personnes ont essayé
en effet d'y assimiler [2], je veux dire le récit de la mort de

1. Ce n'est pas absolument mon avis. Le récit de la mort de Phocion me
paraît avoir, par ses circonstances, une analogie plus réelle que celle du
fils de Sophronisque.

2. Je n'entends pas ici parler spécialement de J. J. Rousseau, quoique
cette comparaison se trouve dans la profession de foi du vicaire savoyard,
et y ait obtenu un succès populaire, dû en partie à l'éloquence de l'écrivain,
en partie à ce philosophisme qui y est représenté, et qui semble voir toute
la religion dans une espèce de compromis avec les considérations humaines.
J'emprunterai tout à l'heure quelques traits à cette partie de l'*Émile;* mais
l'ensemble me paraît trop faux pour que je m'y attache en aucune façon:
j'ai ici en vue ces adorateurs de l'antiquité, qui voulant retrouver chez elle
tout ce qu'il y a chez nous, ont admiré les philosophes païens à l'égal des
héros du christianisme, et sont allés jusqu'à dire avec Érasme : « Saint

Socrate dans le *Phédon*. Rousseau a remarqué avec raison [1] quelle différence il y a dans la situation, « que Socrate prenant la coupe empoisonnée, bénit celui qui la lui présente et qui pleure, tandis que Jésus-Christ, au milieu d'un supplice affreux, prie pour ses bourreaux acharnés. »

Mais ce n'est pas là ce qui m'importe particulièrement ici ; ce que je veux faire surtout remarquer, c'est le caractère général du récit de la passion, et cette qualité littéraire toute nouvelle, qui, par la seule peinture des souffrances physiques ou morales de l'homme, nous attache avec une telle vivacité à celui dont on nous parle. C'est là ce qui n'existait pas dans la littérature avant le christianisme ; c'est là ce que l'Évangile y a introduit, en même temps que son divin auteur créait la charité [2].

Ce mouvement littéraire est si considérable, qu'il convient d'en étudier ici les principales causes : il y en a surtout trois, si je ne me trompe.

D'abord l'idée de la bonté morale ou de la perversité chez les individus. C'est un point très-remarquable que cette idée, qui chez nous est toujours et absolument la première, manque au contraire chez les anciens. Je rappellerai ce beau passage de Barthélemy, dans son *Voyage d'Anacharsis* [3] :

Je reconnais Pallas et ses fureurs à cette égide où sont suspendues la terreur, la discorde, la violence et la tête épouvantable de l'horrible Gorgone. Jupiter et Neptune sont les plus puissants des dieux ; mais il faut à Neptune un trident pour secouer la terre ; à Jupiter un clin d'œil pour ébranler l'Olympe. Je descends sur la terre. Achille, Ajax et

Socrate, priez pour nous ! » Voyez le *Bolxana*, p. 32 et 34 du t. V, dans l'édition de Saint-Marc.

1. Dans l'*Émile*, liv. IV, à la fin de la profession de foi du vicaire savoyard.

2. Une observation du même genre a été faite par M. Villemain, dans son *Tableau de l'éloquence au IVᵉ siècle*. « La loi chrétienne, dit-il, qui semblait contredire les affections du cœur, leur rendait quelque chose de plus saint et de plus pur. » (P. 157.)

3. *Introduction*, p. 229, édit. in-18 de 1809.

Diomède sont les plus redoutables des Grecs ; mais Diomède se retire à l'aspect de l'armée troyenne, Ajax ne cède qu'après l'avoir repoussée plusieurs fois, Achille se montre et elle disparaît.

Notre auteur a dit là tout ce qu'il pouvait dire d'après l'*Iliade* et d'après les ouvrages anciens; mais pour nous, cette déesse qui, dans ses fureurs, jette ainsi sur les guerriers la terreur, la discorde et la violence, est-elle, au fond, bonne ou mauvaise? Ne le demandez pas. Les Grecs ne l'ont jamais su ni voulu savoir. Il y a, pour la puissance, entre Jupiter et Neptune, une différence marquée ici d'une manière très-fine et très-rapide; mais, au moral, l'un de ces dieux vaut-il mieux que l'autre? C'est ce qu'Homère ni aucun poëte ne nous apprend. De même, des trois guerriers, le plus fort est sans doute Achille. Mais lequel a les meilleurs sentiments? lequel aime le mieux ses amis? est le plus sensible à leurs peines? a au plus haut degré cette bienveillance naturelle ou acquise qu'on appelle *la bonté?* Rien ne l'indique, ni chez notre poëte, ni chez ceux qui l'ont suivi.

Il y a plus, Hector, l'ennemi des Grecs, et le vaincu de l'*Iliade*, est assurément, selon notre jugement actuel, beaucoup meilleur que le héros du poëme[1]. Le poëte ne s'en aperçoit seulement pas. Dans l'*Énéide*, de même : au moral Turnus vaut bien Énée ; dans la *Pharsale*, Pompée vaut César, et si vous descendez aux personnages inférieurs, vous ne trouvez de même entre eux que la différence de force, de vaillance ou d'adresse[2]. Lisez le *Roland furieux*, la *Jéru-*

---

1. Cette faute est si considérable, eu égard à notre manière de penser actuelle, que M. Val. Parisot croit l'*Iliade* composée par trois poëtes différents dont un seul, le plus habile sans comparaison, aurait chanté Hector, un autre, Achille, et le troisième, Diomède ; et plus tard on aurait mal à propos réuni en un seul corps trois ouvrages complétement étrangers l'un à l'autre (voyez dans sa traduction du *Râmâyana* la note des p. vij et viij). Je rapporte l'assertion sans la discuter, elle éclaircit et complète, si l'on veut, ma pensée.

2. Voltaire dans son *Essai sur la poésie épique* (ch. 3, à la fin) signale ce défaut dans l'*Énéide*. Il montre comment Virgile aurait pu l'éviter, et pro-

salem délivrée, c'est un tout autre monde. On aime Roland et Roger, Renaud et Tancrède ; on prend parti pour eux contre Rodomont, Mandricart ou Argant. Quant à Achille, Ulysse ou Énée, on les admirera peut-être ; personne ne peut les aimer ni s'intéresser vivement à ce qu'ils font ou ne font pas, parce qu'il n'y a rien chez eux qui réponde à ces sentiments intimes du cœur que le christianisme a développés chez nous.

Il faut mettre en second lieu l'état de la femme relevé, sa volonté comptée pour quelque chose, l'horreur de la violence à son égard, le désir d'obtenir, au contraire, son estime et sa confiance, et par là d'arriver à toucher son cœur. Tout cela résultait immédiatement du christianisme, et changea complétement la forme de l'amour. Celui-ci n'était autrefois qu'une union charnelle, une rencontre continuée plus ou moins longtemps ; ce que dans le siècle dernier on nommait d'un nom fort ordurier, une *passade*. De là même cette expression singulière et qui revient souvent dans Homère : μίσγεσθαι ἐν φιλότητι, « se mêler dans la tendresse, » comme on se mêlait dans les combats ou dans les danses. C'est plus tard qu'on voit naître chez les jeunes gens le désir amoureux et la sollicitation qui le suit. Mais auprès de qui ? Auprès des courtisanes[1], parce que chez elles l'amour était une marchandise qu'elles pouvaient refuser de donner, puisqu'elles le vendaient habituellement. C'est aussi à des courtisanes,

---

pose pour le poëme entier une contexture plus intéressante, meilleure même à notre avis que celle qu'a choisie le poëte latin. C'est très-bien : seulement ce que Voltaire ne dit pas, c'est qu'il était impossible, dans le milieu d'idées païennes où vivait Virgile, qu'il imaginât la combinaison qu'on lui suggère. Je vais plus loin, je crois que quand on lui aurait présenté de son temps l'objection que lui fait Voltaire, il n'aurait pas même su ce qu'on voulait lui dire, tant nous avons besoin d'être faits à certaines idées pour les bien comprendre !

1. C'est Mimnerme déjà vieux, brûlant d'amour pour la joueuse de flûte Théano, et faisant des vers pour l'attendrir. Voyez tout le XIIIe livre du *Banquet des savants* d'Athénée.

ou à des femmes mariées[1] que s'adressent les élégiaques latins. C'est à des maîtresses trop souvent publiques qu'ils demandent des faveurs, qu'ils reprochent leur indifférence ou leur insensibilité[2].

Au contraire, selon l'institution chrétienne, l'amour fut avant tout un lien moral. La chasteté devint le plus bel apanage de la jeune fille. On s'habitua à l'entourer d'un respect égal à sa pureté[3]. Cette extrême innocence fut presque la condition essentielle de l'amour honnête; et le désir de posséder le cœur avant la personne s'appliqua non plus à celles qui faisaient métier de se vendre, mais à la compagne que l'homme choisissait librement pour lui confier son bonheur et la rendre heureuse à son tour. Nous verrons plus tard quelle création nouvelle, quelle renaissance ce changement des mœurs préparait dans la littérature[4].

1. Voyez dans le *Tibulle* de l'édition Lemaire, p. 446 et suiv., les recherches et les doutes sur les maîtresses de Tibulle.

2. Catullus, *Carm.*, nᵒˢ 32, 72, 75, 107, etc. Voyez aussi, pour des amours pires encore, les nᵒˢ 15, 48, 81, 82, 99, 100. Voyez aussi Virgile dans sa seconde églogue, et dans l'*Anthologie grecque* toute la partie intitulée Μοῦσα παιδική.

3. M. Charpentier, dans ses *Études sur les Pères de l'Église*, insiste avec beaucoup de raison sur l'éducation chrétienne de la femme, t. I, p. 83, 124, 194, 224 et suiv.; t. II, p. 76 et suiv.; et sur le changement que le christianisme apportait dans son état, t. I, p. 2 et suiv.

4. Je citerai ici un seul exemple, et je le prendrai dans une pièce ancienne aussi remarquable par la réserve, je dirais presque la pudeur des mots, que par la beauté de l'expression, la vive peinture du sentiment et la perfection de la forme. C'est ce chant amébée si justement célèbre: *Donec gratus eram tibi* (*Carm.*, III, 9). Horace, dès son second vers, dit à Lydie qu'un autre lui « mettait les bras autour du cou, » *potior brachia candidæ cervici juvenis dabat*. Pourrions-nous supporter une pareille idée? et y a-t-il rien de semblable dans la charmante imitation que Molière a faite de cette ode (*Les Amants magnifiques*, 3ᵉ intermède, sc. 7)? Ce n'est pas tout: Horace, dans sa cinquième strophe, propose de rouvrir sa porte à Lydie, *quid si rejectæ patet janua Lydiæ?* et celle-ci s'empresse d'accepter le raccommodement. Concevrions-nous une telle position? Je sais bien que quelques interprètes croient qu'il s'agit de la porte de Lydie, que c'est celle-ci qui doit la rouvrir; ils mettent pour cela *Lydiæ* au génitif (voyez l'édit. de Lemaire, t. I, p. 299, en note). Mais c'est un contre-sens manifeste, Horace

Le troisième caractère, ce fut l'indissolubilité du mariage, par conséquent la famille chrétienne constituée, et l'état social tout entier s'appuyant sur elle. Dans l'antiquité, la famille, à proprement parler, n'existait pas, selon le sens que nous donnons à ce mot. Le père possédait ses enfants comme il possédait son cheval ou son bœuf. Quant à la femme, c'était une sorte d'esclave acquise et possédée à terme. Le mari la répudiait en lui rendant sa dot ; et celle-ci allait porter à un autre son bien, si elle en avait, et sa fécondité. On pense quelle devait être la tiédeur des sentiments dans une alliance établie sur de telles bases. Aussi les comédies grecques ou latines, qui nous représentent le plus au naturel les sentiments des personnages, sont-elles particulièrement froides en ce point. L'Évangile a changé tout cela, en créant et développant des sentiments inconnus au paganisme. En spiritualisant nos affections, il a rendu nos sentiments plus vifs et plus durables, plus tendres et plus dévoués, et ce qui semble contradictoire, les a étendus à un plus grand nombre d'individus. Ainsi, en même temps que les affections de famille se développaient et devenaient plus fortes, l'amour de l'humanité marchait aussi, et les martyrs couraient au supplice et à la mort, non-seulement pour la vérité qu'ils défendaient, mais pour les hommes qu'ils voyaient la soutenir en même temps qu'eux, quelquefois pour la

---

demande à Lydie ce qu'elle fera s'il revient à elle, si pour elle il renvoie Chloé. Tout ce qu'il peut espérer, si c'est elle qui ne veut pas le recevoir, c'est qu'alors elle lui ouvrira sa porte. Il est donc absurde, en supposant que cette porte de Lydie qu'il avait rejetée, *rejectæ Lydiæ*, lui est maintenant ouverte, de demander ce qui arrivera, *quid si*, etc.? Tout est terminé du moment qu'on le reçoit. Il reste ainsi que c'est Horace qui permet à Lydie de rentrer chez lui. Or, c'est pour une femme une situation tellement abaissée, ou plutôt si dégoûtante qu'aucun poëte ne la voudrait admettre dans une réconciliation. Aussi Molière dit-il tout autre chose ; rien chez lui n'indique qu'il y ait eu, où que ce soit, le moindre attouchement : quand Philinte veut revenir à Climène, c'est lui qui supplie, et c'est elle qui consent à lui rendre son amour.

communiquer à ceux qui ne la possédaient pas encore. Le
christianisme a donc en réalité créé l'homme moral, tel que
nous le concevons aujourd'hui ; ce qui ne veut pas dire
qu'il n'existât pas avant lui d'hommes moraux ou d'honnêtes
gens. Il y en avait certainement par rapport à l'état social
d'alors ; et même quelquefois les philosophes étaient arrivés à
certains principes sévères qui se rapprochaient plus ou moins
de ceux de l'Évangile. Mais la moralité commune et vulgaire
était si éloignée de la nôtre, que nous regarderions les anciens comme des voisins fort incommodes et fort peu honnêtes, s'ils pouvaient revivre à côté de nous avec leurs habitudes d'égoïsme et de violence, avec leurs principes de
domination matérielle sur la femme et les enfants.

Le premier fruit de cette situation nouvelle de l'humanité fut cette éloquence des Pères de l'Église qui se développa chez les Grecs avec plus d'élégance et de pureté ; chez
les Latins, avec plus de force et d'originalité [1]. Je n'ai pas
à m'arrêter sur ces différences, ni sur les qualités qui distinguent les uns ou les autres [2] ; je me borne à remarquer
que les apologies, les polémiques, les lettres ou épîtres spirituelles, l'éloquence de la chaire, dans ses exhortations,
ses éloges, ses sermons furent des ouvrages aussi nouveaux
par la forme que par le fond des idées et l'élévation des sentiments, et constituèrent ainsi des espèces nouvelles jusque-
là entièrement inconnues [3].

---

1. M. Charpentier, ouv. cité, préface.

2. Voyez sur ce point le *Tableau de l'éloquence chrétienne* de M. Villemain, et l'ouvrage cité de M. Charpentier. M. Villemain dit à ce sujet avec beaucoup de raison, à la fin de son appréciation de saint Grégoire de Nazianze
(p. 152) : « Le beau génie de la Grèce semble s'obscurcir, un nuage a voilé
sa lumière. Mais c'est un des progrès moraux que le christianisme apportait
au monde, un progrès de douleur sur soi, et de charité pour les autres. Le
cœur de l'homme a plus gagné dans ce travail que son imagination n'a
perdu. » — La suite de cette dissertation montrera que l'imagination, bien
loin de perdre, a gagné elle-même tout autant que le cœur.

3. M. Villemain a mis en relief avec autant de vérité que de talent ce ca-

Il en fut de même dans une littérature plus populaire, si l'on peut ainsi parler, dans les Vies des saints et dans ces légendes dont les *Visions* d'Hermas ont peut-être été l'origine [1]; car les ignorants et les malheureux, retrouvant dans la gloire d'une immortalité bienheureuse leurs amis et leurs protecteurs, ne se croyaient plus ni seuls ni abandonnés dans ce monde. Par là s'explique l'immense intérêt qu'ils attachaient à entendre ces lectures, tandis qu'ils auraient bâillé ou se seraient tristement endormis, au récit des exploits de Jason ou d'Achille; et dédaignaient ainsi, non sans raison, ces héros antiques avec leur courage égoïste et leurs conquêtes toutes personnelles [2].

Ainsi, sous l'influence chrétienne, et quelque opinion qu'on se fasse d'ailleurs de la perfection relative des œuvres, la littérature s'enrichit certainement de genres nouveaux, distingués par un caractère et des mérites qui leur étaient propres, et qui, fécondés par le génie, devaient, soit alors soit plus tard, exercer sur les compositions une action aussi profonde qu'incontestable.

IX. *Époque de la chevalerie.* — Le christianisme poursuivait sa carrière. Après plus de trois siècles de lutte, il était

ractère de l'éloquence chrétienne. « Il y a sans doute, dit-il, en parlant d'un ouvrage de saint Grégoire de Nazianze, un charme singulier dans ce mélange de pensées abstraites et d'émotions, dans ce contraste des beautés de la nature avec les inquiétudes d'un cœur tourmenté par l'énigme de notre existence et cherchant à se reposer dans la foi. Ce n'est pas la poésie d'Homère : c'est une autre poésie, qui a sa vérité, sa nouveauté, et dès lors sa grandeur. » (*Tableau de l'éloquence chrét. au* IVe *siècle*, p. 145.)

1. M. Charpentier, ouv. cité, t. II, p. 18. Voyez dans le même ouvrage, t. I, p. 315 et suiv., le chap. intitulé *la Légende chrétienne.*

2. J'emprunte encore à M. Villemain (*Tableau de l'éloquence chrét. au* IVe *siècle*, p. 132) quelques mots qui éclairciront et justifieront ma pensée. « Peut-être même, dit-il en parlant des orateurs chrétiens, cette éloquence est-elle plus à l'épreuve du temps que les harangues des grands orateurs profanes. Car enfin la cause de l'humanité est plus durable que celle d'un citoyen ou d'une république célèbre; et les variations de costume sont peu de chose, quand il s'agit de l'intérieur de l'homme, de ses incertitudes, de ses espérances, de toutes ses misères et de son besoin d'immortalité. »

monté sur le trône ; un peu plus tard, il régissait la société
romaine, et s'il n'avait pu empêcher l'invasion des barbares,
il les avait du moins adoucis, et rendus plus aptes à comprendre et quelquefois même appliquer les principes de l'administration romaine. Mais il fallait, pour de nouveaux dogmes
et une nouvelle morale, constituer une société nouvelle, qui
fut d'abord un mélange de barbarie et de civilisation, de foi
et de passions déréglées, d'humilité chrétienne et de féro-
cité sauvage, de soumission et de révolte. Ce fut le temps des
royautés barbares, qui aboutirent bientôt à la féodalité.
Alors on vit naître la chevalerie, dont l'origine obscure paraît remonter jusqu'aux forêts de la Germanie, mais qui se
développa largement sous l'influence du christianisme et de
l'esprit d'association si puissants au moyen âge. On a beaucoup blâmé la chevalerie, on l'a tournée en ridicule, et avec
raison, ce semble, quand on l'a prise au temps de sa décadence; mais ce n'est jamais quand une institution tombe,
c'est quand elle s'élève qu'il faut la juger, pour apprécier
comment elle répond aux besoins généraux de son époque.
Si l'on se reporte au xie siècle, à ce temps de guerres intes-
tines, de meurtres et de trahison, on concevra tout ce qu'il
y avait de grand et de fécond dans une association qui con-
sacrait sa force à la défense de la veuve, de l'orphelin, du
pauvre, de l'homme d'église, et en général de tous ceux qui
ne pouvaient se protéger eux-mêmes; on sentira de quelle
admiration devaient être frappés les esprits, quand un si
noble but excita le zèle des plus grandes familles, et successivement de toutes celles qui avaient quelque notoriété.

Ce devint la grande affaire de toute la vie : les enfants y
furent appliqués dès l'âge de sept ans, sous les noms de *pages*,
varlets ou *damoisels*; les adolescents, dès l'âge de quinze ans,
sous le nom d'*écuyers*, accompagnaient partout les chevaliers, et s'instruisaient par leurs exemples à souffrir toutes
les privations de la guerre, et à faire les belles actions que la

nouvelle institution exigerait bientôt d'eux. A vingt et un ans, l'écuyer jugé digne d'être reçu chevalier se préparait à cette initiation par des cérémonies symboliques, le bain, la veillée d'armes, la confession quelquefois publique, la communion, le sacrifice de la messe, la bénédiction de l'épée, et toute la cérémonie de la réception, dans laquelle il faisait le serment d'être fidèle à Dieu, à l'honneur et aux dames [1].

La chevalerie a donc exercé une profonde influence sur les mœurs et sur les caractères. Les nations modernes lui ont dû des vertus; et, par excès ou défaut de ces vertus, des vices inconnus à l'antiquité. Parmi les vertus, il faut placer en première ligne la loyauté, l'horreur du mensonge et de la perfidie, qui allèrent quelquefois jusqu'à s'abandonner soi-même, et se livrer faute de précautions; la courtoisie, qui imposait à l'égard de l'ennemi même une conduite pleine de délicatesse et de prévenances; l'amour exalté, le culte de la femme, qui put dégénérer en un art de séduction qu'on a nommé la *galanterie*; enfin, le point d'honneur, qui consistait à ne pas souffrir un outrage, et qui tourna facilement en une manie de duels aussi ridicule qu'elle était barbare [2].

La littérature fut naturellement l'expression de ce que faisait la société à tous ses degrés : aussi, dans le genre élevé, les discours publics, les chansons de geste, les romans de chevalerie, quel que fût le fond des sujets, montrèrent toujours des chevaliers courtois ou félons, des dames vertueuses ou infidèles, des guerriers du parti contraire ou des enchanteurs et magiciens dirigés et soutenus par l'éternel ennemi de Dieu et du genre humain. Dans le genre léger et badin, les conteurs peignirent la société inférieure avec cette liberté de langage, cette variété de situations, cette fécondité d'invention, ces tours de finesse souvent inattendus que le nou-

---

1. M. Chéruel, *Dictionnaire historique des institutions de la France*, mot *Chevalerie*.
2 *Ibid.*

vel ordre de choses avait produits et développés dans le
monde mobile des modernes. C'est dans ces récits singuliers,
pleins de combinaisons diverses, de rencontres imprévues, de
ruses ingénieuses des bourgeois, des marchands et des ouvriers, que les trouvères déployèrent un genre d'imagination
tout particulier, et se firent une réputation que la désué-
tude de leur langue a pu seule affaiblir de nos jours. Lisez
dans Rutebeuf, dans Legallois d'Aubepierre et les autres
poëtes du XIIIᵉ siècle, des contes comme celui du *Médecin
malgré lui* [1], du *Testament de l'Asne*, de la *Bourse pleine de
sens*, de *Filer le parfait amour* [2] : vous y découvrirez pour
la poésie légère un horizon immense et tout nouveau.

Si les genres du roman chevaleresque et du conte badin
créaient ainsi et développaient des produits inconnus aux
siècles païens, le dialogue scénique, je n'oserais pas dire le
théâtre, s'élevait de son côté plus ou moins rapidement, et
faisait naître, selon le cas, les *mystères*, les *moralités*, les
soties, les *sermons joyeux* et les *farces*.

Le *Mystère* était la mise en scène et en dialogue d'un des
faits de l'Ancien ou du Nouveau Testament, ou d'un miracle
se rapportant aux idées ou au dogme chrétien [3]. La *moralité*
était une espèce de satire dialoguée, presque toujours allégorique, dans laquelle on faisait paraître des personnages dont
le nom seul indiquait l'intention ; c'étaient, par exemple,
*Maintenant, Instruction, Discipline, Luxure, Honte, Désespoir,
Perdition* [4]. Les *Soties* étaient des moralités d'un genre particulier dont les personnages appartenaient à un peuple ima-

1. C'est de ce conte qu'est tiré, soit directement, soit plutôt par tradition
ou par communication, le fond de la pièce de Molière.

2. Conte charmant de Sénécé, un des plus jolis ouvrages qu'ait produits
dans ce genre le siècle de Louis XIV, et qui était imité d'un conte du moyen
âge.

3. Voyez le *Théâtre françois au moyen âge*, de MM. Francisque Michel et
Monmerqué.

4. L'argument en vers placé à la tête des *Frères de Maintenant*, moralité

ginaire nommé le peuple des *sots* ou des *fous*, et représentaient
dans le monde réel des professions correspondantes à celles
qu'on leur donnait dans la pièce. Les railleries décochées
contre le *Roi des sots*, le *Sot juge*, le *Sot capitaine*, la *Mère
sotte*, tombaient sur le roi de France, les juges, les capitaines,
l'Église [1]. Les *Sermons joyeux* étaient une parodie des sermons
réels. On comprend ce que pouvait être le sermon *De bien
boire* [2], ou celui *Des Fous pour leur apprendre à devenir sages* [3].

composée sur l'histoire de Joseph, donnera une idée complète de ce genre
de pièce.

> Comment *Envie* au temps de *Maintenant*,
> Fait que les frères que *Bon-Amour* assemble,
> Sont ennemys et ont discord ensemble,
> Dont les parens souffrent maint desplaisir,
> Au lieu d'avoir de leurs enfants plaisir.
> Mais à la fin, *Remords de Conscience*,
> Vueillant user de son art et science,
> Les fait renger en paix et union,
> Et tout le temps vivre en communion.

Voyez l'*Ancien Théâtre françois* par M. Violet-Leduc, in-16, 1854, t. III,
p. 87.

1. Ainsi doit s'entendre la convocation faite par *Sotie* elle-même, au commencement de la *Sotie des Trompeurs* :

> Sotz triumphants, sotz bruyantz, sots parfaictz,
> Sotz glorieux, sotz sus, sotz authentiques,
> Sotz assotez, sotz par dictez et par faictz,
> Sotz enforcez, sotz nouveaulx et antiques,
> Sotz assotez, sotz ecclesiastiques.
> Sotz advenans, sotz mignons, sotz poupars,
> Sotz enragés, hors du sens, fantastiques,
> Venez avant, saillez de toutes pars, etc.

Voyez l'ouvrage cité, t. II, p. 244.

2. Même ouvrage, t. II, p. 1.

3. Même ouvrage, t. II, p. 207. Ce dernier commençait après quelques
paroles latines parodiées de celles des livres saints; par ces mots :

> O present assistoire,
> Grans, menus et tout populaire,
> Et, premiers, dames et seigneurs,
> Tous bons pions et bons beuveurs,
> A celle fin que puissions dire
> Chose de quoy nous puissions rire.
> Vers Bacchus nous retournerons,
> Tous ensemble et le saluerons,
> D'ung vouloir parfaict et benin
> En beuvant ung verre de vin.

Puis viennent alternativement quelques paroles latines suivies de vers fran-

Farce est un terme générique qui, les *mystères* exceptés, semble convenir à toutes les pièces énumérées ici ; mais il y en a qui s'en distinguent absolument, ou ne rentrent dans aucun des genres dont nous venons de parler : ce sont particulièrement les farces qui, par le fond, se rapprochent le plus des contes plaisants ; par exemple celle du *Cuvier* [1], où une femme est tellement maîtresse à la maison, qu'elle dicte à son mari la note exacte de ce qu'il devra, sans plus, faire dans la journée. Mais en lavant et tordant du linge, elle tombe dans un cuvier plein d'eau, où elle va se noyer si son mari ne l'en tire ; et celui-ci ne veut s'y employer que quand sa femme s'est engagée, devant témoins, à le laisser maître chez lui.

Je n'ai pas à m'arrêter sur ces divers ouvrages ; je ne veux ni les louer outre mesure, comme l'ont fait quelques admirateurs excessifs du génie gaulois, ni les rabaisser, comme le font souvent les gens de lettres, habitués aux merveilles du xviie siècle. Je remarque seulement que ces œuvres sont toutes nouvelles et sans analogues dans l'antiquité classique. C'est là un point capital dans l'histoire que nous essayons de tracer des progrès de l'esprit humain.

A l'égard des deux opinions contraires que je viens de mentionner, je dois ajouter quelques mots. Certains critiques, par exemple M. Sainte-Beuve, bon juge en cette matière, disent formellement : « Quant aux beautés dramatiques qui pourraient, en grande partie, expliquer l'impression produite par les *mystères*, nous avouerons que, dans tout ce qui nous a passé sous les yeux, nous n'en avons découvert aucune, de quelque genre que ce fût [2]. » C'est qu'en effet il n'y a pas là du tout ce que nous nommons aujourd'hui *beauté drama-*

çais ou de vers en latin macaronique contenant toujours des conseils aussi peu sérieux, souvent en termes beaucoup plus répréhensibles que ceux que j'ai cités.

1. Même ouvrage, t. 1, p. 32.
2. *Tableau de la poésie française au* xvie *siècle*, p. 186, éd. de 1843.

tique, qui, comme nous le verrons, n'a guère été créé que par Corneille, et n'existait ni chez les anciens, ni dans le moyen âge, ni à la Renaissance.

D'autres critiques, entièrement opposés aux premiers et admirateurs outrés de nos anciennes pièces, regrettent, au contraire, l'imitation tentée, au xvi⁰ siècle, des œuvres des Grecs, des tragédies de Sophocle et d'Euripide; ils pensent qu'elle a diminué, sinon étouffé l'originalité de nos auteurs, et qu'il eût été bien plus heureux que ceux-ci se fussent laissés aller à leur simple nature. Nous verrons tout à l'heure que le résultat de cette communication avec la Grèce et Rome a été tout autre qu'on ne le dit ici; que si l'imitation matérielle des œuvres a été, en effet, peu fructueuse, il s'est produit un résultat auquel personne, assurément, ne pensait, et qui n'est pas moins caractéristique [1].

Ce que je remarque pour le moment, et sans discuter la valeur des produits, c'est que, dans le champ de la littérature, l'âge de la chevalerie vit s'élever des plantes nouvelles, dont le mérite peut être diversement apprécié sans doute, mais qui, prises en elles-mêmes, n'augmentent pas moins, pour continuer l'emploi de la même figure, notre flore littéraire.

X. *Renaissance.* — L'époque qu'on a, par une hyperbole un peu audacieuse, nommée la *Renaissance*, comme si l'esprit humain, mort depuis l'antiquité, s'était tout à coup réveillé de ce long et profond repos, n'est pas la même pour tous les peuples. Elle avait commencé en Italie au xiii⁰ ou au xiv⁰ siècle, avec Dante, Pétrarque et Boccace; chez nous ce n'est guère que trois cents ans plus tard, sous le règne de François Iᵉʳ et des derniers Valois, qu'elle brille de manière à frapper les yeux des plus aveugles. Elle ne parvint en Angleterre que longtemps après; et en Alle-

1. Voyez la *Revue de l'instruction publique*, 23 novembre 1854, p. 509.

magne, c'est dans le siècle dernier qu'elle s'est faite dans la poésie. C'est une première preuve que ce nom de *renaissance* ne nous peut guère apporter, quant aux dates, qu'une idée bien confuse. Mais c'est surtout quant à l'idée fondamentale et intrinsèque qu'il est tout à fait faux et doit être rejeté par ceux qui veulent s'entendre eux-mêmes.

Rien n'est plus arbitraire, rien n'est moins fondé, rien n'est même plus déraisonnable que ces hypothèses sur l'engourdissement de l'esprit humain pendant de longs siècles. A peine le concevrait-on chez un peuple tout entier absorbé par la chasse ou par la pêche pour subvenir à ses besoins matériels; il est de tout point impossible chez une nation vive, intelligente, passionnée comme la nôtre. Et en effet, le moyen âge a été plus fécond en ouvrages de toute sorte que ne l'a jamais été l'antiquité; nos bibliothèques regorgent de ce qui fut composé alors, et en considérant la multitude de ces produits, nous sommes plus portés à nous plaindre de leur quantité qu'à accuser la stérilité des auteurs. Sans doute on peut trouver cette fécondité fâcheuse, juger que ces ouvrages n'ont pas d'intérêt pour nous, qu'ils sont loin de valoir les livres des anciens, que les matières dont ils s'occupent ne sauraient nous intéresser. Ce qui ressort de là, c'est que le goût alors était autre qu'aujourd'hui, ou que la société en général pensait à autre chose que ce qui nous occupe: du moins l'esprit humain, qui a produit tant de volumes, n'était ni mort ni endormi, et la prétendue *renaissance* ne fut que le *réveil* de certaines études.

En somme, on nous donnerait une notion beaucoup plus claire et plus exacte si, au lieu de supposer la création presque spontanée des œuvres d'esprit au xvi° siècle et le néant auparavant, on nous exposait le changement qui s'est fait alors, si on nous disait l'élément nouveau qui fut introduit dans les arts, et qui devait les modifier profondément.

C'est ce qu'il n'est pas, ce me semble, difficile de décou·

vrir. Qu'on se rappelle qu'après la prise de Constantinople,
les Grecs les plus savants se réfugièrent en Italie ; qu'ils y
furent reçus par les Médicis, et y ranimèrent le culte de l'antiquité païenne ; qu'on se mit de toutes parts à chercher ce
qui pouvait rester des œuvres des anciens, et que la mode,
favorisant ce mouvement, on ne voulut plus jurer que par
eux, on crut qu'il fallait les imiter en tout. Je n'ai pas besoin
de dire qu'à ce point d'exagération, le culte de l'antiquité
était une folie stérile ; mais en le réduisant à ce qu'il y avait
de juste et de fondé, on en pouvait tirer un excellent profit.
C'est en effet ce qui eut lieu, non par un dessein prémédité,
mais par la force même des choses. La manie de l'imitation,
en tant que manie, ne produisait rien de bon ; mais en s'attachant aux œuvres antiques, on y remarqua une qualité
qui manquait dans celles du moyen âge : je veux dire une
certaine habileté de main-d'œuvre, une exacte régularité
dans les proportions, une grande perfection dans la forme.
Ce fut là le genre de supériorité qu'on introduisit dès lors et
dans les arts et dans la littérature. Pour la peinture et la
sculpture, il ne saurait y avoir de doute ; pour la construction des édifices, on peut penser que l'architecture ogivale
était plus grande, plus sublime que ne l'avait été, que ne le
serait jamais l'architecture grecque. Mais il est évident que
la connaissance des ordres, les proportions des colonnes,
des chapiteaux, des frises, etc., mettait la règle où jusque-
là le caprice de l'architecte avait dominé ; que les ornements
participaient de la perfection introduite récemment dans la
peinture et la sculpture ; que les statues maigres et roides de
nos vieilles cathédrales, leurs gargouilles et leurs monstres
difformes allaient faire place à une nature plus belle et, si
l'on peut le dire, plus vivante.

   Quant à la littérature, et particulièrement quant à la poésie, qui brilla d'un vif éclat alors, ce fut la même chose. La
langue s'était assouplie ; la cadence du vers était mieux arrê-

tée; les poëtes, heureusement doués, comme Saint-Gelais, Marot, Remi Belleau et Ronsard même, introduisirent la beauté de forme dont il s'agit dans des pièces assez courtes pour que ce que j'appellerai *beauté de composition* n'y fût presque rien. Cette dernière, en effet, n'existait pas encore, comme nous le montrerons tout à l'heure; les anciens l'avaient à peine aperçue, le moyen âge ne s'en était pas douté, la Renaissance, vouée tout entière à l'imitation de l'antique, ne la pouvait créer : elle ne se montra que sous Henri IV ou Louis XIII; mais dans les petites pièces, dans celles surtout d'un caractère léger ou moyen, et qui n'exigeaient pas des ressources de langage ou des qualités de style ignorées alors, on obtint un degré de perfection qui n'a pas été surpassé.

Que pourrait-on imaginer aujourd'hui de plus doux, de plus gracieux, par exemple, que cette chanson en rondeau de Charles d'Orléans :

> Tienne-soi d'amer qui pourra :
> Plus ne m'en pourroye tenir.
> Amoureux me faut devenir ;
> Je ne sçais qu'il m'en adviendra
> Combien que je sçay de piéça [1]
> Qu'en amours faut maints maux souffrir.
> Tienne-soi d'amer qui pourra :
> Plus ne m'en pourroye tenir.
> Mon cœur devant-hier accointa
> Beauté qui tant le sçait chérir
> Que d'elle ne peut départir [2] :
> C'est fait, il est sien et sera.
> Tienne-soi d'amer qui pourra :
> Plus ne m'en pourroye tenir.

Depuis ce temps, sans doute, on a fait alterner plus régulièrement les rimes masculines et féminines; on a mieux évité l'hiatus ou élidé l'*e* muet venant après une voyelle. Ce n'est pas de là que dépend cette beauté de forme poétique

1. Depuis longtemps.
2. S'éloigner.

dont nous parlons ici, qui fut dès lors aussi complète qu'elle
l'a pu être en des siècles plus éclairés.

Alors aussi naquirent, en quelque façon, ces genres si gais
et si exclusivement français de l'épigramme finement mordante et du conte épigrammatique. J'ai déjà signalé chez
Martial ce mérite d'avoir tourné de temps en temps la pensée
railleuse de manière à lui ôter la grossièreté que les Grecs
lui avaient toujours laissée, et qui consiste à énoncer crûment l'injure quelle qu'elle soit. La forme polie et agréable
de nos jours fait comprendre cette injure, au contraire, par
une de ses circonstances ou de ses conséquences, mais sans
l'énoncer formellement.

Martial, par exemple [1], s'adressant à une vieille qui n'a plus
de dents, lui reproche ainsi cette infirmité :

> Si memini, fuerant tibi quatuor, Ælia, dentes.
> 　Exspuit una duos tussis et una duos.
> Nunc secura potes totis tussire diebus :
> 　Nil istic quod agat tertia tussis habet.

Bien que la pensée soit encore assez grossière, vous voyez
qu'il ne lui dit pas en propres termes que les dents lui manquent, ce qui serait la seule pointe des épigrammes grecques ;
mais après avoir exprimé que deux toux successives lui ont
enlevé les quatre qu'elle possédait, il ajoute : « Maintenant
vous pouvez tousser sans crainte pendant des jours entiers.
La troisième toux n'y a plus rien à faire. »

Cette forme, à la fois moins directe et moins impolie, mais
plus spirituelle et plus mordante, était rare chez les Romains :
c'est la forme commune chez nous, et cela depuis les premiers temps de la Renaissance. Peut-on rien trouver de plus
piquant et de mieux tourné que cette déclaration de Mellin
de Saint-Gelais, qu'il n'ira dîner ni chez l'un ni chez l'autre
de deux hommes qu'il représente en ces vers :

> Chatelus donne à déjeuner

1. L. I, n° 20.

A six pour moins d'un carolus .
Et Jacquelot donne à dîner
A dix pour moins que Chatelus.
Après tels repas dissolus
Chacun s'en va gai et falot :
Qui me perdra chez Chatelus
Ne me cherche chez Jacquelot.

Le conte épigrammatique naquit aussi vers cette époque, et fut porté dès le premier moment à la perfection. Notre vieux Mellin de Saint-Gelais nous en donnera encore un exemple :

Notre vicaire, un jour de fête,
Chantoit un *Agnus* gringotté
Tant qu'il pouvoit à pleine tête
Pensant d'Annette être écouté.
Annette, de l'autre costé,
Pleuroit attentive à son chant :
Dont le vicaire, en s'approchant,
Lui dit : « Pourquoi pleurez-vous, belle ?
— Ah ! messire Jean, ce dit-elle,
Je pleure un âne qui m'est mort,
Qui avoit la voix toute telle
Que vous, quand vous criez si fort. »

Le madrigal prit aussi une façon si élégante, si gracieuse, le compliment en fut si agréablement tourné, que rien ne se pouvait mieux dire, comme le montre cet exemple de Marot :

Amour trouva celle qui m'est amère,
Et j'y étois, j'en sais bien mieux le conte :
« Bonjour, dit-il, bonjour, Vénus, ma mère ! »
Puis, tout à coup, il voit qu'il se mécompte,
Dont la rougeur au visage lui monte,
D'avoir failli honteux, Dieu sait combien.
« Non, non, Amour, ce dis-je, n'ayez honte :
Plus clairvoyants que vous s'y trompent bien. »

Enfin, de petites pièces érotiques, un peu plus développées que celle-ci, comme *l'Amour écolier et maître*, que Ronsard

a imité avec tant de supériorité de Bion ; et ces stances charmantes et si connues du même poëte :

> Mignonne, allons voir si la rose
> Qui ce matin avait desclose
> Sa robe de pourpre au soleil,
> A point perdu cette vesprée
> Les plis de sa robe pourprée
> Et son teint au vôtre pareil :

sont toutes si remarquables par l'exacte circonscription de
l'ensemble et le fini des détails, qu'on ne saurait rien trouver ni rien désirer de mieux.

On peut donc poser en fait que le vrai mérite de l'époque
dite la *Renaissance* dans la littérature et la poésie, ç'a été l'extrème perfection de ces petites pièces, où la composition
n'est presque rien, où l'idée primitive admet peu de développements, où l'excellence consiste, par conséquent, dans
une certaine grâce ou perfection de forme, et dans un choix
d'expressions, une originalité de tournure extrêmement
agréables.

Les anciens avaient eu certainement la beauté de la forme,
mais surtout celle du langage et de la facture des vers. Quelquefois aussi ils y ont joint, comme Horace, dans ses odes,
l'exacte terminaison de l'ensemble et la parfaite circonscription ; mais la tournure originale et charmante de la prolation
totale et la manière de finir, inattendue et frappante, se
trouvait alors pour la première fois, et c'est un caractère
qu'il n'est pas permis de négliger.

XI. *Les premiers Bourbons.* — Nous voici venus au temps
de la vraie maturité de l'esprit humain pour la littérature,
les sciences et les arts. Je n'entends pas par ce mot de *maturité* qu'on ne puisse rien faire de mieux, ni aller plus loin
qu'alors ; je ne veux pas même assurer que sous Louis XIV
toutes les œuvres aient été supérieures à ce qu'on avait eu
jusqu'à lui : je veux dire seulement que les principes géné-

raux se fixent si bien qu'ils sont les mêmes qu'aujourd'hui ;
qu'on n'y a rien ajouté de fondamental, et que les progrès
que nous pouvons concevoir à présent même ne sont que le
développement des vérités reconnues, des règles établies dès
le xviie siècle. C'est ce que l'examen qui suit montrera avec
évidence.

Nous avons vu que l'antiquité, sur un fonds très-pauvre
d'invention, avait mis au moins dans les détails une beauté
de forme que le moyen âge n'atteignit jamais. Celui-ci, à son
tour, grâce aux idées chrétiennes, à la constitution nouvelle
de la société, au développement de l'industrie et à l'importance qu'elle prit pour la première fois, à l'infinie variété
des positions, à la hiérarchie qui s'établit entre elles, dans
l'Église d'abord, puis dans l'état social, par la féodalité et
les communes d'une part, de l'autre par les échanges per-
pétuels du travail libre contre la richesse acquise ; le moyen
âge, dis-je, apporta dans tous les sujets une abondance
d'incidents et de détails, une variété de combinaisons, un
nombre d'inventions de toutes sortes que rien n'avait fait
prévoir.

C'est, si l'on veut des exemples, dans l'architecture, l'immensité de nos cathédrales, et la forme toujours différente
de nos églises comparée à l'extrême petitesse des temples
grecs, bâtis tous sur le plan d'un carré long entouré de colonnes ; c'est la variété souvent fantasque de l'ornementation[1]
gothique, opposée à la monotonie des chapiteaux ou des
frises grecques ; c'est, dans la sculpture, ces scènes à plusieurs personnages, comme des descentes de croix, les apôtres au tombeau de Jésus-Christ, ou le jugement dernier,
comparés à ces statues antiques, d'une grande pureté de
dessin, mais isolées, compassées, froides, et presque toutes

---

1. *Ornementation* est un barbarisme abominable : il faudrait dire *ornage*
ou *ornature*. Malheureusement ces deux mots ne sont pas usités, et l'autre
l'est en dépit de sa longueur et de son étrangeté.

dans la même position [1]; c'est la multitude des incidents divers de nos romans de chevalerie et des récits de nos conteurs, opposée à la pauvreté des inventions de l'*Iliade* et de l'*Énéide*, et à la perpétuelle ressemblance de leurs discours, de leurs aventures et de leurs combats; c'est enfin, pour passer à un genre qui dépend beaucoup moins de l'imagination, cette extrême indigence de l'histoire ancienne, qui ne rappelait guère que les dissensions civiles et les guerres étrangères, comparée à la richesse de la nôtre, qui s'occupe en outre de tous les progrès des peuples, de leur langue, de leur religion, de leur législation, de leur morale, de leur économie aussi bien que de leur industrie, de leurs arts et de leurs sciences.

La Renaissance fit revivre, comme nous l'avons vu, la beauté de la forme antique : elle la perfectionna même et l'augmenta sensiblement, mais elle ne put la mettre que dans les petits ouvrages littéraires. Il était réservé au grand siècle de réunir définitivement ces caractères à la richesse des inventions dans les œuvres les plus considérables. Pour cela il fallait comprendre et rendre palpable une beauté nouvelle, la beauté de *composition*. J'entends par là cet art d'arranger les diverses parties entre elles, de manière que le tout soit un, exactement terminé dans toutes ses parties, qu'il n'y ait rien ni à y ajouter ni à en retrancher.

Cet art, nous avons su qu'il existait déjà en partie chez les Romains, si on les compare aux Grecs. On peut même dire que, dans certaines petites pièces [2], il était à l'époque d'Au-

---

1. Il suffit de se promener quelques instants au Louvre, dans les salles des antiques, pour être frappé de cette monotonie extraordinaire. Que l'on passe de là aux salles de la Renaissance et des temps postérieurs, et l'on verra tout de suite ce que le génie moderne a su mettre dans la sculpture.

2. Si l'on veut aussi de grands ouvrages, on peut citer les discours de Démosthène et de Cicéron dont la composition est très-belle; et jusqu'à un certain point les histoires. Je ne mentionne pas cependant ces ouvrages, parce que la composition y est moins le produit de l'art que celui

guste poussé très-loin. Il est, je crois, impossible de trouver
rien de mieux composé que quelques contes de Phèdre, que
certaines odes, certaines satires ou épitres d'Horace ; les
poëmes didactiques, même comme le *De natura rerum* et les
Géorgiques, sont des compositions biens faites, en ce sens
que les grandes divisions y sont nettement arrêtées et présentent à l'esprit un objet exactement déterminé. Mais si
l'on descend aux détails, on y trouve quelque faiblesse,
soit parce que les connaissances réelles manquaient aux
anciens, soit parce qu'ils ne tenaient pas autant que nous
au bon ordre des idées. L'*Art poétique* d'Horace, comparé
à celui de Boileau, mettra cette différence dans tout son
jour. On a dit avec beaucoup de raison que Boileau avait
voulu faire un poëme, et qu'Horace n'avait fait qu'une épître ;
et cela explique très-bien comment le poëme français est
beaucoup plus développé, entre dans plus de détails et
donne plus de connaissances précises que le latin. Cela n'explique pas le désordre des idées dans l'*Épître aux Pisons*,
désordre qui a désolé tous les commentateurs et traducteurs :
au point de faire proposer à quelques-uns le déplacement
des diverses parties de cette épître et leur arrangement
dans un meilleur ordre[1]. Cela n'explique pas surtout l'indécision du but, l'ignorance du véritable objet du poëte que
personne n'a pu jusqu'à présent définir, et sur lequel en effet les érudits disputent en vain depuis trois siècles[2].

Il est évident par là, et par tous les ouvrages anciens que
l'on comparerait sous ce rapport aux ouvrages modernes,

---

de la nécessité. L'expérience a montré presque tout de suite comment devaient être disposées les matières d'un plaidoyer, et la chronologie a indiqué l'ordre des faits historiques. Évidemment ce n'est pas là l'ordonnance
d'un poëme ou d'une œuvre romanesque, et l'on ne saurait voir dans le bon
arrangement d'un discours ce que nous appelons la beauté de composition
dans les arts.

1. Lemaire, t. II, p. 434 de son édition.

2. Lemaire, *ib.*, p. 427 et suiv.

que l'idée d'ordre et d'arrangement des parties, bien qu'elle existât en germe chez les Grecs et chez les Romains, était loin d'être développée chez eux comme elle l'est chez nous, et qu'ainsi cette grandeur et cette variété de la composition, sous une féconde et puissante unité, ne les touchait que médiocrement, tandis qu'elle est pour nous la condition *sine qua non* de tout ouvrage un peu élevé.

Essayons de rendre cette vérité plus sensible encore par une comparaison tirée de la peinture. Tout le monde sait combien, dans les tableaux les plus compliqués de nos peintres, il y a d'unité au milieu de cette multitude de personnages, qui tous concourent à la même action, qui tous semblent placés là pour faire ressortir le héros principal sur qui se fixent incessamment les yeux du spectateur. Il me suffira de citer dans ce genre les batailles de Lebrun pour que tout le monde sache ce que je veux dire.

Il ne nous reste rien de la grande peinture des anciens; nous ne pouvons donc juger que par conjecture de la perfection qu'ils avaient su mettre dans l'exécution de leurs tableaux. Mais ce que j'appelle la *composition* s'explique très-bien par la parole, et se transmet par les livres; or, nous connaissons, par les écrivains grecs et latins, un assez grand nombre de tableaux antiques pour pouvoir assurer que cette partie n'y était rien du tout.

Pline[1] mentionne un grand nombre des tableaux d'Apelles, le plus grand peintre sans comparaison de toute l'antiquité, et qu'on ne croyait pas pouvoir être jamais égalé[2]. Ce ne sont, à vrai dire, que des portraits en pied. C'est une Vénus sortant de la mer[3], c'est un Alexandre tenant la foudre[4],

---

1. *Nat. hist.*, XXXV.

2. Verum omnes prius genitos futurosque postea superavit Apelles Cous. Plin., *Nat. hist.*, XXXV, 36, n° 17.

3. Venerem exeuntem e mari..... quæ *Anadyomene* vocatur. *Ib.*, n° 28.

4. Alexandrum Magnum fulmen tenentem. *Ib.*. n° 29.

c'est un Clitus à cheval, ou un écuyer donnant un casque à un guerrier[1], c'est un Hercule vu de côté[2], c'est un héros nu[3], c'est un cheval [4], c'est un Antigone à cheval, que les connaisseurs préféraient à tous ses autres ouvrages [5]. N'est-il pas visible que, eu égard à la composition, tous ces tableaux sont du même degré que ces portraits réels ou allégoriques de nos rois, de nos grands ministres, de la France, de la religion, de la tragédie, de la comédie, etc., où le peintre peut développer un grand talent d'exécution, où l'on ne saurait admirer le mérite d'ensemble qui caractérise des tableaux plus grands et plus estimés, comme ceux qui décorent nos églises, et où sont représentées les diverses scènes de la vie de Jésus-Christ, avec les nombreux spectateurs qui tous y prennent part?

Lucien [6] nous a laissé la description d'un ouvrage d'Apelles où se trouvaient plusieurs personnages; c'est l'image allégorique de la Calomnie. Voici ses paroles :

A droite, on voit un homme à grandes oreilles comme Midas ; près de lui sont l'Ignorance et le Soupçon. De l'autre côté s'avance la Calomnie, tenant de la main gauche une torche allumée, et traînant de l'autre par les cheveux un jeune homme qui semble implorer les dieux et les prendre à témoin. Elle est accompagnée de l'Envie et plus loin des Piéges et de la Tromperie. Derrière elle enfin, vient le Repentir en habits de deuil, qui verse des larmes en voyant la Vérité qui s'approche.

Supposons ce tableau parfaitement exécuté : il est facile de voir qu'il n'y a là aucune unité; que ce sont trois circonstances, non pas simultanées, mais consécutives; c'est-

---

1. Clitum equo ad bellum festinantem, galeam poscenti armigerum porrigentem. Plin., *Nat. hist.*, XXXV, 36, n° 30.

2. Herculem aversum, ut, quod est difficillimum, faciem ejus ostendat verius pictura, quam promittat. *Ib.*, n° 31.

3. *Ib.*

4. *Ib.*, n° 32.

5. Peritiores artis præferunt omnibus ejus operibus eumdem regem (Antigonum) sedentem in equo. *Ib.*, n° 33.

6. *De calumnia*, n° 5.

à-dire, par conséquent, trois tableaux réunis en un, et que l'on pourrait fort bien séparer, savoir : 1° l'Ignorance; 2° la Calomnie; 3° le Repentir. Nous avons des peintures de ce genre ; celles, par exemple, où l'on représente un cortége, une procession; telle est, en particulier, la grande peinture murale qui décore à l'intérieur l'église de Saint-Vincent-de-Paul, à Paris, laquelle représente les saints et les martyrs qui s'avancent en ordre vers la sainte Trinité pour jouir auprès d'elle du bonheur suprême. Eu égard à l'unité de composition que nous examinons ici, c'est, comme l'œuvre d'Apelles, une série de tableaux et non pas un seul : ou, si l'on aime mieux, l'unité qui s'y trouve est une unité de raison, comme celle qu'il peut y avoir dans des annales : ce n'est pas l'unité artielle qu'on admire à juste titre dans nos tableaux d'histoire.

Cette qualité est surtout précieuse autant qu'elle a été difficile et tardive dans les grands ouvrages d'imagination, dans le poëme dramatique et le poëme épique. La composition n'était rien du tout chez les anciens. Il n'y en a pas l'ombre ni dans l'*Iliade*, ni dans l'*Odyssée*, ni dans l'*Énéide*, ni dans les tragédies, ni dans les comédies grecques. Là, quelles que soient les inventions, grandes ou petites, variées ou semblables, neuves ou vieilles, il n'y a presque pas entre elles d'autre succession que celle de la chronologie. Dans l'*Odyssée*, par exemple, Ulysse quitte l'île de Circé pour aller chez les Phéaciens ; sauf l'ordre des temps, et sans doute aussi la direction géographique, il aurait tout aussi bien pu, en sortant de chez les Phéaciens, échouer dans l'île de Circé. Il raconte à Alcinoüs comment les vents l'ont poussé successivement chez les Ciconiens, chez les Lotophages et chez les Cyclopes : quand il aurait interverti cet ordre, et commencé par les Cyclopes, quel mal en serait-il résulté pour le poëme? Les événements se succèdent donc dans les narrations poétiques des Grecs ou des Latins comme dans leurs tragédies, selon la tradition ou le caprice

de l'auteur : ils ne se produisent pas les uns les autres, au
moins en général; et de là, à nos yeux, cette absence d'intérêt qui résulte toujours pour nous du *défaut de composition*.

En France, c'est tout autre chose. Le *Cid* y est en ce point
le premier modèle d'une grande et belle composition littéraire. J'avoue qu'il y a là encore l'inexpérience d'un premier
inventeur; un rôle absolument inutile, des scènes vides et
sans liaison, des monologues importuns, quelques pensées
fausses, une expression de temps en temps triviale, mais
quelle beauté dans l'ensemble! quel enchaînement dans la
marche des faits! quelles passions successivement soulevées
et se combattant les unes les autres! En un mot, et sans
compter même le mérite général du style, quelle plénitude
dans l'intérêt!

La pièce s'ouvre en effet par des scènes où est exposé
l'amour de Rodrigue et de Chimène : tout semble d'accord
pour le bonheur de ces amants, quand la dispute des deux
pères et l'outrage fait à l'un d'eux vient détruire leurs espérances. Don Diègue, trop vieux pour tenir une épée, re-
met sa vengeance à son fils, qui sacrifie son amour à son
honneur et tue le père de son amante. C'est alors Chimène
qui demande justice au roi; c'est don Diègue qui défend Rodrigue; c'est don Sanche qui veut être le vengeur de Chimène; puis vient la scène des adieux de Chimène et de Rodrigue, où celui-ci, qui voulait abandonner sa vie, reçoit de
son amante l'ordre de la défendre. Ce n'est pas tout : les
Maures viennent attaquer la Castille. Rodrigue, qui a tué le
plus habile des guerriers espagnols, doit le remplacer, et le
remplace avec succès, quand Chimène vient troubler la joie
générale en demandant que l'on venge son père. Elle charge
alors don Sanche de sa vengeance, et dans une dernière entrevue avec Rodrigue lui recommande encore de se défendre
lui-même. Enfin, quelque temps après, don Sanche vient lui
apporter son épée, que Chimène prend pour l'indice de sa

victoire et de la mort de celui qu'elle aime ; alors elle laisse parler son amour et sa douleur, et, quand elle apprend que Rodrigue a été vainqueur et qu'il est toujours prêt à mourir pour elle, ne pouvant revenir sur ses aveux, elle demande seulement au roi de ne pas presser un mariage que tout le monde entrevoit comme devant se faire un jour.

Cette magnificence de composition que le génie n... lerne avait déjà produite, en partie du moins, dans *Roland l'amoureux*, dans *Roland furieux*, dans la *Jérusalem délivrée*, etc., se retrouve dans les belles tragédies de Corneille : elle est dans son *Menteur;* elle est après lui, et à un plus haut degré encore dans les pièces de Molière, de Racine, de Regnard, et généralement dans toutes les bonnes pièces de notre théâtre, dont elle forme le caractère essentiel et distinctif; comme elle est d'un autre côté (mais là c'était beaucoup plus facile et moins important) dans les bons contes de La Fontaine, et dans les satires, les épîtres, l'*Art poétique* et le *Lutrin* de Boileau.

Elle est entrée aussi dans tous les ouvrages, quels qu'ils soient, et a produit dans tous les genres des œuvres absolument nouvelles. Dans l'éloquence orale, le sermon et l'oraison funèbre reçoivent une beauté inexprimable ; l'éloquence du barreau devient à la fois plus sage et plus correcte; le genre épistolaire plus varié, plus charmant que jamais, sous la plume de Mme de Sévigné et de presque tous nos auteurs. Les lettres mêlées de vers et de prose, mises à la mode par La Fontaine ; l'éloquence académique, créée par Balzac ; l'histoire dans tous les genres, enrichie et régularisée, surtout l'histoire des arts et des sciences, dans les notices historiques sur les travaux des académiciens ; les mémoires historiques, comme ceux du cardinal de Retz ; les romans de mœurs intimes, comme *Zaïde* et *la Princesse de Clèves* de Mme de La Fayette; les romans fantastiques d'Hamilton ; la nouvelle historique et satirique, comme la

Conversation du père Canaie et du maréchal d'Hocquincourt,
par Saint-Évremond; les dissertations philosophiques, comme
le *Traité de la méthode*, et les *Méditations* de Descartes, l'*Art de
penser*, la *Recherche de la vérité* de Malebranche; les thèses
d'érudition et de philologie, comme celles de Méziriac et les
mémoires de l'Académie des inscriptions et belles-lettres;
dans la critique littéraire, les *Discours* de Corneille *sur l'art
dramatique;* les *Réflexions* de Boileau sur quelques passages
de Longin; les discussions de Bayle sur tous les sujets d'histoire ou de philosophie; dans la satire en prose, les *Provinciales* de Pascal, etc., etc., forment un ensemble de compositions si neuves par leurs matières, si riches par leurs
détails, si belles par l'arrangement des parties, si admirables par l'expression, qu'on peut dire que c'est un art
tout nouveau, même dans les genres qui paraissent le plus
anciennement connus. Que serait-ce, si nous nous attachions
aux nuances que peut offrir chaque genre; si nous énumé-
rions dans le seul genre comique, la comédie de caractère,
la comédie de mœurs, la comédie d'intrigues, la comédie à
tiroir, la comédie à travestissements, les pièces à intermèdes
chantants et dansants, dont l'antiquité n'eut jamais la
moindre idée, et qui étaient bien connus et déjà parfaitement classés dès le temps de Louis XIV[1]? Quelles richesses

---

1. Cette supériorité du théâtre français n'est pas toujours comprise des
érudits : M. Egger dans son *Histoire de la critique chez les Grecs* (p. 31 et
suiv.) fait d'Aristophane un éloge fort développé qu'il termine par ces mots :
« Quand on a bien voulu refaire ainsi par un effort de souvenir et d'imagination la société même où parut la comédie d'Aristophane, on reconnaît dans
cette forme de la satire et de la critique littéraire une production qui, malgré
ses défauts, n'a jamais eu et n'aura peut-être jamais d'égale pour la grandeur et l'originalité (p. 41). » — Je ne saurais, je l'avoue, accepter ce jugement. Je tiens pour vrai tout ce que dit M. Egger des qualités d'Aristophane
avant cette conclusion. Or, quelles sont-elles ces qualités qu'on nous vante,
même en refaisant par la pensée cette société qui applaudissait les *Nuées* ou
les *Grenouilles?* C'est, de l'aveu du panégyriste, la satire en style boursouflé
de l'emphase d'un mauvais poëte; c'est un vers d'Euripide travesti en ridicule par un changement de mots; c'est une situation tragique parodiée en

extraordinaires ne trouverions-nous pas? Et quelles occasions d'admirer non-seulement la fécondité de l'esprit humain, mais particulièrement celles de ces règles qu'on a quelquefois accusées de lui donner des entraves et qui seules, au contraire, le rendent inépuisable! Mais ce serait un sujet tout nouveau à traiter ici : suivons plutôt l'ordre des temps comme nous avons commencé.

XII. *Dix-huitième siècle.* — Louis XIV mort, un roi enfant lui succède, et le règne de Louis XV commence par une régence dont les mœurs et l'esprit ont développé chez nous ce goût de libre pensée et de libre recherche qui caractérise le xviiie siècle. Nous n'avons à considérer ici que l'effet qu'on peut nommer littéraire, c'est-à-dire les modifications introduites dans les ouvrages d'éloquence et de poésie. Ces modifications sont graves et nombreuses; quelques-unes indiquent un progrès, d'autres touchent, par quelques points, à la décadence, et font que les ouvrages d'alors ne sont pas, autant que ceux du siècle précédent, des modèles à offrir à la jeunesse.

La disposition à contester l'autorité, à discuter les règles reçues jusqu'alors, amena, dans la critique littéraire, des débats intéressants, dont le plus connu est celui de Lamotte avec Boivin et Mme Dacier. Cette polémique mit en parallèle le genre de discussion ancien et outrageux représenté par la femme savante, et le genre moderne, ingénieux et poli dont Lamotte donna le premier modèle.

vers burlesques : ce sont des allusions à tout ce qui se passe, à tout ce qui est dans les mœurs générales : c'est-à-dire qu'en réunissant tout ce que les hellénistes les plus dévoués admirent le plus dans Aristophane, nous n'y trouvons que le fonds commun des plaisanteries des pièces les moins estimées de nos plus petits théâtres; et rien ne s'y montre qui nous paraisse digne d'être admis sur une scène plus élevée. La Harpe me semble avoir été bien meilleur juge du mérite d'Aristophane, dans l'analyse qu'il a faite de ses *Chevaliers :* là, c'est vraiment la juste appréciation, et non l'idolâtrie aveugle de l'antiquité.

L'histoire devint plus philosophique sous la plume de Montesquieu, dans la *Grandeur et la Décadence des Romains ;* sous celle de Voltaire, dans l'*Essai sur les Mœurs* et le *Siècle de Louis XIV*, et sous celle de leurs imitateurs, c'est-à-dire qu'on estima moins les faits en eux-mêmes ou pour eux-mêmes, et qu'on s'attacha davantage à connaître l'esprit des peuples et des institutions.

Les histoires des sciences et des corporations, les biographies même gagnèrent à cette nouvelle direction des idées ; les faits devinrent plus certains ; les intentions des personnages furent mieux connues, ainsi que les ressorts cachés des événements.

Les romans prirent une forme beaucoup plus grande et plus variée qu'autrefois. Le *Diable boiteux*, *Gil-Blas*, *Gusman d'Alfarache*, *Manon Lescaut*, la *Nouvelle Héloïse*, les *Contes moraux* de Marmontel, présentèrent, non plus des aventures incroyables, mais des peintures vraies du cœur humain, dans des situations variées à l'infini et toujours naturelles. *Émile* fut un modèle dangereux peut-être, du moins fort remarquable du roman d'éducation essayé autrefois par Xénophon dans la *Cyropédie ;* et Barthélemy, dans son *Voyage d'Anacharsis*, créa le roman d'érudition, si l'on peut employer ce terme. De plus, des genres singuliers et nouveaux furent imaginés alors, peu louables, sans doute, quant à la morale, mais bien ingénieux, par l'arrangement ou par l'expression, et qui ne pouvaient naître que chez un peuple habitué comme nous à toutes les jouissances de l'esprit : les *Lettres persanes* de Montesquieu, et son *Temple de Gnide*, le *Sopha* de Crébillon fils, le *Sultan Misapouf* et *Tant mieux pour elle* de l'abbé de Voisenon, le *Diable amoureux* de Cazotte, et au-dessus de tout cela les *Romans philosophiques* de Voltaire.

Il en fut de même des pièces mêlées ou satires, des entretiens philosophiques ou moraux ; les *Facéties* de Voltaire, ses *Pots-pourris*, ses *Dialogues critiques*, le *Neveu de Rameau*

de Diderot, les pamphlets en prose ou en vers que l'on faisait
courir et dont on a fait de si plaisants recueils, étaient autant d'espèces d'ouvrages inconnus au siècle précédent aussi
bien qu'à l'antiquité.

Les traités ou livres dogmatiques, s'ils n'eurent rien au
fond d'absolument neuf, reçurent une forme plus sévère et
plus didactique, et qui suivait le progrès des sciences : la
philosophie, entre les mains de Buffier et de Condillac ; la
grammaire, par celles de Dumarsais et de Beauzée ; la littérature proprement dite et la critique, par Voltaire et Marmontel ; les exposés de doctrine, chez Clairaut et d'Alembert ;
la législation dans l'*Esprit des lois;* l'histoire naturelle, chez
Buffon et Guéneau de Montbeillard ; les recherches savantes
de toutes sortes, dans les mémoires des Fréret, des Lavoisier
et des Laplace, parlèrent une langue dont le xviiᵉ siècle
avait préparé la perfection, mais sans l'atteindre lui-même.

La poésie ne fut ni moins originale ni moins féconde.
L'ode, après Racine et J. B. Rousseau, n'a plus de soutien
que Lefranc de Pompignan ; mais la chanson s'épanouit en
une multitude de directions diverses. Le poëme épique, qu'on
nous accusait de ne pouvoir produire, nous est enfin donné
par Voltaire, dans une forme qu'on peut croire inférieure à
la forme antique, qui du moins a l'avantage de joindre à une
élégance continue cette sobriété de développements, ou plutôt d'inutilités poétiques, dont nous sentons aujourd'hui le
besoin. Il est à regretter que l'auteur n'ait pas osé s'écarter
davantage des conditions générales et des règles calquées
sur l'*Iliade* et l'*Énéide* [1] ; il nous eût donné un poëme à la fois
plus original, plus intéressant, et qui se serait mieux emparé
de l'admiration des lecteurs.

Le même auteur nous donne le poëme héroo-satirique,
bien blâmable, assurément, par rapport à la morale et au

1. Voyez ci-dessous les *Épiques de l'époque impériale.*

patriotisme, mais étincelant d'esprit et chef-d'œuvre d'un genre inconnu jusqu'alors. Le genre du poëme badin est créé par Gresset dans son *Ver-Vert*, et continué par La Harpe dans *Tangu et Félime*. Dans le genre du conte en vers, Voltaire obtient un rang égal à celui de La Fontaine ; il donne même à ces ouvrages une teinte de sentiment et un degré d'intérêt touchant que son prédécesseur avait en général écarté.

La *Religion*, de Louis Racine, la *Loi naturelle*, de Voltaire, les *Saisons*, de Saint-Lambert, sont, dans le genre didactique, immédiatement au-dessous de l'*Art poétique*. L'églogue et l'élégie n'ont rien à offrir de supérieur ; mais Colardeau réussit dans l'héroïde, Voltaire brille dans la satire, l'épître badine, la dissertation philosophique ; et quant à la poésie légère, il s'y place tellement hors ligne, que c'est entre ses mains un genre presque créé.

La poésie dramatique n'invente pas, à proprement parler, d'espèces nouvelles ; mais les anciennes se transforment. Voltaire met dans la tragédie des passions plus émouvantes que Corneille et Racine. *Alzire*, *Zaïre* et *Tancrède* nous remuent plus profondément que *Cinna*, *Rodogune* ou *Mithridate* [1]. La comédie n'a plus Molière ni Regnard ; mais Destouches, Gresset, Piron, de Boissy la maintiennent en un rang fort

---

1. Cette qualité a été remarquée avec beaucoup de sagacité par La Harpe, dans son *Commentaire sur le théâtre de Voltaire* (Paris, 1814, in-8°), et en termes assez catégoriques pour que je reproduise ici ce passage peu connu. « Voilà trois tragédies de suite (*Zaïre*, *Adelaïde Du Guesclin*, *Alzire*) dont le cinquième acte est admirable. C'est un des avantages de M. de Voltaire. Racine ne peut opposer que le cinquième acte d'*Andromaque*. Celui d'*Athalie*, quoique pompeux et imposant, ne peut entrer en comparaison, parce qu'il y a quelque chose d'odieux dans la supercherie du grand prêtre ; *Phèdre*, *Iphigénie*, *Bajazet*, *Bérénice*, *Mithridate*, *Britannicus* pèchent par le cinquième acte. C'est la partie faible de ce grand homme. Élève des anciens, il ne s'imposait d'autre loi que celle de dénouer d'une manière vraisemblable tous les chaînons de l'intrigue, de bien terminer l'action, et non pas d'enchérir sur les actes précédents ; ce qui est devenu aujourd'hui une sorte de loi qui est rarement remplie (p. 169). »

élevé. Dans l'*Enfant prodigue*, dans *Nanine*, dans le *Préjugé à la mode*, c'est le genre qui se modifie, et qui donne plus au sentiment qu'au comique. On peut estimer cette forme beaucoup moins que la vraie comédie, la regarder même comme prouvant chez l'auteur l'impuissance d'atteindre à la franche gaieté dont Molière, Regnard et Dancourt offrent tant d'exemples. Il ne faut pas moins avouer qu'elle a son intérêt et sa valeur, et que les pièces qu'on lui doit comptent sensiblement dans la gloire poétique de la France.

Il en est de même du drame proprement dit : c'est-à-dire de ces pièces un peu romanesques qui nous montrent les peines de cœur profondément senties par des personnages de la classe moyenne. On a, dans le siècle dernier, tiré à bout portant sur le drame, et de tous les côtés. Les condamnations sérieuses, les dissertations critiques ne lui ont pas été plus épargnées que les épigrammes par ceux-là mêmes qui travaillaient dans cette direction ou s'en rapprochaient à leur insu [1]. Tout cela ne l'a pas empêché de faire son chemin; et telle est la fécondité de ce genre, dont la *Princesse d'Élide*, les *Amants magnifiques* et même *Tartufe*, malgré leur titre de *comédies*, avaient déjà offert des exemples, qu'il a depuis cinquante ans fourni plus à nos théâtres, à lui seul, que le tragique et le haut comique.

Il résulte au moins de là que, malgré la perfection des œuvres du siècle de Louis XIV, et la grande variété qu'on y avait déjà atteinte, le xviiie siècle ne s'est pas endormi non plus; qu'il a, soit par l'excellence des ouvrages, soit par la création de genres nouveaux, dignement continué son devancier.

XIII. *La Révolution et l'Empire.* — On sait quel mouvement se fit dans les esprits à la fin du règne de Louis XVI. La mollesse du pouvoir y aidant, la fureur de la rénova-

---

1. Voltaire dans *le Pauvre diable* et ailleurs.

tion sociale s'empara de toutes les têtes. Tout fut à la fois renversé et détruit, les lois, les institutions, les mœurs. La fortune publique et particulière, la vie des hommes et quelquefois celle des nations, y périrent; et ce qu'il y a de plus honteux pour les innovateurs, l'ordre de choses payé si cher et fondé sur les ruines du passé, ne put pas même se maintenir. Au bout de moins de dix ans, il fut remplacé par un pouvoir beaucoup plus absolu que celui qu'on avait détrôné. Ce fut le gouvernement impérial, qui, à son tour, usé par la guerre, succomba pour faire place à l'ancienne famille de nos rois. Ceux-ci nous apportaient, avec la paix et la liberté, la richesse et le bonheur. Les trente-quatre ans de paix glorieuse dont nous jouîmes alors sont dans les annales des nations une exception unique dont il serait peut-être bien présomptueux d'espérer le retour. Mais nous n'avons à nous occuper ici que des œuvres littéraires.

Que produisit la littérature pendant les vingt-cinq ans qui s'écoulèrent de 1789 à 1814? Elle était bien tombée pendant la tourmente révolutionnaire. On ne trouvait guère alors le temps de composer des ouvrages sérieux. Le langage, d'ailleurs, se ressentait du trouble général. Grands et petits, hommes bien élevés et manants, nationaux et étrangers, tout était confondu, tout était pêle-mêle dans la société. A peine quelques esprits d'élite, surnageant du milieu de ces eaux agitées, montraient dans les discours ou dans la conversation cette politesse fine et sensée, l'un des plus beaux fleurons de notre langage. Quelques orateurs brillèrent à la Constituante dans l'éloquence politique; c'était en France un genre nouveau qui produisit, dès le premier moment, ses plus beaux fruits : car bientôt cette éloquence dégénéra en un langage odieux, aussi vide de pensées solides que bourré de lieux communs, de sophismes, de blasphèmes, et souvent de barbarismes ou de fautes de syntaxe.

Un homme se distingua aussi dans le pamphlet politique :

ce fut Camille Desmoulins, qui se fit dans ce genre, non pas nouveau, mais renouvelé, une réputation durable. Il fut lui-même la victime de son talent, et périt sur l'échafaud, condamné par les hommes qui ne lui pardonnaient pas ses satires.

Lorsque la lassitude du régime sanglant de la Terreur et des orgies du Directoire eut rendu possible le retour à l'unité du commandement, la main puissante de Napoléon remit chez nous un ordre un peu sévère. On revint naturellement avec des talents divers aux ouvrages déjà connus. On s'essaya dans les voies déjà parcourues avec moins de gloire, sans doute, que les grands écrivains ou poëtes des siècles précédents, mais toutefois avec quelque succès. Certaines carrières même, ouvertes pour la première fois, ont donné des résultats tout à fait neufs et dignes d'une assez haute estime.

L'éloquence de la tribune, aussi froide et compassée sous le Consulat et l'Empire qu'elle avait été dévergondée et violente sous la Convention, a pourtant laissé, dans la discussion du Code et dans les séances du Tribunat, de nobles et beaux souvenirs.

L'éloquence du professorat, qui n'existait pas pour ainsi dire autrefois, et qui avait été créée peut-être par La Harpe, dans son cours du Lycée, ouvrit, à la fin du siècle dernier et au commencement de celui-ci, cette série de magnifiques leçons qui acquit sa plus grande gloire sous la Restauration.

L'histoire proprement dite gagna aussi beaucoup, sinon par rapport aux mérites littéraires et aux qualités du style, au moins pour la connaissance et l'appréciation des faits, à la triste expérience qu'on avait faite de l'application des rêves de la philosophie aux nécessités des peuples.

L'histoire des sciences prit une forme plus ample et plus sévère que par le passé : le précis de l'*Histoire de l'Astronomie*, de Laplace ; le *Discours sur les révolutions du globe*, de Cuvier ; l'*Histoire comparée des systèmes de philosophie*, de

Dégerando; le *Lycée* ou *Cours de littérature*, de La Harpe; l'*Histoire littéraire d'Italie*, de Ginguené, sont des ouvrages capitaux, et qui peuvent être regardés comme des créations de l'esprit contemporain.

Le roman n'a peut-être rien produit d'absolument neuf au fond; mais le roman poétique des *Martyrs*, ainsi que *René* et *Atala*, ces deux épisodes du *Génie du christianisme*, méritent assurément qu'on s'en souvienne. La *Prophétie de Cazotte*, par La Harpe, est une œuvre tellement individuelle qu'il n'est pas possible d'en faire un genre entier : on ne doutera pas du moins que ce ne soit une forme aussi remarquable que neuve, et que la nouvelle historique ainsi traitée ne mérite toute notre sympathie.

Les ouvrages purement didactiques, les traités de sciences, furent, je n'ai pas besoin de le dire, supérieurs à tout ce qu'on avait vu jusqu'alors : la critique littéraire fut noblement représentée dans les journaux; la satire en prose se glissa dans un grand nombre de pièces ou de livres, et mérita une juste renommée à quelques écrivains, en particulier à l'abbé de Boulogne, dans ses discussions avec l'abbé Grégoire, et à Lemontey, par son livre charmant de *Raison, folie, chacun son mot*.

Si nous passons à la poésie, comme nous n'avons pas à énumérer tout ce qui s'est fait de bon, mais seulement les pièces qui ont eu assez d'originalité dans la forme pour nous sembler des œuvres nouvelles, c'est surtout par le *poëme cyclique* ou poëme historique à longue période, par l'élégie, le poëme descriptif, la comédie politique et anecdotique, les comédies de petit genre et les vaudevilles, que l'époque impériale s'est distinguée.

Le poëme cyclique existait depuis longtemps, sans doute[1]; mais à un état rudimentaire tel qu'on ne l'avait pas tenté en

---

1. Voyez ci-dessus. § I. p. 5 et 6

France; du moins il n'avait rien produit dont on voulût se souvenir. Les poëmes de la *Table ronde*, d'*Amadis* et de *Roland*[1], en offrirent le premier exemple dans le genre héroï-comique : dans la *Table ronde* surtout, on est surpris autant de l'immense multitude et de la variété des faits recueillis, que de l'heureuse disposition qui a permis de les rattacher les uns aux autres et d'en faire un ensemble actuellement indivisible. Je n'ignore pas les reproches que l'on peut faire à Creuzé pour son style. Certes il lui manquait plusieurs des qualités essentielles au poëte ; mais enfin, il nous a donné un ouvrage jusque-là sans analogue, et il convenait de l'indiquer.

L'élégie est de même bien connue, et depuis longtemps : on n'y peut rien créer d'absolument nouveau dans l'ensemble. Mais indépendamment de Millevoie et de Mme Dufresnoi, qui s'y sont distingués plus que personne en France, quand Chénier, dans sa *Promenade*, a pris pour sujet principal de ses plaintes le coup d'État du 18 brumaire, et tout ce qui s'en est suivi, n'a-t-il pas créé là, dans ce genre ancien, une espèce toute nouvelle, et qui n'a été encore imitée par personne ?

Au théâtre, la comédie politique offrit assurément dans le *Pinto* de Lemercier un type absolument neuf, comme la comédie anecdotique dans le *Souper d'Auteuil* d'Andrieux. Ce n'était pas la première fois que l'on mettait sur le théâtre des faits réels ou supposés réels ; mais je ne sais si jamais on avait observé le costume et conservé les caractères aussi bien que dans le *Souper d'Auteuil ;* et quant à *Pinto*, c'était assurément un tour de force unique de représenter sous des couleurs constamment vraies et toujours comiques, sans aucun mélange de drame ni rien qui y touchât, la journée

---

1. Réunis plus tard sous ce seul titre. *la Chevalerie*, grand in-8° à deux colonnes. Paris, 1839.

qui enleva le royaume de Portugal à l'Espagne, pour le
donner au duc de Bragance.

Les farces et les vaudevilles, quelque estime qu'on en
veuille faire, ont aussi fourni des produits aussi variés qu'ils
étaient inconnus jusqu'alors. Le genre du vaudeville (ou
plutôt de la *comédie-vaudeville*, c'est-à-dire de la petite comédie mêlée de couplets) était né pendant la révolution. Le
théâtre des Variétés amusantes, créé quelques années auparavant, ne se développa aussi qu'au commencement de ce
siècle ; et c'est sur ces deux scènes qu'on joua ces petites
comédies qui, bien qu'occupant le dernier rang dans la littérature dramatique, méritent néanmoins, par leur nombre,
leur variété et leurs diverses qualités, qu'on les rappelle
dans un tableau comme celui-ci.

Je n'insiste pas sur ce sujet, traité ailleurs[1] ; je remarque
seulement, puisque c'est là mon objet principal, qu'à considérer les genres d'ouvrages absolument nouveaux ou les
genres connus modifiés d'une manière nouvelle, l'époque
impériale n'a pas été non plus stérile.

XIV. *Résumé et conclusion.* — Je ne dirai rien de la Restauration, du gouvernement de Juillet, ni du temps qui l'a
suivi, non qu'on ne pût encore signaler quelques créations
importantes. Les *Messéniennes* de C. Delavigne, et surtout
son théâtre ; les *Méditations* de M. de Lamartine, les *Chansons*
de M. de Béranger, et d'autres pièces, sont certainement des
œuvres nouvelles et qui mériteraient une mention spéciale ;
mais je me borne, dans ce résumé historique, à ce qui est
assez éloigné de nous pour être déjà de l'histoire ; et en
m'arrêtant à la fin de l'Empire, il me semble qu'on peut
déduire, comme conséquence assurée du tableau chronologique ici tracé, le progrès incessant et l'agrandissement
continu, pendant une trentaine de siècles, du domaine de la

---

1. Voyez notre *Histoire de la poésie française à l'époque impériale.*

littérature, prise, ainsi que je l'ai définie au commencement, comme l'ensemble, non pas précisément des ouvrages exécutés, mais des espèces d'ouvrages connues, des caractères qui les distinguent, des qualités qu'on y exige, des définitions ou des règles qui s'y appliquent.

En résumant ici brièvement ce qui vient d'être dit, nous voyons qu'à une première époque[1] il n'y a que des harangues, produites sans doute par la nécessité présente, et bientôt les chants grossiers des premiers poètes; ce qui fait deux espèces d'ouvrages. Au temps d'Homère[2], les poëmes peuvent se distinguer en trois classes : à l'époque des Sages[3], la prose fournit les premiers essais d'histoire ou de dissertation, et les apologues récités; la poésie ajoute aux ouvrages anciens les odes et les chansons, le poëme héroïco-burlesque, l'élégie et les invectives en vers. C'est, en tout, une douzaine d'ouvrages reconnus comme différents. La belle époque de la Grèce[4] double à peu près ce nombre, en même temps qu'elle voit naître des ouvrages du plus grand mérite. Les Romains, au premier âge de leur littérature, imitent les genres connus des Grecs, et y ajoutent la satire[5]. Dans leur belle époque, ils créent l'épître en vers et l'héroïde, et perfectionnent tout ce que l'on avait avant eux[6]. Après la mort d'Auguste, l'histoire naturelle, le roman, les dialogues des morts, la satire acerbe, le conte et l'apologue en vers; enfin l'épigramme et le madrigal prennent dans le monde romain ou gréco-romain leur forme définitive, et portent à une trentaine les genres distinctifs compris dans la littérature païenne[7].

1. Voyez ci-dessus § I. p. 4 à 6.
2. § II. p. 7 et 8.
3. § III. p. 8 et 9.
4. § IV. p. 12 à 19.
5. § V, p. 19 à 31.
6. § VI. p. 31 à 35.
7. § VII. p. 35 à 39.

La littérature chrétienne, partie de l'Évangile, des Actes
et des Épîtres des Apôtres comme d'une source féconde, néglige d'abord les œuvres classées tout à l'heure, et donne, d'une
part, tout ce qui appartient à l'éloquence sacrée, les apologies, les polémiques, les lettres spirituelles, les éloges et les
sermons ; de l'autre, les Vies des saints, et ces narrations
variées et souvent poétiques qui forment les légendes[1].
L'époque de la féodalité et de la chevalerie y ajouta les pré-
dications politiques, les sermons joyeux, les chansons de
gestes, les romans chevaleresques, les contes en vers, les
mystères, les moralités, les soties, les farces de toute sorte :
ce qui faisait une vingtaine d'espèces d'ouvrages nés de la
seule inspiration chrétienne, sans aucun contact avec le
paganisme[2]. Le xvie siècle ramène les ouvrages des anciens
et néglige un peu trop les œuvres nationales[3]. Dans le
xviie siècle, rien n'est perdu de ce qui existait auparavant ;
mais tout se transforme, et les progrès incessants de l'esprit établissent des espèces toutes nouvelles, et dans chaque
espèce, des variétés qui doublent au moins le nombre des
pièces admises par l'antiquité[4]. Le xviiie siècle modifie encore
les genres reçus du xviie. Il y ajoute des qualités nouvelles
dans la polémique et les histoires de toute sorte. S'il ne crée
pas les romans, il en produit tant qu'il fait distinguer les
romans de mœurs, d'éducation, d'érudition, de fantaisie,
les contes philosophiques ; à cela s'ajoutent les dialogues
critiques, les facéties ou pamphlets moraux, le poëme
épique, le poëme héroo-satirique, le poëme badin, les hé-
roïdes, la comédie sentimentale et le drame[5].

L'époque révolutionnaire et l'Empire voient, de leur côté,

1. § VIII, p. 39 à 47.
2. § IX, p. 47 à 53.
3. § X. p. 53 à 59.
4. § XI, p. 59 à 69.
5. § XII. p. 69 à 73.

naître l'éloquence politique, celle du professorat, les pamphlets, le roman poético-didactique des *Martyrs*, et dans *René*, cet abus du roman intime qu'on a quelquefois désigné par le nom de *poésie poitrinaire;* enfin viennent le poëme cyclique héroï-comique, l'élégie politique, la comédie politique et anecdotique [1].

Si donc nous nous mettions à énumérer les genres ou espèces d'ouvrages reconnus aujourd'hui par les littérateurs intelligents, tout compte fait, au lieu des deux espèces d'ouvrages des temps primitifs, des quatre du temps d'Homère, des douze de l'époque des Sages, des vingt de la belle époque grecque, des trente de la fin du paganisme, des cinquante ou soixante de la fin des règnes de Louis XIV et Louis XV, nous trouverions plus de quatre-vingts espèces différentes [2], plus variées dans leur effet sur notre esprit, et mieux déterminées pour nous que ne l'ont été les genres des anciens.

Et ce n'est pas là seulement une supériorité numérique; quoiqu'elle méritât encore d'être constatée, ne fût-ce que par rapport à la variété de nos plaisirs, il ne faudrait s'en féliciter que médiocrement. Mais il n'en va pas ainsi. En

---

1. § XIII, p. 73 à 78.
2. Ce n'est pas ici, c'est dans un cours spécial de littérature que doit être établie cette classification complète. Je me borne à faire remarquer que les anciens, dans l'éloquence orale, distinguaient trois genres : le *démonstratif*, le *délibératif* et le *judiciaire;* et que nous, sans rejeter absolument cette division, nous distinguons l'éloquence : 1° de la chaire; 2° de la tribune; 3° du barreau; 4° académique; 5° du professorat; 6° militaire. Ce n'est pas tout. L'éloquence de la chaire comprend les homélies, les prônes, les mandements, les sermons de mystères. les sermons de morale, les panégyriques et les oraisons funèbres, autant de discours de caractères différents. L'éloquence délibérative comprend, outre les discours politiques, ceux des conseils généraux, des conseils municipaux, des conseils d'administration dan s les entreprises industrielles, des conseils de famille, etc. L'éloquence judiciaire admet aussi, outre les plaidoyers, les consultations, les mémoires d'avocats, les rapports de procès, les résumés des présidents, etc., c'est-à-dire plus de vingt espèces de discours essentiellement différentes les unes des autres, où les anciens n'en ont distingué et n'en ont pu distinguer que trois.

même temps que nous distinguons plus de genres divers,
nous mettons aussi dans le choix et la détermination des
caractères qui les séparent un esprit plus philosophique ;
nous nous attachons à des qualités plus intérieures et plus
dignes d'estime, et nous en déduisons des conséquences
plus assurées sur le rang que les pièces dont il s'agit doivent
occuper.

Chez les anciens, par exemple, les comédies étaient dis-
tinguées selon que les personnages étaient grecs ou romains,
selon qu'ils jouaient pieds nus ou chaussés de brodequins,
selon qu'ils parlaient le latin correct ou un patois des environs de Rome. Qu'est-ce que cela peut faire à la nature de
l'œuvre comique ? Ce sont des circonstances tout à fait extérieures à l'art, qu'on peut indiquer sans doute par quelque
adjectif comme : le *haut comique*, le *bas comique*, le *comique
moyen*, mais où il est puéril d'aller chercher le caractère
distinctif d'une pièce. Pour nous, ce n'est pas là ce que
nous avons fait : nous avons remarqué que les comédies représentent, celles-ci, comme l'*Avare*, le *Glorieux*, le *Menteur*,
un caractère dominant que tous les autres doivent faire
ressortir ; celles-là, comme les *Précieuses ridicules* et la *Petite
ville*, de Picard, les mœurs et les travers d'une époque ou
d'un endroit ; d'autres consistent seulement dans un enchaînement d'aventures qui intéressent et amusent le spectateur
sans lui rien apprendre d'utile ; d'autres encore sont composées de scènes détachées ou liées entre elles par un fil extrêmement léger, et leurs diverses scènes sont pour l'auteur
l'occasion de plaisanteries, de railleries, quelquefois de quolibets, etc., etc. Nous nommons les premières des *comédies
de caractère*, les secondes des *comédies de mœurs*, les troi-
sièmes des *comédies d'intrigue*, les quatrièmes des *pièces à
tiroir*. Et ces mots non-seulement nous font connaître la
composition et l'esprit de la pièce, ils concourent même à
nous en faire apprécier la valeur, puisque, toutes choses

d'ailleurs égales, on met la comédie de caractère au premier rang, la comédie de mœurs au second, au troisième celle d'intrigue, et au dernier la comédie épisodique [1]. Il n'est pas besoin de justifier cette hiérarchie, dont tout le monde comprend assez la raison.

Nous savons déjà [2] que la connaissance et la distinction des styles a suivi une marche tout à fait semblable et parallèle à celle des ouvrages, c'est-à-dire que les éléments mis en œuvre par les écrivains et les poëtes, savoir, les relations des hommes entre eux, leurs sentiments, les incidents de la vie, les institutions et les objets possédés, les sciences, l'industrie et les arts, s'étant constamment accrus et multipliés depuis le déluge, les combinaisons qu'on en a faites et le langage qui les a exprimées ont suivi la même gradation; et ainsi a pu se produire cette immense quantité d'ouvrages différant tous les uns des autres, et qui nous plaisent par leur variété autant qu'ils nous charment par la beauté de la composition ou la perfection de la forme [3].

Là, comme en toute autre chose, l'œuvre de l'esprit humain a donc été le débrouillement des germes et leur fécondation en quelque sorte illimitée. Tout était confondu dans le principe, comme les diverses matières l'étaient dans le chaos.

> Unus erat toto naturæ vultus in orbe [4].

C'est la loi de la nature morale comme de la nature phy-

---

1. *Petit traité de rhétorique et de littérature*, § 75, p. 281.
2. *Thèses de grammaire*, XI, p. 249.
3. Les trois résumés historiques placés aux pages 1 et 226 de nos *Thèses de grammaire*, et à la page 1 à 84 des présentes *Thèses de littérature*, ainsi que notre mémoire sur la musique ancienne (*Études sur quelques points des sciences dans l'antiquité*, n° XIII, p. 365 et 482), ont précisément pour objet la démonstration de cette vérité dans trois ou quatre directions où elle a été souvent contestée. J'ose croire qu'il ne restera à ce sujet aucun doute à ceux qui auront lu avec l'attention convenable les pièces que je rappelle ici.
4. Ovid., *Metam.*, I, v. 6.

sique. L'esprit, la réflexion, la combinaison jouent dans les œuvres de l'imagination ou de la pensée le rôle que le poëte attribue à la Divinité bienfaisante qui sépare et met en ordre les éléments mêlés et confus.

Hanc Deus et melior litem natura diremit [1].

Ils distinguent les choses selon leurs qualités diverses ou contraires, les classent suivant leurs analogies, y remarquent, selon le cas, certaines qualités qu'il faut atteindre et augmenter, certains défauts qu'il faut fuir, et établissent ainsi par un long travail, non-seulement des œuvres plus nombreuses, plus variées et meilleures, mais une classification plus exacte, et, en un mot, une science plus riche et plus solide. Cet effet, qui s'est produit dans toutes les sciences positives, ne pouvait manquer dans la littérature, et c'est à le mettre en lumière qu'a été consacré ce tableau.

1. Ovid., *Metam.*, I, v. 21.

COUP D'OEIL

SUR L'HISTOIRE

DE LA CHANSON.

On donne le nom de *chanson* à toute petite pièce de poésie destinée ou paraissant destinée à être chantée.

Les Grecs qui nous ont devancés dans la chanson comme dans beaucoup d'autres genres de poésie, ont eu, pour désigner leurs diverses pièces chantantes, une multitude de noms : Ilgen, dans ses recherches *sur les scolies antiques* [2], n'en compte pas moins de cinquante ; Köster, dans son travail *sur les chansons populaires des anciens Grecs* [3], en trouve un plus grand nombre encore, qu'il range sous sept genres principaux, savoir : les *threni* ou *lamentations*, les *prières*, les *chansons de danse*, les *chansons d'amour*, les *chansons nuptiales*, les *chansons de table* et les *chansons mêlées*.

Il ne faut pas être dupe de cette grande quantité de mots. Là, comme presque partout, elle dissimule trop souvent ou l'indigence de la pensée, ou la pauvreté et l'insignifiance des divisions génériques.

1. Presque toutes ces recherches étaient faites au commencement de 1842. Elles ont servi, les 25 février et 10 mars, d'introduction à la leçon que je devais faire à l'Athénée royal, le 24 mars, sur la chanson en France, de 1800 à 1815. Comme elles étaient d'ailleurs étrangères à mon sujet, je n'en ai rien conservé dans mon *Histoire de la poésie française à l'époque impériale*.

2. Σχολία, *hoc est carmina convivalia Græcorum*. Iéna, 1798.

3. *De cantilenis popularibus veterum Græcorum*. Berlin, 1831.

Les *threni* des Grecs [1], sous les noms de *Linus*, de *Li-tyerse*, de *Bormus*, d'*Alétis*, d'*Ule* et d'*Iule*, n'étaient que des chansons tristes ou mélancoliques. Déjà, quoique nous n'ayons pas de nom particulier qui réponde à celui de *threni*, on voit que plusieurs de nos romances et de nos anciens lais ont le même caractère.

Leurs prières, sous le nom de *Philélias*, d'*Upinges*, de *Calabides*, d'*Hymnes* à Minerve, à Hercule ou à Bacchus, étaient au fond la même chose que nos invocations et nos prières. Nous employons le même nom pour toutes, mais il n'est pas douteux que nous n'en pussions distinguer autant et plus que les Grecs, si nous comptions celles que nous adressons à Dieu, à la sainte Vierge, aux anges, aux saints. Que si nous ne donnons pas à ces pièces le nom de *chansons*, même lorsqu'elles sont chantées, cela tient surtout au caractère sérieux de notre religion, qui ne nous a pas permis de les confondre avec les petits poëmes destinés presque toujours aux réunions de plaisir.

Les chansons de danse des Grecs ne sauraient approcher des nôtres, ni pour le nombre, ni pour la variété : on en a fait en France des centaines sur chaque danse à la mode, et si on ne leur a pas donné de nom particulier, autre que celui de la danse même que ces chansons guidaient, on n'en peut rien conclure, sinon que les noms nous eussent manqué, tant les choses étaient nombreuses.

Il en est de même de leurs chansons d'amour, de leurs épithalames, de leurs chansons de table, de leurs chansons mêlées; nous en avons beaucoup plus qu'ils n'ont jamais pu en imaginer, parce que chez nous la vie est infiniment plus variée qu'elle ne l'était chez les Grecs, et que la chanson s'est appliquée à tout, sans aucune exception.

Cette considération, du reste, n'aurait qu'un intérêt mé-

---

1. Köster, etc., p. 13 à 33.

diocre, si je ne faisais voir en même temps combien les chansons des Grecs étaient peu de chose en général ; et que souvent nous ne saurions quel nom donner à ce qu'ils nous ont laissé, tant cela nous paraît insignifiant.

Herman Köster a réuni, dans le recueil que j'ai cité plus haut, tout ce qui nous reste des chants populaires des anciens Grecs. Sans doute nous n'en avons qu'une faible partie ; mais cela ne fait à peu près rien quant au jugement que nous pouvons porter de leur ensemble : car tous les fragments dont il s'agit sont d'une facture semblable ; et les grammairiens qui les ont conservés n'ont jamais dit, ils ne semblent pas même avoir soupçonné qu'il pût exister quelque chose de meilleur.

Eh bien ! que trouvons-nous dans ce recueil ? et à quoi cela se rapporte-t-il parmi nos chansons ? Nous allons le voir.

Il y avait d'abord les chansons de métier ; celle des femmes qui tournaient la meule faisait allusion à l'exemple qu'avait autrefois donné Pittacus :

> Mouds, mouds, meule, mouds toujours :
> Car Pittacus a moulu,
> Pittacus le souverain
> De la riche Mitylène.

Il y avait le chant des femmes qui pétrissaient le pain [1], celui des pêcheurs [2] ; celui des puiseurs d'eau [3]. Toutes ces chansons sont évidemment du même ordre et de la même valeur que celle de nos laboureurs quand ils conduisent leurs bœufs ; celles de nos pêcheurs quand ils rament ou amarrent leurs barques.

Les Grecs distinguaient encore les chansons des nourrices ;

---

1. Köster, p. 81 ; Ilgen, p. xv.
2. Köster, p. 82.
3. Köster, p. 82 ; Ilgen, p. xvij.

ils les appelaient des *catabaucalèses* [1]. On trouve dans une
idylle de Théocrite [2] trois vers qu'il met dans la bouche
d'Alcmène endormant ses deux enfants jumeaux, et qui
sont, au jugement de Köster [3], sauf le style et la perfection
des vers, une vraie catabaucalèse.

> Dormez, enfants, d'un doux sommeil,
> Et réveillez-vous doucement.
> Dormez, dormez, ô mes amours,
> Enfants et frères bien portants,
> Endormez-vous avec plaisir
> Et réveillez-vous dans la joie.

Ces souhaits sont gracieux; mais c'est tout ce que l'on peut
dire. Quant au fond des idées, les chansons de nos ber-
ceuses valent à peu près les vers cités de Théocrite.

La chanson la plus remarquable de ce genre qui nous ait
été conservée [4], c'est le *chélidonisma* des Rhodiens, c'est-à-
dire le *chant de l'hirondelle;* pendant le mois de boédromion,
(en août et septembre), les enfants, portant une hirondelle,
allaient quêter de porte en porte; ils chantaient la chanson
suivante :

> Elle vient, elle est venue
> L'hirondelle qui ramène
> Avec les belles saisons
> Les abondantes années.
> Elle est blanche sous le ventre,
> Elle est noire sur le dos.
> Quoi! ne nous offrez-vous pas,
> De votre riche maison,
> Une corbeille de figues,
> Une mesure de vin,
> Et du pain ou du fromage?

1. Athen., *Deipnos.*, XIV, p. 619 A.
2. Théocrite, XXIV, v. 7.
3. Page 83.
4. Athen., *Deipnos.*, VIII, p. 360 B

L'hirondelle accepte tout,
Des œufs même et des gâteaux.
Nous en irons-nous à vide ?
Recevrons-nous quelque chose ?
Oui, si vous nous le donnez ;
Sinon, nous ne partons pas
Que nous n'enlevions le corps
Ou le dessus de la porte :
Ou bien même cette femme
Assise là dans la chambre ;
Elle est petite, et sans peine
Nous l'emporterons d'ici.
Mais donnez-nous quelque chose,
De vous nous l'accepterons
Comme un présent magnifique.
Ouvrez donc, ouvrez donc vite
Votre porte à l'hirondelle ;
Car nous sommes encor jeunes,
Et non de faibles vieillards.

Ce fut Cléobule de Lindes, dit Athénée [1], qui imagina cette manière de faire une collecte dans un moment où sa patrie manquait de fonds.

Le même auteur nous a conservé le *chant de la corneille*, ou *corónisma*, qui avait le même objet et présentait exactement les mêmes idées [2].

Nous avons en France des chansons toutes semblables à celles de l'hirondelle et de la corneille. A l'époque du jour de l'an ou de la fête des Rois, les enfants, dans beaucoup de nos provinces, vont en troupe chanter *au gui l'an neuf*, et demander de la galette ou des gâteaux ; ils promettent en revanche toute sorte de bonheur et de prospérités ; on voit que le sens est le même ainsi que l'occasion.

Dans beaucoup de chansons grecques, il y a, non pas des refrains, mais des *fredons* et des *flonflons*. On cite des cou-

1. Lieu cité.
2. Köster, p. 74 et 76.

plets terminés par des mots sans signification et équivalents
à notre *tra la la*[1]. Tel est l'exemple suivant[2] :

> Salut, ô beau vainqueur,
> Hercule roi, salut.
> Salut aussi, Jolas,
> Salut, cochers habiles.
> Tra la la, beau vainqueur.

Le *Philélias*, ou chanson en l'honneur du soleil, se terminait aussi par les mots *phil'hélié* (beau soleil, cher soleil),
d'où venait le nom de la chanson[3].

Dans d'autres pièces, les mêmes mots se répétaient soit
immédiatement, soit dans un ordre analogue. La chanson
des fleurs, que l'on chantait en dansant[4], se composait des
mots suivants, répétés comme on va le voir :

> Où donc aurons-nous des roses ?
> Aurons-nous des violettes ?
> Aurons-nous de beau persil ?
> Oui, tenez, voici des roses.
> Et voilà des violettes,
> Et voilà de beau persil.

La chanson de noces, qu'on appelait *Hymen* ou *Hyménée*,
se composait de ces mots répétés immédiatement, comme
on les trouve dans la *Paix*, d'Aristophane[5] :

> O hymen ! ô hyménée !
> O hymen ! ô hyménée !
> Ah çà ! que lui ferons-nous ?
> Ah çà ! que lui ferons-nous ?
> Tiens ! nous nous amuserons.
> Tiens ! nous nous amuserons.
> O mes amis, nous qui sommes

---

1. M. Alexandre, *Dict. grec-français*, au mot Τήνελλα.
2. Köster, p. 37.
3. Köster, p. 35.
4. Athen., *Deipnos.*, XIV, 629 A; Köster. p. 45.
5. V. 1335. Cf. Köster, p. 62.

Venus ici les premiers ,
Enlevons sur nos épaules,
Enlevons tous ce mari.
O hymen! ô hyménée!
O hymen! ô hyménée!

Je n'ai pas besoin de dire que nous avons en français beaucoup mieux que cela, même dans ce petit genre; les chansons pour les mariages, les rondes de nos paysans, les chansons de nos bergères contiennent presque toujours une pensée, et ont plus d'intérêt que les phrases incohérentes répétées dans les exemples ci-dessus.

Les chansons populaires des Romains étaient à peu près du même ordre que celles des Grecs, soit qu'on remonte aux temps les plus anciens, soit qu'on les prenne à des époques plus rapprochées de nous.

Le chant des *Fratres arvales* (les frères ou les confrères des champs) qui parcouraient les prairies en adressant des prières à Mars[1]; ceux des prêtres saliens, conservés par Varron[2], et par où cet auteur dit qu'ont commencé les premiers accents de la poésie latine, ne sont, pour ainsi dire, que des exclamations formant prières : d'ailleurs, nous les comprenons à peine[3].

Caton nous a conservé[4] un chant propre, dit-il, à guérir les blessures; et quelques autres, pour invoquer la protection des dieux sur les champs des Romains[5]; le premier est absolument inintelligible. Il ressemble aux paroles que marmottent nos sorciers et nos rabouteurs pour assurer le succès de leurs opérations[6]; les autres sont de simples formules de prières.

1. M. Egger, *Latini sermonis reliquiæ*, p. 68 à 71.
2. *De lingua latina*, VII, 26 et 27.
3. M. Egger, ouv. cité, p. 72.
4. *De re rustica*, n° 160.
5. *De re rustica*, n° 141.
6. Collin de Plancy, *Dict. infernal*, mots *Charme*, *Paroles*. Voyez aussi le *Vocabulaire des termes du Berry*, mot *Artout*.

On trouve dans Macrobe[1] un ancien chant rustique dont le sens est :

> Quand l'hiver sera poudreux
> Et le printemps plein de boue,
> Lors tu pourras, ô Camille !
> Cueillir de riches moissons.

Les chansons des soldats, pendant le triomphe de leurs généraux, ou quand ils marchaient contre l'ennemi, étaient des pièces d'une facture semblable, mais où se trouvait quelquefois ou une pensée, ou une opposition piquante. Suétone rapporte les chansons épigrammatiques[2] des soldats de César, lorsqu'ils entraient dans Rome avec lui et entouraient son char de triomphe. Et quand le même fit entrer dans le sénat un grand nombre d'étrangers[3], on chanta de tous côtés ces vers :

> César fait entrer au sénat
> Ceux qu'il traînait après son char.
> Les Gaulois ont quitté leurs braies
> Pour se couvrir du laticlave.

On trouve aussi, dans Vopiscus[4], deux chansons ou deux rondes chantées par les enfants, après les victoires d'Aurélien sur les Sarmates et sur les Francs :

> Nous en avons tué mille,
> Mille, mille, mille, mille,
> Un seul homme a tué mille
> Mille Francs, mille Sarmates.
> Mille, mille, mille ans vive
> Qui tua mille ennemis.
> Qui répand autant de vin
> Qu'il a pu verser de sang?

1. *Saturn.*, V, 20.
2. *Jul. Cæs.*, 49, 51.
3. *Ibid.*, 80.
4. *Aurelian.*, 6.

La seconde ne vaut pas mieux ; la voici :

> Nous avons tué d'abord
> Mille Francs, mille Sarmates,
> Et nous cherchons maintenant
> Mille, mille, mille Perses.

Toutes ces compositions, il est facile de le voir, n'ont aucun mérite littéraire ; c'est la première inspiration poëtique qui se fait jour chez des gens sans aucune instruction, et qui s'expriment avec des accents encore bien incertains et bien grossiers.

Au-dessus de ces chansons toutes populaires et sans art, les Grecs avaient leurs *scolies*, petites pièces de quatre, six, huit vers, où l'on exprimait une pensée plaisante, morale, érotique[1].

Terpandre, qui vivait au commencement du VIIe siècle avant J. C., passe pour l'inventeur de cette sorte de poésie[2], dont il nous est resté une cinquantaine d'exemples. J'en citerai quelques-uns, en les choisissant de divers caractères.

Voici d'abord des moralités. Celui-ci est de Pittacus de Mitylène[3] :

> Prévois, homme intelligent,
> Et détourne les malheurs.
> Mais quand ils sont arrivés,
> Rassemble tout ton courage
> Pour t'en tirer au plus tôt.

Bias de Priène, qui fut, comme Pittacus, un des sages de la Grèce, a écrit aussi[4] :

> Tâchez de plaire à vos concitoyens,
> Si vous vivez dans une république;

---

1. Voyez Ilgen, ouv. cité.
2. Plutarchus., *De musica*, 1140 E, t. X, p. 653 et suiv. de l'édit. de Reiske.
3. Diog. Laert., I, 78.
4. Diog. Laert., I, 85.

C'est le moyen d'être heureux et tranquille.
Souvent l'orgueil et la présomption
Ont parmi nous causé de tristes guerres.

Alphée de Mitylène disait à son tour[1] :

Je ne veux pas des campagnes immenses,
Ni de Gygès les vastes monceaux d'or ;
J'aime bien mieux la médiocrité,
Et ma devise est toujours : *Rien de trop.*

Voici une chanson de table conservée par Athénée[2] :

Ami, bois, mange, aime et folâtre ;
Avec moi, comme moi, couronne-toi de roses,
Avec moi, comme moi, fais cent et cent folies ;
Et comme moi reviens à la raison.

Cette autre, attribuée à Simonide, est du même genre,
quoique la tournure en soit un peu différente[3] :

Le premier bien c'est la santé,
La beauté tient le second rang ;
Le troisième, c'est être riche
Sans avoir commis d'injustice ;
Le quatrième est d'être jeune
Ou de rire avec ses amis,
Et faire avec eux la débauche.

Cratès le Thébain a mis une teinte satirique dans ses scolies. Celle qu'il a faite sur l'amour en est la preuve[4] :

Amant malheureux, patience :
La faim chassera ton amour ;
Si ce n'est elle, c'est le temps,
Et si ce n'est ni l'un ni l'autre,
Tu pourras toujours bien te pendre.

---

1. Planud., *Anthol.*, I, 25 ; Ilgen, n° 35.
2. *Deipnos.*, XV, p. 695 ; Ilgen. n° 19. Voy. dans nos *Études sur quelques points des sciences dans l'antiquité*, p. 399 et 464.
3. Athen., *Deipnos.*, XV, p. 694 ; Ilgen, n° 7 ; cf. l'*Anacréon* de Tauchnitz, p. 75.
4. Diog. Laert., VI, 86 ; Stob., *Serm.*, 183 ; Ilgen, n° 48.

Il y a enfin une scolie célèbre rapportée par Athénée [1] :
c'est celle d'Harmodius et d'Aristogiton, qui est ainsi
conçue :

> Je porterai mon épée
> Dans une branche de myrte,
> Comme a fait Harmodius
> Avec Aristogiton,
> Quand ils tuèrent Hipparque
> Et rendirent libre Athènes.
>
> Je porterai mon épée
> Dans une branche de myrte,
> Comme fit Harmodius
> Avec Aristogiton,
> Lorsqu'aux fêtes de Minerve
> Ils firent périr Hipparque.
>
> Votre gloire, Harmodius,
> Et vous, Aristogiton,
> Votre gloire est immortelle ,
> Puisqu'en tuant le tyran,
> Vous avez pu rétablir
> La liberté dans Athènes.
>
> O mon cher Harmodius,
> C'est à faux qu'on te dit mort :
> Non, maintenant tu résides
> Dans les heureuses demeures,
> Près d'Achille, aux pieds légers,
> Et du brave Diomède.

Ilgen, dans les remarques qu'il fait sur ce chant antique [2],
soutient, après Casaubon, que ce n'est pas une scolie ; que
c'en sont véritablement quatre ; il trouve dans quelques ci-
tations des auteurs anciens la confirmation de cette idée ; il
s'appuie surtout sur ce que les scolies n'avaient jamais plus
d'une strophe, tandis qu'il y en a quatre dans celle qui nous
occupe ; d'un autre côté, toutes les strophes qui viennent

1. *Deipnos.*, XV, p. 695.
2. Page 58.

après la première sont visiblement des imitations de celle-ci, et ne sont que cela : or, pourrait-on supporter une chanson en plusieurs couplets qui ne diraient pas autre chose que le premier, et le diraient dans les mêmes termes?

Enfin, la manière même dont les scolies étaient composées ne laisse pas douter que les quatre couplets ici réunis ne soient autant de chants divers ; un des convives traitait un sujet en vers d'une certaine mesure ; et les autres reprenaient successivement le même sujet et le même mètre, en y changeant, ajoutant ou retranchant selon leur génie particulier : la même chanson se reproduisait ainsi dix ou douze fois ; on retenait les couplets qui avaient réussi, et on les chantait à l'occasion ; car il importait peu que ces petits poëmes appartinssent à l'un ou à l'autre.

Les plus célèbres chansons des Grecs sont celles qui nous sont parvenues sous le nom d'Anacréon. Ce poëte florissait vers 530 avant J. C. Sa vie entière fut consacrée au plaisir. Il vécut longtemps, et mourut, dit-on, à quatre-vingt-seize ans, étranglé par un pepin de raisin. Il avait écrit cinq livres de chansons sur le vin et sur les amours. Le temps nous a fait presque tout perdre. La seule copie qui soit restée des inspirations de cet aimable vieillard, nous la devons à Constantin Céphalas, qui vivait dans le x⁰ siècle de notre ère. Comme il travaillait à un nouveau recueil d'épigrammes où il voulait réunir dans les mêmes chapitres toutes celles qu roulaient sur le même sujet, il y fit entrer ce qui restait d'Anacréon et y ajouta d'autres chansons que des hommes d'un esprit agréable avaient composées à l'imitation du poëte de Téos. Il donna à ce chapitre le titre suivant : *Hémiambes symposiaques d'Anacréon, chansons anacréontiques et trimètres* [1]. On peut conclure de là qu'il ne croyait pas que tous ces vers appartinssent à notre auteur. Il aurait donc bien fait de les

---

1. Voyez la préface de l'édit. stéréotype allemande.

distinguer. Comme il l'a oublié, nous ignorons quelle pièce
est d'Anacréon, quelle autre appartient à ses successeurs.

En attendant qu'il y ait quelque chose de décidé là-dessus
parmi les érudits, nous attribuons à Anacréon toutes les
pièces recueillies par Constantin Céphalas. Ces petites pièces,
parmi lesquelles on en trouve de fort jolies, mais d'autres
parfaitement insignifiantes, ont été traduites ou imitées plusieurs fois, et ne sont pas, comme nos chansons, coupées en
couplets, ni en strophes, comme les odes anciennes : ce n'est
le plus souvent qu'une idée gracieuse développée en une
série de vers assez courts pour se prêter à une musique facile. L'*Amour mouillé*, si parfaitement imité par La Fontaine; l'*Éloge de la rose*, le *Dialogue du passant et de la
colombe* sont au nombre de ses plus jolies inventions.

L'*Amour piqué par une abeille* [1], dont je donne ici une traduction fort exacte en vers blancs, est aussi une des chan-
sonnettes de ce poëte qui ont le plus de succès :

> Une abeille en une rose,
> Attentive, travaillait.
> L'Amour, qui ne la vit pas,
> Fut au doigt piqué par elle.
> Tordant sa petite main,
> Il gémit, il crie, il pleure,
> Il court, vole vers Vénus.
> Olola! dit-il, ma mère,
> Olola! je suis perdu.
> Un serpent vient de me mordre,
> Petit, ailé, que l'on nomme,
> Je crois, une mouche à miel.
> Vénus répond : D'une abeille
> Si le dard fait tant de mal,
> Que ne doivent pas souffrir
> Ceux dont tu perces le cœur ?

Les Romains n'ont pas conservé le nom de *scolie* que les
Grecs donnaient à leurs chansons chantées à table, mais ils

1. N° 40.

7

ont eu la chose. Ils ont eu de même tous les genres de chansons qui se rapprochent de la manière d'Anacréon, soit qu'ils aient créé d'eux-mêmes, soit qu'ils aient imité la pensée des poëtes grecs. Plusieurs des petites odes d'Horace ne sont en réalité que des chansons.

Il en est de même de diverses pièces coupées en stances ou continues, et qu'on trouvera mêlées dans les œuvres des poëtes latins ou rapportées par les historiens.

Plus tard la chanson romaine prit un bien autre développement, surtout lorsque le christianisme eut popularisé l'habitude de chanter ensemble, soit dans les églises avec tout le peuple, soit dans les couvents et congrégations. Alors une idée put se produire, s'étendre et s'embellir sous la plume du poëte, de manière à donner des poëmes complets, ayant leur commencement, leur milieu, leur fin ; et cela, bien que la langue fût infiniment moins pure et moins riche qu'elle ne l'avait été au siècle d'Auguste : tant il est vrai que les beaux-arts peuvent se développer dans une certaine direction, lorsque dans une autre ils sont absolument stationnaires ou même rétrogrades !

Les hymnes de saint Ambroise en peuvent donner la preuve. Ce sont des chansons dévotes, n'exprimant que des sentiments simples, et à la portée du peuple qui devait les chanter avec lui. Les idées mêmes roulent dans un cercle assez étroit, comme on le pense bien ; et, toutefois, il y a dans chacune cette unité de pensée et le développement qui caractérise aujourd'hui un bon ouvrage. Le tout est d'ailleurs divisé en stances égales, ou en strophes de quatre vers octosyllabes avec un repos à la fin de chacune.

Voici la traduction d'une de ces hymnes, destinées à célébrer le jeûne du temps de carême[1] :

Écoute, ô souverain Créateur, écoute nos prières, répandues avec des pleurs, dans ce saint jeûne de quarante jours.

1. C'est l'hymne *Audi*, *benigne Conditor*.

Toi qui scrutes tous les cœurs, tu sais combien nous sommes faibles ; accorde à ceux qui reviennent à toi, la rémission de leurs fautes.

Oui, nous avons beaucoup péché ; mais pardonne à ceux qui l'avouent, et. pour l'honneur de ton saint nom, redonne la force aux languissants.

Permets ainsi que notre corps soit macéré par l'abstinence, afin que l'âme parfaitement sobre, jeûne elle-même de tout crime.

Fais en sorte, Trinité heureuse, accorde-nous, simple Unité, que les résultats de ce jeûne soient fructueux pour tous les tiens. Amen.

Que l'on compare ces chants si nets, si précis, si bien suivis, à ce qui leur ressemble le plus dans l'antiquité païenne (je veux dire aux chants orphiques, à ces prières en vers qui nous sont restées en grec des anciennes initiations[1]), et l'on verra, même indépendamment de l'infériorité rhythmique de ces chants anciens, et du caractère prétentieux et pédant qui les distingue, combien ils sont loin des chansons naïves, et cependant bien ordonnées et bien faites de l'archevêque de Milan.

Le chant suivant[2], fait sur la mort de Charlemagne, très-peu de temps après cet événement, et quand la langue latine était bien plus corrompue que du temps de saint Ambroise, prouvera mieux encore ce que je veux dire. On peut le comparer aux *nénies* ou complaintes sur la mort des guerriers romains[3] : on verra tout de suite combien le sentiment en est plus tendre, combien la composition en est supérieure.

Depuis le Levant jusqu'aux rivages de la mer occidentale, la douleur fait battre toutes les poitrines : au delà des mers, une grande tristesse et un chagrin mortel se sont emparés de toutes les nations. Oh ! malheureux, lamentons-nous !

Les Francs, les Romains et tous les fidèles sont navrés de douleur. Les enfants, les vieillards, les grands, les princes et les dames pleurent la mort de Charles. Ah ! malheureux que nous sommes !

1. Voyez le recueil des *Orphica*, dans l'édition stéréotype allemande de Tauchnitz, p. 56 à 100.

2. M. Duméril, *Poésies populaires latines*, p. 245.

3. M. Egger, *Latini sermonis reliquiæ*, p. 100, 124, etc.

Les ruisseaux de larmes ne cesseront pas de couler : car le monde entier gémit sur la perte de Charles. O Christ! toi qui gouvernes les sacrés bataillons des cieux, donne-lui le repos dans ton royaume. Ah! malheureux que nous sommes!

Malheur à toi, Rome! malheur à ton peuple, depuis qu'il a perdu le grand et glorieux Charles! Malheur à toi, belle Italie! C'est à Aix-la-Chapelle que Charles a livré ce globe (impérial) à la terre. Ah! malheureux que nous sommes!

O Columban! renferme tes larmes, et offre pour lui tes prières au Seigneur, toi le père des orphelins, des pèlerins, des veuves et des vierges! Ah! malheureux, gémissons.

La nuit ne ramène plus pour moi le sommeil; et le jour ne me rend plus la brillante lumière. Dieu de miséricorde, père des hommes, donne-lui près de toi une place brillante. Ah! malheureux, lamentons-nous!

Il faut bien avouer que comme expression d'un sentiment vif, et comme enchaînement et développement d'idées, cette pièce est incomparablement au-dessus de tout ce que nous avons vu jusqu'ici. Au reste, nous allons voir ce progrès se continuer dans l'Europe moderne, et surtout en France, où la chanson fournit une littérature tout entière, aussi variée dans ses caractères et dans ses formes, qu'intéressante par les sujets et riche par les produits. Plusieurs volumes suffiraient à peine à recueillir ce que les siècles nous ont laissé dans ce genre, je ne dis pas de médiocre ou de passable, mais de bon ou d'excellent : bornons-nous à une vue générale[1].

Nos plus anciennes chansons sont en latin. Il nous en reste quelques-unes entières ou par fragments[2]. Je n'ai pas à m'y arrêter.

Dans les XIIe, XIIIe et XIVe siècles, notre langue commença, quoique bien rude encore et peu flexible, à être employée

1. Voyez dans nos *Études sur quelques points des sciences dans l'antiquité*, n° XIV, p. 483 à 496, un examen de la supériorité de la chanson française, mais à un tout autre point de vue.

2. M. Duméril, *Poésies populaires latines*, etc., p. 239 et suiv.

dans des stances ou couplets : alors la chanson prit peu à
peu la forme qu'elle devait conserver dans sa perfection[1].

Rien de plus varié, rien de plus intéressant que les chansons de cette époque, qui se rapportent presque toutes aux
faits politiques contemporains. Aussi M. Leroux de Lincy
dit-il qu'en composant son recueil il a tâché d'élever un
monument à l'histoire de notre pays, de ressaisir les émotions passagères que les événements ont fait naître, tantôt
parmi le peuple, tantôt parmi les grands; et que son but
principal a été de prouver que la France ayant aussi son
recueil de chansons historiques et populaires, n'avait rien à
envier aux autres pays de l'Europe[2].

Ces chansons étaient rangées en différentes classes, et
connues sous les noms particuliers de *lai*, *ballade*, *sirvente*,
tenson, *jeu-parti*, *pastourelle*, en ne comptant pas celles qui,
comme le *triolet*, le *rondeau*, consistaient uniquement dans
le choix ou l'arrangement des vers [3].

Le *lai* était autrefois une sorte de terme générique, dési-
gnant toute pièce à chanter. Il s'appliquait particulièrement,
et par antonomase, aux sujets tristes, comme aux grands
et beaux faits d'armes; il brillait surtout à l'époque de la
chevalerie.

Le *virelai* était un lai à refrain ou à retour. La *ballade*
était aussi une sorte de lai à refrain. Plus tard, ces deux
pièces furent soumises à des règles particulières de versification, qui en ont successivement changé le caractère.

Le *sirvente* ou *sirventois* était une chanson satirique qui
semble avoir pris naissance en Picardie, d'où elle se répandit bientôt par toute la France. Ce fut sous le règne de

---

1. M. Leroux de Lincy, *Recueil des chants historiques français*, etc.; Roquefort, *De l'état de la poésie française dans les* xiie *et* xiiie *siècles*.

2. M. Leroux de Lincy. ouv. cité, introduction, p. xiv.

3. Voyez à ce sujet le *Cours supérieur de grammaire*, t. II, liv. II, ch. 4,
p. 36 et suiv.

Guillaume le Roux à la fin du xi⁰ siècle), dit Roquefort [1],
que cette espèce de chanson commença à être en usage. Les
poëtes ne tardèrent pas à s'en servir, comme Archiloque
s'était autrefois servi de ses ïambes pour poursuivre les
hommes injustes ou malfaisants, ou satisfaire leur animosité
personnelle. Le chevalier Luc de la Barre eut la hardiesse,
en 1124, d'écrire un sirventois contre le roi d'Angleterre,
Henri I⁰ʳ, qui lui fit crever les yeux : « punition terrible, dit
le même auteur, et qui prouve ou une crainte ridicule dans
le monarque, ou les suites qui pouvaient résulter d'une
pièce satirique chez un peuple aussi ami de la poésie en
général, et surtout de la poésie française. »

La *tenson* était une pièce de poésie où l'on traitait quelque
question ingénieuse sur l'amour, sur la guerre, sur les
vertus des dames et des chevaliers.

Le *jeu-parti* était une espèce de tenson; seulement on y
supposait deux personnages soutenant deux opinions opposées. C'était donc une chanson dialoguée. On en trouvera
divers exemples dans l'histoire des troubadours de Millot,
et dans le premier volume de la collection des *Vieux poëtes
françois* [2].

Une tenson très-intéressante, et dont le texte est facile à
comprendre, se trouve parmi les chansons de Jean de Dreux,
comte de Bretagne, gendre de Thibaut, comte de Champagne, qui florissait dans le xiiiᵉ siècle. Il discute avec
Bernard de la Ferté la question si la prouesse vaut mieux
que la largesse, c'est-à-dire si le courage vaut mieux que
la libéralité. Il suffirait souvent de changer les finales des
mots pour retrouver le français de nos jours [3]; en voici le
commencement :

> Bernart, à vous vueil demander

1. *Poésies de Marie de France.*
2. 6 vol. in-8°, chez Crapelet, 1824.
3. Même collection, t. II, p. 24.

De deux choses la plus vaillant,
Proèce que tant oi loer
Ou largèce qu'on aime tant.
Si m'en dites vostre semblant,
Car j'ai touz jors oï conter,
Sans proèce ne puet monter
Nul chevalier tresbien avant
Qui d'armes soit entremetant.

— Cuens de Bretaigne, sans fausser,
Largèce vaut melz ; ce m'est vis
Que largèce fait homme amer
A trestous ceux de son pays ;
Meesmement ses anemis
Peut-on conquerre par doner ;
Et si en puet-on acheter
L'amor au roy de Paradis :
Et qui l'a, mult li est bien pris.

Je ne continue pas la citation. Le comte de Bretagne vante
la prouesse, Bernard lui répond par un quatrième couplet,
et l'auteur de la chanson clôt la discussion dans un cinquième
et dernier.

Avançons un peu et dans l'histoire et dans les progrès de
la langue française : nous trouvons, au XIVe siècle, bon
nombre de chansons très-intéressantes et déjà remarquables
par le style. En voici une, tirée du recueil de M. Leroux
de Lincy [2]; elle est dirigée contre Hugues Aubriot, cet intendant des finances et prévôt de Paris sous Charles V, qui
décora la capitale de plusieurs édifices, fit bâtir la Bastille
en 1369, pour servir de forteresse contre les Anglais ; le
pont Saint-Michel, le Petit-Châtelet, les murs de la porte
Saint-Antoine. Notre siècle lui a rendu les honneurs qu'il
méritait, en plaçant sa statue dans une des niches de l'hôtel
de ville ; mais on n'a pas été de tout temps aussi juste à son
égard. Comme il avait fait arrêter quelques écoliers inso-

---

1. *Recueil des chants historiques français*. t. I, p. 264.

lents, l'Université, dont les priviléges alors étaient excessifs, se déchaîna contre lui; avec l'appui du duc de Berry, elle lui fit faire son procès sous prétexte d'hérésie, et le fit renfermer à la Bastille. Des séditieux, nommés *Maillotins*, l'en tirèrent en 1381 pour le mettre à leur tête. Mais Aubriot, pensant qu'il ne lui convenait pas de favoriser la révolte, les quitta le soir même, et se retira dans la Bourgogne, où il était né, et où il mourut en 1382. C'est contre cet homme d'une vie si exemplaire qu'a été faite, avec beaucoup d'art et de verve poétique, une chanson en vingt-deux couplets de sept vers octosyllabes, tous terminés par un proverbe. Je ne citerai que le quatrième couplet, qui se rapporte justement à son affaire avec l'Université et à son ordonnance sur les filles publiques :

> Quand en hault degré te véis,
> De tout te voulus entremettre ;
> Et trop d'ordonnances feis
> Sur femmes et gens saichants lettres.
> Pour ce, en prison t'ont fait mettre
> Comme raison les y constreint.
> *Qui trop embrasse, pou estreint.*

Dès le commencement du xv⁰ siècle, il s'était formé dans le bocage normand une société de joyeux confrères, qui s'appelaient les *galands*, les *compagnons gallois*, ou les *gale-bon-temps*. La ville de Vire était leur chef-lieu. Leur dévotion avait pour objet la bouteille. C'est parmi ces bonnes gens qu'est née et s'est développée la chanson bachique en France. Leurs gais couplets, qu'on nommaient *vau de Vire* [1], à cause du faubourg où se tenaient leurs réunions, sont les premiers que notre langue ait consacrés à l'éloge du piot [2]. Olivier Basselin, mort en 1418 ou 1419, est le plus célèbre de tous ces chansonniers inspirés par le vin. Malheureuse-

---

1. Aujourd'hui *vaudeville*.
2. M. Leroux de Lincy, ouv. cité. t. I. p. 297.

ment son texte n'a pas été conservé. On n'en a que des imitations en langage du XVIe siècle, époque à laquelle on le
publia. Deux couplets de sa chanson *à son nez* donneront
une idée de sa verve :

> Beau nez, dont les rubis ont coûté mainte pipe
>   De vin blanc et clairet.
> Et duquel la couleur richement participe
>   Du rouge et violet ;
>
> Gros nez! qui te regarde à travers un plein verre
>   Te juge encor plus beau.
> Tu ne ressembles point au nez de quelque hère
>   Qui ne boit que de l'eau. etc.

La jolie chanson du *Comte Ory* paraît être originairement
du même temps. « Cette romance picarde, dit Dumersan [1],
n'était qu'une tradition de province qui datait du XVe ou du
XVIe siècle, et dont il ne restait que quelques fragments,
lorsque Laplace en remplit les lacunes, en rajeunit le langage
et l'inséra, en 1783, dans son recueil des *Pièces intéressantes
et peu connues*, etc ... MM. Scribe et Poirson en ont fait le
sujet d'un fort joli vaudeville, joué en 1816; et, en 1828, ils
ont fait de ce vaudeville un opéra embelli de la musique de
Rossini. » — Dumersan, dans ce passage que je ne cite pas
tout entier, me paraît commettre deux erreurs ; il croit que
le *Comte Ory* ne doit d'être un peu connu qu'au vaudeville ou
à l'opéra de MM. Scribe et Poirson. Ces pièces ont augmenté
sans doute la réputation de la chanson; ils ne l'ont pas faite,

---

1. Dans ses *Chansons nationales et populaires de la France*. in-32 , 1845,
p. 180. Ce recueil est précédé d'une histoire de la chanson en 20 petites
pages. Je n'ai pas besoin de dire que ce petit tableau est très-superficiel.
L'auteur y mentionne un certain nombre de poëtes fort connus, et ne les
caractérise aucunement. Il compte aussi un peu trop sur la quantité des
chansons produites. Il calcule que Paris seul en fournit par an plus de trois
cent mille. S'il n'y en a pas une là-dessus qui mérite qu'on s'en souvienne,
qu'est-ce que cela peut nous faire? ne vaudrait-il pas mieux s'attacher seulement à ce qui a quelque valeur?

car je l'avais lue avec un vif intérêt, lorsque j'étais au collége, avant qu'il fût question du vaudeville.

Il semble, d'un autre côté, attribuer à Laplace la chanson telle que nous l'avons, soit pour son ensemble, soit pour l'expression. Il est beaucoup plus probable que le langage s'était rajeuni de lui-même par la tradition; et que, si Laplace a bouché quelques trous, ils étaient en fort petit nombre. Ce qui me le fait penser, c'est d'abord l'originalité, le naturel et l'entrain de la pièce, qui ne pouvaient guère se trouver à un point si remarquable dans un pastiche du XVIIIe siècle.

> Le comte Ory disait pour s'égayer
> Qu'il voulait prendre le couvent de Farmoutier,
> Pour plaire aux nonnes et pour se désennuyer.

> Le comte Ory, châtelain redouté,
> Après la chasse, n'aimait rien que la beauté.
> Et la bombance, les combats et la gaieté.

> « Holà! mon page, venez me conseiller,
> L'amour me berce, je ne puis plus sommeiller.
> Comment m'y prendre pour dans ce couvent entrer?

> — Sire, il faut prendre quatorze chevaliers,
> Et tous en nonnes il vous les faut habiller,
> Puis, à nuit close, il faut à la porte heurter.

> — Holà, qui frappe? qui mène un si grand bruit?
> — Ce sont des nonnes, et qui ne vont que de nuit,
> Qui sont en crainte de ce maudit comte Ory, » etc.

Il y a ensuite des fautes de versification qu'il était si facile de faire disparaître que Laplace n'y eût pas manqué, s'il eût voulu donner son œuvre.

Il y a enfin et surtout ce rhythme singulier et unique d'un vers de dix syllabes suivi de deux vers de douze, coupés chacun en césures inégales de quatre et de huit syllabes; et cela avec une régularité que le sentiment rhythmique peut seul mettre encore en évidence; car elle contrarie tellement nos règles prosodiques, qu'à lire ces vers, selon les habitudes de notre versification, on les prendrait plutôt pour une prose mal mesurée [1]. C'est donc en quelque façon malgré lui que Laplace aurait fait des vers pareils ; et c'est ce qui me persuade que la part prise par lui dans cette chanson n'a pas été aussi grande que l'affirme Dumersan.

Vers le même temps, l'historien Jean Froissard faisait sous les noms de *virelai*, *ballade*, *rondel*, de jolies chansons philosophiques, érotiques ou morales. Que peut-on trouver de plus gracieux, de plus philosophique et de plus fin que le rondel suivant :

> On doit le temps ainsi prendre qu'il vient :
> Tout dit que pas ne dure la fortune.
> Un temps se part et puis l'autre revient :
> On doit le temps ainsi prendre qu'il vient.
> Je me conforte en ce qu'il me souvient
> Que tous les mois avons nouvelle lune :
> On doit le temps ainsi prendre qu'il vient :
> Tout dit que pas ne dure la fortune [2].

1. Cette considération du rhythme, et d'un rhythme tout à fait étranger à notre système de versification, est ici extrêmement importante. Les vers de dix syllabes sont tous très-bien coupés quant à la syllabe accentuée, en supprimant quand il le faut l'*e* muet devant les consonnes :

> Le comte Ory. — châtelain redouté...
> Holà ! mon pag' — venez me conseiller...
> Sire il faut prendr' — quatorze chevaliers.

Les vers de douze syllabes sont aussi très-régulièrement partagés, le point d'arrêt tombant toujours sur la quatrième syllabe. et en comptant dans la seconde césure l'*e* muet non élidé :

> Qu'il voulait pren—dre le couvent de Farmoutier,
> Pour plaire aux non—nes et pour se désennuyer.
> Après la chas—se n'aimait rien que la beauté.
> L'amour me ber—ce, je ne puis plus sommeiller, etc.

C'est là une harmonie versifique (Voyez nos *Études sur quelques points des sciences dans l'antiquité*, n° VIII, p. 270) tout à fait remarquable, qui n'est aucunement indiquée par les règles ordinaires de la versification, et n'a pu l'être que par le chant même.

2. Voyez le recueil des *Vieux poëtes françois*, t. II, p. 147.

Le règne de François Ier vint bientôt : on sait quel éclat il a jeté par les lettres et les beaux-arts. Villon, Martial d'Auvergne, Crétin, Octavien et Mellin de Saint-Gelais, enfin Clément Marot, sont les poëtes les plus célèbres de cette époque, et sont trop connus pour que je m'y arrête.

C'est surtout dans les temps de trouble et d'excessive liberté que la chanson politique prend une grande valeur : car elle est alors l'expression la plus ingénue et la plus franche des passions non-seulement de l'auteur, mais du parti auquel il appartient.

La Ligue, et la Fronde encore bien plus, ont fait naître une quantité prodigieuse de chansons. On en trouve quelques-unes dans la *Satire ménippée*, cet ingénieux pamphlet, où l'on voit se dessiner nettement pour la première fois les traits caractéristiques de l'esprit moderne, savoir : la tolérance et la liberté individuelle sous l'unité d'administration civile et politique.

Ces couplets contre le prince d'Aumale, qui s'était sauvé après avoir perdu la bataille de Senlis, sont forts piquants[1] :

> A chacun nature donne
> Des pieds pour le secourir :
> Les pieds sauvent la personne ;
> Il n'est que de bien courir.
>
> Ce vaillant prince d'Aumale,
> Pour avoir fort bien couru,
> Quoi qu'il ait perdu sa malle,
> N'a pas la mort encouru.
>
> Ceux qui étoient à sa suite
> Ne s'y endormirent point,
> Sauvants par heureuse fuite
> Le moule de leur pourpoint.

---

1. *Abbrégé de la force des estats de la Ligue*, etc., dans la description des pièces de tapisserie dont la salle des états devait être tendue.

Quand ouverte est la barrière,
De peur de blasme encourir,
Ne demeurez point derrière :
Il n'est que de bien courir, etc.

Quant aux chansons de la Fronde, on en a conservé un grand nombre, soit dans les ouvrages relatifs à cette singulière époque, soit dans les recueils si communs et si volumineux connus sous le nom de *Mazarinades*. Au milieu du fatras insignifiant qui remplit presque tous ces recueils, on distingue quelques chansons fort remarquables, entre autres celle-ci [1], qui représente au naturel l'état de Paris supportant un siége :

Ma foi nous en avons dans l'aile :
Les Frondeurs nous la baillent belle.
Malepeste de l'union !
Le blé ne vient plus qu'en charrette.
Confession, communion,
Nous allons mourir de disette.

Qu'en dites-vous, troupe frondeuse,
Moitié chauve et moitié morveuse ?
Où sont donc tous vos gens de main ?
Avec vos quatre cent mille hommes,
A peine trouvons-nous du pain,
Pauvres affamés que nous sommes.

Dans toute la France on s'étonne
Que votre intention si bonne
Vous succède si pauvrement.
On y trouve beaucoup à mordre.
Six semaines de règlement
Font plus que vingt ans de désordre.

Tandis que le prince nous bloque
Et prend bicoque sur bicoque,
Et la rivière haut et bas.

---

1. Voyez la *Collection des pièces curieuses de ce temps*, vol. 17639 de la bibliothèque Mazarine, fol. 245.

Nous ne nous occupons qu'à faire,
Au lieu de siéges et combats,
Des chansons sur *laire lanlaire* [1].

Nos chefs et nos braves cohortes
N'ont pas plutôt passé les portes,
Qu'ils les repassent vitement.
Nous mettons nos gens en bataille :
Le Polonois et l'Allemand
Cependant croquent la volaille, etc.

Les triolets faits contre les principaux frondeurs sont aussi
plaisants qu'injurieux : « C'était, dit l'*Esprit de la Fronde* [2],
dans les réduits de la débauche et dans les cabarets que la
licence s'emportait aux plus audacieux excès ; c'était de cette
source féconde que s'échappaient chaque jour des torrents
de libelles, d'épigrammes et de chansons ; personne n'était
à l'abri des traits qui fondaient de toutes parts sur Paris, ni
le coadjuteur, ni le duc de Beaufort, ni Conti, ni sa sœur
la duchesse de Longueville. Celle-ci surtout y était si mal-
traitée que son cœur en resta toujours ulcéré, et qu'elle
commença, dès lors, à nourrir un secret ressentiment pour
un parti où elle était si peu ménagée. »

Une chanson bien intéressante et bien mordante du même
temps, est celle qui a pour titre : *La France parlant à M. le
duc d'Orléans endormi*. Il faut se rappeler le caractère de ce
prince, parfaitement exprimé par ce mot, son indécision,
sa lâcheté, son empressement à renier ses amis et à les
abandonner dès qu'il croyait apercevoir l'ombre d'un péril ;
il faut se souvenir encore qu'il était fils d'Henri IV. Voici
cette chanson, qui, malgré son incontestable mérite, a, si je
ne me trompe, échappé aux plus curieux scrutateurs de ces
plaisantes archives [3] :

1. Refrain alors à la mode.
2. De Demailly. année 1649, t. II, p. 257.
3. Elle se trouve dans les *Pièces curieuses* imprimées en 1649, et conser
vées à la bibliothèque Mazarine, dans le volume numéroté 17640.

Gaston, Gaston, éveille-toi,
    Entends mes cris, assiste-moi
Contre ces trois tyrans [1] dont je suis déchirée.
Ces trois monstres cruels ont ma perte jurée.
Fais pour m'en garantir de semblables efforts.
            — Je dors.

Fils d'un père si glorieux,
    Qui, par des conseils généreux,
Me gouverna vingt ans sans compagnon ni maître,
Dois-je pas espérer que tu feras paraître
Des sentiments pareils à ceux qu'il eut pour lors?
            — Je dors.

Sois touché des cris douloureux
    De tant de peuples malheureux.
Le pillage, le fer, le feu, la faim, la rage
Changent tout en désert. Souffres-tu cet outrage?
Veux-tu point arrêter ces barbares efforts?
            — Je dors.

. . . .
    Un prince indigne de son rang [2]
    Veut, par le fer et par le sang,
S'élever au sommet où son orgueil aspire.
Tout obstacle est fâcheux à qui veut un empire :
Il n'y sauroit monter sans te mettre dehors.
            — Je dors.

La chanson continue ainsi pendant quelque temps; après quoi vient le dernier couplet, réservé tout entier au duc d'Orléans, qui répond en ces termes aux plaintes de la France :

1. Quels sont ces trois tyrans? Les rôles changent si souvent pendant la guerre de la Fronde, qu'il faudrait, pour les déterminer, savoir, non l'année, mais le jour de la composition de cette pièce. Elbeuf. de la maison de Lorraine, Conti, le frère du grand Condé, le duc de Bouillon sont peut-être les trois tyrans dont il est question: peut-être aussi serait-ce le cardinal de Retz. Voyez l'*Intrigue du cabinet*. d'Anquetil, année 1649, t. III. p. 206 et suiv., édit. in-12, 1809.

2. Probablement Conti ou Elbeuf : à cette époque Condé combattait dans l'armée royale.

Va, France, loin de moi gémir,
   Lui dit Gaston, je veux dormir.
Je naquis en dormant, j'y veux passer ma vie.
Jamais de m'éveiller il ne me prend envie.
Toi, ma femme et ma fille, y perdez vos efforts.
               Je dors.

Sous Louis XIV, la chanson changea naturellement de caractère. Ce ne fut que par exception qu'on osa chansonner
le monarque, tourner en ridicule sa politique ou blâmer ses
favoris. Les exemples de ces hardiesses ne manquent pas
absolument ; mais, en général, on prit pour sujet de louange
ou de blâme ce qui ne pouvait donner d'ombrage au gouvernement. On célébra, selon le goût régnant, des amours
sérieuses ou légères ; on chanta les bonnes tables, souvent
aussi la splendeur et la magnificence du maître.

Adam Billaut, le fameux menuisier de Nevers, loua le
vin, qu'il aimait, dans la chanson si connue et qui commence ainsi [1] :

> Aussitôt que la lumière
> Vient redorer nos coteaux,
> Je commence ma carrière
> Par visiter mes tonneaux.
> Charmé de revoir l'aurore,
> Le verre en main je lui dis :
> « Vois-tu sur la rive maure
> Plus qu'à mon nez de rubis? » etc.

Chapelle fit aussi des chansons bachiques ; Régnier-Des-
marais réussit dans les chansons morales ; Lamonnoie,
connu par des travaux plus sérieux, a fait la chanson burlesque de M. Lapalisse, qu'on se rappelle encore aujour-
d'hui, et dont il n'est pas de littérateur qui ne s'amuse à
citer quelques couplets.

L'auteur des *Mémoires de Grammont*, Hamilton, est un des

---

1. Cette chanson est composée de deux des chansons de Billaut ; elle n'a
pas été faite sous la forme qu'on lui connaît ici.

chansonniers les plus féconds de ce temps. Mais ses petites
pièces sont généralement froides et insipides : la postérité
les a entièrement oubliées, ainsi que tant d'autres, qui
n'avaient pas assez d'intérêt pour survivre à la circonstance
qui les faisait naître.

Au reste, les chansons qui paraissent avoir eu le plus de
succès pendant le long règne de Louis XIV sont celles du
Savoyard, et celles qu'on fit sur Jean de Wert.

Jean de Wert était un guerrier célèbre du xviie siècle, né
dans un village de la province de Gueldre, nommé Wert. Il
en prit son nom, et l'on peut voir par là, dit Bayle[1], qu'il
n'était pas de naissance, puisqu'il ne fut connu que sous le
nom de son village. Il fut fait prisonnier à la bataille de
Rhinfeld, en 1638. Il avait eu précédemment d'assez grands
succès contre nous, s'était emparé de plusieurs places dans
la Picardie, avait porté la terreur aux portes d'Amiens, par
les troupes qu'il y envoyait. Sa renommée s'était même répandue jusqu'à Paris; et comme le peuple grossit toujours
les objets, le seul nom de ce général inspirait l'épouvante.
Quand le bruit se répandit qu'il avait été fait prisonnier, le
peuple de Paris eut à cette occasion des transports de joie
qu'il serait difficile d'exprimer. La muse du Pont-Neuf, c'est-
à-dire le Savoyard dont je parlais tout-à-l'heure[2], célébra
la sienne sur un air de trompette qui courait alors. Elle y
étalait le triomphe des Français, et disait qu'ils avaient battu
les Allemands *et Jean de Wert;* qu'ils avaient pris beaucoup
de drapeaux *et Jean de Wert;* pris tel nombre de prison-
niers *et Jean de Wert.* En un mot, tous ces couplets, et ils
étaient nombreux, finissaient par ce refrain : *et Jean de
Wert.* Comme il y avait dans ces chansons une certaine naï-

1. *Dictionn. historique et critique*, au mot *Wert.*
2. Pour plus de détails sur ce personnage, dont le nom se trouve rappelé
dans les satires de Boileau (sat. IX, v. 75), voyez le *Dictionnaire* de Bayle,
au mot d'*Assouci*, remarque C.

8

veté grossière qui ne laissait pas d'avoir quelque chose de
réjouissant, la cour et la ville les chantèrent; et Jean de
Wert et ses chansons étaient si à la mode qu'on ne parlait
d'autre chose.

Une circonstance nouvelle contribua à augmenter la réputation de ce refrain. Jean de Wert fut d'abord détenu au
château de Vincennes; mais, dès qu'il eut donné sa parole,
on se fit un plaisir de lui laisser une entière liberté. Il alla
faire sa cour au roi, qui lui fit mille caresses. Il fut régalé
par les seigneurs les plus considérables. Quand il restait à
Vincennes, on lui faisait une chère magnifique, et les
dames les plus qualifiées de Paris se faisaient un divertisse-
ment de l'aller voir manger. Il buvait admirablement, et
n'excellait pas moins à prendre du tabac en poudre, en
cordon et en fumée. Il était accompagné de plusieurs officiers allemands, qui, tous, avaient les mêmes talents.

Ainsi, dit Bayle[1], le nom de Jean de Wert ne faisait pas
seulement du bruit dans les conversations particulières,
après en avoir fait dans les nouvelles publiques; il reten-
tissait aussi dans les chansons : on en fit courir beaucoup
où il servait de refrain, et on les a trouvées si jolies dans ces
derniers temps qu'elles ont été renouvelées plusieurs fois.

En effet, une quarantaine d'années après la prison de
Jean de Wert, et longtemps même après sa mort[2], Mme Deshoulières fit une chanson sur ce même air. On y lit ces couplets :

> Mon médecin, quand il me voit,
>   M'ordonne d'être sage.
> Selon moi, qui plus mange et boit,
>   Doit l'être davantage.
> Il n'est pas trop de cet avis;
> Mais j'ai pour moi tout le pays
>   De Jean de Wert.

1. *Dictionn. historique et critique*, au mot *Wert*.
2. Il mourut en 1652.

Quand je suis avec mes amis,
    Je ne suis plus malade;
C'est là que je me suis permis
    Le vin et la grillade.
N'en déplaise à monsieur Thévard [1],
Je n'en irai qu'un peu plus tard
        Voir Jean de Wert.

Fi de ces esprits délicats
    Qui, prenant tout à gauche,
Voudraient bannir de nos repas
    Certain air de débauche.
Je ne l'ai qu'avec les buveurs,
Et je suis aussi froide ailleurs
        Que Jean de Wert.

Je trouve la rime d'abord
    Lorsque Bacchus m'inspire;
Un verre rempli jusqu'au bord
    Me tient lieu d'une lyre.
Ne pouvoir plus boire de vin
Est par où je plains le destin
        De Jean de Wert [2].

On revint souvent encore à ces chansons et à ce refrain
depuis Mme Deshoulières. Bayle nous apprend qu'on en
composa un grand nombre vers 1690, et que tout le monde
les chantait. Il cite lui-même trois couplets d'une chanson
faite sur cet air en 1702. La raison qui les lui fait citer m'invite à les replacer ici. Il veut montrer qu'alors l'ivrognerie
devenait à la mode parmi les femmes, et qu'il régnait dans
les salons de la plus haute compagnie un ton de plaisanterie
qui n'avait rien d'attique.

        A se barbouiller de tabac
            Trouvait-on de la gloire?
        Se piquait-on d'un estomac

1. Son médecin. Voyez la lettre qu'elle lui écrit, t. II, p. 53 de l'édition
Dabo, 1821.
2. Voyez les œuvres de Mme et de Mlle Deshoulières, sous la date de 1686.

Qui fût si propre à boire?
Certaines dames de ce temps
L'emportent pour ces beaux talents
     Sur Jean de Wert.

Dans les cercles les mieux choisis,
     Fort peu, je vous assure,
Imitent par leurs tours polis
     Sarrasin et Voiture.
Je quitterais tous les vivants
Pour tels défunts l'honneur du temps
     De Jean de Wert.

Comme l'on se retire loin
     De la galanterie,
On mit à sa place avec soin
     La polissonnerie.
On dit des bons mots plus grossiers
Que les goujats des officiers
     De Jean de Wert.

Combien cette forme de refrain, et surtout du refrain proverbial et moqueur, inconnu à l'antiquité, et qui même ne s'est montré avec tout son éclat et tout son bonheur que chez nous, n'ajoute-t-il pas de valeur à la chanson !

Après Louis XIV, le régent et Louis XV laissèrent à ce genre de poésie un champ trop vaste peut-être. La faculté de tout chansonner développa le génie satirique des Français, et en dissipant ce respect qu'on avait autrefois pour la majesté royale, la religion et les bonnes mœurs, elle battit en brèche tout ce qui était établi.

Le genre des couplets libres ou licencieux fut le plus cultivé peut-être : les goûts passagers des chefs de l'État avaient contribué à faire préférer cette direction aux chansonniers; et il suffirait de citer leurs noms, parmi lesquels malheureusement on trouve ceux de plusieurs prêtres, pour montrer quels ravages la licence avait faits dans les mœurs publiques.

La chanson, dans tous les genres, se ressentit de cette

débauche des mœurs ; cependant on en a fait aussi qui n'ont
rien de blessant pour la morale, et qui méritent d'être re-
tenues pour leur tournure originale, la vérité des sentiments
qui y est exprimée, et surtout la franchise et la rondeur de
l'allure dans tout le développement de la pensée.

Qui n'a répété cent fois cette jolie chanson de Lamotte-
Houdart, faite aux eaux des Forges, avec un entrain dont
ses autres poésies ne donnaient pas l'espoir :

> On dit qu'il arrive ici
>   Grande compagnie,
> Qui vaut mieux que celle-ci,
>   Et bien mieux choisie....
> Va-t-en voir s'ils viennent, Jean,
>   Va-t-en voir s'ils viennent.
>
> Un abbé qui n'aime rien
>   Que le séminaire,
> Qui donne aux pauvres son bien,
>   Et dit son bréviaire....
> Va-t'en voir s'ils viennent, Jean,
>   Va-t'en voir s'ils viennent.
>
> Un magistrat curieux
>   De jurisprudence,
> Et qui devant deux beaux yeux
>   Tient bien sa balance....
> Va-t'en voir s'ils viennent, Jean,
>   Va-t-en voir s'ils viennent.
>
> Une femme et son époux,
>   Couple bien fidèle ;
> Elle le préfère à tous,
>   Et lui n'aime qu'elle....
> Va-t'en voir s'ils viennent, Jean,
>   Va-t'en voir s'ils viennent.
>
> Un chanoine dégoûté
>   Du bon jus d'octobre,
> Un poëte sans vanité,

Un musicien sobre....
Va-t'en voir s'ils viennent, Jean,
Va-t-en voir s'ils viennent, etc.

Cette chanson bachique est encore justement célèbre :

Je cherche en vain la vérité,
Si le vin n'aide ma faiblesse.
Toute la docte antiquité
Dans le vin plaça la sagesse.
Oui, c'est par le bon vin que le bon sens éclate :
J'en atteste Hippocrate,
Qui dit qu'il faut à chaque mois
S'enivrer au moins une fois.

Socrate, cet homme discret,
Que toute la terre révère,
Allait manger au cabaret,
Quand sa femme était en colère.
Pouvons-nous faire mieux que d'imiter Socrate
Et de suivre Hippocrate,
Qui dit qu'il faut à chaque mois
S'enivrer au moins une fois?

Platon fut surnommé *divin*,
Parce qu'il était magnifique,
Et qu'il régalait de son vin
La cabale philosophique.
Sa table fut toujours splendide et délicate ;
Il suivit Hippocrate,
Qui dit qu'il faut à chaque mois
S'enivrer au moins une fois, etc.

Rien n'est aussi plus connu, et ne mérite plus de l'être,
que les couplets de Saurin à son ami Collé, auteur lui-
même de nombreuses chansons et de la jolie comédie de la
Partie de chasse d'Henri IV.

Jadis à table entre les pots
Roulaient et couplets et bons mots.
Cette joie est bannie,
Le bon air, hélas! dans Paris.

Déclare roturiers les ris :
   Décemment on s'ennuie.
Gens qui se disent du bon ton,
Ne veulent plus qu'on chante bon !
     Et bon ! bon ! bon !
    Que le vin est bon !
  Il console la vie.

De Momus, joyeux favori,
Qui chez Michaut menant Henri,
   Les fais trinquer à table ,
Crois-tu que ce fameux héros,
Par sa bonté, par ses propos.
   A jamais adorable,
Serait à présent du bon ton,
Lui qui simplement grand et bon,
     Chantait bon ! bon !
    Que le vin est bon !
   Près d'un objet aimable ?

Devant l'italique fredon
A fui la bachique chanson
   Et le gai vaudeville.
Tout d'un temps a fui loyauté ;
Plutus est le seul dieu fêté
   A la cour, à la ville.
Et dans nos meilleures maisons,
Gens bariolés de cordons,
     Disent tout haut :
    C'est de l'or qu'il faut,
  L'honneur est inutile, etc.

Par opposition à ces chansons de plaisirs, on faisait aussi
un grand nombre de chansons champêtres, mélancoliques,
morales, dont plusieurs sont restées dans la mémoire des
gens de lettres. Tout le monde connaît *O ma tendre musette !*
de La Harpe; *Jupiter, prête-moi ta foudre* et *Tendre fruit des
pleurs de l'Aurore*, de Bernard ; *Que ne suis-je la fougère ?*
de Riboutté. En voici une très-courte de Masson, marquis
de Pezai, qui vaut mieux assurément que son froid poëme
de *Zélis au bain*, et que sa *Lettre d'Ovide à Julie* :

La fleur printanière
Qui naît la première,
Au premier beau jour,
Tant qu'elle est nouvelle,
Voit zéphyr près d'elle
Soupirer d'amour

Mais par la rosée,
Qu'une autre arrosée
Vienne à s'entr'ouvrir :
Dès que sur sa tige
Le dieu qui voltige
L'aperçoit fleurir ;

La fleur printanière,
Qui fut la première
Éclose en ce jour,
Voit zéphyr, loin d'elle,
A la plus nouvelle
Porter son amour.

Ce genre délicat et gracieux des chansons érotiques ou galantes en a fourni une quantité innombrable. « Je suis étonné, dit Voltaire [1], de cette variété prodigieuse avec laquelle les sujets galants ont été traités par notre nation : on dirait qu'ils sont épuisés, et cependant on voit des tours nouveaux, quelquefois même il y a de la nouveauté jusque dans le fond des choses, comme dans cette chanson peu connue, mais qui me paraît fort digne de l'être par les lecteurs sensibles à la délicatesse :

Oiseaux, si tous les ans vous changez de climats,
Dès que le triste hiver dépouille nos bocages,
Ce n'est pas seulement pour changer de feuillages,
          Ni pour éviter nos frimas.
          Mais votre destinée,
Ne vous permet d'aimer qu'en la saison des fleurs;
Et quand elle a passé, vous la cherchez ailleurs,
          Afin d'aimer toute l'année.

1. *Connaissance des beautés et des défauts de la poésie et de l'éloquence,* au mot *Chanson*, dans les *Mélanges littéraires.*

Celle-ci est encore au nombre de ces chansons délicates et faciles qu'on retient sans rougir et qui sont des modèles de goût; c'est une femme qui parle :

> Si j'avais la vivacité
>   Qui fait briller Coulange,
> Si je possédais la beauté
>   Qui fait régner Fontange.
> Ou si j'étais comme Conti
>   Des grâces le modèle,
> Tout cela serait pour Créquy,
>   Dût-il m'être infidèle.

Que de personnes louées sans fadeur dans cette chanson ! et que toutes ces louanges servent à relever le mérite de celui à qui elle est adressée ! mais surtout que de sentiment dans ce dernier vers :

> Dût-il m'être infidèle ! »

Les chansons satiriques ou *vaudevilles* se produisirent à cette époque en quantité innombrable. On peut voir, par les couplets attribués à J. B. Rousseau, et qui le firent bannir de France, à quel excès déplorable se portaient quelquefois les chansonniers. Quelques vers de la comédie du *Méchant*[1], nous montrent que ce moyen était assez communément employé dans la société polie. Cléon propose à Florise de faire un libelle où il déchirera tous ses ennemis ; Florise approuve beaucoup ce projet.

> L'idée est excellente et la vengeance est sûre :
> Je vous prierai d'y joindre, avec quelque aventure,
> Une madame Orphise, à qui j'en dois d'ailleurs,
> Et qui mérite bien quelques bonnes noirceurs.
> Quoiqu'elle soit affreuse, elle se croit jolie,
> Et de l'humilier j'ai la plus grande envie.
> Je voudrais que déjà votre ouvrage fût fait.

1. Acte II, sc. 3.

CLÉON.

On peut toujours à compte envoyer son portrait;
Et dans trois jours d'ici désespérer la belle.

FLORISE.

Et comment?

CLÉON.

On peut faire une chanson sur elle :
Cela vaut mieux qu'un livre et court tout l'univers.

FLORISE.

Oui, c'est très-bien pensé ; mais faites-vous des vers?

CLÉON.

Qui n'en fait pas? Est-il si mince coterie
Qui n'ait son bel esprit, son plaisant, son génie.
Petits auteurs honteux, qui font, malgré les gens,
Des bouquets, des chansons et des vers innocents?
Oh! pour quelques couplets, fiez-vous à ma muse :
Si votre Orphise en meurt, vous plaire est mon excuse.

La comédie du *Philosophe marié* [1] nous montre aussi la
même coutume répandue dans le monde, et s'appliquant
non pas à déshonorer les gens d'une manière aussi odieuse,
mais à verser sur eux le ridicule. Ariste, le philosophe, s'est
marié secrètement avec une femme vertueuse et pleine de
grâces. Mais l'esprit du siècle était opposé au mariage; il n'a
pas osé avouer le sien. Cependant on le découvre, et le marquis du Lauret, son ami, lui annonce cette découverte dans
les vers suivants :

Notre ami, c'est un point dont je ne puis douter :
On a su découvrir cette affaire secrète
Par la sœur de Mélite [2], et même par Finette [3],
Et ceux qu'elles avaient choisis pour confidents
M'ont confié le fait depuis quelques instants.
On sait même le nom du mari de Mélite,
On vante son esprit, son bon cœur, son mérite,
Grand philosophe, mais bizarre, singulier,
Honteux d'avoir enfin osé se marier,

1. Acte IV, sc. 9.
2. La femme du philosophe.
3. Sa servante.

Et voulant au public cacher cette sottise,
De crainte qu'à son tour on ne le tympanise.
Ne le pourriez-vous pas connaître à ce portrait?

ARISTE.

A peu près?

LE MARQUIS.

　　　　Ah! tant mieux, j'en suis fort satisfait.
Eh bien! dites-lui donc qu'on sait son mariage,
Et conseillez-lui fort de s'armer de courage,
Afin de recevoir galamment aujourd'hui
Certains petits brocards qui vont fondre sur lui.

Le même marquis, annonçant qu'il allait lui-même se
marier, avait dit de ce projet, au commencement de la
même scène :

Oui, mon cher, et de plus je veux le publier.
Afin que les railleurs se dépêchent de rire,
Et que, la noce faite, on n'ait plus rien à dire,
Je ferai sur moi-même un couplet de chanson,
Pour animer leur verve et leur donner le ton.

Tel était donc, au milieu du xviiiᵉ siècle, le caractère,
tels étaient les sujets de la plupart des pièces chantantes dans
le genre léger [1]. Cependant le temps approchait où les chansonniers n'auraient plus à célébrer les amours, les festins
et les plaisirs, mais à jouer leur rôle dans le drame sanglant
de la révolution. Les événements marchaient avec rapidité;
bientôt tout ce qui avait appartenu à l'aristocratie de la naissance, de la fortune ou du talent, s'aperçut de la ruine immense qui menaçait la société. Les véritables poëtes n'avaient
aucune envie d'y consacrer leur muse. Le domaine de la
chanson passa naturellement aux rimeurs de carrefour, qui
bien inhabiles dans ce métier nouveau pour eux, sachant à
peine les règles de notre versification, incapables de distinguer le bon style du mauvais, et surtout les idées élevées et

1. Voyez d'ailleurs les *Mémoires secrets de Bachaumont*, et beaucoup
d'autres mémoires. les *Anecdotes dramatiques*, les recueils d'*Ana*, etc., etc.

nobles de celles qui ne peuvent convenir qu'à la plus vile canaille, exprimèrent cependant, dans des vers qui ne manquaient ni de verve ni d'entrain, les passions brutales et souvent hideuses de la multitude.

Si quelquefois des hommes d'un esprit plus cultivé, comme Rouget de l'Isle, Chénier, firent des chansons moins triviales, elles étaient d'une métaphysique si abstraite, qu'il leur était difficile d'obtenir un succès de bon aloi, et surtout d'affronter le jugement de la postérité.

La *Marseillaise* est de toutes les chansons de la révolution celle qui fit le plus de sensation, grâce surtout à la beauté de l'air ; les pensées en sont souvent féroces et les vers médiocres ; les meilleurs sont probablement ceux-ci :

> Amour sacré de la patrie,
> Conduis, soutiens nos bras vengeurs.
> Liberté, liberté chérie,
> Combats avec tes défenseurs.

Au moment où ces vers étaient prononcés, les assistants se découvraient et s'agenouillaient : tant il est vrai qu'en renonçant au culte de leurs pères pour courir après je ne sais quelle chimère métaphysique, ils n'adressaient plus leurs demandes à un Dieu qui pût les entendre et les exaucer, mais à une pure conception de leur esprit, qui n'avait aucune existence hors de la pensée humaine.

La *Marseillaise* ayant eu, quoique mal composée et mal écrite, et parce qu'elle répondait aux passions du moment, un succès immense dans toute la France, on voulut, selon l'usage du temps, y faire chanter aussi les enfants ; on leur fit donc un couplet particulier qui commençait ainsi :

> Nous entrerons dans la carrière
> Quand nos aînés n'y seront plus,
> Nous y trouverons *leur poussière*
> Et l'exemple de leurs vertus.

Hélas ! ce fut trop souvent là le dernier mot de la félicité

républicaine : *la poussière !* tout venait se réduire à cette
dernière expression du néant de l'homme. L'âme était sup-
primée ; les prières, absentes ; le souvenir des ancêtres ou
nul ou en horreur ; et c'est ce qui, avec les malédictions
perpétuelles, les menaces et idées de vengeance, jette sur la
chanson patriotique de cette époque une teinte si monotone
et si lugubre.

Si le parti dominant célébrait ses actes, l'opposition,
autant du moins qu'on lui laissa la liberté de la parole, ne
manqua pas de les critiquer ; on peut même dire qu'en général les chansons des mécontents valaient mieux que celles
des satisfaits : d'abord, parce que la colère inspire presque
toujours mieux que le bonheur ou la joie, et que l'esprit
humain se plaît plus au mal qu'au bien ; ensuite, parce
que ces critiques étaient faites par des gens qui avaient plus
que leurs adversaires l'habitude de la bonne compagnie et
du bon style.

Cependant la chanson ne resta pas longtemps dans cet
état. La Terreur, en étendant un voile de sang sur toute la
France, imposa silence à tous nos chansonniers. Les événements étaient devenus trop tristes pour exciter leur verve.
Le ciel était si menaçant que ceux-là seuls avaient le courage
d'élever la voix, que leur bassesse protégeait contre la foudre. Il fallait donc ou approuver les actes de nos tout-puis-
sants tribuns, ou chercher des sujets absolument étrangers
à la politique, les plaisirs champêtres, par exemple, ou les
amours des bergers.

Ce fut en effet à ce point que tomba la chanson pendant
cette cruelle époque, jusqu'à ce que la lassitude d'un pareil
régime amenât enfin le gouvernement du Directoire que devait bientôt remplacer celui d'un seul homme. Alors la chanson redevint ce qu'elle avait momentanément cessé d'être,
une branche importante de la littérature nationale ; et
d'abord elle se vengea de ses persécuteurs en jetant à pleines

mains le ridicule sur les tyrans de la veille. Le vaudeville re-
leva la tête et siffla ceux devant qui tout le monde tremblait
quelques jours auparavant.

Vers 1797 se forma la première société chantante sous le
nom de *Diners du vaudeville ;* d'autres s'établirent successivement, et répandirent les productions d'un grand nombre
de poëtes ingénieux, entre lesquels on distingua surtout
Desaugiers pendant l'époque impériale.

Quand l'Empire eut fait place à la Restauration, le sceptre
de la chanson passa décidément entre les mains de M. de
Béranger, qui avait écrit quelques pièces sous le règne de
Napoléon, mais peu connues, et d'ailleurs si anodines ou
si voilées qu'on n'a pu que plus tard signaler l'application
qu'il était possible d'en faire au gouvernement impérial.
M. de Béranger profita surtout de la liberté de tout dire que
les Bourbons avaient donnée à la France, pour traiter, sous
la forme de couplets à refrain, les plus hautes questions politiques, religieuses ou sociales. Il porta dans ce genre un
incontestable talent, soutenu d'ailleurs de ce qu'on peut
nommer de la probité politique, puisque, quand les circonstances lui furent devenues absolument favorables, il re-
fusa de profiter de la position que les événements lui faisaient, et y préféra l'honorable pauvreté et l'indépendance
dans lesquelles il a continué de vivre.

Mais on ne peut s'empêcher de regretter que cet immense
talent ait été dépensé tout entier à faire haïr ou mépriser les
institutions qui faisaient le bonheur et la gloire de la France;
que ces vers si pleins d'énergie, et ces refrains si bien tournés et si retentissants, aient battu en brèche pendant quinze
ans, au nom de la liberté, ceux-là même de qui nous la
tenions; qu'ils aient ainsi jeté toute la nation hors de sa voie,
et préparé de loin et rendu faciles les révolutions de 1830
et 1848. On dit qu'après cette dernère, M. de Béranger,
consterné lui-même du résultat que l'imigination lui avait

peint en beau, et que le temps lui montrait dans sa triste réalité, ne put s'empêcher de gémir et de maudire cette république, l'idole de toute sa vie. Malheureusement le mal était fait, et, comme le chien qui avait lâché sa proie pour l'ombre, nous avons pu reconnaître que ne nous étant pas contentés d'une liberté politique raisonnable, peut-être même trop grande, nous n'en pouvions maintenant avoir absolument aucune. Aussi la chanson politique s'est-elle entièrement effacée; ou, pour mieux dire, il n'y a plus de chansonnier célèbre, et il n'y en aura probablement pas, jusqu'à ce que des événements qu'on ne peut prévoir viennent changer, soit la situation, soit l'esprit public, devenu trop indifférent aujourd'hui, pour qu'on le passionne avec des couplets comme on le faisait il y a trente-cinq ans.

Quoi qu'il en soit, ce coup d'œil rapide jeté sur le développement de la chanson chez les anciens et chez nous, montre comment ce genre, si pauvre jadis et si petit en apparence, a pu fournir en France des ouvrages aussi nombreux qu'ils sont souvent admirables, soit par la difficulté de la forme et la manière dont on en est venu à bout, soit par la variété des détails et la rondeur ou la perfection du langage.

J. J. Rousseau, frappé de cette fécondité extraordinaire qui nous distingue, avoue un peu à contre-cœur notre supériorité, dans un article qui ne me paraît pas exempt de fiel et de mauvaise humeur [1] : « Les Français, dit-il, l'emportent sur toute l'Europe dans l'art de composer les chansons.... Ils se sont plu à cet amusement, et y ont excellé dans tous les temps, témoin les anciens troubadours. » C'est bien jusqu'ici; mais quand il vient à expliquer ce talent inné chez nous : « Cet heureux peuple, dit-il, est toujours gai, tournant tout en plaisanterie; les femmes y sont fort galantes, les hommes fort dissipés, et le pays produit d'excellents vins : le moyen

---

1. *Dictionnaire de musique*, au mot *Chanson*.

de n'y pas chanter sans cesse? » — Rousseau tranche un peu lestement la question. Il y a bien des peuples où l'on pourrait trouver de la gaieté, de la galanterie chez les femmes, de la dissipation chez les hommes, de bons vins et le goût de la raillerie, et où pourtant on n'aurait que des chansons bien médiocres. C'est qu'il a oublié ou peut-être exclu, par suite de sa nature atrabilaire et de ses dispositions envieuses, le caractère particulier du vieil esprit gaulois, cette raison fine et sérieuse, sous l'apparence de la gaieté la plus frivole ; cette perfectibilité presque indéfinie, fécondée du côté de Marseille par les arts de la Grèce ; dans tout le reste du pays par la langue, l'éloquence et la civilisation des Romains ; cultivée pendant de longs siècles par l'heureuse influence d'une religion affable autant qu'active, et celle d'un gouvernement paternel, qui, l'une et l'autre, mettaient à la portée de tous ce qu'il y a de plus éminent dans les produits des arts, de plus noble et de plus beau dans leurs inspirations. Il ne fallait pas moins que cela pour nous donner ce sentiment et ce goût de la perfection, qui a fait de notre littérature en général le modèle de toute l'Europe ou plutôt du monde entier.

C'est le même sentiment, c'est le même goût qui nous a guidés dans la chanson ; c'est lui qui, dans ce petit genre, nous a élevés au-dessus des autres peuples, toujours par les mêmes influences ; et c'est ce que Rousseau, protestant et républicain, ou plutôt égoïste vaniteux et mécontent, n'avait garde d'avouer.

L'ÉLOQUENCE DU BARREAU

CHEZ LES ANCIENS ET CHEZ NOUS [1].

L'éloquence du barreau, quoiqu'elle embrasse pour nous un très-grand nombre d'objets, et des sujets plus variés surtout qu'à Rome ou dans Athènes, est plus restreinte, quant à ses moyens, qu'elle ne l'était chez les anciens. Là, en effet, tout lui était permis : l'orateur faisait, sans aucun scrupule, appel aux passions du tribunal : il n'hésitait pas à lui demander une injustice évidente, une violation manifeste de la loi, s'il croyait que son influence, ou la position de l'accusé, ou ses prières pussent l'y déterminer.

Cicéron, dans sa *Milonienne* [2], se fait lui-même le suppliant des juges : c'est en son propre nom qu'il demande qu'on pardonne au meurtrier de Clodius, comme si les services qu'il avait, lui Cicéron, rendus à la patrie, devaient en justice excuser ou affaiblir le crime de son client.

O Milon, si l'on vient à vous arracher d'entre mes bras, il ne me reste pas même la consolation de pouvoir m'en prendre à ceux qui me feront une plaie si profonde ; car ce ne seront pas mes ennemis qui vous arracheront à moi, ce sont mes meilleurs amis ; ce ne seront pas ceux qui m'ont quelquefois désobligé, mais ceux qui ont toujours saisi les occasions de me servir. Vous ne m'accablerez jamais, ô juges, d'une douleur aussi amère (et peut-il d'ailleurs y en avoir de telle?); mais ce coup, tout affreux qu'il serait, ne pourrait me faire oublier

1. Cette dissertation, dont le sujet sera clairement énoncé tout à l'heure remonte à 1844.
2. Cic. *pro Milone*. n°s 99 et 100.

9

combien vous m'avez toujours estimé. Si vous en avez perdu la mémoire, si je vous ai offensé en quelque chose, pourquoi ne me punis-
sez-vous pas plutôt que Milon? J'aurai vécu assez glorieusement, si
je succombe avant d'avoir été témoin du malheur de mon ami. Maintenant, ô Milon, la seule chose qui me console, c'est de vous avoir
rendu toute sorte de bons offices en fait d'amitié, de zèle et d'attachement. Je me suis attiré la disgrâce des grands par rapport à vous;
j'ai souvent exposé pour vous mon corps et ma vie à la violence de
vos ennemis; je me suis jeté pour vous aux pieds de vos juges; j'ai
partagé vos disgrâces; j'y ai pris part aux dépens de mes biens, de
ma fortune et de celle de mes enfants. Aujourd'hui même, si l'on veut
vous faire quelque violence, si vous courez quelque danger, je veux
le partager avec vous. Que me reste-t-il à présent? Qu'ai-je à dire
de plus? Que ferai-je en reconnaissance de ce que vous avez fait pour
moi, si ce n'est de partager le sort qui vous attend, quel qu'il soit?
Je ne le refuse pas, je ne le regrette pas, et je vous conjure, ô juges,
ou d'augmenter vos bienfaits à mon égard en conservant Milon, ou
de vous attendre qu'ils périront tous avec lui.

On peut admirer sans doute les chefs-d'œuvre qu'a produits un pareil système de jurisprudence; du moins, il faut
se féliciter que la justice et nos mœurs ne tolèrent pas des
moyens oratoires aussi désordonnés. Il n'y a pas d'avocat
qui se permît aujourd'hui d'implorer la pitié des juges au
nom de l'amitié qu'ils ont pour lui : il ose à peine, quand
il recourt à cette pitié, dire pour qui il la sollicite; et,
s'il cherche à la faire naître dans le cœur des jurés ou des
juges, au moins a-t-il soin de dissimuler son désir d'y atteindre.

C'est qu'en effet l'ordre de notre procédure diffère essentiellement de celui qu'on observait chez les Grecs et chez les
Romains; les témoignages sont reçus, les informations sont
prises, les enquêtes sont faites dans le seul but d'arriver à
la vérité, et l'avocat, quels que soient ou son talent ou ses
convictions, ne peut guère se mouvoir que dans le cercle
que lui a tracé l'instruction. La manière même dont les
questions sont posées au jury par le président, l'oblige à

ne pas s'écarter beaucoup de la ligne qu'indiquent la raison et la justice ; et il nuirait à sa cause, s'il allait chercher, dans des circonstances absolument étrangères, la défense de l'accusé.

On peut demander à ce sujet si le champ de l'éloquence judiciaire est aussi étendu, aussi riche, aussi favorable pour les modernes qu'il avait pu l'être pour les anciens. Patru soutient cette opinion dans une de ses lettres ; La Harpe la combat : il accuse Patru d'exagération, et croit qu'il faut se réduire à cette assertion que, dans un siècle avancé comme celui de Louis XIV, il y avait plus d'une route ouverte pour le vrai talent, et que si plusieurs de ces routes n'avaient conduit à rien, c'était la faute des hommes, et non pas des choses [1]. N'en déplaise à La Harpe, c'est là parler pour ne rien dire : personne n'a mis, personne ne mettra jamais en doute ces vérités banales ; et il aurait bien pu se dispenser de les écrire.

La question posée par Patru était assez bien circonscrite pour qu'on y répondît directement, pour qu'on la niât formellement si l'on voulait la nier ; il était au moins inutile d'en soulever incidemment une qui ne saurait arrêter personne, et qui surtout ne tient à rien, à notre question moins qu'à toute autre chose.

Pour revenir à notre vrai sujet, je crois l'opinion de Patru parfaitement fondée. Je ne saurais penser que les arts se détériorent à mesure qu'ils se rapprochent de la vérité et de la raison. Tout ce que l'on peut dire, c'est que l'orateur est moins libre, que sa marche est moins vagabonde, qu'il est un peu plus gêné peut-être ; mais tout cela n'est point un mal, n'est pas même un inconvénient. Loin de là, on peut assurer que les arts produisent des ouvrages d'autant plus parfaits qu'ils sont eux-mêmes assujettis à des conditions

1. *Lycée*. t. VII. p. 6.

plus rigoureuses, pourvu, bien entendu, que ces conditions soient imposées par la raison et non par le caprice.
Je ne crois donc pas qu'il y ait ni qu'on puisse trouver
aucune cause générale d'infériorité pour les plaidoyers modernes.

On avouera qu'il y a, au contraire, une raison générale
et permanente de supériorité dans la variété même de nos
causes; dans le progrès de la civilisation et des sciences;
dans nos habitudes de moralité et de travail; dans notre esprit d'égalité civile, si inconnu du peuple et de l'aristocratie
romaine; dans notre amour pour la justice; dans la diversité
des professions; dans la considération qui s'attache à tous
les métiers, à toutes les industries, ainsi qu'aux fonctions
publiques; je dirai même dans la manière dont la justice est
rendue, où ce sont presque toujours des hommes inconnus
à l'accusé, sans rapport d'aucune sorte avec lui, qui sont
chargés de le juger [1].

Voilà pour ce qui tient à l'immense pluralité des affaires
judiciaires. Tant qu'on voudra s'en tenir à ces termes géné-

---

1. C'est là, si je ne me trompe, la face nouvelle de la question. Perrault, dans son *Parallèle des anciens et des modernes*, a fait une conces-
sion que je suis loin de faire, il se résume lui-même dans la préface de
son premier volume : « Je ne puis lui pardonner (au critique) de ne m'avoir
pas entendu, ou d'avoir fait semblant de ne pas m'entendre. Il me fait dire
en la personne des avocats d'aujourd'hui, que l'éloquence paraît autant à
prouver la servitude d'un égout qu'à défendre la cause du roi Déjotarus.
J'ai dit tout le contraire, et me suis plaint de ce que nos avocats, au lieu
d'avoir l'avantage, comme Cicéron, de plaider pour des rois, ou comme
Démosthène, pour la défense de la liberté publique, matières où l'éloquence peut déployer ses grandes voiles, ils ne sont misérablement occupés
qu'à revendiquer trois sillons usurpés sur un héritage, ou à prouver la
servitude d'un égout : sujets extrêmement disgracieux pour l'éloquence. »
Je vais plus loin que Perrault : je crois nos causes plus belles que celles
des anciens, non pas sans doute une question de mur mitoyen plus belle
que l'oraison *Pro domo sua*, mais nos causes élevées plus belles et plus
variées que celles des anciens, et nos petites causes au-dessus des leurs, par
les mêmes qualités.

raux, je ne crois pas qu'on puisse contester la supériorité
des sujets modernes.

Il reste à examiner si dans la pratique le même sentiment
peut se soutenir ; c'est ici que La Harpe triomphe au moins
en apparence :

> Patru ne faisait donc aucune attention au degré d'importance et
> d'intérêt que partout la chose publique peut donner à l'éloquence. Il
> ne songeait donc pas que la plupart des grandes causes plaidées par
> Cicéron étaient de grandes scènes représentées sur le premier théâtre
> du monde? A quoi pense-t-il quand il nous dit que, dans les plai-
> doyers de Gaultier et de Lemaître, on trouvera de plus belles espèces
> de causes que dans Cicéron et Démosthène? Que le procès de ce
> dernier contre Eschine était purement du genre didactique, si Eschine
> n'y eût pas joint l'accusation contre Démosthène? Mais cette accusa-
> tion était le fond du procès, l'objet principal d'Eschine ; et si Patru
> s'était souvenu de l'appareil et de la solennité de cette cause plaidée
> devant l'élite de toute la Grèce, et où il s'agissait de l'intérêt de ses
> peuples, au lieu de nous dire, en nous citant une cause aujourd'hui
> absolument oubliée, qu'il n'y avait rien de pareil chez les anciens, il
> serait convenu sans doute que cette lutte mémorable d'Eschine contre
> Démosthène était non-seulement par la célébrité des deux athlètes,
> mais par la nature même et les circonstances et dépendances de la
> cause, un des plus grands spectacles que dans aucun siècle et chez
> aucun peuple l'éloquence judiciaire eût pu donner au monde et à
> la postérité[1].

J'ai cité textuellement ce morceau de La Harpe ; il est
brillant, les exemples sont bien choisis ; l'objection faite à
Patru est solide ; l'oubli où est tombée la cause vantée par
l'avocat, tandis que la renommée du procès d'Eschine n'a rien
perdu depuis plus de deux mille ans ; tout cela semble donner
raison à l'auteur du *Lycée*. Examinons cependant de près ce
qu'il faut penser de cette assertion, et pour cela décomposons-la en ses diverses parties.

1° Citer Cicéron et Démosthène, et leurs oraisons conser-
vées, et conclure de là le caractère commun du barreau an-

---

1. *Lycée*, t. VII, p. 7.

cien, c'est évidemment conclure du particulier au général ;
c'est supposer, parce qu'il y a eu quelques belles causes, que
toutes ont été du même genre ; c'est oublier que Démosthène a été obligé de défendre son patrimoine, et que la défense de Roscius d'Amérie par Cicéron, et tant d'autres,
étaient tout juste au rang de nos causes criminelles les plus
ordinaires. N'essayez donc pas de nous faire croire, même
par votre silence, que tous les plaidoyers anciens étaient
des oraisons pour la couronne ou des Catilinaires. Ces discours ont été des exceptions dans l'espèce, et ce n'est pas
par eux qu'il faut juger du reste.

2° En fait, le gros des affaires des anciens étaient comme
les nôtres, celles des scélérats vulgaires. On ne les conservait pas, parce qu'on n'a pas besoin de transmettre à
la postérité ces mille et un plaidoyers d'avocats que rien de
saillant ne distingue. Mais les orateurs anciens appréciaient
fort bien les bonnes causes. Ils savaient parfaitement qu'elles
n'étaient pas communes. Ils les croyaient même si rares,
qu'on en a vu, quand il s'en présentait une un peu favorable, composer à tête reposée des plaidoyers sur ce sujet,
dussent-ils n'être pas prononcés. C'est ce qui est arrivé à
Cicéron lui-même, qui, ayant été chargé par les Siciliens de
soutenir l'accusation contre Verrès, eut le déplaisir de voir
celui-ci s'exiler de son propre mouvement, avant même que
le jugement fût commencé. Cicéron avait ainsi gagné le
procès ; mais cela ne faisait pas son affaire ; il avait dans les
exactions et la tyrannie du préteur une matière telle qu'il
n'en retrouverait peut-être jamais. Il composa donc bravement, et pour le seul avantage de montrer son éloquence,
cinq discours qui ne devaient pas être, et en effet ne furent
pas prononcés. Se serait-il jamais livré à un travail aussi
stérile, si les belles causes eussent été aussi abondantes que
semble l'insinuer La Harpe ?

3° Une autre preuve irrécusable de la monotonie des

affaires réelles, chez les anciens, et du peu d'aliment qu'y trouvait leur esprit vif et curieux, ce sont ces controverses et ces déclamations qui nous sont restées de Sénèque et de Quintilien, où l'on voit des apprentis avocats s'exercer sur des sujets en l'air, où tout est supposé, les personnages, l'action, les circonstances, et jusqu'à la loi qu'il s'agit d'appliquer [1]. Concevrait-on une pareille débauche d'imagination, si les Grecs et les Romains avaient eu quelque chose de la variété et de la fécondité de nos affaires civiles ou criminelles?

4° Une particularité plus frappante encore, et en quelque sorte incroyable, c'est que les orateurs anciens avaient des répertoires faits d'avance de morceaux qui s'adaptaient à tous les discours. Il ne s'agit pas ici de ces lieux communs qui jouaient un aussi grand rôle dans leur rhétorique qu'ils sont négligés dans la nôtre; je parle de ces cahiers d'exordes, de péroraisons, de développements propres à entrer partout, dont chaque orateur se munissait dans les écoles d'Athènes, pour en faire usage à l'occasion, ainsi que l'a parfaitement démontré M. Benoît dans sa thèse *Sur les premiers manuels d'invention oratoire* [2]. Peut-il y avoir rien au monde qui prouve mieux la singulière pauvreté de ces causes, auxquelles on était obligé de suppléer par de si étranges moyens?

5° Mais, dit-on, laissons de côté tous ces raisonnements généraux : avons-nous, pouvons-nous avoir, oui ou non, des causes aussi belles que l'affaire de la couronne, celle de Milon, la conspiration de Catilina? — Oui, répondrai-je, oui nous en avons d'aussi belles, et de plus belles. Je ne parle pas du temps passé, parce que ces grands sujets,

1. Petrone, au commencement de sa satire, se moque avec beaucoup de raison de cette coutume qu'il croit propre à fausser les esprits.

2. *Essai historique sur les premiers manuels d'invention oratoire jusqu'à Aristote*. in-8°. 1846. p. 43 et note B. p. 157.

traités à huis clos dans les conseils des rois, n'arrivaient
pas jusqu'au public, et que nous ne savons rien de ce qui
fut dit dans les jugements anciens des grands vassaux rebelles, lors de la condamnation des ennemis de Louis XI, à
l'occasion du connétable de Bourbon, et dans tant d'autres
circonstances.

Mais n'était-ce pas déjà un magnifique sujet que la réhabi-
litation de Calas et celle de Lally? La suppression de l'ordre
des Jésuites fut aussi une occasion favorable à l'éloquence
et à l'autorité des magistrats. L'examen des statuts de cette
société puissante et des doctrines qui lui étaient imputées, le
danger de son existence comme corps dans l'État, son influence sur la nation par l'enseignement; c'étaient là des
questions de la plus haute gravité et qu'il fallait discuter
pour l'Europe entière. Plusieurs magistrats se trouvèrent au
niveau du rôle qu'ils avaient à remplir, et développèrent
avec sagesse de hautes pensées et de vastes considérations.
MM. de Monclar et de Castillon, à Aix, rappelèrent les beaux
temps de la magistrature par la gravité et l'élévation de leur
éloquence. M. de La Chalotais participa davantage à l'esprit
qui régnait dans le monde, et s'appuya sur les doctrines
philosophiques où son talent trouva de puissants secours.
Un peu plus tard, M. Servan montra aussi le même genre
de mérite dans d'autres questions[1].

De nos jours enfin, tant d'affaires politiques plaidées devant la cour des Pairs, où il s'agissait souvent de la vie ou
de l'honneur des hommes les plus élevés, de ceux qui
avaient pendant longtemps bien mérité de la patrie, n'ont-
elles pas aussi ouvert une immense carrière à l'orateur?
Croit-on que la défense du maréchal Ney devant la cour des
Pairs ne fut pas un sujet au moins aussi favorable à l'éloquence que l'accusation de Catilina devant les sénateurs

1. M. de Barante. *Littérature française*, etc.. p. 304, édit. de 1832.

romains? M. Dupin se faisait-il illusion sur la grandeur de
ce débat, quand il disait aux juges, dans son *Discours pour
opposer quelques moyens préjudiciels à ce jugement :*

On vous a représenté la France et l'Europe attendant votre jugement : c'est parce que la France a les yeux ouverts sur vous et que
l'Europe vous contemple, que vous devez apporter plus d'exactitude et
de régularité dans votre délibération. Et moi aussi je vois l'Europe,
non pas indignée, non pas requérant la condamnation de l'accusé,
mais attentive à ce que vous allez faire ; je crois l'entendre dire : « Ils
ont une charte qu'ils doivent à la sagesse de leur monarque, qui s'en
glorifie comme de son plus bel ouvrage ; qu'il a jurée ; qu'il a fait
jurer aux princes de sa famille, qu'il a fait jurer aux deux chambres,
à tous les fonctionnaires publics d'observer. Voyons si cette loi d'alliance recevra son exécution, s'il est vrai qu'on puisse se placer sous
son égide. » Si, par un arrêt solennel, vous en consacrez l'application,
et qu'une loi soit portée pour la consolider, alors les étrangers devront
concevoir la plus haute idée de la chambre des Pairs ; alors ils croiront
que cette monarchie est fondée sur des bases si inébranlables, qu'il
n'est plus possible de l'attaquer.

Et lorsqu'en 1830, des ministres entraînés par leur dévouement au prince, jouèrent leur tête et le salut de leur
patrie sur les ordonnances de juillet, et que, mis en accusation devant la cour des Pairs par la chambre des Députés,
ils eurent à répondre de leurs actes et de leurs motifs, trou-
verait-on dans les annales du monde une cause plus belle,
plus grande, plus saisissante? plus de pompe dans les circonstances? plus de patience et de scrupule dans l'instruction? plus d'autorité dans l'accusation ? plus de noblesse
dans la défense? plus de dignité dans le prononcé du jugement?

Vous nous parlez du *Discours de la couronne :* imaginez
que les deux causes eussent été plaidées simultanément dans
les deux pays, et dites-nous à laquelle des deux le monde
entier eût donné son attention? Qui aurait seulement songé,
je vous le demande, que Démosthène avait gagné la couronne d'or, et qu'Eschine était exilé? C'est à peine une

affaire municipale, ce sont des murs refaits dont il s'agit, comme quelquefois chez nous de riches propriétaires creusent des fossés, ouvrent des chemins vicinaux, plantent des promenades, bâtissent même des ponts en faveur de leur village; on le sait dans leur endroit; partout ailleurs on l'ignore, et personne assurément ne mettrait en parallèle la croix d'honneur accordée à un riche bienfaisant, et le jugement où il s'agissait de la vie ou de la liberté des ministres de Charles X.

Que serait-ce si je voulais aller plus loin, si je montrais nos causes civiles ou criminelles, amenant sur le banc des accusés des hommes que leur condamnation même ne flétrira pas, parce qu'ils sont là non pour avoir fait une mauvaise action, mais pour avoir soutenu un mauvais principe ou une erreur politique; et alors l'opinion publique comprend fort bien que s'ils doivent être punis pour avoir violé la loi, si le tribunal a raison de réprimer pour l'avenir toute tentative pareille qui pourrait jeter le trouble dans la société, le monde n'est pas tenu de juger de la même manière; il pardonne à l'entraînement d'idées généreuses ou de dévouements excessifs, et continue d'honorer de son estime ceux mêmes qu'a frappés le juge.

6° Mais enfin, dira-t-on, si nos sujets sont plus variés, plus grands, plus nobles que ceux des anciens, d'où vient donc que nous n'avons aucun discours judiciaire qu'on puisse comparer à la *Milonienne* ou au *Discours pour la couronne?*—Ici, la question change : il ne s'agit plus des sujets, mais des ouvrages, et l'on pourrait répondre qu'aucun de nos orateurs n'a eu le génie de Démosthène ou de Cicéron. Je ne ferai pas cette réponse que je ne regarde guère que comme une échappatoire. Je ferai seulement remarquer que nous sommes presque toujours partiaux quand il s'agit des œuvres de l'antiquité. Nous aimons les langues anciennes auxquelles nous avons consacré les belles années de notre

adolescence; nous avons admiré ces œuvres, dans un temps
où nous ne connaissions rien autre chose; ces œuvres sont
d'ailleurs en petit nombre, et elles nous sont parvenues
entourées de l'admiration des siècles; elles sont l'objet de
l'étude de toutes les nations civilisées. Que de motifs d'admiration tout à fait étrangers à leur valeur réelle et intrinsèque!
Eh bien! tous ces motifs agissent sur nous à notre insu
quand nous comparons les plaidoyers anciens aux nôtres,
et déterminent notre jugement en faveur des discours grecs
ou latins. Que cependant on les mette en français : aussitôt
le prestige s'évanouit. Ces ouvrages, que vous regardiez
comme des chefs-d'œuvre incomparables, ne sont plus que
des discours vulgaires auxquels vous n'hésiteriez pas à préférer nos bons plaidoyers français [1].

Je n'insiste pas sur cette considération : je me borne à
conclure qu'il ne faut pas, dans la question soulevée par
Patru et tranchée un peu légèrement par La Harpe, introduire l'estime que l'on fait des ouvrages produits dans l'antiquité ou chez nous. Outre qu'il n'y a jamais dans ce
jugement l'impartialité désirable, c'est une vue tout à fait
étrangère à notre sujet. La nature du genre judiciaire, son
étendue, sa grandeur, ses avantages ou ses inconvénients
dans le système antique ou dans le nôtre sont tout à fait
indépendants du parti qu'en ont su tirer les orateurs. Ceux-
ci doivent donc être écartés, et les conditions intimes des
deux barreaux, savoir le nombre, la variété et l'intérêt des
causes d'abord, puis la forme de la procédure et l'état de la
jurisprudence, enfin la position de l'avocat et la manière
dont les affaires sont débattues, doivent seules être l'objet
de notre examen.

A cet égard, je ne crois pas qu'aucun de ceux qui prendront la peine d'y regarder, puisse conserver l'illusion que

---

1. Voyez la dissertation suivante sur les traductions.

nous font nos souvenirs de collége ; illusions dont La Harpe
a été complétement la dupe, à moins toutefois que nous ne
soyons les siennes, et que son éloge du barreau ancien n'ait
été pour lui qu'un lieu commun de déclamation, excellent à
traiter devant des auditeurs qu'il savait bien ne devoir pas
revenir sur ce qu'il dirait [1].

1. L'auditoire du Lycée, comme celui de l'Athénée, s'est toujours composé presque exclusivement de gens du monde. amis de la science et de la
littérature, mais. pour la plupart, étrangers à l'érudition, et peu disposés
aux recherches qu'entraîneraient l'examen et la discussion des questions
soulevées par les professeurs.

LES TRADUCTIONS

DES OUVRAGES ANCIENS[1].

S'il y a quelque chose de surprenant dans les travaux littéraires qui ont pour objet l'étude de l'antiquité, c'est cette
série, pour ainsi dire, illimitée de traducteurs s'exerçant sur
les mêmes ouvrages, sans s'effrayer jamais du succès de
leurs prédécesseurs, sans craindre celui des écrivains qui
viendront après eux ; méprisant toujours ou du moins esti-
mant fort peu les travaux antérieurs, et ne pensant pas
qu'après quelques années leur travail sera tout aussi sévèrement jugé.

Je ne loue ni ne blâme cette disposition, je constate seulement qu'elle est universelle et absolue; qu'il n'y a pas jusqu'ici d'exemple de traducteur qui ait été détourné d'entreprendre une traduction nouvelle par la conviction qu'une
traduction déjà faite était suffisante; que tous ont au contraire trouvé mille bonnes raisons pour se convaincre eux-
mêmes et nous persuader que l'auteur dont ils s'occupent
avait besoin d'un nouvel interprète.

Il y a sans doute une cause à cette disposition générale de
notre esprit. Est-il possible de la découvrir? Oui, si, en nous
rendant compte des divers mérites d'une traduction, en
distinguant ceux qui sont susceptibles de perfectionnement
d'avec ceux qui ne le sont pas, nous analysons nos jugements et démêlons leurs motifs bons ou mauvais, fondés sur
la raison ou sur le préjugé; à ces conditions nous ne serons

1. Ancien travail revu en 1852.

pas loin de voir clair dans la difficulté présente, et de déterminer ce qu'il y a de raisonnable ou d'exagéré dans l'opinion commune.

Remarquons avant tout que le mérite d'une traduction est
double : 1° quant au texte, elle en doit représenter exactement le sens; 2° quant au style, elle doit être parfaitement
correcte, élégante et pure, et reproduire autant que possible
les qualités de l'original.

A l'égard du premier mérite, celui de la fidélité, on conçoit qu'il peut augmenter d'abord par le changement du
système de traduction. Dans le xvie et le xviie siècle, les
traducteurs ne se gênaient pas; ils sacrifiaient les détails ou
même le sens de leur auteur au désir de présenter des pages
plus rapides, plus intéressantes, plus conformes à nos
mœurs.

Les traductions de Perrot d'Ablancourt, faites dans ce
système par suite d'un parti pris, comme il le déclare lui-
même, en particulier dans la préface de son *Thucydide*[1], ont
été à cause de cela nommées de *belles infidèles*[2].

C'est par un motif semblable que Gresset, traduisant les
églogues de Virgile, et craignant que nous ne fussions choqués
de l'amour exprimé dans la seconde, y substitua la bergère
Iris au berger Alexis.

La fidélité exigera toujours qu'on donne exactement le
sens d'un auteur : et en ce point, il vaut mieux avoir de
laides vérités que d'agréables mensonges. Mais il faut reconnaître aussi que ce changement de système est l'affaire d'un
instant. Une fois convenu qu'on doit donner rigoureusement
l'équivalent du texte (et ce principe est universellement ac-
cepté aujourd'hui), il n'y a plus à espérer de changement
radical. La perfection en ce genre est donc très-prompte-
ment atteinte.

1. L'*Histoire de Thucydide*, etc.. in-fol.. 1662.
2. Voltaire. *Siècle de Louis XIV*, liste des écrivains.

La fidélité peut cependant gagner encore par l'amélioration des textes ou l'intelligence plus complète de quelques passages. Ce sont là très-certainement deux sources de supériorité pour une traduction, mais deux sources qui s'épuisent promptement; car un texte correct une fois donné, il n'est plus possible qu'on le rectifie comme M. Dübner, par exemple, a rectifié les *OEuvres morales* de Plutarque *en plusieurs milliers d'endroits* [1]. A peine trouvera-t-on çà et là quelque leçon nouvelle à substituer à une autre; le fond demeurera inattaquable, et le changement sera le plus souvent imperceptible.

Pareillement en ce qui tient à l'intelligence d'un auteur, un bon traducteur ne laissera jamais échapper qu'un petit nombre de fautes. Si un successeur habile refait ou revoit sa traduction, il est bien probable qu'il ne restera rien à reprendre; et un second réviseur mettrait certainement la dernière main à cet ouvrage. Méziriac assure avoir noté dans le *Plutarque* d'Amyot plus de deux mille passages où non-seulement le sens de l'auteur n'est pas fidèlement exprimé, mais où il est entièrement perverti [2]. S'il avait exécuté le projet qu'il avait de donner de cette traduction une édition corrigée, n'est-il pas clair qu'un autre, après lui, n'aurait presque rien trouvé à faire?

C'est ce que Perrault exprimait très-finement et avec beaucoup de vérité dans sa lettre à Ménage [3], où rappelant que M. Dacier l'avait très-maltraité, l'avait même injurié à cause de son jugement trop libre sur les anciens : « Je ne rencontre, disait-il, que des gens qui parlent mal de sa traduction d'Horace. Comment se pourrait-il faire, leur dis-je à tous, que cette traduction ne fût pas bonne, puisqu'il a eu devant lui cinquante ou soixante interprètes et qu'il n'a eu

---

1. Voyez cette édition dans la *Bibliothèque grecque* de F. Didot.
2. *Discours de la traduction*, t. I, p. 26 de l'édition de la Haye. 1716.
3. *Parallèle des anciens et des modernes*. t. III. p. 329.

qu'à choisir les endroits où chacun d'eux a le mieux rencontré ? »

Ainsi, en ce qui tient au vrai sens de l'auteur, la carrière
n'est pas infinie, elle est même assez promptement parcou-
rue : et voilà pourquoi, aujourd'hui qu'on fait tant de traductions, on n'hésite pas en général, non-seulement à mettre
à profit, mais à reproduire quand il y a lieu les travaux de
ses devanciers, souvent même sans les nommer.

A l'égard de la langue dans laquelle on traduit et des qualités qu'on peut développer dans le style, la perfection est
encore bien plus vite atteinte. Dès qu'un traducteur d'un
talent reconnu y a passé, croit-on qu'il soit bien possible
de faire mieux que lui? Traduira-t-on Cicéron mieux que
d'Olivet ou M. Le Clerc? Tacite mieux que Dotteville, Dureau
de la Malle ou Burnouf? Sénèque mieux que Lagrange? et
s'il s'agissait de traduction en vers, les *Géorgiques* mieux que
Delille? cela semble bien douteux.

Concluons que, soit quant au sens, soit quant à l'expression, le domaine de la traduction est extrêmement borné;
que les versions d'un texte dans une langue donnée ne sont
pas indéfiniment perfectibles; qu'il ne suffit pas de faire autrement pour faire mieux que ses devanciers.

Les traducteurs seuls ne sont pas convaincus de cette vérité; ils courent tous après une perfection idéale pour laquelle
ils se consument en efforts d'autant plus vains que le public
est à leur égard d'une sévérité excessive ou même d'une injustice cruelle.

De Wailly a peint assez plaisamment cette triste situation [1] : « Les traducteurs, dit-il, sèment en terre ingrate.
Le sol le plus fertile s'appauvrit sous leurs mains; et, après
de longs et pénibles efforts, loin de moissonner la gloire,
ils ne recueillent souvent que les dédains et l'oubli. « Si

---

1. Dans le *Mercure de France* de vendémiaire, an xi, p. 55.

« vous traduisez toujours, leur a dit l'auteur des *Lettres per-*
« *sanes,* on ne vous traduira jamais. » La sentence est à coup
sûr sans appel. Mais on pourrait annoncer à la plupart
d'entre eux une vérité presque aussi incontestable et beaucoup plus effrayante, en leur disant que s'ils traduisent toujours, ils ne seront jamais lus. Où trouveraient-ils des lecteurs? L'ignorant et le sot n'admirent que sur parole, et
l'homme instruit fait peu de cas d'un travail qui lui est inutile et qu'il regarde d'avance comme téméraire.

La conséquence obligée de ce dilemme, c'est que les traductions, absolument et quelles qu'elles soient, ne valent
rien. Quelques esprits rigoureux ont tiré cette conclusion
désespérante : Dussault, entre autres, s'en est expliqué dans
ses articles littéraires du *Journal de l'Empire,* avec une franchise quelque peu brutale[1].

Sans aller si loin, car ce n'est pas ce dont il s'agit ici,
nous devons reconnaître que les traductions ont en effet peu
de lecteurs. On a essayé de rendre compte de ce fait, et on
en a trouvé une raison moins vraie que spécieuse[2]. « Quelle
tâche, a-t-on dit, que celle de dépouiller de sa parure une
beauté à laquelle son costume étranger prête encore à nos
yeux de nouveaux charmes, au risque d'étouffer toutes ses
grâces sous un vêtement qui n'est pas fait pour elle ! Combien de fois les veilles d'un traducteur n'ont-elles abouti
qu'à mieux faire sentir la justesse de ces vers de Boileau :

> Chacun pris en son air est agréable en soi :
> Ce n'est que l'air d'autrui qui peut déplaire en moi. »

Cette explication, comme je l'ai dit, est ingénieuse : au
fond, elle n'est pas exacte ; car, si en effet la langue originale était plus propre à représenter les idées de l'auteur qui

---

1. Voy. les plaintes qu'en fait de Saint-Victor dans la préface de sa traduction d'*Anacréon*, p. xxiv et suiv. de la 2ᵉ édition (1813).
2. De Wailly, *Mercure de France,* lieu cité.

10

a non-seulement écrit, mais pensé dans cette langue, d'un autre côté, nous sentons beaucoup mieux la force et les nuances des expressions dans notre langue maternelle, et il doit y avoir au moins compensation.

« Quand la traduction est en prose, dit à ce sujet l'auteur du *Parallèle des anciens et des modernes* [1], et qu'elle a été faite par un habile homme, je soutiens qu'on y voit aussi bien les sentiments et les pensées de l'auteur que dans ses propres paroles.... Je vais vous avancer un paradoxe encore plus surprenant et aussi véritable : c'est que, si l'on était bien libre de toute prévention, on trouverait qu'il y a souvent plus d'avantage à lire les auteurs latins dans une bonne traduction que dans leur propre langue [2];... pour ce qui est du sens du discours, des pensées qu'il renferme, des figures dont il est orné, de la suite du raisonnement et de l'économie de l'ouvrage, en un mot de ce qui forme le corps de l'éloquence, toutes ces choses se voient mieux et se font mieux sentir dans une excellente traduction que dans l'original. En voici la raison. Quelque bien qu'on sache le latin, on sait encore mieux le français; il faut que celui qui lit un ouvrage latin mette, malgré qu'il en ait, une partie de son attention à se le traduire à lui-même, au lieu que celui qui lit une traduction emploie toute son attention à bien comprendre le sens de ce qu'il lit, et à en remarquer l'ordre, la suite et la distribution [3].... On peut ajouter que, comme il y a plusieurs endroits dans un auteur un peu difficile qui peuvent recevoir divers sens, et que de ces sens il y en a un meilleur que les autres, et même qui est le seul véritable, on n'est pas si sûr de l'attraper et d'y entrer aussi juste qu'un excellent traducteur qui, avant que de prendre parti, a consulté tous les commentateurs et tous les interprètes qui

1. T. II, p. 5 et suiv.
2. *Ibid.*, p. 7.
2. *Ibid.*, p. 10.

ont travaillé avant lui sur la même matière. On peut encore
faire cette réflexion, que comme un traducteur entend beaucoup mieux un ouvrage après s'être donné la peine de le
traduire qu'il ne l'a entendu à la première lecture qu'il en
a faite, on a le même avantage que lui en se servant de sa
traduction [1]. » —Voilà des raisons qui, je l'avoue, ne me laissent guère douter qu'en effet une traduction ne nous fasse
mieux connaître un ouvrage ancien que le texte même,
sinon pour l'excellence du style, au moins pour l'ensemble,
pour l'ordre et la relation des détails.

Les partisans du texte original insistent : « Pour cet ensemble, disent-ils, pour l'ordre et la relation des parties,
vous pouvez avoir raison. Mais le fond même de la pensée,
la façon d'en être affecté, la nuance de l'expression qui s'y
applique, sont des qualités tellement spéciales et inhérentes
à chaque langue en particulier qu'on les peut dire intransmis-
sibles ; et qu'ainsi les mots destinés à rendre vos idées françaises ne reproduiront jamais exactement ce que j'appellerai
les *idées grecques* ou *romaines*. »

L'objection est spécieuse : je ne la crois pas solide. Que la
langue latine ait été plus propre que la nôtre à exprimer les
idées des Romains [2], cela se peut soutenir, si celles-ci
étaient telles que nous ne les ayons ni ne les puissions avoir.
Si, au contraire, nous les avons toutes, soit comme habituelles, soit comme empruntées, je ne conçois guère comment
notre langue, qui exprime si bien tout ce que nous avons
dans l'âme, y deviendrait tout à coup insuffisante quand
nos pensées s'accorderaient avec celles d'un auteur latin.

Remarquez que c'est là le point précis de la question ; car

---

1. Perrault, *Parallèle des anciens et des modernes*, t. II, p. 11 et 12.
Ces idées ont été reproduites et abrégées par Lamotte dans ses *Réflexions
sur la critique*, t. III, p. 30 de ses œuvres.

2. D'Alembert a examiné cette question dans ses *Observations sur l'art
de traduire*, t. III, p. 7 de ses *Mélanges de littérature et de philosophie*. Il
l'a résolue très-incomplétement.

il n'y a pas d'un côté un vieux Romain lisant les livres écrits en sa langue, et de l'autre des modernes s'expliquant à eux-mêmes ces textes anciens ; il n'y a que des modernes dont les uns savent, et les autres ne savent pas la langue ancienne. Ceux-là ont beau se grossir à eux-mêmes la force et l'énergie des paroles latines, ils ne peuvent se les expliquer, à moins qu'ils ne se comprennent pas du tout, qu'avec des mots et des notions modernes : et alors quand ils auront exposé aux ignorants ces idées comme ils les conçoivent, ceux-ci seront tout aussi avancés qu'eux.

C'est une aventure assurément fort comique, mais pleine de vérité dans les mœurs comme dans la situation, que celle du président Morinet [1], lequel discourant un jour de Pindare avec un de ses amis, et ne pouvant s'épuiser sur les louanges de ce poëte inimitable, se mit à déclamer les cinq ou six premiers vers de la première de ses odes avec tant de force et tant d'emphase, que sa femme lui demanda l'explication de ce qu'il prenait tant de plaisir à prononcer. « Madame, lui dit-il, cela perd toute sa grâce en passant du grec dans le français.—Il n'importe, dit-elle, j'en verrai du moins le sens, qui doit être admirable. » Là-dessus le président lui traduisit littéralement le début de la première *Olympique* Ἄριστον μὲν ὕδωρ, etc., *l'eau est très-bonne à la vérité ;* mais à peine eut-il fini : « Vous vous moquez de moi, lui dit la présidente ; voilà un galimatias que vous venez de faire pour vous divertir, je ne donne pas dans le panneau, et je vous dis tout franchement que je ne saurais admirer ce que je ne comprends aucunement. —Je ne m'en étonne pas, madame, reprit le président ; une infinité de savants hommes n'y ont rien compris non plus que vous [2] ; cet endroit n'est pas moins

1. Elle est racontée par Perrault dans son *Parallèle des anciens et des modernes*. t. I. p. 27.

2. C'est un mot de Jean Benoit, un des plus célèbres interprètes de Pindare, qui assure qu'avant lui les plus savants hommes n'y ont presque rien

divin, et l'on est bien éloigné de rien faire aujourd'hui de
semblable. — Assurément , dit la présidente, et l'on s'en
donne bien de garde. Mais je vois que vous ne voulez pas
m'expliquer ce passage de Pindare ; car si les anciens étaient
gens sages, qui ne disaient pas des choses où il n'y a ni sens
ni raison, je ne croirai pas qu'il soit l'auteur du galimatias
que vous venez de me réciter. »

La présidente Morinet était une femme d'un excellent sens ;
elle ne reconnaissait pour bon que ce qui lui semblait bon.
Faisons comme elle, et ne nous aveuglons pas sur de prétendues beautés qu'il est impossible de comprendre. Quoi
que tente ou imagine un traducteur, dès qu'il m'a dit aussi
bien qu'il en est capable ce qu'il a dans l'esprit, je le sais
aussi bien que lui si j'entends parfaitement sa langue ; et il
n'y a rien, ni dans les pensées, ni dans leurs nuances, qui
puisse échapper à l'habile humaniste, ou à celui qui le lit,
ni, par conséquent, justifier cette préférence exclusive donnée
aux textes sur les traductions.

En remontant un peu plus haut dans l'analyse de nos jugements, dans l'examen de nos sentiments secrets et dans la
comparaison des ouvrages traduits aux originaux, nous trou-
verons une autre explication de cette préférence, explication
qu'on hésite quelquefois à se donner à soi-même, mais qui
ne paraîtra pas douteuse aux hommes capables d'aimer, de
reconnaître et de supporter la vérité.

Il est d'abord évident et tout le monde sera d'accord en
ce point, que les mérites qu'on peut distinguer dans un ouvrage littéraire dépendent essentiellement 1° de la matière
ou de ce qui y entre et le compose : c'est ce que les rhéteurs
appellent l'*invention* ; 2° de la disposition ou de l'arrangement et de la combinaison des choses trouvées par l'inven-

compris. et qui a fait voir. ajoute Perrault (*Parallèle des anciens et des
modernes*, t. III, p. 161), par ses interprétations. qu'il n'y entendait pas
plus que les autres.

tion ; 3° de l'élocution ou du style. Il est impossible d'imaginer dans un livre écrit, une qualité qui ne rentre pas dans l'une de ces trois parties.

Si l'on compare les ouvrages des anciens à ceux des modernes, on peut, jusqu'à un certain point [1], soutenir que leur bon style vaut le nôtre ; que Sophocle écrivait aussi bien en grec que Racine en français ; que le langage de Bossuet n'est pas supérieur à celui de Démosthène, et que l'élocution de Vertot ou de Saint-Réal ne vaut pas mieux que celle de Tite-Live.

Mais il est indubitable que nous sommes mille fois plus riches en sujets variés, et infiniment plus habiles, plus expérimentés dans l'art de disposer et de combiner les diverses parties d'un livre de science ou d'imagination ; la simple comparaison de deux ouvrages du même genre, l'un ancien, l'autre moderne, met cette vérité hors de contestation. Ainsi on peut regarder comme constant qu'à égalité de génie chez deux auteurs, et le style demeurant égal de part et d'autre, l'œuvre moderne l'emportera toujours sur l'œuvre ancienne par l'invention et l'art d'en disposer les parties [2].

Cette considération explique comment les personnes habituées à nos bons ouvrages, sont toujours surprises de l'infériorité des ouvrages anciens quand elles les lisent en français. Malgré tout le soin que Dacier avait donné à sa traduction d'Horace, on ne trouvait, dit Perrault [3], que gens qui la déclaraient détestable, et qui accusaient même le savant académicien de n'avoir aucunement rendu son auteur : « Ce qui vous fait parler de la sorte, leur disait-il, c'est que vous n'avez peut-être jamais si bien entendu Horace que dans sa traduction ; et que ne trouvant pas dans ce poëte les beautés

1. Voyez sur cette question nos *Thèses de grammaire*, n° XI, p. 249 et suiv.

2. Voyez la première des présentes thèses.

3. Dans sa lettre à Ménage. *Parallèle*, etc., t. III, p. 329.

ineffables que vous aviez cru jusqu'ici y être enfermées, vous
vous en prenez au traducteur qui vous le fait voir tel qu'il
est, et qui n'est qu'une cause innocente du déchet où tombe
Horace dans votre esprit par être bien entendu. Si la plupart des anciens ne trouvent pas leur compte à être traduits,
ce n'est pas toujours parce que le traducteur ne peut exprimer les belles choses qu'il voit, c'est le plus souvent parce
qu'une traduction fidèle leur ôte une certaine beauté indéfinie et sans bornes qu'on croit voir dans l'obscurité de leurs
expressions, et au travers des douces vapeurs que forme la
joie secrète de croire les entendre. »

On reconnaît là toutes les idées principales que le même
critique a résumées dans l'épigramme suivante :

Ils devraient, ces auteurs, demeurer dans leur grec
  Et se contenter du respect
  De la gent qui porte férule.
D'un savant traducteur on a beau faire choix,
  C'est les traduire en ridicule
  Que de les traduire en françois [1].

Cependant ce préjugé d'enfance qui nous fait regarder
comme d'une nature supérieure à la nôtre ceux qui sont
alors plus âgés et plus instruits que nous, ce préjugé qui,
par analogie, nous représente les temps anciens comme
plus beaux, plus forts, plus énergiques que l'âge présent,
les éloges souvent irréfléchis donnés par nos professeurs aux
produits de ces âges reculés ; le plaisir qu'à notre insu nous
éprouvons à comprendre une langue difficile et obscure
pour la plupart de nos contemporains [2], l'estime exagérée de
ce talent qui nous sépare de la foule et nous relève à nos
propres yeux ; tout nous invite à croire à la supériorité ab-

---

1. *Parallèle*, etc., t. I, à la fin de la préface.
2. Ce que Perrault appelle crûment (t. II. p. 11) « la vanité de faire
croire que les langues étrangères nous sont aussi connues et aussi familières
que la nôtre. »

solue des ouvrages anciens [1]. Nous embrassons bientôt cette
opinion évidemment impossible ; nous la soutenons avec
ardeur, et nous finissons par en être si convaincus, qu'elle
est pour nous la vérité même.

L'ouvrage est-il traduit? nous jugeons la traduction comme
un écrit moderne, avec une extrême sévérité, d'autant plus
injuste que le texte rendu reste toujours pour nous le rêve
de notre admiration, le modèle de perfection et le type de
beauté devant lesquels nous nous prosternons humblement.

Semblables au chat de Florian qui avait trouvé une lorgnette, et regardant par le gros ou par le petit bout, selon
sa passion du moment, voyait loin de lui ce qu'il n'aimait
pas, et à sa portée ce qu'il désirait; nous nous grandissons
à nous-mêmes le mérite des ouvrages anciens; nous nous
rapetissons dans le même rapport celui des traductions qui
les actualisent.

De là cette disposition générale des érudits à mettre toujours et partout la traduction bien au-dessus de l'original.
C'est précisément ce que dit M. Alphonse Karr dans son
roman de *Geneviève*, de l'homme qui trouve les cheveux
de sa maîtresse du plus beau blond du monde. Il est impossible qu'il trouve jamais d'autres cheveux d'un aussi beau
blond; car s'il en trouvait par hasard, alors les premiers
ne seraient plus les plus beaux du monde, ce qui est contre
son hypothèse.

Qu'arrivera-t-il donc, je vous prie, à tout homme capable
de lire un texte en même temps que la traduction? Il con-
damnera infailliblement celle-ci, il exaltera celui-là : bon
gré, mal gré, il aura deux poids et deux mesures, et appré-
ciera sur une instruction extrêmement partiale la valeur
des deux objets comparés [2].

1. Voyez nos *Thèses de grammaire*, n° XV, p. 345 et suiv.
2. D'Alembert a fait précisément la même réflexion dans ses *Observations sur l'art de traduire* (*Mélanges*, etc., t. III, p. 7).

Si le juge est par hasard capable de faire une traduction ou dans l'intention de l'entreprendre, il s'excite lui-même, il s'encourage et s'exalte par le rapprochement répété du texte et des versions déjà faites. Habitué à admirer l'un, porté à déprécier les autres, il regarde en pitié les premiers traducteurs ; il sourit de leurs vains efforts ; il se dit que s'il mettait sur le papier ce qu'il sent à la lecture de son auteur, on aurait enfin une traduction exactement égale à l'original. Il entreprend ce travail ; et pour lui, pour lui seul, son interprétation est rigoureusement ce qu'il espérait. Il regardait le texte par le côté grossissant de la lorgnette : il a regardé de même la copie qu'il en tirait.

Les autres n'auront pas la même complaisance pour son œuvre. Ils s'accordent sans doute à regarder par le petit bout l'ouvrage antique qu'ils admirent d'autant ; ils ne s'accordent pas moins à retourner la lorgnette pour regarder la traduction nouvelle, c'est-à-dire qu'ils la rapetissent dans leur estime autant qu'ils amplifient l'original. Et ainsi de nouveaux venus vont recommencer, et d'autres après eux recommenceront encore cet ouvrage désespéré, cette tentative impossible d'une traduction regardée enfin par tout le monde comme équivalente au texte.

C'est là, je le crois bien, l'explication vraie et complète du fait singulier que je signalais au commencement de cet examen, fait qui, j'en suis convaincu, durera autant que l'on s'attachera à l'étude du grec et du latin. Ai-je prétendu par cette observation changer la disposition commune ? ou détourner les érudits d'entreprendre des traductions nouvelles ? Nullement. J'ai traité une question philosophique, parce que j'aime en tout à savoir la vérité autant qu'il m'est possible d'y atteindre ; quant aux conséquences pratiques de cette étude, je les laisse déterminer à ceux qu'elles intéressent.

LA
NOUVELLE HISTORIQUE[1].

La nouvelle historique est celle qui fait agir des personnages donnés par l'histoire, et qui leur attribue, autant qu'il est possible, ce qu'ils ont fait réellement ou ce que la tradition leur prête.

Ce genre d'ouvrage peut être conçu de trois manières différentes. La première consiste à envelopper les faits véritables ou donnés comme vrais dans une intrigue plus ou moins compliquée, qui domine le tout, et fait dépendre les événements historiques de causes imaginaires, présentées par l'auteur comme ayant exercé sur eux une grande influence. C'est ainsi qu'ont été composées par Mme de Genlis ses histoires de *Madame de Maintenon*, de *Mademoiselle de Clermont* et autres. Cette façon me paraît avoir le même défaut que l'ancien roman historique, où l'on gâte l'histoire à plaisir, sans aucun profit pour l'imagination qui s'exercerait beaucoup mieux sur un sujet où elle serait absolument libre.

La seconde méthode a de l'analogie avec le roman historique entendu à la façon de Walter-Scott. On sait que ce romancier prend pour héros de ses récits des acteurs tout à fait inconnus dans l'histoire. Entièrement libre alors dans la contexture de son intrigue et dans l'invention des détails, il fait un ouvrage d'imagination où il introduit à propos les personnages marquants ou les grands événements de la

1. Ces considérations datent au moins de 1845; elles remontent même plus haut.

même époque. La nouvelle historique pourrait de même prendre pour sujet principal un inconnu ou un héros imaginaire, et le rendre témoin de quelque action authentique que l'on décrirait en lui conservant exactement sa couleur.

Ainsi considérée, elle aurait encore, indépendamment du mérite de l'exécution, celui de la réalité auquel on attache de nos jours une certaine importance. Mais ce ne serait au fond qu'un roman historique, ou plutôt un fragment, un épisode de roman historique qui ne devrait pas, ce semble, recevoir une dénomination nouvelle, et ne pourrait aucunement former un genre à part.

La troisième façon de concevoir la nouvelle historique serait à la fois plus originale, plus variée et plus intéressante en même temps qu'elle aurait plus que les autres cette valeur de vérité qu'on n'est pas fâché de rencontrer dans les ouvrages de pur agrément. Il y a, en effet, des événements, quelquefois peu importants en eux-mêmes, qui nous sont connus soit par le fond, soit par les personnages, mais dont les détails ne sont rapportés nulle part, ou du moins ne sont pas groupés et arrangés de manière à intéresser suffisamment le lecteur.

N'y aurait-il pas moyen de le faire en inventant ces détails, en s'attachant à leur exactitude, en ne prêtant aux personnages réels ou fictifs que les pensées, que les expressions qu'ils ont dû avoir; en y rattachant agréablement ce qui se trouve dans les auteurs de la même époque, ou ce qui caractérise les contemporains. On ferait ainsi, pour peu que la disposition fût habile et le style convenable, un ouvrage intéressant de tout point, remarquable surtout par la vérité des faits ou des paroles.

La brièveté le distinguerait d'ailleurs des romans, non pas seulement à cause de cette plus ou moins grande étendue, mais parce que dans un ouvrage très-court, on n'a pas besoin de cet attachement extrême à la suite des événements

qui constitue l'intérêt romanesque et qui exige presque toujours une intrigue plus ou moins compliquée, des sentiments
vivement excités, des faits extraordinaires ou merveilleux [1].
Ici la valeur de l'œuvre consiste particulièrement dans le
choix et la vérité des détails, dans la disposition et l'expression des circonstances.

Je donnerai, si on le désire, un exemple de ce que j'entends. Tout le monde sait comment fut introduite à Rome
l'étude de la grammaire [2]. Cratès de Mallus avait été envoyé
au sénat romain par le roi Attale, entre la première et la seconde guerre punique. Ayant eu le malheur, en se promenant par la ville, de tomber dans un égout et de s'y casser
la jambe, il mit à profit le temps que dura sa convalescence
pour ouvrir chez lui des conférences de grammaire, qui
furent suivies avec empressement et imitées depuis par les
Romains. Tel est le fait que Suétone rapporte [3], et qui est, lui,
exactement historique. Mais les détails de toutes ces conférences nous manquent absolument. Ils peuvent donc être inventés par l'écrivain, ou choisis de manière à ne contredire
aucune vérité connue, et à nous peindre, au contraire, fort
exactement l'état de la société romaine à cette époque.

Remarquez que l'on sait assez bien ce qu'était la science
grammaticale; qu'on connaît les hommes qui jouaient à
Rome un rôle politique important; que l'on sait aussi quels
écrivains commençaient à créer la littérature ou la poésie
latine; qu'enfin des fragments de ce temps nous ont été con-

---

1. Tout le roman d'*Anacharsis* a été conçu par Barthélemy et exécuté
précisément comme je le propose pour les nouvelles historiques. Mais la
longueur de l'ouvrage lui nuit: il est difficile de lire avec intérêt six ou sept
volumes où les faits ne sont reliés entre eux que par la présence successive
du voyageur. C'est, en quelque façon, un traité qu'on nous raconte; et
l'intérêt qu'on peut donner à une circonstance particulière ne se soutient
pas dans l'ouvrage entier.

2. Voy. nos *Thèses de grammaire*, n° I, p. 6.

3. *De illustribus grammaticis*, n° 2.

servés par les grammairiens latins des âges postérieurs.
Supposons Cratès de Mallus étendu sur un lit ou une chaise
longue, et recevant la visite de quelques-uns de ces Romains
illustres; imaginons que la conversation s'engage sur les
essais poétiques des Livius Andronicus ou des Névius, que
des questions à ce sujet soient mises dans la bouche des
jeunes Romains, que des réponses fondées sur l'étude
approfondie des textes y soient faites par Cratès, et appuyées
même quelquefois des exemples qui nous sont restés, quel
intérêt ne trouvera-t-on pas dans cette narration? Et ne serait-ce pas un modèle bien attrayant de la nouvelle historique ici proposée?

M. Rossignol a publié, dans le *Journal des Savants* [1], un
essai de restitution de la lettre de Lyncée de Samos à Dia-
goras, dont Athénée cite des fragments nombreux et variés [2].
Il s'y agit de la cuisine des Grecs; et l'ouvrage de M. Rossignol, déjà si curieux sous cette forme, le serait devenu
beaucoup plus, je n'en doute pas, s'il avait jugé convenable
d'y mêler une légère intrigue, c'est-à-dire d'en faire, au
lieu d'une lettre, un conte ou un entretien.

Ce genre, tout ensemble agréable et sérieux, mériterait
d'exciter le zèle des érudits à la fois hommes d'imagination
et de style. Nous avons déjà un petit nombre d'ouvrages faits
de cette façon, et si remarquables par les qualités que je viens
d'indiquer, qu'ils peuvent être à juste titre, et sont en effet
mis par les connaisseurs au rang des chefs-d'œuvre de notre
langue.

Je ne parle pas des épisodes de certains romans, comme
la partie de trictrac du comte de Grammont, ou son mariage
avec Mlle d'Hamilton [3], qui seraient, chacun en soi, de
charmantes nouvelles; mais qui, entrant dans les *Mémoires*

1. En janvier 1839.
2. *Deipnosoph.*, liv. III.
3. *Mémoires du comte de Grammont*, ch. 3 et 13.

de ce seigneur, ne doivent pas en être détachés. Je me borne ici aux nouvelles proprement dites, qui forment en elles-mêmes un tout complet et ne tiennent à rien autre chose.

Eh bien, dans ce genre, la *Conversation du père Canaye avec le maréchal d'Hocquincourt*, par Saint-Evremond[1] n'est-elle pas un charmant ouvrage, et le plus impérissable de ceux de l'auteur? L'entretien que La Harpe prête à Cazotte, dans un repas donné par un grand seigneur, membre de l'Académie, n'a-t-il pas une vérité de détails et une perfection de costume telles qu'on ne saurait rien trouver de mieux? La prophétie même et l'annonce de ce qui doit se passer sous la Terreur, ne semblent-elles pas toutes naturelles, malgré leur merveilleux, eu égard aux habitudes de celui qui parle? Enfin n'est-ce pas en même temps le morceau le plus parfait peut-être qui soit sorti de la plume de La Harpe?

Combien l'histoire ne nous fournirait-elle pas de sujets aussi heureux, aussi intéressants que les deux que je viens de citer? Notez même que quelquefois les personnages pourraient être absolument imaginaires. Personne ne sait exactement par qui la poudre fut inventée. S'il s'agissait de représenter cet événement dans une nouvelle historique, l'écrivain n'aurait-il pas toute liberté dans la peinture du caractère et du physique de son héros? Il va sans dire qu'il faudrait retrouver dans les livres des alchimistes les détails probables de cette invention; et soit qu'on admît, soit qu'on rejetât la participation du démon, n'inventer que des circonstances qui pussent s'être rencontrées ou avoir été crues alors. Toujours est-il que la petite action où on encadrerait ces incidents, serait entièrement imaginée par l'auteur : c'est la condition des deux nouvelles que je viens de citer comme des modèles, et c'est peut-être au fond la plus favorable pour une création originale.

1. Par Charleval, selon Voltaire.

Ainsi, en résumé, une action quelque petite qu'elle soit, servant de cadre à l'exposé de détails historiques exacts, bien ordonnés et bien exprimés, voilà ce que l'on doit trouver dans une nouvelle historique comme celle que je propose. Le véritable intérêt y dépend alors, non de l'enchevêtrement des incidents ou de leur gravité; mais de la sagesse et de la vivacité du style d'une part, et de l'autre de la vérité des faits ou des mots qui y entrent, dont chacun devient presque pour le lecteur une connaissance positive et dorénavant inattaquable [1].

1. Je ne dissimulerai pas que je me suis efforcé de réunir ces qualités dans quelques pièces qui se rapprochent de la nouvelle historique. *Le Curé de Varengeville* et l'*Hôtel de Condé* dans mes *Études sur quelques points des sciences dans l'antiquité;* dans mes *Thèses de grammaire*, *la Bivocale* oi, *la Partie de dominos, Au gui l'an neuf, la Bataille des livres*, *une Après-midi chez Andrieux*, *la Pompe de Niort*, *le Revenant*, sont de ce genre. L'action, il est vrai, est dans la plupart presque nulle, parce que la vérité enseignée y est tout; cependant elle se renforce quelquefois, par exemple dans *le Revenant*, et l'on conçoit qu'il serait facile de la développer plus encore dans un sujet moins spécial ou moins *technique*.

LES

ÉPIQUES DE L'EMPIRE[1].

Du 7 avril au 19 mai 1842, je fis à l'Athénée royal trois leçons sur les poëtes épiques de l'époque impériale. Campenon, Dumesnil, Luce de Lancival, Fontanes, Parny, de Saint-Marcel, Millevoie, Théveneau, Lucien Bonaparte, Dorion, Masson, Lemercier, MM. Denne-Baron, Briffaut et d'Arlincourt furent successivement étudiés[2]. J'en dis tout le bien possible, ce qui n'était pas long; et je fis voir, ce qui demandait un peu plus de temps, en quoi leurs poëmes laissaient beaucoup à désirer.

Comme, après ma dernière leçon, j'étais revenu chez moi un peu tard, et que, fatigué de ma journée, je m'étais jeté sur un canapé, ma lampe brûlant tout doucement en attendant que je me résolusse à l'éteindre, je ne fus pas peu surpris de voir mon salon envahi par des gens furieux, et qui paraissaient vouloir me faire un mauvais parti.

C'étaient presque tous ces poëtes dont j'avais eu la conscience de lire les ouvrages, qui, mécontents de mes cri-

---

1. Cette pièce, mise sous sa forme définitive en 1846, résume, quant au fond des idées, et développe, quant aux exemples et aux preuves, ce que j'ai dit à l'Athénée dans mes leçons des 7 et 21 avril et 19 mai 1842, sur la théorie du poëme épique, à propos des auteurs nommés dans le texte.

2. Voyez notre *Histoire de la poésie française à l'époque impériale*, lectures 12 à 18, t. I, p. 186 à 296. J'aurai souvent à renvoyer à cet ouvrage, dans le cours de ce morceau, et je le désignerai sous le titre d'*Histoire de la poésie impériale*.

tiques, venaient, l'épée à la main, m'en demander raison.
Ils avaient, autant que je pus en juger, endossé l'armure des
héros qu'ils avaient chantés. Les uns étaient couverts de la
cuirasse antique, les autres du sayon des Angles ; ceux-ci
avaient sur le corps toute la ferraille de l'ancienne chevalerie : M. Denne-Baron paraissait nager comme s'il eût traversé
le Bosphore, et M. Briffaut tenait à la main le peloton de fil
qui l'avait guidé dans le labyrinthe où languissait sa Rosa-
monde.

J'avouerai sans détour que je n'étais pas rassuré. On sait
où peut aller la fureur des poëtes. Je ne trouvai rien de
mieux que de me couvrir des livres que j'avais rapportés de
l'Athénée ; c'étaient justement leurs poëmes. Ils ne pouvaient
me porter le coup mortel sans percer les seuls exemplaires
qui en restassent peut-être, et que j'avais eu tant de peine
à me procurer. Par là, je les amenai à composition ; ils ren-
gaînèrent leurs dagues, et je pus espérer qu'il n'y aurait pas
de sang répandu ; que le combat, s'il avait lieu, ne serait
qu'un combat de paroles.

Mes adversaires n'en furent pas plus calmes. « Pourquoi,
me crièrent-ils, n'avez-vous pas loué davantage ma *Grèce
sauvée?* mon *Oreste?* mon *Héro et Léandre?* mes *Helvétiens?*
ma *Bataille d'Hastings?* mon *Charlemagne?*

— Messieurs, leur dis-je, parlez tour à tour, je vous prie :
je ne puis répondre à tous à la fois. Vos poëmes ne m'ont
pas amusé ; je crois même qu'ils n'ont amusé personne,
excepté vous, quand vous les faisiez : et comme je ne connais rien de pire au monde qu'un poëme ennuyeux....

— Un poëme épique, s'écria la troupe entière, n'est pas
fait pour amuser.

— Si vous jugez qu'il est fait pour ennuyer, vous avez
parfaitement réussi ; et vous vous plaignez à tort, car je n'ai
pas dit autre chose.

— Nous ne disons pas, reprit Fontanes, qu'un poëme

11

épique doive être ennuyeux ; nous croyons que son **objet** principal n'est pas de plaire, mais d'instruire.

— Et comment instruira-t-il ? demandai-je en les voyant tous approuver de la tête ce qu'avait dit l'auteur de la *Grèce sauvée*.

— Comment ? continua Fontanes : en donnant de grands exemples aux maîtres du monde [1]. C'est le seul objet qu'ait pu se proposer Homère, comme l'a si bien fait remarquer Horace [2] ; c'est le seul qui soit vraiment digne d'un si grand travail, et c'est dans l'antiquité que nous devons choisir les traits les plus nobles pour les proposer à l'admiration et à l'imitation des peuples.

— Fontanes a raison dans sa première partie, dit Dorion ; il montre un peu trop, dans la seconde, l'ancien grand maître de l'Université. L'antiquité, proprement dite, est usée jusqu'à la corde ; Lemercier l'a très-justement remarqué dans ses *Ages français* [3], où il écrit :

> Plains et fuis la muse trompée
> Qui croit de la vieille épopée
> Égayer encor les chemins :
> D'un long ennui crains les naufrages ;
> Ne défigure pas nos âges
> De traits attiques ni romains.

— Ah ! quels vers ! s'écrièrent à la fois Fontanes, Luce de Lancival, Dumesnil et M. Denne-Baron, qui tous s'étaient exercés sur des sujets antiques : ils sont aussi durs que la pensée est fausse.

— Fausse ! c'est une question, reprit Masson. Je laisse bien volontiers aux anciens leurs antiquailles. Mais je suis persuadé qu'il faut avant tout une vérité morale, présentée sous le voile de l'allégorie, en sorte qu'on n'invente la fable

---

1. Marmontel, *Encyclop. méthod.*, mot *Épopée*.
2. *Epist.*, I, 2, v. 3 et suiv.
3. Ch. I, voyez l'*Histoire de la poésie*, sect. 24, t. I, p. 386.

qu'après avoir choisi la moralité, et qu'on ne choisisse les personnages qu'après avoir inventé la fable [1].

— C'est là une idée creuse, s'écria M. d'Arlincourt. Elle a régné quelque temps, à ce point que le Tasse se crut obligé de donner de sa *Jérusalem délivrée* une clef mystique qui aurait suffi à gâter son poëme, si elle n'eût été faite après coup [2]. Le père Le Bossu a répété cette erreur dans son traité du poëme épique, et il ne fallait rien moins que l'auteur d'une allégorie en huit chants, *sur les Helvétiens* [3], pour nous la recommander de nouveau. Prenez un grand sujet, comme les guerres de Charlemagne, et jetez-y l'horreur mystérieuse de l'inconnu et du fantastique [4]; vous atteindrez certainement le but.

— Laissez-nous donc tranquilles, interrompit Millevoie, avec votre sorcellerie et vos mystères. Ces contes à dormir debout n'intéresseront pas même les vieilles femmes de notre temps. Prenez pour sujet, ainsi que le recommande l'abbé Terrasson [5], l'exécution d'un grand dessein; que votre héros surtout réussisse comme mon *Alfred* [6], et votre succès est assuré.

— Votre *Alfred* est pourtant tombé tout à plat, reprit Parny. Qu'importe, en effet, que le héros réussisse ou succombe? l'abbé Batteux [7] tenait pour le premier parti. Il s'est ainsi trouvé conduit à soutenir que le diable était le véritable héros du *Paradis perdu*, puisque c'est lui qui l'em-

---

1. Marmontel, ouv. et lieu cités.
2. Voltaire, *Essai sur la poésie épique*, ch. 7, à la fin.
3. *Histoire de la poésie impériale*, lect. 16, t. I, p. 262.
4. Voyez, dans l'*Histoire de la poésie impériale*, l'analyse de la *Caroléide*, lect. 15, t. I, p. 243.
5. Dans sa *Dissertation critique sur l'Iliade d'Homère* Cf. Marmontel, ouv. et lieu cités.
6. Voyez, pour l'analyse de ce poëme, l'*Histoire de la poésie impériale*. lect. 15, t. I, p. 237.
7. *Principes de littérature*, tr. IV, ch. 6, Cf. Domairon, *Poétique franç.*, t. II, p. 398.

porte à la fin : et Clément de Dijon concluait aussi que l'expédition de saint Louis en Afrique ne pouvait être un sujet d'épopée [1], puisque le roi de France y meurt misérablement. Le temps a fait justice de toutes ces règles prétendues. Le dénoûment est heureux dans mes *Rosecroix ;* il est malheureux dans *Isnel et Asléga* [2] : qu'est-ce que cela fait à la qualité du poëme.

— En effet, remarqua Lemercier : ce sont là des accidents, et qui n'influent ni sur la conception originale, ni sur la valeur des œuvres ; mais concevez d'abord certaines idées morales d'une haute portée ; considérez, par exemple, que la législation, l'art de la guerre, la poésie, source des beaux-arts et les sciences physiques, sont les quatre principes distincts de tout ce que nous nommons les grandeurs de l'intelligence humaine ; représentez-les dans des poëmes dont les héros en soient la brillante expression [3]....

— C'est-à-dire, interrompit Fontanes, faites un *Moïse*, un *Alexandre*, un *Homère* et une *Atlantiade* [4] ; je vous conseille de nous donner ici pour des modèles des poëmes mort-nés, et qui sont à peine écrits en français.

— Au moins, riposta le poëte irrité, y a-t-il du mouvement et de l'intérêt ; tandis que cette rapetasserie, que vous avez intitulée la *Grèce sauvée* [5], et qui n'est que la *Grèce enterrée*, est dans ce qui nous en reste le plus froid et le plus détestable bavardage épique dont on ait jamais fatigué les lecteurs. »

Fontanes allait répondre ; Luce de Lancival le retint : « Pas

---

1. Préface de la *Jérusalem délivrée*, p. xiij.
2. Voyez, pour l'analyse de ces deux poëmes, l'*Histoire de la poésie impériale*, lect. 14, t. I, p. 220 et 225.
3. Lemercier, préface de *Moïse*.
4. Voyez, pour l'analyse de ces poëmes, l'*Histoire de la poésie impériale*, lect. 17 et 18, t. I, p. 271 à 296.
5. Voyez, sur ce poëme, l'*Histoire de la poésie impériale*, lect. 13, t. I, p. 203.

de dispute entre nous, ce n'est pas pour cela que nous sommes venus ici.

— Sans doute, leur fis-je observer; c'était pour me chercher querelle, et vous ne prenez pas plutôt la parole, que vous vous attaquez les uns les autres; c'est-à-dire que chacun de vous pense de ses confrères précisément ce que j'en ai dit. De quoi vous plaignez-vous donc? et que me voulez-vous?

— Ce que nous voulons, répondirent ensemble Dumesnil, en relevant la tête et le casque d'*Oreste*, et Campenon, qui semblait ouvrir ses bras à l'*Enfant prodigue* [1], c'est qu'au lieu de signaler les défauts de nos poëmes, vous nous disiez les qualités qu'on y devrait trouver, et ce qu'il y aurait à faire pour les y mettre.

— Ah! messieurs, il est plus facile d'indiquer le mauvais qui se trouve dans un ouvrage, que de montrer le bon qui n'y est pas.

— Et tout cela, ajouta M. Denne-Baron, est bien plus aisé encore que d'y mettre réellement ce ton poétique, surtout avec la couleur et la perfection de langage dont vous nous accusez de manquer. Et pourtant il doit y avoir moyen d'en venir à bout, à moins que, comme M. de Malezieux, vous ne pensiez que les Français n'ont pas la tête épique [2], et que ce beau fleuron d'une épopée nationale doit manquer éternellement à notre couronne littéraire.

— Ce n'est pas mon avis, messieurs; et quoique de nombreuses défaites aient jusqu'ici confirmé le reproche insolent que nous fait l'Europe [3], que la *Henriade* même ne nous en ait pas lavés, je ne désespère pas du tout de voir chez nous un jour une excellente épopée. Je crois seulement

---

1. Voyez, sur ces poëmes, l'*Histoire de la poésie impériale*, lect. 12, t. I, p. 187 et 191.

2. Voltaire, *Essai sur la poésie épique*, dans la conclusion.

3. Voltaire, *ibid*.

qu'il est impossible d'y réussir, tant qu'on se soumettra aux prescriptions établies par les anciennes poétiques, ou même par des critiques plus modernes qui se sont réglés eux-mêmes sur les chants d'Homère, de Virgile ou de Milton. Ces règles, à mon avis, ne sont propres qu'à nous égarer, qu'à nous faire surtout produire de longs et ennuyeux ouvrages, non pas tant parce qu'elles sont difficiles que parce qu'elles sont absurdes et tout à fait contraires aux vrais principes des arts.

— Par exemple! s'écria Fontanes, voilà qui est un peu fort. Ainsi les siècles auraient eu tort d'admirer l'*Iliade* et l'*Énéide!*

— Je ne dis pas cela. On a bien fait d'admirer ces poëmes, et vous avez raison de les admirer encore. Ne les imitez pas, c'est tout ce que je vous demande.

— Et comment ne pas imiter ce que l'on admire? demanda Lucien Bonaparte.

— Comme vous admirez les temples de la Grèce antique, sans pourtant les copier dans vos églises, qui répondent à des besoins tout autres que ceux du paganisme. L'épopée d'Homère et de Virgile est admirable aussi, eu égard au temps où elle se produisit; pour le nôtre, elle est détestable, et ce que vous ferez sur le même plan ne vaudra pas mieux.

— Qu'y trouvez-vous donc à blâmer? s'écria Fontanes.

— Je vais vous le dire si vous le désirez : C'est d'abord l'effroyable longueur de tous ces poëmes. Quoi donc! il faut douze chants, vingt chants, vingt-quatre chants, quarante chants ou plus pour nous faire une narration épique! est-ce raisonnable?

Donnez à votre ouvrage une juste étendue,

a dit Boileau[1]; et Lamotte a remarqué après lui qu'on ne

_____
1. *Art poét.*, chant III, v. 267.

lisait pas ces poëmes interminables[1]. Pourquoi donc vous,
monsieur Dumesnil, vous, monsieur Parny, vous, monsieur
de Fontanes, vous, monsieur Dorion, nous donnez-vous des
dix ou douze mille vers sur *Oreste*, sur les *Rosecroix*, sur la
Grèce, sur la *Bataille d'Hastings?* comment vous, messieurs
Lucien Bonaparte et d'Arlincourt, en fabriquez-vous un bon
tiers en sus sur le sujet de *Charlemagne?*

— Nous, du moins, s'écrièrent Campenon, Luce de Lancival, M. Briffaut, M. Denne-Baron et Lemercier, nous nous
sommes tenus dans des limites bien plus étroites.

— Ne vous y fiez pas : la longueur d'un poëme n'a rien
d'absolu. Mettez-y trente chants, s'il vous les faut pour développer votre action tout entière; n'en mettez qu'un si
votre sujet n'en comporte pas davantage. A ce compte,
messieurs, vos poëmes semblent encore bien longs à qui les
lit, comme moi, par devoir.

Ce qui contribue d'ailleurs à les rendre plus insupportables
encore, c'est ce ton perpétuellement majestueux qui ne
vous permet pas de dire simplement une chose simple. On
croirait que cet *os magna sonaturum* dont a parlé Horace[2] est
devenu la condition première et indispensable de quiconque embouche la trompette épique, si bien que les faits les
plus divers apparaissent tous sous les mêmes couleurs, et
que, quelle que soit la variété que nous trouvons dans les
scènes du monde, vous vous en êtes garantis comme de la
peste.

— Quoi donc! objecta Dumesnil, n'est-ce pas la règle de
ce poëme? Homère n'a-t-il pas montré comment on devait
chanter les héros[3], et les préceptes de Boileau[4] sur l'élévation du style épique ne sont-ils plus que du radotage?

1. *Discours sur Homère*, t. III des œuvres complètes, p. clvj et clvij.
Cf. Clément, préface de sa *Jérusalem délivrée*.
2. *Satir.*, I, 4, v. 44.
3. Hor., *Ars poet.*, v. 73.
4. *Art poét.*, chant III, v. 160 et suiv.

— Laissons les autorités, repondis-je. Ces hommes sont
grands, mais ils sont hommes[1]; ils peuvent donc s'être
trompés, et l'on ne doit accepter leurs décisions que quand
on les juge conformes à la raison. D'un autre côté, ce qu'ils
ont dit est vrai en général; l'est-il absolument et sans exception? Ils se sont bien gardés de l'assurer, et vous le supposez gratuitement. Pour moi, ce que je vois de plus clair,
c'est que cette majesté perpétuelle est extrêmement monotone; et quand un changement de ton habilement ménagé doit augmenter infiniment le plaisir du lecteur, je ne
comprends pas comment on sacrifie cet avantage à une prétendue convention dont je crois que personne ne pourrait
assigner l'origine.

— Vous avez raison, s'écria Parny; certes, le discours
doit s'élever ou s'abaisser suivant la circonstance; magnifique quand le poëte peint la grandeur et la puissance de Jupiter, plaintif quand Andromaque veut attendrir Hector[2].

— Trivial même, ajouta Masson, quand Thersite insulte
les rois de la Grèce et reçoit le prix de son insolence[3].

— Je ne vais pas jusque-là, interrompis-je, et je me contente de dire avec Boileau[4] qu'il faut

Passer du grave au doux, du plaisant au sévère;

et qu'il est rare que les poëtes épiques le fassent. Aussi de
bons critiques ont-ils affirmé que le genre héroï-comique,
celui de l'Arioste, est plus facile, plus conforme au génie
de notre langue, plus convenable surtout au goût de notre
époque et à celui de notre nation[5].

— C'est là changer la question, observa Fontanes, et nous

1. Quintilien, *Instit. orat.*, X, 1, n° 25.
2. Homère, *Ilias*, VI, v. 407.
3. Homère, *Ilias*, II, v. 212 et suiv.
4. *Art poét.*, chant I, v. 76.
5. Clément, préface de sa *Jérusalem délivrée*, p. x.

proposer, à la place du vrai poëme épique, une épopée badine, ou satirique, ou fantastique.

— Mais non, dit Lemercier, le poëme épique diffère de
tous ceux-là par la sincérité des pensées ou par l'absence du
blâme, ou par l'unité d'action et de héros. Il peut fort bien
varier son style et rester une épopée régulière [1].

— C'est ce que j'allais répondre, repris-je ; et je pensais
bien que l'auteur de *Moïse* et de l'*Atlantiade* ne ferait pas
dépendre l'*épicité* d'un poëme du ronflement des phrases.
Elle n'en dépend pas plus que de la mesure du vers, et si,
jusqu'à présent, on s'est assez accordé à composer les poëmes
épiques en alexandrins, quiconque trouvera un autre mètre
plus avantageux sera certainement libre de l'employer [2].

— Je suis de cet avis, dit Campenon, moi qui ai écrit
l'*Enfant prodigue* en vers de dix syllabes.

— Et moi mon *Isnel* et mes *Rosecroix*, dit Parny.

— Et moi, ajouta Millevoie, mon *Alfred* et mon *Charlemagne.*

— Mais tout cela, repris-je, n'est que la forme extérieure
du poëme épique, ce n'est pas ce qui le constitue : ce n'est
pas de là surtout que lui peut venir l'intérêt dont on lui reproche de manquer.

— Et d'où cet intérêt lui viendra-t-il ?

— En gros, il viendra du sujet, du plan, du style. C'est
ne rien répondre, me direz-vous, que d'employer des termes
si généraux ; je vais donc entrer dans quelques détails. Puisque nous convenons que le poëme épique doit être intéressant, comme l'a si bien prouvé Voltaire [3], il s'ensuit qu'il
est au moins avantageux que l'action soit grande et mémo-
rable, ou du moins que le poëte la fasse paraître telle ;

1. Lemercier, *Cours analyt. de littérature*, 39ᵉ séance, t. IV, p. 173.
2. Voyez, sur cette question du vers épique, nos *Thèses de grammaire.*
nᵒ XIV, p. 308.
3. *Essai sur la poésie épique*, ch. 1.

qu'elle soit une, puisque c'est un fait d'expérience que plus
l'intérêt se concentre, plus il est vif ; qu'elle soit restreinte
dans de justes bornes, parce que rien n'est plus contraire à
l'intérêt et aux passions que le développement excessif des
tableaux ; qu'enfin il faut chercher tout ce qui doit augmenter, et repousser ou éviter tout ce qui amoindrit cet intérêt
dont le poëme a besoin.

— Jusqu'ici, dit Fontanes, il n'y a rien que ce que recommandent toutes les poétiques.

— Oui, sans doute, jusqu'ici ; mais avançons un peu.
Comme nous nous intéressons toujours bien plus à ce qui nous
touche de près et à ce qui nous ressemble, qu'à ce qui s'é-
loigne infiniment de nous, il sera bien plus avantageux de
prendre son sujet chez nous, et dans des temps assez rappro-
chés, que de l'aller chercher dans l'histoire ancienne. Étes-
vous encore de mon avis ?

— Non pas, dit l'ancien grand maître.

— Nous en sommes, nous, dirent deux ou trois voix que
je reconnus pour celles des poëtes qui avaient chanté des
actions modernes.

— Je le pensais bien, messieurs, et maintenant je continue. On recommande avec raison la variété comme un
moyen d'augmenter l'intérêt.

> Sans cesse en écrivant variez vos discours,

a dit Boileau [1] ; mais comment l'obtenir, cette variété ? Les
anciennes poétiques vous conseillent pour cela les épisodes,
les descriptions, la différence des caractères ; je ne parle pas
de la différence du style, dont j'ai déjà dit un mot et que je
suppose ici, puisque sans elle le poëme sera d'une monotonie insupportable. Mais tous les moyens qu'on énumère là
sont au fond très-insuffisants ; quelques-uns sont donnés en
dépit du bon sens : tel est celui des épisodes, comme je le

---

1. *Art poét.*, chant I, v. 70.

montrerai tout à l'heure. Quant aux caractères, il suffit de remarquer qu'il y en a bien plus dans l'*Iliade* que dans l'*Odyssée*, et que cependant celle-ci est plus variée que l'*Iliade*. C'est que la variété dans les poëmes dépend avant tout des situations; et par ce mot j'entends ces rencontres particulières amenées par la suite des événements, qui placent les personnages auxquels on s'intéresse dans des conjonctures tout à fait nouvelles et qu'on ne se souvient pas d'avoir vues ailleurs. Quand, dans Homère, Pâris combat contre Ménélas, Patrocle contre Sarpédon, Hector contre Patrocle, Achille contre Hector[1], la situation est toujours à peu près la même, ainsi que les combats, qui ne diffèrent que par les discours dont ils sont précédés. Mais quand le Tasse fait combattre Tancrède contre celle qu'il aime, quand Clorinde veut recevoir le baptême de celui-là même qui la tue, c'est une situation tout à fait nouvelle, et qui saisit tous les lecteurs[2].

— Mais, objecta Lemercier, sommes-nous si dénués que nous n'ayons pas entre nous tous quelque situation analogue ?

— Je ne dis pas cela, et je crois, monsieur Lemercier, qu'on en pourrait trouver quelqu'une chez vous ; que les plaintes de la ville de Paris et l'intervention de l'anarchie dans votre *Panhypocrisiade*[3], sont des conceptions aussi neuves que piquantes. Mais en trouveriez-vous beaucoup dans les poëmes de ces messieurs? et d'ailleurs des situations ne suffisent pas : le plan, l'ordonnance générale de l'œuvre, et la marche de l'action sont bien autrement importants.

— Eh! qu'y a-t-il à dire là-dessus, demanda M. Denne-Baron, qu'on ne trouve dans toutes les poétiques ?

---

1. Homère, *Ilias*, III, v. 19; XVI, v. 419, 793; et XXII.
2. Tasso, *Gerusalemme liberata*, canto XII, ott. 65.
3. Voyez, pour l'analyse de ce poëme, l'*Histoire de la poésie impériale*, lect. 25, t. I, p. 397 et 398.

— Pardon, mais ce qu'on trouve dans les poétiques ne me semble que sottise et niaiserie, et ce que je crois essentiel est précisément ce qu'on n'y trouve pas.

— Expliquez-vous mieux, dirent-ils.

— Volontiers. La disposition ou le plan d'un poëme comprend, nous dit-on, l'exposition, le nœud et le dénoûment[1], c'est-à-dire, en d'autres termes, qu'on fait connaître l'état des choses au moment où le poëme commence, qu'on raconte les événements présents, et qu'on arrive à la fin de l'action où tout est fini. Rien n'est assurément plus simple, rien n'est peut-être aussi plus puéril que cette division. Examinons-la, s'il vous plaît.

L'exposition contient, prétend-on, trois parties : le début, l'invocation et l'avant-scène[2]. Le début est ce commencement si fréquent chez les poëtes épiques : *Je chante* ou *Muse, chante*, etc. L'invocation est la prière faite aux Muses ou à la Divinité, ou à un être de raison, comme la vérité, la religion. L'avant-scène qui est la véritable exposition, consiste à dire le plus brièvement possible ce qu'il est nécessaire de savoir pour entendre ce qui va suivre. Tous ces préceptes ne sont-ils pas un verbiage inutile ? Mettez un début, une invocation si cela vous convient ; s'ils ne vous conviennent pas, n'en mettez pas ; qui diable s'en apercevra ?

L'avant-scène elle-même n'est utile qu'à la condition qu'il y ait dans les événements passés quelque chose qu'il faut savoir pour comprendre ce qui suivra. Mais si la situation n'a pas besoin d'être expliquée, ou si le poëte juge à propos de remettre son explication à un autre moment, il fait avec raison ce que recommande Horace[3].

> Ad eventum festinat, et in medias res,
> Non secus ac notas, auditorem rapit.

1. Marmontel, *Encyclop. méthod.*, mot *Épopée*.
2. Marmontel, *ibid.*
3. *Ars poet.*, v. 148.

C'est ce qu'a fait Boileau dans son épître sur le *Passage du Rhin*, le plus beau morceau épique que nous ayons en notre langue, quand il a dit [1] :

> Au pied du mont Adule, entre mille roseaux,
> Le Rhin tranquille et fier du progrès de ses eaux,
> Appuyé d'une main sur son urne penchante
> Dormait au bruit flatteur de son onde naissante,
> Lorsqu'un cri tout à coup suivi de mille cris
> Vient d'un calme si doux retirer ses esprits.

Vous voyez que le voilà au fort de l'action, et il n'a rien expliqué de ce qui précédait ; de sorte que tout ce que vous recommandent les poétiques sur l'exposition se réduit à cette vérité banale, qu'il faut que tout soit compris du lecteur. Vous m'avouerez que ce n'est pas la peine de faire une règle pour donner un précepte pareil.

— Certainement, il est fort inutile de faire une loi que nous restons libres de transgresser. Mais le nœud, mais le *dénoûment*, continua Fontanes, vous ne direz pas que ce soient des inutilités.

— Non, certes : seulement ces mots, comme tant d'autres empruntés aux anciens et dont nous avons modifié le sens selon nos habitudes, nous donnent souvent des idées très-différentes ou même toutes contraires quand nous ne les analysons pas exactement. Aristote avait appelé δέσις [2], *lien*, et nous avons nommé *nœud* tout ce qui se trouve dans l'ouvrage depuis l'entrée en matière jusqu'à la catastrophe finale. Celle-ci, il l'avait nommée λύσις [3], *solution*, et nous disons *dénoûment*, comme si l'action tout entière étant représentée sous la forme d'un nœud plus ou moins compliqué, elle se dénouait à la fin, en mettant chacun dans sa position définitive. A la place de ces mots élégants, mais métaphoriques,

1. *Épître* IV, v. 39.
2. *Poet.*, c. 17, n° 1.
3. *Poet.*, ibid.

et par cela même trompeurs, mettons-en d'autres qui seront pris dans leur sens propre et nous apporteront ainsi des idées bien plus nettes. Le nœud ne sera plus que la suite des événements du poëme, et le dénoûment n'en sera que l'événement final, celui qui met un terme à tous les autres.

Considérés par rapport à la disposition plus ou moins habile, ces événements peuvent venir l'un après l'autre, sans aucune liaison entre eux. Ils forment alors une *succession fortuite*, ou une *suite disséminée*. Rien n'est assurément plus contraire à l'idée que nous donne aujourd'hui le mot de *nœud*.

Les événements peuvent aussi se faire naître les uns les autres, et s'enchaîner en quelque sorte si bien, qu'aucun d'eux ne puisse être supprimé que l'édifice entier ne croule. C'est ce que j'appellerai volontiers une *suite continue* ou *enchaînée*.

Enfin, ils peuvent être disposés de telle sorte qu'en se faisant naître mutuellement, ils se mêlent, se croisent, s'enchevêtrent, et engendrent de nouveaux incidents qui n'étaient nullement attendus et qui sont d'autant plus intéressants; c'est ce qu'on appelle proprement l'*intrigue* d'un ouvrage, et que, pour conserver le même terme que tout à l'heure, j'appellerai une *suite intriguée*.

De ces trois arrangements, les deux derniers méritent seuls le nom de *nœud;* la première manière ne noue et ne dénoue rien du tout. Les faits sont jetés au hasard; la fin vient quand il plaît à l'auteur, qui ajoute, qui retranche selon son caprice : peu importe; l'intérêt est si faible que personne ne songe à lui en demander compte.

— Bien, s'écria Campenon; nous sommes tous d'accord avec vous sur ce principe : seulement cette suite disséminée, où la trouvez-vous, si ce n'est dans quelques poëmes épisodiques?

— Ah! mon cher monsieur, nous jugeons bien différemment l'un et l'autre, et je pourrais vous citer chez les modernes bien des poëmes où il n'y a pas autre chose. J'aime mieux vous montrer que cette marche décousue et sans ordre est précisément celle des poëmes anciens, surtout de ceux d'Homère. Dans l'*Iliade* en particulier, que trouvons-nous? Le voici :

> Achille insulté par Agamemnon se retire dans sa tente. Thétis demande à Jupiter de venger son fils. Jupiter rend les Troyens vainqueurs des Grecs, qui implorent le fils de Pélée sans pouvoir le fléchir. Patrocle, touché des maux de sa patrie, obtient la permission de revêtir les armes d'Achille et de combattre les Troyens. Il est tué par Hector. Alors Achille, pour le venger, revient au combat et tue à son tour le meurtrier de son ami.

C'est là toute l'histoire, et l'on voit dans quel sens Boileau a pu dire[1] :

> Le seul courroux d'Achille avec art ménagé
> Remplit abondamment une *Iliade* entière.

Mais il n'a pas ajouté, et il l'aurait peut-être bien dû faire, que ce que j'ai appelé la *marche continue* ou la *suite enchaînée* du poëme n'en forme qu'une très-petite partie. Elle occupe à peine cinq chants sur les vingt-quatre dont l'*Iliade* se compose[2]; c'est un cinquième environ. Le reste appartient à cette suite disséminée dont les parties peuvent également y être et n'y être pas. On y trouve, par exemple, l'ordre de départ donné aux Grecs sans autre intérêt que de les faire gourmander par Ulysse et par Agamemnon ; le catalogue des navires; le combat de Ménélas et de Pâris; les combats des héros des deux armées; le combat d'Hector et d'Ajax ; le sommeil de Jupiter; les succès variés des Grecs et des Troyens; l'expédition de Diomède et d'Ulysse, et l'enlè-

---

1. *Art poét.*, chant III, v. 253.
2. Le chant I, où la querelle est exposée; le chant XVI, où Patrocle vient combattre; le XVIIe, où il est tué; les XIXe et XXIIe chants, où Achille revient au combat et tue Hector.

vement des chevaux de Rhésus ; les jeux célébrés en l'honneur de Patrocle ; enfin le rachat d'Hector et les lamentations des Troyens[1] : c'est-à-dire que les quatre cinquièmes
du poëme sont des parties épisodiques et pourraient être
supprimés sans que l'action principale en souffrît.

— Il est sûr, remarqua Parny, que ce n'est pas par la
rapidité que brille Homère.

— Sans doute ; et pourtant il serait fort injuste de lui en
faire un reproche. C'était l'usage de son temps qui ne concevait
pas un autre système dans la composition d'un poëme. Peut-
être même devons-nous plutôt nous féliciter de ce défaut,
qui nous a procuré une multitude de renseignements historiques et curieux. Mais au point de vue de l'art, de l'arrangement plus ou moins habile des faits, il est certain que
nous concevons aujourd'hui quelque chose de bien supérieur
à la suite disséminée des événements de l'*Iliade ;* c'est la
suite enchaînée et intriguée d'un roman bien composé. Cet
élément est si important qu'il suffit souvent tout seul au
succès d'un livre, et que, en l'introduisant dans un poëme,
on en rendrait aussitôt la lecture attachante.

Une épopée attachante, me direz-vous ; quel miracle !
Et, en effet, il n'y a peut-être pas, excepté le Tasse et l'A-
rioste, de poëte épique qui ait donné à cette partie le soin
qu'elle mérite. « L'intrigue, dit avec raison Marmontel[2], a
été jusqu'ici la partie la plus négligée du poëme épique,
tandis que, dans la tragédie (et plus encore, selon moi,
dans la comédie et dans le roman), elle s'est perfectionnée
de plus en plus. On a osé se détacher de Sophocle et
d'Euripide ; mais on a craint d'abandonner les traces
d'Homère. Virgile l'a imité et on a imité Virgile. » C'est
donc à l'intrigue du poëme, c'est-à-dire à l'arrangement

1. Voyez successivement, dans l'*Iliade*, les chants II à X ; XX, XXIII
et XXIV.
2. *Encycl. méthod.*, mot *Épopée*.

bien ordonné des événements, à leur liaison bien établie, à leur succession serrée et nécessaire que le poëte devra très-certainement ses succès et l'amitié de ses lecteurs. Si d'ailleurs il a les qualités requises pour son travail, si les caractères sont bien tracés, si les passions sont peintes au naturel, si le style pur et correct est en même temps animé et harmonieux, ne doutons pas qu'il n'obtienne au jugement des vrais critiques (je ne parle pas des érudits toujours éblouis de l'antiquité et pétrifiés dans leur idolâtrie) un succès bien supérieur à celui des épiques les plus célèbres. On vantera peut-être ceux-ci dans les classes; lui, on le lira sans cesse et partout, *toto legetur in orbe*, comme dit Martial [1].

— Il est vrai, dit Dumesnil, que je n'ai pas songé du tout à cette ordonnance serrée des faits et à cette dépendance qui les retient tous entre eux.

— Ma foi, ni moi non plus, dit Masson.

— Ni moi non plus, dit Dorion.

— Ni moi non plus, » dirent-ils tous. Et Théveneau continuant : « Citez-nous, dit-il, un poëme dont l'arrangement satisfasse, selon vous, à la condition que vous exigez, et qui nous semble en effet avoir cette qualité.

— Si je voulais nommer un poëme épique, je n'aurais guère à vous indiquer dans ce genre que la *Jérusalem délivrée* dont l'analyse serait beaucoup trop longue. Je ne prendrai pas non plus un poëme héroï-comique, comme le *Lutrin;* vous me diriez que je change encore la question. Je vous ferai connaître le roman d'*Yseult de Dôle* [2], fort peu

1. *Epigramm.*, VI, 64, v. 25.

2. *Yseult de Dôle*, chronique du viiie siècle, par le très-véridique archevêque Turpin. 2 vol. in-12. Paris, 1823.—L'auteur, qui a gardé l'anonyme, est, si ma mémoire ne me trompe pas, M. Dusillet, ancien maire de Dôle. Quel qu'il soit, j'ai gardé de son roman un souvenir d'autant plus durable que, l'ayant lu en 1825 et 26, il a changé presque complètement mes idées sur le poëme épique: il m'a fait voir comment on pouvait réunir dans un

12

célèbre sans doute ; mais c'est un roman de genre sérieux,
puisqu'il se termine par la mort de ses héros : roman poétique, puisque toutes les idées, sauf un petit nombre de
plaisanteries ou d'expressions hasardées qu'on retrancherait
facilement, sont de celles qu'on trouve dans la haute poésie. Ainsi cet ouvrage, excepté qu'il n'est pas en vers, peut
très-bien, surtout quand il ne s'agit que du plan, être donné
comme le type d'une épopée sérieuse ; eh bien, en voici la
marche :

Siffroy, septième comte de Dôle au huitième siècle de notre ère,
tenait sa cour à Plumont, nom d'une colline qui domine la ville.
Il y vivait avec Brigitte de Champvans, femme d'une beauté remarquable, mais criminelle, qui avait empoisonné son premier époux.
Siffroy passait lui-même pour avoir tué sa première femme, Theudelinde de Bavière, dont il avait une fille, la belle Yseult, qu'il n'aimait pas et qu'il avait reléguée dans le chétif manoir de Gujans, à un
quart de lieue de Dôle. Siffroy inspirait partout une terreur profonde.
Un seul châtelain était plus redouté que lui ; c'était l'Homme noir,
ainsi nommé parce qu'il était toujours couvert d'armes de cette couleur, lequel s'était emparé du domaine et du château de Parthey,
après la mort ou la disparition de Philibert, le dernier seigneur de ce
manoir, et cela en vertu d'un acte bizarre signé de la main de ce jeune
chevalier. L'Homme noir avait successivement tué tous les héritiers
qui pouvaient lui disputer la possession de ce château. C'était là
l'époux que Siffroy destinait à Yseult ; et à cette occasion il tint un
magnifique tournoi où l'Homme noir, vainqueur de tous ses concurrents, reçut d'Yseult, comme gage de sa victoire, un bracelet de ses
cheveux.

Ce guerrier inconnu et terrible n'était autre qu'un ancien châtelain
du pays, Raoul de Landon, célèbre par son impiété et ses crimes,
disparu du monde depuis quelques années, que Satan avait créé roi
de magie, et couvert des armes de Saül, en lui donnant pour faire le
mal une puissance et une force supérieures à celles des hommes.

tel ouvrage l'intérêt du roman avec l'élévation à peu près continue dans les
idées, la grandeur des personnages, la noblesse du style, si on le voulait,
enfin tout ce qui caractérise ce genre de poésie. Je l'avais cherché bien longtemps après avoir lu les poëmes épiques connus, sans pouvoir le démêler.
Yseult de Dôle me l'a fait voir clairement, et j'espère que l'explication
que j'en tire sera claire aujourd'hui pour tout le monde.

Cependant Roland, le neveu de Charlemagne, si célèbre dans nos
romans de chevalerie, arrive à Plumont sur l'ordre réitéré que la
sainte Vierge lui en avait donné dans ses songes. Il voit Yseult et
en est épris. Yseult, de son côté, habituée à entendre célébrer les hauts
faits du paladin, ne peut le voir sans éprouver pour lui un sentiment
qui lui est tout nouveau. Brigitte brûle aussi pour Roland, et pense à
se débarrasser par le poison du comte Siffroy, qu'elle n'aime plus et
qu'elle redoute. Cependant un saint ermite n'a pas caché à Roland
que c'est pour combattre l'Homme noir que la Vierge l'a appelé à
Dôle; il lui a dit en quel moment il devait l'attaquer; et ce moment
venu, Roland monte au château de Parthey, et trouve Raoul de Landon couvert de ses armes et occupé à torturer Philibert, l'ancien seigneur de ce château, qui jadis avait vendu son âme au démon, mais
qui, touché de la grâce à l'heure de la mort, avait échappé à l'enfer,
et dont la vie se conservait miraculeusement pour qu'il pût, en se
confessant, recevoir l'absolution de ses péchés. Roland attaque aussitôt Raoul; mais quelle que soit sa vigueur, elle s'épuise dans sa
lutte contre l'esprit du mal. Heureusement le saint ermite, qui d'une
chapelle éloignée suivait en esprit ce combat, élève au-dessus de sa
tête la statue de la sainte Vierge; des rayons s'en échappent et, péné-
trant jusque dans le lieu du combat, y raniment la force de Roland
en même temps qu'ils diminuent et détruisent celle de l'ennemi.
Raoul finit donc par succomber. Toutefois il avait une vie d'enchantement que le fer ne pouvait détruire. Mais Roland, qui a remarqué
qu'un signe de croix fait par Philibert cause à Raoul un frisson de
terreur, applique sur le front du réprouvé le reliquaire qu'il portait
toujours; aussitôt le charme est détruit. Il ne reste sous l'armure
vide qu'une poussière infecte et des débris d'ossements. Roland vainqueur revient à Plumont. Il demande la main d'Yseult à Siffroy, qui
refuse ou ajourne la demande. Un grand festin est donné, où se trouvent réunis tous les personnages du poëme. Mais Brigitte a fait em-
poisonner le vin de Siffroy. Celui-ci, après avoir bu, a passé la coupe
à Yseult, dans les mains de laquelle elle se brise; car Yseult a au
doigt la bague d'Angélique, que Roland lui avait donnée précédemment; et ce guerrier, qui connaît la propriété de cet anneau, s'écrie
que le vin est empoisonné. Siffroy ne doute pas un instant que le
crime ne vienne de Brigitte, il lui plonge son poignard dans le cœur.
Ainsi meurent ces deux grands criminels; toutefois le châtelain,
dans son délire, déclare et explique la haine qu'il porte à Roland et
à Yseult; il leur laisse ce dernier adieu : « Tu es épris d'Yseult,
elle est à toi, épouse ta sœur. » Ces mots cruels n'étaient que trop

vrais. Yseult était fille de Theudelinde et du comte Milon, père de
Roland, qui l'avait épousée secrètement, et était mort presque aussitôt après ce second mariage. Siffroy, devenu mari de Theudelinde,
se voyant père d'Yseult après huit mois, n'avait pas été dupe de
cette paternité ; par son art magique il avait découvert tout le mystère, tué Theudelinde et reporté sur Yseult la haine qu'il avait pour
Milon et toute sa race. Cette triste nouvelle étant confirmée par Béatrix, l'ancienne confidente de Theudelinde, qui languissait depuis
sa mort dans une prison, Yseult et Roland se séparent pour mourir
presque au même moment, l'une dans un cloître d'où elle répandait
ses bienfaits sur les pauvres des environs, l'autre dans la vallée de
Ronceveaux, où il combattait une dernière fois les Sarrasins.

Telle est la conduite de cet ouvrage. Je vous ferai remarquer
d'abord combien cette analyse est plus longue que celle que
j'ai donnée précédemment de l'*Iliade*, bien que l'*Iliade* soit
beaucoup plus longue que le roman d'*Yseult*. C'est qu'en
effet la suite enchaînée de celui-ci occupe l'ouvrage entier,
sauf un épisode dont je n'ai rien dit, et dont je vous parlerai
plus tard ; tandis qu'elle n'occupe qu'un cinquième environ
du poëme d'Homère. C'est surtout qu'ici les événements sont
liés de manière à se faire naître les uns des autres, de telle
sorte que tous sont nécessaires, et doivent entrer à leur ordre
dans l'analyse, tandis que, dans l'*Iliade*, ils se succèdent
d'une façon si fortuite qu'il n'y a qu'à indiquer en gros,
comme je l'ai fait, le sujet de chacun d'eux. Les circonstances
n'étant jamais nécessaires ni même importantes, il a suffi de
six lignes pour rendre compte du plan de l'*Iliade* ; ici, où
les faits sont bien mieux coordonnés, il m'a fallu deux
longues pages.

— Nous reconnaissons, dirent Parny et Masson, qu'il y a
dans cet arrangement un art qui a manqué aux anciens
poëtes épiques et à nous-mêmes ; et il est vrai qu'il contribue,
sans changer aucunement le caractère d'un poëme, à composer pour le lecteur ce charme de lecture qu'on appelle
l'intérêt.

— Cet art éclate encore, repris-je, dans le choix des événements. Voyez combien tout y est neuf : le personnage de Raoul, la mission de Roland, son combat avec l'esprit du mal, la manière dont il obtient la victoire, la mort de Siffroy et de Brigitte, l'obstacle invincible mis à l'hymen des deux héros, enfin leur mort exemplaire et glorieuse. Cela ne ressemble à rien de ce que vous voyez dans les autres poëmes : tant il est vrai que les modernes, quand ils veulent créer quelque chose, trouvent dans la multiplicité des relations du monde, dans la sublimité de la religion chrétienne, et dans les fictions poétiques qui s'y rapportent, des ressources infinies entièrement inconnues aux anciens! Je remarque de plus comme tout ici est clos et terminé de toutes parts : c'est sur Yseult que se porte d'abord l'intérêt; c'est elle qu'il s'agit de défendre contre un mariage épouvantable; c'est Roland qui peut seul l'en préserver; et c'est la sainte Vierge, dont Roland était le serviteur, qui l'appelle à cette glorieuse action. Il faut pour cela reconquérir en quelque façon le château de Parthey, dont l'enfer s'était emparé. Enfin, après la victoire, un obstacle imprévu sépare à jamais les deux héros qui gagnent par une sainte mort une glorieuse immortalité. Tout est complet, tout est achevé; et, comme on n'aurait pas pu retrancher un seul des faits qui précèdent, on ne saurait, non plus, en ajouter un seul qui ne fût surabondant. C'est là ce que j'appelle particulièrement le *bienfait* dans les œuvres d'art ; c'est une qualité aussi importante, selon moi, qu'elle a été souvent négligée.

— Nous la comprenons très-bien maintenant, dirent les poëtes.

— Un autre point, que je vous prie de remarquer, parce qu'il est caractéristique de toutes les compositions modernes, c'est la peinture des sentiments. Nos personnages sont foncièrement bons ou mauvais, ce qui fait qu'on les aime ou qu'on les hait. Ceux des anciens n'étaient ni mauvais ni bons,

aussi ne s'y intéressait-on nullement [1]. Cette peinture des
cœurs affectueux est ce qui nous fait le plus partager l'espoir
ou la crainte des personnages, c'est-à-dire que c'est ce qui
fait au plus haut point l'intérêt du poëme.

— Je crois que vous avez raison, dit Millevoie. Celles de
mes pièces qui ont eu le plus de succès sont justement celles
où je me suis le plus intimement peint moi-même : tant on
compatit naturellement aux sentiments, aux douleurs des
autres ; et, sur ce principe, je pense que Boileau a rendu les
idées anciennes plutôt que les idées modernes, quand il a
dit dans son *Art poétique* [2] :

> .... Que Junon, constante en son aversion,
> Poursuive sur les flots les restes d'Ilion ;
> Qu'Éole en sa fureur les chassant d'Italie
> Ouvre aux vents mutinés les prisons d'Éolie ;
> Que Neptune en courroux s'élevant sur la mer,
> D'un mot calme les flots, mette la paix dans l'air,
> Délivre les vaisseaux, des syrtes les arrache ;
> C'est là ce qui surprend, frappe, saisit, attache.

Tout cela, si j'ose exprimer ici mon sentiment, ne nous
attache pas le moins du monde. C'est une forme poétique
qui a sa grandeur et sa beauté, sans doute ; mais ce n'est
pas avec un certain nombre de ces formes qu'on fait un
poëme intéressant. Tant qu'on n'aura que cela pour toucher
les cœurs et attacher les lecteurs, on risquera bien de les
ennuyer et de les glacer.

— Vraiment, je ne saurais mieux dire moi-même : je continue donc ; et j'ajoute qu'un autre moyen d'exciter l'intérêt,
ce sont les détails dans lesquels on entre, si ces détails ont
eux-mêmes quelque importance, soit dans la construction de
la pièce entière, soit dans l'action particulle dont il peut être
question. Je mets cette restriction, parce qu'il n'y a rien de

1. Ci-dessus, p. 41 et 42.
2. Chant III, v. 181 et suiv.

plus froid et de plus ennuyeux que ceux qui ne servent pas.
En ce sens, la critique de Boileau est parfaitement juste :

> Il compte des plafonds les ronds et les ovales :
> Ce ne sont que festons, ce ne sont qu'astragales.
> Je saute vingt feuillets pour en trouver la fin,
> Et je me sauve à peine au travers du jardin [1].

Mais dans ce qui nous attache réellement, les détails sont la
condition indispensable de tout intérêt. Dans les combats
d'Homère et de Virgile, par exemple, un seul coup de lance
ou d'épée renverse et détruit le vaincu. Les modernes, au
contraire, décrivent les armes, comptent les coups, montrent les blessures, peignent les divers degrés et les succès
variés de la lutte. Par là ils tiennent le lecteur en haleine, et
gagnent en outre à cela que tous leurs combats sont différents les uns des autres, tandis qu'ils sont chez les anciens
de la plus insupportable monotonie. Ce que je dis des combats, il faut le dire de toutes les parties du poëme, des
nuances des caractères ou des passions, des diverses parties
des actions, et même de ce qui semble le moins capable de
nous toucher, de la description pure et simple des lieux, de
ce que les rhéteurs anciens appelaient *topographie*.

— Montrez-nous cette différence, dit Masson.

— Volontiers. Vous vous rappelez cet endroit de l'*Iliade*,
connu sous le nom des *Adieux d'Andromaque*, que sa couleur
mélancolique a rendu justement célèbre. Une des circonstances qui le précèdent est justement la visite qu'Hector,
avant de partir, fait à sa femme. Voici comment elle est
racontée : je traduis mot à mot, et sans chercher aucune
élégance dans mon style, puisqu'il ne s'agit ici des détails
qu'en eux-mêmes et non de leur expression [2].

Ayant ainsi parlé, Hector, *paré d'un casque de diverses couleurs*,
s'en alla, et aussitôt après il arriva à sa maison *bien habitée :* il ne

---

1. *Art poét.*, chant I, v. 55 et suiv.
2. *Ilias*, VI, v. 369.

trouva pas Andromaque *aux bras blancs* dans ses appartements ; car celle-ci avec son enfant et une servante *couverte d'un beau voile,* se tenait dans une tour pleurant et gémissant. Hector ne trouvant pas sa femme *excellente* dans l'intérieur, s'avança sur le seuil, et dit aux servantes : « Voyons, ô femmes, dites-moi *la vérité,* où est allée Andromaque *aux bras blancs hors de son appartement?* Est-elle allée *chez une des sœurs de son mari,* ou *chez la femme d'un de ses frères, couverte d'un beau voile?* ou dans le temple de Minerve, où d'autres Troyennes apaisent cette déesse terrible, *à la belle chevelure* [1] ? »

Sans faire ici aucune critique d'Homère, vous reconnaissez assurément, comme moi, que les circonstances exprimées par ces épithètes multipliées sont absolument indifférentes. Que le casque soit de telle ou telle couleur, que la maison soit ou ne soit pas commode, qu'Andromaque ait, oui ou non, les bras blancs, et que sa servante soit couverte d'un voile beau ou laid, cela ne fait rien du tout à la situation. Aussi chez les Latins, et à plus forte raison chez nous, aucun poëte de talent ne s'est permis d'accumuler ainsi des détails oiseux. Voyez, par opposition, dans le petit roman poétique que je vous citais tout à l'heure, la description du château de Parthey, au moment où Roland y entre pour combattre Raoul de Landon [2].

L'intrépide guerrier poursuivit son chemin à travers un monceau de ruines précieuses et les débris des plafonds sculptés et des corniches qu'un air humide avait détruits. Partout les meubles étaient rongés des vers ; la poussière avait effacé les tableaux et noirci les statues, la mousse verdissait le teint des belles châtelaines, et l'araignée filait dans le casque des preux sa toile moins fragile que la gloire de ce monde.

Ne reconnaissez-vous pas que tout est ici choisi pour augmenter la tristesse de l'âme, par la peinture de l'affreuse solitude, ou de la négligence hideuse qui désole le manoir?

---

1. Dans quelques éditions, l'épithète *à la belle chevelure* s'applique aux Troyennes.

2. *Yseult de Dôle,* ch. 12.

C'est là précisément ce que je nomme des détails intéressants, et j'y insiste d'autant plus que nous y trouvons, avec
une source infinie de variété, une cause on ne peut plus
abondante d'intérêt vif et animé.

— J'avoue, dit M. Denne-Baron, que ces observations
me semblent fort raisonnables, et qu'elles n'ont rien de
commun avec les préceptes donnés dans les poétiques ordinaires.

— Que sera-ce donc, repris-je, si nous continuons l'examen raisonné de celles-ci : nous arriverons à ce résultat bien
singulier, que presque tout ce que les critiques ont remarqué
dans les poëtes anciens, et dont ils ont fait des règles, est
précisément le moyen infaillible de fabriquer des poëmes
détestables, au moins de nos jours.

— Quel paradoxe ridicule ! s'écrièrent trois ou quatre
voix.

— Sans doute, si l'on voulait prendre ces mots dans un
sens absolu; mais, en les restreignant au sens que je leur
donne, rien ne me paraît plus évident. Par exemple, comme
les comparaisons sont très-fréquentes dans Homère, on a
cru que c'était une condition du poëme épique : on les a
recommandées pour elles-mêmes; on n'a pas vu qu'elles
nuisent presque toujours à la rapidité de la narration beaucoup plus qu'elles ne servent à l'embellissement d'un morceau; et qu'ainsi, bien loin de les multiplier, il faut les
réduire le plus possible, et ne les employer que quand l'action est comme suspendue, parce qu'alors, ne retardant
rien, elles peuvent plaire véritablement.

Or, on a vu des poëtes si persuadés qu'une similitude était
quelque chose d'essentiellement bon, qu'ils en ont composé
d'avance sans savoir à quoi ils les emploieraient plus tard.
Vous ne le nierez pas, vous, monsieur de Fontanes, puisqu'on
en trouve de pareilles dans les fragments de votre *Grèce
sauvée*. Une d'elles est destinée, dit votre texte, pour la

mort de deux Spartiates adolescents et légers à la course.
Rien, peut-être, n'appelait ces deux personnages dans votre
poëme. Vous les y auriez placés néanmoins, et tués inhu-
mainement pour ne pas perdre votre comparaison.

La seconde, dont vous n'avez pas même indiqué l'emploi,
représente une colombe chassée de la roche où est son nid.
Elle se termine ainsi [1] :

> Elle fuit à grands cris, vole en battant des ailes,
> S'élève, et dans les airs, loin des flèches cruelles,
> Ose à travers les cieux que fend son vol léger,
> Sur un fleuve d'azur paisiblement nager.
> Elle y glisse en silence et, toujours plus agile,
> A force de vitesse y paraît immobile.

Je ne sais ce que c'est que les *grands cris* d'une colombe,
ni comment elle pourrait voler *sans battre des ailes*, ni ce
que c'est que ce *fleuve d'azur à travers les cieux*, ni comment elle y *nage paisiblement*, ni surtout qu'il lui faille de
l'*audace* pour exécuter un mouvement qui lui est si naturel.
Mais ce que je conçois moins encore que tout cela, c'est qu'un
poëte s'amuse à polir une similitude pour la mettre en ma-
gasin, afin de s'en servir si l'occasion s'en trouve.

— Quand je l'ai faite, dit Fontanes, je savais sans doute à
quoi je voulais la faire servir.

— C'est toujours, repris-je, comme si un architecte, au
lieu de combiner l'ensemble d'un édifice, donnait tous ses
soins au dessin d'une figure placée au haut d'une fenêtre. Au
reste, on ne s'est pas borné aux similitudes ; on a semé à
profusion les discours. Homère en avait mis une prodigieuse
quantité ; on a cru que c'était une des nécessités des grands
poëmes. On les a donc mis, non pas quand le sujet les appelait, et qu'ils étaient utiles, mais comme un ornement général et un embellissement infaillible. Vous en savez quelque
chose, vous, monsieur Dumesnil, dont l'*Oreste* est pour un

1. *OEuvres complètes de Fontanes*, t. I, p. 372.

bon quart composé de ces conversations sans intérêt, ressource ordinaire des imaginations débiles ; et vous aussi, monsieur Dorion, qui, dans votre *Bataille d'Hastings* [1], en avez mis davantage encore et qui ne valent pas mieux.

— Je vous avouerai, dit Parny à ce dernier, que quand j'ai voulu lire votre poëme, ces longs discours m'ont paru d'une digestion difficile.

— Je vous en offre autant, poursuivit M. Briffaut ; je n'ai jamais compris comment on grossissait son volume à plaisir par des harangues sans objet.

— Ma foi, messieurs, leur repartit Dorion piqué de leur franchise, croyez-vous que j'aie beaucoup plus approuvé vos dialogues à bâtons rompus [2] ? que ce style haché, ces pensées jetées au hasard, ces phrases commencées et non finies, ces interruptions répétées, soient plus agréables à vos lecteurs ? J'aime encore mieux un discours clair, quoique un peu long, qu'un dialogue rapide et qu'on n'entend pas.

— Calmez-vous, leur dis-je. L'abus est mauvais partout ; votre tort est d'avoir fait un moyen universel et constant de ce qui ne devrait se trouver qu'aux places très-rares où le sujet l'exige.

Les descriptions, du reste, n'ont pas joué un moins mauvais tour aux poëtes que les discours et les similitudes. Une description bien faite est un morceau brillant, qui se détache d'un poëme et se récite avec plaisir. Aussi Boileau a-t-il dit [3] :

> Soyez riche et pompeux dans vos descriptions.

Mais précisément, à cause de cet agrément et des applaudissements que des auditeurs bien appris donnent volontiers

---

1. *Histoire de la poésie impériale*, lect. 16, t. I, p. 250.
2. Sur ce défaut des poëmes de Parny et de M. Briffaut, voyez l'*Histoire de la poésie impériale*, lect. 14 et 16, t. I, p. 225 et 261.
3. *Art poét.*, chant III, v. 257.

à des vers brillants et colorés, beaucoup de poëtes ont
sacrifié l'intérêt de l'ouvrage entier à celui de quelques morceaux de choix, et, préférant les applaudissements des salons
à l'estime de la postérité, ils ont fait des poëmes dont la
description était si bien l'essence, qu'elle a donné son nom
au genre : on a appelé ces poëmes *descriptifs*. C'est de votre
temps, messieurs; c'est à l'époque impériale que ce produit
a le plus foisonné[1]. Sans doute la description ne pouvait pas
avoir une aussi large part dans le genre narratif que dans le
didactique; toutefois elle s'y est encore démésurément étendue, croyez-moi; et plusieurs d'entre vous n'ont pu produire
un si grand nombre de vers qu'en donnant beaucoup trop, et
souvent sans aucun à-propos, à cet enjolivement poétique.

Mais ce sont surtout les épisodes qu'il faut éviter avec soin.
Comme les similitudes et les descriptions, ils ralentissent la
marche du poëme; et, ce qui est bien pire, ils en dispersent
et en détruisent l'intérêt. Les épisodes sont bons quand ils
sont nécessaires, c'est-à-dire lorsque l'action ne serait pas
intelligible sans eux. Tel est, dans le récit de la ruine de Troie
par Énée, l'épisode de Sinon et celui de Laocoon, sans qui
le cheval de bois ne serait pas entré dans la ville. Ils servent alors au développement général, et, pourvu qu'on y
soit aussi bref que possible, ils concourent à diversifier et à
embellir le poëme.

Quant aux épisodes proprement dits, ceux qui ne servent
en rien à la marche de l'action, comme la rencontre de Glau-
cus et de Diomède dans l'*Iliade;* dans l'*Énéide*, l'expédition
de Nisus et d'Euryale; l'enlèvement et la délivrance d'Olinde
et de Sophronie dans la *Jérusalem délivrée;* ce sont, eu égard
à l'ensemble du poëme, de véritables défauts qui ne peuvent
être rachetés que par leur rapidité et la perfection des détails. Je vous en citerai un autre exemple tiré du roman poë-

---

1. *Histoire de la poésie impériale*, lect. 30 et 51, t. II, p. 11 et suiv.

tique d'*Yseult de Dôle*, que je louais tout à l'heure pour la marche de l'action ; il sera d'autant plus frappant que, comme vous le verrez, il brise de la manière la plus désagréable une chaîne fort bien liée d'ailleurs. L'ouvrage entier est divisé en quinze ou seize chapitres. Or, le récit ayant commencé, comme je vous l'ai dit, par la peinture de la cour de Siffroy, le tournoi et les terreurs d'Yseult, tout cela est interrompu à la moitié du troisième chapitre, jusqu'au huitième inclusivement, c'est-à-dire pendant un bon tiers du roman, pour faire lire à Yseult le manuscrit où Raoul de Landon avait consigné son histoire. C'est bien, si l'on veut, une imitation du récit qu'Énée fait à Didon ; c'est encore une application du précepte d'Horace :

> Multaque tolles
> Ex oculis quæ mox narret facundia præsens[1].

Mais la nécessité seule peut justifier un pareil désordre ; et s'il était peu sensible dans les épopées anciennes à cause de la lâcheté de l'intrigue et de l'indifférence des événements, il est insupportable chez nous et dans tout ouvrage bien composé, parce qu'il distrait notre attention de la suite des faits, qui doit nous attacher et nous attache en effet exclusivement. Ne cherchez donc pas les épisodes ; fuyez-les, au contraire, et ne les admettez que quand vous serez convaincus que leurs avantages à une place donnée surpasseront et feront oublier leurs inconvénients.

— Mais, dit Lemercier, vous allez plus loin que je ne suis allé moi-même dans mes leçons à l'Athénée, sur le poëme épique[2].

— Et surtout, ajouta Fontanes, vous renversez bien les opinions reçues jusqu'à ce jour.

— Ce sont mes idées, et non les vôtres, ni celles des an-

---

1. *Ars poet.*, v. 183.
2. *Cours analyt. de littérature*, 37e séance, t. IV, p. 86.

ciennes poétiques que vous m'avez demandées : je vous les expose avec sincérité ; si je m'éloigne des croyances reçues, des préceptes partout répétés, j'ai du moins cet avantage que mon jugement est celui du public, et que, s'il contrarie les vues du petit nombre des intéressés, il explique à fond et très-clairement la chute et l'oubli de tant de poëmes composés sur le modèle et d'après les règles des anciens.

— J'entends cela, dit Lemercier ; mais la raison humaine serait-elle si trompeuse que ce que nous avons admiré comme beau, comme digne d'être imité, fût au contraire une source de fautes et une cause de chute ?

— Non, monsieur Lemercier ; il ne faut pas outrer les conséquences. Vous avez, après beaucoup d'autres, répété sur les diverses conditions du poëme épique des principes généraux qui ont eu, qui ont peut-être encore leur vérité. Mais ces conditions ont été établies sur l'étude des poëmes les plus anciens, et c'est une erreur commune chez les érudits de penser que les arts prennent à une certaine époque une forme définitive ou qu'ils ne peuvent plus ni quitter, ni même modifier. Rappelez-vous ce qui est arrivé pour l'Arioste : l'histoire est vraiment curieuse. Ce poëte a, vous le savez bien, pour ce qui tient aux unités, et pour d'autres parties encore, entièrement secoué le joug des règles antiques. Ce n'est pas moins de l'aveu de tout le monde, et du vôtre, messieurs, un des plus grands poëtes qui aient jamais écrit, par cela même qu'en bien des points il est si original. Toutefois il ne l'est nulle part autant que dans sa manière de disposer les événements et de faire naître les aventures extraordinaires. Si par son style il égale les premiers poëtes de son pays, par l'arrangement de ses inventions il l'emporte sur tout ce qui l'avait précédé. En voulez-vous un exemple célèbre ? prenez le passage qui a donné cours à ce proverbe : « La discorde est au camp d'Agramant. » En voici le résumé :

Saint Michel, pour tirer Charlemagne d'un grand danger, avait

commandé à la Discorde d'aller brouiller les principaux chefs maho-
métans [1] ; celle-ci ayant très-mal fait sa besogne, l'archange la battit
comme plâtre et lui brisa même sur les reins le bâton de la croix
pour lui apprendre à mieux obéir [2]. Voilà le point de départ. Bientôt, sous le souffle de la Discorde, des querelles sanglantes s'élèvent
coup sur coup, d'abord entre Rodomont, Roger, Mandricart et Marphise [3] ; puis quand Agramant est parvenu non pas à les apaiser,
mais à régler l'ordre dans lequel ils se battront, et que Rodomont et
Mandricart, désignés les premiers par le sort, sont dans leurs tentes avec
les amis qui leur servent d'écuyers et attachent leurs armes, de nouvelles disputes s'élèvent d'une part entre Mandricart et Gradasse, de
l'autre entre Rodomont et Sacripant. Tous en viennent aux mains.
Agramant est obligé d'y courir pour apaiser ces nouveaux combats ;
et c'est lui-même qui bientôt se trouve outragé par Marphise à propos
de Brunel, et on est obligé de le calmer à son tour [4].

C'est un chef-d'œuvre de disposition ingénieuse et intéressante, dont les anciens n'ont jamais eu la moindre idée,
qu'avaient préparée nos conteurs, après eux, quelques poëtes
italiens, particulièrement Boyardo, et que l'Arioste a poussée
plus loin qu'aucun de ses prédécesseurs.

Aussi quel succès n'obtint-il pas? Ce succès fut tel que les
pédants de son temps, ne pouvant concevoir cette réussite
en dépit des règles d'Aristote, ne virent d'autre moyen pour
se guider à l'avenir dans la critique des poëmes de cette nature, que d'en tirer des règles applicables, croyaient-ils, à
tous les poëmes de chevalerie présents ou futurs. L'Arioste
obtint ainsi dans ce genre l'autorité qu'Aristote avait dans
les autres; et ce despotisme alla si loin que Le Tasse, qui
songeait à mettre dans les sujets chevaleresques l'unité de
dessin que l'Arioste avait négligée, fut obligé de lutter contre
l'exigence des nouvelles poétiques. « Je ne pense pas, dit-il

1. *Orlando furioso*, canto XIV, ott. 81.
2. *Ibid.*, canto XXVII, ott. 37 et suiv.
3. *Ibid.*, ott. 40 à 46.
4. *Ibid.*, ott. 53 à 92.

dans la préface de *Rinaldo*[1], qu'on me blâme de m'être un
peu écarté de la voie frayée par les modernes, pour me rapprocher des anciens. Je ne m'astreindrai pas cependant à
suivre les règles sévères posées par Aristote. Ces règles rendent trop souvent fastidieux un poëme qui aurait plu sans
elles. » Il demande ensuite des lecteurs qui ne soient de
superstitieux admirateurs ni du philosophe de Stagire, ni
du poëte de Ferrare. Tous les hommes d'un vrai génie feront
comme lui, ils souhaiteront avant tout des juges qui fassent
usage de leur raison, et analysent avec impartialité ce qu'ils
sentent, sans examiner d'avance si l'ouvrage est ou n'est
pas conforme à certains principes abstraits énoncés par
divers rhéteurs.

Dans tous les cas, il ne faut pas s'imaginer ni qu'on ait
à créer une poétique nouvelle, à l'occasion des poëmes originaux qui paraissent, ni que les règles établies anciennement soient toujours et absolument aussi bonnes qu'elles l'ont
été jadis : rien de tout cela n'est vrai. Les seules conditions
essentielles pour la bonne composition des poëmes, sont que
l'auteur qui travaille aujourd'hui ne laisse sur aucun point
échapper les perfectionnements que la suite des temps a pu
y amener; et que, soit dans l'ensemble, soit dans les parties de son œuvre, il s'interroge sévèrement lui-même et se
demande si, dans les conditions qu'il accepte, ce qu'il a fait
est réellement le mieux qu'il puisse faire; si tout se corres-
pond bien et exactement; s'il n'y a rien ni dans sa fable, ni
dans son merveilleux, ni dans ses caractères, ni dans les
passions, ni dans les péripéties qui puisse blesser un lecteur
scrupuleux et attirer ses justes censures; non pas, je le
répète, par comparaison avec telle ou telle règle, mais
d'après le sentiment que la nature perfectionnée par l'art
nous donne du bon et du beau, ou du laid et du mauvais.

1. Voyez la notice de M. Buchon sur Le Tasse, dans la *Jérusalem délivrée*
de M. Baour-Lormian, p. xv, édition de 1819.

« Dans les arts, a dit excellemment Voltaire [1], il faut se donner bien de garde de ces définitions trompeuses par lesquelles nous osons exclure toutes les beautés qui nous sont inconnues ou que la coutume ne nous a point encore rendues familières. » A plus forte raison ne faut-il pas imposer ces lois étroites qui empêchent le poëte de se mouvoir. « Car, dit le même écrivain [2], la machine du merveilleux, l'intervention d'un pouvoir céleste, la nature des épisodes, tout ce qui dépend de la tyrannie de la coutume et de cet instinct qu'on nomme goût, voilà sur quoi il y a mille opinions et point de règles générales. »

— Mais alors, reprirent tous les poëtes, à quoi se réduit donc votre poétique ?

— A ce que je vous ai dit, messieurs, c'est-à-dire que hors ce petit nombre de principes généraux sur la grandeur, la vraisemblance, l'unité, l'intérêt de l'action, et les conseils sur l'art d'arranger les parties, pour les faire concourir à l'effet total, ma poétique est toute négative. Elle dit beaucoup moins ce qu'il faut faire que ce qu'il faut éviter. C'est par là qu'elle se distingue et se sépare de toutes celles que vous pourriez me citer, celle de Voltaire exceptée. C'est par là justement que je crois être dans le vrai, tandis que tous ceux qui ont fait des recommandations précises sur quelque point que ce fût, ne les ont pas eu plutôt énoncées, qu'ils les ont vues démenties par l'expérience.

— Et ainsi, dit Lemercier, qui se souvenait toujours de son cours à l'Athénée, à ma place, au lieu de leçons sur le poëme épique, vous auriez dit simplement : observez ces trois ou quatre règles, et pour le reste faites ce que vous voudrez.

— A votre place, mon bon monsieur Lemercier, j'aurais examiné comme vous toutes ces parties indiquées dans les

1. *Essai sur la poésie épique*, chap. I.
2. *Ibid.*, trois pages plus loin.

13

anciennes poétiques ; j'en aurais, comme vous, donné les définitions, discuté la convenance, indiqué l'objet et le résultat
dans les poëmes où on les trouve. Ma conclusion seule eût dif-
féré de la vôtre : au lieu d'énumérer les vingt-cinq ou trente
règles que vous croyez régir absolument la tragédie, la comédie et l'épopée, j'aurais, avec Voltaire, montré que presque
toutes ces règles dépendent de la coutume, et que les seules
auxquelles on doit obéissance, sont celles que l'expérience
et le raisonnement s'accordent à recommander.

— Y en a-t-il beaucoup de ce genre ? demanda Lemercier.

— Il y en a très-peu, répondis-je ; mais enfin il y en a :
ce sont les trois ou quatre que j'ai nommées tout à l'heure ;
j'y joindrais la marche enchaînée ou plutôt intriguée du
poëme ; et encore l'observation ou l'invention de détails
intéressants, puisque ce sont ces détails qui peuvent seuls
animer et caractériser les personnages, jeter de la variété
dans l'action et amener des situations neuves. Enfin je re-
commanderais une grande rapidité dans la narration, et la
plus grande brièveté possible dans l'ouvrage. Le reste est
le fait du génie ; la doctrine n'y peut rien et la poétique doit
se taire.

— C'est beaucoup plus court, dirent nos poëtes. Mais en
supprimant toutes ces règles anciennes, n'abaissez-vous pas
le prix de l'œuvre. « Un bon poëme épique, hardiment
conçu et heureusement exécuté, a dit l'Institut de France [1],
est un phénomène littéraire. Les nations modernes qui ont
cultivé les lettres avec distinction ne peuvent pas toutes
s'enorgueillir de l'avoir produit. » Que sera-ce si le poëte
peut faire tout ce qu'il veut ? Que deviendra le mérite, s'il
n'y a plus à vaincre que des difficultés médiocres ?

— Oh ! messieurs, jamais dans les arts la vraie difficulté
ne consiste à suivre des règles. C'est un peu plus de temps

---

1. *Rapport sur les prix décennaux*, deuxième classe, p. 64.

peut-être à donner à son travail ; mais enfin on en vient à
bout, les faibles comme les forts, les gens sans idées comme
les écrivains supérieurs. Ce qui distingue vraiment les hommes et les œuvres, c'est justement ce qu'on ne règle pas.
Rousseau vous l'a dit [1].

> Le jeu d'échecs ressemble au jeu des vers :
> Savoir la marche est chose fort unie ;
> Jouer le jeu c'est le fruit du génie.

Ce ne sont donc pas les règles vraies ou fausses calquées sur
l'*Iliade* et l'*Énéide* qui font la vraie difficulté de la grande
épopée. Rien ne serait plus aisé que de faire des poëmes
exactement semblables à ces modèles. Seulement les qualités qui ont suffi pour en faire autrefois des chefs-d'œuvre
immortels, ne suffiraient pas aujourd'hui à les faire lire.
Il y faut d'autres mérites, ceux, veux-je dire, que le génie
seul peut nous montrer en les mettant dans son œuvre, et
qui, par conséquent, ne seront recommandés dans les poétiques que quand ils seront devenus communs, et à leur tour
ne suffiront plus à amuser les esprits ni à faire la gloire des
nations.

Ainsi tous ceux qui s'attachent aux règles anciennes, qui
prennent pour type ce qui fut beau autrefois, et qui espè-
rent par là suppléer à ce génie qui anima jadis les grandes
créations épiques, ceux-là peuvent croire qu'ils vont, à l'aide
de créations merveilleuses, se faire une réputation éternelle :
ils font des poëmes comme les vôtres, messieurs ; on recon-
naîtra plus tard leur travail consciencieux, leur dévouement
digne d'une meilleure fortune, on ne lira pas leurs poëmes.
Qu'ils se présentent pour entrer dans le temple du goût, la
critique leur fermera la porte au nez ; et la postérité, soyez-
en sûrs, ratifiera ce jugement. »

Comme j'achevais cette phrase, il me sembla que l'air qui

---

1. *Épître à Clément Marot*, v. 216.

m'environnait n'avait plus sa transparence ordinaire, qu'il se remplissait d'une vapeur de plus en plus épaisse. Nos poëtes eux-mêmes avaient l'air d'être mal à leur aise ; ils s'éloignaient avec agitation, les contours du corps s'effaçaient comme les couleurs du visage, et bientôt ils se perdirent dans un brouillard fétide. Ma respiration, devenant de plus en plus pénible, je fis effort pour sortir de cette atmosphère, et me trouvai debout auprès de mon canapé qui avait été foulé dans toute sa longueur. Ma lampe avait une mèche garnie des plus monstrueux champignons ; les portes et les fenêtres de mon salon étaient fermées ; et, en regardant à la pendule, j'estimai qu'elle fumait depuis près de deux heures. « J'aurais mieux fait, pensai-je, de me coucher en arrivant, je ne serais pas obligé maintenant d'ouvrir partout et d'attendre que cette détestable odeur soit passée. »

LA

FONTAINE MOLIÈRE[1].

La belle fontaine Molière, pompeusement inaugurée le
15 janvier 1844, attirait surtout dans sa nouveauté un grand
nombre de visiteurs. M. Marnard avait profité d'une belle
matinée d'avril pour venir contempler ce monument. Il s'é-
tait placé depuis cinq minutes à peine en face de la statue,
qu'il vit venir par l'ancienne rue Traversière-Saint-Honoré,
mieux nommée aujourd'hui par la fontaine qui la termine,
une personne qu'il connaissait de longue date : c'était Rithé
qui avait fait ses classes avec lui. Les premiers compliments
étaient à peine échangés qu'un autre de leurs anciens condis-
ciples, Liboil, arrivait par la rue Richelieu, et un quatrième,
Zémares, montait par le passage Hulot. Ainsi l'ancien collége de Versailles semblait s'être donné rendez-vous auprès
de notre grand comique, pour l'honorer dans le monument
que la ville de Paris, les Académies et la Comédie-Française
venaient de lui élever.

Cette circonstance engagea les quatre anciens camarades
sur le terrain des questions littéraires. Après avoir suffisamment contemplé le bronze de M. Seurre et les marbres allégoriques de M. Pradier, ils descendirent dans le jardin du

1. Cette dissertation, pour le fond, remonte à la fin de l'année 1841, où
l'*Atlantide* de Lemercier me donna lieu d'examiner, dans le cours que je
faisais alors à l'Athénée, les divers systèmes de merveilleux, et en particulier
celui qu'il proposait (voyez l'*Histoire de la poésie française à l'époque impériale*, lect. 18, t. I, p. 290). La forme est beaucoup plus récente, elle n'a
été définitive qu'en 1854.

Palais-Royal, continuant de causer de leurs travaux. Bientôt Rithé, interrogé à son tour sur ce qu'il faisait, leur dit : « Vous savez, mes amis, que j'ai toujours été un peu rêvecreux, entreprenant plus de choses que je n'en pouvais achever, et laissant le positif pour courir après les chimères : je suis toujours le même, et j'ai bravement entrepris un poëme épique.

— Ah ! miséricorde ! s'écria Liboil.

— Rassurez-vous : je n'en ai rien apporté ; je vous dirai même en confidence que je n'en ai pas encore écrit un seul vers.

— C'est moins effrayant. Et alors où en es-tu ?

— J'ai choisi mon sujet : c'est l'épisode le plus triste de notre révolution : la mort de Louis XVI[1]. J'ai arrêté mon plan, distribué la matière de mes huit chants, déterminé les principaux personnages et leurs caractères. Ce sont là, selon moi, des préliminaires indispensables. Il faut maintenant me mettre sérieusement à l'œuvre : j'y pense depuis plus de cinq mois, et je n'ai pas encore commencé.

— Continue ainsi, dit Zémares, et ton poëme n'ennuiera personne.

— Laissons les plaisanteries, interrompit Marnard : il y a des épopées ennuyeuses qu'on a toujours le droit de ne pas lire ; mais on en peut concevoir de très-intéressantes, et je me plais à croire que telle sera celle de Rithé. Qu'il nous dise donc ce qui l'arrête.

— C'est, entre beaucoup d'autres difficultés, le merveilleux de mon poëme. Quel système faut-il choisir ? et comment devrai-je le traiter ? Je me le suis demandé bien souvent, et n'ai pas encore, je vous l'avoue, trouvé de réponse décisive.

— La question est ardue en effet, dit Liboil ; il y a un

1. Ce sujet a été pris, par La Harpe, dans le poëme qu'il a intitulé *le Triomphe de la religion* ou *le Roi martyr*, qui devait avoir douze chants. Six seulement ont été composés et imprimés en 1814.

merveilleux naturel « qui est pris sur les dernières limites du possible, » comme parle Marmontel [1]. La vérité y peut atteindre, et la simple raison peut y ajouter foi. Tels sont les extrêmes en toute chose, les événements sans exemple, les vertus, les crimes inouïs, les jeux de hasard qui semblent annoncer une fatalité marquée ou une faveur de la fortune. Notre rencontre de ce matin est un de ces faits, et on en peut imaginer bien d'autres.

— Ce n'est pas là, observa Marnard, le merveilleux poétique. Ce sont des faits merveilleux qu'on ne doit pas négliger, qu'on doit, au contraire, estimer d'autant plus que ce sont eux qui nous fournissent en très-grande partie les situations neuves et attachantes. Aussi jouent-ils un très-grand rôle dans les compositions romanesques; et je suis loin de croire qu'ils soient déplacés dans la poésie épique. Mais enfin ce n'est pas là ce que les littérateurs et Rithé sans doute entendent par le *merveilleux épique*. Ce mot désigne toujours un système d'agents plus puissants que l'homme, et qui combattent ou favorisent ses desseins.

— C'est bien là ce que je veux dire, reprit Rithé, et c'est le choix du système qui m'embarrasse beaucoup. A l'époque dont il s'agit, c'est-à-dire à la fin du XVIIIᵉ siècle, quels agents surnaturels peuvent être employés sans une invraisemblance choquante?

— Mais, objecta Liboil, pourquoi les faire absolument surnaturels? Les progrès des sciences ont beaucoup étendu pour nous le domaine du vrai merveilleux. Nous avons tous lu dans notre enfance les *Veillées du château* de Mme de Genlis. Il y a là une histoire peu estimée des savants, mais qui me faisait palpiter de crainte et de curiosité. La physique, et même une physique fort élémentaire, faisait tous les frais de ces merveilles qui m'étonnaient alors. L'histoire

---

1. *Encyclop. méthod.* (gr. et littér.), mot *Merveilleux*.

naturelle, la météorologie pourraient y fournir encore. Un
poëte français[1] a dernièrement, dans son poëme de *Fernand
Cortez*[2], puisé à cette source féconde. Il fait dire à Mon-
tézuma :

> Déjà plus d'un prodige a frappé tous les yeux :
> La comète enflammée a parcouru les cieux.
> Un long serpent de feu, dressant sa triple tête,
> Fut contre le soleil chassé par la tempête.
> Sur la cime des monts, les forêts ont tremblé,
> Dans leurs antres obscurs les monstres ont parlé ;
> Du lac de Mexico les menaçantes ondes
> Ont vomi sur leurs bords des reptiles immondes ;
> Et, comme un noir torrent précipité des monts,
> Les sables du désert roulent dans les vallons[3].

— Pardon, dit Rithé, ce n'est pas là notre merveilleux.
Celui-ci suppose l'intervention de personnages surhumains
et intelligents, et non pas des forces de la nature.

— Des personnages surhumains ! Mais n'est-ce pas ce qui
en rend l'emploi difficile ou même impossible ? Boileau a dit
avec beaucoup de vérité, ce me semble[4] :

> L'esprit n'est point ému de ce qu'il ne croit pas.

N'est-ce pas le vice essentiel du merveilleux tel qu'on le
conçoit ordinairement, qu'il ne nous offre que des fictions
incroyables ? « L'illusion ne peut être complète, a dit Marmontel[5], qu'autant que la poésie se renferme dans la
créance commune; » et comment faire agir agréablement
des divinités ennemies ou favorables dans un siècle ou l'indifférence religieuse nous fait douter même de l'action im-
médiate de Dieu ?

1. Roux de Rochelle, auteur de plusieurs poëmes, membre de la Société
philotechnique, mort en 1849.
2. Poëme en douze chants, in-8°. 1838.
3. Chant II, p. 59.
4. *Art poét.*, chant III, v. 50.
5. *Encycl. méthod.* (gr. et litt.), mot *Merveilleux*.

— Ton raisonnement, répondit Marnard, peut être juste du point de vue de la logique ou de la raison pure; il est certainement faux dans la pratique. D'abord tu cites à contre-sens le mot de Marmontel. Ce n'est pas une opinion qu'il exprime comme sienne, c'est une objection qu'il combat et détruit. « Ces spéculations, dit-il, démenties par l'expérience ne sont fondées que sur une fausse supposition ; savoir, que la poésie, pour produire son effet, demande une illusion complète. Il est démontré qu'au théâtre, où le prestige poétique a tant de force et de charmes, non-seulement l'illusion n'est pas entière, mais qu'elle ne doit pas l'être ; il en est de même à la lecture, sans quoi l'impression faite sur les esprits serait souvent pénible et douloureuse[1]. » Je ne saurais mieux faire que de confirmer par quelques observations nouvelles ces excellentes paroles : et je remarque à ce sujet que, puisque l'on n'a pas besoin, pour se prêter au merveilleux poétique, de cette croyance complète qui nous domine pour les choses de la vie, il suffit de cet acquiescement momentané, de cette complaisance de l'esprit à ce qui occupe quelques instants l'imagination. La preuve s'en trouve dans les compagnies où l'on entend raconter des histoires d'esprits ou de revenants. Pour peu que le narrateur soit habile, et quelle que soit l'incrédulité de son auditoire, il occupe bientôt les esprits avec une telle puissance que rien ne les peut distraire, que tout autre conte leur paraît froid et sans intérêt auprès de celui-là. On n'y croit pourtant pas dans la rigueur du terme, c'est-à-dire que, le conte une fois fini, on sait très-bien qu'il n'y a là aucune réalité. On ne s'est pas moins laissé amuser, émouvoir, effrayer même par ces fictions auxquelles l'esprit se plaît naturellement. Cette contradiction s'explique bien faci-

---

1. *Encyclop. méthod.* (gr. et litt.), mot *Merveilleux*; voyez *Vraisemblance, Illusion.*

lement du reste. « C'est le propre des passions, dit Aristote[1],
avec sa profondeur ordinaire, de nous faire voir les choses
autres qu'elles ne sont. » Il suffit donc, pour nous faire
regarder comme possible ou vrai ce qui ne l'est pas, d'exciter petit à petit en nous (et c'est en cela que consiste l'a-
dresse du conteur) la passion même qui doit égarer notre
jugement. L'intérêt de la fable, l'attrait de l'imprévu, de
l'extraordinaire, du prodigieux en sont bientôt venus à
bout ; et, sans donner à ces récits cette adhésion absolue qui
constitue la croyance parfaite, nous sommes dans le même
état moral que ceux qui la donnent, et le succès de la narration n'exige pas autre chose.

— Marnard, reprit Rithé, a parfaitement, et mieux que
je ne l'aurais pu faire moi-même, analysé mes sentiments.
Ce n'est pas avec notre raison, c'est avec notre passion du
moment que nous jugeons les œuvres d'art; et s'il n'en était
pas ainsi, les arts n'existeraient pas, ou du moins leurs conditions seraient tellement changées que ce ne seraient plus
des arts : l'architecture se réduirait à la bâtisse, et le plus
beau discours du monde serait la démonstration d'un théo-
rème de géométrie. Comme la poésie est faite pour la multitude, et non pour un petit nombre de philosophes austères
d'une intelligence difficile à remuer, je suis convaincu qu'il
est de mon intérêt, dans une narration poétique un peu
longue, d'employer le merveilleux. Remarquez bien ce mot
il est de mon intérêt ; je ne veux pas dire, en effet, comme
l'ont soutenu beaucoup de critiques [2], que le merveilleux soit
indispensable : je le crois seulement fort avantageux, et je
suis bien résolu à l'employer, parce que je ne veux négliger

---

1. *Rhétorique*, liv. II, chap. I, à la fin.
2. Le P. Le Bossu ; l'abbé Batteux, *Principes de la littérature*, trait. IV,
chap. VIII; la seconde classe de l'Institut. *Rapport sur les prix décennaux*,
p. 2; Lemercier, *Cours analyt. de littérature*, 30ᵉ séance, t. III, p. 151;
M. Patin, *Mélanges de littérature ancienne et moderne.*

aucun moyen de succès. Mais à quel système faut-il s'attacher? C'est là pour moi une difficulté véritable.

— La difficulté, observa Zémarcs, ne me semble pas
aussi grande que tu la fais. Il n'y a pas un si grand nombre
de systèmes acceptables chez nous. Celui d'Ossian, avec ses
nuages, est jugé depuis longtemps. Le Brun a dit avec
raison :

> Vive Homère ! que Dieu nous garde
> Et des Fingals et des Oscars,
> Et du sublime ennui d'un barde
> Qui chante au milieu des brouillards.

Celui des Scandinaves, avec son Valhalla et ses Valkiries,
ne répond absolument à rien chez nous. Le Teutatès des
Germains, et les divinités qui l'accompagnent ou le servent,
ne nous touchent guère plus, quoiqu'ils se rapprochent davantage de nos origines. Les génies, les fées, les goules des
Arabes, sont des personnages brillants et dont on peut tirer
parti dans des poëmes légers ou de pure imagination, mais
qui paraîtront certainement déplacés dans un sujet comme le
tien. Le merveilleux mythologique, les Jupiter, les Junon, les
Neptune, dont nous avons été bercés dans notre enfance, et
qui fut à la mode du temps de Louis XIV, est aujourd'hui
absolument méprisé. Tu n'as donc à balancer qu'entre
le merveilleux chrétien et le merveilleux allégorique. Ce
choix peut être bientôt fait.

— La question, répondit Rithé, n'est pas aussi simple que
tu le supposes. J'avoue qu'en général le merveilleux ger-
main ou scandinave ne signifie rien pour nous; mais le
premier effet de la révolution française a été de faire disparaître notre nationalité pour l'absorber dans une sorte de
cosmopolitisme indécis, qui fit affluer chez nous et souvent
y dominer les étrangers. Ne serait-ce pas une raison pour
admettre leurs dieux? La mythologie, dis-tu, est passée de
mode : c'est vrai; mais elle régnait presque exclusivement

alors. C'étaient les idées grecques et romaines qu'on voulait
ramener partout; et c'est, à mon sens, une des causes qui
ont le plus contribué à rendre notre révolution si stérile.
Mais enfin, si je veux peindre les opinions du temps, c'est le
Jupiter ou le *Deus optimus maximus* des Romains qu'il faudra mettre au haut du ciel; et les divinités inférieures demi-
réelles, demi-allégoriques, s'ensuivront nécessairement. Le
merveilleux chrétien, qui répondrait le mieux à nos idées
actuelles, n'avait ni créance ni faveur alors qu'on détruisait
les églises, qu'on renversait les statues des saints, qu'on
chassait ou qu'on égorgeait les prêtres. Ne sera-t-il pas plus
difficile que tout autre à mettre en œuvre? Le merveilleux
allégorique enfin a de grands défauts sans doute; mais combien de gens n'ont-ils pas déclaré que c'était pourtant le
seul qu'on pût employer dans les temps modernes[1]? Tout
cela m'embarrasse au point que j'ai cherché s'il n'y aurait
pas quelque avantage à faire une espèce de combinaison de
tous ces systèmes pour en tirer, selon le besoin, tel ou tel
moyen actuellement avantageux.

— C'est un parti dangereux, fit remarquer Liboil, et qui
risquerait bien de faire perdre à ton ouvrage l'unité de
couleur que tu juges probablement une des qualités les plus
essentielles du poëme épique.

— Sans doute; avec quelque restriction, toutefois, répondit Rithé. Il ne faut pas que cette unité dégénère en monotonie, et je crois qu'avec un peu d'adresse la variété peut
se concilier avec elle.

— C'est indubitable, dit Marnard. Au reste, si tu veux le
permettre, je vais tâcher de réduire la question à ce qu'elle
a d'essentiel, et peut-être les difficultés qui t'arrêtent dispa-
raîtront-elles en grande partie. Pour moi, d'abord, il n'y a
qu'un merveilleux admissible chez nous, c'est le merveilleux

---

1. *Rapport sur les prix décennaux*, p. 2.

chrétien, posant la sainte Trinité et même la sainte Vierge dans une sphère tellement élevée qu'on ne les voie jamais agir directement; puis les bons anges et les saints d'un côté, de l'autre les démons et les damnés; et tous les êtres humains ou surhumains qui se rapportent aux uns ou aux autres, agissant sur nous, soit personnellement, soit par leurs instigations, pour ou contre les volontés de Dieu. Ce système, vous le voyez, mes amis, est un; il est même posé carrément, comme on dit aujourd'hui; mais c'est le mien, et je n'ai pas le droit de vous le faire accepter comme bon. Je ne l'ai donc exposé d'abord que pour fixer les idées, et y revenir s'il y a lieu, c'est-à-dire quand la force des choses nous y ramènera.

Cela dit, je remarque que le merveilleux allégorique n'est pas un véritable merveilleux; ce n'est proprement qu'un tour poétique, une manière vive d'exprimer nos pensées; en un mot, une figure d'élocution : et voilà pourquoi ses prétendues divinités sont toujours si froides. C'est qu'il est impossible de faire agir des idées abstraites [1], quelque bril-

---

1. La scène de la Haine dans l'*Armide* de Quinault (acte III, sc. III et IV) en donne la preuve complète. Cette scène est frappante, grâce à la mise en œuvre et à la musique : elle est même assez belle, comme allégorie, par les vers; mais comme action dramatique il n'est rien de plus nul. Armide a invoqué la Haine en ces termes :

> Venez, venez, Haine implacable,
> Sortez du gouffre épouvantable
> Où vous faites régner une éternelle horreur !

La Haine répond en effet à ses vœux; elle sort de sa caverne avec toute sa suite, chante avec elle des chœurs magnifiques en très-beaux vers, brise même les armes dont l'Amour se sert; mais comme enfin c'est dans le cœur d'Armide qu'il faut qu'elle entre, elle s'approche d'elle en disant.

> Sors, sors du sein d'Armide, Amour, brise ta chaîne.

Armide alors répond :

> Arrête, arrête, affreuse Haine,
> Laisse-moi sous les lois de ce charmant vainqueur, etc.

Là-dessus la Haine lui fait quelques remontrances, lui annonce même

lant que soit le trope par lequel on les exprime. Je vous en
donnerai, si vous le voulez bien, un exemple remarquable,
entre tous, par la beauté de la fiction et la faute grave où l'auteur s'est trouvé entraîné : c'est dans le *Désespoir* de M. de
Lamartine [1]. Là Dieu est représenté comme ayant créé le
monde dans une heure fatale, et l'ayant dédaigneusement
lancé dans l'espace et livré aux caprices du destin, à la
royauté du malheur. Après cette belle expression, le poëte
continue ainsi :

> Il dit : comme un vautour qui plonge sur sa proie,
> Le malheur, à ces mots, pousse en signe de joie
>   Un long gémissement :
> Et, pressant l'univers dans sa serre cruelle,
> Embrasse pour jamais de sa rage éternelle
>   L'éternel aliment.

A l'exception des deuxième et troisième vers, cette strophe
est magnifique. Pourquoi? Parce que cette personnification
n'est qu'une forme de langage, aussi facile à comprendre,
mais beaucoup plus belle que celle-ci : « Le malheur désole aussitôt l'univers, il l'enveloppe de toutes parts ; il y a
dominé et y dominera toujours. » Les second et troisième
vers, au contraire, sont mauvais, un peu par l'expression,
et surtout parce qu'ils sont absurdes. En effet, ils attribuent
au malheur des actes physiques qui lui sont propres, et qui,
ne pouvant aucunement s'appliquer à nous, sont contradictoires avec l'idée que nous nous en faisons. Le malheur qui
éprouve de la joie, qui en fait le *signe*, qui pousse un *gémis-
sement*, tout cela est une imagination folle et ne pourrait se
concevoir que si le malheur était un être réel, et non pas

---

qu'elle sera regrettée et rappelée quand il ne sera plus temps. Elle n'est
pas moins obligée de plier bagage avec ses suivants, et, par conséquent,
la scène entière est, malgré sa beauté, parfaitement inutile à la pièce.
Elle signifie simplement qu'Armide voudrait haïr Renaud et ne le peut
pas.

1. *Méditations poétiques*, n° 7.

une manière d'être affecté. Supposez qu'au lieu de cette idée abstraite, qui reste abstraite malgré la vivacité de la métaphore, M. de Lamartine eût représenté un démon, Satan ou tout autre, saisissant avec avidité la parole divine, et se chargeant de l'exécuter; voyez comme il deviendrait vraisemblable de lui faire pousser en signe de joie un long ou un sourd rugissement.

Cette fiction a été justement faite en diverses circonstances, et toujours d'une manière fort naturelle quand il s'est agi, non pas d'êtres de raison, mais de ceux à qui nous accordons une personnalité effective. Ainsi M. Hugo, dans sa ballade des *Deux archers*[1], montre Satan, et le fait rire des impiétés qui lui livrent les pécheurs.

> Dès qu'au sol attachée elle (la flamme) rampa livide,
> De longs rires soudain éclatant dans le vide
> Glacèrent le berger d'un grand effroi saisi.

Et dans un roman singulier[2], que je lisais dernièrement, une femme, poussée au mal par le démon, avec qui elle s'est liée dès longtemps, revient au moment de mourir à de meilleurs sentiments : elle demande pardon à ce Dieu que le tentateur lui dit de renier.

> « Va donc finir ta prière au fond des eaux, » dit le démon en rugissant, et il la précipita dans le torrent; mais il essaya vainement de pousser l'affreux éclat de rire qui signalait chacun de ses triomphes, car la miséricorde du ciel était plus puissante que lui, et l'âme de Néra venait de lui échapper.

Ici, certainement, tout est net et naturel, parce que c'est à un être vivant que nous avons affaire. Le seul moyen d'écarter la froideur et la sécheresse du merveilleux allégorique, c'est donc de réaliser, en quelque façon, les agents qu'il emploie, comme a fait Boileau de la Discorde dans le *Lu-*

1. *Odes et ballades*, nº 8, st. 10.
2. *Le Damné*, 2 vol. in-12. 1824.

trin, et Voltaire, du Fanatisme et de la Politique dans la
Henriade. Mais alors ce n'est plus ce qu'on nomme le *merveilleux allégorique;* c'est le vrai merveilleux. Ce sont de véritables démons, c'est-à-dire des esprits réels, existant en soi,
avec leurs passions propres, et agissant en vertu de leur
volonté, bien loin de représenter seulement les divers mouvements de la nôtre. Cette observation réduit à sa vraie valeur la distinction faite entre les deux merveilleux, dont l'un
est absolument bon et l'autre absolument mauvais. Elle
montre surtout que ce qu'on blâme avec raison, sous le nom
de *merveilleux allégorique*, ce n'est pas que ses agents puissent se prêter à l'allégorie; c'est qu'ils ne soient que cela, et
n'existent absolument pas hors de la métaphore.

— L'observation est bonne, en effet, dit Rithé. Je crois
que tu as marqué la vraie différence entre les deux systèmes,
dont le dernier ne vaut rien, précisément parce qu'il est
impossible d'y rien voir de plus qu'un tour poétique. »

Tous approuvèrent le sentiment de Rithé, et Marnard
continua : « Il n'y a donc de merveilleux épique que celui
qui nous présente des êtres surhumains existant en eux-
mêmes, agissant en conséquence de leurs volontés propres.
Mais alors le merveilleux est au fond le même chez tous les
peuples du monde. Ce sont toujours et nécessairement des
esprits supérieurs à l'homme, inférieurs à la Divinité suprême et animés pour ou contre nous de dispositions bonnes
ou mauvaises. Sans doute, comme personnages, ils peuvent
différer les uns des autres : l'Hercule gaulois n'aura pas les
mêmes attributs que l'Hercule grec; la Freya celtique ou
scandinave ne ressemblera pas absolument à la Vénus des
Romains, et le Pluton mythologique n'est pas non plus tout
à fait le Mammone de la Bible et de l'Évangile; mais, au
fond, et sauf la diversité des attributs, ce sont toujours des
esprits bons ou mauvais, c'est-à-dire des anges ou des démons. En d'autres termes, le choix qui t'embarrasse, à ce

que tu nous dis, ne peut s'exercer que sur la forme de tes personnages et sur leurs noms, et point du tout sur leur nature.

— Je te remercie de ces premières ouvertures, dit Rithé. Je n'avais pas fait cette observation, et je conçois qu'en effet, si elle ne rend pas le sujet plus facile à traiter, elle peut au moins abréger pour moi la délibération sur le genre que je devrai adopter définitivement.

— En effet, continua Marnard, dès que les divers merveilleux poétiques ne diffèrent que par la forme, il s'ensuit que, considérés en eux-mêmes, ils se valent à bien peu près l'un l'autre, et que, au point de vue théorique, on pourrait sans danger tirer à la plus belle lettre celui qu'on emploiera. Mais, dans la pratique, il n'en va pas ainsi : autre chose est nous offrir des êtres inconnus, qu'on est obligé de nous définir à tout instant, à l'existence desquels nous ne croyons d'ailleurs aucunement ou que nous savons n'être que des conceptions poétiques; autre chose nous nommer des agents parfaitement connus, que dès notre enfance nous regardons comme réels, et auxquels nous attribuons plus ou moins, sans y penser, ce qui nous arrive d'heureux ou de malheureux. C'est cette considération qui me faisait dire tout à l'heure d'une manière si absolue qu'il n'y a qu'un merveilleux admissible, pour nous bien entendu, savoir, le merveilleux chrétien.

— Tes raisons sont bonnes, reprit Rithé, mais tu oublies qu'à l'époque dont il s'agit, les croyances chrétiennes étaient presque anéanties.

— Elles l'étaient si peu que c'est alors qu'eut lieu le massacre des prêtres et que commença ce système de gouvernement appelé *la Terreur*, parce que l'on ne croyait pas qu'il y eût d'autres moyens de venir à bout du peuple français; elles l'étaient si peu, que l'un des premiers actes du gouvernement réparateur de Bonaparte, ce fut de relever

14

les autels; et cet acte, que quelques hommes aveugles lui
ont reproché, fut justement un de ceux qui lui attirèrent
le plus les cœurs et lui assurèrent l'adhésion des Français.
Mais, d'ailleurs, la question n'est pas là. Pour qui écris-tu?
est-ce pour les hommes de 93, ou pour les contemporains
et la postérité?

— Pour la postérité, sans contredit.

— En ce cas, parle-lui le langage qu'elle peut comprendre. La reproduction d'un merveilleux qui n'existe plus
pour nous ne peut jamais donner à un poëme qu'un mérite
d'érudition qui n'est pas, sans doute, celui que tu cherches.
Parny, par exemple, a pu et dû dire dans un poëme scandinave[1] en parlant du guerrier qui fuit ou meurt lâchement
dans le combat :

> Pour lui d'Odin le palais est fermé,
> Du Valhalla les charmantes déesses
> Ne versent point au lâche l'hydromel.
> Quels droits a-t-il au banquet solennel?
> Du froid Niflheim les ténèbres épaisses
> Engloutiront l'esclave de la peur,
> Qui recula dans le champ de l'honneur.

Mais, à moins qu'on ne s'adresse à des gens qui ont
appris, par quelque moyen que ce soit, la mythologie des
Scaldes, sauront-ils seulement ce que c'est que le *Niflheim*,
le *palais d'Odin*, le *Valhalla*, les *déesses qui versent l'hydro-
mel?* Vous parlez donc à vos lecteurs un idiome inconnu,
c'est-à-dire que, pour satisfaire à un principe abstrait con-
testable, vous risquez d'ennuyer votre monde. Cette observation montre comment doit être entendu ce mot de Marmontel[2], « qu'autant il serait ridicule d'employer le merveilleux
de la mythologie ou de la magie dans une action étrangère
aux lieux et aux temps où l'on croyait à l'une et à l'autre,

1. *Isnel et Aslega*, chant I, v. 74.
2. *Encycl. méthod.* (gr. et littér.), mot *Merveilleux*, t. II, p. 519, col. 2.

autant il est raisonnable et permis de les employer dans les
sujets auxquels l'opinion du temps et du pays les rend
comme adhérents. » Sans doute cela est permis et même raisonnable. Mais comme cette convenance ne fera pas que la
masse des lecteurs s'intéresse à des fictions dont elle n'admet
ni ne comprend les termes, ce qu'on pourra faire de mieux,
ce sera certainement de ne pas chercher là son sujet. Si le
Télémaque n'était pas, depuis près de deux siècles, un ouvrage
recommandé par le nom de son auteur et lu dans l'enfance ou la première adolescence, au moment où nous étu-
dions la mythologie ; si, en un mot, ce roman poétique se
produisait de nos jours, qui voudrait donner seulement une
heure aux amours de Calypso, aux mouvements des dieux
de l'Olympe et à la transfiguration de Minerve en cet éternel
Mentor ?

— Je suis, comme toi, frappé de ces inconvénients ; mais,
d'un autre côté, comment placer convenablement les personnages de notre religion ? C'est Boileau qui a dit[1] :

> Peut-on faire agir Dieu, ses saints et ses prophètes
> Comme ces dieux éclos du cerveau des poëtes ?

et encore :

> De la foi d'un chrétien les mystères terribles
> D'ornements égayés ne sont pas susceptibles ;

ou bien :

> Et quel objet enfin à présenter aux yeux
> Que le diable toujours hurlant contre le cieux ?

Tout cela n'est-il pas vrai de notre temps, comme dans le
xviiᵉ siècle ?

— Vrai dans l'une comme dans l'autre époque ; oui sans
doute, en ce sens que cela n'est pas plus vrai pour la première que pour la seconde. Boileau s'est trompé, ou plutôt

---

1. *Art poét.*, chant III. v. 195. 199 et 205.

il n'a jugé la question que d'après les formes italiennes de
l'Arioste et du Tasse, qu'il trouvait trop mondaines. S'il
avait connu le poëme de Milton, il y aurait certainement
apprécié une sévérité de croyance qui l'eût jeté bien loin de
ces *ornements égayés* blâmés avec raison. Je vous citerai ici
un passage du roman poétique d'*Yseult de Dôle*, où Satan
consent à livrer à un guerrier amoureux celle qu'il aime,
à la condition qu'il lui donnera son âme et tout ce qu'il
possède ; et comme Philibert recule devant ce marché, et,
malgré ses fautes passées, espère qu'à l'instant de la mort
ses pieuses largesses effaceront ses crimes, l'ennemi du
genre humain lui répond :

N'écoute pas, Philibert, l'espoir qui t'amuse : il t'amusera jusqu'à
la fin, et tu mourras dans ton péché. Oui, tu mourras fidèle à ton
péché. On ne hait pas en un instant ce qu'on aima toute la vie, et le
cœur, pour briser sa chaîne, a besoin d'un long effort. Tu feindras de
pleurer à ton heure suprême, tu légueras tes biens à des moines ; mais
Dieu rejettera tes dons tardifs et tes larmes infructueuses. Je reviendrai alors, je reviendrai terrible, non point caresser ta luxure, mais
bourreler, mais déchirer ton âme. Je pèserai sur ton chevet, comme
une masse de plomb, j'assiégerai ta couche funèbre ; je te rendrai
stériles les soins de la pitié et les secours de la religion même. Tu
viendras servir aux enfers ; tu gémiras aux lieux où ma faveur eût
adouci tes peines. Philibert eût partagé ma gloire, il ne partagera que
mes tourments [1].

Qu'en pensez-vous, mes amis ? Est-ce là *hurler contre les
cieux ?* Et le caractère de Satan ne se montre-t-il pas ici dans
toute sa vérité, et dans sa vérité la plus triste, puisque,
après avoir fait agir sur nous l'attrait du plaisir, il a recours
même au désespoir.

— Il est vrai que si de telles pensées étaient exprimées
en beaux vers, il n'y aurait rien là qui ne fût tout à fait
digne de la majesté épique ; mais un tel merveilleux est
bien difficile à mettre en œuvre.

1. *Yseult de Dôle*, t. II, p. 75.

— Dans les arts, l'exécution est toujours ce qu'il y a de malaisé : vous pouvez bien, sans être architecte, vous figurer un édifice plus beau qu'aucun de ceux qu'on a construits jusqu'ici ; passez à l'exécution, c'est-à-dire mettez-le sur le papier, et vous serez souvent surpris de la pauvreté de vos inventions. De même, nous imaginons volontiers ce que doit être le démon ; mais, pour rendre notre pensée de telle sorte qu'elle s'empare de l'esprit de nos lecteurs, c'est fort difficile.

— Il y a, de plus, une difficulté presque insurmontable, à mon avis, et dans nos idées modernes, à faire agir, de quelque façon que ce soit, l'Être suprême, que nous savons infiniment sage et tout-puissant. Boileau se moque très-justement de cette peinture inadmissible du démon,

Qui souvent avec Dieu balance la victoire [1].

— L'objection est plus spécieuse que réelle. Chez les bons poëtes, Dieu n'est jamais immédiatement en scène : il charge les anges d'exécuter ses ordres ; les démons les combattent quelquefois, directement ou par leur influence sur nous ; mais c'est là tout, et la révolte des mauvais esprits contre Dieu, révolte placée par le dogme chrétien avant les temps et le monde connu, ne se renouvelle ni matériellement ni formellement. Il importe d'autant plus de reporter Dieu sur le plan le plus éloigné, que lui-même nous a laissé notre liberté, comme il avait laissé au démon celle de le haïr et de se soulever contre lui ; son infinie sagesse et sa prescience ne nous empêchent pas de nous croire et d'être libres ; le combat des bons et des mauvais anges ne dit rien de plus, et n'affaiblit ni la justice de Dieu ni sa puissance. Dans le roman dont je vous parlais tout à l'heure, Raoul de Landon a été, au moment de la mort, créé roi de magie par Satan, et couvert des armes de Saül, armes imbrisables.

1. *Art poét.*, chant III, v. 208.

Roland, protégé par la sainte Vierge, va l'attaquer dans son château de Parthey, où il était occupé à tourmenter un chevalier qui, par son repentir sincère, avait échappé à l'enfer.

Le barbare, indigné qu'on trouble ses mystères, élève son pavois immense et menace le serviteur de Marie. « Qui t'amène en ces lieux, lui dit-il d'une voix lugubre? Ce n'est point ici ton paisible château d'Aglante ou de Blaie. Parthey n'est plus le séjour des jeux et des plaisirs. On n'y trouve qu'un trépas sanglant. — Celui qui m'amène, répondit le pieux guerrier, se rit de tes menaces. Vil esclave du démon, tes jours et tes fureurs sont à leur terme. Ne sens-tu pas que Dieu te poursuit. Ce Dieu que tu bravais te livre en mes mains, et je viens accomplir l'arrêt de sa justice. » Il dit, et, plus prompt que l'éclair, il appesantit son épée sur l'impie.

Alors commence entre eux un combat qui se termine par l'anéantissement de Raoul, mais après des incidents variés, et bien que la victoire eût été promise à Roland par un ermite. Quoi donc! s'imagine-t-on jamais que la parole divine s'exécute sans que les anges ou les hommes se prêtent à l'accomplir; et dès qu'il y a une action humaine, n'y a-t-il pas des hasards pour ou contre ceux que nous aimons? En un mot, *aide-toi, le Ciel t'aidera* est non-seulement la source de tout intérêt dans une narration; c'est aussi la condition absolue de la société humaine, comme c'est le dogme pratique du christianisme.

— A la bonne heure; et je conçois qu'avec un peu d'adresse on écarte la contradiction flagrante d'un Dieu tout-puissant auquel tout résiste, dont quelquefois même on déjoue les volontés. Mais il reste deux objections graves, dont l'une a été formellement énoncée par Marmontel [2]. « Nos anges et nos saints, exempts de passions, seront des personnages froids, si on les peint dans leur état de calme et de béatitude, ou indécemment dénaturés, si on leur donne les mouvements tumultueux du cœur humain. »

1. *Yseuit de Dôle*, t. II, p. 112.
2. *Encycl. méthod.* (gr. et litt.), mot *Merveilleux*, t. II, p. 520, col. 1.

— La remarque est ingénieuse et l'expression est agréable. Mais je crains bien qu'il n'y ait au fond de tout ce raisonnement qu'un abus de mots. Marmontel prend le mot *passion* dans le sens de *mouvement tumultueux*, comme il l'explique lui-même ; or, les passions en général sont toute autre chose : C'est le désir ardent d'atteindre un but ou de fuir un malheur. Une passion peut être durable et n'avoir rien de subit ou de heurté. Les anges et les saints ont la passion du service de Dieu ; les démons et les damnés éprouvent la passion contraire. Ce n'est pas chez eux, assurément, un état transitoire ; mais en quoi cela peut-il diminuer l'intérêt qu'on leur porte ou refroidir la narration ? La religion nous montre et la peinture a souvent représenté notre ange ou notre patron nous conduisant à la vertu ; quelquefois aussi on a, par une fiction aussi élevée que gracieuse, représenté le bon et le mauvais ange donnant des conseils opposés au même homme ; et quand le dernier l'emportait, surtout à l'article de la mort, le bon ange se voilait la face et fuyait tout en pleurs dans le sein de la Divinité. Dites-moi s'il n'y a rien de plus touchant que cette sorte de combat moral, et si l'amour que nous supposons à nos patrons pour nous-mêmes et la sensibilité que nous leur prêtons a rien d'*indécent* ou qui les *dénature*, comme le dit Marmontel.

— Non, assurément, répondit-on.

— Maintenant, reprit Rithé, reste la seconde partie de l'objection. Marmontel assure que nos démons, susceptibles de passions, sont plus favorables à la poésie que les anges ou les saints ; mais il observe avec raison qu'ils n'ont aucun mélange de bonté ni de vertu ; qu'ainsi le vice et le crime sont les seules couleurs dont on puisse les peindre ; et il croit trouver dans cette unité de leur caractère la véritable raison de leur infériorité, si on les compare aux personnages de la mythologie grecque [1].

1. *Encycl. méthod.* (gr. et litt.), mot *Merveilleux*, t. II, p. 520, col. 1.

— Avec tout le respect que je dois à Marmontel et que je n'ai cessé de lui témoigner, répondit Marnard, je ne puis m'empêcher de dire qu'il a, sur tous les points, rencontré et embrassé l'erreur. Il n'y a pas une seule de ces assertions qui puisse se tenir debout devant un examen philosophique. Les démons ne sont pas plus susceptibles de passion que nos anges ou nos saints : ils ont les mauvaises comme ceux-ci ont les bonnes, mais les uns et les autres d'une manière solide, certaine, inaltérable.

Cette invariabilité, loin d'être une cause d'infériorité dans la poésie, est, au contraire, une ressource immense pour le poëte, puisqu'il peut représenter des êtres vraiment différents, savoir, d'une part les hommes dont le caractère est nécessairement multiple, soumis à toutes les impressions, partant variable; et les êtres surnaturels dont le caractère et la volonté sont fixes et toujours dirigés vers le même objet. Quels reproches fondés Lamotte n'a-t-il pas faits aux dieux d'Homère[1]? Marmontel avoue lui-même que ces dieux ne sont que des hommes plus grands et plus forts que nature, soit au physique, soit au moral. Quoi donc! n'est-ce pas un avantage considérable de pouvoir nous offrir des êtres célestes ou infernaux avec une nature qui leur soit propre? Je me rappelle ces courtes lignes où Milton peint un des démons qui prennent la parole dans le conseil de Satan[2] :

Moloch se lève le sceptre en main : Moloch, le plus violent et le plus furieux des esprits qui combattirent dans les plaines de l'Empyrée. Le désespoir augmentait encore sa fierté naturelle. Il avait l'audace de se soutenir égal au Tout-Puissant, et plutôt que de fléchir, il aimait mieux cesser d'être.

Trouverez-vous dans toute l'antiquité classique un seul

1. *Discours sur Homère*, t. II, p. 22 et suiv.
2. *Paradise lost*, book II, v. 43 et suiv.

trait comparable à celui-là? Il y en a d'autres, je le sais,
mais ils ne sont pas de ce genre; et n'est-ce pas un avantage
réel de pouvoir peindre de telles natures ?

La dernière réflexion de Marmontel sur le vice et le crime
essentiels aux démons, sur la bonté et la vertu essentielles
aux saints aurait dû lui en faire faire une autre bien plus
importante et qui lui a totalement échappé : c'est que ces
êtres sont essentiellement moraux ou immoraux ; ils représentent toujours pour nous, les uns le bien, les autres le
mal. Les dieux anciens n'avaient en ce sens aucun caractère : bons ou mauvais, selon l'occasion, ils étaient également invoqués pour tout objet; et de là, malgré la variété
que loue Marmontel, une grande froideur dans le rôle qui
leur est attribué. Que Junon poursuive les Troyens et
qu'Apollon les soutienne, ou que ce soit tout le contraire,
personne n'y fera de différence, et chacun dira : « Cela m'est
bien égal.» Pour nous, au contraire, que les progrès de l'esprit humain attachent presque exclusivement à ce qui est
bien, nous chez qui les facultés aimantes ont été si développées par le christianisme et la famille qu'il a constituée,
on peut le dire[1], nous ne saurions ni respecter ni admettre
des génies indifférents : il nous faut avant tout des personnages qui sentent et qui aiment quelque chose. Ce n'est qu'à
cette condition qu'ils peuvent remuer nos âmes. Cela est si
vrai que Voltaire, même dans sa *Pucelle*[2], ne peut faire
autrement que de donner ce caractère moral à saint Denis
ou à saint Georges. Il les ridiculise sans doute par les expressions qu'il leur prête ; mais si la forme de la pensée est
comique, le fond en est sérieux et touchant, et il n'y a personne qui ne fût sensible aux raisons que voici, si l'expression en était noblement épique :

1. Ci-dessus, p. 41 et suiv.
2. Chant I.

J'aime la France et l'ai catéchisée,
Et ma bonne âme est très-scandalisée
De voir Charlot, mon filleul tant aimé,
Dont le pays en cendre est consumé,
Et qui s'amuse, au lieu de le défendre,
A deux tétons qu'il ne cesse de prendre.
J'ai résolu d'assister aujourd'hui
Les bons Français qui combattent pour lui.
Je veux finir leur peine et leur misère....
Vous si d'en haut vous désirez les biens,
Si vos cœurs sont et français et chrétiens,
Si vous aimez le roi, l'État, l'Église,
Assistez-moi dans ma sainte entreprise.

Supposez ces pensées mises en style sérieux, vous ne trouverez rien qui en approche dans la poésie grecque ou romaine : cet amour désintéressé pour la France, et pour le roi en qui elle se personnifie ; cet appel aux bons sentiments des sujets de Charles, à leur dévouement pour lui, pour l'État, pour l'Église, sont toutes choses nouvelles et qui se résument dans ce caractère uniquement bon ou mauvais, uniquement moral ou immoral donné par notre religion aux anges et aux démons.

— Cette observation, dit Rithé, me semble vraie et importante : je ne l'avais pas faite jusqu'ici, et je la crois digne de la plus grande attention. Toutefois ne doit-il pas résulter une grande monotonie de ce caractère invariable.

— Mais non pas du tout : les saints comme les démons ont, outre la vertu ou le vice, qui leur appartiennent en général, chacun leur caractère particulier. Le saint Georges de Voltaire est tout différent de son saint Denis : il le serait tout autant quand la peinture en serait sérieuse. De même dans Milton, Moloch, Bélial, Belzébuth, Mammone ont chacun leur manière d'être qui ne les laisse pas plus confondre que Pallas avec Junon, ou Apollon avec Neptune. Il y a plus, on pourrait trouver dans nos livres saints, dans nos ouvrages théologiques, dans ceux qui traitent de la démo-

nomanie [1], des détails aussi neufs qu'intéressants, et qui jet-
teraient un attrait tout nouveau sur l'action de ces personnages. Ne serait-ce pas, par exemple, des définitions de la
plus grande poésie que celles-ci :

> Le prince des ténèbres, que les livres saints assimilent à un dra-
> gon qui aurait sept têtes et dix cornes [2] ; les hommes l'appellent quel-
> quefois *Lucifer;* mais son vrai nom est *Satan :* c'est sous cette appel-
> lation qu'il a été maudit de Dieu. Belzébuth, son principal lieutenant,
> qui gouverna l'empire infernal pendant les mille ans que Satan,
> enfoui dans les puits de l'abîme [3], ne put, malgré les efforts de l'enfer,
> soulever la pierre que retenait le sceau du Seigneur. Abaddon ou
> l'exterminateur, celui que l'*Apocalypse* [4] représente comme le roi des
> sauterelles, qui sème la guerre parmi les hommes et les pousse aux
> conspirations et aux révoltes?

et ainsi de suite.

— Je vois bien qu'il y a, pour qui voudra creuser cette
mine, plus de variété et de richesses véritables que je ne
l'aurais cru d'abord. Mais la grande difficulté reste toujours : c'est celle de mettre en œuvre ces matériaux précieux.
« Voyez, dit avec raison Marmontel [5], combien est absurde
et puéril, dans le poëme de Milton, le péril où il met les
anges et leur combat contre les démons ! »

— Cela n'est pas plus ridicule aux yeux de la raison, que
le combat des dieux commandé par Jupiter lui-même au
vingtième livre de l'*Iliade* [6], et représenté dans une suite de
cinq cents vers. Cela l'est moins que les dieux ou les déesses
blessés par des hommes et obligés de fuir devant eux [7]. La-

---

1. Voyez surtout le *Dictionnaire infernal* de Collin de Plancy. 4 vol.
in-8 et atlas. Paris, 1825.

2. Saint Jean, *Apocalypse*, ch. 12, ⋎. 3, 9.

3. Saint Jean, *Apocalypse*, ch. 20, ⋎. 2, 3.

4. Ch. 9, ⋎. 11.

5. *Encycl. méthod.* (gr. et litt.), mot *Merveilleux*, t. II, p. 530, col. 1.

6. V. 22 à 25. « Tranquille au sommet de l'Olympe, je jouirai du spectacle de leurs combats. Vous autres, descendez sur ce funeste théâtre, pro-
tégez à votre gré ou les Troyens ou les Grecs. » (Traduction de Lebrun.)

7. *Ilias*, V, v. 131, 336 et suiv., et 857 à 859.

motte, en un mot, a bien plus raison contre Homère, que
Marmontel contre Milton. Mais, dans tous les cas, la difficulté dont il s'agit ici n'est pas particulière au merveilleux
chrétien ; elle est générale, toutes les fois qu'il faut faire agir
selon ou contre les intérêts des humains, des êtres qui ne sont
pas tout à fait des hommes. Sans doute alors il faut une certaine adresse pour les mettre en scène et les maintenir dans
leur caractère sans contradiction ; mais c'est là l'œuvre du
poëte, et la preuve qu'on en peut venir à bout, c'est que
plusieurs l'ont fait d'une façon entièrement irréprochable.
Je vous citerai dans ce genre la belle allégorie de la Mort
personnifiée par M. de Chateaubriand [1] :

> Un fantôme s'élance sur le seuil des portes inexorables : c'est la
> Mort.... Sa tête est ornée d'une couronne changeante dont elle dé-
> robe les joyaux aux peuples et aux rois de la terre. Quelquefois elle se
> pare des lambeaux de la pourpre et de la bure dont elle a dépouillé
> le riche et l'indigent.... On la croirait sourde, et toutefois elle entend
> le plus petit bruit qui décèle la vie ; elle paraît aveugle, et pourtant
> elle découvre le moindre insecte rampant sous l'herbe. D'une main
> elle tient une faux comme un moissonneur ; de l'autre elle cache la
> seule blessure qu'elle ait jamais reçue, et que le Christ vainqueur lui
> porta dans le sein, au sommet du Golgotha.

Remarquez bien qu'ici la Mort n'est pas seulement personnifiée par une forte métaphore : non, c'est un être réel,
une sorte de génie, instrument des volontés de Dieu ; et c'est
justement ce qui donne à ce morceau une couleur si poétique et une moralité si haute. A la fin du roman du *Moine*, de
Lewis [2], lorsque le démon a tiré Ambrosio de sa prison, au

---

1. *Les Martyrs*, liv. VI.
2. Le roman du *Moine* a été durement et injustement traité par Chénier
dans son *Tableau de la littérature française* (ch. 6 à la fin) : « Ici, dit-il,
c'est le diable qui, déguisé en jolie femme, séduit, damne et mène en enfer
un prédicateur célèbre. On est surpris qu'une fable digne des couvents du
xve siècle puisse aujourd'hui réussir à Londres. Ce n'est pas que dans l'exécution du livre on ne remarque de la vigueur et du talent ; mais quand le
fond est absurde, le talent n'est pas employé, il est perdu. » — Ce que

prix de son âme qu'il a livrée, et de ce qu'il a renié Dieu et
son fils, il le transporte au milieu de rochers escarpés, où il
lui annonce qu'il va périr. Ambrosio désespéré s'écrie :

« Je ne quitterai pas vivant ces montagnes : perfide, que voulez-
vous dire? Avez-vous oublié notre marché? » L'esprit du mal répondit par un sourire de dédain : « Notre marché! N'ai-je pas rempli
mon engagement? T'ai-je promis autre chose que de te sauver de ta
prison? Ne l'ai-je pas fait? N'es-tu pas en sûreté contre l'inquisition?
en sûreté contre tout le monde, excepté moi? Insensé que tu étais de
te fier au démon. Pourquoi n'avoir pas stipulé pour avoir la vie, le
pouvoir et le plaisir? Je te les aurais accordés alors. A présent tes
réflexions viennent trop tard : tu n'as pas longtemps à vivre. »

N'est-ce pas là, dites-moi, mes amis, un caractère bien
tracé, et un discours tout à fait convenable au personnage?
Ne doutez donc pas qu'on ne puisse très-bien faire agir les
démons dans un poëme, en conservant à chacun ses attributs distinctifs; qu'on ne puisse surtout leur prêter des
actes et des paroles tout à fait conformes à l'idée que la religion nous en donne, et que l'intelligence peut s'en faire;
et soyez bien certains que ce seront ces actes et ces paroles
qui seront à la fois les plus touchants et les plus épiques.

— Je le vois bien; mais que penses-tu du dessein d'unir
plusieurs systèmes de merveilleux, et de profiter, pour varier un peu la composition, des fictions indiennes ou arabes
aussi bien que des fables grecques.

—Je ne voudrais pas blâmer ce projet d'une manière absolue; quelquefois, en effet, et selon les temps, cette combi-

Chénier appelle ici un *fond absurde*, c'est tout simplement une série d'i-
dées qu'il ne partage pas : il ne pense pas que ces mêmes idées se lient
et se suivent bien chez ceux qui les admettent; qu'ils regardent alors
comme très-justes et parfaitement enchaînés, les incidents et le dénoûment
du *Moine*, qu'ils y reconnaissent d'ailleurs une très-haute moralité, et regardent en pitié aussi bien les critiques de l'académicien français que les
opinions métaphysiques sur lesquelles il les fonde. Chénier a trop souvent
oublié que sa manière de sentir et de juger ne faisait pas loi pour tout le
monde.

naison peut faire un fort bon effet. Ainsi Milton[1], s'adressant
à un siècle où les questions religieuses occupaient tous les esprits et soulevaient un peuple entier contre son roi, a pu
mettre au nombre de ses démons les dieux de l'Égypte, Osiris,
Isis, Horus et toute leur suite aussi bien que ceux de l'Ionie, à
qui, dit-il, la postérité de Javan décerna des autels, c'est-à-
dire Titan, Saturne, Jupiter et son interminable famille[2]. Mais
l'entreprise n'est pas sans danger. L'opposition des deux
systèmes, quand le sujet ne les exige pas absolument, est
une des causes qui détruisent le plus l'intérêt. On sait combien Camoëns a été à ce propos même justement blâmé par
les critiques. Il y a une trentaine d'années, un M. de Santeul
a fait, à l'occasion du sacre de Charles X, un poëme épique
sur saint Louis[3], où il est tombé dans le même défaut. Se
fondant sur ce verset de David : *Omnes dii gentium dæmonia*,
il a mis dans l'enfer tous les dieux du paganisme. Le diable
Neptune, le diable Jupiter, la diablesse Vénus y sont alors
aux ordres du diable Satan. C'est une des imaginations les
plus ridicules et les plus froides qu'on ait jamais eues, d'autant plus que rien ne la motive, et que l'auteur paraît en
cela avoir uniquement cédé au désir de faire parade d'une
érudition de collége. En somme, je crois qu'on fera mieux
de n'employer que nos anges ou nos démons avec leurs in-
termédiaires naturels, les enchanteurs, les sorciers et les
fées, si l'on veut. Quant aux dieux des nations, quant
aux génies de l'Orient, quant aux esprits élémentaires,
gnomes, ondins, sylphes et salamandres, comme ils ne répondent aucunement à nos croyances, qu'ils ne peuvent
offrir qu'un intérêt extrêmement restreint, c'est dans des
sujets particuliers, destinés à amuser l'esprit plutôt qu'à
toucher le cœur, qu'ils peuvent être placés convenable-

1. *Paradise lost*, book I, v. 478.
2. *Ibid.*, v. 508.
3. *Saint Louis*, poëme en douze chants. Reims, 1825, in-8.

ment. On en a un exemple dans la *Boucle de cheveux enlevée*, de Pope[1].

> D'esprits aériens un fidèle cortége
> Aux spectacles, aux bals t'entoure et te protége.
>
> . . . .
>
> Apprends que ces esprits furent jadis des femmes :
> La mort d'un corps plus pur a revêtu leurs âmes.
> Quand vous perdez le jour, vos goûts ne meurent pas.
> La joueuse aime l'hombre au delà du trépas.
> La duchesse n'a plus ni carrosse ni pages,
> Mais elle suit des yeux de brillants équipages.
> L'altière en salamandre est métamorphosée,
> Et monte avec le feu vers la sphère embrasée.
> Celle dont la douceur fit des amants heureux
> Se glisse dans les flots, et s'écoule avec eux.
> La prude est transformée en maligne gnomide.
> La coquette, changée en légère sylphide,
> Voltige dans les airs sans se fixer jamais.

Tout cela est ingénieux et agréable; mais ne dit rien au cœur, et ne peut paraître dans un poëme sérieux.

— Je le crois volontiers et passe condamnation pour les esprits élémentaires, les fées et les génies de l'Orient. Les dieux du paganisme ne sont-ils pas un peu plus sérieux? ne peuvent-ils pas surtout, eu égard à cette rage d'imitation des Grecs et des Romains qui s'était emparée de nous en 1789, exercer avec quelque vraisemblance une influence funeste sur nos affaires? et si, comme j'en ai la conviction, cette manie a contribué à l'abaissement de la France; si ces fêtes païennes de l'industrie et de l'agriculture, si ces cérémonies scandaleuses de la déesse Raison, si les fêtes de l'Adolescence et de la Vieillesse, si ces mariages prétendus renouvelés des Samnites, et mille autres vieilleries plus ignobles les unes que les autres ont contribué à démoraliser le peuple français et à le faire mépriser du reste de l'Europe:

1. Traduction de Marmontel, chant I.

est-il bien certain que les démons de l'ambition, de la luxure, du carnage, honorés autrefois sous les noms de Jupiter, de Vénus, de Bellone ou de Mars, ne pourraient jouer aucun rôle dans le drame sanglant et stérile de notre révolution?

— Je n'oserais pas l'assurer, répondit Marnard; je me borne à dire que la mise en œuvre en sera fort difficile. Je vois bien qu'au fond ce n'est qu'un nom à donner aux mauvais anges que tu ferais agir. Prends garde que ce nom lui-même ne détruise le sérieux de ton poëme. Jupiter et Junon ne sont pas du tout des démons pour nous, pas plus que pour les peuples qui les adoraient : c'étaient des divinités dont on se faisait une idée très-fausse et très-blâmable; mais jamais on n'a supposé qu'elles fissent le mal pour le mal, comme le font nécessairement les démons, comme tu le leur ferais faire assurément dans le rôle que tu leur destines. J'avoue que, dans ce cas, j'aimerais encore mieux voir Satan, ou un des esprits de ténèbres, qu'un des dieux de la mythologie chercher son triomphe dans l'entraînement et la chute du pécheur. Je ne puis me figurer Jupiter ou Saturne s'efforçant d'ôter aux chrétiens une croyance qu'ils n'ont jamais connue, et de les faire tomber dans un gouffre dont ils ne peuvent pas avoir la moindre idée.

— Eh bien, je me le tiendrai pour dit. Je vois en effet mille difficultés à cette combinaison. Je les éviterai en me bornant au seul merveilleux chrétien. Je te remercie d'ailleurs de m'avoir exposé tes idées sur ce sujet que tu parais avoir étudié en détail. Je n'ose pas dire que la mise en œuvre en deviendra jamais bien facile; au moins je ne balancerai pas sur le choix à faire entre plusieurs partis, et c'est certainement un avantage considérable pour lequel je te dois beaucoup. »

DELAVIGNE ET SCHLEGEL.

DIALOGUES DES MORTS[1].

I. — LES CONDITIONS GÉNÉRALES DE L'ART ET DE LA CRITIQUE
DRAMATIQUE.

SCHLEGEL. N'est-ce pas Casimir Delavigne[2] que je rencontre
à mon arrivée en ces bas lieux ?

DELAVIGNE. Vous ne vous trompez pas. Pour moi, j'ai
peine à me remettre votre nom. Votre visage ne m'est pas
inconnu ; je ne saurais dire toutefois où je vous ai rencontré.

SCHL. C'est dans une des séances générales de l'Institut de
France que j'ai eu le plaisir de vous voir ; j'aurais bien désiré

1. Ces trois entretiens mis sous leur forme définitive depuis la mort
de Schlegel, en 1845, représentent les idées que j'avais dès mes premiers
pas hors du collége. J'ai toujours eu une extrème antipathie pour les
doctrines nuageuses qui nous sont venues d'outre-Rhin, auxquelles Mme de
Staël a la première frayé la route ; j'ai surtout été indigné du ton de mépris
que ces prétendus docteurs prenaient avec nos grands hommes, et de l'empressement de notre jeunesse à se prosterner devant des idoles. On trouvera
peut-être dans la vivacité de ton des dialogues des traces trop visibles de
cette indignation contre la mauvaise littérature. Comme, après tout, les
personnes n'existent plus, je ne saurais beaucoup regretter cette position.
Du reste la critique de l'ouvrage de Schlegel, quelle que soit l'apparence,
n'est pas ici mon objet principal ; je veux avant tout ramener ce que je regarde comme la vraie théorie de l'art du théâtre. Le *Cours de littérature
dramatique* n'est pour moi qu'une occasion d'établir ces vérités, et un
moyen de mettre quelque mouvement dans un travail tout didactique.

2. Né au Havre en 1793, mort à Lyon en 1843.

15

appartenir à ce docte corps, en qualité d'associé étranger, et pouvoir vous donner le titre de *cher confrère* [1]. Une certaine comparaison entre la *Phèdre* de Racine et l'*Hippolyte* d'Euripide, qui datait pourtant de 1807 [2], et des jugements trop indépendants sur le théâtre français [3], ont nui, je le suppose, à ma candidature. L'Académie des inscriptions et belles-lettres, sollicitée plusieurs fois, n'a jamais voulu m'admettre dans son sein.

DELAV. Je vous reconnais bien maintenant ; vous êtes Guillaume de Schlegel [4] ; et je ne suis pas étonné que vous ayez encore sur le cœur le refus obstiné de l'Académie. Toutefois, n'est-ce pas le cas de vous rappeler le mot de Louis XV, lorsqu'il parcourut le discours de Lefranc de Pompignan, si mal reçu à l'Académie française ? « On ne va pas chez les gens, dit-il, pour les injurier. » Comment, je vous prie, étant en France, et songeant peut-être pour l'avenir à prendre place parmi les représentants de la science française, avez-vous eu la maladresse d'irriter contre vous, en dépréciant nos gloires les plus pures, tous ceux, et le nombre en est plus grand qu'on ne pense, qui ont conservé le sentiment national. Ce n'est pas que, pour moi, je vous en eusse longtemps gardé rancune. Oh ! mon Dieu, si persuadé, comme j'ai ouï dire qu'on l'était, que votre érudition vous mettait au-dessus de vos concurrents [5], j'avais eu voix délibérative, je vous l'aurais bien volontiers donnée, malgré ce que vous aviez écrit contre les hommes que j'admire le plus.

---

1. Je tiens ce détail de feu Letronne.

2. Elle a été réimprimée dans les *Essais littéraires et historiques*, par A. W. de Schlegel. Bonn, 1842, p. 85 et suiv.

3. *Cours de littérature dramatique*, 3 vol. in-8, 1814, traduction seule revue et avouée par l'auteur. Voyez surtout t. II, leçons 10, 11 et 12.

4. Né à Hanovre en 1767, mort à Bonn en 1845.

5. Voyez, malgré toutes ses exagérations, la notice biographique de M. de Golbéry sur A. G. de Schlegel, poëte, traducteur, critique, philologue, biographe et écrivain politique.

Schl. Ah ! combien je vous suis obligé de ce que vous me dites : que je vous admire surtout de vous élever si franche-ment au-dessus du préjugé national.

Delav. Ne m'admirez pas tant, je vous prie : ne louez pas surtout ce mépris des préjugés, moins certain que vous ne le supposez. La vérité est que si je n'ai pas cru qu'on dût pour-suivre si longtemps ou votre *Comparaison des deux Phèdres*, ou votre *Cours de littérature*, c'est que ni l'un ni l'autre, à mon avis, ne valaient qu'on y fît attention.

Schl. Vous me ravalez bien, ce me semble, après m'a-voir dit que vous m'auriez volontiers admis à l'Académie.

Delav. A l'Académie des inscriptions et belles-lettres, où vous désiriez arriver, et non pas à l'Académie française.

Schl. Mettez-vous une telle distance entre ces deux classes de l'Institut ?

Delav. Je ne veux ni élever ni rabaisser aucune d'elles : mais chacune a son objet. L'Académie des inscriptions est ouverte aux érudits : à ce titre vous y auriez été fort bien placé et des peccadilles antérieures ne devaient pas vous en exclure. A l'Académie française on doit surtout réunir d'ha-biles écrivains, et des hommes de goût : et vous en aviez montré un si détestable, vous aviez prouvé une telle igno-rance de l'art dont vous prétendiez donner des leçons, que même dans le cas où nous aurions admis des correspon-dants étrangers, personne n'aurait osé appuyer votre can-didature.

Schl. Vous mêlez si bien dans vos discours les louanges au blâme que je ne sais, en vérité, si je dois me fâcher ou vous remercier.

Delav. Ne faites ni l'un ni l'autre : vous savez mieux que personne que les talents sont diversement partagés. Je me plais à reconnaître que vous aviez à un haut degré ceux qui font l'érudit. La nature, croyez-moi, ne vous avait pas mal-traité, même en vous refusant le goût, l'analyse des beautés littéraires, et l'intelligence des arts. Pour moi, qui ne me suis distingué que par ces qualités, et qui n'ai jamais pré-.tendu aux honneurs de l'érudition, il n'est pas surprenant que je vous aie trouvé aussi faible dans ma partie que j'étais disgracié dans la vôtre.

Schl. Vous oubliez que j'ai été poëte, et poëte célèbre en Allemagne.

Delav. Ne mêlons pas les questions : il s'agit ici des jugements que vous avez portés sur notre théâtre.

Schl. Mon ouvrage vous semble donc bien mauvais ?

Delav. A ce point qu'il serait difficile, à mon avis, d'en écrire un plus pitoyable.

Schl. Ce n'est pas du moins ce qu'on m'a dit en Allemagne, ni dans les journaux français.

Delav. En ce bas monde nous n'avons ni coteries ni flatteurs : il faut bien nous résoudre à voir les choses telles qu'elles sont, et avouer que votre livre est farci d'idées fausses, d'ignorances et de galimatias.

Schl. Du galimatias, chez moi !

Delav. Et du plus impénétrable. Toutes les fois que vous voulez remonter, comme le font presque toujours aussi malheureusement vos compatriotes, aux premiers principes de nos jugements littéraires, vous vous perdez dans des nuages assez épais pour ne rien distinguer du tout, non pas même que vous n'y voyez goutte. Quel est, par exemple, selon nous, le but de la poésie ?

Schl. Le but de la poésie est d'atteindre l'idée du beau, et de le révéler par le langage[1].

Delav. C'est bien ce que j'avais lu. Or, qu'est-ce que le beau en soi ? le beau abstrait ? Existe-t-il un beau de cette nature ? Platon l'a soutenu dans un dialogue amphigouri-

---

1. *Littérat. dram.*, leçon 10, t. II, p. 90. Burger croyait que la poésie populaire est la seule véritable. (*Ibid.*) Où est la vérité dans ces opinions contradictoires ?

que[1], assez évidemment insensé pour dégoûter d'y revenir tous ceux qui veulent se comprendre. Comment rentrez-vous dans cette voie abandonnée? Je ne m'arrête pas à votre définition même : elle est manifestement mauvaise. La comédie, la satire, les contes badins sont souvent d'excellentes poésies et n'ont pas pour objet la révélation du beau. Mais je ne discute pas ici vos idées, je ne m'occupe que du galimatias. En quoi consiste encore, selon vous, l'unité et la conclusion de l'action dans la tragédie grecque?

Schl. Cette action commence par établir la liberté de l'homme : elle finit par reconnaître la puissance irrésistible du destin[2].

Delav. Si vous aviez eu un peu le sentiment de l'art tragique, vous auriez, indépendamment de la contradiction de ces deux phrases, compris que la tragédie n'établit ni ne reconnaît de maximes philosophiques : elle les admet ou les subit; voilà tout. Cela ne signifie pas que le poëte se dépouille, quand il compose, de sa façon de penser : mais quelle manie de prétendre qu'Eschyle, Sophocle, Euripide n'ont vu dans l'art théâtral qu'un moyen de soutenir des thèses! Après cette belle découverte, vous vous écriez : « Ce point de vue a toujours été étranger à Aristote[3] ». Je le crois parbleu bien : qu'est-ce qu'Aristote, le plus positif et le plus solide des philosophes grecs, aurait fait d'une idée si creuse?

Schl. Vous n'êtes pas indulgent, permettez moi de vous le dire.

Delav. Je suis sur mon terrain. J'ai mis la main à l'œuvre : j'ai tenté toutes les voies; je me suis rendu compte non pas

---

1. Le premier *Hippias.* Voyez-en l'analyse dans l'*Enseignement* (in-8, 1840), p. 380. Schlegel loue ce dialogue, t. I, p. 36.

2. *Littérat. dram.*, leçon 10, t. II, p. 99 et 100; *Comparaison des deux Phèdres*, p. 150 et suiv.

3. *Littérat. dram.*, t. II, p. 100. Voyez dans la *Comparaison des deux Phèdres*, p. 90, un jugement bien autrement exorbitant sur Aristote.

seulement par une étude philosophique, mais par l'expérience de ce qu'elles pouvaient produire. J'ai souvent réussi,
quelquefois échoué. Et cette double épreuve m'a donné le
droit de dire : « Voilà où est la vérité, voilà où est le mensonge ; là se trouve une vue ingénieuse, ici commence la
sottise ou l'amphigouri. » Je ne puis, je vous l'avoue, voir
autre chose dans cette opinion bizarre que vous reprochez à
Aristote de n'avoir pas partagée. Je juge de même ces rap-
prochements forcés, ces phrases ambitieusement obscures,
ces métaphores inouïes qu'on trouve à tout moment chez
vous. Je conçois qu'un tel langage fît palpiter d'aise un auditoire allemand ou gonflât la vanité crédule d'une jeunesse
ignorante : il fait lever les épaules aux hommes de goût et
d'expérience. Que faut-il, selon vous, pour qu'un ouvrage
soit poétique?

SCHL. Il faut qu'il soit produit d'un seul jet, que l'esprit en
détermine la forme, et que la forme y soit l'expression de
l'esprit[1].

DELAV. Arrêtez un instant : votre premier principe est au
moins très-contestable. On est à peu près d'accord aujour-
d'hui que l'*Iliade* et presque tous les grands poëmes primitifs, sont faits de pièces rapportées : ils n'en sont pas moins
très-poétiques. Mais je ne veux parler ici que de votre
expression amphigourique, et je note d'abord en passant
cette opposition puérile, entre la forme et l'esprit. Continuez
et dites ce qu'il faut encore, à votre gré, pour déterminer
l'ouvrage poétique.

SCHL. Il faut encore qu'il réfléchisse comme une glace
fidèle les idées éternellement vraies, c'est-à-dire les pensées
et les sentiments qui s'élèvent au-dessus de l'existence
terrestre, et qu'il les revête d'images sensibles[2].

DELAV. Ah! mon cher monsieur, vos auditeurs étaient

1. *Littérat. dram.*, leçon 2, t I. p. 52.
2. *Ibid.*

d'une bonne pâte s'ils laissaient passer, sans vous en demander l'explication, des aphorismes aussi nébuleux.

Schl. Quoi donc ! ne faut-il pas définir ce que c'est qu'un
ouvrage poétique ?

Delav. Il faut d'abord le sentir ; et quand on le sentira,
soyez sûr qu'on ne le définira pas de cette manière. Essaye-
riez-vous, dans un cours d'optique, de définir le rouge ou
le bleu ? Non, sans doute : vous les montrez, car vous parlez
à des gens qui voient les couleurs, et s'ils ne les voyaient
pas, toutes vos définitions ne les leur feraient pas connaître.
Il en est de même dans les arts. Que je lise d'une part une
belle chanson de Béranger, la *Bacchante*, par exemple, qui,
loin de s'élever au-dessus de l'existence terrestre, peint la
débauche la plus effrénée ; de l'autre, une ode sur un sujet
tout céleste, comme certains cantiques religieux ; je sens
très-bien que la première est un ouvrage poétique, et que
la seconde n'est qu'une platitude. Cette différence que je reconnais sur l'ensemble des deux pièces, je la suivrai très-
facilement et, dans ses détails sur les diverses parties qui les
composent. Mais essayez de dire en général, et sans avoir
de modèle à me présenter, ce que c'est que le *poétique*,
vous voilà dans les *archétypes* de Platon [1] ; vous ne pouvez
que vous égarer et patauger plus ou moins dans le bourbier d'une métaphysique abstruse. C'est le sort commun et
inévitable de tous ceux qui font des arts une affaire de raisonnement ; ils parlent de ce qu'ils imaginent actuellement,
non de ce qu'ils sentent, eux qui n'ont jamais rien senti, et
étouffent ainsi sans s'en douter la vérité et le sens commun
sous un verbiage ridicule.

Schl. Nous autres Allemands, nous donnons beaucoup
plus que vous aux conceptions pures de l'intelligence.

Delav. Dites à ses rêveries, ou aux combinaisons fantas-

---

1. Voyez, dans l'*Enseignement* (in-8, 1840). p. 373, le compte rendu de
la traduction de Platon par M. Cousin.

tiques, qu'un esprit malade fait de principes mal conçus.
C'est pour cela que, nous autres Français, nous méprisons
souverainement ces billevesées prétentieuses. Puis-je ne
pas lever les épaules, quand je vous vois disserter à perte de
vue sur le caractère harmonique des vers grecs que vous ne
savez pas prononcer? et vous extasier sur le rapport intime
de cette harmonie inconnue pour vous, avec les sentiments
que le peuple athénien portait au théâtre [1], sentiments
que vous ne connaissez pas davantage? Puis-je ne pas sourire de pitié, quand vous ne trouvez pas d'autre moyen de
faire apprécier les tragédies grecques à ceux qui ne savent
pas la langue, que de leur recommander l'étude de la sculpture antique [2]? quand vous transportez ainsi d'un genre à
un autre tout différent, sans comprendre ni l'un ni l'autre,
cette admiration frénétique des gens qui louent par système
et comme on soutient une gageure [3]? lorsque enchanté de
cette assimilation insignifiante et absurde, vous l'étendez
encore en soutenant « que le génie statuaire inspirait les
poëtes anciens, et que le génie pittoresque anime les poëtes
romantiques [4]? » Quelle estime voulez-vous qu'un homme
sensé fasse de telles extravagances?

Schl. Dans ma pensée, ces phrases ont une certaine vérité,
soyez-en persuadé.

Delav. Je n'en doute pas : les rapports entre deux objets
sont infinis, puisque n'étant rien en substance, ils dépendent uniquement de la manière dont notre esprit les considère. Comme rien ne vous empêche de choisir, pour établir
votre relation, une des moindres faces de l'objet considéré,
pour celle-là en particulier votre pensée aura sa justesse.
Mais si cette face est si petite qu'elle n'attire l'attention de

1. *Littérat. dram.*, leçon 3, t. I, p. 116.
2. *Littérat. dram.*, leçon 2, t. I. p. 76.
3. *Ibid.*
4. *Littérat. dram.*, t. I, p. 18. et leçon 10, t. II, p. 124.

personne, votre pensée sera juste pour vous tout seul. C'est
là ce qui distingue les bons des mauvais critiques. Les premiers s'attachent à des analogies tellement saisissantes, que
tout le monde en est frappé d'abord qu'elles sont énoncées.
Les seconds, incapables de voir distinctement tout un sujet,
se raccrochent à quelque point imperceptible, que les yeux
les plus perçants ont toutes les peines du monde à découvrir, même sur leurs indications. Aussi l'utilité de leurs
remarques est-elle absolument nulle.

SCHL. Donnez-moi, s'il vous plaît, un exemple.

DELAV. Volontiers. Vous vous demandez ce qui rend un
drame théâtral; et, remarquant qu'il faut agir sur la multitude, exciter son intérêt ou sa passion, vous concluez que
l'objet du poëte dramatique est à quelques égards semblable
à celui de l'orateur [1]. Cela est vrai. Mais, à cet égard, il est le
même aussi que celui du tambour qui bat la charge ou le pas
accéléré; que celui d'un feu d'artifice ou d'une cérémonie
publique. Quelles conséquences pratiques tirez-vous de là,
je vous prie? Sous un autre rapport, sous celui des valeurs
produites, l'objet de l'art dramatique est le même que celui
du commerce, de l'industrie, de l'agriculture; ce sont là des
analogies évidentes, et, à mon sens, parfaitement inutiles
au littérateur.

SCHL. Je ne les juge pas telles, car je pars de ce rapport
même, et je conclus que le poëte dramatique doit, s'il veut
réussir, prendre pour modèle le tribun ou l'avocat; qu'il
excitera l'intérêt ou les passions comme eux et par des
moyens semblables [2].

DELAV. C'est justement cette conclusion qui vous condamne. Pour les hommes du métier, en effet, c'est une de
ces erreurs que rien ne peut ni expliquer ni excuser. Marmontel, qui avait traité ces questions avec tant de sagacité

1. *Littérat. dram.*, leçon 2, t. I, p. 53.
2. *Ibid.*

et de profondeur réelle sous une légèreté apparente, vous
avait montré d'avance, si vous l'aviez médité [1], le faux de
votre système. « Dans les arts d'imitation, dit-il, la vérité
n'est rien, la vraisemblance est tout; et non-seulement on
ne leur demande pas la réalité, mais on ne veut pas même
que la feinte en soit l'exacte ressemblance.... En un mot,
l'illusion ne peut ni ne doit être complète [2]. » Voilà la vraie
théorie, la bonne et exacte analyse de nos sentiments. Oui,
sans doute, le poëte dramatique et l'orateur s'adressent aux
passions de la multitude, mais ils ne s'y adressent pas de la
même façon. L'un fait parler la réalité ou ce qu'il donne
et que l'on reçoit comme tel; l'autre recourt à l'imitation
sentie et comprise comme imitation : et comme la forme des
arts dépend toujours du moyen employé, et non du but,
l'expérience prouve, suivant la théorie de Marmontel et con-
trairement à la vôtre, que ce qui est admirable dans un
discours réel, les faits exposés avec détails, les preuves savamment déduites et solidement établies, en un mot, les
oraisons de Cicéron ou de Démosthène, seront insupportables dans le monde toujours factice du drame.

Remarquez bien qu'il ne s'agit pas ici de théories soute-
nues avec fracas d'érudition, ou appareil de recherches
savantes ; ce sont des faits expérimentés depuis plus de deux
cents ans chez nous, et dont des hommes aussi sagaces que
positifs vous offrent le résumé en quelques lignes. Qu'il y
ait maintenant des gens qui préfèrent à cette clarté de l'analyse et de l'expérience les combinaisons capricieuses d'une
imagination érudite, qu'ils les admirent par cela seul qu'elles
sont obscures et inapplicables, je ne le nie pas; il y a longtemps que Boileau l'avait annoncé dans un vers que je ne

1. Il est trop clair que Schlegel n'a pas lu les *Éléments de littérature* de
Marmontel, ou que, s'il les a lus, il n'y a rien compris.

2. *Encyclop. méthod.* (gr. et littér.), mot *Illusion;* Cf., les mots *Merveilleux, Vraisemblance.*

tiens pas à vous appliquer[1] : je dis seulement que leur admiration n'est pas une raison pour les vrais critiques.

SCHL. Il ne serait pas impossible de répondre à tout cela,
si vous remontiez avec moi aux principes de l'esthétique.

DELAV. Je m'en doute bien, puisque par eux vous arrivez
à conclure qu'Aristote n'a pas du tout saisi le véritable génie
de la tragédie grecque[2]. Cette assertion est du même genre que
celle d'un docteur qui, dans cinq ou six siècles, affirmerait
que La Harpe ou Geoffroi *n'ont pas saisi le véritable génie de
notre tragédie.* Quant à moi, qui me suis occupé assez longtemps de mon art, j'ai l'honneur de vous assurer que je ne
sais pas du tout ce que c'est que ce prétendu génie, hors
des conditions indiquées par l'expérience et le sentiment de
chacun, conditions que La Harpe a fort bien exposées,
comme Aristote avant lui l'avait fait pour son siècle. Je suis
très-certain que jamais aucun de mes prédécesseurs n'y a
pensé plus que moi, puisqu'il n'en est pas question dans
leurs préfaces, et que rien dans leur théâtre n'indique qu'ils
se soient jamais préoccupés d'une idée abstraite. Ce prétendu génie est donc pour moi tout simplement une sottise :
il n'y a que les poëtes sans talent et incapables d'exciter dans
leur auditoire l'émotion tragique, qui écrivent des préfaces
pour faire admirer leurs vues morales ou politiques ; comme
il n'y a qu'un érudit noyé sans ressource dans un système
chimérique qui puisse écrire sur Aristote une phrase semblable à la vôtre. Vous voyez pourquoi je ne vous suivrai
pas dans votre esthétique. J'aime à m'entendre moi-même
et à être entendu. Accusez, si vous voulez, la débilité de
mon esprit; quel qu'il soit, il n'aime que ce qui est clair,
et croit tomber dans le margouillis, dès qu'à l'analyse appuyée sur l'expérience on substitue les ténèbres des combinaisons métaphysiques. Vous rappelez-vous ce que vous dites

1. *Art poét.*, chant I. v. 232.
2. *Comparaison des deux Phèdres*, p. 90, et ci-dessus. p. 229

des causes du plaisir que nous éprouvons à la représentation d'une tragédie.

Schl. Certainement. C'est le sentiment de la dignité de la
nature humaine qui se réveille à la vue de ces modèles héroïques, ou c'est l'espoir de saisir au travers de l'apparente
irrégularité de la marche des événements, la trace mystérieuse
d'un ordre de choses plus élevé qui peut-être s'y dévoile[1].

Delav. Très-bien. Si un dieu réunissait ici devant nous
tous ceux qui ont jamais vu représenter des tragédies, et
avec eux les poëtes qui ont le mieux réussi à trouver ce qui
plaisait à la multitude, je parie qu'il n'y en aurait pas dix
qui comprissent cette phrase alambiquée, et qu'il n'y en aurait pas un seul qui reconnût avoir jamais éprouvé l'impression que vous inventez là.

Schl. Mais j'ai cherché à me rendre compte de ce que j'a-
vais ressenti moi-même.

Delav. Les métaphysiciens et les érudits qui sont les métaphysiciens de la littérature, sentent généralement très-
mal. Ils combinent des abstractions plutôt qu'ils ne distinguent le réel. De là tant de systèmes qui se succèdent perpétuellement sans avoir rien de commun que la fausseté et
le style phébus dans lequel on les exprime. Les passages
que je viens de vous rappeler vous feront reconnaître, je l'espère, que le vôtre n'aura aussi que son temps. Je n'ai pas
envie de m'étendre sur ce sujet; mais pour terminer par
quelque chose de plus surprenant encore, dites-nous ce
qu'était, selon vous, l'art du comédien chez les Grecs?

Schl. L'art du comédien chez les anciens était d'un genre
absolument idéal et rhythmique : idéal en ce qu'il tendait
constamment vers le plus haut degré de dignité et de grâce;
rhythmique en ce que les mouvements de la figure et les

---

1. *Littérat. dram.*. leçon 2, t. I. p. 124. Cette pensée creuse se trouve déjà
en d'autres termes dans la *Comparaison des deux Phèdres*, p. 145.

inflexions de la voix étaient plus solennellement mesurés sur le théâtre que dans la vie réelle [1].

Delav. Bon ! Maintenant, dépouillons cette pensée de sa forme prétentieuse : il reste que le comédien cherchait à marcher et à se présenter avec grâce, et que le langage à la scène n'était pas absolument celui de la conversation ordinaire. C'est tout comme chez nous : et en vérité cela ne valait pas la peine d'être remarqué. J'ajoute qu'il est faux et ridicule de réduire à ces deux conditions le talent du comédien, qui était alors, comme aujourd'hui, l'art de rendre par la voix et le geste la pensée du personnage représenté. Le décorum dans la démarche, la sonorité dans la voix, sont des moyens sans doute ; ce n'est ni le but, ni le fond de l'art, et il faudrait conclure que celui-ci n'existait pas du tout, si l'on entendait vos paroles à la rigueur. Mais cela même serait trop fort. La vérité est que l'art du comédien existait, et qu'il existait autrement que vous ne le dites ; seulement, il était, comme l'art tragique lui-même, dans l'enfance.

Schl. Oh ! je vous arrête ici : sur la question des principes abstraits nous n'avons pas pu nous entendre, parce que vous réduisez tout au positif de l'expérience, au terre-à-terre de l'observation, et que je voulais remonter à une source plus élevée que vous ne reconnaissez pas. Ici nous avons des œuvres, et la comparaison ne défaudra pas si vous l'invoquez. Or je prétends qu'il en est de l'art tragique comme de la poésie lyrique et de la poésie épique ; que pour connaître ces trois sortes de poésie dans toute leur pureté, il faut remonter à la forme primitive sous laquelle elles ont paru chez les Grecs [2].

Delav. Quelle est, je vous prie, cette forme primitive ? Pourriez-vous me citer le premier chant épique ou lyrique

1. *Littérat. dram.*, leçon 3, t. I, p. 102 : Cf. leçon 2, t. I, p. 69 à 74.
2. *Littérat. dram.*, leçon 2, t. I, p. 65.

qui ait été composé? Avez-vous entre les mains les tragédies
de Thespis ou de cet Épigène de Sicyone après lequel Thespis ne serait venu que le seizième[1], ou de ce Théomis, contemporain d'Oreste, qui, selon un vieux scoliaste, aurait le
premier trouvé des chants tragiques[2]?

SCHL. Je ne l'entends pas ainsi : c'est par la pensée que je
remonte dans l'histoire, et je prends pour l'origine de la
tragédie ce qu'ont fait Eschyle et Sophocle.

DELAV. Alors c'est un système que vous imaginez. Ce système ne vous sauvera pas. Dans les arts, c'est petit à petit
que les classifications se forment, lorsque l'observation a
fait remarquer des différences qui avaient jusque-là échappé
aux yeux de tous. Les chants d'Olen et de Phémonoé dans la
Grèce[3], ceux de Faunus et de Carmentis dans le Latium[4],
étaient-ils épiques ou lyriques? Je ne doute pas, pour moi,
qu'ils ne fussent l'un et l'autre, comme beaucoup des hymnes attribués à Homère. Ce n'est que plus tard qu'on a pu
distinguer les deux caractères : et ainsi cette prétendue
pureté originelle n'a été et n'a pu être qu'un mélange et
une confusion. Il en est de même du poëme dramatique,
qui, lorsqu'il est né, était essentiellement lyrique. Les pièces d'Eschyle le montrent bien clairement et confirment tout
ce que l'histoire nous enseigne à ce propos. Ce n'est qu'à la
longue que cet art a pu se débarrasser de ses langes, et
jamais chez les anciens il n'y est entièrement parvenu.
Comprenez-vous enfin que l'analyse et la critique sont
bonnes, non-seulement pour nous empêcher de nous
perdre dans les nues, mais aussi pour nous faire éviter
l'erreur sur les choses sensibles?

SCHL. Mais j'entendais mes paroles un peu différemment.

1. Suidas, mot Θέσπις. Voyez *Poetarum trag. gr. fragm.* de Wagner,
édit. Didot, dans le tome II d'Euripide, p. 3 et 4.
2. Stanley, notes sur la vie d'Eschyle.
3. Au xivᵉ siècle avant notre ère.
4. Au xiiiᵉ siècle avant notre ère.

Delav. Je les entends, moi, dans le sens qu'elles ont pour tout le monde. La pureté est l'opposé du mélange : c'est l'unité de la substance distincte et séparée de tout ce qui est hétérogène.

Schl. C'est ici une question de mots.

Delav. Ne le croyez pas : c'est une erreur d'analyse, erreur due entièrement à ce que, préoccupé de certaines idées systématiques, vous négligez l'étude des faits, rejetez ceux qui ne s'accordent pas avec votre système, en inventez qui le confirment, et oubliez habituellement la valeur précise des mots, pour ne leur laisser qu'un sens approximatif, qui se prête, comme vous en avez besoin, à tous les caprices de votre imagination. Dans l'exemple que je viens de rappeler, si le mot *pur* conserve son vrai sens, votre phrase est matériellement fausse et rationnellement absurde. Pour éviter cet inconvénient, vous dites que par *pureté* vous avez entendu la *perfection* : et en effet, comme l'idée de perfection est très-complexe, tandis que celle de pureté est très-simple, il y a plus d'espoir de se sauver avec elle. Mais c'est un mauvais subterfuge, et, pour les bons critiques, ces mots importants, pris dans un sens qui n'est pas le leur, sont une preuve irréfragable, non-seulement de l'ignorance de la langue, mais de l'ignorance des choses : et c'est pour cela que j'ai dit que ce vice se retrouvait à tout moment dans votre *Cours de littérature dramatique.*

Schl. Ai-je vraiment laissé subsister beaucoup de ces mots mal définis ?

Delav. Beaucoup plus que vous ne le pouvez croire. Vous rappelez-vous ce que vous dites du jugement porté chez nous sur Molière ?

Schl. Assurément : les aristarques français et l'opinion qu'ils ont rendue dominante ne reconnaissent dans la comédie que ce seul poëte classique[1].

1. *Littérat. dram.*, leçon 12, t. II, p. 242.

DELAV. Qu'entendez-vous par ce mot *classique?*

SCHL. Selon l'étymologie, c'est celui dont les œuvres sont lues et étudiées dans les classes.

DELAV. Molière n'y est pas reçu.

SCHL. C'est un poëte parfait.

DELAV. Jamais Molière n'a passé pour tel.

SCHL. C'est un poëte supérieur à tous ceux qui ont travaillé dans le même genre.

DELAV. Que ne le disiez-vous? c'était la vérité; et ce que vous avez mis est une erreur d'autant plus grave qu'elle-même dépend d'une très-fausse idée de notre théâtre. En opposant Molière seul pour la comédie aux trois grands tragiques Corneille, Racine et Voltaire, vous croyez et vous faites entendre que chez nous les poëtes tragiques ont, à notre jugement, mieux réussi que nos comiques. C'est tout le contraire qui est vrai. Nos bons critiques savent qu'au-dessous des tragédies du premier ordre nous n'avons presque rien qui soit d'une grande valeur, tandis que notre théâtre comique est d'une richesse incalculable, et qu'il y a des choses excellentes jusque dans les œuvres des auteurs du dernier ordre. Vous voyez où mène un mot mal entendu. On doit penser que, si vous caractérisez mal nos auteurs, vous ne serez pas plus heureux dans vos définitions; et en effet, qu'est-ce pour vous que l'épopée badine?

SCHL. Ce n'est qu'une sorte de production subalterne et accidentelle, une simple parodie de l'épopée, où tout consiste à tourner d'un côté niais et mesquin les pompeux développements et la marche solennelle qui semblent ne convenir qu'aux grands objets [1].

DELAV. C'est l'épopée moqueuse ou satirique que vous définissez là : c'est le *Margitès*, c'est la *Batrachomyomachie*, c'est le *Lutrin*, où en effet on prend par raillerie les grands mots

---

1. *Littérat. dram.*, leçon 2, t. 1, p. 66.

et les grandes figures du poëme héroïque. Je suis loin de
juger comme vous que ce sont des productions subalternes,
ni que ces parodies soient aussi faciles à faire que vous semblez le supposer. Dans tous les cas, ce n'est pas là l'épopée
badine. Celle-ci rapporte dans le style tempéré qui lui convient, mais sans aucune moquerie, ni dans les mots, ni dans
les choses, des actions qui n'ont qu'un intérêt particulier,
tandis que celles que célèbrent les poëmes sérieux intéressent ordinairement les nations. Tout entier à l'antiquité, et
parce qu'Aristote n'a mentionné que le poëme épique et ce
qui en est la parodie [1], vous ne vous doutez pas que les modernes connaissent autre chose ; vous ignorez que nous
avons des épopées badines qui sont au rang des chefs-d'œuvre de l'esprit humain : le *Tangu et Félime* de La Harpe ; le
Ver-Vert de Gresset ; plusieurs contes par La Fontaine, par
Voltaire et par d'autres. Franchement, de tels oublis sont-ils
excusables chez un professeur de littérature ?

Schl. Je regrette de n'avoir pas fait plus d'attention à ces
ouvrages.

Delav. Continuons donc. Quand vous parlez de Boursault
et de ses comédies, vous remarquez justement que ce sont
des *pièces à tiroir*. Mais comment définissez-vous ce terme ?

Schl. Ces pièces où les scènes se succèdent accidentelle-
ment, sont propres à faire briller un acteur qui a du talent
pour imiter les habitudes individuelles, et qui reparaît plusieurs fois sous le nom de différents personnages, en changeant promptement de ton et de costume [2].

Delav. Ce sont les *pièces à travestissement* et non les *pièces
à tiroir* que vous définissez ici. La différence est énorme,
puisqu'il y a chez nous des pièces à travestissement comme
les *Trois jumeaux vénitiens* de Colalto , *Défiance et malice* de
Dieulafoy, le *Comédien d'Étampes* de M. Scribe, *Marton et*

1. Arist., *Poet.*, c. 4 , n⁰ˢ 3, 4.
2. *Littérat. dram.*, leçon 12, t. II, p. 273.

16

Frontin de Dubois, qui sont assez fortement intrigués; d'un autre côté, les *Fâcheux*, le *Mercure galant*, les *Originaux* de Fagan et tant d'autres, ne demandent pas du tout qu'on se travestisse; tandis qu'il y a des pièces comme *On fait ce qu'on peut* de Dorvigny, *Eustache Pointu* de Beaunoir, qui sont à la fois pièces à tiroir et à travestissement. Voici maintenant l'erreur de doctrine qui se cache sous cette erreur de mots. On ne peut pas mettre sur la même ligne le mérite d'un auteur qui peint un caractère et la dextérité d'un comédien qui change de costume. Les pièces dont cette prestesse dans le jeu fait le principal mérite, sont donc avec raison regardées comme inférieures à celles où l'on reconnaît des qualités plus solides. Lorsque vous trouvez dans *les Fâcheux* et les pièces de Boursault cet avantage auquel les auteurs n'avaient jamais pensé, de faire briller l'agilité d'un acteur, vous supprimez sans le dire, et vos lecteurs suppriment avec vous le mérite réel de ces pièces, qui est de peindre exactement des caractères, et vous y en substituez gratuitement un autre, de beaucoup inférieur. Soutiendrez-vous que ce soit là la preuve d'une grande connaissance de son sujet?

Schl. Une erreur, quelque petite qu'elle soit, n'est jamais une preuve de science. Celle-ci doit se montrer dans l'ouvrage entier.

Delav. Je suis de votre avis, et je dois vous dire qu'à examiner votre ouvrage de ce biais, vous êtes loin d'avoir évité les reproches. Je ne parle pas ici de ce que vous dites des théâtres grec et latin : j'aime à croire que vous les connaissiez bien, quoique le tableau que vous en tracez soit fort superficiel. Au lieu de prendre en effet et d'étudier les pièces une à une, comme l'a fait avec tant de soin et une érudition si riche et si variée M. Patin, mon confrère à l'Académie française[1], vous vous contentez de vues générales aussi vai-

1. *Études sur les tragiques grecs*, 3 vol. in-8. Paris, 1841 à 1843. Je re-

nes qu'elles sont presque toujours contestables. Mais quand vous arrivez à notre théâtre, vous montrez une ignorance si extraordinaire des faits les plus connus, qu'on se demande comment vous avez eu l'audace de prendre la plume sur un sujet pareil, et à quels mauvais écoliers peut être destiné votre ouvrage.

SchL. C'est la première fois que je m'entends adresser un reproche si grave et en termes si durs, pour ne rien dire de plus.

DELAV. Ce n'est pas la question. Nous ne nous devons ici que la vérité ; et si je l'avais dépassée dans mon expression, la manière dont vous avez parlé vous-même de nos grands poëtes serait une excuse suffisante. Mais je n'ai rien dit de trop, soyez-en sûr : vous en conviendrez d'ailleurs vous-même tout à l'heure.

SchL. Je vous attends à la preuve.

DELAV. Elle viendra, ne vous inquiétez pas. Je ne vous fais pas un reproche d'avoir commencé à Corneille l'histoire de notre théâtre. Ce qui l'a précédé est immense et d'un extrême intérêt ; je crois même que ce que nous avions avant lui valait ce que les Anglais et les Allemands possèdent encore de nos jours [1] : mais il est certain que les changements introduits par Corneille ont fait en quelque sorte un art nouveau. On peut donc très-bien partir de lui. Je ne parle pas, non plus, de l'influence que vous supposez qu'a eue sur lui la *Poétique* d'Aristote, bien ou mal entendue. Il est très-évident aujourd'hui, pour qui lit ses discours et ses premières pièces, que ce que vous croyez une obéissance passive à l'autorité, a été plutôt le résultat d'expériences faites avec

grette que dans ce solide et savant ouvrage M. Patin se soit un peu trop conformé aux idées de Schlegel, alors en faveur ; qu'il n'ait pas directement attaqué le pédantisme, le galimatias et quelquefois les ignorances de cet Allemand.

1. Voyez, dans la *Correspondance littéraire* de La Harpe, lettre 175, un jugement sur les meilleures pièces allemandes connues de son temps.

un soin et une sagacité merveilleuse sur les impressions du
public. C'est ce qu'a montré notre excellent Andrieux dans
un travail de cent pages, fait à propos de la réimpression
du *Théâtre des Grecs*, traduit par le père Brumoi[1], où, à
mon sens, il y a sur l'art dramatique, chez les anciens et
chez nous, plus de faits positifs, plus de vérités utiles, d'observations profitables, et plus de modestie surtout[2] que dans
les trois volumes de votre *Cours de littérature dramatique*.
Connaissez-vous cette dissertation?

SCHL. Je n'en ai pas la moindre idée.

DELAV. Eh bien! voici ce qu'Andrieux dit de Corneille; et
remarquez, je vous prie, que ce sont là des faits faciles à
à vérifier et au-dessus de toute contestation : « Ce grand
homme eut à lutter contre le mauvais goût de son siècle; il
chercha la bonne route et la trouva. Des six premières
pièces qu'il composa, il en réduisit trois dans la règle des
vingt-quatre heures, et n'observa point cette règle dans les
trois autres. Mais ce ne furent là que les premiers essais de
sa jeunesse. Se consacrant tout entier à l'art dramatique, il
en fit une étude approfondie.... Après les beaux exemples
qu'il a laissés, il ne pouvait rien faire de mieux que d'y
ajouter des préceptes; et il a écrit sur le poëme dramatique
trois discours qui sont des chefs-d'œuvre de raison. Ce n'est
pas seulement d'après les règles d'Aristote, c'est d'après les
règles du sens commun qu'il recommande l'unité de l'action et de l'intérêt; qu'il veut qu'une tragédie offre un bel
ensemble dont aucune partie ne puisse être enlevée ni trans-
posée; que tous les faits et les incidents ne viennent pas
seulement les uns après les autres, mais qu'ils naissent les
uns des autres, etc.[3]. » Ces lignes n'étaient pas écrites quand

1. *Revue encyclopédique*, nᵒˢ de janvier, février. mars, avril et mai 1824,
t. XXI et XXII.
2. *Revue encyclopédique*, t. XXI, p. 84.
3. *Revue encyclopédique*, t. XXI, p. 334.

votre cours a été publié : vous n'êtes donc pas blâmable de
ne les avoir pas connues ; il est du moins fâcheux que vous
ayez avancé des assertions contraires à celles-ci, qui sont
appuyées sur des faits avérés.

Schl. J'avoue que si je les avais pu connaître, j'aurais étudié plus à fond les discours de Corneille et ses progrès dans
son art.

Delav. Ce n'est pas là le plus grave reproche que j'aie à
vous faire ; mais quand vous voulez analyser et juger si sévèrement un théâtre comme le nôtre, plus riche à lui seul que
ceux de toutes les autres nations ensemble, croyez-vous
que ce soit assez de nommer, avec nos trois premiers tragiques, Thomas Corneille et Crébillon[1] ? Où nous avez-vous
donc étudiés ? Sans doute dans ces éditions abrégées, prépa-
rées pour les pensionnats, où les enfants trouvent en quelques pages ce qu'il n'est pas permis d'ignorer dans le
monde. Si c'est une méthode expéditive, vous avouerez
qu'on est en droit d'exiger autre chose d'un professeur qui
monte dans une chaire pour endoctriner sur ce sujet même
une jeunesse qu'on suppose avancée.

Schl. Avez-vous véritablement, outre ces hommes, des
poëtes tragiques qui méritent d'être étudiés ?

Delav. C'est une question que vous auriez bien fait d'examiner avant de juger notre théâtre : vous auriez trouvé Ro-
trou avec *Venceslas*, Campistron avec *Andronic*, Lafosse avec
Manlius, Lagrange-Chancel avec *Amasis*, Duché avec *Absa-
lon*, Guimond de Latouche avec *Iphigénie en Tauride*, de La-
motte-Houdard avec *Inès de Castro*, Lefranc de Pompignan
avec *Didon*, Lemercier avec *Agamemnon*, Chénier et Ducis,
chacun avec plusieurs tragédies remarquables. Sans doute
ces hommes sont beaucoup au-dessous des premiers génies :
ce n'est pourtant pas une raison de les négliger. Vous dites

---

1. *Littérat. dram.*, leçon 11, t. II, p. 131 et suiv.

quelque part que, dans une bataille, il n'est pas besoin de
connaître tous les soldats ; qu'il suffit de savoir le nom des
chefs[1] ; et, grâce à cette métaphore, vous pensez qu'on peut
apprécier notre littérature tragique sur une douzaine de
pièces célèbres. N'êtes-vous pas honteux vous-même de votre
ignorance et de la mauvaise excuse que vous en donnez? Si
les simples soldats n'ont pas de renommée, croyez-vous
qu'ils ne contribuent pas à la force réelle de l'armée, et
que, pour bien connaître celle-ci, il suffise de savoir de
quoi le général est capable?

Schl. J'ai peut-être un peu trop compté sur cette assimilation, et j'aurais bien fait de lire davantage et plus sé-
rieusement.

Delav. Ce n'est pas tout : vous citez bien ces cinq hommes;
vous nommez leurs pièces. En analysez-vous une seule? En
faites-vous connaître exactement la contexture? Montrez-
vous cet art délicat, comme l'a dit Voltaire[2], par lequel
aucun personnage n'entre ni ne sort sans raison ; ou cet art
encore plus grand qui concentre les intérêts divers en un
seul; ou enfin les autres difficultés surmontées? Non, vous
n'en dites pas un seul mot.

Schl. Je ne trouve pas que ce soient là de bien grandes
qualités.

Delav. Dites que vous ne les avez ni senties ni comprises;
et pour excuser en ce moment cette insensibilité grossière
ou ce défaut d'intelligence, vous prétextez le peu d'estime
que vous en faites. Quand cela serait, encore fallait-il les
indiquer et les discuter, puisque ce sont pour nous les conditions sans lesquelles une tragédie n'a aucune chance de
succès, et ne mérite pas même le nom de *pièce*. Vous avez
trouvé plus facile de vous escrimer contre les trois unités.

---

1. *Littérat. dram.*, leçon d'introd., t. I, p. 34.
2. *Dictionn. philosoph.*, mot *Goût*, § 1.

Les accusations et les dissertations banales ont toujours été
la ressource des esprits superficiels et des ignorants.

Schl. Si j'avais fait ce que vous demandez, j'aurais eu six
volumes au lieu de trois.

Delav. Au moins auriez-vous évité en partie les reproches
accablants que je vous fais ici. Ce que vous dites de notre
théâtre comique est plus monstrueux encore. Vous nommez
une dizaine d'auteurs[1]; et parmi eux ne paraissent ni Le-
sage avec son *Turcaret*, ni Lanoue avec sa *Coquette corrigée*,
ni Quinault avec sa *Mère coquette*, ni de Boissy avec l'*Homme
du jour*, ni Barthe avec ses *Fausses infidélités*, ni Picard, ni
Duval, ni tant d'autres. Beaumarchais n'est cité qu'à l'occasion du drame, pour *Eugénie* et *la Mère coupable;* et telle est
votre manie d'arranger les faits pour votre système, que
l'acteur Baron, l'élève et l'ami de Molière, justement célèbre
comme auteur comique, par son *Homme à bonnes fortunes*,
représenté en 1686, n'a, selon vous[2], pu faire cette pièce
qu'après la Régence et sous le règne de Louis XV, un demi-
siècle, par conséquent, après l'époque réelle de sa composition.

Schl. Êtes-vous bien sûr de ce que vous dites?

Delav. Très-sûr; et vous le seriez comme moi si, voulant
faire un livre sur notre théâtre, vous aviez commencé par
étudier votre sujet en détail, et par le juger sur pièces au
lieu de vous faire l'écho des mauvaises critiques répétées par
des lecteurs ignorants ou des auteurs aussi jaloux qu'incapables.

Schl. Cette erreur de date m'afflige.

Delav. C'est pour moi ce qu'il y a de moins grave dans
les reproches que je vous fais. Une erreur de date est de
toutes les erreurs la plus indifférente assurément. Elle ne

1. Molière, Scarron. Boursault. Regnard, Legrand, Dancourt, Marivaux,
Destouches, Piron, Gresset.
2. *Littérat. dram.*, leçon 12, t. II, p. 281.

prend de gravité chez vous que par deux raisons : 1° parce
qu'elle se rattache à un système philosophique ou plutôt
fantastique, qui veut qu'une pièce où se trouve peinte une
grande corruption de mœurs n'ait pu se produire qu'à une
époque regardée comme très-corrompue [1]; or, l'histoire
montre que rien n'est plus vain que cette hypothèse. La seconde raison, c'est qu'en s'ajoutant à tant d'autres légèretés,
elle fournit la preuve matérielle que vos assertions doivent
être accueillies avec défiance. C'est là probablement ce qui
vous chagrine le plus : et pourtant la vanité d'auteur y est
seule intéressée; la vérité, que vous devriez toujours vous
proposer d'atteindre, et que vous avez visiblement manquée,
n'est à peu près pour rien dans vos regrets.

SCHL. J'ai eu tort de ne pas y regarder de plus près,
d'autant qu'en diverses circonstances je me moque fort
durement de l'érudition de Voltaire [2].

DELAV. Plusieurs de nos écrivains du dernier siècle savaient beaucoup et nous dérobaient les preuves de leurs
connaissances. De nos jours, c'est souvent le contraire. Des
hommes fort médiocres font du peu qu'ils savent une osten-
tation ridicule, et profèrent avec un aplomb et une morgue
incroyables les plus énormes balourdises, pourvu qu'ils citent
à l'appui quelque texte ancien que souvent ils n'entendent
pas même exactement. Je ne dis pas cela pour vous, qui
étiez en effet fort érudit; mais vous vous êtes laissé prendre
à l'apparence; et parce que Voltaire s'est trompé sur quelques détails insignifiants, vous avez cru trop vite qu'il savait
peu de chose. Vous voyez par votre expérience combien il
faut être réservé dans ses accusations, quand il s'agit de si
grands hommes.

SCHL. Je suis fâché que cette conviction me soit venue si
tard.

1. C'est l'explication que donne Schlegel lui-même.
2. *Littérat. dram.*, t. I, p. 81 et 105, en note; t. II, p. 211 et suiv.

Delav. Il n'y a pas aujourd'hui de remède; et vous voyez si j'avais raison dans les reproches généraux que je vous faisais tout à l'heure. Que serait-ce si, au lieu d'attaquer en gros quelques-unes de vos opinions, j'avais montré sur des pièces de théâtre, examinées scrupuleusement, quelles sont les véritables règles de ce genre d'ouvrage, règles fondées, comme je l'ai déjà dit, sur l'expérience et l'observation, et non pas, comme vous semblez toujours le croire, sur des théories arbitraires, obscures et mal conçues? C'est là que je vous aurais montré, et, si je ne me trompe, de la manière la plus évidente, qu'en effet vous ne compreniez rien du tout aux questions de théâtre.

Schl. Quelque désagréable que cela puisse être pour moi, je serais bien aise d'apprendre en quoi je me suis trompé, si je me suis réellement trompé.

Delav. Je suis tout prêt à vous donner cette satisfaction; je vous prierai seulement de renvoyer à demain la suite de cette conversation. Pour le moment, je me sens un peu fatigué, et ne serais pas fâché de terminer ici ce premier entretien.

II. — LES RÈGLES PRINCIPALES, LE SUJET ET LA CONDUITE D'UNE PIÈCE DE THÉATRE.

Schlegel. Vous êtes exact au rendez-vous : je m'en félicite.

Delavigne. En ce bas monde nous avons du loisir, et je ne pouvais rien faire qui m'intéressât plus qu'une promenade sous ces frais ombrages, et une conversation sur l'art qui a fait mon occupation et mon bonheur.

Schl. Je serai aussi charmé d'en parler, quoique je n'aie pas eu comme vous à le pratiquer, si j'excepte ma tragédie d'*Ion*, qui n'était qu'un essai[1], et mes traductions de Shak-speare et de Calderon, où je n'ai pas eu à inventer. Je me suis contenté de la théorie, et encore plutôt, dirai-je, d'une théo-rie fondée, comme vous l'avez remarqué, sur mes seules recherches et les explications que j'ai trouvées.

DELAV. Oui ; et comme j'espère vous le faire voir, il n'y a rien de plus trompeur.

SCHL. C'est possible. Comment, au reste, comptez-vous me donner cette démonstration ?

DELAV. Le plus simplement du monde, en examinant sé-rieusement avec vous une de ces pièces que vous admirez tant, et vous montrant comment et pourquoi toutes les parties en seraient rejetées aujourd'hui.

SCHL. Je vous écoute.

DELAV. Avant tout convenons bien qu'il s'agit ici des pièces, non de leurs auteurs. De nos jours, quand on critique une œuvre, il semble toujours qu'on s'attaque à l'ouvrier. Si je reprends quelque chose dans le *Prométhée* ou dans l'*Hécube*, on me dit que je manque de respect à Eschyle ou Euripide ; si je pense que ces tragédies sont mal conduites, on crie que je traîne les grands hommes dans la boue. Je ne connais rien de plus odieux que cette manière de raisonner. J'ai moi-même donné des preuves de mon admiration pour les Grecs lorsque j'ai imité, traduit ou développé quelques idées d'Eu-ripide[2], de Simonide[3] ou d'Eschyle[4]. Je dirai même que je place si haut les inventeurs en quelque genre que ce soit, que je n'hésite pas à regarder les grands tragiques grecs, Eschyle surtout, comme des génies supérieurs à la plupart des nôtres ; de même que Papin, l'inventeur de la machine

1. Voyez la notice de M. de Golbéry.
2. *Les Troyennes*, cantate, et l'imitation d'une scène d'*Hécube*.
3. *Danaé*.
4. *Antigone et Ismène*.

à vapeur, me paraît avoir prouvé une force de conception
plus grande que ceux qui, venant après lui, ont perfectionné
son invention. Mais enfin vous ne doutez pas que nos ma-
chines actuelles ne soient infiniment au-dessus des siennes,
et en montrant les imperfections de celles-ci vous ne croyez
pas diminuer le génie de l'inventeur : de même, quand je
fais la critique des œuvres poétiques, il doit être entendu que
les poëtes sont hors de cause, et que leur talent reste entier,
quelque faibles que nous paraissent aujourd'hui leurs travaux. J'insiste sur ce point, parce que j'ai reconnu que, dans
la discussion qui nous occupe, il n'y a rien qui ait, autant
que cette confusion de l'homme et de l'œuvre, nui à la clarté
de la pensée et à la rectitude des jugements.

SCHL. Je vous accorde volontiers tout cela, en me réservant toutefois mon libre arbitre sur les conséquences que
vous pourriez en tirer, car je ne crois pas avoir fait cette
distinction pour mon compte.

DELAV. Vous l'avez omise en effet, et c'est, à mon sens,
une des causes de vos erreurs. Vous concevez, en effet, que
si, pour nous tenir ici dans le général, nous attribuons surtout ce qu'on appelle le *génie* aux inventeurs et à ceux qui
les suivent immédiatement[1], la perfection dans l'exécution
ou le *talent* est au contraire le partage des siècles plus avancés. On peut soutenir, je ne dis pas avec vérité, du moins
avec quelque vraisemblance, que dans un art quelconque le
génie des grands artistes a été en déclinant depuis l'origine ;
mais il est bien certain que les ouvrages ont suivi la marche
inverse ; que nos horloges actuelles valent mieux que celles
du temps de Charles-Quint ; qu'il n'y a pas de comparaison
entre l'imprimerie d'aujourd'hui et celle de Gutenberg, et
qu'il en sera partout ainsi, puisque le temps amène successivement la connaissance de certains moyens ignorés au-

---

1. Lamotte, *Discours sur Homère* et *Réflexions sur la critique.*

paravant, dont l'ensemble constitue précisément un art plus
ou moins avancé.

SCHL. Je ne nie pas qu'il en soit ainsi en général, mais
cette assertion s'applique-t-elle à l'art dramatique ?

DELAV. Parfaitement. Lorsque l'on parle des règles du
théâtre, on a l'habitude de nommer les trois unités ; et vous-
même, comme je vous l'ai précédemment reproché, c'est
sur elles que vous avez porté toute votre critique. Mais ces
règles que leur expression rapide fait retenir et citer préférablement aux autres, ne sont ni les plus importantes ni les
premières trouvées. Il faut que l'action soit vraisemblable[1] ;
que les caractères se conservent jusqu'à la fin, tels qu'on les
a vus au commencement[2] ; que ces caractères diffèrent les
uns des autres, selon leur nature[3] ; qu'il y ait unité d'action[4] ; que les divers événements qui entrent dans l'action
principale convergent vers le dénoûment, le préparent et
l'amènent[5] ; qu'il y ait unité de temps[6] et unité de lieu[7],
surtout si ces deux unités sont entendues en ce sens, que le
spectateur ne s'aperçoit pas de l'interruption mise dans la
suite des faits, et qu'il n'y ait dans la situation respective des
personnages aucun changement qu'on soit forcé de lui ex-

1. Arist., *Poet.*, c. 9; Horat., *Ars poet.*, v. 183; Boileau, *Art poét.*,
chant III, v. 47

2. Horat., *Ars poet.*, v. 126; Boileau, *Art poét.*, chant III, v. 125.

3. Arist., *Rhet.*, II, 12 et sqq.; *Poet.*, c. 14; Horat., *Ars poet.*, v. 156;
Boileau, *Art poét.*, chant III, v. 131 et 373.

4 Arist., *Poet.*, c. 7, 8; Horat., *Ars poet.*, v. 23; Boileau, *Art poét.*, chant III,
v. 44. Écoutez. d'ailleurs, Voltaire : « Je n'ai jamais espéré un succès brillant de *Zulime*. Je vous ai toujours mandé que la mort du père tuerait la
pièce: et la véritable raison, à mon gré, c'est qu'alors l'intérêt change.
Cela fait une pièce double. Le cœur n'aime point à se voir dérouté; et quand
une fois il est plein d'un sentiment qu'on lui a inspiré, il rebute tout ce qui
se présente à la traverse. » *(Lettre à d'Argental, 12 juin 1740.)*

5. Voyez l'interprétation de Corneille dans son troisième discours.

6. Arist., *Poet.*, c. 7; Corneille, *Discours* 3; Boileau, *Art poét.*, chant III,
v. 45.

7. Corneille, *Discours* 3; Boileau, *Art poét.*, chant III, v. 45.

pliquer[1] ; que les scènes soient liées entre elles[2] ; que l'exposition soit complète dès le premier acte[3] ; qu'il n'y ait pas
de personnages inutiles[4] ; qu'on supprime les longs monologues[5], les pensées fausses ou exagérées[6], l'amour même,
lorsqu'il n'est pas nécessaire[7] ; que l'expression soit toujours
naturelle et le style irréprochable[8].

1. Une analyse bien faite de nos idées montre que c'est ainsi qu'il faut
entendre les unités de temps et de lieu C'est aussi un peu l'opinion de Corneille dans son troisième discours : « Je voudrais, dit-il, laisser cette durée
à l'imagination des auditeurs, et ne déterminer jamais le temps qu'elle emporte si le sujet n'en avait besoin ; principalement quand la vraisemblance
y est un peu forcée, comme au *Cid*, parce qu'alors cela ne sert qu'à les
avertir de cette précipitation. Lors même que rien n'est violenté dans un
poëme par la nécessité de cette règle, qu'est-il besoin de marquer à l'ou-
verture du théâtre que le soleil se lève, qu'il est midi au troisième acte et
qu'il se couche à la fin du dernier ? C'est une affectation qui ne fait qu'im-
portuner. » — Il est impossible de ne pas reconnaître ici le bon sens du
poëte tragique se révoltant contre la mauvaise expression d'une règle excellente en soi, mais fausse dans sa formule. C'est qu'en effet l'unité de
temps ne consiste ni dans douze, ni dans vingt-quatre, ni dans trente heures ; mais dans la suite non interrompue des incidents, dans la situation
identique des personnages, dans la concentration de leurs actes sur un seul
fait principal, sans aucun vide sensible entre les parties successives. Comme
cette considération métaphysique est assez abstraite pour qu'on ait quelque
peine à la bien distinguer et à l'exprimer clairement, on l'a, comme on fait
toujours, matérialisée, en la rapportant à nos unités de durée, au jour si-
déral ou aux vingt-quatre heures. On a fait là ce que les grammairiens
français ont fait pour l'emploi du prétérit, quand ils ont exigé l'intervalle
d'une nuit (*Thèses de grammaire*, n° VIII, p. 180). Mais l'esprit ni l'imagination ne comptent les minutes, ils sentent seulement très-bien si un événement est parfaitement un ou s'il est disloqué ; et c'est cette dislocation que
l'unité de temps nous doit faire éviter d'abord.

2. Corneille, *Discours* 1 et 3.

3. Corneille, *Discours* 1 ; Voltaire, *Comment. sur ces discours*. Note relative à la p. 426 du tome VIII de son édition.

4. Voltaire, *Comment. sur Corneille*, *le Cid*, acte I, sc. 3.

5. Racine, voyez la *Thébaïde*, acte II, sc. 1, et acte V, sc. 1.

6. Racine, préface de la première édition de *Britannicus*.

7. Voyez *Athalie, Esther, la Mort de César* ; Boileau, *Art poét.*, chant III,
v. 93 et suiv. ; Voltaire, en divers endroits, particulièrement dans le *Discours sur la tragédie*, mis au devant de son *Brutus*.

8. Racine, préf. de *Britannicus* ; Voltaire, en divers endroits. Voyez, du
reste, sur les principales règles de la poësie dramatique, le relevé que

Voilà des règles assez nombreuses et qui, ne vous y trompez pas, ont été découvertes successivement. Ce qui les distingue, c'est qu'elles sont toutes conformes à la raison, et que plus on les étudie, plus on se persuade qu'il est bon de s'y soumettre. Il y en a d'autres qui sont fort arbitraires, et n'ont été produites que par la coutume ou certaines nécessités spéciales à tel ou tel théâtre. C'était une règle chez les anciens de ne pas mettre à la fois plus de trois personnages sur la scène[1] : nous avons rejeté avec raison, je le crois, ce précepte ridicule. Il ne fallait pas non plus qu'un personnage sortît plus de cinq fois[2] ; nous le laissons sortir autant qu'il en a besoin. Horace recommande qu'une pièce soit toujours en cinq actes[3], et l'on sait que c'est chez nous une habitude ; mais cette habitude n'a rien d'obligatoire. Donat remarque qu'il est très-difficile de séparer les actes dans les pièces latines[4]. Les éditeurs habiles ont renoncé à les indiquer dans les pièces grecques, et, chez nous, ceux-là même qui approuvent la règle[5] ne peuvent rien dire de solide à ce sujet. Dans la pratique, on a souvent manqué au précepte. *Esther* est en trois actes ainsi que *la Mort de César*. Ducis a mis en quatre actes la tragédie d'*Abufar*, et il demandait avec beaucoup de raison dans sa préface pourquoi on n'aurait pas cette liberté. J'ai moi-même été plus loin qu'eux tous : dans *Une famille au temps de Luther*, j'ai donné une tragédie en un seul acte : et cette innovation n'a pas été mal reçue.

Schl. J'avoue que je n'ai pas fait ces remarques, ni suffisamment insisté sur la différente valeur des règles dont les

M. Éloi Johanneau en a fait dans sa *Rhétorique et Poétique de Voltaire* (in-8°, 1828), p. 325 à 339.

1. Horat., *Ars poet.*, v. 192.
2. Donat., *Argumentum in Andriam.*
3. Horat., *Ars poet.*, v. 189.
4. *Argument. in Andriam.*
5. Voltaire, *Comm. sur Corneille.* Note sur son troisième discours, relative à la page 484 du t. VIII de son édition.

unes sont fondées en raison, et les autres ne dépendent que
du caprice et de l'usage.

DELAV. Ce que je désire surtout que vous remarquiez bien,
c'est que ces premières règles n'ont pas été faites *à priori*;
mais, comme l'ont très-bien exposé Corneille [1] et Molière [2],
elles ont été successivement découvertes et surtout expéri-
mentées par la pratique du théâtre. Qui se serait douté, avant
la représentation du *Cid*, que le rôle de l'infante était si
mauvais? Qui aurait cru, quand régnait la mode des monologues, que ce moyen ne valait rien? Qui aurait soupçonné,
quand on admirait la délibération d'Auguste, dans *Cinna*, ou
la longue introduction du *Misanthrope*, que ces discussions
étrangères à l'action deviendraient insupportables au théâtre? Il a fallu, pour s'éclairer à cet égard, une expérience
longue et répétée, et dont les résultats sont assez certains
aujourd'hui pour qu'un poëte habile ne tombe plus dans ce
défaut.

SCHL. Comment, dans votre système, expliquez-vous ce
changement d'opinion. Quoi! tout le siècle de Louis XIV
admire la délibération d'Auguste, et l'explication d'Alceste
et de Philinte; et vous nous déclarez que ces parties sont
aujourd'hui insupportables à la scène! L'expérience se
contredit donc elle-même? quelle science alors peut-elle
fonder?

DELAV. L'expérience ne se contredit pas, je vous l'assure :
elle représente seulement des jugements plus ou moins avancés. C'est un fait que nous avons pu vérifier sur nous-mêmes.
A notre sortie du collége, quand nous assistions pour les
premières fois aux représentations dramatiques, quelque
faibles ou maussades que fussent les pièces, nous les trouvions excellentes. Charmés de ce plaisir du théâtre comme

1. Premier *Discours sur la tragédie*, au commencement.
2. *La critique de l'École des femmes*, sc. 7. Voyez aussi Lamotte. *Disc.
sur la fable*, t. IX, p. 21.

on l'est d'un premier amour, éblouis de l'éclat du spectacle, tout entiers à l'extase qui nous inondait, nous ne distinguions pas nos sentiments et transportions à l'œuvre du poëte l'enchantement produit par de tout autres causes.

Plus tard, et quand cette admiration juvénile se fut un peu refroidie, avons-nous fait la même confusion? Non, certes : nous avons séparé ce qui appartenait à l'assemblée, à la décoration de la salle, à l'éclat des lumières, enfin à la pièce considérée en elle-même. Nous avons jugé celle-ci plus sévèrement, et commencé à trouver mauvais ou médiocre ce que nous avions d'abord regardé comme parfait.

L'éducation des peuples se fait comme celle des enfants. Ce qu'on appelle l'opinion, le jugement public n'est au fond que la conception généralisée des opinions ou des jugements individuels; et ceux-ci sont plus ou moins avancés, selon que les individus ont vu et comparé plus de choses semblables, qu'ils en ont mieux séparé les parties, et rapporté plus distinctement à chacune ce qui lui appartient.

L'absence des bons modèles antérieurs est alors pour nous comme l'ignorance de l'enfance. La mode, l'esprit régnant à une certaine époque font le même effet sur nos esprits que l'éblouissement des parures ou le brillant des décorations. Tout cela se dissipe à la longue, et le public entier juge comme ont jugé avant lui les vrais connaisseurs.

Vous vous rappelez le fameux monologue du *Mariage de Figaro :* il est plein d'idées philosophiques et libérales qui eurent le plus grand succès en 1784, lorsque ces idées, qui germaient dans toutes les têtes, étaient combattues par le pouvoir, et qu'on était obligé de lutter pendant des années entières pour obtenir que la pièce fût représentée. J'ai vu moi-même, sous la Restauration, lorsqu'on craignait le retour des prétentions anciennes, et après que le *Mariage de Figaro* avait été assez longtemps écarté du théâtre, cette représentation enfin autorisée; et, sous l'influence des idées qui nous dominaient alors, j'ai applaudi avec le plus vif enthousiasme et le fameux monologue, et toutes les allusions politiques.

J'ai revu la même pièce depuis 1830. Les circonstances étaient changées aussi bien que les idées. Alors tous ces traits étrangers au sujet me semblèrent aussi froids que je les avais jadis jugés brûlants : le monologue me parut ce qu'il est en effet, un hors-d'œuvre d'une longueur démesurée. Ainsi, tout ce que la passion du moment et la mode nous avaient fait prendre pour des diamants et des brillants jetés sur le riche tissu de la pièce, un examen plus sérieux nous l'a fait reconnaître pour de véritables taches.

Eh bien! n'y a-t-il eu personne qui, lors des premières représentations, ait pu faire le départ du bon et du mauvais, et annoncer avec certitude ce qu'on blâmerait plus tard? Si fait, vraiment. Les critiques habiles, et en particulier La Harpe, ont annoncé, et très-nettement, tout ce que je vous dis ici. Lisez dans la *Correspondance* de ce dernier la lettre écrite au moment même où la pièce de Beaumarchais venait d'être jouée [1], et vous verrez que La Harpe a relevé précisément les fautes que je vous signale ici : c'est qu'en effet il avait sur le théâtre un excellent jugement, qu'il avait observé longtemps et avec une attention soutenue ce qui fait réussir ou tomber une pièce. Il y a loin de là, vous l'avouerez, au système que se fait d'avance un savant en *us* étranger par ses études au mouvement du monde et aux progrès du théâtre.

SCHL. Oh! je sais, messieurs les poëtes, que vous ne faites pas grande estime de l'érudition. Ce n'est pas comme nous, qui ne tarissons pas sur l'éloge de la poésie.

DELAV. Oui : mais quelle poésie? Celle que vous vous représentez d'après vos vieux livres; et Dieu sait ce qu'elle

---

1. *Correspondance littéraire*, lettre 206.

est. Tenez, pour le dire en deux mots, les jugements portés
non-seulement sur les tragiques, mais sur tous les poëtes
anciens comparés aux modernes, représentent deux opinions diamétralement opposées : celle des artistes et celle
des érudits. La contradiction s'explique du reste facilement.
Les érudits vivent dans leur cabinet, ils travaillent constamment sur des ouvrages difficiles à entendre, ils font des dissertations, rassemblent des témoignages, recueillent des
notes, en discutent la valeur, pressent les textes, et en font
sortir non-seulement ce qui y est, mais tout ce que leur
imagination veut y voir. Plus les choses sont anciennes, plus
elles ont fait naître de débats ou de conjectures, plus elles
leur semblent merveilleuses et dignes d'estime. Leur admiration remonte toujours et s'accroît en montant de nous aux
Romains, des Romains aux Grecs, et parmi les Grecs, des
plus récents aux plus anciens. Euripide est pour eux un bien
plus grand poëte que Racine ; mais Sophocle, mais Eschyle
sont bien supérieurs à Euripide, et rien surtout ne peut approcher de la perfection des ouvrages d'Homère, si ce n'est
la Bible, qui par son antiquité même a, comme œuvre de
l'esprit, le pas sur l'*Iliade* et l'*Odyssée*.

Les artistes procèdent naturellement en ordre inverse :
ils s'adressent à la multitude ; ce sont des applaudissements
qu'il leur faut ; les théories des philologues ne sont rien pour
eux, si l'approbation publique ne les vient confirmer. Ils se
moquent des exemples passés et n'admettent de conseils que
des critiques proprement dits, qui, remarquant pour eux
l'effet produit sur les masses par telle ou telle combinaison,
les avertissent qu'elle est avantageuse ou défavorable, et leur
en montrent la raison, non pas dans les opinions exprimées
par les rhéteurs anciens, mais dans des conditions générales
d'une bonne composition dramatique, conditions trouvées
par expérience, ne l'oubliez pas.

Les artistes qui ont été en même temps érudits, mais qui

n'étaient pas assez philosophes pour s'expliquer cette contradiction, ont obéi, sans s'en douter, à ces deux nécessités de
leur double position. Ils ont, dans leurs ouvrages didactiques,
dans leurs préfaces, dans leurs jugements littéraires, exalté
la science ancienne et vanté leurs modèles : dans la pratique,
ils se sont bien gardés de les suivre. Voyez Racine, qu'on
n'accusera pas d'avoir déprécié les Grecs, il déclare pourtant
que bien que son *Andromaque* porte le même titre que la pièce
d'Euripide, il n'a emprunté à cet auteur que le caractère
d'Hermione [1]. Dans les *Plaideurs*, il croit avoir imité de très-
près les *Guêpes* d'Aristophane [2] : mais comparez les deux
pièces page à page et vers à vers, vous verrez que l'imitation est presque entièrement restreinte dans une ou deux
scènes du troisième acte ; que l'intrigue tout entière, que les
personnages et les caractères de Chicaneau, de la comtesse
de Pimbesche, de Petit-Jean, et de l'Intimé, de Léandre et
d'Isabelle, que l'intérêt de la pièce enfin, l'intrigue et le dénoûment appartiennent à l'auteur français.

Il en est de même de son *Iphigénie* et de sa *Phèdre*, dont
il a emprunté les héroïnes au troisième des grands tragiques
grecs, où il a transporté les principales beautés et les traits
de passion de l'original, mais qui ne sont pas moins dans
leur ensemble, dans la manière dont toutes les parties sont
reliées pour l'intérêt général et toujours croissant, des chefs-
d'œuvre de composition dont il n'y a pas la moindre idée
dans Euripide.

C'est là ce qu'ont exprimé avec une conviction intime et
une complète bonne foi tous les critiques français, Voltaire
et La Harpe en particulier, quand ils ont dit que les pièces
grecques étaient à peine des tragédies, ou qu'elles ne méri-

---

1. Préface d'*Andromaque*. Voyez aussi les *Études* de M. Patin *sur les tragiques grecs*, t. III, p. 86.
2. Voyez la préface de cette comédie.

taient pas, comme œuvres d'art, l'admiration qu'on avait
réclamée pour elles.

Schl. Je sais bien qu'ils l'ont dit; mais je crois qu'ils ont
eu tort de le dire. Vous ne m'avez pas, jusqu'ici, montré
que je fusse dans l'erreur, ni dit pourquoi les érudits,
puisque vous faites de nous une classe à part, n'auraient
pas bien jugé de leur côté.

Delav. Rien de plus facile à expliquer. Les érudits font
dans la critique littéraire ce que les métaphysiciens font dans
la philosophie. Ils posent *à priori* un principe abstrait, c'est-
à-dire qu'ils arrangent dans leurs têtes certaines combinaisons d'idées sur lesquelles il faut bon gré mal gré que la
nature se modèle. Descartes, par exemple, veut expliquer
la formation du monde. Il imagine que l'espace est rempli
de petits cubes égaux qui tournent sur eux-mêmes, se bri-
sent en tournant et donnent naissance à trois sortes de
matières. Voilà pour lui la vérité essentielle et nécessaire.
Les faits s'y accommoderont comme ils pourront : cela ne
l'inquiète pas; c'est d'après son idée qu'il jugera l'expérience, non d'après l'expérience qu'il réformera son idée.

Par un procédé tout semblable en ce qui tient à l'art dramatique, et particulièrement à la tragédie, l'un veut que
l'essence même du drame soit la peinture d'un caractère.
C'est l'opinion soutenue par Raynouard et Jouy : et tous deux
en conséquence font des pièces détestables, où il n'y a ni
intrigue ni intérêt[1]; ils ne sont pas moins persuadés l'un et
l'autre d'avoir reculé les bornes de l'art et donné à leur
patrie des chefs-d'œuvre immortels que cette ingrate oublie
complétement le jour même où ils se produisent.

Cet autre croit que le drame de genre sérieux doit avant
tout reproduire matériellement la vérité historique. C'est le
système de tous ces poëtereaux que nous avons vus assurer

1. *Histoire de la poésie française à l'époque impériale*, t. II, lectures 48
et 50, p. 243 et 283. Voyez aussi la lecture 46, sur Chénier.

le succès de leurs pièces par l'exhibition de costumes bizarres ou d'habitudes singulières et opposées aux nôtres. Il a amené sur la scène des courtisans tantôt armés de sarbacanes, tantôt jouant au bilboquet; il a montré des bourgeois chaussés à la poulaine ou vêtus, comme nos bedeaux, d'habits dont les couleurs semblaient les couper en deux. Nous avons vu des nains aux jambes torses et des fous de cour avec leurs marottes et leurs bonnets garnis de grelots. Tous ces expédients n'ont fait vivre ni sauvé de l'oubli une seule de ces pièces.

Il y a des critiques plus instruits, sinon plus sensés que les précédents, qui, tenant peu au vêtement, croient que c'est surtout la vérité des faits et des idées qu'il faut respecter. C'est l'opinion exprimée par Fauriel au devant de sa traduction de deux mauvaises tragédies de Manzoni[1]; c'est aussi la vôtre, comme on peut le voir en divers endroits de votre Cours, particulièrement quand vous dites, en parlant de *Zaïre*[2] : « Ce que je cherche en vain dans ce rôle, c'est le coloris oriental. » — Je crois bien que vous ne l'y trouvez pas. Voltaire était trop avisé pour l'y mettre. Il n'y a qu'un érudit pétrifié dans ses études qui puisse aller au spectacle pour y retrouver la matière de ses bouquins. Nous savons très-bien, nous autres auteurs intelligents, que la foule se rassemble pour éprouver des émotions et en recevoir le plaisir qui doit la ramener. C'est pour elle que nous écrivons, et non pour dix ou douze mystiques qui nous demanderont, l'un la sévérité du costume babylonien, l'autre le style biblique, celui-là le genre moyen âge, celui-ci la rudesse spartiate. Eh! mon cher monsieur, toutes ces vieilleries peuvent être des moyens; ce n'est certainement pas le but de l'art dramatique, qui veut d'abord émouvoir et

1. *Le comte de Carmagnole* et *Adalgise*, in-8°.
2. *Littérat. dram.*, leçon 11, t. II, p. 226.

plaire, et ce n'est pas avec les guenilles ramassées de l'antiquité que vous y réussirez jamais.

SCHL. Pour moi, je n'ai pas cru que cette imitation servile
fût le fond même de la tragédie. J'en ai donné une tout
autre idée. Je crois que la marche des événements doit s'y
lier à une pensée philosophique[1] qui en serait la conclusion.

DELAV. C'est là une idée aussi creuse que cette recherche
et cette révélation du beau dont vous faites l'objet de la
poésie[2]. La fausseté d'un principe abstrait est peut-être
moins évidente ; elle n'est pas moins certaine que celle des
vues systématiques que je rappelle. Sans nous livrer sur ce
sujet à une discussion approfondie, suivons quelques-unes
de vos idées, et vous allez voir dans quelle profonde obscurité nous laissent ces termes généraux dont vous êtes constamment ébloui.

Vous vous extasiez sur la grandeur du théâtre grec,
théâtre en plein air et qui pouvait contenir tous les citoyens
de la république d'Athènes. Je ne vous réponds pas que
nous avons aussi des théâtres de ce genre, à la Saint-Phi-
lippe et aux fêtes de Juillet, et que nous savons quelles
pièces on y joue ; j'observe seulement que la grandeur du
théâtre est certainement une beauté dans l'édifice, mais
qu'elle ne fait rien à l'art dramatique. Les tragédies de
Racine, jouées de son temps dans de misérables hangars,
n'étaient-elles pas aussi bonnes que depuis qu'on les représente dans des salles élégantes ? Les spectateurs y sont sans
doute plus à leur aise ; les pièces sont restées ce qu'elles
étaient.

Cette grandeur du bâtiment, tout à fait étrangère à la
beauté des œuvres, avait d'ailleurs sur la composition de
celles-ci une influence des plus fâcheuses. Les acteurs, nous

1. *Comparaison des deux Phèdres*, p. 148.
2. Ci-dessus, p. 228, 229.

dit-on, étaient obligés de se grandir en montant sur des cothurnes, de se grossir en s'enveloppant de longues robes, d'amplifier leurs visages en les couvrant de masques ; de plus, ces masques augmentaient le volume et la portée de la voix ; enfin, des vases de métal placés en divers endroits renforçaient encore le son et le rendaient plus retentissant. Ainsi c'était une nature factice qu'on présentait partout aux spectateurs : au lieu d'hommes, des mannequins ; au lieu de la voix humaine, les sons d'un porte-voix ; au lieu de nos visages, des figures de métal ou de carton. Tels étaient, pour l'art dramatique, les avantages de ces théâtres en plein air dont vous admirez si complaisamment les grandes dimensions.

Était-ce tout ? Non vraiment. Ce masque, qu'on était obligé de garder pendant toute la scène, avait l'immobilité du marbre. Heureusement que le jeu des passions était presque entièrement inconnu dans le théâtre ancien ; on supportait cette barbarie sans se plaindre. Nous savons, pour nous, que c'est comme si l'on faisait jouer une tragédie par de grandes marionnettes, c'est-à-dire qu'il est impossible de rien imaginer de plus mauvais. Mais ce n'est pas ce que vous dites. Emporté par votre système et le parti pris de tout louer dans le théâtre ancien, vous admirez les masques comme vous admirez tout le reste[1].

Schl. Je les approuve eu égard à la beauté des têtes qu'ils permettaient d'idéaliser par le talent du statuaire, tandis que l'acteur pouvait avoir une figure ignoble et représenter ainsi fort mal Hercule ou Apollon.

Delav. N'équivoquons pas. Vous admirez le système ; il faut bien que vous admiriez les masques, qui en sont une partie essentielle ; et la raison que vous allez chercher de cet usage dans le besoin qu'avaient les Grecs de trouver

_____

1. _Littérat. dram._, leçon 3, t. I, p. 104, 109, etc.

toujours la beauté, lorsque nous savons par ce qui nous
en reste que ces masques étaient presque tous hideux, est
une preuve nouvelle que votre thèse est bien désespérée.
Quoi qu'il en soit, louez-vous, blâmez-vous l'emploi des
masques dans la tragédie? Si vous m'accordez que c'était
un moyen détestable et indigne d'un peuple spirituel, j'en
conclurai que le système théâtral qui ne peut pas s'en
passer est lui-même un art enfoncé dans un bourbier.

SCHL. Je ne voudrais pas aller jusque-là.

DELAV. Alors continuez de défendre les masques, et les
hommes de goût jugeront par là de la valeur de vos théories. Au reste, pourquoi ne les approuveriez-vous pas?
vous admirez bien le chœur des tragédies grecques[1], si
justement condamné par les modernes; vous le louez
comme si l'on n'avait pas fait mille fois l'expérience qu'il ne
sert qu'à ralentir l'action et ennuyer le spectateur.

SCHL. C'est surtout par rapport à la moralité de la pièce
que je vante le chœur des Grecs. Je dis qu'il faut l'envisager
comme la personnification des pensées morales qu'inspire
l'action; comme l'organe des sentiments du poëte qui parle
lui-même au nom de l'humanité tout entière[2]; que c'était,
en un mot, un spectateur idéal qui modérait les impressions
excessivement violentes ou douloureuses d'une action quelquefois trop voisine de la réalité, et qui, en offrant au
spectateur véritable le reflet de ses propres émotions, les lui
renvoyait adoucies par le charme d'une expression lyrique
et harmonieuse, et le plongeait dans la région plus calme
de la contemplation[3].

DELAV. Très-bien. Je vous dirai tout à l'heure ce que je
pense de toute cette phraserie. Vous avouez, après cette
tirade, que les critiques modernes n'ont jamais trop su que

1. *Littérat. dram.*, leçon 3, t. I, p. 101 et suiv
2. *Littérat. dram.*, leçon 3, t. I, p. 126.
3. *Littérat. dram.*, leçon 3, t. I, p. 127, 128.

faire du chœur ; que cela ne doit pas étonner, puisque déjà
Aristote ne vous donne pas à ce sujet d'explication satisfaisante. Vous croyez qu'Horace est un guide plus sûr, et vous
critiquez les auteurs de nos jours qui, ayant voulu expliquer
le chœur tragique des Grecs, n'ont pas rencontré la même
explication que vous[1]. C'est là, pour moi, la preuve que vous
n'entendez rien du tout à la question que vous traitez. Votre
explication en elle-même n'est d'abord que du galimatias.
Un *spectateur qui modère des impressions*, qui *offre* à un
autre spectateur *le reflet de ses émotions*, qui le *plonge dans
une région calme*.... qu'est-ce que cela veut dire, bon Dieu ?
Mais en supposant que cette idée ait un sens, comment ne
voyez-vous pas qu'elle est fantastique, puisque vous avouez
qu'Aristote n'y a jamais pensé, lui qui assurément savait infiniment mieux que vous ne pouvez le savoir ce que signi-
fiait l'art de son temps ? Votre explication est donc, comme
celle des auteurs que vous critiquez, une fantaisie qui n'a
de valeur que pour vous-même, et que tous les autres faiseurs de systèmes mépriseront aussi complétement et aussi
justement que vous méprisez les leurs.

Mais enfin, supposons que vous ayez raison contre eux
tous, que votre explication soit la bonne, qu'est-ce que cela
fait, je vous prie, à la question qui nous occupe ? Quand le
chœur aurait toutes les vertus que vous imaginez, est-il
moins un défaut insupportable dans la tragédie considérée
comme œuvre d'art ? Ce moyen ridicule, ressource de gens
qui ne savaient ni conduire ni remplir une pièce, est,
d'après l'explication que vous en donnez, comme ces écriteaux que, dans les anciens tableaux, le peintre faisait sortir de la bouche des personnages. Ils expliquaient la pensée
de l'auteur, comme vous dites que le chœur devait le faire ;
cela ne rendrait pas l'invention meilleure, pas plus que le

1. *Littérat. dram.*, leçon 3, t. I, p. 127, 128

sens que vous prêtez aux strophes lyriques des Grecs ne les
rend supportables dans une action qu'elles retardent.

Vous qui trouvez. toujours qu'aucun de vos prédécesseurs
n'a compris les tragédies grecques[1], si vous aviez compris
le moins du monde les jugements littéraires de Voltaire et
de La Harpe[2], que vous blâmez si légèrement, vous auriez
vu que toutes leurs critiques portent sur la pièce prise
comme œuvre de théâtre, c'est-à-dire comme destinée à
intéresser et charmer pendant deux heures une assemblée
de gens instruits, habitués eux-mêmes à lire de bons ouvrages. Jamais ils n'ont ni dit ni pensé que ces pièces ne
dussent pas intéresser les Grecs; mais ils ont soutenu avec
grande raison qu'aujourd'hui tout cela ne faisait pas des
tragédies pour nous, et qu'on ennuierait les spectateurs si
l'on voulait leur donner ces premières tentatives pour des
ouvrages bien faits. Il est honteux, permettez-moi de vous le
dire, de n'avoir pas mieux compris le sens des gens que
l'on critique, et d'être aussi étranger que vous l'êtes aux
progrès de l'art dont on prétend parler.

SCHL. Mais je crois connaître cet art beaucoup mieux que
vous ne le dites.

DELAV. Attendez : je ne suis pas au bout; vous rappelez-
vous ce que vous dites de la disposition du théâtre grec et
des portes qui y étaient pratiquées?

SCHL. Assurément[3] : il y avait dans le fond de la scène
une grande entrée et deux petites immédiatement à côté;
et en général il était aisé de juger, à la manière dont en-

---

1. Schlegel fait ici ce que font tous les érudits qui parlent des beaux-
arts. Comme ils font tout dépendre du principe abstrait qu'ils se sont donné
la peine de faire éclore, leurs devanciers n'ayant pas connu ce prétendu
principe sont pour eux des imbéciles. Les vrais critiques ne jugent pas
ainsi; ils savent fort bien reconnaître et classer les bonnes observations de
leurs anciens, comme ils apprécient leurs mérites divers.

2. *Littérat. dram.*, leçon 2. t. I, p. 80, 81.

3. *Littérat. dram.*, leçon 3, t. I, p. 96, 97.

trait un acteur, de l'importance de son rôle, parce que les principaux personnages arrivaient seuls par la porte du milieu. On avait encore pratiqué deux autres entrées qui ne marquaient aucune distinction entre les rôles, mais indiquaient seulement le lieu d'où l'acteur était censé revenir; une d'un côté pour ceux qui arrivaient de la ville, l'autre à l'extrémité opposée pour ceux qui revenaient d'un voyage. Sous les gradins de l'amphithéâtre était encore un escalier qu'on appelait l'*escalier de Caron*, parce qu'il était destiné aux ombres des morts.

DELAV. C'est bien cela. Ce qui m'étonne au plus haut degré, c'est qu'en rapportant ces circonstances, vous ne reconnaissiez pas qu'elles prouvent toutes, non-seulement l'enfance de l'art, mais la profonde ignorance ou l'incapacité absolue des spectateurs. Comment! il faut des portes inégales pour que l'assistance comprenne la grandeur du personnage qui vient! Comment! il faut deux portes opposées pour qu'on sache si tel ou tel arrive de voyage ou vient d'à côté? Il faut un autre trou tout exprès pour qu'on reconnaisse les ombres des morts! Certes, il y a dans tous les arts certaines conventions sans lesquelles l'art deviendrait impossible; mais celles-là sont si grossières, elles prouvent à tel point l'impéritie des poëtes qui ne savaient pas faire connaître leurs personnages, ou l'imbécillité des assistants, qu'on est stupéfait de voir un érudit, un professeur comme vous louer et admirer ces infamies. Je sais bien que, quand on fonde, comme vous le faites, le mérite des beaux-arts sur des principes abstraits, il n'y a pas de sottise, il n'y a pas de monstruosité qu'on ne puisse regarder comme un chef-d'œuvre de l'esprit; mais ici vous passez toutes les bornes, et c'est pourquoi nous pensons tous, nous Français, et gens du métier, que rien n'est plus chimérique, plus profondément stérile, partant plus méprisable que ces conceptions *à priori* du but et des moyens d'un art.

Schl. Que font donc, selon vous, les vrais critiques?

Delav. Je vous l'ai déjà dit : ils recueillent et examinent les œuvres ; ils les étudient sous le triple rapport de l'invention, de la disposition et de l'élocution, au delà desquelles il n'y a rien dans un ouvrage littéraire ; après quoi ils classent leurs observations et formulent leur jugement définitif. Si vous voulez que nous suivions cette marche sur une tragédie du théâtre grec ou du nôtre, je suis prêt à le faire avec vous, et nous arriverons, je le crois, et de bon accord, à reconnaître les principes tout autres que ceux que vous avez consignés dans votre cours.

Schl. Je ne demande pas mieux que d'en faire l'expérience. Analysons, si vous le voulez, l'*OEdipe roi* de Sophocle. C'est la pièce que les anciens ont regardée comme le chef-d'œuvre de leur théâtre. Les modernes se sont assez volontiers rangés à cet avis. Je ne le partage pas tout à fait[1], mais je ne vois aucun inconvénient à prendre cette tragédie pour type de votre analyse.

Delav. Prenons donc l'*OEdipe roi*. Je n'ai rien à dire de l'invention. Cette partie existe réellement chez nous, qui nous donnons la peine d'imaginer des faits qu'on ne trouve pas dans l'histoire, ou au moins d'arranger ceux qui s'y trouvent de manière à les faire dépendre les uns des autres, et à former du tout quelque chose de nouveau. Chez les anciens, rien de semblable. Ils prenaient tout bonnement une ancienne tradition et, la mettant en dialogue, l'exposaient telle quelle aux yeux du public. Rien de plus stérile que cette manière de composer : aussi vous vous rappelez combien tous les anciens se plaignaient de la disette des sujets, combien ils revenaient sur la nécessité de chercher et de trouver quelque chose de nouveau. « Qui ne connaît, s'écrie Virgile[2], le dur Eurysthée et les autels de l'odieux Busiris? Qui n'a pas

1. *Littérat. dram.*, leçon 4, t. I, p. 196.
2. *Georg.*, III, v. 4.

chanté le jeune Hylas, Latone et sa Délos, Hippodamie,
Pélops et son épaule d'ivoire? Il faut m'ouvrir une voie
nouvelle, par où je puisse m'élever à mon tour, et appeler
sur moi la mémoire. » Lucrèce ne se vante pas moins de par-
courir le premier des routes inconnues[1]; Horace revient à
tout moment sur ce sujet. Il félicite les Romains d'avoir
abandonné les traces des Grecs et chanté des sujets nationaux[2]; il loue Lucile d'avoir inventé la satire[3], et écrit
une épître à Mécène tout exprès pour expliquer quels droits
il croit avoir à l'immortalité par ses sujets et la manière
dont il les a traités[4]. Manilius se plaint aussi que les sujets
soient épuisés[5], et l'auteur du poëme de l'*Etna* énumère
tristement ceux qui étaient en possession d'exciter la verve
des poëtes : c'est l'âge d'or, c'est l'expédition des Argonautes,
c'est la guerre de Troie, c'est le repas abominable de
Thyeste, c'est l'abandon d'Ariane dans une île déserte; et
il choisit le sujet de l'Etna pour échapper à ces éternelles
redites[6].

Chez nous il y a certainement, et en quantité, des poëtes
qui ne savent que retourner les pensées ou les ouvrages des
autres, rebattre des sujets usés, recommencer incessamment
le travail fait avant eux; mais ce sont là des versificateurs
sans génie, et qu'une passion malheureuse entraîne à rimer
péniblement ce que d'autres mieux doués ne daigneraient
pas même écrire en prose. Chez les anciens, particulièrement chez les Grecs, c'étaient les esprits supérieurs qui
s'exerçaient ainsi à la suite les uns des autres; c'étaient les
Euripide et les Sophocle dont les mains pétrissaient la même

1. *De natura rerum*, IV, v. 1.
2. *Ars poet.*, v. 285.
3. *Sat.*, I. 10, v. 66; II. 1, v. 62 et sqq.
4. *Epist.*, I, 19.
5. *Astronom.*, II.
6. Lucilius junior, alias Cornelius Severus, *Ætna*, v. 8 et sqq. Cf. *Ju-
venal*, sat. I, au comm.

pâte déjà pétrie par Eschyle, et dont les successeurs devaient la répétrir encore[1].

Or, cette différence entre les anciens et nous me semble indiquer toute la distance d'un art qui ne fait que de naître et n'a encore aucune ressource, et du même art amené par une longue série de siècles et de tentatives variées à un haut degré de perfection. Ce n'est pas un reproche que j'entends par là faire aux anciens : c'est un fait que je constate. Resserrés pour le choix de leurs sujets, ils l'étaient encore plus pour les moyens de les mettre en œuvre ; en un mot, selon notre jugement actuel, ce qu'on nomme l'invention, ou, si vous l'aimez mieux, l'heureuse combinaison des moyens donnés par le sujet ou imaginés par l'auteur, afin de former un tout intéressant, est chez eux complétement absente : je n'ai donc pas à en parler.

Schl. Je ne contesterai pas ces propositions que je n'avais pas peut-être assez remarquées, et qui me semblent vraies au moins en grande partie, si je n'en tire pas les mêmes conséquences que vous.

Delav. Vous voyez pourtant par là combien vous avez été dans l'erreur quand, divisant les tragédies d'après l'idée que vous supposez y dominer, vous en reconnaissez trois genres, ni plus, ni moins[2], et que vous accusez les modernes d'avoir péché dans cette partie de l'art tragique, parce qu'aucun d'eux ne s'est douté, ou ne s'est soucié des divisions toutes chimériques que vous avez prises pour le fond de l'art[3] ; et surtout quand, aveuglé par votre malheureux système, vous avez posé en principe et admiré comme une vertu cette incroyable stérilité dont les anciens (vous venez de le voir) se lamentaient avec tant de raison. Selon vous, la mythologie

---

1. Voyez à ce sujet la satire de Pétrone, ch. 1 et 2 ; et la thèse *Sur les premiers manuels d'invention oratoire jusqu'à Aristote*, ci-dessus, p. 135.
2. *Comparaison des deux Phèdres*, p. 147 et 156.
3. *Comparaison des deux Phèdres*, p. 147.

est le sujet principal ou l'unique source de la tragédie grecque [1] : en fait, cela est vrai, et c'est son malheur. Vous en faites son essence et son devoir ; et Phrynicus ayant fait pleurer les Athéniens sur la prise de Milet, comme ceux-ci le condamnèrent à l'amende, vous écrivez à ce propos [2] : « Ce jugement est dur et inique sans doute ; mais il montre un sentiment juste des convenances et des bornes de l'art dramatique. » — Il ne montre, à mon avis, que la tyrannie la plus révoltante, jointe à la sottise la plus aveugle et à la plus honteuse ignorance des intérêts et des progrès de l'art ; et il faut toute l'indulgence qu'on accorde aux faiseurs de systèmes pour vous pardonner une analyse aussi fausse et une assertion aussi détestable.

Qu'est-ce que c'est donc, mon cher monsieur, que les bornes d'un art ? Je n'en connais pas d'autres pour moi que celle des moyens mêmes propres à cet art. Quand vous êtes obligé d'employer des ressources tout à fait étrangères, vous dépassez en effet ses limites, ou vous mêlez deux arts ensemble. Mettez-vous dans l'intérieur d'une statue des ressorts qui la meuvent : ce n'est plus de la sculpture, c'est de la mécanique. Pour varier les aspects d'un tableau, faites-vous jouer la lumière comme dans le diorama : ce sont, pour moi, des effets d'optique qui ont leur mérite, sans doute, mais qui, enfin, ne sont pas du même genre et n'ont pas droit à la même estime que la peinture. Je comprends parfaitement ces différences, et je les crois utiles, parce qu'elles nous apportent des idées nettes. Je ne sais plus du tout ce que vous voulez dire, et certes vous ne le savez pas plus que moi quand, au lieu de mettre les bornes de l'art dans les moyens qu'il emploie, vous les placez dans le sujet qu'il est ou qu'il n'est pas permis de traiter, dans la passion qu'on

---

1. Ce n'est pas même la mythologie tout entière, mais seulement quelques familles mythologiques. Arist., *Poet.*, c. 13, n° 8 et ci-dessus, p. 25.

2. *Littérat. dram.*, leçon 3, t. I, p. 131.

doit ou qu'on ne doit pas peindre, dans les maximes qu'il faut ou qu'il ne faut pas prêcher.

On arrive avec ces phrases vides de sens et prises pour des raisons à soutenir que le Laocoon et le Milon de Crotone, ces chefs-d'œuvre de la statuaire antique et moderne, ne sont plus de la sculpture, non plus que le groupe de Zéphyre enlevant Psyché, de Rutchiel[1] : les premiers, parce qu'ils expriment des passions violentes, que le marbre ne doit pas représenter ; le dernier, parce que le corps de Zéphyre, posant entier sur le vide, les deux personnages semblent voler dans l'air, et que le marbre ne peut pas s'y soutenir tout seul. On fait, comme vous, une dissertation contre la *Phèdre* de Racine, où les reproches tombent presque tous sur ce que la moralité des caractères n'y est pas irréprochable[2] ; on écrit enfin que le *Tartufe* est moins une comédie qu'une satire en dialogue[3], comme on l'a dit de mes *Comédiens*. De toutes les critiques qu'on a faites de mes œuvres, c'est celle assurément que j'ai le plus méprisée, par la raison bien simple que je n'y ai jamais trouvé le moindre sens ; jugez du cas que je fais de votre grand principe sur les bornes de l'art.

Schl. Les anciens n'en jugeaient pas comme vous.

Delav. C'est ce qui vous trompe : cette fureur de dogmatiser vous met sur les yeux un bandeau si épais que vous n'apercevez pas même le travail successif que faisaient les artistes, travail qui, pour être mal analysé par eux, n'était pas moins réel. Qu'avait été le drame dans sa première origine ? un rudiment tellement informe que personne ne l'avait remarqué. Du temps de Solon[4], Thespis coupa les chœurs par des récits[5] ; ce fut une idée heureuse, un germe fécond dont

1. Voyez ce groupe au Louvre, dans la salle des sculptures de ce siècle.
2. *Comparaison des deux Phèdres*, passim.
3. *Littérat. dram.*. t. II.
4. Plut., *Solon*. c. 29, t. I, p. 376, éd. Reiske.
5. Diog. Laert.. lib. III, c. 34, n° 56, ci-dessus, p. 10.

il faut lui savoir gré. Ce n'est pas encore le drame, car celui-ci consiste dans une action marchant et se développant par le dialogue[1]. C'est à Eschyle qu'on doit cette création ; c'est lui qui introduisit deux personnages[2] et qui, par là, supprima le simple récit. Sophocle en ajouta un troisième[3], et l'antiquité s'en est tenue là[4]. Êtes-vous sûr que les Schlegel d'alors n'aient pas accusé Sophocle d'avoir excédé les limites de l'art ; et ne ferez-vous pas aujourd'hui le même reproche aux modernes qui ont laissé si loin les trois acteurs des anciens ?

La comédie ne se perfectionna peut-être pas aussi vite que la tragédie[5]. Du temps d'Aristophane, c'était moins encore un drame qu'une satire dialoguée, c'est-à-dire, car ici j'entends parfaitement ce mot, qu'il n'y avait pas, à proprement parler, d'action suivie dans les pièces, qu'elles étaient, comme nos pièces à tiroir, nos revues critiques, nos parades, un cadre où l'auteur faisait entrer, selon sa fantaisie, des pochades de toute sorte. La forme de ce genre de poésie changea notablement quand Ménandre, Philémon, Diphile, Apollodore obtinrent les applaudissements d'Athènes. Quoique leurs pièces ne nous soient pas restées, nous pouvons nous en faire une idée par Plaute et par Térence : nous y trouvons tout ce qui pour nous constitue une action dramatique, et qu'Aristote exigeait déjà dans la tragédie[6], un commencement, un milieu et une fin. Les événements s'amènent les uns les autres, marchent et se terminent. C'est là un progrès très-important : je ne crois pas avoir besoin d'y insister.

1. Arist., *Poet.*, c. 3, n° 2; c. 6, n° 7; et c. 7.
2. Arist., *Poet.*, c. 4, n° 6; Diog. Laert., lib. III, c. 34, n° 56, ci-dessus, p. 16.
3. Arist. et Diog. Laert., lieux cités.
4. Hor., *Ars poet.*, v. 192.
5. Arist., *Poet.*, c. 5, n° 2.
6. *Poet.*, c. 7, n° 3; ci-dessus, p. 17 et 19.

Schl. Non, non, je vous en dispense.

Delav. Une circonstance précieuse dans cette histoire de la comédie ancienne, c'est que Térence prenait ordinairement deux comédies grecques pour en faire une des siennes[1]. César faisait allusion à cette habitude dans l'épigramme, d'ailleurs assez bien tournée, où il appelle ce poëte un *demi-Ménandre*[2]. Mais on ne s'est pas assez rendu compte, ce me semble, du motif qui portait Térence à prendre ainsi deux pièces grecques pour en faire une seule. Ce motif, c'est que les pièces anciennes, trop simples, trop nues, étaient devenues insuffisantes pour les Romains. A mesure que la civilisation avance et que l'esprit des peuples se développe, un art ne nous suffit plus dans sa forme primitive. Nous tendons à quelque chose de meilleur et de plus complet ; nous voulons y trouver plus d'idées et plus d'événements ; et c'est ainsi que Racine, imitant Aristophane, comme je vous l'ai dit tout à l'heure[3], Molière imitant le *Phormion* de Térence dans ses *Fourberies de Scapin*, n'ont pris de leurs modèles que quelques situations, et ont réellement inventé tout le reste. Voltaire, tirant aussi son *OEdipe* de celui de Sophocle, a introduit ce personnage ridicule dont il s'est moqué plus tard[4], de Philoctète, amoureux suranné de la vieille Jocaste ; ce qui donne lieu de le prendre pour l'auteur du meurtre de Laïus et la cause des maux qui désolent Thèbes. Vous me direz que l'invention n'est pas merveilleuse, et j'en conviens volontiers ; elle prouve au moins que Voltaire ne croyait pas pouvoir remplir sa pièce avec le mince bagage qu'il trouvait dans l'*OEdipe roi*[5]. De même encore, quand Ducis a fait passer

---

1. *Andria*, prol., v. 9 et 13 ; *Eunuch.*, prol., v. 30, 31, 32 ; ci-dessus, page 30.
2. Sueton. (alias Donat.), *Vita Terentii*.
3. Ci-dessus, p. 259.
4. Voyez la cinquième lettre sur *OEdipe*.
5. Il s'en explique d'ailleurs lui-même dans la cinquième lettre citée sur *OEdipe*.

sur notre théâtre l'*Alceste* d'Euripide[1], il y a fondu l'*OEdipe à Colone* de Sophocle, et a composé ainsi un drame enchevêtré où rien ne sauve ce mélange maladroit des deux œuvres antiques[2], mais qui n'en prouve que mieux ce besoin d'action et de mouvement de jour en jour plus nécessaire.

C'est une idée toute semblable qui a guidé Térence, quoique les anciens ne s'en soient pas exactement rendu compte. Donat nous explique, dans ses notes sur l'*Andrienne*[3], pourquoi le poëte latin a ajouté les personnages de Charinus et de Byrrhia à la pièce de Ménandre : « C'est, dit-il, pour que Philomène ne reste pas fille, tandis que Glycère se marie à Pamphile ; » c'est-à-dire, en d'autres termes, que Térence avait reconnu que l'action de Ménandre paraîtrait aux Romains incomplète ou insuffisante, et il l'a complétée.

SCHL. Je n'avais pas fait cette remarque.

DELAV. Je le crois sans peine : ce n'est pas en effet le raisonnement, c'est l'expérience seule qui peut nous donner cette connaissance. Jamais nous n'y serions parvenus, si nous n'avions remarqué que le drame languit quand l'action est vide ; qu'au contraire l'attention est éveillée et toujours soutenue lorsqu'elle est remplie, que les événements se font naître les uns les autres, et produisent par leur succession des situations nouvelles et imprévues. Cet art si important aujourd'hui était presque entièrement ignoré des anciens, surtout des tragiques ; on le voit bien par ces prologues où un personnage, quelquefois même étranger à la pièce, vient annoncer aux spectateurs tout ce qui va se passer sous leurs yeux[4]. Un des exemples les plus péremptoires dans ce genre, est celui que nous donne la *Cistellaria* de Plaute. Il

---

1. Dans son *OEdipe chez Admète*.

2. Voyez notre *Histoire de la poésie française à l'époque impériale*, lect. 45, t. II, p. 210.

3. Acte II, sc. 1, v. 1. Note sur les mots *Quid ais, Byrrhia?*

4. Eurip., *Hecuba*, prol.; Seneca, *Herc. furens, Thyestes*, etc.

y a trois expositions : d'abord une scène entre trois femmes[1];
une seconde scène, où la plus vieille, restée seule, apprend au spectateur l'origine de Silénic, exposée autrefois,
puis trouvée et donnée à sa voisine Mélénis; elle termine par
ces mots sa confidence au public :

> Il n'y a que nous deux qui soyons dans le secret, moi qui donnai,
> elle qui reçut; je dis nous deux avec vous toutefois.... Veuillez vous
> en souvenir, je m'en vais [2].

Et à peine est-elle partie, que le dieu Secours (*Auxilium*),
trouvant qu'elle n'en a pas dit assez, ajoute [3] :

> La vieille est aussi grande parleuse que grande buveuse. C'est à
> peine si elle a laissé à un dieu quelque chose à dire, tant elle s'est
> pressée de vous instruire de la supposition d'enfant. Elle aurait pu s'en
> dispenser, car je vous l'aurais fait connaître; et en ma qualité de dieu,
> je le pouvais mieux qu'elle. On me nomme le bon secours. Soyez
> attentifs, pour que je vous explique nettement et clairement le sujet
> de la pièce [4].

Suit une nouvelle confidence de quarante-sept vers.

Est-ce là, je vous le demande, un art dramatique ? N'en
est-ce pas l'enfance, ou plutôt l'absence ? Au reste, sans nous
arrêter à ces défauts partiels, examinons en détail une pièce
grecque par rapport au plan général et à la marche de l'action. Vous m'avez proposé, et nous tenons ici l'*OEdipe roi* :
considérons-en la disposition, et nous verrons tout de suite
quelle pauvreté singulière dans les idées, quelle inexpérience dans la conduite générale. Au lever du rideau, OEdipe
demande au prêtre et apprend de lui pourquoi l'on fait des
sacrifices par toute la ville : c'est pour écarter la peste qui
désole Thèbes [5]. Le roi lui-même s'était ému de ce malheur.

---

1. Act. I, sc. 1, v. 60 à 121.
2. Act. I, sc. 2, v. 26 à 29.
3. Act. I, sc. 3, v. 1 à 7.
4. Traduction de M. Naudet, dans la *Bibliothèque latine-française* de
Panckoucke.
5. *OEdipus rex*, v. 1-57 : edit. Didot, 1842.

Il a donc envoyé Créon, son beau-frère, consulter l'oracle,
et il l'attend en ce moment même [1]. Créon arrive : Les
dieux, dit-il, exigent que l'on punisse les assassins de Laïus [2].
Quels sont-ils? demande OEdipe; et comme on ne le sait pas,
il se borne à prononcer des imprécations contre eux [3]. Le
chœur lui conseille de consulter le devin Tirésias [4]. Celui-ci
vient en effet, refuse d'abord de s'expliquer [5]; mais, accusé
par OEdipe d'être l'auteur du crime que l'on veut punir [6], il
déclare au roi que c'est lui, OEdipe, qui a tué Laïus [7], qu'il
a épousé sa mère [8], que ce jour lui apprendra tout ce qu'il
veut savoir [9]; enfin, en se retirant, il annonce très-catégori-
quement tout ce que l'on doit découvrir plus tard [10]. Quand
Tirésias est parti, Créon, qui sait qu'OEdipe l'a tout à l'heure
accusé de lui tendre des embûches, revient pour se justifier [11].
Alors commence entre les deux princes une discussion assez
longue [12], qui n'a d'autre objet que d'amener Jocaste pour
apaiser les deux beaux-frères [13]. Créon sorti [14], OEdipe et Jocaste s'apprennent ce qu'ils auraient dû se dire depuis longtemps sur les événements qui ont précédé leur mariage [15]. Je
n'insiste pas sur cette invraisemblance, puisque vous la reconnaissez vous-même.

1. *OEdipus rex*, v. 58-83. Trente vers pour cela.
2. *Ibid.*, v. 95-105.
3. *Ibid.*, v. 216-275. Soixante vers d'une déclamation sans intérêt.
4. *Ibid.*, v. 285 et sqq.
5. *Ibid.*, v. 316.
6. *Ibid.*, v. 346. Accusation forcée et inadmissible.
7. *Ibid.*, v. 362.
8. *Ibid.*, v. 366.
9. *Ibid.*, v. 438.
10. *Ibid.*, v. 447-462.
11. *Ibid.*, v. 513. Retour sans motif raisonnable.
12. *Ibid.*, v. 532-630. Près de cent vers sans aucun intérêt.
13. *Ibid.*, v. 634.
14. *Ibid.*, v. 676.
15. *Ibid.*, v. 697-862. Voyez les observations de Voltaire dans ses lettres
sur *OEdipe*.

Schl. Oui[1] : mais je remarque que les principes suivis par les anciens poëtes étaient, à cet égard, différents de ceux des critiques modernes ; que ce n'était pas à une raison prosaïque et calculatrice qu'ils soumettaient le dessein d'un ouvrage d'art.

Delav. Tant que vous voudrez : je vous ai déjà dit que je ne m'amuserais pas à combattre vos théories. Voilà une invraisemblance monstrueuse, vous la reconnaissez comme moi ; j'avoue, comme vous, que les anciens n'y faisaient aucune attention ; et je conclus de cette indifférence inconcevable qu'ils étaient bien peu avancés. Vous jugez que c'était de propos délibéré et par système qu'ils ne s'apercevaient pas de ce défaut. Soit : alors c'est le système qui ne vaut rien du tout, au moins pour les connaisseurs. Quant aux érudits, je n'en parle pas, leur jugement n'intéresse qu'eux. Quoi qu'il en soit, il est clair comme le jour, surtout après ce qu'a dit Tirésias, qu'OEdipe est le vrai coupable, et que la pièce est finie. Mais, pour l'allonger un peu, Sophocle fait demander le serviteur qui accompagnait Laïus et qui s'est retiré à la campagne quand il a vu OEdipe devenir roi de Thèbes[2]. Survient un messager qui annonce la mort de Polybe, roi de Corinthe, qu'OEdipe avait regardé comme son père[3] ; il lui apprend qu'en cela il s'est trompé, et que c'est lui-même qui l'a remis à ce roi après l'avoir reçu enfant des mains d'un berger inconnu[4]. En ce moment arrive le serviteur appelé de la campagne ; c'est précisément le berger dont il s'agit[5] ; tout s'explique ou se réexplique. OEdipe, enfin convaincu de son malheur, quitte la scène[6] ; le chœur chante

1. *Littérat. dram.*, leçon 4, t. I, p. 201.
2. *OEdipus rex*, v. 758.
3. *Ibid.*, v. 924.
4. *Ibid.*, v. 1018-1044.
5. *Lbid.*, v. 1123.
6. *Ibid.*, v. 1185.

une quarantaine de vers [1] ; un second messager vient annoncer que Jocaste s'est étranglée et qu'Œdipe s'est crevé les yeux [2]. Celui-ci revient bientôt lui-même avec les yeux crevés et sanglants (ce qui est aussi dégoûtant qu'impossible), confirmer cette étrange nouvelle [3]. Créon reparaît aussi, et la pièce finit après qu'Œdipe a demandé qu'on rende à Jocaste les honneurs funèbres [4], et qu'on lui permette à lui-même d'aller mourir sur le Cithéron [5].

Voilà toute la tragédie. Vous reconnaissez qu'il n'y a là ni intrigue, ni action dans le sens où les modernes prennent ce mot, ni même enfin progrès dans les événements. Point d'intrigue, cela est évident : ici comme dans toutes les pièces grecques, Œdipe reste là pendant tout le temps, et reçoit à tour de rôle la visite et les déclarations des divers personnages, sans qu'aucun d'eux attende jamais le suivant ou le fasse venir ; point d'action, puisqu'il n'y a pas un seul événement qui soit la cause d'un autre, et que les scènes auraient pu être interverties sans que l'ensemble en souffrît beaucoup ; enfin, il n'y a pas même de progrès, puisque ni Œdipe, ni les autres personnages ne font rien ; que tout ce qui amène la catastrophe est antérieur à la pièce, et qu'à l'exception du roi, tous les rôles auraient pu être remplacés par des lettres ou des écriteaux annonçant aux spectateurs ce que Créon, Tirésias, Jocaste, des messagers et un berger lui communiquent successivement. Ainsi ce chef-d'œuvre du théâtre grec, considéré quant à la disposition, est à cent piques au-dessous des petites pièces de nos théâtres du boulevard. On ne voudrait pas aux Funambules d'une pièce si faiblement construite, et en supposant que les acteurs l'eus-

1. *OEdipus rex*, v. 1186-1221.
2. *Ibid.*, v. 1235-1296.
3. *Ibid.*, v. 1307.
4. *Ibid.*, v. 1447.
5. *Ibid.*, v. 1452.

sent admise, le public n'en laisserait pas achever la représentation.

Schl. Ne rougissez-vous pas de comparer à des ouvrages
sans nom les chefs-d'œuvre de l'esprit humain, que toutes
les nations s'accordent à admirer?

Delav. Toujours la même confusion des hommes avec les
ouvrages. Je ne compare pas ceux-ci par rapport au talent
qu'il a fallu pour les composer; seulement, je ne puis
m'empêcher de remarquer que l'art de lier une intrigue,
d'enchaîner les événements, de varier les situations, est,
par le laps et le progrès du temps, devenu très-commun
chez nous; que le moindre romancier en sait plus à cet
égard que n'en ont jamais su les Grecs[1]; que la foule elle-
même est devenue beaucoup plus difficile à cet égard, et
qu'il est impossible de parler du théâtre avec intelligence,
si l'on ne se rend pas compte de ces changements dans nos
habitudes.

Schl. J'avoue que je ne m'en suis pas occupé du tout. Je
regarde cela comme si peu de chose.

Delav. Vous ne le jugez si peu de chose que parce qu'il
vous eût été impossible d'y atteindre. Nous, poëtes dramatiques, nous savons fort bien quelle est la difficulté de cette
partie. Mais, sans y insister, c'est précisément parce que ce
point de vue vous échappe, que vos critiques sont si
fausses. Vous êtes même en cela d'autant plus inexcusable,
que les anciens avaient observé, sans en tirer tout le parti
possible, l'avantage de certaines combinaisons scéniques.
Donat remarque sur le quatrième acte de l'*Andrienne* qu'il y
a un enchevêtrement très-heureux, où Simon, Pamphile,
Dave, Charinus, Byrrhia et Chrémès sont tous irrités les
uns contre les autres[2]. Votre assertion précédente sur la

---

1. *Histoire de la poésie française à l'époque impériale*, lect. 19, t. I,
p. 300.

2. Elegans perturbatio in qua inter se Simo, Pamphilus, Davus, Chari-

manière dont les anciens jugeaient les œuvres dramatiques
n'est donc pas même appuyée sur leurs témoignages.

Schl. Je le vois bien, et peut-être ai-je eu tort de ne pas
compter assez sur la marche du temps et les observations
qu'il amène.

Delav. Vous auriez vu de toutes parts naître des progrès
plus ou moins sensibles, dont cependant la suite forme
l'histoire de l'art. On remarque ainsi que les auteurs renon-
cent petit à petit à certaines formes autrefois employées
sans scrupule. Térence ne voulait plus de ces prologues
faits par des divinités[1], ni même que la pièce, insuffisante à
s'expliquer elle-même, dépendît en aucune façon de ce qui
était raconté au public avant la première scène[2]. La vérité
dramatique avançait aussi. Les femmes, autrefois exclues
de la représentation des pièces, avaient fini par s'y faire
admettre et y jouaient des rôles importants[3]. Sans doute il
restait encore une grande monotonie dans les moyens et
les effets. Quoi de plus fatigant que de voir toujours et
sans cesse les vieillards vêtus de blanc, les jeunes gens de
deux couleurs, les parasites entortillés dans leur manteau,
les courtisanes avec une robe brune[4]? Quoi de plus inadmissible et de plus repoussant tout ensemble que ces dé-
noûments où la jeune fille, précédemment déshonorée par
son amant, accouchait dans l'intérieur des appartements et
poussait des cris assez forts pour être entendus sur la scène

nus, Byrrhia, Chremes, omnes omnibus redduntur offensi. Donat., *in Andr.*,
act. IV, sc. 1, v. 1.

1. Donat., *in Andr.*, act. I, sc. 1, v. 1; *in Hecyr.*, act. I, sc. 1, v. 1.

2. Tous les prologues de Térence sont de simples préfaces dont les pièces
ne dépendent en aucune façon : celles-ci sont complètes en elles-mêmes; la
première scène fait l'exposition dont le prologue se chargeait autrefois.
Hæc scena pro argumenti narratione proponitur.... ut virtute poetæ, sine
officio prologi.... periocham comœdiæ populus teneat, et res agi magis quam
narrari videatur. Donat., *in Andr.*, act. I, sc. 1, v. 1.

3. Donat., *in Andr.*, act. IV, sc. 3, v. 1.

4. Donat., *Fragm. de comœdia et tragœdia.*

et jusqu'au bout du théâtre[1]? Quoi de plus dégoûtant que ces enfants nouveau-nés, déposés dans leurs langes à la porte de l'homme qui les devait protéger[2]? Mais ces moyens, justement rejetés chez nous, étaient alors ce que les poëtes connaissaient de mieux; ils n'hésitaient donc pas à s'en servir.

Si vous comparez à cela ce que l'expérience nous a appris, c'est un tout autre monde. Nous prenons les jeunes filles dans leurs familles, au lieu d'en faire des courtisanes. La supposition, l'exposition des enfants n'est chez nous qu'un moyen entre tant d'autres, au lieu d'être le ressort universel de nos comédies. Nos scènes se lient les unes aux autres; il y a une intrigue, un développement d'action, une lutte d'intérêts, un jeu de passions dont les anciens n'avaient pas la moindre idée, qui nous ont fait mettre sur la scène la variété que nous trouvons dans les relations sociales. Ce sont là des différences et des progrès qu'il est honteux de ne pas apprécier ou même de ne pas sentir quand on veut écrire *ex professo* sur la littérature dramatique.

Schl. Si je n'ai pas appuyé sur ce point, j'ai insisté sur d'autres.

Delav. Oui sans doute, sur les points historiques qui ne font rien à l'affaire, ou sur le costume des acteurs, ou sur l'intérêt que les Grecs pouvaient donner à telle ou telle situation. Je vois en tout cela le travail stérile d'un érudit; je n'y saurais voir le jugement d'un homme de goût.

Schl. Mais si c'est le goût qui s'est dépravé?

Delav. Quand on en vient à cette supposition, c'est qu'on n'a plus rien de bon à dire. La question, pour nous artistes, n'aurait pas changé; car le goût, pour nous, c'est toujours ce qu'aiment et favorisent ceux pour qui nous fai-

---

1. Terent., *Andr.*, act. III, sc. 1, v. 15; *Adelph.*, act. III, sc. 4, v. 40, et ailleurs.

2. Terent., *Andr.*, act. IV, sc. 3, v. 4.

sons nos ouvrages. Mais vous oubliez que je n'ai pas même
fait intervenir cette puissance souveraine du public. J'ai considéré l'action dramatique en elle-même; j'ai examiné ce
qui en faisait l'intérêt, la variété. Vous n'avez rien trouvé de
raisonnable à objecter à ce que j'ai dit, non pas même que
vous jugiez autrement que moi sur une scène donnée.
M'opposer maintenant l'hypothèse de la dépravation du
goût, non sur un point particulier, mais en général et pour
tout notre système dramatique, c'est m'avouer que vous
êtes à bout de raisons, en ce qui tient à la disposition, et
m'avertir qu'il est temps de clore un entretien déjà trop
long.

III. — LES IDÉES, LE STYLE ET LA CONDUITE DES SCÈNES DANS LES PIÈCES DE THÉATRE.

DELAVIGNE. Nous arrivons ensemble au rendez-vous : puisque nous nous piquons tous les deux de tant de ponctualité,
commençons tout de suite, et sans préambule, si vous le voulez bien, l'examen de la question qui nous reste.

SCHLEGEL. J'y consens. Cette discussion ne nous arrêtera pas
longtemps, car j'ai dit avec raison, je crois, que les beautés
du style et de la versification ne sont jamais qu'une condition secondaire [1].

DELAV. Ce n'est pas sur ce point que le débat promet d'être
court, car ma conviction est diamétralement opposée à la
vôtre. Juger un ouvrage indépendamment du style ! que ne
dites-vous aussi qu'il suffit pour apprécier un tableau de
connaître avec le sujet la place et le mouvement des personnages ? que le reste est secondaire, c'est-à-dire que le dessin,
le coloris, la perspective n'y ont que peu de valeur. Tous
nos critiques, les bons, veux-je dire, ceux qui ne font pas de

---

1. *Littérat. dram.*, leçon 12, t. II, p. 260.

théories creuses, mais qui recueillent les faits, les examinent
et les classent, sont d'accord sur ce que, sans le style, un
ouvrage littéraire n'est rien du tout. Et ne croyez pas que
les œuvres dramatiques fassent exception à ce principe :
nous avons des tragédies conduites à bien peu près de la
même manière, par exemple la *Phèdre* de Racine et celle
de Pradon. L'élocution seule en diffère, et la première est
un chef-d'œuvre, quand la seconde n'est qu'une rapsodie.

SCHL. Je sais que les lecteurs français s'attachent de préférence aux détails de la diction et de la versification, et qu'ils
poussent cet amour jusqu'à ne voir que de beaux morceaux
dans des ouvrages qui devraient être sentis et jugés dans
leur ensemble [1]; je ne puis pourtant me persuader que l'élocution ait autant de prix que vous le dites.

DELAV. Avant de vous répondre je protesterai contre cette
assertion, sur la manière dont les Français, selon vous,
jugent les ouvrages. C'est une fausseté ou un mensonge,
d'autant plus répréhensible, que vous revenez à plusieurs
reprises sur cette accusation malveillante, et en tirez contre
notre théâtre les conséquences les plus injustes. Il est vrai
que quand nous citons, ce sont presque toujours des morceaux détachés, parce qu'on ne peut pas citer autre chose.
Mais supposer, comme vous le faites, que nous n'apprécions
que la beauté de ces morceaux et que l'ensemble nous
échappe, c'est un outrage gratuit; mieux que cela, c'est une
pure absurdité, puisque, du consentement de tout le monde,
les Français s'entendent mieux que personne à faire un livre.
Or, qu'est-ce que *faire un livre*, sinon en coordonner toutes
les parties pour obtenir un bel ensemble?

En ce qui touche à l'art dramatique, nous nous vantons
que nos tragédies sont seules bien composées. Nous reconnaissons très-bien et nous notons celles qui le sont mal. Si

1. *Comparaison des deux Phèdres*, p. 87.

pour quelques-unes nous ne parlons pas de ce mérite, c'est
qu'il est si bien admis chez nous que c'est une partie essentielle de l'art que nous jugeons inutile de nous y arrêter.
Aussi je vous défie de trouver un seul critique français de
quelque valeur qui, dans une analyse faite avec soin, n'ait
pas insisté, quand il y avait lieu, sur le désaccord de la scène
avec l'acte, de l'acte avec la pièce.

Schl. Mais tous les jours vous admirez *Rodogune*, où
vous avouez qu'il n'y a rien de beau que le cinquième
acte.

Delav. Cela même prouve ce que j'ai dit tout à l'heure :
les quatre premiers actes de cette tragédie sont aussi traînants
pour nous que les pièces anglaises ou allemandes, et nous
disons qu'ils ne sont pas bons. Le cinquième acte est à notre
sens une des plus belles créations de la muse tragique ; nous
admirons et nous faisons admirer cette création, mais sans
fermer les yeux sur ce qui la dépare ; c'est une statue dont
la tête seule est un chef-d'œuvre : le reste est médiocre ; on
n'admire que la tête. Corneille lui-même relève quelquefois
les taches dans l'examen qu'il fait de ses pièces. Il observe
que dans *Horace*, par exemple, il y a une double action. Cela
ne vous fait rien, à vous autres Allemands, parce que toutes
vos pièces sont si mal construites qu'il n'y a pas moyen de
remarquer celles qui sont meilleures ou pires en ce point :
pour nous ces défauts nous choquent, mais s'ils nous font
déclarer l'imperfection de l'ensemble, ils ne nous empêchent
pas d'admirer la belle exécution du reste. Vous voyez que
dans la critique littéraire comme ailleurs, il n'est pas bon
d'avoir son thème fait d'avance, et de lancer des accusations
à tort et à travers, sans s'être assuré auparavant de leur
exactitude.

Schl. Passons, passons au style.

Delav. Soit. Pour ce qui tient à la valeur de cette partie
dans un ouvrage littéraire, j'avoue qu'il est très-difficile de

le faire parfaitement comprendre à un étranger. Ainsi quand le Cid dit à Chimène[1] :

> Ton malheureux amant aura bien moins de peine
> A mourir par ta main qu'à vivre avec ta haine;

et que Chimène lui répond :

> Va, je no te hais point,

comment montrer à celui qui ne le sent pas tout d'abord, que cet hémistiche est un des plus beaux qui aient jamais été écrits ; et que *Va, je t'aime encore*, qui exprimerait à bien peu près le même sens, serait, à côté, d'une extrême platitude ? Comment lui montrer que ce sont deux admirables vers que ceux-ci :

> Le fils tout dégouttant du meurtre de son père,
> Et sa tête à la main demandant son salaire[2] ;

et que ceux-ci, où je ne change qu'un mot,

> Le père dégouttant du meurtre de son fils,
> Et sa tête à la main en demandant le prix,

manquent à la fois d'harmonie et de cette âpreté de reproche si bien exprimée par le mot *salaire?* Il y a donc en effet des beautés d'élocution qui tiennent aux nuances du sens des mots, au juste emploi des termes convenables, à la continuité de l'élégance et de l'harmonie. Ce sont ces beautés continues qui contribuent le plus, selon nous, à la valeur des ouvrages. Mais il est à peu près impossible que les étrangers les sentent complétement, tant elles exigent une connaissance approfondie, et j'oserai presque dire innée de la langue française.

SCHL. Je vous arrête ici : cette langue, dont vous m'exagérez la difficulté, sans vanité, je la possédais assez bien. J'ai beau-

---

1. *Le Cid*, acte III, sc. 4.
2. *Cinna*, acte I, sc. 3.

coup écrit en français[1]. Tout le monde s'est accordé à louer
mon style : on a dit qu'on ne s'apercevait pas du tout que
je fusse Allemand.

DELAV. On vous a fait un compliment que vous avez eu
tort de prendre pour l'expression de la vérité. On trouve
chez vous des fautes de grammaire qu'un Français n'eût jamais commises[2]. D'un autre côté, le genre dans lequel vous
avez écrit est facile : il ne demande qu'une exposition nette,
sans aucune de ces nuances si fines et si agréables qu'exige
la peinture des passions et la narration des événements où le
cœur est intéressé. On a donc pu vous faire à bon marché la
réputation d'un écrivain correct, quelquefois assez élégant.
Mais si vous vous êtes cru pour cela un de nos écrivains,
c'est une nouvelle preuve de la bonté paternelle de l'auteur
de toutes choses, qui a mis dans nos âmes un fonds inépuisable de contentement de nous-mêmes.

SCHL. Ce ne sera pas votre faute si je m'abuse sur mon
propre mérite.

DELAV. Ici, je vous l'ai déjà dit, nous ne nous devons que
la vérité : ne soyez donc pas surpris que je vous dise franchement ce que je pense. Pour revenir à la difficulté qui nous
occupe, certes, les Français seuls, et ceux qui sont nés et
ont toujours vécu chez eux, comme, par exemple, l'auteur
des *Mémoires du comte de Grammont*, peuvent apprécier ces
finesses de langage, l'un des grands mérites de nos bons
écrivains. Mais si les étrangers, naturellement inhabiles à les
saisir chez nous, ne sentent pas dans leur propre langue

---

1. Particulièrement les *Essais littéraires et historiques*. Bonn, 1842.
Voyez la notice de M. de Golbéry.

2. Exemples : M. de Cicognara est d'avis que ces chevaux n'*aient* point été
transportés, etc., *Essais littér.*, p. 173. — Des arguments qu'un auteur a
laissés passer comme *valables*, ibid. — Ne dirait-on pas que les quadriges
eussent été affectés, p. 174. — Je ne nie point que les Étrusques n'*aient*
adopté, p. 175. — Un nombre *extrêmement considérable*, p. 178. — Les
Romains auraient pu faire *dorer* ces chevaux quoiqu'ils ne l'*eussent* pas
été, p. 179, etc., etc.

de beautés du même genre, c'est tout simplement qu'elles n'y existent pas, et que notre idiome a en ce point une perfection inconnue dans le leur[1].

SCHL. Il y a quelque chose de vrai dans votre observation : il est évident que si aucun Allemand ne trouve chez ses compatriotes de différences analogues à celles que vous faites entre vos auteurs, c'est que nos esprits ne saisissent pas, et que, par suite, notre langue ne peut pas exprimer ces nuances. Cela impliquerait l'infériorité des esprits allemands. Trouvez bon que je ne l'admette pas, et que, revenant franchement sur ce que j'ai dit, je reconnaisse ici, plus que je ne l'avais fait, l'influence du style sur la valeur des ouvrages.

DELAV. Nous nous entendrons mieux ainsi. Faisons un pas de plus. Il y a des beautés de style qui ne dépendent pas précisément de la nuance des mots, mais de la tournure de la pensée. Ainsi dans Racine, quand Hippolyte, interrogé pourquoi il n'a pas révélé à Thésée les détestables propositions de sa marâtre, voile sous cette forme si noble et si pure tout ce qu'il y a de sale et de bas dans la chose :

> Devais-je en lui faisant un récit trop sincère
> D'une indigne rougeur couvrir le front d'un père [2]?

convenez que celui qui ne sent pas la beauté de cet euphémisme pourra remuer, tant qu'il voudra, les cendres des anciens, et même, s'il lui plaît, remarquer que chez eux le mari n'était pas honteux de l'infidélité de sa femme, mais qu'il doit s'abstenir de tout jugement littéraire, puisque la nature lui en a refusé l'élément le plus nécessaire, je veux dire la sensibilité.

SCHL. Vous tirez sur moi parce que je n'ai pas fait ressortir la beauté de cette expression.

---

1. Voyez sur cette question nos *Thèses de grammaire*, n° XI, p. 249 et suiv.

2. *Phèdre*, acte V, sc. 1.

DELAV. Ni celle-là, ni tant d'autres. Mais je ne m'en embarrasse pas pour le moment. Dans un autre genre, quand
Orgon, rentrant chez lui, s'informe uniquement de Tartufe, oublie tout le monde, sa femme, ses enfants, pour
s'apitoyer sur *le pauvre homme*, et que Dorine, après lui
avoir dit qu'Elmire avait été assez malade pour qu'on fût
obligé de la saigner, ajoute sur Tartufe à cette occasion[1] :

> Il reprit courage comme il faut,
> Et, contre tous les maux fortifiant son âme,
> Pour réparer le sang qu'avait perdu madame,
> But à son déjeuner quatre grands coups de vin,

reconnaissez que cette expression *reprendre courage*, en parlant d'un égoïste hypocrite que le mal d'autrui ne saurait
affecter ; que cette ironie *boire pour réparer le sang qu'un
autre a perdu* (et on pourrait citer ainsi presque tous les
vers de cette admirable pièce), sont d'un genre de beauté
que les anciens n'ont jamais connu, que bien des modernes
sont encore loin de comprendre. Cela tient, sans contredit, à
ce que notre langue s'étant formée d'une autre déjà fort
avancée, y a successivement ajouté toute la variété, la
finesse, la politesse que les relations multipliées des hommes entre eux pendant tout le moyen âge et depuis la renaissance ont donné le besoin d'exprimer. Comme jamais
aucune nation n'a, autant que la nôtre, aimé ce frottement
continuel des individus, et ces intrigues, ces oppositions
d'intérêts qui sont la vie de la société moderne, jamais non
plus aucune langue n'a, comme la française, exprimé ces
nuances si fugitives et si importantes toutefois.

SCHL. Je ne suis pas éloigné de le croire. Quelques réflexions que j'ai faites m'ont convaincu que les langues et
les pensées des peuples sont dans un rapport fort exact ; de
sorte que la richesse réelle des idiomes dépend beaucoup
plus de la variété des idées du peuple qui s'en sert que

---

1. Molière, *Tartufe*. acte I, sc. 5.

du nombre absolu des mots qui les composent. A ce compte, je ne serais pas étonné que la langue française fût une des plus riches de l'univers, quoique son vocabulaire soit plus restreint que bien d'autres.

DELAV. Je suis bien aise de vous entendre parler ainsi. Continuons maintenant. Il y a dans le style bien des parties diverses. Parmi ces parties, il y en a pour l'explication desquelles l'analyse et la logique ne peuvent absolument rien; c'est une pure affaire d'habitude. La nation qui parle actuellement sa langue est seule juge en cela du succès et du rang de ses auteurs; il est donc ridicule à un étranger, ou même à un national venu longtemps après, de vouloir casser ce jugement d'après des habitudes de langage qui ne sont plus les mêmes. Tout ce qu'on peut dire alors, c'est que telle forme de style, tel arrangement de mots ne sont plus admis. Ainsi les critiques de Voltaire sur Corneille, critiques presque toujours très-justes dans le XVIIIᵉ siècle, ne l'étaient pas pour le siècle précédent, et par conséquent ne s'appliquaient pas bien à Corneille. De même, si les Athéniens ont mis Sophocle et Euripide au rang de leurs excellents poëtes, il ne nous est pas permis, à nous modernes, de leur contester ce titre, ni de mettre en doute la légitimité, l'élégance ou l'énergie de leurs expressions.

SCHL. Je suis ici tout à fait de votre avis, et je crois avoir soutenu cette opinion dans tous mes ouvrages.

DELAV. Ce n'est pas exactement celle-là que vous avez soutenue, comme vous l'allez reconnaître par une distinction que je vais ajouter. Si nous ne pouvons raisonnablement contester qu'un poëte reconnu pour excellent à son époque ait été en effet alors un excellent poëte, du moins il est très-légitime de juger l'état de la poésie et même du langage par l'examen de ce qu'on admirait alors; non pas, je le répète, quant à l'estime que l'on en faisait, mais quant à la valeur réelle des pensées que les mots expriment, pensées qui étaient en elles-mêmes utiles ou inutiles, ingénieuses ou communes, conséquentes ou contradictoires, bien liées ou incohérentes, indépendamment de tout jugement des contemporains.

SCHL. Je ne nie pas absolument cette distinction; mais je ne vois pas où elle va nous mener.

DELAV. Il en est de cela comme de certaines formes purement grammaticales. C'était, chez les Grecs, une habitude de mettre, dans diverses circonstances, un cas pour un autre : ils avaient donné à ce solécisme le nom d'*antiptose*. Quelle que soit la dénomination, il est manifeste que c'est une faute grossière dont on ne pourra pas faire un reproche aux écrivains, puisqu'ils ont dû employer l'instrument du langage tel qu'il était de leur temps, mais qu'on reprochera très-justement à la langue qui laissait subsister en elle-même de telles irrégularités.

SCHL. Auriez-vous quelque chose de semblable à remarquer dans la poésie de Sophocle?

DELAV. Suivez-moi, je vous prie. Je ne fais pas d'hypothèses, et n'ai, je vous assure, aucune envie que celle d'observer les faits et de les juger, quels qu'ils soient, selon les lumières de la raison. J'ouvre l'*OEdipe roi*, dont j'ai déjà examiné la contexture, et j'essaye de me rendre compte de ce que j'y trouve. L'exposition se fait par OEdipe, qui, demandant au chœur pourquoi il est rassemblé, ajoute qu'il est venu précisément pour le savoir, lui OEdipe, renommé par tout le monde [1]. Voltaire a remarqué avec beaucoup de raison [2] qu'il n'était pas naturel qu'OEdipe, parlant à ses sujets, leur déclinât son nom; et La Harpe a vainement répondu à cette critique [3] que c'était comme si l'on blâmait Agamemnon de dire à Arcas, dans *Iphigénie* :

---

1. *OEdipus rex*, v. 8.
2. *Lettre 3 sur OEdipe*.
3. *Lycée*, t. I, p. 265.

Oui, c'est Agamemnon, c'est ton roi qui t'éveille.

Il est très-naturel qu'on dise son nom à celui qu'on surprend
dans son sommeil; il ne l'est pas du tout qu'on dise la
même chose à des gens parfaitement éveillés, qui viennent
vous trouver en grande compagnie. Au reste, c'est là un
mince défaut. Ce qui est insupportable, ce sont les inutilités,
les répétitions, les coq-à-l'âne dont est farci tout ce dialogue. OEdipe n'a pas plutôt fait la question, terminée, comme
je viens de le dire, par l'énoncé de son nom, qu'il la reprend avec moins de précision que la première fois, en disant :

Mais parle, vieillard, puisque tu es propre à parler pour ceux-ci.
Dans quel esprit êtes-vous là, craignant ou désirant? moi voulant
vous secourir en tout, selon mon pouvoir; car je serais bien impitoya-
ble si je n'avais pas pitié d'une telle situation [1].

Apprenez-moi, je vous prie, à quoi sert tout ce verbiage.

SCHL. Il était dans les habitudes de l'antiquité [2].

DELAV. Sans doute : toutes les fois que quelque chose nous
paraît mauvais, c'est la réponse que vous avez à nous faire :
et elle ne vous a pas coûté de grands frais d'invention, car
on l'a faite aux premiers qui se sont avisés de ne pas tout
admirer chez les anciens. Vous pourrez, du reste, vous dispenser de la répéter, parce qu'elle ne touche pas à notre
objet. En effet, je ne fais pas ici le procès à Sophocle, qui
se conformait aux habitudes de langage de sa patrie. Ce
sont ces habitudes mêmes que j'examine, et il serait un peu
violent de me donner ce que j'attaque pour sa propre justi-
fication. C'est comme si vous vouliez approuver, parce que
c'était la coutume, certaine pratique fort immorale et très-
répandue chez les Grecs. Qu'avec elle vous excusiez ceux
qui s'y sont livrés, je le conçois; mais qu'elle devienne

1. *OEdipus rex*. v. 9-14
2. *Littérat. dram.*, leçon 4, t. I. p. 201.

louable parce qu'elle était alors coutume, c'est un peu fort. Vous voyez pourquoi j'ai, dès le début, insisté sur la distinction des hommes et des œuvres. Les hommes doivent être jugés par rapport à leur temps, les œuvres aussi, si l'on ne veut que savoir ce qui a été fait alors. Mais par rapport à l'art c'est tout autre chose : il faut examiner ce qu'elles valent par comparaison avec ce que nous exigeons aujourd'hui.

Schl. Je n'insiste pas sur ce que j'ai dit.

Delav. Je continue donc. Le prêtre répond à Œdipe, il lui décrit, et fait ainsi connaître avec assez d'adresse au spectateur, tous les personnages placés sur la scène, en même temps qu'il représente l'état d'affliction de Thèbes [1] ; puis il invoque le secours d'Œdipe, et le fait en termes si singuliers et par un remplissage si fastidieux, que je ne sais comment un peuple, vif et spirituel comme les Athéniens, a pu l'écouter. Voilà le livre, et j'en puis donner la traduction littérale; nous en jugerons.

Ainsi, moi et ces jeunes gens, nous nous sommes tenus à ta porte, te jugeant, non pas égal aux dieux, mais le premier des hommes, dans les accidents de la vie ou les conciliations des divinités ; toi qui, étant venu dans la ville de Cadmus, nous as délivrés du tribut que nous payions à un devin cruel, et cela sans avoir rien appris ni avoir été renseigné par nous. Mais tu es dit et tu es pensé avoir redressé notre vie par la seule faveur de la divinité. Maintenant, ô tête d'Œdipe, très-forte au jugement de tout le monde, nous tous, tournés vers toi, te supplions de nous trouver quelque ressource, soit que tu aies entendu quelque oracle des dieux, soit que tu aies appris quelque chose de quelqu'un ; parce que je vois que les conseils des hommes qui ont de l'expérience sont propres à terminer les calamités [2]. Va donc, ô le meilleur des hommes, redresse la ville ; va, précautionne-toi bien, puisque cette terre t'appelle son sauveur à cause de tes bienfaits

1. *OEdipus rex*, v. 14-30.
2. Je prête un peu au grec selon la traduction revue par M. Benloew : mais j'avoue que les deux vers 44 et 45 ne me paraissent offrir aucun sens raisonnable.

passés ; et puissions-nous ne pas nous souvenir de ton règne comme
ayant été relevé tout d'abord et étant retombé ensuite ; mais redresse
cette ville avec solidité. Car toi qui nous as donné jadis la fortune sous
un heureux augure, deviens aujourd'hui semblable à toi-même. Parce
que si tu commandes à cette terre comme tu y commandes, il vaut
mieux y commander quand elle est pleine d'hommes que si elle est
vide, parce que ce n'est rien qu'une tour ou un vaisseau vide des
hommes qui ne l'habitent pas [1].

Quel mal y aurait-il, je vous prie, à ce qu'on eût supprimé tout ce bavardage ? Ma traduction, je le sais, n'a aucune élégance ; c'est un mot-à-mot tout plat [2], et il serait
injuste de juger par elle la diction de Sophocle. Mais il ne
s'agit ici que des pensées et de leur suite. Concevez-vous
qu'on dépense ainsi vingt-sept vers pour ne rien dire du
tout ? Et OEdipe, ne pourrait-il pas, au lieu d'écouter pa-
tiemment ces maximes banales et ces compliments enche-
vêtrés, répondre à la première partie du discours du prêtre :
« O malheureux enfants, vous êtes venus vers moi, etc. »

Schl. Que voulez-vous ? C'était dans les....

Delav. C'était dans les habitudes de l'antiquité, sans doute ;
il n'y a rien à répondre à cela, sinon que l'habitude était
fort mauvaise ; c'était peut-être aussi l'usage de dire deux

---

1. *OEdipus rex*, v. 31-57.

2. J'insiste sur ce caractère de ma traduction ; il faut cela quand on veut
donner une idée exacte non-seulement des pensées, mais de leur forme.
Dans la question qui nous occupe, une traduction élégante est un mensonge
perpétuel. Pour sembler facile ou naturel, on supprime toutes les répétitions insignifiantes ; on substitue à des phrases identiques des phrases gra-
duées ; on met autre chose que ce qu'a dit l'auteur. Bref, on vous offre la
paraphrase, qu'on a plus ou moins adroitement faite sur la donnée du texte ;
et le lecteur, qui croit avoir une idée du grec, est une franche dupe, qui
prend pour la vérité antique le pastiche qu'on vient de lui faire. En réalité,
la question que je traite ici demande au lecteur un certain travail d'analyse et de critique sans lequel il ne pourra jamais avoir une idée juste. Il
faut qu'il distingue le sens donné par le mot-à-mot, de la forme propre à
l'écrivain, que le mot-à-mot ne peut pas donner, que la tournure élégante
ne lui donnera pas davantage, et qui ne ferait que le tromper lorsqu'il s'agit
justement d'apprécier le style.

fois de suite la même chose, comme fait OEdipe, en ré-
pondant :

> Vous êtes venus me demander des choses qui me sont connues et
> des choses qui ne me sont pas inconnues, γνωτά κοὐκ ἄγνωτα [1].

Expliquez-moi donc la différence qu'il peut y avoir entre
ces deux expressions. Nous appelons cela , nous autres gens
du métier, de détestables chevilles. Peut-être trouverez-vous
quelque raison pour les admirer.

Schl. Ce qu'on pourrait dire, c'est que γνωτά est pris absolument, et que οὐκ ἄγνωτα a un régime. Vous me demandez des choses connues *en général*, et qui ne me sont pas
inconnues à moi *en particulier*.

Delav. Cette explication diminuera peut-être la faute logique , elle ne rendra pas l'expression meilleure ; la suite
d'ailleurs est à l'avenant :

> Je connais bien que vous êtes tous malades ; et étant tous malades,
> il n'est aucun de vous qui soit malade autant que moi , car votre dou-
> leur est rassemblée en un seul homme, savoir lui-même , et non pas
> un autre, tandis que mon âme gémit également des maux de la ville,
> des vôtres et des siens ; en sorte que vous ne m'avez pas éveillé dor-
> mant d'un doux sommeil ; sachez, au contraire, qu'ayant déjà beau-
> coup pleuré , j'ai tenté plusieurs routes dans les errements de ma
> pensée, etc. [2].

Et il leur annonce qu'il a envoyé Créon consulter l'oracle
de Delphes. Il n'y a que cela d'utile dans son discours ; pourquoi ne s'y réduit-il pas ?

Schl. Vous êtes bien sévère.... Est-ce que dans vos tragédies tout ce que l'on dit est utile ?

Delav. Tout absolument, ou bien c'est un grand défaut,
et que nos critiques ont toujours signalé. Et notez que cette
rigueur n'empêche pas du tout de développer une idée, de
revenir sur l'expression de la même pensée. Seulement,

1. *OEdipus rex*, v. 58.
2. *Ibid.*, v. 58-67.

comme cela doit être dans toute amplification bien faite,
les phrases qui se succèdent apportent en effet à l'auditeur
des idées nouvelles ou plus énergiques, ou plus profondément senties. Voyez dans l'*OEdipe* de Voltaire [1], qui a été si
exagérément critiqué par tous les *grécolâtres*, s'il y a rien
qui ressemble au verbiage inutile du poëte grec.

> Thébains, je l'avouerai, vous souffrez justement
> D'un crime inexcusable un rude châtiment.
> Laïus vous était cher, et votre négligence
> De ses mânes sacrés a trahi la vengeance.
> Tel est souvent le sort des plus justes des rois!
> Tant qu'ils sont sur la terre, on respecte leurs lois;
> On porte jusqu'aux cieux leur justice suprême;
> Adorés de leur peuple, ils sont des dieux eux-même:
> Mais après leur trépas que sont-ils à vos yeux?
> Vous éteignez l'encens que vous brûliez pour eux;
> Et comme à l'intérêt l'âme humaine est liée,
> La vertu qui n'est plus est bientôt oubliée.
> Ainsi du ciel vengeur implorant le courroux
> Le sang de votre roi s'élève contre vous.

Notez que je ne loue pas absolument ce passage, où il y a
beaucoup de lieux communs peu utiles. Mais comme tout
se tient ici! Comme toutes ces pensées sont la conséquence
les unes des autres! Comme elles se développent et se confirment! Et combien ne ririez-vous pas avec raison, si, au
lieu de ces idées si naturelles, vous rencontriez cette phrase
alambiquée : « Votre douleur est rassemblée en vous seuls
et non un autre, tandis que mon âme gémit également des
maux de la ville, des vôtres et des siens [2] ».

Schl. Mais Voltaire devait beaucoup à Sophocle.

Delav. Ce n'est pas ce dont il s'agit. Je crois, pour moi,
qu'il a eu grand tort de lui prendre ce sujet d'*OEdipe*, mauvais de tout point, et qui ne lui a fait faire qu'une tragédie

1. *OEdipe*, acte I, sc. 3.
2. Ci-dessus, p. 295.

médiocre. Je parle ici du style par rapport aux pensées qui s'y trouvent exprimées, et je dis que le discours que Voltaire prête à son héros est tout à fait sage et raisonnable, tandis que celui de l'Œdipe grec, s'il n'est pas précisément du galimatias, est au moins une battologie des plus fastidieuses.

SCHL. On ne tirera pas cette conclusion de la lecture de mon *Cours de littérature dramatique*.

DELAV. Sans doute, parce que, comme tous les gens à systèmes, vous vous tenez dans les considérations générales si propres à tromper l'auteur lui-même et les lecteurs confiants. Pour moi, je ne me contente pas de ce que me dit un rhéteur intéressé : je cours tout de suite aux textes qu'il suppose sans les citer, et, en homme pratique, j'examine, non pas s'ils satisfont à telle ou telle théorie, mais ce qu'ils valent réellement au jugement d'un parterre qui les entendrait sans prévention. Ne vous étonnez pas que nous arrivions ainsi à des résultats tout contraires.

SCHL. Je ne m'en étonne pas, croyez-le bien.

DELAV. Si nous suivons pied à pied la tragédie grecque, nous serons de plus en plus surpris, comme l'a été Voltaire, qu'on ait pu si longtemps la regarder comme un chef-d'œuvre ; nous serons surtout pénétrés des perfectionnements immenses apportés à l'art tragique par Corneille et ses successeurs. Y a-t-il, par exemple, rien de plus mauvais et de plus antidramatique que le dialogue d'Œdipe et de Créon [1] ? C'est un interrogatoire de maître d'école. Lorsque Créon aurait pu dire en dix lignes tout ce qu'il a appris d'important dans son voyage, comme un écolier qui sait mal sa leçon, il se fait tirer les vers du nez, et n'arrive qu'après plus de cinquante trimètres au bout de son rôlet. Voici un exemple de ce remplissage qu'on trouve à tout moment dans Sophocle. C'est Créon qui parle.

1. *Œdipus rex*, v. 85-131.

Je vous dirai ce que j'ai entendu de la bouche du dieu : le puissant Apollon nous ordonne très-clairement de chasser de chez nous et de ne pas y nourrir à perpétuité [1] la souillure de cette terre qui vit dans cette contrée [2].

Vous avouerez que si l'oracle de Delphes était clair, comme l'a dit Créon, il devient singulièrement obscur en passant par sa bouche. On dirait en effet que pour les *guérir de la peste*, Apollon leur commande d'*éloigner la peste*. Aussi OEdipe lui répond-il :

Par quelle purification?

et il devrait s'en tenir là; mais, comme son vers ne serait pas complet, il ajoute :

Quelle est la forme (le genre) de cette calamité [3]?

Ce qui assurément ne signifie rien du tout ; et Créon achève la phrase qu'il aurait bien dû terminer du premier coup :

En bannissant un homme, ou en vengeant le meurtre par le meurtre, parce que c'est ce sang qui excite dans la ville ces orages [4].

Remarquez encore que Créon semble se faire un devoir de n'être jamais compris ; il ne désigne ni l'homme à bannir, ni le meurtre à venger, ni le sang répandu; si bien qu'OEdipe est obligé de lui demander :

Quel est cet homme dont l'oracle déclare ici le malheur [5]?

Alors seulement Créon nomme Laïus, qu'il aurait certainement fait connaître dès sa première phrase, si Sophocle n'avait pas voulu allonger la scène à force de questions saugrenues. Je vous tiens quitte du reste : tout le dialogue est dans le même genre, et nous ne pourrions que nous ébahir

1. Mot à mot *irrémédiablement*.
2. *OEdipus rex*, v. 95-98.
3. *Ibid.*, v. 99.
4. *Ibid.*, v. 100, 101.
5. *Ibid.*, v. 102.

de la complaisance des Athéniens à écouter ces sornettes, si je vous récitais cette série de questions insignifiantes et de réponses oiseuses.

Schl. Vraiment vous êtes plus sévère que ne l'a été Voltaire lui-même envers Sophocle.

Delav. Je le crois bien : Voltaire, qui l'avait imité, ne voulait pas dire tout ce qu'il en pensait ; d'ailleurs il n'avait rien à débattre avec lui ; mais moi qui suis personnellement désintéressé dans la question, ce n'est pas à Sophocle que j'en ai ; c'est à vous, dont je combats les doctrines, et je dois ici faire parler la vérité d'autant plus haut et plus ferme que vous avez énoncé vos jugements *ex cathedra*, sans cependant donner aucune preuve à l'appui ; pour moi, ce sont ces preuves que je vous présente, et il faut bien que vous les acceptiez, puisque vous les avez sollicitées vous-même. Je ne parlerai pas toutefois du chœur qui suit la scène que nous venons d'examiner [1]. C'est, comme la plupart des morceaux lyriques des Grecs, un fatras inintelligible aussi pauvre d'idées que prétentieux et boursouflé dans la forme. OEdipe reprend ensuite la parole, et dans un discours de soixante vers [2], il invite le peuple de Thèbes à l'aider dans la recherche de l'auteur du crime. L'intérêt dramatique de ce morceau est exactement le même que celui de l'annonce d'un objet perdu et de la récompense honnête promise à qui le rapportera. Jugez-en :

> Quiconque de vous sait par qui Laïus, fils de Labdacus, a été tué, je lui ordonne de me l'indiquer ; et s'il a quelque crainte, redoutant lui-même une accusation personnelle, il ne souffrira rien de cruel. Qu'il s'en aille sain et sauf de cette terre. S'il connaît quelqu'un d'une autre terre qui ait commis le crime, qu'il ne taise pas son nom. Je lui payerai une récompense et j'y ajouterai ma faveur [3].

1. *OEdipus rex*, v. 151-215.
2. *Ibid.*, v. 216-275.
3. *Ibid.*, v. 224 et sqq.

Pourriez-vous imaginer vous-même un discours plus mesquin, plus trivial, plus indigne de la scène tragique!

SCHL. Que vos jugements me semblent durs!

DELAV. Ce n'est pas à vous de me le reprocher. Vous l'avez
été bien plus que moi quand vous avez critiqué Racine; et
puisque cette question se représente, remarquez, je vous
prie, quelle différence il y a entre nos deux critiques. Les
reproches que vous faites à notre tragique sont presque tous
fondés sur une conception de l'art dramatique qui vous est
particulière, si bien que tous ceux qui ne partagent pas
votre théorie (c'est tout le monde, excepté vous) suivront
peut-être avec intérêt votre dissertation lorsqu'ils liront
votre livre; mais, une fois fini, n'y penseront plus du tout,
ou la rejetteront avec dédain, comme un enfant le jouet qui
ne l'amuse plus. Au contraire, les reproches que j'adresse
aux tragiques anciens, vous conviendrez qu'ils ne dépendent
pas d'une théorie qui m'appartienne, qu'ils ne reposent pas
sur la spéculation ni sur des rapports abstraits. Bien ou mal
fondés, tout le monde les peut vérifier immédiatement; et
je n'appelle du jugement de personne. Je me tiens pour
bien et dûment condamné, si quelqu'un, après m'avoir entendu, n'est pas de mon avis; mais je n'ai pour moi aucune
crainte à cet égard. En diriez-vous autant? Je ne le crois
pas, et j'en vais donner un exemple. Vous remarquez [1]
qu'Hippolyte, dans Euripide, ne paraît devant son père
qu'après l'accusation de Phèdre, et vous ajoutez : « Cela
rend leur entrevue beaucoup plus frappante. » Vous y op-
posez ceci que, dans Racine, il entre avec Thésée au troisième acte, et reste auprès de lui après le départ de la
reine. N'est-il pas évident, pour quiconque veut réfléchir,
qu'il n'y a aucune liaison nécessaire entre la rencontre anté-
rieure ou postérieure à l'accusation, et l'impression qui

1. *Comparaison des deux Phèdres*, p. 124.

peut en résulter pour le spectateur? que celle-ci dépendra essentiellement de la manière dont le poëte aura distribué les rôles et les incidents, et des discours qu'il fera tenir à ses personnages? On ne peut donc rien conclure du principe général que vous posez; et en effet, pour moi et pour tous les bons critiques, à ce que je crois, la scène d'Euripide est d'une froideur glaciale, malgré le bien que vous en dites, et celle de Racine est, au contraire, extrêmement touchante, en dépit de votre assertion métaphysique.

SCHL. C'est ce que vous ne prouvez pas.

DELAV. C'est ce que je fais voir clairement, en étudiant comparativement les deux passages. Je vois que, dans la pièce grecque, tout est fini, que Phèdre s'est pendue[1] et que Thésée, à qui l'on vient d'apprendre cette mort, est resté là à demander des détails au lieu de courir tout de suite à cette malheureuse[2]; qu'il a trouvé une lettre où Phèdre, après s'être détruite, a l'inconcevable infamie d'accuser son fillâtre d'un faux crime, sans aucun intérêt pour elle[3]; que Thésée a crié assez haut pour faire accourir Hippolyte[4], et que l'entrevue du père et du fils commence par une trentaine de vers consacrés à des propositions générales, où ni l'un ni l'autre n'explique ce qu'il veut dire[5]. Au contraire, c'est dans la *Phèdre* française une situation très-animée que celle où ce jeune prince, entrant avec Thésée, trouve sa marâtre qui ne peut soutenir sa vue, et s'enfuit après quelques mots obscurs, également applicables à elle-même ou à celui qu'elle aime. C'est alors que Thésée demande tout naturellement une explication qu'Hippolyte ne veut pas lui donner, et que, blessé de cette méfiance

1. Eurip., *Hippolytus*, v. 776.
2. Eurip., *Ibid.*, v. 790.
3. Eurip., *Ibid.*, v. 856.
4. Eurip., *Ibid.*, v. 877.
5. Eurip., *Ibid.*, v. 902-931.

qu'il semble exciter, il s'écrie avec une si noble douleur[1] :

> Que vois-je? quelle horreur dans ces lieux répandue
> Fait fuir devant mes yeux ma famille éperdue?
> Si je reviens si craint et si peu désiré,
> O ciel! de ma prison pourquoi m'as-tu tiré?

et le reste. Je ne m'arrête pas à montrer, ni sur ce point ni
sur tous les autres, que votre critique est insensée. C'est
mon opinion que je ne vous ai pas cachée, et je n'y reviens
pas. J'insiste seulement sur ce point que les principes généraux d'après lesquels vous jugez, s'ils ne sont pas absurdes,
sont tout au moins contestables ; que le moindre doute chez
le lecteur fait tomber à plat votre système, et qu'il en est
ainsi de tous ceux qui, posant d'abord une règle abstraite,
veulent, d'après elle, juger une œuvre d'art. Ai-je, pour
moi, suivi la même marche? Non, Dieu merci ! Je me suis
demandé si tel passage des tragiques grecs était bon ou
mauvais, d'après ce que je ressens, et non parce qu'il est
ou non conforme à un principe préconçu. Non content
d'observer l'effet sur moi-même, je l'ai éprouvé sur les
masses, et je me suis convaincu que les plus belles pièces
grecques ne seraient aujourd'hui supportables dans aucune
de leurs parties. Vous aurez beau maintenant me faire de
longs raisonnements pour me prouver que je me trompe,
en vertu d'un de vos principes, c'est comme si vous vouliez
me prouver que j'éprouve la sensation du chaud quand j'ai
le frisson. Tout ce que vous pourriez faire, ce serait de dire
que vous et les autres vous sentez autrement que moi. Mais
cela même vous le pouvez bien prétendre sur des jugements
généraux et des propositions en l'air : vous ne l'osez pas
soutenir quand les passages mêmes vous sont mis sous les
yeux. Auriez-vous, par exemple, le courage de louer le discours d'Œdipe ou son dialogue avec Créon[2]?

---

1. Racine. *Phèdre*, acte III, sc. 5.
2. Ci-dessus, p, 293 et 298.

Schl. Je ne dis pas cela ; j'avoue que , par rapport à nous,
ils ne sont pas bons : mais l'antiquité n'en jugeait pas de
même.

Delav. Toujours la même réponse. Certes, l'antiquité s'en
contentait, puisqu'elle ne connaissait rien de mieux ; et si
vous vous borniez à cette assertion historique, nous n'aurions rien à débattre. Mais vous nous donnez ce système
tragique comme un modèle à suivre ; et là vous pourrez bien
obtenir l'approbation des érudits comme vous, qui suivent
volontiers leurs raisonnements dans le silence du cabinet :
vous serez sifflé par les gens du métier, qui méprisent avec
raison ces déductions alambiquées et inappliquables; vous
le serez surtout par les masses, qui veulent bien admirer
vos travaux sur parole, mais qui ne souffrent pas facilement
l'ennui que vous leur apportez.

Schl. Les érudits sont faits pour instruire le peuple, et
non pour l'amuser.

Delav. Mêlez-vous donc de votre métier, et laissez les
poëtes faire le leur. Persuadez-vous surtout que ce sont eux,
et non pas vous, qui découvrent les combinaisons nouvelles
vraiment agréables aux spectateurs, et que vous ne pouvez
que vous rendre ridicules quand vous parlez avec tant d'autorité de ce que vous ne comprenez pas du tout.

Schl. Nous le comprenons à notre manière.

Delav. D'accord; mais votre manière n'est bonne que pour
chacun de vous, selon l'opinion qu'il s'est faite. Mettez en
présence deux érudits armés de systèmes différents, et faites-
les raisonner sur un même morceau littéraire; ils se con-
trediront certainement, soit dans le jugement fondamental,
soit dans les raisons dont ils l'appuient; et ne pouvant s'accorder, en fin de compte, ils se regarderont l'un l'autre comme
des imbéciles. C'est le jugement que vous portez souvent
des critiques qui vous ont précédé; c'est celui que nous
portons de vous, nous autres hommes de sentiment, quand

vous prétendez réglementer notre art; et nous avons l'avantage d'être sur ce point parfaitement d'accord.

Schl. Vous oubliez que Racine a constamment imité les anciens, comme nous le recommandons, et que c'est là ce qui l'a élevé si haut dans votre estime.

Delav. C'est une erreur qui ne peut supporter un examen sérieux. Qu'entendez-vous par *imiter les anciens?* C'est assurément transporter sur notre théâtre les tragédies grecques, soit quant à la disposition générale, soit quant aux caractères, soit quant au style. C'est ce que Racine n'a jamais fait, heureusement pour nous et pour sa gloire. Vous l'avez, au reste, bien su dire quand vous avez voulu rabaisser sa *Phèdre* au-dessous de celle d'Euripide. Selon vous [1], il a altéré les caractères principaux, il les a dégradés dans leur valeur morale, il a affaibli l'énergie et la grandeur compatibles avec le crime; il les a dépouillés de cette beauté idéale qui fait le charme des chefs-d'œuvre antiques; enfin il n'y a aucun rapport entre les deux pièces pour le but et l'impression générale [2]. C'est vous-même qui parlez ainsi; quelle place, je vous prie, laissez-vous alors à l'imitation?

Schl. Celle du style.

Delav. Je vais y venir, et nous verrons à quoi elle se réduit. J'observe avant tout ici que vous vous aveuglez tellement vous-même sur la beauté des textes grecs, que, de votre aveu, rien dans les langues modernes n'en peut donner une idée, non pas même les traductions allemandes les plus exactes [3]. Qu'est-ce que cela veut dire, je vous le demande, sinon que ces tragédies n'ont qu'une beauté de convention; qu'on peut bien les admirer tant qu'elles sont dans une langue difficile et inaccessible au vulgaire; mais qu'aussitôt qu'on les a traduites en allemand, et surtout en

1. *Comparaison des deux Phèdres*, p. 138 et précéd.
2. *Ibid.*, p. 139 et suiv.
3. *Littérat. dram.*, leçon 2, t. I, p. 75.

français, on voit clairement que ce qu'on admirait tant dans
sa mystérieuse obscurité, une fois mis au grand jour est
au-dessous du médiocre?

Schl. Comment! ne dites-vous pas vous-même que Racine,
que La Fontaine sont intraduisibles?

Delav. Pour cette fleur d'élocution qui les caractérise, et
qui tient sans doute à la langue française autant qu'à leur
génie; et nous ne demandons pas mieux que de croire qu'il
y a en effet dans le grec une certaine élégance de diction,
un choix ou un rapport de mots qui ne peut passer ni dans
le latin ni dans les langues modernes. Mais ce n'est là,
comme je l'ai déjà remarqué, qu'une partie du style. Les
idées elles-mêmes, leur enchaînement, leur déduction plus
ou moins naturelle ou raisonnable, peuvent passer très-
exactement d'un idiome dans l'autre, et c'est là ce qui fait,
non pas sans doute la beauté, mais la bonté d'un ouvrage
littéraire. Il en est de la traduction, alors, comme d'une gravure à l'égard d'un tableau : sans doute elle ne vaut pas
l'original; mais si l'on vous parlait d'un tableau tel qu'aucune
gravure n'en pût donner une idée, n'en concluriez-vous pas
qu'il doit être détestable? C'est la conclusion qu'on tirera
nécessairement de l'éloge bizarre que vous faites d'Eschyle
ou de Sophocle ; c'est que leurs pièces sont ce qu'il y a de
plus mauvais au monde.

Schl. Mais vous prétendez que votre tragédie est la seule
qui se rapproche de la tragédie grecque [1].

Delav. Les gens du métier ne le prétendent pas du tout.
Ils savent parfaitement qu'il n'en est rien. Marmontel avait
déjà fait l'observation que c'est dans le poëme épique que
nous avons servilement copié les Grecs, et que nous aurions
dû faire dans ce genre ce que nous avons fait dans la tragédie, où, laissant Sophocle et Euripide pour ce qu'ils sont,

---

1. *Comparaison des deux Phèdres,* p. 88, 90 et suiv.

nous avons pris seulement ce qu'ils avaient de bon et ajouté
ce qui leur manquait[1]. Andrieux a mis cette vérité dans
tout son jour, dans la dissertation que j'ai déjà citée[2]. « Si
la forme extérieure de la tragédie grecque, dit-il (c'est-à-
dire le théâtre, les acteurs, le costume, etc.), n'avait à peu
près rien de commun avec celle de la tragédie française, on
va voir qu'elle ne lui ressemble pas davantage par le fond,
c'est-à-dire par le plan, par les caractères, par les incidents
et par la conduite des pièces. » Qu'importent d'ailleurs les
prétentions de nos érudits à cet égard, et toutes ces bali-
vernes avec lesquelles on nous endort au collège? En pouvons-nous mais, si des savantasses s'imaginent rehausser
notre gloire en nous cherchant des aïeux chez les Grecs,
comme quelques historiens font descendre les trois races
de nos rois de la postérité d'Hector? Ce sont là des fictions
poétiques dont personne ne peut être dupe.

Schl. Quoi que vous en disiez, Racine imitait Euripide; il
s'en félicitait et s'en vantait.

Delav. Racine analysait mal ses propres idées, quoiqu'il
les rendît très-bien. Il aurait dû nous faire savoir précisément ce qu'il imitait d'Euripide : vous n'argumenteriez pas
ainsi de ses aveux contre lui. Je vais, moi, suppléer à son
silence, et je suis sûr de rendre exactement sa pensée, car
j'ai fait bien souvent la même chose, et j'y ai gagné cette
qualité même par laquelle quelques-uns ont dit que je me
rapprochais de lui, la pureté et l'élégance du style. Voici ce
que c'est. Habitués dès notre enfance à admirer les anciens,
sentant très-imparfaitement leur langue, comme il arrive
toujours d'une langue étrangère, nous les élevons par la
pensée bien au-dessus de leur grandeur réelle. Nous remarquons surtout chez eux certains morceaux pour lesquels
notre admiration s'exagère tellement, que jamais nous ne

1. *Encyclop. méthod.* (gr. et litt.), mot *Épopée.*
2. *Revue encyclop.*, n° de février 1824, t. XXI, p. 326.

croyons qu'une traduction les égale [1]. Cette superstition, très-déraisonnable assurément, a pourtant un avantage. En nous présentant comme modèle un type qu'elle nous fait croire parfait, elle nous engage à retourner en cent façons nos pensées, jusqu'à ce que nous tenions une forme suffisamment approchée de l'original. A ce travail souvent répété fut due la perfection de Racine et celle d'un grand nombre de bons écrivains français.

SCHL. Vous avouez donc cette perfection du modèle.

DELAV. Je n'ai jamais contesté aux grands poëtes cette beauté d'élocution; j'ai dit, au contraire, que nous devions l'admettre sur la parole des Grecs. Mais comme nous ne pouvons pas nous-mêmes la sentir aussi bien qu'eux, il s'ensuit qu'à notre égard cette perfection est purement imaginaire. Cependant elle produit, pour le travail dont il s'agit, le même effet que si elle était réelle; et c'est ce qui fait qu'on aime et qu'on recommande l'imitation des anciens.

SCHL. Mais pourquoi bornez-vous cette imitation à l'élocution seule? Pourquoi n'y pas comprendre le style tout entier, et particulièrement les pensées qui en sont une partie si importante?

DELAV. C'est que ni sur les pensées, ni sur leur enchaînement, il ne peut y avoir d'illusion. Quelque bon que soit le modèle, nous sentons tout de suite qu'il y a quelque chose de mieux, et nous nous hâtons de le mettre, à moins qu'il ne s'agisse d'une traduction proprement dite.

SCHL. Donnez-moi, je vous prie, un exemple.

DELAV. Volontiers : vous prétendez que Racine a copié Euripide dans sa *Phèdre*, et vous remarquez avec raison que les premiers vers du rôle de Phèdre sont imités du grec [2]; mais vous oubliez de traduire le texte que voici :

1. Ci-dessus, p. 141 et suiv.
2. *Comparaison des deux Phèdres*. p. 99.

Soulevez mon corps, redressez ma tête, ô mes amies; mes membres semblent se détacher. Prenez mes belles ¹ mains, ô mes servantes! Je trouve bien lourd d'avoir sur la tête cette bandelette. Otez-la, et laissez tomber mes cheveux sur mes épaules ².

Voici maintenant ce que Racine en a tiré :

N'allons pas plus avant, demeurons, chère Œnone :
Je ne me soutiens plus, ma force m'abandonne.
Mes yeux sont éblouis du jour que je revoi,
Et mes genoux tremblants se dérobent sous moi....
Que ces vains ornements, que ces voiles me pèsent !
Quelle importune main, en formant tous ces nœuds,
A pris soin sur mon front d'assembler mes cheveux ?
Tout m'afflige et me nuit ou conspire à me nuire ³.

C'est créer, convenez-en, que d'imiter ainsi, non pas seulement pour l'expression, mais pour le choix des circonstances qui ne sont pas du tout, vous le reconnaissez, celles du poëte grec. Et quand la nourrice, dans *Euripide*, répond par des lieux communs à ce couplet de sa maîtresse⁴, celle du poëte français s'écrie avec une douloureuse résignation :

Comme on voit tous ses vœux l'un l'autre se détruire !
Vous-même condamnant vos injustes desseins,
Tantôt à vous parer vous excitiez nos mains.
Vous-même rappelant votre force première
Vous vouliez vous montrer et revoir la lumière :
Vous la voyez, madame, et, prête à vous cacher,
Vous haïssez le jour que vous veniez chercher ⁵.

Il y a quelque différence.

Schl. La peinture du délire de Phèdre appartient originai-

---

1. Littéralement *mes mains attachées à de beaux bras*. εὐπήχεις χεῖρας.
2. Eurip., *Hippol.*, v. 198.
3. Racine, *Phèdre*, acte I. sc. 3.
4. Eurip., *Hippol.*, v. 203.
5. Racine, *Phèdre*, acte I, sc 3. Ces vers sont imités de ceux qu'Euripide fait prononcer à la nourrice dès son entrée en scène (*Hippol.*, v. 177). Ils sont aussi déplacés alors qu'ils sont naturels et touchants dans la pièce française.

rement à Euripide, et c'est assurément un des plus beaux
passages de sa tragédie. Cette malheureuse reine s'écrie :

Hélas ! que ne puis-je puiser l'eau pure à une fontaine, m'étendre
sous des aunes et me reposer sur un pré verdoyant !... Conduisez-moi
sur la montagne : que j'aille dans les forêts et sous les pins, où les
chiens chassent les bêtes fauves, où je poursuivrai les cerfs à la robe
tachetée.... Par les dieux ! je voudrais exciter la meute moi-même, et
lancer sur une crinière fauve le dard thessalien, ayant dans la main
une pique acérée [1].

Est-ce qu'il n'y a pas là une passion vivement peinte et
chaudement exprimée ? Est-ce que vous ne trouvez pas cela
très-beau ?

Delav. Si fait, si fait : je l'admire très-sincèrement, et c'est
avec de tels passages qu'Euripide a mérité d'être appelé *le
plus tragique des poëtes* [2]. Mais la même situation est encore
mieux rendue dans Racine, qui embellit ainsi son modèle :

Dieux ! que ne suis-je assise à l'ombre des forêts !
Quand pourrai-je, au travers d'une noble poussière,
Suivre de l'œil un char fuyant dans la carrière ?
.... Insensée ! où suis-je et qu'ai-je dit ?
Où laissé-je égarer mes vœux et mon esprit ?
Je l'ai perdu ; les dieux m'en ont ravi l'usage.
Œnone, la rougeur me couvre le visage ;
Je te laisse trop voir mes honteuses douleurs,
Et mes yeux, malgré moi, se remplissent de pleurs [3].

Essayez de retrouver tout cela dans le poëte grec ; vous
verrez bien que cela n'y est pas, ou que c'est à une autre
place et tout autrement exprimé, c'est-à-dire que, comme
je vous le disais, Euripide a été pour Racine un type de perfection et un but à poursuivre, plutôt qu'un modèle à imiter
réellement, comme on le dit tous les jours.

1. Eurip., *Hippol.*, v. 215.
2. Arist., *Poet.*, c. 13 ; c. 12, n° 4 de la traduction de Batteux
3. Racine, *Phèdre*, acte I, sc. 3.

Schl. J'avoue que l'imitation a été moins étroite que je ne le pensais.

Delav. Nous voilà donc d'accord sur ce point. Continuons et comparons toujours quant au style, c'est-à-dire quant aux pensées, à leur liaison, à leur expression, une ou deux scènes de l'*Hippolyte* avec les scènes correspondantes de la *Phèdre*. J'ai déjà dit que, dans le grec, cette reine, désespérée de son peu de succès auprès de son beau-fils, s'est pendue. Je ne dis rien de ce genre de mort ignoble chez nous, et qui ne l'était pas chez les Grecs. Il serait ridicule de juger Euripide d'après nos habitudes. Mais la manière dont cette catastrophe est annoncée, et ce qui la suit est si contraire à la nature de l'esprit humain, que je ne conçois pas comment les Athéniens ont pu en souffrir la représentation. Voici le texte :

LE MESSAGER.

Hélas ! hélas ! au secours ! tous les voisins de cette maison. Ma maîtresse, l'épouse de Thésée, est pendue.

LE CHŒUR.

Hélas ! hélas ! ç'en est fait ; la femme royale n'est plus, étant attachée dans des nœuds suspendus.

LE MESSAGER.

Ne vous hâterez-vous pas ? Personne n'apportera-t-il un fer à deux tranchants par lequel nous déferons ce nœud de la tête ?

LE DEMI-CHŒUR.

Mes amies, que ferons-nous ? Vous semble-t-il bon d'entrer dans le palais et de délivrer la reine des cordons serrés ?

L'AUTRE DEMI-CHŒUR.

Quoi donc ? N'y a-t-il pas là de jeunes servantes ? Se mêler de beaucoup de choses n'est pas dans la sûreté de la vie (n'est pas toujours sûr dans la vie).

LE MESSAGER.

Placez-la droite ; étendez le cadavre de celle qui fut pour mes maîtres une gardienne un peu amère de leur maison.

LE CHŒUR.

Elle est morte, à ce que j'entends, la malheureuse femme ; car voilà déjà qu'on l'étend comme morte.

THÉSÉE.

Femmes, savez-vous quel est ce bruit dans la maison ? Les cris dé-

chirants des servantes sont venus jusqu'à moi. Quoi! personne de ma
maison ne daigne-t-il, ayant ouvert les portes, me saluer, moi, revenant de consulter l'oracle? Est-il arrivé quelque accident au vieux
Pitthée? Il était bien avancé en âge, et cependant ce ne serait pas
sans une grande douleur pour moi qu'il quitterait cette maison.

LE CHOEUR.

Ce n'est pas sur des vieillards, ô Thésée! que la fortune t'a frappé.
Tes regrets s'attacheront à ceux qui meurent à la fleur de l'âge.

THÉSÉE.

Malheureux que je suis! Est-ce un de mes enfants qui a perdu la
vie?

LE CHOEUR.

Non, tes enfants vivent; c'est leur mère qui est morte bien malheureusement pour toi!

THÉSÉE.

Que dites-vous? ma femme est morte? et comment cela?

LE CHOEUR.

Elle s'est étranglée en se pendant.

THÉSÉE.

Est-ce accablée par la douleur, ou par quelque accident?

LE CHOEUR.

Voilà tout ce que nous savons, ô Thésée! car il n'y a qu'un instant
que nous sommes ici, apprenant et déplorant ton malheur.

THÉSÉE.

Hélas! que fais-je de ces couronnes de feuillage sur ma tête, malheureux consulteur d'oracle que je suis! O mes serviteurs! ouvrez les
portes, que je voie ce triste spectacle de ma femme, qui, par sa mort,
me fait périr moi-même [1].

Vous reconnaissez ici le sens exact du grec.

Schl. Le sens exact, oui; je dois dire toutefois que c'est
un mot à mot si trivial qu'on n'y reconnaît pas du tout le
style d'Euripide.

Delav. Je l'avoue, aussi ne ferai-je aucune réflexion critique sur le langage. Mais, quelles que soient les paroles, ne
trouvez-vous pas ridicule, et même misérable, cette manière
d'annoncer la mort de Phèdre, de demander du secours? Et
que dites-vous des questions, des réponses et de l'hésitation

---

1. Eurip., *Hippol.*, v. 776-805.

du chœur, qui ne se précipite pas pour porter le secours qu'on
lui demande ?

Schl. Il est parfaitement dans la nature que sur une troupe
quelques-uns seulement secourent le malheureux ; que d'autres s'y refusent.

Delav. Par cette distinction, vous condamnez tout à fait
Euripide, puisqu'en fait tout le monde refuse de secourir
Phèdre. D'un autre côté, est-ce là une nature que l'on doive
peindre? Vous qui parlez tant de la beauté dans les arts, ne
voyez-vous pas qu'il est hideux et dégoûtant quand un homme
périt, et qu'il suffit, pour le sauver, de couper une corde,
qu'une assemblée délibère, et perde si bien le temps que
la personne est morte avant qu'elle ait pris son parti ?

Schl. Que voulez-vous que fasse le chœur? il ne peut pas
abandonner la scène.

Delav. Même dans une circonstance si pressante? c'est une
nouvelle preuve que le chœur est une bien pitoyable invention,
à laquelle nous sommes heureux d'avoir renoncé. Mais
laissons-le là, et passons aux personnages. Thésée paraît pour
la première fois : si je voulais m'occuper ici de la conduite
de la pièce, j'aurais beau jeu à montrer combien toute cette
marche est dénuée d'intérêt, parce que les personnages
viennent au hasard et sans raison qui les appelle. Mais j'ai
parlé de cela ailleurs; je me borne à ce qui se dit ici. Thésée
revient d'un voyage : il entend un grand bruit chez lui, et
au lieu d'y aller voir tout de suite, il demande au chœur ce
qui s'y passe : trouvez-vous cela bien naturel? Le chœur ne
lui répond pas directement; mais, après avoir tourné, comme
on dit, autour du pot, il lui annonce la mort de sa femme.
Vous croyez que Thésée va s'élancer pour savoir ce qui en
est? point du tout; il demande tranquillement comment ou
de quoi elle est morte. Il apprend qu'elle s'est pendue, et
reste là a débiter cinq vers, après lesquels seulement il ira
s'assurer s'il n'y a plus aucun espoir. Cette scène est d'un

bout à l'autre un contre-sens si monstrueux, qu'on ne s'explique pas qu'un homme de talent comme Euripide ait pu la produire.

Schl. L'entrée de Thésée, dans *Phèdre*, vous paraît donc bien supérieure ?

Delav. Jugez-en. La longue détention de ce prince dans les enfers a fait croire à sa mort. C'est sur cette croyance qu'est fondée, d'une part, la déclaration de Phèdre à Hippolyte ; de l'autre, le départ de ce jeune prince et l'aveu de son amour à Aricie. Thésée arrive tout à coup ; il veut embrasser Phèdre ; celle-ci, accablée de ses remords, lui répond en termes ambigus[1] :

> Arrêtez, Thésée.
> Vous êtes offensé. La fortune jalouse
> N'a pas en votre absence épargné votre épouse.
> Indigne de vous plaire et de vous approcher,
> Je ne dois désormais songer qu'à me cacher.

Y a-t-il rien au monde de plus naturel, de plus noble et de plus convenable à la fois, à une épouse coupable, que ce projet de retraite ? Thésée seul n'y comprend rien, et il demande aussitôt avec raison :

> Quel est l'étrange accueil qu'on fait à votre père,
> Mon fils?

Hippolyte, à qui la délicatesse défend d'accuser Phèdre, comme le respect de la vérité ne lui permet pas d'imaginer un conte qui l'excuse, se borne à cette réponse évasive :

> Phèdre peut seule expliquer ce mystère.
> Mais, si mes vœux ardents vous peuvent émouvoir,
> Permettez-moi, seigneur, de ne la plus revoir ;
> Souffrez que pour jamais le tremblant Hippolyte
> Disparaisse des lieux que votre épouse habite.

Après cette déclaration, Thésée ne peut que s'écrier :

1. Racine, *Phèdre*, acte III, sc. 4

Vous, mon fils, me quitter !

Et un peu plus loin, ces beaux vers déjà rappelés :

> Que vois-je ! quelle horreur dans ces lieux répandue
> Fait fuir devant mes yeux ma famille éperdue ? etc.

C'est-à-dire que l'entrée du Thésée français est un chef-d'œuvre de naturel et de dignité, comme celle du Thésée grec est un prodige de niaiserie triviale et de grossière inconvenance. Avez-vous quelque chose à contester là dedans ?

SCHL. J'ai à dire que tout cela n'est pas grec. Ce sont des idées et des mœurs françaises.

DELAV. C'est bien entendu ; et c'est pour cela que tout le public trouve notre *Phèdre* si bonne. Les érudits auront peut-être raison de juger que la peinture n'est pas ressemblante, et que Racine a eu tort de prendre des Grecs pour ses héros. Qu'est-ce que cela nous fait ; et qui diable, en écrivant une tragédie, pense aux érudits le moins du monde ?

Mais continuons : la manière dont la catastrophe est amenée n'est pas moins différente que le reste dans les deux pièces. Dans le grec, Phèdre s'est pendue, comme nous venons de le dire, mais elle a eu l'infamie d'écrire une lettre qu'elle tient à la main, où elle accuse le jeune prince de l'avoir déshonorée. Il est vrai que celui-ci, quand la nourrice lui est venue faire l'aveu de la flamme de sa belle-mère, au lieu de se taire en disant avec Racine [1] :

> Phèdre !... mais non, grands dieux ! Qu'en un profond oubli
> Cet horrible secret demeure enseveli,

a crié comme un aveugle, et chassé la nourrice avec tant de fracas qu'on l'entend parler de l'intérieur du palais [2]. Après cela même, il prononce probablement sur la scène, quoi-

---

1. *Phèdre*, acte II, sc. 6.
2. Eurip., *Hippol.*, v. 565 et sqq.

que rien ne l'indique dans les mouvements des personnages, ·
un long discours[1], entendu également de la nourrice, du
chœur et de Phèdre. Celle-ci, d'ailleurs, a déjà fait au chœur
entier confidence de la passion qui la dévore[2]; aussi tout le
monde est dans le secret, excepté Thésée, ou, pour mieux
dire, il n'y a pas de secret du tout : c'est connu, c'est imprimé. Thésée arrive cependant; il lit la lettre abominable
de Phèdre morte, et prononce ses malédictions contre Hippolyte[3] devant le chœur, qui ne lui dit pas même que c'est
un mensonge, et que c'est Phèdre qui a voulu séduire Hippolyte. Ce jeune prince arrive, attiré, comme il le dit, par
les cris de son père; et là commence, toujours devant le
chœur, un dialogue des plus singuliers, qui n'a pas moins
de deux cents vers, où Thésée accuse son fils d'avoir souillé
son lit, où Hippolyte se défend par des lieux communs, et
où le chœur, qui sait toute la vérité, ne prend la parole que
pour s'écrier :

Je ne sais pas comment on peut dire que quelqu'un est heureux
parmi les mortels. Car souvent la situation première des choses est
renversée de fond en comble.

Je ne nie pas qu'il y ait quelques beautés dans ces divers
passages, surtout dans les moments de passion; j'examine
seulement la manière dont la scène est conduite, et ce qui
s'y dit, et je n'y trouve guère que de longues et froides
dissertations générales, qui même soɪ't inconcevables en
présence d'un témoin multiple et tout-sachant comme le
chœur.

Il n'en est pas de même dans notre *Phèdre :* tout est conduit avec un art qui représente exactement la nature; il y a
un progrès réel dans l'action, et le dialogue suit ce progrès.

OEnone d'abord, et non pas Phèdre, ni surtout Phèdre se

---

1. Eurip., *Hippol.*, v. 616-668.
2. *Ibid.*, v. 347 et sqq., et surtout v. 573 et suiv.
3. *Ibid.*, v. 882 et sqq.

donnant la mort, a, pour sauver sa maîtresse, accusé Hippolyte auprès de son père[1]. Hippolyte vient sur la scène et trouve Thésée tout seul, lequel, emporté par sa fureur, s'écrie en le voyant :

> Perfide! oses-tu bien te montrer devant moi?

Et, sans lui laisser le temps de se justifier, prononce contre lui cette imprécation si connue :

> Et toi, Neptune, et toi, etc.

Hippolyte ne se perd pas dans les lieux communs, il répond en quatre vers seulement :

> D'un amour criminel, Phèdre accuse Hippolyte!
> Un tel excès d'horreur rend mon âme interdite,
> Tant de coups imprévus m'accablent à la fois
> Qu'ils m'ôtent la parole et m'étouffent la voix.

Thésée profite de sa stupéfaction pour l'accabler, et lui oppose, comme un témoignage irrécusable, l'épée que Phèdre lui a enlevée. Hippolyte revenu à lui, mais toujours résolu à ne pas trahir le secret de la honte de son père, lui répond par l'ensemble de sa vie : c'est un endroit imité d'Euripide ; mais quelle supériorité dans l'imitation ! Voici le début dans le grec[2] :

> Mon père, ta colère et la commotion de ton esprit sont terribles. L'affaire dont il s'agit n'est pas belle, bien qu'elle pût prêter à de beaux discours, si quelqu'un la voulait développer. Pour moi, je suis peu habile à parler devant la multitude ; je suis plus à mon aise devant des jeunes gens comme moi et qui sont en petit nombre. Cela, du reste, a sa convenance ; car ceux qui n'ont aucune valeur auprès des sages, sont souvent très-diserts auprès de la multitude. Cependant il est nécessaire, quand le malheur est venu, que je délie ma langue. D'abord je commence par dire, etc.

Et là vient l'exposé de sa vie. Croyez-vous que ce préambule

---

1. *Phèdre*, acte IV, sc. 1.
2. Eurip., *Hippol.*, v. 983 et sqq.

qui ne répond, ou même ne se rapporte à rien du tout, soit
une beauté dans la pièce?

Schl. Non ; mais il faut dire que vous le traduisez dans un
bien plat mot-à-mot.

Delav. Il ne s'agit ici que des pensées et de la manière
dont elles se suivent. Je ne parle pas non plus de l'expression dans les vers de Racine : je remarque seulement
qu'Hippolyte répond directement à son père :

> D'un mensonge si noir, justement irrité,
> Je devrais faire ici parler la vérité,
> Seigneur ; mais je supprime un secret qui vous touche.
> Approuvez le respect qui me ferme la bouche
> Et, sans vouloir vous-même augmenter vos ennuis,
> Examinez ma vie, et voyez qui je suis.

Voilà dans les deux pièces les deux princes arrivés au
même point. La route a-t-elle été la même? et pouvez-vous
comparer la réponse si noble et si pertinente du français
aux coq-à-l'âne philosophiques du grec?

Schl. J'avoue que, pour nous, les six vers français valent
mieux que les dix vers grecs. Mais enfin, après cela, le détail
des mœurs est à peu près le même.

Delav. Sans doute; seulement le grec y emploie quarante-
quatre vers, couronnés par deux vers du chœur aussi insignifiants que ceux qui ont suivi le discours de Thésée, et le
français n'en met que vingt et un. Ce n'est pas tout : les
quarante-cinq vers grecs ne changent pas la situation; les
vingt et un vers français amènent, de la part de Thésée,
une objection qui force Hippolyte à déclarer son amour pour
celle que son père lui avait précisément interdit d'aimer.
De là une situation nouvelle et à l'égard de Thésée et à l'é-
gard de Phèdre, qui doit venir incessamment, et dont la
jalousie va s'allumer quand elle saura qu'Hippolyte en aime
une autre. C'est-à-dire que la pièce française marche et
avance par des progrès successifs, selon le développement

des faits et des passions, tandis qu'il n'y a rien de semblable
dans le grec, où des situations données amènent seulement
certains dialogues, après quoi il n'en est plus question. La
chose a été et voilà tout : elle ne produit aucun résultat.
Vous ne contestez pas l'exactitude de cette observation.

SCHL. Non ; je ne puis dissimuler que les anciens n'avaient
pas cet art, auquel j'ai très-peu pensé moi-même, de faire
sortir les faits nouveaux des faits précédents.

DELAV. Passons donc au dénoûment. Dans Euripide, Phèdre est morte. Thésée a invoqué Neptune; un monstre
envoyé par ce dieu a blessé mortellement le jeune prince.
Qui détrompera Thésée? Ce n'est pas le chœur qui n'a rien
voulu dire jusqu'alors et qui ne parlera pas davantage.
C'est Diane qui va venir elle-même ; et à quel propos, grand
Dieu ! lorsque Thésée a l'horrible et stupide cruauté de
se déclarer indifférent à la mort de son fils[1], et de le faire
apporter sur la scène pour le convaincre de son crime[2]!
C'est alors que Diane arrive, et lui expose en soixante vers[3]
tout ce qui s'est fait. Thésée ne peut répondre que *hélas!*
hélas[4]! et *puissé-je périr*[5]! Après cela vient le long dialogue d'Hippolyte mourant avec Diane, auquel Thésée se
mêle de temps en temps, et où il n'y a ni changement de
situation ni intérêt de quelque genre que ce soit, mais
seulement des phrases banales que vous avez bien pu trouver et déclarer très-belles[6], mais dont vous ne nierez pas la
complète inutilité pour l'ensemble de la pièce.

SCHL. Dans votre manière de considérer les œuvres dramatiques, il est évident que c'est un hors-d'œuvre.

DELAV. Si, au contraire, nous suivons la pièce française,

1. Eurip., *Hippol.*, v. 1257.
2. *Ibid.*, v. 1265.
3. *Ibid.*, v. 1283-1341.
4. *Ibid.*, v. 1312.
5. *Ibid.*, v. 1325.
6. *Comparaison des deux Phèdres.*

que voyons-nous? Phèdre vient d'apprendre qu'elle a une
rivale [1] : jalouse et furieuse, elle veut d'abord se venger; puis,
accablée de honte, elle revient à de meilleurs sentiments,
et maudit celle qui l'a entraînée à sa perte [2]. Le cinquième
acte s'ouvre. Hippolyte, qui n'a pu se taire devant Aricie,
lui propose de s'unir à lui par un mariage sur le tombeau
de ses aïeux [3]; Thésée arrive, et Aricie lui confirme que
c'est pour elle qu'Hippolyte brûle, tout en se taisant sur le
crime de Phèdre [4]. Les soupçons entrent alors dans l'esprit
du roi, et avec eux la crainte et les remords [5]. Puis il apprend coup sur coup la mort d'OEnone qu'il voulait interroger de nouveau, et les mortelles inquiétudes de Phèdre [6], la
mort de son fils [7] et son innocence déclarée par celle même
qui l'accusait [8]; enfin la mort de la coupable, qui s'est empoisonnée pour ne pas survivre à sa honte et à son crime [9].
Est-ce là une marche à la fois naturelle et intéressante ! Y
a-t-il quelque chose de semblable, non-seulement dans
Euripide, mais dans tout le théâtre grec ! Et notez bien que
je ne parle pas ici de la pièce entière et de sa charpente.
J'en ai parlé précédemment, et si je voulais y revenir ici, je
résumerais tout ce que j'ai dit, en énumérant qu'il y a dans
l'*Hippolyte* huit scènes séparées par des chœurs, et sans
liaison entre elles, savoir : 1° un prologue de Vénus; 2° la
scène d'Hippolyte et de ses serviteurs; 3° la scène de Phèdre
et de la nourrice; 4° la scène d'Hippolyte, de Phèdre et de
la nourrice; 5° celle de Thésée, qui apprend que Phèdre

1. Acte IV, sc. 4 et 5.
2. Acte IV, sc. 6.
3. Acte V, sc. 1.
4. Acte V, sc. 3.
5. Acte V, sc. 4.
6. Acte V, sc. 5.
7. Acte V, sc. 6.
8. Acte V, sc. 7.
9. *Ibid.*

s'est détruite; 6° celle de Thésée et d'Hippolyte; 7° celle de
Thésée et du messager qui lui apprend la mort de son fils;
8° la scène finale de Thésée, Diane et Hippolyte. Dans la
pièce française, au contraire, grâce en partie à ce qu'il n'y
a pas de chœurs, grâce surtout à la forme plus savante de
notre drame, il n'y a pas moins de trente scènes, exactement liées les unes aux autres, et telles que la situation des
personnages ne reste jamais la même, mais que l'action
marche continuellement.

SCHL. Oui, je reconnais que, considérée de ce point de vue
qui est celui des Français, une pièce dramatique est une
œuvre *sui generis*, qui n'avait pas son analogue chez les anciens, et que l'art du théâtre est un art nouveau, créé dans
sa forme actuelle par Corneille. On peut ne pas estimer cette
invention autant que vous le faites; on ne saurait la nier, et
j'avoue volontiers que j'ai eu tort de ne la pas reconnaître
autrefois. Mais il est inutile d'insister là-dessus.

DELAV. Aussi n'en parlé-je plus. Mais dans chaque scène
ou situation partielle, il y a une série d'idées ou de raisons
amenée par la situation même et commandée par la nature
de l'esprit humain. Eh bien! dans cette partie où je crois
pourtant Euripide supérieur à Sophocle et surtout à Eschyle,
je dis qu'il n'y a aucune comparaison à faire entre les poëtes
anciens et les poëtes modernes. Aucun d'eux ne soupçonnait, aucun d'eux n'eût même compris, quand on les lui
aurait récitées, les règles principales et aujourd'hui communes de notre art dramatique, règles résumées par Voltaire dans ce passage remarquable que vous auriez bien dû
méditer avant de dogmatiser sur la *Littérature dramatique:*
« Créer un sujet, inventer un nœud et un dénoûment; donner à chaque personnage son caractère et le soutenir; faire
en sorte qu'aucun d'eux ne paraisse et ne sorte sans une
raison sentie de tous les spectateurs; ne laisser jamais le
théâtre vide; faire dire à chacun ce qu'il doit dire, avec no-

blesse sans enflure, avec simplicité sans bassesse ; faire de
beaux vers qui ne sentent point le poëte et tels que le personnage aurait dû en faire s'il parlait en vers : c'est là une
partie des devoirs que tout auteur d'une tragédie doit remplir [1].... Resserrer un événement illustre et intéressant dans
l'espace de trois heures ; ne faire paraître les personnages
que quand ils doivent venir ; former une intrigue aussi vraisemblable qu'attachante ; ne rien dire d'inutile ; instruire
l'esprit et remuer le cœur ; être toujours éloquent en vers,
et de l'éloquence propre à chaque caractère que l'on représente ; parler sa langue avec autant de pureté que dans la
prose la plus châtiée, sans que la contrainte de la rime paraisse gêner les pensées ; ne pas se permettre un seul vers
dur, ou obscur, ou déclamatoire : ce sont là les conditions
qu'on exige aujourd'hui d'une tragédie pour qu'elle puisse
passer à la postérité avec l'approbation des connaisseurs [2]. »

Schl. J'accorde tout cela, mais à quel propos rappelez-
vous ici mon *Cours de littérature dramatique*, et, si je ne
m'abuse, avec une intention maligne ?

Delav. C'est que, dans cet ouvrage, pour vous disculper
d'y dire du mal d'Euripide, après en avoir dit tant de bien
quand vous le compariez à Racine, vous écrivez [3], qu'alors,
ne vous attachant qu'à un objet particulier, vous vouliez
développer les avantages que la *Phèdre* grecque avait sur la
Phèdre française ; tandis que, dans votre cours, vous partiez
d'un point de vue général et de l'idée de la perfection absolue. Eh bien ! c'est justement le contraire qu'il aurait fallu
dire. Partiez-vous de l'idée de la perfection ? vous deviez
avouer que les modernes en général, et en particulier Racine, en approchent beaucoup plus que tous les anciens,
puisque, à moins que l'esprit humain n'ait complétemen

1. *Poétique de M. de Voltaire* (par Lacombe, 1766), p. 261, 262.
2. *Commentaires de Corneille*, préface de Voltaire sur *Médée*.
3. *Litterat. dram.*, leçon 5, t. I, p. 220.

dormi pendant plus de vingt siècles, l'expérience et l'observation nous ont fait découvrir des taches que le travail incessant des âges a dû faire corriger. Preniez-vous, au contraire,
les pièces pour base de votre discussion, c'est-à-dire exami-
niez-vous l'art et ses produits en eux-mêmes, il fallait établir,
comme je l'ai fait ici, pièces en main, que cet art, si perfectionné depuis que Corneille nous a mis dans la bonne voie,
existait à peine chez les anciens; que c'était un rudiment informe, aussi loin de ce que nous avons aujourd'hui que le
gland l'est du chêne, que le germe l'est de l'animal parfait.
Il n'y a donc rien à comparer là dedans, sinon, au point de
vue purement historique, la pauvreté de l'un et la richesse
de l'autre; son étroitesse d'abord, son grand développement
ensuite, son enfance et sa virilité; et cela dans tous les sens,
non-seulement pour la matière première des pièces, mais
pour la disposition et la conduite, pour l'enchaînement des
scènes, et dans chaque scène, pour la suite, pour le choix
et l'expression des idées.

Schl. Je ne nie pas ces propositions. J'ai déjà reconnu, et
je répète qu'il y a en effet une grande différence entre les
pièces dramatiques des Grecs et les vôtres; si vous le voulez
même, par rapport à l'intérêt qu'y donnent les spectateurs,
et au succès du spectacle, je déclare la grande infériorité de
celles-là. Seulement je les ai, pour moi, considérées sous un
autre rapport.

Delav. C'est ce que j'ai dit dès le premier moment, et
vous convenez ici que vous avez par là négligé le côté le
plus important de la question. Pour conclure, j'ajoute seulement qu'on s'explique ainsi le temps considérable que nos
poëtes les plus châtiés, Racine en particulier, mettaient à
composer une tragédie. Il n'en a fait que onze en toute sa
carrière tragique, tandis que les poëtes grecs en ont produit
chacun plus d'une centaine, moins féconds cependant que
notre Hardy, qui en a fait, dit-on, six cents à lui tout seul.

Schl. Calderon et Shakspeare en ont fait beaucoup aussi.

Delav. Oui vraiment ; et rien en effet n'est plus aisé que de composer et d'écrire très-rapidement des pièces , quand on n'est difficile ni sur la charpente, ni sur les détails des scènes, ni sur le langage. Mais quand on veut produire des chefs-d'œuvre qui soient à jamais la gloire d'une nation, c'est-à-dire quand on veut que tout, plan général, marche de la pièce, détails, pensées et expressions soient également parfaits ; en d'autres termes, quand on se nomme Corneille , Racine ou Voltaire, on ne risque rien de passer une année sur chacune d'elles. C'est pour l'éternité qu'on travaille, et la peine pour un tel objet n'est jamais perdue.

DE

QUELQUES MOYENS

OU EFFETS TRAGIQUES [1].

On ne parle plus guère aujourd'hui ni de *Hernani* [2], ni de *Stockolm et Fontainebleau* [3]. La foule a pu y aller quelque temps, parce qu'elle voulait voir; mais le public et les journaux semblent retombés, à l'égard de ces pièces, dans l'indifférence qu'ils montrent, depuis longtemps, pour *Henri III* [4], *Louis XI à Péronne* [5], *Catherine aux États de Blois* [6], *Une Fête de Néron* [7], et tant d'autres.

1. Cette dissertation, qui a pour objet de faire rejeter aux poëtes les moyens extrêmes ou exagérés, remonte à la fin de 1830 ou aux premiers jours de 1831, comme on le peut voir par les œuvres dont il y est question. Elle a pour moi cet intérêt particulier, qu'elle prouve que mes idées sur le beau dans la littérature n'ont pas varié depuis plus de vingt-cinq ans; que ce que je pensais et disais alors, je le pense et le dis aujourd'hui. Ce ne serait pas un mérite assurément, si ces pensées étaient fausses; si, au contraire, elles sont justes et sensées, j'avoue qu'il ne peut m'être indifférent de voir que je n'ai pas quitté le sentier de la vérité et de la raison.

2. Drame en cinq actes et en vers, par M. V. Hugo, représenté pour la première fois sur le Théâtre-Français, le 25 février 1830.

3. Drame en cinq actes et en vers de M. Alex. Dumas, représenté à l'Odéon, le 30 mars 1830. — Après ces cinq actes, il y a un sixième acte en six scènes, intitulé *Rome*, et qui complète ce que l'auteur appelle la *Trilogie sur la vie de Christine*.

4. *Henri III et sa cour*, drame historique en cinq actes et en prose, de M. Alex. Dumas, représenté au Théâtre-Français, le 11 février 1829.

5. Comédie historique en cinq actes et en prose, de M. Mély-Janin, représentée sur le Théâtre-Français, le 15 février 1827.

6. Drame historique en cinq actes et en vers, par M. Lucien Arnault, représenté sur le théâtre de l'Odéon, le 2 septembre 1829.

7. Tragédie en cinq actes de MM. Soumet et Belmontet, représentée à l'Odéon, le 28 décembre 1829.

Est-ce de leur part justice ou caprice? Je ne sais, et à vrai
dire, il m'importe peu. Mais les jouissances de l'art dramatique sont si vives, et agissent sur de si grandes masses,
qu'il ne peut être indifférent de marquer un à un les progrès
qu'ont fait faire à l'art dramatique les auteurs des pièces
indiquées ici.

Je ne m'occuperai pas des sujets, ni de la marche de l'action, quand il y en a une; ni de ce style si élevé au-dessus
des règles de la syntaxe, que M. Jay croit avoir bien rabaissé
quand il a dit qu'il n'avait pas de nom [1], ni des entorses données de temps en temps à la raison ou à l'histoire. Toutes
ces observations, qui pourraient tout au plus toucher quelque
provincial arriéré, disparaissent aux yeux de la critique élevée
de nos jours. Elles s'évanouissent surtout devant un fait: les
pièces attirent ou ont attiré du monde; elles reçoivent ou ont
reçu des applaudissements; et, comme disait Racine, le public est bien sûr, quand il applaudit, de ne pas applaudir
une sottise [2].

Nos élèves en droit et en médecine, nos banquiers et nos
marchands de nouveautés, nos coiffeurs et nos modistes,
nos commis de boutique et nos ouvriers sont bien assez forts
en littérature aujourd'hui, pour juger sans appel tout ce qu'on
leur présente; et leur sentence, en fait et en droit, peut ré-
former celle de M. Jay, celle même de tous les écrivains ou
critiques, passés, présents et futurs.

D'ailleurs le sujet, le développement de l'action, le style,
toutes ces parties sont secondaires: des situations extraordinaires ou impossibles, des pensées forcenées et des gestes à
l'avenant, un discours haché et un mot hurlé à propos, voilà
ce qui fait taper des pieds et des cannes dans le parterre et

1. *La Conversion d'un romantique.*
2. Dans la préface des *Plaideurs;* Racine ne le dit pas de tout peuple,
mais des Athéniens seulement, ce qui ne rend pas sa proposition plus juste,
ni moins digne d'être citée à l'appui des mauvaises pièces.

dans les loges. C'est là le fin de l'art, le vrai fin, le fin du fin.
Le succès dans cette partie dispense de tout le reste. C'est la
véritable pierre de touche du génie, et les progrès qu'on y a
faits depuis quelque temps, en nous annonçant pour l'avenir
des sensations charmantes et des jouissances nouvelles, nous
donnent tout de suite la mesure de la supériorité de nos
auteurs sur les anciens tragiques français.

Dans le siècle de Louis XIV, c'était une règle qu'il ne fallait
pas *ensanglanter la scène*, c'est-à-dire tuer ou faire mourir
sur le théâtre. C'est le mot dont se sert La Fontaine dans sa
pièce de *Ragotin*, quand La Baguenaudière fait représenter
un fragment de la *Mort de Marc-Antoine* [1]. Le triumvir, désespéré du succès d'Octave et de la mort de Cléopâtre, qu'on
lui a faussement annoncée, veut se faire tuer par son valet,
qui s'y détermine assez volontiers, et lui dit, en tirant son
épée :

> N'ayez point peur : je vais vous percer la bedaine;

mais Antoine l'en empêche fort à propos par cette réflexion :

> Arrête! il ne faut pas *ensanglanter la scène*,
> La règle le défend [2];

et tous deux se disposent à passer dans la coulisse, pour
donner ou recevoir le coup mortel.

Cette règle était sacrée. A peine Corneille a-t-il osé faire
mourir Cléopâtre à la face du peuple dans *Rodogune*. Quant
à Racine, il était trop courtisan, trop musqué, si je puis
ainsi parler, pour tailler dans le vif et porter de telles émotions dans l'âme des spectateurs.

C'était donc la coutume du temps ; mais dramatiquement
parlant, c'était une entrave inutile et bien ridicule ; car on
ne voit pas pourquoi l'on ne tuerait pas sur la scène où l'on

1 Acte IV, scène 2.
2. Acte IV, sc. 9.

fait tant d'autres choses. Quelques prétendus hommes de lettres ont bien dit que, par rapport aux mœurs nationales, il était indécent d'étaler dans des réunions de plaisir des scènes d'abattoir; qu'il était aussi odieux d'aller à ces représentations que de courir aux exécutions véritables; qu'il n'y avait moralement aucune différence entre les émotions recherchées dans des spectacles de cette nature et celles qui charmaient les Romains dans les combats de gladiateurs. Ils ont ajouté que, par rapport à l'art, c'était une chose fâcheuse que l'emploi de ces moyens extrêmes; que le cœur humain s'accoutumait promptement aux horreurs; qu'en faisant habitude de ces meurtres, on ouvrait peut-être pour une ou deux tragédies la route à des sensations nouvelles, mais qu'on la fermait pour toutes les autres; qu'en un mot les entraves imposées par les règles vivifiaient seules les beaux-arts, tandis qu'une liberté trop large dans l'exécution les rendait lâches et impuissants, comme un ressort perd sa force et son action en se détendant.

On ne les a pas écoutés : Voltaire et Crébillon ont, sans scrupule, fait mourir sur le théâtre. Le dernier est allé jusqu'à faire offrir à Thyeste, par son frère, un verre du sang de son fils [1], comme plus tard du Belloy fit envoyer à Gabrielle de Vergy, par du Fayel, son époux, le cœur de son amant dans un pot [2]. Mais hors ces deux exemples tout à fait extraordinaires, et presque dignes des poëtes de nos jours, la mort se montre dans notre ancien théâtre sous des formes que les classiques appellent *nobles* et *touchantes*, et que nous nommons, avec plus de raison, *froides* et *sans intérêt*.

Ainsi Zopire, assassiné derrière le théâtre, se traîne devant les spectateurs pour bénir son fils et son assassin [3]; ainsi Gusman mourant pardonne à Zamore et l'unit à celle

---

1. *Atrée et Thyeste*, acte V, sc. 4, 6 et 7.
2. *Gabrielle de Vergy*, acte V, sc. 9.
3. *Mahomet*, acte IV, sc. 5.

qu'il aime [1]; ainsi Tancrède, percé de coups, après avoir
sauvé celle qu'il croit infidèle, vient exhaler cette âme brûlante d'amour et de patriotisme, et reconnaît en mourant
son erreur et la foi de son Aménaïde [2]; ainsi Rhadamiste,
blessé à mort par son père, qui ne le connaît pas, lui vient
apprendre qu'il est son fils, et rend grâces aux dieux de ce
que sa haine n'a pas été assez forte pour le souiller d'un par-
ricide [3].

Tous ces moyens, quelque faibles qu'ils fussent, émou-
vaient, il faut l'avouer, les spectateurs plus que ceux qu'on
emploie aujourd'hui. Il n'était pas rare de voir fondre en
larmes les loges et le parterre à l'aspect de douleurs si peu
communes dans la nature. On oubliait, ou plutôt on partageait pendant quelque temps ces sentiments criminels, ou
ces passions violentes, environnés qu'ils étaient du prestige
de vers harmonieusement cadencés et de voix toujours mo-
dulées avec art ; tandis qu'aujourd'hui l'on sort de la tragédie
comme du cabaret. Les acteurs crient de toute la force de
leurs poumons, beuglent les tirades, mugissent les répliques,
hurlent les apostrophes, et n'obtiennent qu'à peine un sourire ou quelques claques des habitués du lustre.

D'où vient ce peu d'effet? Dirons-nous que c'est du manque
de talent? Point du tout. Jamais nos acteurs n'ont crié plus
fort, jamais ils ne se sont donné plus d'exercice sur le théâtre ; leur jeu les fatigue autant qu'une journée de paume ;
ils sont en sueur quand ils quittent les planches.

Mais c'est que le public n'est pas encore content des progrès faits jusqu'à ce jour; et cependant, ces progrès, il faut
en convenir, sont incontestables. Nous avons fort heureusement mis de côté ce *décorum* que l'on conservait inutilement

1. *Alzire*, acte V, sc. 7.
2. *Tancrède*, acte V, sc. 6.
3. *Rhadamiste et Zénobie*, acte V, sc. 7.

autrefois. Voyez *Olga* [1] : on la poignarde derrière une porte, et pour faire bien comprendre ce qui se passe au spectateur qui ne la voit pas, elle pousse un cri comme un pourceau qu'on égorge. Voilà la nature [2].

Je me souviens, à ce propos, d'avoir vu jouer *Roméo* dans l'opéra de Zingarelli, successivement par deux actrices : madame Sessi, si je ne me trompe, et madame Pasta, qu'on regardait, je ne sais trop pourquoi, comme une grande tragédienne. Celle-ci, après avoir pris le poison, se laissait tomber avec ce qu'on nommait autrefois de la décence et de la majesté; et, dans la douleur de l'agonie, elle restait presque immobile. Aussi, le parterre ni les loges ne disaient rien; beaucoup de mouchoirs, il est vrai, se portaient sur les yeux ou sur le visage; mais un morne silence régnait partout, comme pour dire qu'on n'était pas satisfait de ce jeu. Madame Sessi avait rendu le même endroit tout autrement. Après être tombée, étendue tout de son long par terre, elle se mit, pour peindre le progrès du poison, à remuer convulsivement les jambes, et me rappela un chien que j'avais vu quelque temps auparavant mourir ainsi au coin d'une borne, pour avoir avalé une boulette empoisonnée. Je n'exagère pas en disant qu'il y avait bien cinquante passants arrêtés à con-

1. Ou l'*Orpheline moscovite*, tragédie en cinq actes de M. Ancelot, représentée au Théâtre-Français, le 15 septembre 1828.

2. Acte V, sc. 6. Obolenski, amant d'Olga, demande à Hélène la czarine de pardonner à sa rivale.

> Que mon sang, sous vos yeux répandu goutte à goutte,
> Suffise à vos fureurs. Laissez-la vivre. — Écoute.

reprend la czarine; et on entend, dit l'auteur, un cri déchirant dans la coulisse. — Je l'ai entendu ce cri, et il était tout juste ce que je dis ici. Au reste, Duviquet a parlé très-convenablement de cette pièce dans les *Débats* d'alors. « .... J'ai franchement laissé voir que mes sympathies n'appartenaient point à la forme que M. Ancelot a cru devoir donner à son ouvrage.... Les habitudes de mon esprit repoussent ces innovations par lesquelles des hommes d'un talent supérieur tentent de réveiller un public blasé.... Plaise à Dieu que ceux qui suivront M. Ancelot soient aussi scrupuleux que lui ! »

templer les derniers mouvements de cet animal, tant la nature est toujours puissante sur nos cœurs. Aussi, l'effet
produit par madame Sessi fut-il complet. Tout le monde se
mit à rire, et l'on riait encore en sortant du théâtre; ce qui
montre combien on était content.

Chez nos anciens encore, le spectacle de la mort ne durait
qu'un instant. Aujourd'hui, c'est bien autre chose : dans
Hernani, nous assistons à l'empoisonnement et à l'agonie
des deux amants [1]; nous les voyons s'éteindre et mourir sous
nos yeux, comme le chien dont je parlais tout à l'heure,
avec autant de satisfaction que le vieux don Gomez; avec autant de volupté que les Romains, au rapport de Sénèque,
en trouvaient à suivre les variations de couleur, indices as-
surés de la mort d'un surmulet [2].

Dans d'autres pièces, comme *Une Fête de Néron*, ce brave
prince délibère, pendant plus d'un quart d'heure, s'il tuera
sa mère, et comment il la tuera [3].

Dans *Henri III* [4], le duc de Guise tord le poignet de sa
femme avec ses gantelets de fer, jusqu'à ce qu'elle ait écrit
à son amant de passer, pour la venir trouver, par un endroit
où son mari doit le faire assassiner. Elle ne s'y détermine,
bien entendu, qu'après de longues contorsions tout à fait
intéressantes.

---

1. Acte V, sc. 6. Cette scène a 117 vers
2. *Quæst. natur.*, III, 18, n°s 1 et 4.
3. Acte III, sc. 4 et 6. Néron prend la résolution de faire périr sa
mère, qui part sur son fameux vaisseau; puis, dans sa fête, il joue le rôle
d'Oreste, assassin de Clytemnestre, et chante le désespoir de ce prince en
s'accompagnant de la lyre. Dans l'acte IV, commencent un peu les remords,
mais Néron les écarte. Agrippine revient à la scène 8. L'acte V nous la
montre dans sa chambre à coucher; elle s'endort, alors Néron se glisse
dans sa chambre, la voit dormir, puis elle s'éveille. Dialogue entre eux:
puis la scène troisième et dernière, où Néron s'enfuit et laisse sa mère avec
les assassins qui la tuent. C'est un cauchemar que ces trois derniers actes,
et un cauchemar des plus ennuyeux.
4. Acte III, sc. 5.

Dans *Catherine aux États de Blois* [1], la victime n'est pas seulement tuée ; on la traque comme un renard, on la prend, pour ainsi dire, au piége sans défense ; il aurait fallu nous donner le spectacle de cette sorte de chasse à l'homme on ne peut plus agréable à l'œil.

Dans *Stockholm et Fontainebleau* [2], Monaldeschi, poursuivi dans des corridors qu'on aurait dû ouvrir en face du spectateur, revient sur la scène mourir comme un veau ; il attend, avec des convulsions, que le père Lebel ait fini sa tirade, pour recevoir son coup de grâce, quand la reine dit :

> Eh bien ! j'en ai pitié, mon père ; qu'on l'achève [3].

C'est encore mieux dans quelques autres pièces, et notamment dans *Raphaël* [4], titre de gloire des Nouveautés [5] : une simple toile cache l'échafaud aux spectateurs ; deux pieds de moins, et nous aurions vu ruisseler le sang de Marquita et sa tête rouler et s'agiter dans le panier. La suppression de cette toile eût assuré le succès du drame ; tandis que la ridicule timidité de l'auteur a renvoyé mécontent un public à qui la fin de la pièce promettait le réjouissant spectacle d'une exécution.

C'est contre cette réserve infiniment préjudiciable à nos plaisirs, qu'il est urgent de s'élever. Il faut que nos auteurs dramatiques nous fassent aujourd'hui savourer la mort, je

1. Acte V, sc. 14 et 15.
2. Acte V, sc. 6 et 7.
3. C'est le dernier vers de la pièce. Après lui vient cette troisième partie intitulée *Rome;* mais c'est un sujet tout différent, et par conséquent une autre pièce.
4. Je ne saurais dire quelle est la date précise de cette pièce, que j'ai vu représenter, et qui m'a fait horreur. Elle doit être de 1830 ou 1831. Brazier, dans ses *Chroniques des petits théâtres*, accumule les épithètes les plus singulières pour peindre le genre patibulaire auquel le théâtre des Nouveautés se consacra pendant quelque temps.
5. Le théâtre des Nouveautés construit en face de la Bourse, sur les terrains de M. Langlois et à ses dépens, en grande partie, ouvrit le 1er mars 1827, et ferma le 15 février 1832. L'Opéra-Comique s'y installa pendant quelque temps. C'est le Vaudeville qui l'occupe aujourd'hui.

dirais volontiers *à toutes les sauces*. Ils ont déjà corrigé le vers et le langage des anciens poëtes ; ils ont rejeté ou méprisé leur conduite ; ils ont admis des moyens autrefois repoussés ; qu'ils surmontent enfin leurs scrupules , et la jeunesse française , si forte en littérature , si connaisseuse dans les beaux-arts, comme disent les journaux auxquels elle s'abonne , leur garantit de nombreux et durables succès.

Je ne suis pas poëte, et je ne puis qu'indiquer quelques sujets qu'on traiterait, je pense , avec avantage. J'en citerai deux ici ; ils sont tirés de l'histoire ancienne, quoiqu'elle ne soit pas en faveur aujourd'hui.

Le premier appartient, si je ne me trompe, à l'histoire des Perses [1]. Cambyse ayant appris qu'un juge avait rendu une sentence inique , lui demanda en général, et sans faire aucune application personnelle , quel châtiment devait subir un magistrat qui violait ainsi la justice. L'autre , qui était à cent lieues de croire qu'il fût question de lui , répondit d'abord qu'on ne saurait le punir trop sévèrement ; et comme le roi le poussait un peu sur le genre de peine que méritait le juge, celui-ci , d'une parfaite et inébranlable assurance , alla jusqu'à dire que le coupable ne serait pas traité trop sévèrement, quand même on l'écorcherait vif. Cambyse n'en demanda pas davantage ; il lui appliqua sa sentence : « Souffre , lui dit-il, la loi que tu as portée toi-même. » On l'étendit donc sur le chevalet , et on le dépouilla très-exactement de sa peau.

Ce trait a donné naissance à un petit tableau où le patient était représenté faisant des contorsions effroyables. Je me souviens encore de l'horreur que me causait l'un des écorcheurs , qui , pour avoir les mains plus libres dans l'exercice de ses fonctions, tenait à belles dents le couteau sanglant avec lequel il avait commencé l'opération.

---

1. Hérodote, *Hist.*, V, 25 : il ne parle pas de la sentence donnée par le juge lui-même. Diodore de Sicile raconte la même chose d'Artaxerce. Voyez la note de Larcher dans sa traduction d'Hérodote, liv. V, note 40.

Si l'on ajoute à ce spectacle les palpitations réelles d'un acteur, les cris affreux qu'il pousserait, les gestes et lazzis des bourreaux, on jugera de l'effet prodigieux que ferait sur les spectateurs la vue charmante que je propose.

L'autre sujet aurait quelque chose de plus curieux encore. Le fond en est rapporté par Diogène de Laërte, dans la *Vie du philosophe Anaxarque* [1]. Cet homme parasite et lâche flatteur d'Alexandre était l'ennemi déclaré de Nicocréon, tyran de Chypre. Il avait même dit un jour au brillant vainqueur de Darius qu'il ne manquait qu'une chose au magnifique repas donné par ses ordres, savoir la tête de Nicocréon. Le tyran prit fort mal la plaisanterie, et Anaxarque ayant été jeté dans son île par le naufrage, il le fit saisir aussitôt et piler vif dans un mortier. Il s'était ménagé le plaisir délicat de présider la séance. Anaxarque, retrouvant dans le supplice un courage qui semblait incompatible avec ses débauches passées et une vie toute adulatrice, lui dit qu'il pilait sans doute son *sac*, entendant par là son corps, mais que pour le piler lui-même, c'est-à-dire son âme, cela était au-dessus des forces d'un tyran tel que lui. Irrité de ce nouvel outrage, Nicocréon ordonna de lui couper la langue, mais Anaxarque la trancha lui-même avec ses dents, et la cracha toute sanglante au nez de son oppresseur.

Quel moment pathétique! Ah! sans doute, s'il était bien représenté, il enlèverait tous les suffrages, et les trépignements de joie et d'admiration permettraient de piler réellement de la chair de bœuf ou de mouton qu'on aurait substituée à l'acteur, et d'en présenter ensuite le hachis au tyran, qui l'étalerait avec complaisance devant le parterre et les loges.

Voilà, si je ne m'abuse, le véritable perfectionnement que réclame aujourd'hui notre théâtre. Ah! si j'étais poëte ou en relation directe avec nos poëtes! Hélas! je puis dire d'eux

1. *De vitis philosoph.*. IX, 10, § 2, nᵒ 59.

comme Tacite des empereurs qu'il allait peindre : *Mihi Galba, Otho, Vitellius, nec beneficio nec injuria cogniti* [1]. Je ne connais M. Arnault fils, M. Belmontet, M. V. Hugo, M. Dumas ni d'Ève ni d'Adam ; mais si ces messieurs, sur qui repose, comme on sait, toute l'espérance et la gloire de la scène française, voulaient en ce point suivre un peu mes almanachs, je ne doute pas qu'ils n'obtinssent, avec une vogue immense et des applaudissements suivis d'excellents honoraires, les vifs remercîments des savants hommes qui jugent aujourd'hui des belles inventions, de la contexture des pièces, de la pureté du langage et de l'harmonie des vers.

1. Tacit., *Hist.*, I, 1.

LE
CHOEUR DES COUCOUS[1].

L'enseignement du père Porée jetait, au commencement
du xviii° siècle, un vif éclat sur le collége Louis-le-Grand,
où il avait été, en 1708, après le père Jouvency, chargé de
la classe de rhétorique. C'était un homme de goût, connu
par ses harangues et ses tragédies latines, aussi bien que
par son amour pour les littératures ancienne et française,
et qui donnait journellement à ses écoliers, avec la preuve
de son érudition et de son tact, le désir de le suivre dans
la carrière des lettres.

En 1709 ou 1710, il comptait parmi ses élèves un jeune
garçon, presque un enfant, de quinze ou seize ans à
peine, connu alors sous le nom de *François Arouet*, et qui
se distinguait par une intelligence extraordinaire, une facilité universelle, un esprit de doute et d'examen sur toutes
les matières, et un goût spécial pour ce qui regardait le
théâtre.

Ce petit écolier avait suivi avec une attention exemplaire
l'explication faite, depuis quelques semaines, de diverses
scènes de la comédie des *Grenouilles* d'Aristophane, et surtout le résumé un peu trop laudatif qu'en fit en terminant
le père Porée. Mais on pouvait voir sur sa figure qu'il n'ac-

1. Cette nouvelle, écrite dans le mois d'août 1854, a pour sujet principal
la comparaison des moyens d'exciter le rire connus des anciens et des modernes. Le fond s'en trouve dans un article de la *Revue de l'instruction
publique*, n° du 25 mai précédent, p. 111.

ceptait pas absolument ces éloges. Aussi, quand le professeur
eut fini son exposition, « Mon révérend père, lui dit-il,
puisque vous ne trouvez pas mauvais que quelquefois nous
discutions vos jugements, s'ils contrarient notre goût particulier, me permettrez-vous d'opposer quelques objections
à celui que vous venez de porter sur Aristophane et sur ses
Grenouilles?

— Sans doute, mon enfant, sans doute. Quelle est cette
observation que vous voulez faire?

— C'est que si vous louez ce comique, seulement eu
égard à son temps, et par comparaison à ce qui l'avait précédé, je serai facilement de votre avis; mais si vous le trouvez absolument bon, si vous engagez surtout les poëtes de
nos jours à l'imiter, il me sera bien difficile de partager
votre opinion.

— Vraiment! eh bien, mon enfant, je ne serai pas fâché
de savoir ce que vous pensez à ce sujet. Il est toujours bon,
en littérature, que tout le monde ne dise pas la même chose.
La discussion amène la plupart du temps des connaissances
nouvelles, ou elle confirme les anciennes; quel que soit le
résultat, on ne peut que s'en applaudir.

— Je suis pénétré de vos bontés, mon révérend père, et,
avec votre permission, je commence un examen plus long
peut-être que je ne l'aurais voulu. D'abord, je ne parlerai
pas ici de la forme générale des pièces. Chez nous, une
comédie est un tout, où une action se développe depuis le
commencement jusqu'à la fin par le dialogue et le jeu des
acteurs, et non pas, comme chez Aristophane, une suite de
scènes incohérentes, où les personnages arrivent fortuite-
ment et s'en vont de même. Cette forme savante, imitée de
Plaute et surtout de Térence, et bien perfectionnée par nos
auteurs depuis Corneille, semble remonter jusqu'à Ménandre et aux auteurs de la nouvelle comédie. Mais puisqu'elle
est postérieure à Aristophane, il serait injuste de la lui de-

mander; et vous trouvez bon, sans doute, que je la passe
sous silence?

— Oui, assurément, c'est de toute justice.

— Quant à ce que nous nommons le *but moral* de la comédie, peut-être y a-t-il là dedans bien de la convention.
Aujourd'hui, par exemple, abusés par quelques mots d'Aristote et de Cicéron[1], par les beaux vers d'Horace ou de Boileau [2], et par les commentateurs et traducteurs qui tous
veulent que le théâtre soit une école de mœurs, nous nous
figurons que l'objet des premières exhibitions scéniques a
été l'instruction de l'auditoire; qu'on s'est proposé de nous
montrer nos défauts, de nous les faire haïr, de refréner
nos passions. Ce thème a été longuement et savamment développé. Il a eu d'autant plus de succès, au moins dans les
livres et chez les personnes instruites, qu'il semblait relever
l'art et l'ennoblir en lui attribuant une véritable utilité dans
l'ordre social; que, de plus, la peinture exacte de nos mœurs
et de nos passions, et la faveur accordée aux personnages
représentés comme vertueux lui donnaient une certaine apparence et le rendaient vraisemblable. Mais enfin la vraisemblance n'est pas la vérité : il est évident que l'origine première de la comédie n'est pas là ; qu'elle a eu un motif
beaucoup plus général que le désir de s'instruire ou de se
corriger, savoir, ce besoin impérieux, pour les hommes
occupés, de se délasser de leurs travaux, besoin qu'Ésope
a rendu sensible par l'emblème d'un arc tendu, et que Phèdre a si bien exprimé par ces vers [3] :

Cito rumpes arcum, semper si tensum habueris;
At si laxaris, quum voles, erit utilis.

1. Arist., *Poet.*, c. 2, n° 4 ; c. 4, n° 1 ; c. 5, n° 1 ; c. 6, n° 1, 5 ; c. 14 tout
entier. Cic. *De offic.*, I, 29, n° 104. Comœdia est imitatio vitæ, speculum
consuetudinis, imago veritatis. Cic. *Fragm. incert.*

2. Horat., *Ars poet.*, v. 108 et sqq.; 126 à 178; 193 et sqq. Boileau, *Art
poét.*, chant III, v. 349 à 420.

3. *Fab.*, III, 14.

22

Horace ne lanterne pas à ce sujet; il déclare que la cause
principale des jeux de la scène, ce fut le besoin du plaisir
et de la distraction [1] :

> Illecebris erat et grata novitate morandus
> Spectator, functusque sacris, et potus, et exlex ;

comme aujourd'hui encore, la vogue et le succès de nos
théâtres sont dus au désir de s'amuser et non pas au parti
pris d'y aller chercher des leçons de morale ou des exemples
de vertu.

Il me parait donc probable que la comédie n'a jamais
corrigé personne; qu'elle a plutôt, comme le disait un avare
en parlant de la pièce de Molière, donné d'excellentes leçons
de tous les vices; et néanmoins c'est, à coup sûr, une
grande supériorité que cette peinture exacte des mœurs d'un
peuple ou des caractères des individus. Mais comme c'est
encore un art qui n'a atteint sa perfection que chez les Français; que surtout il était absolument ignoré du temps d'Aristophane, vous m'approuverez sans doute aussi de n'en pas
parler.

— Oui, certainement.

— Je me borne donc à ce qu'était la comédie ancienne;
soit que l'on remonte à ses premiers essais, qu'on s'en tienne
à la définition, ou qu'on examine les conseils des critiques
à ce sujet, on voit que c'était au fond une suite de scènes
destinées à exciter le rire; en d'autres termes, une *farce* ou
une *parade*.

— Vous rabaissez bien la comédie antique.

— Mais, pardonnez-moi, mon révérend père; je ne dis
ici que ce que nous affirment les auteurs anciens. Nous savons par eux que la comédie naquit, ainsi que la tragédie et
le drame satyrique, des fêtes de Bacchus [2]; que le premier

1. *Ars poet.*, v. 225.
2. Arist., *Poet.*, c. 4, n° 6: c. 5, n° 2.

essai en fut fait à Athènes par Susarion, qui n'était qu'un
bateleur[1]; qu'elle se divisa en trois formes ou époques nommées l'*ancienne*, la *moyenne* et la *nouvelle comédie*[2]; que,
de ces trois espèces, la nouvelle, celle de Ménandre et de
Philémon, a seule quelque analogie avec la nôtre; que les
deux précédentes sont purement et simplement des satires
en dialogue, ou des suites de scènes railleuses, sans liaison
entre elles, dont tout le sel se réduit à des injures personnelles plus ou moins directes ou dissimulées. Horace nous
le déclare positivement, quand il dit que, pour le fond,
Lucile ne diffère pas des comiques Eupolis, Cratinus et
Aristophane[3]:

> Hinc omnis pendet Lucilius, hosce secutus,
> Mutatis tantum pedibus numerisque.

N'est-ce pas là précisément, et sauf le style qui peut être
excellent dans le grec, ce que nous appelons des *parades*?

— Oui, mais ce mot se prend en mauvaise part, ou entraîne une idée de mépris que je ne voudrais pas voir appliquer au grand comique grec.

— Écartons cette idée : je cherche à me rendre compte
exactement de la nature des pièces, et non pas à élever les
unes pour rabaisser les autres. La parade n'est donc ici pour
moi qu'une certaine forme du drame plaisant; c'est celle
qui exige le moins de conditions, et qui, à cause de cela, a
été trouvée la première. Eh bien! le but unique de ces sortes

---

1. *Scholia in Aristoph.*, prolegom., p. xvij, xxi, xxij, edit. Didot, 1842;
voyez ci-dessus, p. 10 et 11.

2. *Scholia in Aristoph.*, n° 3, p. xiv et xv. Batteux, *Principes de littérature*, tr. V, part. III, ch. 2.

3. *Sat.* I, 4. — On trouve dans les Scolies d'Aristophane, n° 10 d, p. 27,
l. 1, une définition qui confirme bien cette assertion. « La comédie diffère de
la raillerie injurieuse, λοιδορίας, parce que celle-ci relève les vices propres
aux hommes sans aucun voile, tandis que celle-là emploie pour cet objet la
forme appelée *emphasis*, c'est-à-dire une façon de dire plus détournée.»

de pièces, je le répète, c'est de faire rire. C'est si bien cela,
qu'Aristote définit la comédie l'imitation du mauvais, en ce
sens qu'elle en montre le ridicule [1]; il voit, dans ce ridicule,
le seul moyen d'action du poëte comique [2]; plus tard, c'est
encore au ridicule que les critiques s'attachent exclusivement
dans leurs conseils [3]; ils disent que le propre de la comédie
est de mêler le rire aux sarcasmes [4]. D'autres vont plus loin,
ils essaient de déterminer d'avance en combien de façons on
peut exciter le rire [5], et trouvent d'abord qu'on y réussit par
le langage ou par les actes [6]. Puis ils subdivisent chacun de
ces deux moyens, et trouvent sept formes spéciales dans le
langage, et dans les actes ils en comptent huit [7]. Remarquez
bien qu'ils ne donnent de conseils généraux que là-dessus;
ce qui prouve que, depuis Aristote jusqu'au temps assez mal
connu où les scoliastes d'Aristophane écrivaient, on n'a pas
trouvé dans la comédie d'autre objet, d'autre but que de
faire rire.

— Soit; mais enfin quels sont ces moyens?

— Je vais vous le dire, reprit Arouet en tirant un papier
de sa poche, car c'est là le point principal de ma discussion.
En me bornant à ce seul objet, je dis que nous avons, pour
faire rire les spectateurs, tous les moyens qu'avaient les
anciens; que nous en avons en outre beaucoup d'autres, et
qu'ils sont plus féconds et meilleurs de toute façon; de sorte
qu'il nous est certainement bon et utile par rapport à la
connaissance de l'antiquité, et pour notre propre satisfaction d'étudier Aristophane et les comiques latins; mais qu'il
n'y a pas d'étude plus stérile et plus vaine que celle-là, si

1. *Poet.*, c. 9, n° 1.
2. *Ibid.*, c. 4, n° 4.
3. *Scholia in Aristoph.*, prolegom.
4. *Ibid.*, p. xix.
5. *Ibid.*, p. xviij et xxvj.
6. *Ibid.*
7. *Ibid.*

nous la faisons, afin de profiter pour nous-mêmes et nos
contemporains de ce qui s'y trouve.

— Voilà, mon cher enfant, une question exactement circonscrite et bien posée; mais en même temps votre jugement est bien sévère, et vous traitez fort mal, ce me semble,
ces anciens qu'on a nommés avec raison les *instituteurs du
genre humain*.

— Pardonnez-moi, mon révérend père, je ne veux porter
aucune atteinte à leur considération ; je pense seulement,
et vous le pensez comme moi, sans doute, que les choses
une fois découvertes, peuvent devenir tellement communes,
ou faire tant de progrès, que, sans méconnaître le génie de
l'inventeur, on ne revient pas à ce qu'il a fait. La création de
l'alphabet est de ce genre; c'est une des plus belles sans
doute qui aient honoré l'humanité; vous ne croyez pas, cependant, qu'il faille aujourd'hui, pour perfectionner notre
écriture, demander quelque inspiration au vieux Cadmus
ou à Palamède?

— Très-bien, très-bien; continuez donc, et montrez-nous,
puisque vous en avez la liste, les moyens que les anciens
employaient pour faire rire.

— C'était d'abord l'*homonymie*, c'est-à-dire l'équivoque ou
l'ambiguïté d'un terme[1]. Vous ne doutez pas que nous
n'ayons ce moyen, soit que nous rapprochions deux mots
dont nous abusons, comme dans la réponse de Gorgibus à
sa fille, qui lui souhaite le bel air des choses[2], ou dans l'épigramme de Trissotin[3]:

> Ne dis plus qu'il est *amarante*,
> Dis plutôt qu'il est *de ma rente*;

soit que nous prenions un seul mot dans un sens qu'il ne

1. *Scholia in Aristoph.*, prolegom., n° 9 a. V, l. 97 et sqq.
2. Molière, *les Précieuses ridicules*, sc. 5.
3. Molière, *les Femmes savantes*, acte III. sc. 2.

peut avoir que par abus, comme dans l'*Étourdi* [1] :

> Je ne sais si souvent vous jouez au piquet ;
> Mais au moins faites-vous des *écarts* admirables.

— Je ne pense pas, dit le père Porée, qu'il faille rejeter ces traits quand ils se présentent, mais j'avoue qu'ils sont médiocrement plaisants.

— La *synonymie*, que les scoliastes recommandent aussi, reprit Arouet, l'est encore moins. Il s'agit de mettre ensemble des termes qui signifient la même chose, par exemple ἥκω καὶ κατέρχομαι, *je viens et j'arrive*, qui se trouvent en effet dans Aristophane [2]. Nous aurions bien de la peine à voir dans ce pléonasme insignifiant autre chose qu'une faute grossière, et je ne crois pas qu'aucun de nos comiques y ait eu recours, si ce n'est pour rendre un sot ridicule.

Le troisième moyen, c'est le *bavardage*, ἀδολεσχία. Qu'entendent les Grecs par ce mot? C'est probablement la répétition du même terme [3], soit que le personnage répète sa phrase, comme quand don Fernand, qui croit que Jodelet est son gendre, s'apercevant du manque d'éducation de ce valet, prononce successivement à part lui ces trois vers [4] :

> Ma fille avait raison, mon gendre est un vilain ;
> Mon gendre, encore un coup, n'est, ma foi, qu'un vilain ;
> Pour la troisième fois mon gendre est un vilain ;

ou que la répétition d'un certain mot, devenue habituelle chez un personnage, ait passé chez lui à l'état de tic, comme, dans le *Joueur*, le faux marquis exprime sa joie par cet hémistiche [5] :

---

1. Molière, l'*Étourdi*, acte IV, sc. 8.
2. *Ranæ*, v. 1157. Voyez aussi la note à ce sujet et le passage de la même pièce, v. 465 et 466, où la synonymie est plus plaisante, et se rapproche de l'exemple que nous citons plus loin du *Florentin* de La Fontaine.
3. *Scholia in Aristoph.*, n° 9 a, l. 100.
4. Scarron, *Jodelet*, acte II, sc. 14.
5. Regnard, le *Joueur*, acte IV, sc. 10, 11, 12.

Allons, saute, marquis;

ou comme un personnage ridicule de Molière [1] ne peut défendre son opinion qu'en répétant à satiété les mots *tarte à
la crème* :

Ah! ma foi oui, *tarte à la crème*, voilà ce que j'avais remarqué
tantôt : *tarte à la crème!* Que je vous suis obligé, madame, de m'avoir
fait souvenir de *tarte à la crème!* Y a-t-il assez de pommes en Norman-
die pour *tarte à la crème?* *Tarte à la crème*, morbleu! *tarte à la crème!*
— Eh bien! que veux-tu dire, *tarte à la crème?* — Parbleu, *tarte à
la crème*, chevalier. — Mais encore? — *Tarte à la crème.* — Dis-nous
un peu tes raisons? — *Tarte à la crème.* — Mais il faut expliquer sa
pensée, ce me semble.   *Tarte à la crème*, madame. — Que trouvez-
vous là à redire? — Moi, rien, *tarte à la crème.*

Notez que ce qu'il y a de plaisant ici, c'est l'embarras
d'un critique ignorant et de mauvaise foi, acculé dans la
bauge où l'a jeté son impertinence; quant à la répétition
en elle-même, c'est, vous en conviendrez, une source de
comique bien faible, quoiqu'on ne puisse pas dire qu'elle
soit absolument nulle.

— Il est vrai que jusqu'ici la théorie antique se réduit à
bien peu de chose. Mais continuez, et dites-nous le quatrième moyen.

— C'est la paronymie, παρωνυμία, c'est-à-dire la ressemblance
ou plutôt le voisinage du son de deux mots. Il semble qu'on
aurait dû la rapprocher de l'homonymie, dont elle ne diffère
qu'en ce que ce son n'est pas absolument le même; les anciens
distinguaient la paronymie par prosthèse, et la paronymie
par aphérèse [2], c'est-à-dire où les lettres qui faisaient la différence s'ajoutaient ou se retranchaient, soit au commencement, soit à la fin. Sans descendre à ces distinctions pué-

---

1. Dans la *Critique de l'École des emmes*, sc. 7.
2. *Scholia in Aristoph.*, n° 9 a, l. 102, et n° 10 d, tableau de la
page xxvj; il semble par un exemple donné qu'une de ces paronymies pouvait s'appliquer aux *sobriquets* ou surnoms ridicules.

riles, nous avons tous ces jeux de mots; Scarron fait gourmander Jodelet par son maître don Juan, qui lui dit[1] :

> Il n'est pas sous le ciel un plus *fâcheux* que toi.
> — Il n'est pas sous le ciel un plus *fâché* que moi,

répond le valet; et cette paronymie est certainement très-
fine et très-plaisante. On lit de même dans le *Sganarelle* de
Molière[2] :

> Oui, son mari, vous dis-je, et *mari* très-*marri*,

et dans une autre scène de la même pièce[3] :

> Sganarelle est un nom qu'on ne me dira plus,
> Et l'on va m'appeler seigneur *Cornélius*.

Après la paronymie, les critiques grecs recommandent
l'*altération* ou *énallage;* ils donnent pour exemple *bdeu* prononcé au lieu de *dzeu*. C'est donc un simple changement de
lettres ou métagrammatisme, comme quand nous faisons
bégayer, baragouiner ou barbariser quelqu'un.

> Trêve de *sarimonie*

dit Lucas dans le *Médecin malgré lui*[4], au lieu de *cérémonie;*
et Pierrot dans le *Festin de Pierre*[5], dit, par une forme qui
se rapproche bien de l'exemple grec cité tout à l'heure :

> *Mon guieu!* je n'en avais jamais vu s'habiller,

au lieu de *mon Dieu*. Tout cela, comme vous voyez, rentre,
à bien peu près, dans les mêmes formules, et n'augmente
pas beaucoup les ressources de l'art.

— J'avoue que l'homonymie, la paronymie, l'énallage

---

1. Scarron, *Jodelet*, acte I, sc. 1.
2. Scène 9.
3, Scène 6.
4. Acte II, sc. 4.
5. Acte II, sc. 1.

sont, à bien peu près, la même chose. Voyons si les moyens
qui restent nous donneront quelque chose de nouveau.

— N'y comptez pas trop. Il y a les petits noms caressants,
comme *Euripidion*, *Socratidion*, pour *mon petit Euripide*,
mon petit Socrate. Dans le *Jodelet* de Scarron [1], Béatrix dit à
don Louis :

> Or, si vous en tirez la moindre *lachrimule*,
> Je vous donne gagné, foi de *Béatricule*.
> Vous riez, don Louis, de ce diminutif :
> Dame ! nous en usons, et du superlatif.

Le septième et dernier moyen tiré des mots et recommandé par les critiques grecs, c'est la *figure de diction*, σχῆμα
λέξεως. Mais celui-là même est un terme générique qui paraît comprendre tous les précédents, puisqu'il s'applique à
toutes les altérations des mots, et que jusqu'ici nous n'avons
pas vu autre chose.

— C'est donc là tout, dit le père Porée : n'est-ce pas une
preuve que les scoliastes, et, en général, les hommes qui
travaillent sur les ouvrages des poëtes, sont loin d'avoir
tous leurs secrets ?

— Leurs secrets pour faire ou composer eux-mêmes ; vous
avez raison, mon père ; mais quant à ceux qui sont formulés
en règle, et qui ensemble constituent la théorie de l'art, ils
les possèdent aussi bien que nous possédons, après vous
avoir entendu, la théorie de l'éloquence. Au reste, je crois
que les scoliastes auraient pu distinguer encore, chez les
comiques grecs, quelques genres de plaisanteries tirées des
mots eux-mêmes, et qui ne rentraient pas absolument dans
les premiers. Telle est la composition des mots risibles,
comme ψαμμακόσιοι, qu'on lit dans Aristophane [2], et qui signifie *aussi nombreux que le sable*, à peu près, comme en
français *sablonième*. Ce moyen n'est pas ignoré de nos co-

1. Acte III, sc. 2.
2. *Acharn.*, v. 3.

miques. Jodelet dit à don Fernand, son futur beau-père, qui l'excite à se battre en duel [1] :

> Si le danger n'était que d'un simple homicide :
> Mais vous voulez sur moi voir faire un *gendricide*.

La parodie est encore un moyen d'exciter le rire, et il y a des exemples assez piquants dans le poëte grec : chez nous, l'usage en est si commun, qu'il est inutile d'en rappeler aucun modèle.

Il y a enfin certaines imitations comiques, comme le langage que Molière prête quelquefois à ses Languedociens, à ses Suisses, etc. Aristophane a employé ce procédé, puisque dans ses *Acharniens*, il fait parler Pseudartabas en persan [2], et que dans ses *Grenouilles*, comme vous nous l'avez fait voir, mon révérend père, il fait imiter au chœur le cri de cet animal [3]. Quoi qu'il en soit, nous reconnaissons tous que les ressources trouvées par les poëtes comiques anciens, dans les mots eux-mêmes ou leur arrangement pour exciter le rire, étaient assez peu de chose, et que nous avons, nous, tous ces moyens.

— Jusqu'ici, il n'y a rien qui ne soit bien certain; mais nous-mêmes en avons-nous d'autres?

— C'est ce que j'espère vous faire voir clairement, au moins par quelques exemples : car je suis persuadé qu'une énumération complète serait extrêmement longue, et, n'ayant pas fait à ce sujet de recherches particulières, je ne vous citerai que ceux qui m'ont frappé moi-même à une première vue. Pour ce qui tient aux changements ou altérations des lettres dans les mots, outre ceux que nous avons énumérés, nous en avons un plus piquant et plus varié que tous les autres : c'est ce barbarisme qui consiste à faire entendre

1. Scarron, *Jodelet*, acte IV, sc. 7.
2. Aristoph..*Acharn.*. v. 100.
3. Aristoph., *Ranæ*, v. 209 et sqq.

sur la voyelle initiale d'un mot une consonne qui ne doit pas être à la fin du précédent. Le grand nombre de consonnes muettes que nous avons chez nous contribue à multiplier ces fautes, presque impossibles chez les anciens, et peut dans mille circonstances exciter le rire ou la moquerie. C'est par exemple une scène de parade très-plaisante, que celle où deux soldats discutant s'il faut dire *j'y ai z'été* ou *j'y ai t'été;* le caporal leur répond d'un ton de docteur :

Ni l'un ni l'autre, mes amis. Il faut dire *j'y ai hété*, parce que l'*h* est aspirée.

Voilà une plaisanterie qui roule uniquement sur les lettres des mots, et certes vous ne trouveriez rien d'analogue dans l'antiquité classique.

Il faut rapporter à la même source les solécismes ou barbarismes où le son des mots se trouve plus ou moins compromis. La scène de Merlin et Larissole, dans le *Mercure galant*[1], en donne un exemple aussi curieux qu'amusant, et dont Boursault n'a pu avoir l'idée que chez les modernes.

— C'est très-bien, mon enfant, dit le père Porée, vos observations à ce sujet me semblent fort justes, et je vois que vous avez étudié cette question du théâtre avec beaucoup de soin.

— Un autre avantage que nous avons sur les anciens, c'est un grand nombre de mots familiers et gais qui donnent à notre langue son caractère le plus général, sans pour cela tomber dans la bassesse[2]. Les anciens n'avaient de termes plaisants que les orduriers. Nous l'avons vu nous-mêmes dans les *Grenouilles*, quand Bacchus dit au chœur qui lui chante : *Coax, coax*[3] :

1. Acte IV, sc. 7.
2. Voyez. dans nos *Thèses de grammaire*, la dissertation sur l'histoire du style, n° XI. p. 255 et suiv.
3. Aristoph., *Ranæ*, v. 222.

Laissez-moi donc tranquille avec votre *coax*. J'en ai déjà mal à l'anus.

Nous avons aussi, mais nous n'aimons pas beaucoup ce genre de plaisanterie. Quand don Japhet d'Arménie est enfermé seul et en chemise sur un balcon, une duègne vide sur lui un pot d'urine, en disant[1] :

> La nuit est fort obscure
> Gare l'eau! — Gare l'eau! bon Dieu, la pourriture!

répond don Japhet; et ce mot, s'il n'est pas absolument bas, frise de bien près la bassesse. La suite est tellement ordurière qu'on ne saurait ni la citer ni la supporter au théâtre. Heureusement notre langue n'a pas besoin de telles plaisanteries; elle possède un grand nombre d'expressions plaisantes et qui n'ont rien d'offensant pour les oreilles; par exemple, quand Béatrix, pour adoucir sa maîtresse irritée contre elle, lui dit[2] :

> Et je veux, si jamais j'ai contre vous manqué,
> Crever comme un *boudin que l'on n'a pas piqué*,

quand Sganarelle a repris à sa femme le portrait de Lélie, et quand, persuadé que c'est un amoureux, il dit en rentrant en scène[3] :

> Nous l'avons, et je puis voir à l'aise *la trogne*
> Du malheureux *pendard* qui cause ma vergogne ;

quand il s'écrie un peu plus loin[4] :

> Si je suis affligé, *ce n'est pas pour des prunes*,

ce sont là des exemples, et toutes nos comédies en fourmillent, d'expressions plaisantes ou moqueuses, telles que les anciens n'en avaient pas, c'est-à-dire que la source la plus

---

1. Scarron, *Don Japhet d'Arménie*, acte IV, sc. 12.
2. Scarron. *Jodelet*, acte II, sc. 1.
3. Molière, *Sganarelle*, sc. 9.
4. *Ibid.*, sc. 16.

féconde et la plus riche de notre comique leur était absolument fermée.

— Il y a quelque chose de bien vrai dans ce que vous dites
là, mon cher enfant, quoique peut-être on eût des exceptions
à citer.

— Il est bien entendu que j'admets toutes les exceptions
que l'étude nous fera reconnaître; il me suffit d'avoir montré qu'eu égard au style comique ou plaisant, nous avons
une richesse immense et qui est toute moderne. Si nous
considérons maintenant les mots dans leurs phrases, nous
avons d'abord les renversements ou répétitions ironiques,
comme quand Lélie dit à Gorgibus :

> Monsieur, vous me voyez en ces lieux de retour,
> Brûlant des mêmes feux, et mon ardente amour
> Verra, comme je crois, la promesse accomplie
> Qui me donna l'espoir de l'hymen de Célie.

Et Gorgibus lui répond :

> Monsieur que je revois en ces lieux de retour
> Brûlant des mêmes feux, et dont l'ardente amour
> Verra, que vous croyez, la promesse accomplie
> Qui vous donna l'espoir de l'hymen de Célie,
> Très-humble serviteur à Votre Seigneurie [1].

On comprend combien ces moqueries, si fines et si cu-
rieusement exprimées, fournissent de situations vraiment
comiques.

Nous avons aussi ces énumérations ascendantes, ces comparaisons hyperboliques dont on trouve les premiers germes
dans l'antiquité, surtout chez les Latins, mais dont les meilleurs modèles sont assurément chez nous, comme quand
Marinette dit à Timante [2] :

---

1. Molière, *Sganarelle*, sc. 23. Voyez aussi dans le *Misanthrope* (acte III,
sc. 5), la réponse de Célimène à Arsinoé.
2. La Fontaine, le *Florentin*, sc. 1.

Le diable qu'on connaît diable et qui ne vaut rien,
Est *moins jaloux, moins fou, moins méchant, moins bizarre,*
Moins envieux, moins loup, moins vilain, moins avare,
Moins scélérat, moins chien, moins traître, moins lutin,
Que n'est, pour nos péchés, ce maudit Florentin.

Nous avons surtout les plaisanteries qui dépendent de l'arrangement des mots dans nos phrases, et que les anciens ne pouvaient connaître, puisque leurs langues admettaient naturellement toutes les inversions. Chez nous, au contraire, il suffit d'intervertir l'ordre régulier des termes, pour amener des tournures risibles. Mascarille dit, par exemple [1] :

C'est la coutume ici qu'à nous autres, gens de condition, les auteurs viennent lire leurs pièces nouvelles pour nous engager à les trouver belles et leur donner de la réputation ;

et cette construction inaccoutumée suffit pour montrer un homme mal habile à parler français. Il y en a des exemples bien plus drôles, ce sont ceux que nous donnent les Janots qui font la parade. C'est à eux que sont dues ces phrases :

Je porte du beurre à ma mère, qui est malade, dans un petit pot ;

ou bien :

Il en avait de beaux, mon grand père, des couteaux, dans une gaîne, Dieu veuille avoir son âme! pendue à sa ceinture.

Le galimatias est encore une forme de langage très-plaisante, que la clarté habituelle de notre langue et la régularité de notre syntaxe font ressortir d'une manière on ne peut plus comique. Le galimatias vient quelquefois du désordre des mots, quelquefois de celui des idées, souvent de l'un et de l'autre. Cet exemple de Molière est bien plaisant. C'est Sganarelle qui parle à son maître et qui veut lui faire honte de son hypocrisie [2] :

1. Molière, les *Précieuses ridicules*, sc. 10.
2. Molière, le *Festin de Pierre*, acte V, sc. 2.

Sachez, monsieur, que tant va la cruche à l'eau qu'enfin elle so brise; et, comme dit fort bien cet auteur que je ne connais pas, l'homme est en ce monde ainsi que l'oiseau sur la branche : la branche est attachée à l'arbre; qui s'attache à l'arbre suit de bons préceptes; les bons préceptes valent mieux que les belles paroles; les belles paroles se trouvent à la cour ; à la cour sont les courtisans; les courtisans suivent la mode; la mode vient de la fantaisie; la fantaisie est une faculté de l'âme; l'âme est ce qui nous donne la vie; la vie finit par la mort, et songez à ce que vous deviendrez.

Les coq-à-l'âne, les parenthèses multipliées, les *c'est-à-dire* donnés à contre-sens, les tics de toute nature, si bien observés, si plaisamment rendus par nos comiques, se rattachent tous à cette considération des mots pris en eux-mêmes, et montrent aux plus aveugles combien nous avons dans cette seule direction augmenté la science antique.

Ajoutez-y ces mille et mille tournures singulièrement spirituelles pour relever une pensée commune, ces suppositions inattendues :

Le prince l'aurait regardée de *cent mille yeux* , *s'il les avait eus* [1]

ces comparaisons bouffonnes :

Il la regarda d'une manière assez tendre *pour un renard à l'agonie* [2]

ces contradictions dans les termes :

Je *vis* un fantôme *invisible* [3];

cette sorte de galimatias due à ce que le personnage, entraîné à la fois par deux idées, les confond sans cesse, comme quand M. Guillaume, dans l'*Avocat patelin*, reconnaît celui qui lui a volé son drap et se plaint en même temps du vol de ses moutons : et vous n'hésiterez pas à dire, comme moi, que si les Grecs ont fait les premiers pas dans cette

1. Hamilton, le *Bélier*, p. 62 de l'édit. in-18 de Renouard.
2. *Ibid.*, p. 83.
3. Dufresny, le *Double veuvage*, acte II, sc. 5.

carrière, ils seraient bien étonnés du chemin que nous avons parcouru depuis eux.

— Je le crois comme vous, mon enfant; c'est la marche naturelle des arts, et il y aurait à s'étonner qu'il en fût autrement dans l'art dramatique. Il vous reste à nous dire quels éléments de comique les anciens trouvaient dans les actes. Mais avant tout, éclaircissez un scrupule qui m'est venu depuis que je vous entends parler. Je sais que vous aimez beaucoup le théâtre et que vous avez lu la plupart des comédies françaises; je conçois même que vous avez pu lire celles d'Aristophane et de Plaute, au moins dans des traductions; et que quelques comparaisons entre le système ancien et le système moderne vous appartiennent : mais pour ces scoliastes grecs, que les érudits seuls connaissent, vous ne nous ferez pas croire que vous les ayez déterrés ni surtout étudiés, comme on le supposerait à vous entendre.

— Ah! mon révérend père, je n'ai pas cette prétention. Tout ce que je sais sur la comédie grecque et les scoliastes, je le tiens de mon parrain, M. l'abbé de Châteauneuf, qui, comme vous le savez, s'occupe beaucoup d'antiquités grecques, ou je l'ai retenu des conversations ingénieuses et savantes auxquelles, grâce à lui, j'ai pu prendre part.

— A la bonne heure! reprit le père Porée; je m'explique maintenant ce qui me semblait tout à fait incroyable et même impossible chez un garçon de votre âge. Maintenant continuez et faites-nous connaître les sources du rire que les anciens plaçaient dans leur seconde catégorie. »

En ce moment la cloche annonça la fin de la classe. On n'eut que le temps de faire la prière, et les élèves sortirent pour aller à leurs quartiers. Mais le père Porée retint auprès de lui le jeune Arouet, et, l'un et l'autre, leurs livres sous le bras, marchant à pas comptés dans la cour du collége, continuèrent la conversation commencée.

« Voyons, dit le professeur, puisque nous sommes sur ce

sujet, finissons-en tout de suite, et, comme l'occasion ne se réprésentera pas de revoir les mêmes choses, communiquez-moi tout de suite ce que vous avez recueilli sur les moyens de faire rire, que les comiques grecs tiraient des actions de leurs personnages.

— C'est surtout à cet égard, dit le jeune écolier, que les anciens nous semblent bien dénués, autant par les divisions ou remarques insignifiantes qu'ils établissent, que par la stérilité des moyens qu'ils indiquent. Voici ces moyens : la ressemblance, la tromperie ou l'erreur, l'impossible, le possible qui ne se suit pas ou semble contradictoire, le paradoxal ou ce qui est contraire à l'opinion commune, la danse triviale, certaines oppositions ou contradictions, enfin le langage décousu [1].

Ce dernier nous semble devoir rentrer dans les moyens fournis par le langage tout seul. Nous en avons dit quelques mots et donné des exemples, je n'y reviendrai pas. Occupons-nous des autres. Chacun comprend ce que peut être la ressemblance [2], qu'elle soit naturelle, comme celle des Ménechmes, ou artificielle, comme quand un personnage se déguise en un autre ou se fait passer pour lui. Ce qu'il y a de curieux, c'est que les scoliastes distinguent la ressemblance *en mieux*, comme quand Xanthias passe pour Hercule, et la ressemblance *en pis*, comme quand Bacchus se donne pour Xanthias [3]. N'est-ce pas là, je vous le demande, une distinction bien puérile, et qui prouve par son inutilité même l'état enfantin de l'art comique.

La *tromperie* ou l'*erreur* [4] est une occasion de rire bien

---

1. *Scholia in Aristoph.*, prolegom., n° 9, a, l. 107 et sqq., p. xviij; voyez aussi le tableau de la p. xxvj.

2. Ὁμοίωσις.

3. *Scholia in Aristoph.*, ibid. — Les deux exemples donnés ici sont empruntés à la comédie des *Grenouilles*, v. 464 et suiv.; au même endroit. v. 497, Bacchus dit à Xanthias qu'il passera pour son valet.

4. Ἀπάτη.

23

connue de nos jours. L'exemple qu'en donne un scoliaste,
de Strepsiade, qui prend pour argent comptant le discours
de la philosophie [1], montre que pour les Grecs l'erreur pouvait n'être que dans l'opinion. Pour qu'elle soit vraiment
comique chez nous, nous la voulons dans l'action, comme
quand Argante prend le valet Sylvestre pour le frère d'une
jeune fille que son fils a séduite et qu'il paye fort cher sa
complaisance [2]; ou quand M. Jourdain croit que Cléonte et
Covielle sont des ambassadeurs turcs, et se fait recevoir ma-
mamouchi [3]; ou que dans le *Double veuvage*, l'intendant et sa
femme, persuadés qu'ils se sont réciproquement perdus,
pensent à convoler en secondes noces [4].

L'*impossible* [5] consiste à supposer en paroles ou en fait une
chose que tout le monde comprend ne pouvoir pas être.
Quand Strepsiade parle d'emporter la lune et de la mettre
dans une armoire [6], quand Xanthias voit ce fantôme que les
Grecs nommaient *empuse* [7], ce sont des impossibilités évidentes dont nous sommes en effet portés à rire. Il en est de
même chez nous, quand Martine, qui veut qu'on prenne son
mari pour un médecin, rapporte qu'en touchant de quelque
chose un enfant qui était tombé du haut d'un clocher et
s'était presque tué du coup, il le rendit si sain et si gaillard
qu'il courut jouer à la fossette [8]; ou quand don Japhet explique pourquoi son cousin Charles-Quint a jugé à propos
de l'éloigner de lui [9].

1. *Scholia in Aristoph.*, prolegom., 9, a, 1. 108, p. 18. — L'exemple cité
se rapporte à la comédie des *Nuées*, v. 220 et suiv.
2. Molière, les *Fourberies de Scapin*, acte II, sc. 9.
3. Molière, le *Bourgeois gentilhomme*, actes IV et V.
4. Dufresny, le *Double veuvage*, acte I, sc. 11 et 12; acte II, sc. 5.
5. Ἀδύνατον.
6. Aristoph., *Nubes*, v. 750. Voyez nos *Thèses de grammaire*, n° XI,
p. 258.
7. Aristoph., *Ranæ*, v. 289-294.
8. Molière, le *Médecin malgré lui*, acte I. sc. 5.
9. Scarron. *Don Japhet d'Arménie*. acte I. sc. 2.

Parce que deux soleils en un lieu trop étroit
Rendaient trop excessif le contraire du froid.

— Le *possible qui ne se suit pas* ou semble contradictoire[1], le *paradoxal* ou ce qui est contre l'opinion commune[2], s'expliquent d'eux-mêmes : et nous avons là, comme les anciens, des sources de gaieté assurées, mais peu fécondes. La *danse triviale*[3], et sans doute aussi les gestes exagérés de toute nature, sont aussi plus communs, et mille fois plus variés chez nous que chez les Grecs. Enfin, les *oppositions entre le caractère et les discours*, comme quand un magistrat, laissant de côté les choses les plus sérieuses, s'attache aux plus mesquines[4], ou quand Arnolphe, oubliant son rôle de tuteur terrible, demande à Agnès ce qu'il doit faire pour obtenir son amour[5], n'ont pas non plus besoin d'explication.

Seulement nous sommes, avec raison, bien surpris de voir énumérer avec tant de soin des moyens si pauvres, si étroitement resserrés, et que nous dédaignerions certainement : car, chez nous, indépendamment de la contexture de la pièce, le comique de l'action vient surtout des situations, des traits de caractère, des jeux de théâtre, des bouffonneries de toutes sortes. Il suffit d'ouvrir une de nos comédies pour reconnaître que les moyens indiqués par les anciens n'y sont presque pour rien, tandis qu'on les trouve, et dans une proportion considérable, chez les bateleurs et tous ceux qui font la parade. Ce sont des gens, en effet, qui, la plupart du temps, instruits par la nature seule et sans aucune étude spéciale, disent ce que leur inspire une gaieté de bon ou de mauvais goût. C'est là qu'en étaient les Grecs au temps d'Aristophane ; et ce poëte n'a guère donné d'exemples

---

1. Δύνατον καὶ ἀνακόλουθον.
2. Τὸ παρὰ προσδοκίαν.
3. Τὸ χρῆσθαι φορτικῇ ὀρχήσει.
4. *Scholia in Aristoph.*, prolegom., p. 10, d, p. xxvj.
5. Molière. *l'École des femmes*, acte V, sc. 4.

comiques que dans cette direction[1]. Nos auteurs, avec une
imagination égale à la sienne, mais avec des études bien
mieux dirigées, et sur des modèles que le temps seul pouvait fournir en si grande quantité, ont trouvé des sources
plus belles et plus fécondes, et produit ainsi dans les moyens
comiques une abondance et une variété que personne n'aurait pu prévoir.

— Il est vrai que les comiques du siècle dernier, Molière,
Regnard, Dancourt et Dufresny, ont composé des intrigues,
peint des caractères, imaginé des situations, et surtout choisi
un dialogue dont assurément les anciens ne pouvaient avoir
aucune idée. Je ne veux pas nier cette supériorité immense
de nos auteurs : j'ajoute qu'ayant dans leur auditoire, non-
seulement des hommes, mais des femmes, ils ont été obligés
de s'astreindre à une décence de langage dont il est impossible de ne pas regretter l'absence en lisant Aristophane ; et
je suis même surpris que les anciens n'aient pas l'air de
s'apercevoir de ce vice de leurs pièces, quoiqu'il y ait dans
Quintilien quelques mots qui s'y rapportent.

— Pardon, mon révérend père, continua le jeune Arouet
avec une assurance imperturbable, mais nous n'avons pas
tout ce que les anciens ont écrit. Il est probable que si nous
l'avions, nous trouverions en quelques endroits la plainte
que vous faites ici ; il semble d'après un fragment d'une comédie grecque, qu'un siècle environ, ou peut-être plus après
le temps d'Aristophane, on n'était pas aussi indulgent pour
ses inventions comiques que l'avaient été ses contemporains.

— Quel est ce fragment dont jusqu'à présent je n'ai pas
entendu parler ?

— C'est un chœur de la comédie des *Coucous*, découvert
tout récemment dans un couvent d'Italie ; j'en dois la com-

---

1. Voyez ci-dessus la note de la p. 68.

munication à mon parrain, qui venait, m'a-t-il dit, de recevoir cette intéressante nouvelle. Il paraît que le titre de la
pièce venait de ce que, comme dans les *Grenouilles*, les personnages du chœur étaient costumés en coucous, et faisaient
entendre comme refrain le chant de ces oiseaux.

— Et vous avez lu cette traduction ?

— Oui, mon père, et je puis vous la lire ; mais vous m'ex-
cuserez de ne pas la remettre en vos mains, parce que M. de
Châteauneuf, qui désire en faire l'objet d'une communication à l'Académie, m'a bien recommandé de ne pas m'en
dessaisir, afin de n'en pas perdre la primeur.

— J'approuve ce scrupule. Lisez-moi donc cette traduction ?

— La voici. Il semble que le sujet principal soit une critique de ce qu'ont écrit Aristophane ou les poëtes de l'ancienne comédie.

Le Chœur. Coucou ! coucou ! coucou ! O railleur éternel ! trouvez-
vous bien plaisant de faire imiter à vos chœurs le beuglement du bœuf,
le grognement du cochon [1] ou le coassement de la grenouille [2]. Coucou ! coucou ! coucou !

Est-ce quelque chose de bien gai que ces allusions aux parties
sexuelles des jeunes filles, sous l'image de truies qui n'ont pas encore
de queues, et qui, un peu engraissées, seront excellentes quand on
les percera d'une broche [3] ? Coucou ! coucou ! coucou !

Sont-ils aussi de bien bon goût, ces vers qui reviennent sans cesse
sur l'union charnelle des deux sexes [4], ou même sur celle des hommes
entre eux [5] ? Coucou ! coucou ! coucou !

Et tous ces quolibets sur le derrière et son orifice [6], ou même sur ce
qui en sort [7]; les Athéniens ne pouvaient-ils entendre de plaisanteries
plus fines ou de meilleure compagnie ? Coucou ! coucou ! coucou !

---

1. Aristoph.. *Acharn.*. v. 780.
2. Aristoph., *Ranæ*, v. 209 et sqq.
3. Aristoph.. *Acharn.*. v. 780-795.
4. Aristoph., *Acharn.*, v. 1216. 1220 : *Lysistr.*. v. 900 et sqq.
5. Aristoph., *Equites*, v. 1242 : *Lysistr.*, v. 1092. 1147.
6. Aristoph.. *Equites*, v. 721 ; *Nubes*, v. 102 ; *Ranæ*, v. 223. 235.
7. Aristoph., *Ranæ*, v. 479. 490. etc.; *Plutus*. v. 693, 698. 703, 706. etc.

Et ces éternelles disputes, et ces menaces sans fin, et ces injures grossières de gens qui se querellent et qui n'ont jamais que la même chose à se dire [1], croyez-vous que ce soit bien spirituel et bien amusant? Coucou! coucou! coucou!

Tel est, mon révérend père, le fragment dont mon parrain m'a communiqué la traduction. J'y trouve avec plaisir des idées analogues aux miennes; mais, je m'empresse de le répéter, toutes ces observations ne portent aucune atteinte au mérite ou à la réputation d'Aristophane; elles ont seulement pour objet d'établir exactement l'état de l'art comique à son époque.

— Avec cette restriction, reprit le père Porée, je crois que nous pouvons facilement nous entendre. Il est bien clair, en effet, qu'on ne trouve chez le poëte grec aucune de ces qualités supérieures qui distinguent aujourd'hui nos comiques, et que, quant à la forme générale, ses pièces se rapprochent de nos parades ou des farces de la foire; mais elles s'en séparent essentiellement par le style, qui, de l'aveu de tous, fait seul vivre les ouvrages. Là, Aristophane est, d'après le témoignage des Grecs et des Romains, au niveau des Sophocle, des Pindare, des Ménandre. C'est un mérite que personne ne lui peut ôter, et qui le maintiendra toujours parmi les auteurs du premier ordre. »

Peu de jours après cette conversation, les régents du collége Louis-le-Grand se trouvaient réunis et se livraient à une de ces conversations à la fois badines et sérieuses d'où le rire n'était point exclu, mais où l'intelligence trouvait toujours à gagner, où la mémoire s'enrichissait des curieux détails donnés sur tous les points par ces savants hommes, où le goût se perfectionnait par la comparaison et le jugement des œuvres citées. On distinguait là, outre le père Porée, le père Lejay, célèbre par son érudition et sa piété, qui partageait avec lui l'enseignement de la rhétorique; le père Buf-

---

1. Aristoph., *Equites*. v. 280-495. 696-1110. 1166-1400.

fier, à qui sa grammaire et son *Traité des premières vérités*,
ont fait une réputation méritée et durable ; le père Hardouin,
le savant bibliothécaire du collége Louis-le-Grand, nommé
à cette place après avoir enseigné quelque temps la rhétorique, et qui, célèbre encore aujourd'hui par son édition de
Pline l'Ancien, ne l'était pas moins alors par son bizarre système sur les ouvrages grecs et latins, où il voyait autant de
pastiches exécutés par les moines du moyen âge. Ses supérieurs, effrayés des hardiesses de son scepticisme historique, l'avaient bien forcé de se rétracter sur quelques
points, mais, dans les conversations familières et confiden-
tielles, il se laissait aller à son inclination et se livrait volontiers à ses amusants paradoxes. « Il paraît, mon père, lui
dit en riant le père Porée, qu'on vient de découvrir, dans
un couvent d'Italie, une nouvelle preuve de l'activité infa-
tigable et de la grande fécondité de nos moines. Vous leur
attribuez sans doute la comédie des *Coucous ?*

— La comédie des *Coucous*, qu'est-ce que cela, mon père ?
Je ne connais aucun ouvrage ancien qui porte ce titre.

— Il est ancien par la composition, mais on l'a découvert
tout récemment, et j'ai entendu dernièrement la traduction
d'un chœur qui paraît dirigé contre Aristophane.

— Vous m'étonnez beaucoup, mon père. Je me crois au
courant de tout ce qui se publie sur les œuvres authentiques
ou pseudonymes des anciens, et je n'ai rien entendu dire
qui se rapporte aucunement à cette découverte. Mais vous-
même, de qui tenez-vous cette nouvelle ?

— C'est un de nos écoliers, le petit Arouet, qui m'a dit
tenir ce détail de son parrain, l'abbé de Châteauneuf....

— Le petit Arouet ! s'écria le père Lejay, c'est un fameux
vaurien, à qui ses paroles impies m'ont fait prédire qu'il
serait un jour le coryphée du déisme en France ; quelle
confiance pouvez-vous avoir en ce qu'il vous dit ?

— J'ajoute, reprit le père Hardouin, que celui-là même

qu'il cite.comme son garant, est un érudit d'une pauvre espèce, malgré ses prétentions. C'est dans les salons de Ninon
de Lenclos, quelques-uns disent dans ses bras, qu'il a fait
ses études ; et l'on peut être sûr qu'il montrera plutôt la
traduction que le texte d'une comédie ancienne. Vous auriez
dû demander les vers grecs à votre élève ; il eût été, j'en suis
sûr, bien embarrassé de vous les apporter.

— J'ai eu tort, sans doute, de n'y pas penser ; mais comment supposer que tout cela soit d'invention?

— C'est peut-être une bourde qu'on a fait gober à l'abbé
de Châteauneuf : je vous le garantis de taille à en avaler bien
d'autres, et la compagnie qu'il voit, le duc de Sully, le marquis de Lafare, l'abbé de Chaulieu, l'abbé Courtin, sont
plus propres à tourner des couplets, ou à célébrer avec lui
le vin de Champagne qu'à le garantir des erreurs où le feront
tomber sans cesse son ignorance et sa présomption.

— Bon, bon ! reprit le père Lejay, vous accusez là le parrain : moi qui connais le filleul, je ne vais pas si loin chercher l'auteur de la mystification. C'est lui, vous pouvez m'en
croire, qui a fait la plaisanterie tout entière ; il a inventé le
chœur des *Coucous* comme tant d'autres choses ; et, s'il m'est
permis de le dire, mon révérend père, il s'est moqué de
son régent, comme je l'ai vu se moquer de la religion révélée,
comme il se moquera de tout, une fois sorti du collége.

— Cela peut être, dit doucement le père Porée, et si vraiment il nous en a conté dans cette affaire autant que vous le
dites, on ne peut trouver trop sévère le jugement que vous
portez sur lui ; mais, quoi que vous en disiez, j'ai bien de la
peine à ne pas voir en lui le germe d'un grand homme. »

UNE SOIRÉE CHEZ LETRONNE[1].

L'illustre érudit et excellent critique Letronne, un des membres les plus distingués de l'Académie des inscriptions et belles-lettres, enlevé si inopinément à la science le 14 décembre 1848, avait fait de son salon au palais des Archives, un point de réunion pour les philologues de tous les pays qui se trouvaient à Paris. Il recevait le mardi soir. Ses trois filles partageaient avec lui les attentions d'une réception gracieuse, et il était vraiment honorable pour la France qu'un de ses plus dignes enfants offrît ainsi aux savants et aux érudits de l'Europe cette hospitalité et ces conversations familièrement savantes auxquelles nos salons durent, dans le dernier siècle, presque toute leur réputation.

Je ne veux pas m'étendre ici sur ces réunions aussi agréables que fructueuses, où j'eus l'honneur d'être admis pendant près de cinq ans, et que jamais je ne me rappelle sans un profond regret. Je veux seulement raconter une conversation dont je fus témoin et dont le sujet peut offrir quelque intérêt aux auteurs comiques.

Le *Diogène* de M. Pyat[2] avait été joué avec applaudissement à l'Odéon, une huitaine de jours auparavant[3]. Quel-

1. Ce morceau, destiné à prouver que ce sont des sujets français et non des sujets grecs ou romains qu'il faut mettre sur la scène comique, a été retouché et complété en novembre 1852, à l'occasion de la comédie d'*Aspasie*, faite par M. Samson, célèbre acteur de la Comédie Française, et dont il nous avait donné lecture dans une des séances particulières de la Société philotechnique.

2. Comédie en cinq actes et en prose, avec un prologue, représentée pour la première fois, le 6 janvier 1846, sur le théâtre de l'Odéon.

3. Le 6 janvier 1846 tombait précisément un mardi.

ques hellénistes en causaient dans un groupe où je me trouvais par hasard, et s'y félicitaient à la fois du succès d'un jeune homme qui donnait pour la suite de belles espérances, et du système qui paraissait ramener sur le théâtre les Grecs et les Romains, qu'on nous avait fait admirer dans notre enfance.

Cette dernière pensée, cependant, ne passa pas sans contestation; un des membres du groupe, que d'ailleurs je n'ai vu que cette fois chez M. Letronne, et que j'ai su plus tard se nommer M. Bercel, énonça l'opinion diamétralement opposée. « Je ne saurais comprendre, dit-il, cet intérêt d'écoliers que vous semblez attacher à revoir sur la scène les personnages dont l'histoire a bercé votre enfance. Il y a là une illusion que je ne m'explique pas. Rien assurément n'est plus ennuyeux dans les arts que de revenir toujours aux mêmes idées. Ici, au contraire, de l'enfance à la vieillesse vous ne semblez vouloir que le même sujet : c'est comme si toute la vie vous vouliez manger la même viande et à la même sauce.

— Oh! non pas. Nous voulons qu'on change l'accommodement.

— Vous ne l'obtiendrez pas, messieurs, ce n'est pas possible.

— Pourquoi donc, s'il vous plaît?

— Parce que si vous voyiez de près et dans leur réalité les personnages que vous nous vantez, ils vous feraient justement horreur; et ainsi, après avoir bâti sur des noms grecs la charpente de votre pièce, ce seraient des mœurs et une intrigue française que vous seriez obligés de mettre en œuvre.

— Quel paradoxe! s'écria-t-on. Nos plus belles tragédies ne roulent-elles pas sur des sujets grecs ou romains? *Cinna*, *Iphigénie*, *Mérope* et d'autres répondent suffisamment à votre objection.

— Elles n'y répondent qu'à demi. On a mille fois reproché

à nos grands tragiques de n'avoir pas été fidèles au costume,
d'avoir fait un Cinna amoureux d'Émilie, comme on pouvait
l'être du temps de Louis XIII, une Iphigénie, comme un
romancier moderne rêverait une princesse accomplie. Vous
n'ignorez pas que, quand parut le dialogue des *Héros de roman* de Boileau, c'était dans des éditions subreptices faites
sur les récitations de l'auteur par des auditeurs indiscrets.
Quelques-uns eurent la malignité d'y insérer les vers dou-
cereux que Racine avait mis dans la bouche d'Alexandre;
et cette fraude eut tout le succès qu'on en pouvait attendre,
c'est-à-dire que Racine et Boileau en furent extrêmement
mortifiés [1]. La critique ne leur était si sensible que parce
qu'elle était juste.

— Eh quoi! voulez-vous donc exclure aussi de la tragédie
les sujets antiques?

— Non, non, je ne vais pas si loin, quoique ces sujets ne
soient pas ceux que je préfère; mais, dans la tragédie, il
s'agit en général de ces actions qu'on appelle *héroïques*. Les
personnages, si vous leur prêtez nos mœurs en quelques
points, peuvent du moins conserver cette physionomie de
convention, cette gravité théâtrale qui distinguent les personnes publiques, et accomplir ainsi, sans trop de contradiction, les actions que rapportent d'eux les historiens ou
les poëtes. Auguste, Horace, Agamemnon, Thésée ne sont
pas sans doute dans les détails les personnages mêmes qu'ils
représentent, ils le sont du moins en gros : eu égard à cette
nature un peu guindée, qui fait le fond de toute tragédie,
on peut leur appliquer ce mot profond et juste de Fontenelle : « L'antiquité est un objet d'une nature particulière;
l'éloignement le grossit [2]. » Dans cette disposition des esprits,
je ne nie pas qu'un poëte puisse trouver quelque avantage
à nous montrer ces héros que les anciens tragiques élevaient

1. *Anecdotes dramatiques*, au mot *Alexandre*, t. I, p. 35.
2. *Dialogues des morts*, Socrate et Montaigne.

sur des cothurnes, affublaient de robes traînantes, couvraient de masques énormes et faisaient paraître ainsi bien
au-dessus des proportions humaines. L'imagination produi-
sant sur nous un effet à peu près pareil, le poëte a peut-
être raison de compter cette illusion parmi les éléments de
son succès.

— Pourquoi ne voulez-vous pas alors qu'il fasse la même
chose dans la comédie?

— Oh! c'est que la comédie nous montre l'homme en
déshabillé. Point de masque, point de cothurne, point de
perspective grossissante : nous le voyons tel qu'il est. Nous
jugeons donc en eux-mêmes, malgré l'antiquité, les personnages qu'on nous présente; et s'ils nous ennuient ou nous
dégoûtent, nous sommes avec raison d'autant plus sévères,
que l'auteur a, par le choix de son sujet, affiché plus de
prétention.

— Quoi donc! le *Démocrite* de Regnard et ses *Ménechmes*
ne sont-ils plus d'excellentes comédies?

— Prenez garde! il n'y a dans les *Ménechmes* que le nom
de ces deux frères qui soit grec. Les personnages sont tous
français. Isabelle l'amoureuse, et la tante Araminte, et Finette la suivante, et Valentin le valet, et Robertin le notaire,
et le marquis gascon, et le marchand Coquelet sont tous des
habitants de Paris, où la scène se passe. Aussi cette pièce
n'a-t-elle pas découragé Cailhava, qui a, lui, bravement
composé ses *Ménechmes grecs* en quatre actes et en prose, et
c'est là, je puis vous l'assurer, une bien mauvaise comédie.

Quant au *Démocrite*, c'est sans doute une excellente pièce;
mais c'est aussi, pour le choix des personnages, une vraie
caricature. Regnard y a pris le rôle d'un homme qui ne sait
pas un mot d'histoire, qui confond les époques et les costumes. Il fait en charge ce que Shakspeare faisait très-sérieu-
sement et de bonne foi. Il met ensemble des noms grecs
avec des mœurs françaises et des vêtements de son époque.

Strabon, Cléanthis, Thaler, le roi même et les princesses
sont pour nous des contemporains et des compatriotes; Démocrite seul, par le pallium antique et par quelques traits
de caractère, rappelle de temps en temps son homonyme
grec. Il est, du reste, tout français; et ce n'est pas un des
moindres agréments de cette spirituelle comédie, que cette
opposition perpétuelle entre l'époque supposée des personnages et leur conduite ou leurs paroles.

— Mais enfin, pourquoi ne ferait-on pas avec un sujet
antique une pièce excellente, quoique sérieuse.

— Il y a pour cela plusieurs raisons. La première est que,
n'y ayant pas dans la nature de pièce toute faite, le poëte
doit, quoi qu'il arrive, inventer des incidents nombreux
pour remplir les scènes. Or, quels incidents imaginera-t-il?
Des incidents français. Il ne peut en concevoir d'autres, car
il ne vit pas dans une atmosphère grecque ou latine. Il ne
peut donc deviner les hasards ou les combinaisons amenées
par les détails de la vie commune chez les anciens. Bien plus,
à supposer qu'il fût capable de le faire, il ne serait pas compris de ses auditeurs. Qu'une rivalité d'amour soit, par
exemple, le sujet d'une comédie, et qu'elle soit tranchée par
le jeu du cottabe [1], tout le monde vous demandera : « Qu'est-
ce que c'est que ce jeu-là? » — C'est un jeu qui terminait les
repas chez les Athéniens. Il consistait à jeter avec une certaine adresse, dans un bassin plein d'eau, le reste du vin
qu'on avait bu. Quelle pouvait être cette adresse? Nous l'ignorons. Mais cette circonstance et des milliers d'autres devaient
déterminer à tout moment une supériorité ou une préférence; et, parce que ces circonstances nous échappent nécessairement, nous les remplaçons par d'autres qui répondent à notre état social, et nullement à celui des Athéniens.
Ainsi nous sommes faux par le mélange ou plutôt la confu-

1. Athénée, dans son *Banquet des savants*, liv. XIII. Voyez aussi ce mot
dans le *Dictionnaire grec* de M. Alexandre.

sion de deux civilisations souvent opposées. Ce premier genre d'anachronisme vous paraît-il bien louable?

— Non, sans doute. Seulement il ne sera senti que de peu de personnes.

— J'y consens; mais pourquoi le faire naître? Il y en a, du reste, un autre plus grossier, et dont il est bien difficile de se garantir quand on veut absolument faire de l'antique. A la distance où nous sommes des faits, les intervalles diminuent ou même disparaissent si bien, que nous mettons ensemble des gens qui n'ont jamais pu ni se voir ni se rencontrer. Nous en avons un exemple dans le *Diogène* de M. Pyat, que j'ai vu représenter, moi qui vous parle, quoique je n'en aime pas le sujet. Ce personnage converse constamment avec des gens qui ne vivaient pas de son temps; avec Milon de Crotone [1], disciple de Pythagore, qui mourut dans le sixième siècle avant notre ère [2], tandis que Diogène [3], contemporain d'Alexandre, était du quatrième; avec Alcibiade [4], qui était mort quand le Cynique avait à peine dix ans; avec Cynégire, mort peu après la bataille de Marathon [5], près de quatre-vingts ans avant sa naissance. Il fait de même converser Alcibiade, mort en 403 avant J. C., et l'orateur Démosthène, qui naquit vingt-deux ans après [6].

— Mais ce sont là des fautes si grossières, que des ignorants seuls peuvent les commettre, que le parterre doit les siffler, qu'à son défaut tous les critiques doivent relever ces sottises.

1. Prologue, sc. 9, et acte IV, sc. 5.

2. M. Pyat, nomme seulement *Milon*, mais il lui suppose une grande force corporelle; on ne peut pas douter qu'il n'ait songé au Crotoniate.

3. Né en 413, mort vers 323 avant J. C.

4. Mort en 403.

5. Cynégire dont M. Pyat fait un vieux soldat invalide et réduit à demander l'aumône, est celui dont on raconte qu'il se fit tuer par les Perses, en poursuivant à la nage un de leurs vaisseaux. Il était frère du poëte Eschyle.

6. Démosthène est né en 381.

— Détrompez-vous, en fait de sottise et d'ignorance il y a longtemps qu'un parterre français ne s'aperçoit plus de rien ; et quant aux critiques, les seuls à qui le public ait laissé la parole, sont faits à son image. Ils sont, comme lui, du parterre, et jugent de tout avec le même bon goût, enjolivé des mêmes connaissances et perfectionné par les mêmes études. La vérité est que M. Pyat n'est pas plus ignorant que tant d'autres. Il a, comme nous, appris dans ses classes un certain nombre de noms propres, qui lui suffiraient pour son usage particulier, ou pour le peu qu'on demande dans les conversations futiles. Mais quand il veut introduire tous ces personnages dans une action dramatique commune, il est obligé, pour fournir à tous ses incidents, de confondre les époques et les faits. Son Diogène assiste ainsi à des actes antérieurs à son arrivée à Athènes, comme la mort de Socrate [1] : il appelle *jeune* [2] le poëte Euripide [3], qui avait soixante-sept ans de plus que lui ; il cite une opinion philosophique, et invoque à ce sujet le nom de Pyrrhon [4], qui n'existait pas encore [5]. Il est amoureux de la célèbre Aspasie, la veuve de Périclès, vieille avant sa naissance, et que M. Pyat fait contemporaine de Phryné [6], laquelle vivait du temps d'Alexandre.

— Tant d'erreurs sont-elles possibles ?

— Elles sont plus que possibles, elles sont très-réelles ; mais vous vous étonnez à tort : c'est le lot commun de tous ceux qui exploitent sur notre théâtre les sujets antiques ; nous-mêmes, soyez-en sûrs, nous tomberions dans les mêmes fautes, à moins de prendre des personnages de fau-

1. La mort de Socrate, qu'on voit passer une coupe à la main dans la scène 9 du prologue, est de l'an 400 avant notre ère.
2. *Diogène*, acte II, sc. 6.
3. Né en 480 avant J. C.
4. *Diogène*, acte IV, sc. 9.
5. Pyrrhon n'est né qu'en 384, seize ans après la mort de Socrate.
6. *Diogène*, acte I, sc. 1 et 2.

taisie que nous ferons semblables à nos contemporains, ou
des hommes que l'histoire nous apprend s'être en effet ren-
contrés dans la même action. Par exemple, veut-on faire
converser des poëtes lyriques, on mettra ensemble, sans
hésiter, Sapho, Anacréon et Pindare, qui cependant répondent aux années 600, 550 et 500 avant notre ère; veut-on
deux artistes, on prendra Phidias et Zeuxis, dont l'un
mourut avant la guerre du Péloponèse [1], tandis que l'autre
ne fut guère célèbre qu'après[2]. Je sais bien qu'une pièce peut
être intéressante malgré ses faussetés historiques; mais,
encore une fois, à quoi bon tirer ses noms de l'histoire, si
l'on ne se résout pas à parler comme elle?

— Vous épluchez peut-être trop les fautes que laissent
échapper les hommes d'imagination : qui sait si vous n'é-
toufferez pas ainsi cette brillante faculté?

— Ne craignez rien. Je ne blâme ici que la prétention à
l'érudition historique, c'est-à-dire ce qui, selon moi, étouffe
l'imagination des poëtes, ou l'empêche de donner ses vrais
produits. Ah! si c'était une action réelle ou crue réelle,
comme le *Souper d'Auteuil* [3]; si les personnages étaient
peints, comme dans cette pièce, avec leurs mœurs bien
connues, leurs ouvrages, leurs paroles même, alors au
mérite de la pièce prise comme composition dramatique,
pourrait se joindre cette exactitude de détails qui satisfait
un érudit, et c'est un mérite auquel il est toujours permis
de viser et louable d'atteindre.

Mais jamais vous n'aurez cela dans l'antiquité. A peine
trouverez-vous dans les réunions effectives des personnages
connus, le sujet d'un conte ou d'une nouvelle historique. Il
faut autre chose pour une comédie. L'intrigue vous forcera

1. Phidias mort en 430 avant J. C.
2. Zeuxis florissait 400 ans avant notre ère.
3. L'on pourrait ajouter aujourd'hui les *Trois Crispins* ou la *famille Pois-
son*, par M. Samson.

toujours de suppléer à la nudité de l'histoire par des détails de votre invention, qui dès lors ne seront plus antiques.

— Nous concevons bien votre antipathie pour ces créations rétrospectives : habitué vous-même à feuilleter les textes grecs ou latins, vous avez le droit d'être et vous êtes en effet très-sévère. Heureusement tout le monde n'en sait pas autant que vous; et si le peuple, si nous-mêmes nous sommes bien aises de voir revivre cette société antique....

— Mais c'est justement ce qui ne revit pas du tout; et voilà, selon moi, le plus grand reproche à faire à ces prétendues comédies. Les hommes de ce temps, quels qu'ils fussent, avaient des mœurs si opposées aux nôtres, pratiquaient une morale si justement odieuse de nos jours, que si vous les mettiez sur le théâtre tels qu'ils ont été, il n'y aurait pas un gouvernement qui voulût tolérer ces représentations, pas une âme honnête qui voulût y assister. Essayez donc de mettre sur la scène une comédie d'Aristophane ou de Plaute littéralement traduite, et vous verrez ce qu'on en dira. Ce sont pourtant bien là des mœurs grecques ou romaines.

Aussi qu'arrive-t-il de là? Nous sommes obligés de donner aux anciens nos mœurs et nos sentiments; que nous voulions les louer ou les blâmer; et cela toujours et sans cesse, même sans aucune intention de tromper le spectateur, ou de soutenir une thèse ou une opinion philosophique ou politique. Dans ce dernier cas, c'est bien pis, ma foi : ou nous donne, comme M. Pyat, le panégyrique en cinq actes d'un des plus ignobles et des plus odieux gredins que l'histoire nous ait fait connaître.

— Quoi! c'est de Diogène que vous parlez ainsi, de ce philosophe si souvent admiré dans nos classes, et qu'on nous propose quelquefois d'imiter!

— C'est lui précisément; et si vous voulez m'en croire, jugez les hommes en eux-mêmes, et non d'après les éloges plus ou moins intéressés qu'on leur donne. Diogène a été loué par quelques écrivains, surtout par les sophistes qui, voulant, comme Lucien, rabaisser l'orgueil humain et nous remettre sans cesse en mémoire notre dénûment originel, ont rappelé ses bons mots et ses railleries contre les riches ou les puissants du monde. Ces mots, pris séparément, ont en effet leur valeur; ils sont surtout goûtés de ceux qui rêvent l'abaissement général de l'humanité sous le niveau égalitaire; et à ce titre Diogène excite assez volontiers l'enthousiasme des démocrates obstinés, de ces atrabilaires que toute supériorité révolte.

Les bons mots, toutefois, ne suffisent pas à faire un portrait complet. Il n'y a pas d'affreux bandit dont on ne puisse recueillir quelques railleries piquantes. Est-ce assez pour lui dresser un piédestal et nous le présenter comme un héros?

Quand vous offrez Diogène à l'admiration publique, peignez-le du moins tel qu'il fut; vous le louerez après cela si vous l'osez : le spectateur saura à quoi s'en tenir.

La première action de Diogène qui nous soit connue, c'est qu'il a fait de la fausse monnaie, et cela avec des circonstances singulièrement aggravantes. Son père était banquier et changeur, et tous deux ils rognaient les pièces reçues ou même en fabriquaient de fausses [1]. Diogène fut donc condamné à l'exil, ou, selon d'autres, obligé de s'enfuir de Sinope; et plus tard, quand on lui reprochait d'avoir été condamné et chassé par les Sinopiens : « Moi, répondit-il, je condamne mes juges à rester chez eux [2]. » Le mot était joli, eu égard à la ville de Sinope, dont l'habitation ne passait pas pour agréable. Il marque toujours un homme qui n'avait rien à répondre de solide sur le fait même.

Si maintenant, dans le prologue de M. Pyat, Diogène est si mécontent de tout ce qui se fait à Athènes, s'il attaque sans cesse et tourne en ridicule sa législation, n'est-il pas

1. Diog. Laert., *De vitis philosoph.*, VI, 2, n° 20. 21.
2. Plut., *De exsilio*, p. 604.

dans la position des voleurs qui trouvent toujours les lois mal faites, et voudraient qu'on prît d'abord leur avis sur la manière d'organiser la société.

Toute sa conduite fut la suite presque nécessaire de ce triste début; comme tous les voleurs, il n'avait aucune industrie, aucun talent qui pût le faire vivre; il se résolut à mendier, à porter des haillons, à coucher à la belle étoile ou dans un tonneau vide; et, parce qu'il a nommé *philosophie* cette vie honteuse et dégoûtante, il a trouvé des gens assez simples pour admirer sous ce nom sa profonde incapacité, sa saleté et sa paresse.

Dans cet abaissement, il y a un orgueil facile, c'est celui de l'ivrogne étendu dans un ruisseau, qui défie les passants de le faire tomber ou de le salir. Diogène n'a pas manqué de pousser cet orgueil au plus haut point. Il se donnait à lui-même le nom de *chien;* et comme les chiens, en effet, il faisait tout, et se vantait de tout faire en public.

La langue française ne peut pas aller aussi loin que lui dans ce genre; et si l'auteur du drame avait voulu montrer un coin de ce tableau, il eût été forcé de s'arrêter tout de suite. Il aurait pu cependant le peindre recevant de toutes mains et entassant dans sa besace les morceaux de pain, de viande ou de légumes que la pitié publique lui jetait avec dégoût, et qui le faisaient vivre pendant quelques jours.

Il se disait content avec cela. Croyez-vous qu'il le fût? Si vous le croyez, que ne l'imitez-vous? Mais vous ne le croyez pas : aussi vous vous bornez à le proposer à l'imitation des autres.

Lui-même, d'ailleurs, n'a-t-il pas quelquefois, vaincu par la vérité, avoué que tout cela n'était qu'un jeu? Quand, tout nu, il embrassait une statue de marbre pendant l'hiver, et disait que c'était pour s'habituer au froid[1], quand il deman-

---

1. Plut., *Apophthegm. Lacedæm.;* Diog. Laert., *De vitis philosoph.*, VI, 2

dait l'aumône à cette statue, et disait qu'il s'accoutumait ainsi aux refus[1], n'était-ce pas un aveu que, malgré le mensonge de ses paroles, sa vie était la plus pénible qu'on pût imaginer?

Son insolence était du reste égale à sa fainéantise. Étant entré un jour chez Platon, il mettait ses pieds sales sur les plus beaux meubles, pour pouvoir dire : « Je foule aux pieds le faste de Platon. — Oui, répondit celui-ci, mais par un faste plus blâmable encore[2]. »

Son égoïsme est aussi bien connu : il déclarait que rien ne le touchait de ce qui se passait au dehors; il se moquait même de ceux qui montraient quelque souci pour leur patrie et leur république. Un jour qu'on s'agitait beaucoup à Corinthe, parce qu'on s'attendait à être attaqué par Philippe, Diogène, qui n'avait rien à perdre, se mit à rouler son tonneau sur la place publique, pour ne pas être, disait-il, le seul inoccupé dans cette circonstance[3] : il raillait ainsi les Corinthiens qui avaient la faiblesse de s'occuper du salut de leur ville. N'est-ce pas un bel exemple à présenter aux républicains de tous les temps, que ce mépris de la patrie? Et pourquoi ceux qui, comme M. Pyat, voient dans ce philosophe le modèle des purs démocrates, ne nous disent-ils pas jusqu'où il portait l'abnégation des sentiments patriotiques?

Au reste, il y a quelque chose de plus infâme encore; ce sont ses raisonnements pour mener à la communauté des biens et à la promiscuité des femmes : « Tout, disait-il, appartient aux dieux : les sages sont les amis des dieux; et, entre amis, tout est commun; les sages peuvent donc tout prendre sans crime, car tout leur appartient[4]. » Avec ce

1. Diog. Laert., *De vitis philosoph.*, VI, 2.
2. *Ibid.*, n° 26.
3. Lucian., *Quomodo conscribenda sit historia*, n° 3.
4. Diog. Laert., *De vitis philosoph..* VI, 2, n° 72.

beau raisonnement, vous voyez qu'il suffit de se donner le
nom de *sage* pour voler partout en sûreté de conscience.

Il disait aussi que la noblesse et la gloire ne couvraient
guère que la méchanceté; que les mariages n'étaient rien;
que les femmes devaient être communes, chacune se livrant
au premier qui savait l'enjôler; que les fils devaient, en
conséquence, appartenir à tout le monde [1]; qu'enfin il n'y
avait aucun mal à se nourrir de chair humaine, attendu
qu'on sait bien qu'il y a dans tous les corps toutes sortes
d'éléments; qu'il y a de la chair dans le pain et du pain dans
les légumes; qu'après tout, quoi que l'on mange, cela s'en
va par la transpiration [2].

Tel est l'homme dont M. Pyat a fait son héros. Vous ne
doutez pas qu'il ne l'ait représenté sous les couleurs les plus
fausses; et cela parce qu'il soutenait une thèse, celle de la
démocratie absolue, qui combat les richesses, les belles
manières, la bonne renommée des familles et toutes les su-
périorités sociales, comme autant d'éléments d'aristocratie
qu'il faut absolument détruire. Mais je dis que quand même
l'auteur n'aurait pas voulu louer en lui une certaine forme
de gouvernement ou une certaine opinion philosophique,
Diogène est un si odieux coquin, qu'on n'aurait pas pu le
mettre sur la scène tel qu'il fut en effet.

— Quoi donc! ne pourrait-on trouver chez les anciens des
hommes plus dignes de nous intéresser?

— C'est impossible, attendu que ce ne sont pas les mœurs
de tel ou tel, mais les mœurs générales de la Grèce qui
sont opposées aux nôtres, et qui nous feront le plus souvent
horreur. Qu'Andrieux, par exemple, nous montre Anaximandre, ce disciple de Thalès, qui vivait six cents ans avant
l'ère chrétienne; il suppose, sur la foi d'une chanson de
François de Neufchâteau, que ce philosophe a, comme on

1. Diog. Laert.. *De vitis philosoph.*, VI, 2, n° 72.
2. *Ibid*, n° 73.

le ferait aujourd'hui, filé le parfait amour auprès d'une de ses pupilles, et que, ne pouvant lui plaire sous son grave costume, il a fini par sacrifier aux grâces, c'est-à-dire par renoncer à toute la sévérité philosophique afin de l'obtenir d'elle-même. C'est une façon d'agir bien nouvelle pour les Grecs, chez qui les femmes étaient regardées comme des choses, et passaient, sans être consultées, de main en main par des mariages successifs. La guerre de Troie vous en donne une belle preuve. Hélène a quitté Ménélas pour fuir avec son séducteur, et la Grèce entière est en armes pour punir ce rapt, non pas, comme nous le croyons, dans l'intérêt de la morale ou de la famille, mais en ce sens qu'Hélène était une propriété qu'on a volée au roi de Sparte. Quant à la fidélité conjugale, telle que nous la comprenons, elle y est pour si peu, que Ménélas reprend sa femme comme si de rien n'était, après dix ans de cohabitation avec son amant. Point de punition, point de reproche; il a reconquis une épouse, comme il aurait repris une vache à un voisin qui l'aurait dérobée.

Il importe de ne perdre jamais de vue ces mœurs des Grecs, si l'on veut faire œuvre sérieuse en les mettant sur la scène. Je sais bien qu'on peut les poétiser pour les rendre plus agréables, et en cela l'on fait bien; mais n'est-ce pas dépasser le but, que de renverser absolument l'idée qu'on en doit avoir et que nous en donnent les historiens? Et ne vaut-il pas mieux alors poétiser des modèles pris chez nous que de se jeter dans un mensonge continuel pour le plaisir d'employer des noms grecs?

— Au moins n'avez-vous rien à objecter à ceux qui prennent des courtisanes pour leurs jeunes premières. Nous savons tous combien ces femmes étaient quelquefois gracieuses et spirituelles, et qu'elles ont donné souvent des preuves de courage et de fermeté.

— Il y aurait autant à rabattre sur leur grâce et leur es-

prit que sur la moralité des actions qu'on leur prête. Athénée a consacré une partie de son treizième livre à recueillir
leurs bons mots. Lisez-les et vous n'y trouverez la plupart du
temps que de grossiers quolibets, des plaisanteries ordu-
rières sans aucun sel, et une avarice sordide dont les plus
malheureuses de nos prostituées nous donneraient à peine
l'idée. Prenons pour exemple la célèbre Aspasie de Milet, et
supposons que vous la mettiez sur la scène avec un rôle
d'amoureuse. Elle sera éprise d'un seul homme à notre
façon, et repoussera énergiquement les tentatives ou les
propositions des autres[1]. C'est de la délicatesse, sans doute ;
malheureusement ce n'est pas vrai du tout. La belle Aspasie
était à la fois une prostituée et une maîtresse de prostitution.
En sa première qualité elle laissait l'usage de ses charmes à
qui pouvait et voulait la payer. Elle ne croyait en cela faire
infidélité à personne, pas plus que le cordonnier ne vous
est infidèle, qui, après avoir travaillé pour vous, travaille
pour moi. C'était un métier qu'elle faisait, et aucun de ses
amants ne trouvait mauvais qu'elle procurât le plaisir qu'on
lui achetait. Ce sentiment était général. L'amour, pour ces
belles, était une marchandise comme une autre, qui se
payait si bien d'après le temps employé, qu'une d'elles
fut surnommée *Clepsydre*, parce qu'il fallait la quitter
lorsque sa clepsydre était épuisée[2] ; et Aristippe répondit
à son esclave qui lui reprochait de payer Laïs fort cher,
tandis qu'elle pirouettait gratis avec Diogène : « Je donne
beaucoup à Laïs pour en jouir, et non pour qu'un autre n'en
jouisse pas[3]. »

L'idée mercantile, en un mot, dominait si bien partout,
qu'un certain homme étant devenu amoureux d'une statue
de pierre du temple de Delphes, se fit enfermer dans la

1. C'est ainsi que l'a représentée M. Samson dans sa comédie.
2. Athen., *Deipnosoph.*, XIII.
3. *Ibid.*

galerie où était cette statue, et laissa près d'elle une couronne, comme témoignage et récompense de son amour
satisfait. Cet homme fut découvert et saisi le lendemain
matin; et les Delphiens, indignés du sacrilége, consultèrent
l'oracle, lequel leur répondit qu'il fallait le relâcher, qu'on
n'avait rien à lui reprocher, puisqu'il avait payé son plaisir[1].
Tel est l'amour chez les Grecs, tel il faut nous le montrer
en l'embellissant un peu, puisque c'est le privilége ou le
devoir des beaux-arts; du moins laissez-le toujours au fond
ce qu'il était réellement.

— Il faut avouer que le spectacle n'en serait pas agréable
en France.

— Ce n'est pas tout : comme supérieure d'un couvent de
Vénus, Aspasie élevait chez elle des jeunes filles pour la
profession : elle faisait le trafic des belles femmes; elle en
remplit, dit-on, toute la Grèce[2], et se montra non moins
âpre pour la possession de ses jeunes plantes, que Ménélas
pour celle de sa femme; car c'est de là que vint en partie
la guerre du Péloponèse. Quelques jeunes gens ivres ayant
enlevé à Mégare la courtisane Simœthe, les Mégariens se ven-
gèrent en enlevant deux des filles d'Aspasie; Périclès prit
fait et cause pour sa maîtresse, il soutint de toute sa force
le décret porté contre les Mégariens, et voilà, dit Aristophane à ce sujet, comment trois filles de joie furent cause
de la guerre qui fit armer toute la Grèce[3]. Vous reconnaissez par là que quand les Grecs avaient pris les armes pour
ravoir la fille de Tyndare, ce n'était pas, comme l'a dit
Barthélemy, la sainteté des nœuds du mariage qu'ils voulaient faire respecter, c'était la propriété matérielle d'une

---

1. Athen., *Deipnosoph.*, XIII, 84, p. 606, B.

2. Plut., *Pericles*, c. 24, p. 364, 365; Athen., *Deipnosoph.*, XIII,
25, p. 569, F.

3. Aristoph., *Acharn..* v. 527; *Schol. in Aristoph. Pacem*, v. 502; Cf.
Schol. in Thucyd., lib. I, c. 67: et Athen.. *Deipnosoph.*, XIII, loco cit.

femme; comme dans la guerre du Péloponèse, où il s'agissait de catins en herbe, ils ne songeaient assurément pas à
cet honneur des femmes ou des mères, ni à cette pureté de
la famille, tout à fait inconnue alors. Eh bien! offrirez-
vous ces mœurs au spectateur français?

— Ce n'est pas ce que nous voulons. Mais enfin, cette
femme, Périclès l'a aimée.

— Sans doute; et Socrate aussi, et les disciples de Socrate,
et beaucoup d'autres encore[1] : qu'en concluez-vous? sinon
que les Grecs ne tenaient pas du tout à cette fleur de can-
deur ou d'innocence, ni à cette fidélité conjugale, tout
intellectuelle, que je n'hésite pas à regarder comme un des
beaux fruits du christianisme. Quant à Périclès, dont le nom
et la gloire nous éblouissent ici, malgré tout ce qu'on peut
dire à sa louange, c'était un homme d'une immoralité profonde. Stésimbrote de Thase rapporte que son ardeur n'épargna pas même sa bru[2]. Après avoir ainsi brûlé pour tant de
femmes, il fut si éperdument amoureux d'Aspasie, qu'il
l'épousa. Mais, ce qu'il y a de plus curieux, c'est qu'il
répudia à cette occasion sa femme et sa parente, qu'il avait
épousée après la mort d'Hipponicus son premier mari, et
dont il avait deux fils, Xantippe et Harpalus. Du reste, tout
cela se fit de bon accord. Il la maria à un autre et devint
l'époux d'Aspasie[3]; c'était une partie carrée dont tout le
monde fut satisfait, au moins jusqu'à sa mort, arrivée peu
de temps après. Aspasie alors lui donna pour successeur
Lysiclès, un jeune marchand de brebis, sans aucun mérite,
comme le remarque Athénée[4], qu'elle eut pourtant le cré-
dit de pousser aux emplois publics[5], et qu'on ne connaît
guère que par là.

1. Plut., *Pericles*, c. 24.
2. Athen., *Deipnos.*, XIII, 56, p. 589, D.
3. Plut., *Pericles*, c. 24.
4. Aristoph., *Equites*, v. 132; *Schol. in Aristoph.*. Ibid.; Athen., loco cit.
5. M. Bouillet, *Dictionn. univ. d'hist. et de géogr.*. mot *Aspasie*.

— Quelles mœurs abominables !

— Ce sont les mœurs de la Grèce, et je ne vous en montre qu'une bien petite partie, et presque la moins hideuse.
Que diriez-vous si je vous rappelais l'horrible indécence que
Diogène fit en public[1], et dont Piron n'a pas manqué d'embellir sa fameuse ode à *Priape*. Comme quelqu'un lui reprochait son infamie : « Plût aux dieux, répondit-il, que je
pusse ainsi, en me frottant le ventre, chasser la faim qui
me dévore ! »

— En voilà assez, trop peut-être, sur ce malheureux ; mais
les autres ?

— Les autres sont comme lui ou pires que lui ; il n'y a
pas de saleté qui ne fût ordinaire aux Grecs, je dis à ceux
que vous regardez comme les plus honorables, les philosophes, les magistrats, les poëtes.

— Mais vous exagérez, M. Bercel : nos livres sont pleins
de détails honorables sur tous ; j'ai lu je ne sais où, mais j'ai
lu que Sophocle étant préteur, et marchant dans la ville,
vit passer un jeune homme, et dit à son collègue : « Voilà un
joli garçon. » L'autre lui répondit aussitôt : « Sophocle, ce
n'est pas assez que les pensées d'un préteur soient chastes :
ses yeux même doivent l'être. » Telle était donc alors la
sévérité des mœurs, qu'un magistrat ne devait pas même
voir ni reconnaître la beauté corporelle dans un passant.

— Oh ! oh ! répondit M. Bercel, vous jugez cette parole
avec vos idées modernes, et parce que vous croyez que la
pensée du collègue de Sophocle n'allait pas plus loin qu'elle
n'irait chez nous en pareille circonstance ; je dois vous dé-
tromper, et vous jugerez alors tout autrement les mots de
ces deux hommes. Les Grecs étaient adonnés à un vice
odieux que nous osons à peine nommer chez nous, qui,
chez eux, jouait un rôle important quelquefois dans la con-

---

1. Plut., *De stoicorum repugnant.*, p. 1044 ; Diog. Laert., *De vitis philosoph.*, VI, 2, n° 69.

stitution des républiques, plus souvent dans les affaires particulières. La religion même en était infectée ; l'enlèvement
de Ganymède par Jupiter, vous l'indique assez. Chez les
hommes, que n'a-t-on pas vu ? C'est aussi l'amour d'un garçon, du beau Stésilée de Téos, qui brouilla Thémistocle et
Aristide[1] : vous savez ce qui s'ensuivit. Sophocle n'était
pas plus sage ni plus retenu. Athénée nous a conservé de
ce grand poëte quantité de traits, que je vous engage à
lire, si vous voulez vous faire une idée exacte de la moralité de ces gens-là. En voici seulement un que je n'hésite pas à vous raconter[2], parce qu'il y a, non pas seulement
une saleté, mais une réunion de circonstances qui, dans
l'idée que nous nous faisons d'une comédie, pourrait, si nos
mœurs toléraient une telle infamie, donner le premier rudiment d'une pièce comique.

Voyez d'ici un homme déjà avancé en âge et couvert d'un
riche manteau, qui sort discrètement de la ville et va se promener dans la campagne avec un bel adolescent, couvert
d'un habit plus modeste. Cet homme âgé, c'est l'auteur
d'*Électre* et d'*OEdipe roi;* le bel enfant est un mignon dont
le vieux poëte a acheté la complaisance. Ils gagnent un endroit écarté. Mais Sophocle est un amant si tendre que rien
n'est trop beau pour celui qu'il aime. C'est son propre manteau qu'il étend par terre, pour que son bien-aimé y soit
plus à l'aise; et quand, tout étant fini, Sophocle répare
du mieux qu'il peut son désordre, le jeune garçon, déjà
payé, se sauve emportant le manteau neuf et laissant en
place le vieux qu'il avait apporté.

Pendant ce temps, Euripide, plus jeune d'une quinzaine
d'années que Sophocle, et brûlant d'amour moins odieuses,
quoique aussi criminelles, poussait sa pointe auprès des
femmes dont il disait tant de mal dans ses vers, mais qu'il

1. Plut., *Themistocles.*, n° 3.
2. Athen., *Deipnosoph.*, XIII, 82, p. 605, D, E, F.

était loin de haïr dans le monde; et un jour, presque surpris en flagrant délit par un mari, il s'était réfugié dans le
jardin et y avait maudit son amour pendant une partie de
la nuit, attendant qu'on lui vînt ouvrir.

Bientôt il apprit la mésaventure de son maître en poésie;
et quoiqu'il fût loin sans doute de se croire irréprochable
lui-même, il ne résista pas au plaisir de tourmenter son
rival, et fit courir contre lui une petite pièce de vers où il
disait :

> Ce vieux suivant de Melpomène,
> C'est avec un joli garçon
> Qu'il va s'enfoncer dans les blés.
> A peine s'est-il satisfait,
> L'enfant lui vole son manteau!
> Faut-il que l'amour soit aveugle
> S'il ne voit pas de quel mépris
> Sa tendresse est ici payée?
> Pour moi, j'eus le même mignon :
> Du moins n'a-t-il rien eu de moi,
> Au delà du prix convenu.

Sophocle fut très-mortifié de cette attaque et du rôle de
dupe qu'on lui faisait jouer. Il y répondit par cette épigramme du même genre, et qui nous a été conservée[1] :

> Le soleil, Euripide, et non un jouvenceau
>   M'a fait quitter mon vêtement.
> Pour toi qui visitais la femme d'un voisin,
>   C'est bien le vent qui t'a glacé.
> Quand nous connaissons tous tes nombreux adultères,
>   En vérité tu n'es pas sage
> De gloser sur nos mœurs, ni de prendre chez toi
>   Ceux qui nous volent nos habits.

Qu'en dites-vous? N'est-il pas à la fois abominable et ridicule
de voir les deux plus grands poëtes tragiques de l'antiquité
se chercher noise et se moquer l'un de l'autre pour un tel

---

1. Elle est citée par Athénée au même endroit, et a été insérée dans
l'*Anthologie grecque*, *Appendix epigramm.*, n° 90.

sujet. Supposez qu'un auteur moderne eût le goût de ces
pièces burlesques et polissonnes que les curieux seuls connaissent, comme la tragédie des *Deux biscuits*[1], croyez-vous
qu'en mêlant à cela une intrigue analogue à la circonstance,
on ne pourrait pas faire une comédie très-extraordinaire, à
notre avis, qui du moins ne manquerait ni de vérité ni de
situations neuves?

Pour peu que vous lisiez quelques auteurs grecs dans leur
entier, vous trouverez là des détails qui vous surprendront
beaucoup, et sur les hommes que vous êtes le plus habitués à admirer. Socrate est célèbre à cet égard : l'orateur
Démosthène l'est beaucoup moins; il y a pourtant sur son
compte une aventure qui en vaut à elle seule plusieurs
autres.

D'abord il ne faut pas juger de Démosthène par un beau
mot qu'on rapporte de lui et qui fait le sel d'une épigramme
latine[2] : une courtisane, du nom de Laïs, lui ayant demandé
une somme trop forte, il lui répondit : « Je n'achète pas si
cher un repentir[3]. » C'est là l'homme en costume de théâtre,
se drapant pour la postérité. Si vous voulez le voir en déshabillé, Athénée vous dit qu'il était d'une telle incontinence,
qu'un greffier lâcha un jour contre lui ce sarcasme : « Que
peut-on dire de Démosthène, lorsqu'une femme confond en
une nuit ce qui lui a coûté une année de réflexions et de
soins[4]. »

Mais ce n'est pas là ce qu'il y a de plus curieux. L'ardeur
de ce personnage s'étendait également sur les deux sexes,
et il attira chez lui un beau garçon nommé Cnosion, qui

---

1. Par Grandval (Charles-François), qui débuta au Théâtre-Français en
1719, et a fait plusieurs pièces du même genre. Voyez les *Anecdotes dramatiques*, t. III, p. 215.

2. Tanti non emo, Laï, pœnitere. Le mot est rapporté par Aulu-Gelle
Noct. attic., I, 8.

3. M. Bouillet, *Dictionn. univ. d'hist. et de géogr.*, mot *Laïs*.

4. Athen., *Deipnosoph.*, XIII, 63, p. 592, E; 593, A.

l'avait enflammé. La femme de l'orateur, indignée, s'en
vengea : savez-vous comment? en s'abandonnant elle-même
à Cnosion[1] : qu'en dites-vous? N'est-ce pas un trait piquant?
et ne trouverions-nous pas là le sujet, je ne dis pas d'une
pièce de théâtre, mais d'un bon conte épigrammatique?

— Le conte est presque fait, dit l'un de nous; c'est cette
épigramme où Rousseau nous peint

> Un précepteur logé chez un Génois,
> Tant procédant que, de fil en aiguille,
> Il exploita la nièce du bourgeois,
> Et le disciple, et la mère et la fille[2].

Je ne dis pas le reste; il y a là une complication d'infamie
dont l'aventure de Démosthène pourrait bien avoir donné
la première idée.

— Soit, reprit M. Bercel; mais cela même vous le mettez
bien dans des livres que chacun lit chez soi, pour lui seul,
ou en très-petit comité. Mettriez-vous ces ordures sur la
scène? Les feriez-vous débiter devant mille spectateurs,
hommes et femmes? »

Un rire de dégoût accueillit cette proposition : « Vous
riez, reprit M. Bercel; mais les Grecs et les Romains le faisaient, et leur public trouvait cela plaisant! Pourquoi?
parce que telles étaient les mœurs de la nation, et qu'on
ne voyait pas là, comme nous, de quoi s'indigner. Con-
clurez-vous maintenant que si vous donnez des noms grecs
ou romains à vos personnages, vous ne mettrez réellement
que les noms? Tout ce que vous y ajoutez, actions, sentiments, pensées, expressions, sera nécessairement français,
sans quoi vous feriez horreur, vous inspireriez le plus profond dégoût à votre auditoire. Dans ces conditions, n'est-il
pas absurde de courir après une érudition aussi fausse,

1. Athen., *Deipnosoph.*, XIII, 63, p. 592, 593.
2. J. B. Rousseau, *Épigrammes*, liv. IV, n° 17.

quand la vérité chez nous s'offre naturellement variée, brillante et facile? »

Ces mots mirent fin à la conversation. Dix heures venaient
de sonner. C'était le moment où d'ordinaire on rentrait
chez soi; et nous nous séparâmes. Je n'avais pas pour moi
d'opinion arrêtée sur la question; mais il me semblait difficile, après avoir entendu ces raisons, de soutenir encore
l'excellence des sujets grecs.

LA CINQUANTAINE[1].

C'est au mois d'août 1816 que je revins habiter Paris : j'avais terminé mes études au collège de Versailles. J'eus l'occasion de voir quelquefois chez une vieille tante un certain M. de Longjours, âgé alors de plus de quatre-vingts ans, à qui son grand âge n'avait presque rien fait perdre ni de ses souvenirs ni de cette grâce spirituelle qui répandait sur sa conversation un charme indéfinissable.

Bien que ses idées fussent, on le croira sans peine, fort éloignées des miennes, j'aimais à interroger ce vieillard vénérable, à me rendre compte ainsi, par moi-même, de ce qu'était ce XVIIIᵉ siècle, dont les personnages nous apparaissaient dans nos classes comme les héros d'Homère aux Grecs du temps de Périclès.

Je le mettais surtout volontiers sur un chapitre qu'il affectionnait particulièrement et que j'ai toujours aimé aussi, sur le théâtre, où j'étais surpris, je l'avoue, de lui voir admirer souvent ce que je méprisais, et tourner en revanche en ridicule ce qui me semblait le plus admirable.

Venais-je à vanter la grandeur, l'heureuse disposition de nos théâtres, la commodité de nos loges, les lignes brillantes et l'éclatante couronne qu'elles offraient aux regards : « Oui, oui, disait-il, les bâtiments sont vastes ; l'or reluit de toutes

1. Ce morceau, lu dans une des séances publiques de la Société philotechnique, a été composé au commencement de l'année 1848, et terminé avant le 2 février, mon cinquantième anniversaire. Plusieurs de mes confrères avaient lu des pièces de vers faites à l'occasion de leur cinquantaine. J'ai voulu faire comme eux, en donnant toutefois à mon travail une forme entièrement différente.

parts, et les parures sont éclatantes. Mais qu'en résulte-t-il, je vous prie, pour l'art dramatique? La galerie fait oublier la scène : la pièce n'est plus qu'une occasion d'assemblée; les lorgnettes se promènent sur les loges au lieu d'être dirigées sur les acteurs; et la critique laisse les œuvres des poëtes, pour s'attacher aux robes, aux bonnets et aux châles des dames.

— Oh! répondis-je, nous n'oublions pas l'art aussi complétement que vous le supposez. D'une part, de belles décorations; de l'autre, des costumes appropriés au sujet, vous prouvent que nous tenons, plus que nos anciens peut-être, à la vérité dans l'imitation.

— Vous vous attachez là, me dit M. de Longjours, aux qualités extérieures de l'art, non à l'art lui-même; et en perfectionnant ainsi l'illusion que j'appelle matérielle, vous détruisez de plus en plus la véritable illusion dramatique. Nos décorations n'étaient presque rien, je l'avoue. Aussi n'étaient-ce pas elles qu'on courait admirer; et c'est quand le talent des acteurs a baissé, quand leur jeu n'a plus fait oublier tout ce qui les entourait, qu'on a tâché de ramener l'illusion par une représentation plus exacte de la nature visible.

— Mais, objectai-je, n'était-il pas absurde et désagréable de voir paraître les Grecs et les Romains en perruques à marteaux, avec des bas de soie et des escarpins, ou une forêt de plumes au-dessus de la tête pour indiquer la souveraine puissance?

—Prenez bien garde, mon jeune ami, que cette vérité que vous cherchez dans l'art, ne vous fasse, d'ici à peu de temps, oublier l'art lui-même pour cette prétendue qualité. Qu'est-ce que c'est donc que le costume? Une affaire d'habitude, et voilà tout. Paul Véronèse représentait les scènes de la vie de Jésus-Christ avec des suisses aux portes, des joueurs de violon ou de mandoline dans les orchestres. Cela empêche-t-il

que ses tableaux ne soient des chefs-d'œuvre? Les peintres
du temps de Louis XIV avaient adopté pour les anciens des
casques et des sandales d'une certaine forme très-différente
de celle de David : qu'est-ce que cela fait, je vous le demande? Pour ne pas sortir du théâtre, quand vous habillez
les anciens comme les statues qu'ils nous ont laissées, êtes-
vous sûr que ce fût là leur costume de ville, et que leurs
artistes n'aient pas drapé les personnages pour le plaisir de
l'œil plutôt que selon la réalité? Ne représentez-vous pas
encore aujourd'hui les comédies de Molière et de Regnard
avec les habits du temps de Louis XV? et pour les pièces du
siècle dernier, vos actrices n'ont-elles pas renoncé à la poudre, aux mouches, aux paniers, auxquels vos yeux ne sont
plus accoutumés et que vous trouviez désagréables? Ainsi, la
vérité du costume est, au fond, peu de chose. C'est une
satisfaction d'amour-propre de pouvoir se dire qu'on connaît la manière de se vêtir de telle ou telle époque. L'art n'y
gagne rien du tout, et les connaisseurs n'y tiennent pas.

— Vous ne nous laisserez rien, observai-je : je suis sûr
que si de la scène nous descendons au parterre, vous trouverez mauvais que nous y soyons assis, parce qu'autrefois
on s'y tenait debout.

— N'en doutez pas : et ici je ne suis pas le seul de mon
avis. Marmontel a dit avec raison que, dans un parterre où
l'on est debout, tout est saisi avec plus de chaleur; que
l'inquiétude, la surprise, l'émotion du ridicule et du pathétique, tout est plus vif et plus rapidement senti. Le spectateur, plus à son aise, est plus froid, plus réfléchi, mais aussi
moins disposé à ces mouvements d'ivresse et de transport
qui existent dans un parterre où l'on est debout [1].

— Ni vous ni Marmontel ne me persuaderez à cet égard.
J'ai quelquefois, dans des villes de province, assisté au

1. *Encyclop. méthod.*, mot *Parterre.*

spectacle en parterre debout. Je m'y suis si mal trouvé, que j'ai bien juré de n'y plus remettre les pieds.

— Sybarite! s'écria **M.** de Longjours, à votre âge je savais me tenir sur mes jambes.

— Je le sais aussi quand il le faut; mais quand je paye ma place pour m'amuser, pourquoi donc ne me mettrais-je pas le plus commodément possible? pourquoi les loges et l'orchestre seraient-ils parfaitement à leur aise, tandis qu'au parterre on n'aurait pas même un escabeau?

— Pourquoi? pourquoi? Il n'y a pas à donner ici de raison particulière à tel ou tel individu. Mais il y a des raisons générales et qui tiennent à l'art même. Autrefois, on n'était assis que dans les loges; vous l'êtes aujourd'hui au parterre; il viendra un temps où cela ne vous suffira pas. Il faudra avoir des stalles et appuyer ses coudes sur les bras; un peu plus tard, on voudra avoir la tête sur un oreiller; et ainsi disparaîtra petit à petit cette rapidité d'émotions, cette soudaineté de jugement, cette mobilité de désirs qui a tant concouru à la gloire de notre théâtre. Le parterre était autrefois quelque chose ayant sa vie et son caractère propre, pesant dans le jugement des pièces d'un poids qui lui appartenait et que rien autre n'eût pu remplacer. C'est aujourd'hui une simple continuation des loges, qu'on supprimera quand on voudra, sans que personne le regrette.

— Oh! vous exagérez, m'écriai-je.

— Je n'exagère pas : soyez sûr qu'un jour on ne sifflera plus au parterre; et parce qu'on ne sifflera plus, on n'osera pas non plus y applaudir. L'assistance ne sera qu'un cadavre, que rien ne pourra susciter; tandis que de notre temps on était obligé de faire des règlements pour comprimer un peu cette surabondance de vie qui foisonnait en nous. De temps en temps on nous défendait de siffler. Marmontel avait mis sa *Cléopâtre* sous la protection de la police. L'aspic seul qui devait la mordre, par un chef-d'œuvre de mécanique, fai-

sait entendre un sifflement aigu; ce qui donna lieu à M. de
Bièvre, interrogé sur cette tragédie, de répondre qu'il était
de l'avis de l'aspic[1]. Tout le monde en était aussi au parterre, et, ma foi, l'un de nous exprima son opinion par un
sifflement vigoureusement accentué. Le commissaire voulut
faire saisir. Votre serviteur! le coupable avait disparu au
milieu d'une foule compacte, qui le couvrait de son corps
et déroutait par ses éclats de rire les agents désappointés.
Supposez, dans une circonstance pareille, un parterre assis;
le siffleur serait saisi tout de suite.

—J'en serais fâché pour lui; la pièce, du moins, n'y per-
drait rien; et, n'était-ce pas au contraire une faute grave de
mettre ainsi le drame parmi les spectateurs?

— Non, certes. La pièce reparaîtra le lendemain et les
jours suivants; mais on n'a qu'un instant pour cette action,
si vive à la fois et si réelle, qui met en mouvement toute une
masse d'hommes, cette sorte d'émeute spirituelle et piquante,
qui provoque les éclats de rire ou les huées, les applaudissements ou les sifflets. Non, jamais l'esprit pétillant des
Français ne s'est montré plus nettement que dans ces agita-
tions imprévues et subites où le parterre, où les loges, où
la scène même jouaient leur rôle, et représentaient au naturel les intérêts divers des diverses classes de la société; où,
comme toujours, c'était l'élément démocratique, c'est-à-
dire le parterre, qui finissait par triompher. Le parterre
d'alors! quelle puissance, bon Dieu! malgré la jalousie des
loges et les efforts de la police! C'était à lui que Baron, déjà
si vieux qu'il ne pouvait se relever sans l'aide d'un garçon
de théâtre, et mécontent de quelques sifflets qui l'avertis-
saient de songer à la retraite, reprochait sa rigueur en ces
termes : « Ingrat parterre, toi que j'ai élevé! » et aussitôt
mille applaudissements lui rendaient le courage, et lui prou-

1. *Anecdotes dramat.*, mot *Cléopâtre.*

vaient qu'il emportait en se retirant l'amour et l'admiration du public.

C'était au parterre que s'adressait de même un mauvais comédien de province, qui, toujours mal reçu du public, s'avança un jour près de la rampe et s'écria du ton le plus piteux : « Ingrat parterre, que t'ai-je fait? » Les rires les plus désolants accueillirent cette question; et le lendemain, comme d'un consentement unanime, un billet de parterre avait changé de nom : il s'appelait tout simplement un *in-grat*[1].

C'était le parterre encore qui, à l'une des premières représentations du *Brutus* de Voltaire, à l'époque où étaient en vogue les satires nommés *calottes*, voyant un abbé se pavaner sur le devant d'une loge, tandis qu'il y avait des dames dans le fond, l'apostropha vivement en criant : « Place aux dames; à bas la calotte.... » Et l'abbé, impatienté de ces clameurs, prit en effet sa calotte, et la jetant au milieu de la foule ébaubie : « Tiens; la voilà, parterre, s'écria-t-il; tu la mérites bien. » Et des claquements de mains et des bravos retentirent aussitôt, et montrèrent derechef combien on faisait de cas de la présence d'esprit.

—Fort bien, lui dis-je, mais toutes ces prises à partie ne se terminaient pas aussi gaiement. J'ai ouï conter qu'un chevalier de Tintiniac, officier dans les gardes françaises, étant debout au milieu du théâtre, un des spectateurs lui cria du fond du parterre : « Annoncez! l'homme à l'habit gris de fer, galonné en or, annoncez! » Et le chevalier furieux, s'avançant sur le bord du théâtre : « J'annonce, dit-il, que vous êtes des drôles que je rouerai de coups. » Alors le parterre se tut et l'on commença la pièce[2]. Étiez-vous par hasard de ceux qui se laissaient si insolemment menacer?

— Non, répondit M. de Longjours; je n'en étais pas. Mais

1. *Anecdotes dramat.*, mot *Ami de tout le monde.*
2. *Anecdotes dramat.*, mot *Aben-Saïd.*

l'insulte était d'abord venue du parterre; et ces menaces, du reste, ne s'effectuaient pas souvent.

— C'était déjà trop qu'elles se fissent, observai-je avec une certaine véhémence.

— Sans doute, répondit-il avec douceur : et vos pères ont assez travaillé, ils ont surtout assez souffert pour que vous soyez aujourd'hui à l'abri de ces insolences. Croyez bien que si nous les avons supportées pendant si longtemps, c'est que le jour de la liberté et de l'égalité devant la loi, acquises par tant de sacrifices, ne s'était pas encore levé pour nous. C'était à force de patience et par des escarmouches continuelles que nous pouvions mettre enfin la victoire de notre côté : des batailles sanglantes comme vous les rêvez aujourd'hui nous auraient fait rétrograder jusqu'au temps de Louis XIII et de ses raffinés. Il valait mieux, croyez-moi, rire d'une menace peu mesurée que de risquer pour un faux point d'honneur l'avenir de la liberté.

— Pardonnez-moi un mouvement dont je n'ai pas été maître. Je conçois, au reste, que de pareilles disputes devaient naître assez fréquemment lorsque la scène n'était pas réservée aux seuls acteurs, mais envahie par un public privilégié.

— C'était une coutume, reprit-il, qui avait aussi ses avantages.

— Ah! pouvez-vous louer un tel désordre?

— Ni le bien, ni le mal, mon jeune ami, ne sont absolus en ce monde. Certes, il y avait quelques inconvénients à ce que les acteurs ne fussent pas seuls sur la scène; mais tout n'était pas inconvénient. C'était quelque chose que ce mélange et ce frottement continuel des comédiens et des grands seigneurs. Cette familiarité passait de la vie du théâtre dans la vie réelle; et les manières de la bonne compagnie, et les grâces du langage, et la finesse des propos, se trouvaient ainsi par un constant exercice presque aussi naturelles aux marquis de la scène qu'aux marquis de naissance.

— On peut obtenir ces avantages par d'autres moyens.

— J'en doute; ce qu'il y a de certain, c'est qu'ils sont presque entièrement perdus aujourd'hui : vous ne les retrouverez du moins que chez ceux de nos acteurs qui sont assez anciens pour avoir reçu l'éducation dont je parle. C'était autrefois Molé; aujourd'hui c'est Fleury, c'est Armand; c'était Mlle Contat, c'est encore Mlle Mars. Les autres en sont bien loin.

Un avantage, ajouta-t-il, c'est la vivacité de la critique à laquelle donnait lieu ce contact de tous les instants. Ce sont ces vives ripostes du parterre ou des loges, et quelquefois des acteurs, ripostes qui marquaient l'esprit scintillant de nos pères et qu'on ne retrouvera plus, soyez-en sûr.

— Pourquoi cela? interrompis-je. Êtes-vous de ceux qui croient que tout dépérit? et que l'espèce humaine et le monde entier vont toujours de mal en pis?

— Non, non; je ne suis pas de ces gens-là. Nous avions, de notre temps, autant d'esprit que nos pères; et vous autres, jeunes gens, en aurez tout autant que nous en avons eu. Ce sont les circonstances qui ont changé. Or, ce changement en a amené un autre dans nos habitudes, et partant, dans notre conversation. On est au spectacle aujourd'hui, comme on est dans le monde, toujours occupé des affaires publiques, et soumis au *qu'en dira-t-on?* De notre temps, nous y étions plus en famille, par la raison bien simple, que le public n'entrait pas dans les conseils des rois, et ne savait que fort tard à quel vent tournait la politique. De là une différence bien sensible. On est plus décent, plus réservé que dans le siècle dernier. Il y a aussi moins de vivacité, moins d'imprévu, moins de gaieté que nous n'en avions quand nous encombrions la scène. Placez donc aujourd'hui des réponses comme celles que nous rappelle l'histoire de notre théâtre. D'abord, elles ne viendraient pas à des spectateurs séparés et si loin des acteurs; et quand même ils les

trouveraient, à qui les feraient-ils entendre, à moins de
crier d'une manière indécente et ridicule? Autrefois, au
contraire, rien n'était à la fois plus naturel et mieux reçu
que ces épigrammes improvisées, que ces ripostes pétillantes
de l'esprit français.

Un acteur, plus que négligé dans sa mise, jouait un jour
Mithridate, et disait à son confident :

> « Enfin, après un an, tu me revois, Arbate.
> — Avec les mêmes bas, et la même cravate, »

s'écria un spectateur; et je vous laisse à penser les éclats
de rire qui suivirent cette interruption. Et dans la même
pièce, l'acteur Beaubourg, qui était extrêmement laid, jouant
le principal personnage, comme Mlle Lecouvreur qui faisait
Monime, lui disait :

> .... « Seigneur, vous changez de visage !

— Laissez-le faire ! » lui cria quelqu'un du parterre [1]. Et
un jour, à une représentation du *Méchant*, où se trouve ce
vers fameux :

> La faute en est aux dieux qui la firent si bête,

Mme de Forcalquier entra dans sa loge. Le parterre, charmé
de sa beauté, battit des mains pour y applaudir. Un mécontent sécria : « Paix donc, messieurs ; doit-on interrompre
ainsi la comédie ? » Un admirateur de Mme de Forcalquier
lui répliqua en changeant le dernier mot du vers :

> « La faute en est aux dieux qui la firent si belle. »

Il y a des centaines de traits pareils dans notre ancien théâtre, on n'en citerait peut-être pas un dans le nouveau !

— En cherchant bien, on en découvrirait sans doute. Je
vous avoue, d'ailleurs, que j'aime encore mieux renoncer

---

1. *Anecdotes dramat.*, mot *Mithridate*.

à l'agrément de quelques mots piquants, qu'aux convenances
qu'ils faisaient souvent sacrifier. J'ai lu moi-même quelques-
uns des recueils où sont rapportées ces plaisanteries. La
morale publique, les droits des citoyens, le respect de l'humanité, y sont trop souvent foulés aux pieds; et des saillies
heureuses me paraissent payées trop cher, quand elles en-
traînent d'aussi funestes conséquences.

— Cela même, répondit M. de Longjours, prouve ce que
je disais tout à l'heure, que ni le bien ni le mal ne sont absolus; ils se trouvent toujours mêlés en quelque façon. Les
conditions et les proportions du mélange varient de siècle
en siècle; et comme ces conditions dépendent la plupart du
temps des mœurs et des habitudes régnantes, sans être les
meilleures possible, ce sont au moins celles qui conviennent le plus à l'état présent des populations. Ainsi s'explique
le goût que chacun a pour son époque, et que les vieillards
conservent pour le temps passé, quand des mœurs et des
circonstances nouvelles amènent des combinaisons d'inconvénients ou d'avantages qu'ils ne sont plus en état d'apprécier.

— Ainsi, vous croyez qu'un jour viendra où je regretterai
ce que je vois maintenant; où le spectacle, bien que plus
riche, plus pompeux, mieux fourni de tout ce qui peut
plaire aux yeux, me charmera moins qu'aujourd'hui, et me
paraîtra au-dessous de mes souvenirs?

— N'en doutez pas, me répondit-il. Ce changement ne se
fera que trop tôt. Vous ne sauriez croire avec quelle rapidité arrive cet âge du retour qu'Horace appelle *anni rece-*
dentes, et qui emporte tous les avantages que nous avaient
donnés l'adolescence et la jeunesse. On perd le goût des plaisirs et des jeux, en même temps que les moyens d'en jouir
s'affaiblissent. On juge mauvais ou inférieur ce qu'on n'est
plus si bien à portée de sentir; et, pour ne pas s'en aller
tout entier de ce monde, on se raccroche avec amour à ce
qu'on a vu, à ce qu'on a éprouvé jadis. Vous voyez, mon

jeune ami, que si, comme tous les vieillards, je loue le temps
passé, je ne déprécie pas pour cela le temps présent. Je
m'accuse volontiers moi-même ; mais, où défaut pour moi
le sentiment, je suis bien forcé de dire que je ne sens pas ;
où quelque chose me répugne, il faut bien avouer que je
ne l'aime pas. Vous en serez là quelque jour, et alors vous
concevrez bien mieux ce que je vous dis en ce moment. »

Plus de trente ans se sont écoulés depuis que M. de Longjours me parlait ainsi. Suis-je arrivé à cet âge fâcheux qu'il
m'annonçait? Peut-être non, si j'en juge au plaisir que me
font encore quelques bonnes pièces nouvelles ; certainement
oui, s'il faut, pour être dans la vigueur de l'âge, trouver
bon tout ce qu'on imprime et tout ce que nous donnent certains auteurs en renom.

Au reste, depuis longtemps déjà, aujourd'hui plus que
jamais, je sais ce que c'est que le culte des souvenirs. Que
d'hommes j'ai vus passer! que de parents, que d'amis j'ai
perdus! Quand la mémoire me rend à la fois et les personnes
et les choses de ma jeunesse, oserais-je dire que je ne les
préfère pas? Que sera-ce si de longues années s'ajoutent à
celles que j'ai déjà parcourues? Hélas! tout le monde, en
commençant la vie, en voudrait reculer le terme le plus
possible; et pourtant, à mesure qu'on avance dans cette carrière, on reconnaît à tout moment qu'on avait espéré autre
chose.

Soumettons-nous, puisque c'est la condition nécessaire de
notre nature. Mais que les jeunes gens d'aujourd'hui nous
pardonnent des regrets qu'ils éprouveront comme nous plus
tard, et que les jeunes gens d'alors devront leur pardonner
à leur tour.

LES

QUATRE FACULTÉS[1].

Quelques personnes étaient allées passer un jour de la belle saison dans une de ces élégantes maisons de campagne qu'on voit en si grand nombre aux environs de Paris. Après une promenade dans les jardins et aux plus jolis points de vue du voisinage, un excellent dîner les attendait dans une salle ouverte sur un parterre émaillé de fleurs, derrière lequel un bois verdoyant formait un large berceau, si l'on n'aime mieux dire un salon de verdure. C'est là que M. Bernin, le maître de la maison, avait fait disposer des meubles champêtres pour prendre le café. On s'y rendit donc après le dessert, et, comme il arrive toujours, des groupes se formèrent où l'on causa de divers sujets, selon le hasard ou les préférences des convives.

On venait dans le mien de parler du discours par lequel M. Scribe avait clos sa présidence à la Société des auteurs et compositeurs dramatiques[2], des applaudissements qu'il avait obtenus et de sa nomination comme président à vie de l'association. On citait surtout l'endroit où, rappelant ses débuts en 1811 et les conditions faites aux auteurs de ce temps, même aux plus célèbres, il avait montré que Désaugiers,

---

1. Cette dissertation, faite pour déterminer le sens exact des mots *génie*, *talent*, *esprit* et *goût*, a été mise sous cette forme en juillet 1855; mais elle est faite sur un travail plus ancien où je citais et discutais longuement les opinions des critiques; j'ai resserré et résumé tout cela autant que je l'ai pu.

2. Ce discours a paru dans les journaux tout à la fin de mai ou au commencement de juin 1855.

dont la *Chatte merveilleuse* avait rapporté deux millions au
moins au directeur des Variétés, n'avait pas reçu plus de
dix mille francs, c'est-à-dire à peu près à un demi pour cent,
tandis qu'aujourd'hui les droits d'auteur s'élèvent à dix ou
douze pour cent, grâce à cette association qu'il présidait,
et que quelques impatients proposaient de détruire.

« Ah! s'écria le jeune Sautigny, c'est mon homme que
Scribe; il réussit dans tout ce qu'il entreprend. C'est en tout
genre un homme supérieur; et dans la littérature dramatique en particulier, c'est le plus grand génie de l'époque,
sans comparaison.

— Le plus grand génie! Y pensez-vous? demanda M. Verseaux. Est-ce seulement un génie? accordez-lui un grand
talent. C'est je crois tout ce que nous pouvons faire.

— C'est même beaucoup trop, à mon avis, interrompit le
docteur Sévérus. Scribe est un homme d'esprit, qui s'entend très-bien à faire ses succès. Quant au talent, si vous en
jugez, non par le nombre, mais par la valeur des pièces qu'il
a composées, y en a-t-il une seule qui soit au rang des
bonnes de Picard? ou des *Deux gendres* d'Étienne?

— A la bonne heure, observa M. Frichon, parce que le
goût lui manque et ne lui permet pas de mettre à ses œuvres
la dernière main, qui seule en ferait des chefs-d'œuvre
vraiment durables; mais je ne crois pas qu'on puisse refuser le talent de faire des pièces à celui qui en a tant fait
et qui a réussi sur tant de théâtres. Je ne vois pas même
comment vous contesteriez le génie à un auteur plus fécond
que Molière et Dancourt pris ensemble. »

La discussion continua sur ce ton quelques minutes, chacun défendant son sentiment avec opiniâtreté, lorsque je
m'avisai de leur demander ce qu'ils entendaient, précisément
par ces termes de *goût*, *esprit*, *talent* et *génie*. « Il me semble, ajoutai-je, que vous les prenez souvent, soit dans une
signification semblable, soit avec un sens d'excellence qui

vous empêche de reconnaître ces qualités où elles sont véritablement, parce que vous ne les jugez pas assez élevées
pour leur appliquer tel ou tel nom. Voyons, M. Sautigny,
puisque vous avez prononcé le mot de *génie*, quelle idée
vous faites-vous exactement de cette faculté?

— Ma foi, dit le jeune homme, je suis là-dessus de l'avis
de Voltaire [1] : Le génie est-il au fond autre chose que le
talent? Et qu'est-ce que le talent, sinon la disposition à
réussir dans un art?

— Le génie et le talent, reprit M. Frichon, naissent
tous les deux avec nous, et sont une heureuse disposition
pour les arts et pour les emplois; mais le génie paraît être
plus intérieur et tenir un peu de l'esprit inventif. Le talent
semble être plus extérieur, et tenir davantage d'une exécution brillante. On a le génie de la poésie et de la peinture,
on a le talent de parler et d'écrire [2].

— Ce sont là des distinctions, observai-je; ce ne sont pas
des définitions. En fait, qu'est-ce que le génie?

— Nous entendons par là, répondit M. Verseaux, de
grandes dispositions naturelles pour une chose; c'est en ce
sens que Pluche a dit que le génie ne pouvait ni s'acquérir,
ni s'enseigner, et que, quoiqu'il doive beaucoup à la bonne
culture, il ne faut point attendre de riches productions de
celui à qui le génie manque [3].

— De grandes dispositions! s'écria M. Huché, ce n'est pas
là définir. Où commence le grand? où cesse le petit? Le
génie est une sorte d'inspiration fréquente, mais passagère,
et son attribut est le don de créer.... Il est négligé dans les
choses communes, parce qu'elles sont au-dessous de lui et
n'ont pas de quoi l'émouvoir. Si cependant il s'en occupe
avec une attention forte, il les rend nouvelles, fécondes,

1. *Dictionn. philosoph.*, mot *Génie*.
2. Girard, *Dictionn. des synonymes*, mot *Génie*.
3. *Encyclop. méthod.*, t. II, p. 154.

parce que cette attention qui couve les idées les pénètre, si j'ose le dire, d'une chaleur qui les vivifie et les fait germer comme le soleil fait germer l'or dans les veines des rochers [1].

— Voilà, lui dis-je, bien des similitudes hasardées. Le soleil ne fait pas *germer l'or* dans le sein des roches, pas plus que l'attention ne *couve les idées* ou ne les pénètre d'une *certaine chaleur*. Il en est de même de la *création* et de l'*inspiration* dont vous faites l'attribut du génie. Qu'est-ce qu'*être inspiré?* et qu'est-ce que *créer?* Renonçons une bonne fois à ces façons de parler qui nous donnent des images pour des raisons, et nous empêchent même de nous entendre sur ce que nous savons le mieux. Permettez-moi, messieurs, de vous questionner tour à tour. Nous arriverons peut-être à une idée nette. Vous, M. Verseaux, vous parlez de *grandes dispositions*. Toutes les dispositions sont-elles par vous admises? Et si quelqu'un, en jouant à la paume, déploie plus de force et plus d'adresse qu'aucun des autres joueurs, lui attribuerez-vous du génie?

— Non, c'est là du talent.

— Bon. Alors comment distinguez-vous le *talent* du génie? car tout à l'heure M. Sautigny a dit que c'était la même chose.

— Le talent, pour moi, est le résultat de l'exercice, de la pratique. Le génie nous est plus naturel : l'étymologie l'indique. Les Latins le nommaient *ingenium*, *quasi ingenitum*, c'est-à-dire l'*inné*, l'*ingénéré*. Dans ce sens on le regardait comme un don des dieux, une sorte d'inspiration [2].

— Parfaitement. Ainsi déjà nous arrivons à ces deux idées claires. Toute disposition que nous voyons se développer par l'exercice, nous l'appelons *talent;* et celle qui pousse d'elle-même en quelque sorte, ou, pour parler plus exactement,

1. Marmontel, *Élém. de littérat.*, mot Génie, ou *Encyclop. méthod.*, t. II, p. 151.

Voltaire, *Dictionn. philosoph.*, mot Génie.

celle qui se développe par un travail intérieur et caché, et qu'ainsi nous ne voyons ni naître ni grandir, nous l'appelons *génie*. Est-ce là ce que vous voulez dire?

— Oui, répondit M. Verseaux; précisément.

— Et vous, M. Huché, quand vous parlez d'*inspiration*, est-ce aussi là ce que vous entendez?

— Oui; car quoique les poëtes disent souvent : *muse, inspire-moi*, je ne suis pas assez fou pour croire qu'il y ait près d'eux une espèce de fée qui leur souffle ce qu'ils ont à dire.

— Ainsi, nous sommes à peu près d'accord sur le sens de ces mots. Qu'un compositeur de musique comme Beethoven écrive une admirable symphonie, nous dirons volontiers qu'il y a là dedans du *génie*, parce que c'est la tête qui a travaillé, et que les progrès de ses idées nous ont entièrement échappé. Mais nous dirons des concertants qui l'exécuteront qu'ils ont du *talent*, parce que nous sommes habitués à voir les artistes exécutants acquérir successivement la connaissance de leur art, et avancer à mesure qu'ils le pratiquent[1].

— Nous accordons tout cela, dit le docteur Sévérus, mais vous ne dites rien de la création qui a toujours passé pour l'attribut du génie.

—Vous ne faites pas attention, répondis-je, que ce n'est pas moi qui définis : je cherche seulement à voir clair dans vos définitions. Vous pensez que le génie *crée*. Je ne m'y oppose pas. Dites-moi seulement ce que vous entendez par *créer*. Car ce mot, appliqué à Dieu, a un sens précis; il signifie *tirer quelque chose du néant, faire quelque chose de rien*.

---

1. Cette distinction est si naturelle et si bien fondée que si, par impossible, un jeune homme touchant un violon pour la première fois en tirait des sons justes et beaux, et de lui-même, on dirait qu'il a le *génie du violon*.

Appliqué à l'homme, il a certainement une autre signification. Quelle est-elle?

— Je veux dire que l'homme de génie produit quelque
chose qui n'existait pas avant lui.

— Bien. Il ne reste plus qu'à définir ce *quelque chose*. Car
quand je lève le bras, je produis un mouvement; quand je
frappe la touche d'un piano, je produis un son; si je frotte
une allumette chimique sur l'émeri, je produis de la flamme.
Ces diverses productions de choses qui n'existaient pas ca-
ractérisent-elles pour vous le génie?

— Non, assurément. J'entends que l'on produise des
choses tout à fait inconnues, extraordinaires, dont personne
n'ait l'idée.

— Vous voulez aussi sans doute que ces choses soient
belles et approuvées par la masse des hommes. Vous ne
regardez pas comme un trait de génie le crime d'Érostrate,
ni le barbouillage d'un peintre de taverne.

— Certainement. Il faut qu'il résulte de la production
nouvelle, ou une grande utilité, ou un grand plaisir, et cela
non pas seulement pour un individu, mais pour l'espèce
humaine dans la partie qui peut connaître la chose et en
jouir.

— Eh bien! si je ne me trompe, voilà des conditions
très-nettes pour caractériser le génie. Il vous faut une production assez nouvelle et assez grande pour exciter à un
haut degré l'attention publique; et de plus que le travail à
quoi elle est due, soit de ceux dont on n'aperçoit pas les
progrès successifs. D'après ces données, cherchez dans quelle
direction le génie pourra éclater.

— Oh! dit Sautigny, c'est d'abord dans les arts, par la
composition des œuvres, l'invention, la disposition ou l'expression.

— Oui, ajouta M. Verseaux, et dans les sciences, par la
découverte de vérités importantes, ou l'établissement de théo-

ries qui réunissent ensemble toutes les vérités de même ordre.

— Et encore, continua M. Huché, dans la politique, la législation, la guerre, où ce qu'imagine un seul homme peut avoir des conséquences si graves sur le bonheur de l'humanité.

— Pourquoi, dit M. Sévérus, ne mettriez-vous pas aussi l'agriculture et l'industrie, aussi bien que la médecine, qui, bien que n'étant que des sciences appliquées, peuvent pourtant donner lieu à de grandes créations?

— Je ne m'y oppose aucunement, répondis-je, et je remarque avec plaisir que la définition à laquelle nous sommes parvenus s'applique très-bien et avec une grande facilité à tous les exemples que vous citez. J'en conclus qu'elle est bonne. Maintenant essayons si nous pourrons aussi appliquer le mot de *talent* selon l'idée que nous en avons donnée. Direz-vous d'un grand artiste qu'il a du talent?

— Oui, assurément, dit M. Verseaux, eu égard surtout à l'exécution. Ainsi, un poëte a le talent de bien faire les vers, un peintre a celui du dessin ou du coloris.

— Le direz-vous de même pour des découvertes dans les sciences?

— Non, je dirai que Descartes et Newton ont montré un grand génie lorsqu'ils ont découvert l'application de l'algèbre à la géométrie, et la pesanteur universelle; je ne dirai pas qu'ils ont montré du talent, ni que ce sont des hommes de talent.

— Au contraire, vous emploieriez ce mot de *talent*, si vous vouliez désigner la perfection avec laquelle ont été conduites certaines expériences très-difficiles, dans lesquelles auraient échoué ou échoueraient encore un grand nombre de physiciens, faute des précautions ou de l'habileté nécessaires.

— Oui, sans contredit.

26

— Et réciproquement de quelqu'un qui imaginerait, pour chaque point à éclaircir, des expériences appropriées, dont personne avant lui n'aurait eu l'idée, quand même il ne réussirait pas parfaitement à les exécuter, vous diriez qu'il a le *génie des expériences.*

— Sans difficulté. Lavoisier a montré ce génie dans les expériences qu'il a inventées, comme il a montré celui d'une analyse sagace et d'une puissante synthèse dans la théorie chimique qu'il en a fait jaillir. Pascal, avant lui, avait montré les mêmes mérites dans ses beaux travaux sur l'*Équilibre des liqueurs*, et dans l'invention de divers instruments, en particulier dans celle de la presse hydraulique, bien qu'il n'ait pas pu l'exécuter, et qu'on n'y soit parvenu que longtemps après sa mort.

— Je crois donc que nous sommes tous d'accord sur la nature du génie et du talent, et que nous comprenons tous de la même manière cette jolie comparaison que fait Voltaire[1] entre l'inventeur du jeu des échecs et ceux qui ont cultivé son invention. « Il se pourrait bien, dit-il, que plusieurs personnes jouassent mieux aux échecs que l'inventeur de ce jeu, et qu'ils lui gagnassent les grains de blé que le roi des Indes voulait lui donner. Mais cet inventeur était un *génie*, et ceux qui le gagneraient peuvent ne pas l'être. »

— Vraiment oui, dit M. Frichon, ce sont seulement des hommes qui ont le talent de bien jouer, c'est-à-dire qu'ils ont perfectionné par l'exercice la disposition qu'ils avaient naturellement à comprendre les divers incidents et les combinaisons de ce jeu.

— Remarquons bien, continuai-je, que si nous nous entendons si bien sur le sens des mots *génie* et *talent*, c'est que nous les prenons dans leur sens propre et essentiel; car tous les jours, dans la conversation, on emploie l'un pour l'autre sans que cela tire à conséquence, et pour exprimer,

1. *Dictionn. philosoph.*, mot *Génie.*

surtout par le mot *génie*, une grande supériorité. Il ne faut pas blâmer cette licence ; mais il n'y a pas non plus à discuter sur des termes ainsi étendus à une signification qui n'est pas la leur. Il faut, lorsqu'on veut s'entendre, appliquer les mots en toute rigueur, et pour cela les définir comme nous venons de le faire. Nous sommes tous d'accord sur ce point?

— Oui, oui, dirent-ils.

— Maintenant, continuai-je, le génie et le talent sont-ils susceptibles de plus ou de moins? Croyez-vous que tous les génies soient égaux? Quant au talent, ne dites-vous pas que celui d'un peintre, d'un musicien, d'un artisan même augmente tous les jours?

— Évidemment : ces deux facultés sont relatives, et non absolues; elles peuvent exister à une infinité de degrés différents.

— C'est-à-dire, poursuivis-je, que si vous reconnaissez un grand génie dans la création d'une tragédie comme *Cinna*, d'une comédie comme le *Misanthrope*, vous en reconnaissez un de la même nature, mais d'un ordre inférieur, dans la composition d'une pièce originale encore, mais bien moins belle assurément, telle que le *Manlius* ou le *Ci-devant jeune homme*.

— C'est évident, s'écria M. Sévérus; et de même il peut y avoir un immense talent dans l'exécution d'une pièce comme *Tartufe* ou le *Bourgeois gentilhomme*, ou un tableau comme l'*Apothéose d'Homère*, et un talent réel encore, quoique moins élevé, dans celle d'une comédie comme l'*Hôtel garni* de Désaugiers, ou un paysage de Vateau.

— Très-bien. Alors comment refusez-vous à M. Scribe, soit du génie, soit du talent? Vous voulez dire, sans doute, qu'il ne vous semble pas posséder ce génie ou ce talent à un degré assez élevé pour qu'on le lui attribue d'une manière absolue ou par excellence; car quant aux facultés en elles-mêmes, vous ne pouvez les lui contester raisonnablement en présence du grand nombre d'ouvrages qu'il a faits, et qui tous ont eu un succès aussi grand que mérité.

— C'est en effet dans ce sens d'excellence seulement, dit M. Verseaux, que je lui refusais le génie.

— C'était aussi ma pensée, ajouta M. Sévérus, quand je lui déniais le talent.

— Soit; mais alors il n'y a pas à discuter entre vous. Les idées de relation sont telles ou telles selon l'appréciation des individus. Voilà M. Bernin, notre amphitryon, qui est d'une taille moyenne; qu'on vous demande s'il est absolument grand ou petit, chacun répondra selon son sentiment actuel; mais ce sentiment ne sera vrai que pour celui qui l'éprouve, et il n'y aura rien à établir là-dessus, puisqu'il n'y a pas un certain point où finisse la petite taille, où commence la grande. Il n'y a pas non plus un degré précis où commence ce qu'on nomme par excellence le génie ou le talent: de sorte que ces mots, quand on les veut appliquer ou refuser absolument à tel ou tel, ne représentent à chacun que sa propre pensée, et ne peuvent aucunement ni nous expliquer celle de notre interlocuteur, ni lui communiquer la nôtre.

— Nous reconnaissons cette vérité, et nous concevons que notre discussion sur M. Scribe était mal engagée.

— Dans les conditions comparatives, au contraire, la question sur l'application de ces mots peut être utile et mener à un résultat positif. Ainsi, surtout lorsqu'on détermine exactement d'avance dans quel genre de production ou de mérite on entend circonscrire sa comparaison, il peut être très-avantageux de chercher si A a plus ou moins de talent que B. A-t-il des inventions plus riches? conduit-il mieux son action? est-il plus naturel ou plus châtié dans son style? etc. Tout cela peut se discuter avec solidité et profit; et une étude ainsi faite sur M. Scribe et ses concur-

rents serait assurément instructive. Mais ce serait un travail
sérieux à entreprendre sur les ouvrages des uns et des
autres. Ce ne serait pas le résultat d'une conversation.

— Ne discutons pas sur ce point, nous sommes d'accord
avec vous.

— Passons donc à l'esprit et au goût qui lui ont été con-
testés aussi. Et d'abord qu'est-ce que l'*esprit?* C'est vous,
docteur Sévérus, qui avez le premier employé ce terme :
veuillez nous le définir.

—L'esprit se sent mieux qu'on ne le définit. Dans son sens
littéral, l'*esprit* signifie par opposition au corps ce qui pense
en nous, c'est-à-dire notre âme, et il renferme alors les
divers sens des mots *raison, bon sens, jugement, entendement,
conception, intelligence, génie* [1]; dans un sens plus restreint
qui nous occupe spécialement ici, l'esprit est fin et délicat,
mais il n'est pas absolument incompatible avec un peu de
folie ou d'étourderie. Ses productions sont brillantes, vives
et ornées; son propre est de donner du tour à ce qu'il dit,
de la grâce à ce qu'il fait [2].

— Ce sont là des qualifications, remarqua M. Huché, ce
n'est pas une définition. J'aimerais mieux dire, comme l'a
fait Voltaire, que c'est une *raison ingénieuse* [3].

— Soit, ajouta M. Frichon. Mais qu'est-ce maintenant que
cette *raison ingénieuse?* Vous reculez la difficulté sans la
résoudre. Il semble qu'on ferait encore mieux connaître la
chose par énumération, en disant : Ce qu'on appelle *esprit*
est tantôt une comparaison nouvelle, tantôt une allusion
fine; ici l'abus d'un mot qu'on présente dans un sens et
qu'on laisse entendre dans un autre, là un rapport délicat
entre deux idées peu communes; c'est une métaphore singulière, c'est une recherche de ce qu'un objet ne présente

1. Girard. *Diction. des synonymes*, mot *Esprit.*
2. *Ibid.*
3. *Diction. philosoph.*, mot *Esprit.*

pas d'abord, mais de ce qui est en effet dans lui : c'est l'art ou de réunir deux choses éloignées, ou de diviser deux choses qui paraissent se joindre, ou de les opposer l'une à l'autre; c'est celui de ne dire qu'à moitié sa pensée pour la laisser deviner [1].

— Aristote, observa Sautigny, a fait dans sa *Rhétorique* [2] un chapitre curieux et intéressant sur l'art de dire les choses avec esprit. Il y recommande particulièrement l'emploi de la métaphore, c'est-à-dire, d'après le sens fort général qu'il donnait à ce terme, qu'il regarde les tropes ou les sens détournés comme valant toujours mieux que le mot propre.

— Eh bien, ajoutai-je, on pourrait, ce me semble, résumer dans une définition plus rapide et plus générale tout ce que vous venez de dire ici. L'esprit, dans le sens particulier que nous examinons, consiste toujours à saisir et à exprimer entre les mots ou les choses des rapports que tout le monde n'aurait pas aperçus.

— Donnez-nous un exemple, s'écria M. Frichon.

— Quand Racine a parodié dans ses *Plaideurs* un vers fameux du *Cid* [3], ce qui fait l'esprit bon ou mauvais de sa parodie, c'est, sans aucun doute, la ressemblance des deux mots *exploits*, et la différence du sens. C'est un rapport que bien des gens n'auraient pas vu.

— C'est vrai, dit M. Sévérus; et quand Molière fait dire à Jodelet, qui entend parler de la prise d'une demi-lune : « Que veux-tu dire avec ta *demi-lune?* C'était bien une *lune* tout entière [4]; » c'est une bêtise relativement au personnage qui parle, et qui prouve par là son ignorance; c'est un trait d'esprit chez l'auteur, qui, par ce rapport ridicule entre la

1. Voltaire, *Dictionn. philosoph.*, mot *Esprit.*
2. Liv. III, ch. 10.
3. Acte I, sc. 5.
4. Les *Précieuses ridicules*, sc. 12.

demi-lune, sorte de fortification, et la pleine lune, montre la sottise de celui qui parle et de celles qui l'écoutent.

— Cela me semble en effet très-juste, ajouta M. Frichon; à la fin des épigrammes et des madrigaux les mieux tournés il y a toujours des rapports d'analogie, d'opposition, de comparaison entre les termes ou les pensées.

— Mais maintenant, demanda Sautigny, emploi ra-t-on ce terme dans les sciences; il y a là des rapports particuliers et que tout le monde ne saisissait pas d'abord. Je ne vois pourtant pas qu'on emploie le mot d'*esprit*. Par exemple, c'est une magnifique invention que celle du baromètre. Elle est digne du génie de Pascal. Mais lorsque plus tard des physiciens ingénieux ont cherché à amplifier les indications de cet instrument, les uns par des poulies et une longue aiguille [1], les autres par l'emploi combiné de l'eau ou d'une huile fixe avec le mercure [2], ceux-là par l'amincissement de la colonne mercurielle et son extension dans un tube horizontal [3], n'ont-ils pas montré là ce qu'on peut nommer de l'esprit? et pourtant on n'emploie pas ce terme.

— Il n'y a là, répondis-je, qu'une difficulté verbale. Vous avez indiqué vous-même le mot dont on se sert, en appelant *ingénieux*, soit ces instruments, soit les hommes qui les ont inventés. Il y a en effet dans les sciences, au-dessous des grandes créations du génie, des formes particulières, qui, sans avoir l'importance des autres, nous plaisent ou nous attachent par certaines qualités, certains rapports qui flattent notre esprit et prouvent celui des inventeurs. On ne les appelle pas *spirituelles*, parce qu'il s'agit de choses pesantes ou résistantes; mais on dit *ingénieuses* et le sens est absolument le même.

— Je le crois comme vous, dit M. Huché, mais vous avez

1. Le baromètre à cadran.
2. Le baromètre de Descartes ou de Huyghens.
3. Le baromètre de Cassini ou de Bernouilli.

opposé les grandes inventions, filles du génie, aux inventions plus petites ou moins importantes, où vous trouverez de l'esprit. Cela n'indique-t-il pas que, dans l'opinion commune le mot *esprit* s'applique surtout aux choses petites ou relativement inférieures ?

— Précisément. On n'emploie pas ce mot pour désigner les pensées très-grandes, très-majestueuses. Ainsi quand Joad dit à Abner [1] :

> Celui qui met un frein à la fureur des flots
> Sait aussi des méchants arrêter les complots,

quoique dans la rigueur de la définition, il y ait ici ce rapport de similitude entre *arrêter les flots* et *arrêter les complots des méchants*, personne cependant ne dira qu'il y a de l'esprit, non plus que dans les vers qui suivent :

> Soumis avec respect à sa volonté sainte,
> Je crains Dieu, cher Abner, et n'ai point d'autre crainte,

quoiqu'il y ait une antithèse dans les deux hémistiches du dernier.

— Cette distinction, observa M. Frichon, a passé dans l'appréciation des ouvrages. On ne dit pas d'une comédie de premier ordre qu'elle *pétille d'esprit*, quoique l'auteur y en ait pu mettre beaucoup, comme dans l'*Avare* ou le *Malade imaginaire*. On le dit très-bien d'une comédie de moindre valeur, comme le *Barbier de Séville* ou le *Mariage de Figaro*, dont la conception première est en effet quelque chose de peu grave, tandis que ce qu'on nomme proprement l'*esprit* en fait le principal mérite.

— Vous exprimez là, lui dis-je avec beaucoup de netteté, la différence que le langage ordinaire met entre l'*esprit* et le *génie*, à les considérer l'un et l'autre comme des facultés susceptibles de plus et de moins. Le mot de *génie* s'applique alors à ce que nous trouvons beau dans un grand genre, et

---

1. *Athalie*, acte I, sc. 1.

l'esprit à ce que nous trouvons beau dans une petite nature, c'est-à-dire au *joli*. Par suite de la même extension de sens, le mot *esprit* se prend souvent en mauvaise part, pour indiquer une recherche d'agréments déplacés. C'est ainsi que Racine disait de Tourreil : « Le malheureux! ne va-t-il pas donner de l'esprit à Démosthène[1]! » C'est aussi ce qu'on appelle l'*abus de l'esprit*, et on le blâme avec raison.

Mais, encore une fois, ce sont là des applications particulières. L'esprit, dans sa signification spéciale, est exactement ce que nous avons dit ; et le grand nombre de mots heureux qu'on trouve dans les pièces de M. Scribe prouve bien que c'est un des auteurs de notre époque qui ont le plus cette qualité.

— Nous l'avouons tous, dit M. Sévérus ; mais en nous réservant le droit de juger si cet esprit est toujours à sa place.

— Cela va sans dire : c'est là une question d'appréciation personnelle qu'il est absolument impossible de discuter en général. Passons cependant au goût dont M. Frichon l'a accusé de manquer. J'espère que quand nous serons d'accord sur la signification de ce mot, nous ne serons pas loin d'accorder que M. Scribe est aussi bien un homme de goût qu'un homme d'esprit, de talent et de génie. Voulez-vous, monsieur Frichon, nous dire ce que vous appelez le *goût?*

— Selon moi, le goût n'est autre chose que l'avantage de découvrir avec finesse et avec promptitude la mesure du plaisir que chaque chose doit donner aux hommes[2]. Voilà une définition qui n'est pas bien longue.

— Elle est courte, observa M. Huché, mais je la crois fausse en plusieurs points : 1° le goût n'est pas un *avantage*, c'est une faculté ; que cette faculté soit souvent avantageuse, cela

1. *Biographie universelle*, mot *Tourreil*, d'après l'*Histoire de l'Académie* de d'Olivet. Voyez le *Boileau* de Daunou, t. 1er, dans les *Notes historiques*, p. 69.
2. Montesquieu, *Essai sur le goût*, à la fin du premier paragraphe.

peut être, et je le crois volontiers ; il ne faut pas toutefois faire entrer dans la définition cette circonstance tout accidentelle ; 2° la *finesse* et la *promptitude* sont des qualités du goût. Il peut cependant, jusqu'à un certain point, exister sans elles, et il convient de les en écarter aussi ; 3° le goût ne *découvre pas la mesure du plaisir ;* il sent le plaisir que telle chose lui fait et fera sans doute aux autres hommes.

— Il est vrai, continue M. Verseaux, que cette définition, assez simple en apparence, est au fond obscure et entortillée. Je crois que je serai plus net en développant la pensée et disant que le goût est le sentiment des beautés et des défauts dans tous les arts. C'est un discernement prompt comme celui de la langue et du palais, et qui prévient comme lui la réflexion. Il est comme lui sensible et voluptueux à l'égard du bon ; il rejette comme lui le mauvais avec soulèvement ; il est souvent comme lui incertain et égaré, ignorant même si ce qu'on lui présente doit lui plaire, et ayant quelquefois comme lui besoin d'habitude pour se former. Il ne suffit pas pour le goût de voir, de connaître la beauté d'un ouvrage, il faut la sentir, en être touché ; il ne suffit pas de sentir, d'être touché d'une manière confuse, il faut démêler les différentes nuances. Rien ne doit échapper à la promptitude du discernement [1].

— Selon moi, dit le docteur Sévérus, le goût est la faculté de recevoir une agréable impression des beautés de la nature et de l'art. Cette faculté semble provenir d'un sens particulier par lequel nous sommes sensibles à certaines beautés, plutôt que de l'intelligence et de la réflexion ; et néanmoins la raison et l'intelligence lui servent de guide dans la plupart de ses opérations et concourent à augmenter ses progrès [2].

---

1. Voltaire , *Dictionn. philosoph.*, mot *Goût.*
2. Blair . *Leçons de rhétorique et de belles-lettres* , lecture 2 . au commencement.

— Je reconnais le médecin, lui dis-je en riant, dans le sens particulier dont vous voulez nous faire cadeau. Permettez-moi de ne voir dans ce prétendu sens que le résultat d'une fausse analogie entre le goût moral et le goût physique. Ce dernier exige un appareil destiné à la sensation des saveurs, et borné à cette seule espèce de connaissances. C'est là ce qui en fait un sens particulier et réel. Le goût moral n'est qu'une manière de considérer notre esprit appréciant dans les œuvres ce qui lui plaît ou ce qui lui déplaît, comme il l'apprécie en tous les objets, à l'aide des sens qui leur sont propres. L'esprit ne change pas pour cela, et quand il veut juger ses propres idées, il n'a pas plus besoin d'un sixième sens qu'il ne lui en faut un septième pour préférer telle ou telle des saveurs que le goût physique lui a transmises, un huitième pour comparer les sons, et ainsi de suite.

C'est aussi par erreur qu'on croit que le goût ne dépend pas de l'intelligence et de la réflexion. Il dépend très-certainement de la manière dont l'une et l'autre ont été exercées dès notre enfance. Si nous ne nous apercevons pas de ce que chacune apporte dans le sentiment de plaisir que nous recevons de tel ou tel passage, c'est que ces opérations de l'esprit se font si rapidement que les détails nous en échappent. Il en est de nous comme du danseur de corde qui se tient en équilibre; il n'a pas conscience de tous les mouvements qu'il opère, ni des muscles qu'il fait agir. Qui peut douter cependant qu'il ne fasse exactement tout ce qu'il faut pour ne pas tomber? De même notre intelligence et notre réflexion sont toujours en action, et le goût n'est pas autre chose que cette intelligence appréciant le plaisir ou la peine que lui fait un objet. Il ne faut pas, dit-on souvent, multiplier les êtres sans nécessité; il ne faut pas non plus déclarer absents tous ceux que nous n'apercevons pas, faute de les regarder.

— Pour moi, dit Sautigny, je crois que le mot *goût*, même au moral, se prend dans deux sens. Dans l'acception la plus étroite, c'est le sentiment vif et prompt des finesses de l'art et de ses délicatesses, de ses beautés les plus exquises et même de ses défauts les plus imperceptibles et les plus séduisants. Dans une acception plus étendue, c'est la prédilection ou la répugnance pour tels ou tels objets du sentiment ou de la pensée. Dans le premier sens, on dit qu'un homme *a du goût ;* dans l'autre on dit que chacun *a son goût* [1].

— Vous venez de faire là, lui dis-je, une distinction importante entre ces deux significations du même mot; et il conviendra d'examiner tout à l'heure ce qu'ils représentent exactement à notre esprit. Pour le moment, comme il ne s'agit que de trouver une définition à la fois précise et vraie, il me semble résulter de tout ce que nous venons de dire, messieurs, que le goût, c'est au moral aussi bien qu'au physique, d'abord le sentiment du bon et du mauvais, puis la préférence donnée au premier, et autant que possible le rejet du second. C'est là le sens le plus général, celui qu'indiquait tout à l'heure M. Sautigny en disant que *chacun a son goût ;* cela veut dire sans difficulté que chacun aime ou repousse telle ou telle chose. Je ne pense pas que cela soit contesté.

— Non, non, en aucune manière.

— Maintenant, le goût reste-t-il toujours au même point? se borne-t-il à ce sentiment vague et obtus en quelque sorte? Certainement non. S'il est à ce point chez le rustre ou même chez le jeune homme sensible qui jouit pour la première fois des agréments des arts, il ne tarde pas à se développer par l'exercice, à se perfectionner par la comparaison. Certaines choses nous plaisaient d'abord, que nous n'aimons

1. Marmontel, *Encyclop. méthod.*, mot *Goût*, t. III, p. 674.

plus aujourd'hui, parce que nous y avons découvert des vices
qui nous échappaient autrefois, ou même parce que nous
les avons reconnues tellement communes, qu'il n'y a rien
là qui puisse exciter notre attention. Nous sommes devenus,
en un mot, plus difficiles. Est-ce une autre faculté qui est
née chez nous? Point du tout : c'est la même qui s'est développée, comme se développent toutes les autres; elle a appris à saisir et apprécier des différences non remarquées
par les hommes encore grossiers. C'est là ce que veut dire le
mot *avoir du goût*. On l'applique à ceux que l'on croit avoir
assez perfectionné leur goût naturel et primitif pour distinguer nettement, et faire, en cas de besoin, sentir ce qu'il
faut louer ou blâmer dans un ouvrage. N'est-ce pas là ce
que vous pensez tous?

— Oui, répondirent-ils, bien que l'expression ait été différente; c'était là, au fond, ce que nous voulions dire.

— Ainsi le goût étant, comme toutes les autres facultés,
susceptibles de plus et de moins, dans la rigueur du terme
tout le monde a du goût, c'est-à-dire que tout le monde
sent ce qui lui plaît ou lui déplaît. Mais en un sens plus élevé
et plus restreint, nous n'accordons du goût qu'à ceux chez
qui nous croyons cette faculté poussée assez loin pour en
mériter en quelque sorte la déclaration publique; et quand
nous demandons si un tel est un *homme de goût*, c'est toujours ainsi que nous l'entendons. Tout le monde est-il d'accord sur ces définitions?

— Sans difficulté.

— Maintenant, continuai-je, remarquez que nous jugeons
le goût chez le critique, d'après la manière dont il sent et
relève les beautés ou les défauts dans les ouvrages des autres;
et chez l'auteur, d'après les choses bonnes ou mauvaises
qu'il met dans les siens.

— Nous jugeons là, dit le docteur Sévérus, comme nous
le faisons à table du goût des convives et de celui du cuisi-

nier. Celui-ci en a-t-il un bon ou mauvais, nous ne le savons pas par le jugement qu'il formule, c'est là le fait des
convives, les vrais critiques du dîner. Quant au cuisinier, qui
est un auteur à sa façon, c'est d'après le succès qu'obtiennent ses produits que nous prononçons sur sa valeur.

— Je n'aurais pu mieux dire, ajoutai-je, et je m'associe
entièrement à votre opinion. Concluons maintenant. M. Scribe
a son goût comme tout le monde, c'est incontestable. Son
goût est-il bon? c'est-à-dire ce qu'il a mis dans ses ouvrages
a-t-il plu à la plus grande partie des spectateurs? Il n'y a
qu'à consulter là-dessus les registres des théâtres, ou voir
sur les affiches le nombre des pièces de cet auteur que l'on
donne soit à Paris, soit en province, soit à l'étranger au
moyen des traductions.

— Certainement alors, dit M. Frichon, Scribe est un
homme de goût ou qui a fort bon goût. Quand je lui repro-
chais d'en manquer, j'entendais ce mot dans un sens d'excellence, que j'expliquais moi-même en disant qu'il ne polis-
sait pas ses pièces assez pour atteindre à la hauteur de
Molière, ou de Destouches, ou de notre regretté Casimir Delavigne.

— C'est là, repris-je, une affaire d'appréciation personnelle que je ne prétends pas du tout combattre, car je crois
n'avoir rien à contester dans les opinions individuelles.

Je me borne à remarquer que les quatre facultés que vous
aviez tour à tour refusées à M. Scribe, après un mûr examen nous sommes forcés de les lui reconnaître, non-seulement d'une manière générale et à un degré médiocre,
comme on pourrait dire qu'elles sont dans tous les auteurs
de quelque réputation, mais avec une supériorité reconnue,
de votre aveu même, sur tous les contemporains. Je sais
bien que ce dernier mot laisse aux ennemis de M. Scribe
la ressource de lui préférer nos anciens, non-seulement
Molière et Regnard ou Destouches, mais Dancourt, mais

Legrand, mais Fusclier et tant d'autres. Il y a en effet bien des gens qui, se pétrifiant dans l'admiration d'une époque, n'ont que du dédain pour tout ce qui la suit. Je ne saurais partager cet aveugle enthousiasme. Toutefois, pour ne pas troubler ces adorateurs effrénés de l'antique, je me réduis aux auteurs de nos jours; et, toute comparaison faite, je crois et, si je ne m'abuse, vous croyez comme moi vous-mêmes, que notre auteur l'emporte sur tous les poëtes dramatiques avec qui nous vivons. N'est-ce pas là votre sentiment?

— Nous ne le nions pas.

— Maintenant donc, reconnaissez avec moi que bien qu'on puisse trouver, chez les auteurs de ce siècle, des hommes supérieurs à M. Scribe par telle ou telle qualité, Picard, par exemple, par la franche gaieté de son comique; Duval, par l'intérêt un peu romanesque qu'il a su répandre dans quelques-unes de ses pièces; Casimir Delavigne par la sagesse de ses plans, la vive peinture des caractères et des passions, et la perfection continue du style; à prendre d'ensemble les qualités qui distinguent nos auteurs, nous n'en trouvons pas qui aient été plus, ni même aussi richement doués que l'auteur de la *Camaraderie* et du *Verre d'eau.* Cette vérité que ses ennemis mêmes ne contestent pas, suffira, j'en suis sûr, à le consoler du refus que lui font quelques-uns du génie, du talent, de l'esprit et du goût; elle prouvera, si besoin est, que ceux-là mêmes qui sont à cet égard les plus affirmatifs, ne l'en croient pas tout à fait aussi dénué qu'il leur plaît de le dire.

LE BON, LE BIEN-FAIT,

LE BEAU, LE SUBLIME[1].

Bon, bien-fait, beau, sublime, voilà des mots qui reviennent à tout moment chez ceux qui jugent les ouvrages de poésie ou d'éloquence ; et, chose singulière ! ils ne sont définis nulle part de manière à offrir une idée claire aussi bien à celui qui s'en sert qu'à ceux qui les entendent. J'avoue que la définition a quelque difficulté. Comme ils représentent des notions composées et dont les éléments mêmes sont variables dans leur proportion, dans leur nature, et suivant les temps ou les lieux, il n'est pas absolument aisé de construire avec des matériaux si mobiles une définition solide. Il ne faut pas surtout penser à en obtenir une invariable, puisqu'elle ne saurait avoir une fixité que n'admet pas la chose. Mais si nous parvenons à une connaissance claire et précise, et qui se prête à tous les resserrements comme aux extensions de sens que l'usage nous impose, n'aurons-nous pas rendu par là un vrai service à ceux qui veulent se comprendre ? Nous n'obtiendrons pas, sans doute, une définition proprement dite, *per genus et differentiam*, parce que celles de cette espèce ne s'appliquent qu'aux êtres réels, aux conceptions simples et à ce qui est de convention. Quant aux résultats de jugements complexes comme

1. Cette dissertation, rédigée définitivement en 1855, remonte, quant aux divisions et discussions fondamentales, à bien des années. Déjà en 1840, dans l'*Enseignement*, à propos de la traduction complète des œuvres de Platon par M. Cousin. je laissais apercevoir une pensée sur le beau (p. 381), pensée qui était absolument la même que j'établis ici complétement.

ceux dont il s'agit ici, c'est par la détermination des notions simples qui y entrent qu'on peut seulement les faire connaître, et c'est ce que je vais essayer successivement. Les mots *mauvais*, *mal-fait*, *laid*, n'étant que la négation des premiers, n'offriront aucune difficulté.

I. *Bon.* — Le premier élément qui entre dans l'idée de *bonté*, c'est certainement le sens d'*utilité*. Un manteau n'est bon qu'à la condition de nous défendre du vent ou de la pluie. Une cheminée n'est bonne que si elle nous chauffe sans nous inonder de fumée ou nous forcer de tenir nos fenêtres ouvertes.

Il en est de même d'un bon livre, d'un bon ouvrage: c'est celui qui, avant tout, contient ce qui peut nous servir.

Toutefois, l'*utilité* n'est pas absolument la *bonté*. Ce dernier mot emporte l'idée d'une chose utile, non pas à un seul individu, mais, autant que nous le pouvons concevoir, à tous nos semblables; c'est-à-dire que la bonté est une utilité, non-seulement physique, mais morale en quelque sorte, ou qui réunit certaines conditions de convenance, de durée, d'avantage public.

Ainsi, une maison très-commode, mais bâtie en bois et en plâtre, ne sera pas une *bonne* maison, parce qu'elle ne paraît pas d'une durée suffisante. Une maison solide, et commode même à l'intérieur, mais qui présente des angles et des coins s'avançant sur la voie publique, ou dont les jours sont disgracieux, ne prendrait pas non plus cette qualification.

On ne dira pas davantage d'un livre qu'il est *bon*, quoiqu'il puisse être rempli de bonnes choses, s'il est tel qu'on ne puisse pas s'y retrouver, ou si l'utilité en est restreinte à un individu ou à une famille. La *Cuisinière bourgeoise*, le *Manuel du propriétaire et du locataire* sont, sans difficulté, des livres *utiles*. Sont-ce de *bons* livres? Oui, pour le marchand qui les vend et pour ceux qui s'en servent sans cesse;

27

non pour les hommes de lettres et autres, qui, sans contester l'utilité, les jugent trop spéciaux.

Il est visible que l'adjectif *bon* a le même sens quand on le prend au moral, c'est-à-dire quand on l'applique à l'homme. L'homme *bon* est assurément celui qui est ou qui a la disposition d'être utile à ses semblables, et non pas seulement à quelques-uns, mais à tous dans la proportion de ses moyens ou de ses facultés.

Le premier germe de la bonté chez l'homme, c'est donc la *bienveillance*, qui n'est qu'un désir de faire ce qui sera utile ou agréable aux autres. Cette bienveillance est essentielle à la bonté; et, dans son principe, elle est la même en tout temps et en tout pays. Mais les opinions, le degré de civilisation des peuples, le plus ou le moins de lumière chez les individus, et mille autres circonstances font naître des différences énormes, soit dans les occasions qui l'inspirent, soit dans les actes qui la manifestent, à ce point que les idées qu'on se fait de la bonté aux divers âges du monde peuvent n'avoir aucune ressemblance.

Les barbares, qui tuaient leurs vieux parents pour leur épargner les soucis de la vieillesse; ceux qui les mangeaient pour leur faire honneur; les hérétiques qui égorgeaient les enfants aussitôt après les avoir baptisés, pour leur procurer le bonheur éternel, obéissaient certainement à cette bienveillance primitive, quelque mal éclairée et mal dirigée qu'elle fût. En leur temps et entre eux, ils pouvaient se croire et même se dire bons. Nous ne leur donnerions pas cette épithète aujourd'hui.

II. *Bien-fait*. — Le *bien-fait* consiste surtout dans l'exacte correspondance, la juste proportion et la liaison des parties. C'est, dans tous les genres, le résultat de l'attention, de l'expérience et de l'habitude.

> Il s'y prit *mal* d'abord, puis *un peu mieux*, puis *bien;*
> Puis enfin *il n'y manqua rien*,

a dit La Fontaine [1] ; telle est la marche constante de l'esprit humain dans l'apprentissage des plus nobles comme des plus humbles métiers.

L'art de *bien faire* un livre dépend de même, à considérer l'auteur tout seul, de son exercice antérieur, de l'habitude qu'il a de composer, et des réflexions qu'il a pu faire. A voir l'ensemble des littératures, il dépend d'une certaine disposition philosophique de notre esprit, disposition qui s'est développée depuis des siècles [2], et qui a surtout atteint son plus haut degré chez les Français. Nous avons à cet égard, sur les autres peuples de l'Europe, et à plus forte raison sur les anciens, une supériorité si évidente qu'elle est presque passée en proverbe, et qu'on dit tous les jours qu'il n'y a que les Français qui sachent faire un livre [3]. Je n'ai pas besoin de remarquer que cette proposition ne saurait être vraie dans la rigueur des termes ; qu'il y a partout des auteurs dont les livres sont fort bien faits. Mais à prendre les choses en général, c'est-à-dire à considérer la masse des ouvrages, cette maxime est incontestable. Il n'y a pas en France de livre un peu bon qui ne soit en même temps bien fait, tandis qu'il y a chez nos voisins, particulièrement chez les Allemands et les Anglais, une multitude d'ouvrages dont le fond est excellent, et dont la disposition est si bizarre, les parties si disproportionnées, l'intérêt si disjoint, qu'on ne saurait les lire avec le moindre plaisir. Nous disons alors que ces livres sont *mal faits* ou *mal composés*.

Cette différence est particulièrement sensible dans le théâtre des diverses nations comparé au nôtre ; elle explique le sort différent des pièces dramatiques étrangères qui n'ont jamais pu avoir chez nous un succès de bon aloi, à moins d'avoir été arrangées exprès pour notre scène ; et de

1. *Fables*, XII. 9.
2. Voyez ci-dessus p. 25 et suiv.
3. Ci-dessus. p. 284.

nos pièces françaises, qui, depuis qu'elles sont transportées
sur les théâtres étrangers, en ont presque partout exclu les
pièces nationales, tant le *bien-fait* est une qualité précieuse
et agréable à l'esprit qui l'a une fois goûtée. La distinction
entre le *bon* et le *bien-fait* est maintenant fort claire. Un
ouvrage peut être bon, excellent même, et n'être pas bien
fait. Tel est l'*Art poétique* d'Horace, un des meilleurs ouvrages assurément qui soient jamais sortis de la main des
hommes ; mais la façon en est si peu ou si mal ordonnée,
que le sujet même n'en est pas nettement accusé. Les uns
veulent que ce soit l'art poétique en général, les autres
que ce soit presque exclusivement l'art dramatique.

L'ordre aussi en est si arbitraire, que quelques critiques
ont proposé d'en déplacer les parties, pour donner à l'ensemble la suite et l'unité qui y manquent[1].

Ce sont là, il faut en convenir, des défauts considérables
que Boileau a fait disparaître avec raison dans son poëme,
mais qui n'empêchent pas l'épître d'Horace d'être un chef-
d'œuvre dans son genre.

On conçoit, au contraire, qu'un livre très-médiocre peut
être bien fait, si, malgré la bonne ordonnance et la juste
correspondance des parties, le fond n'a aucune valeur : par
exemple, des traités de physique tout à fait surannés, comme
ceux de Rohaut ou de Régis, un dictionnaire de chimie antérieur aux théories de Lavoisier, comme celui de Macquer,
ont pu être autrefois, ils ne sont plus aujourd'hui de bons
livres, quoiqu'ils soient toujours aussi *bien faits* qu'ils l'ont
été jadis[2]. Il faudrait dire la même chose de tous ceux où il
s'agit de questions, qui, par une raison ou par une autre,
ne nous paraissent plus avoir aucune utilité : tels sont

----

1. Voyez ci dessus p. 62

2. En France, et en parlant d'un livre français, quand nous disons absolument qu'il est bon, nous entendons toujours en outre qu'il est bien
fait.

presque tous les livres de la scolastique. Nous ne saurions
les nommer de bons livres; mais nous ne doutons pas que
plusieurs d'entre eux ne soient très-bien faits.

III. *Beau.* — Le *beau* n'est pas en soi plus difficile à définir que le *bon* ou le *bien-fait;* mais comme il a plus frappé
les philosophes, et que ceux-ci ont cru y voir quelque chose
de mystérieux, ils en ont fait le sujet d'un nombre incroyable de discussions obscures, de théories vagues et même de
sottises prétentieuses qui n'ont abouti qu'à embrouiller singulièrement une notion assez simple en elle-même.

Avant d'entrer en matière et de montrer le vide ou l'erreur de ces prétendues explications, rappelons qu'une définition ne doit pas consister en métaphores; que celles-ci
peuvent être ingénieuses, mais qu'elles n'expliquent rien
du tout; qu'ainsi ce mot de Platon, d'ailleurs justement célèbre, « le *beau* est la splendeur du vrai[1], » ou cet autre
du même auteur : « le *beau*, c'est ce qui est conforme
au divin[2], » peuvent frapper l'imagination, ils ne disent rien
à l'intelligence; de sorte que celui qui s'est mis ces phrases
dans la tête, est aussi embarrassé que s'il n'y avait absolument rien quand on lui demande d'expliquer simplement et
nettement comment une chose est ou n'est pas belle.

Il faut remarquer maintenant que ceux qui ont cherché à
faire connaître le beau peuvent se ranger sous trois catégo-
ries. Les uns ont couru, comme je viens de le dire, après
les métaphores ou les comparaisons; les autres ont noté
des cas particuliers et tâché d'établir des distinctions vraies
en leur lieu, mais la plupart du temps inutiles pour la connaissance générale; les derniers, les moins nombreux sans
doute, mais les seuls qui puissent nous mener à la vérité,
ont cherché à déterminer les notions élémentaires qui for-

1. Je n'ai pas retrouvé dans Platon ce mot si souvent cité.
2. Τὸ καλὸν τῷ θείῳ ἁρμόττον. Plat., *Convir.*, p. 1196, C: édit. de Franc-
fort, 1602.

ment pour nous l'idée complexe dont il s'agit[1]. Ceux de la seconde catégorie ne font pas secte comme les autres; il n'en est pas de même des premiers, qui marchent sous le drapeau de Platon, et des derniers qui se rattachent à l'école d'Aristote. Ce sont là deux divisions aussi tranchées, on pourrait dire aussi contraires que les deux philosophes grecs l'ont été dans leurs doctrines.

Comme cette opposition sera constamment invoquée dans notre discussion, il n'est pas inutile de l'établir d'abord, et de combattre un passage de l'*Essai sur l'histoire de la critique*, par M. Egger, où, après avoir exposé l'idée d'Aristote sur le beau, cet écrivain ajoute[2] :

Nous voilà encore une fois tout près des doctrines de l'*Ion*, du *Phèdre* et du *Banquet*. Ce n'était pas la peine de proscrire si sévèrement les idées de Platon, pour être sitôt ramené par une irrésistible

---

1. L'auteur de l'*Essai sur les fondements de nos connaissances*, l'ouvrage philosophique le plus fort sans contredit qui ait paru en France depuis Destutt de Tracy, et que par cette raison même aucun de nos philosophes officiels n'a ni lu, ni peut-être compris, ni surtout loué selon ses mérites, M. Cournot, se rattache assurément à cette dernière et honorable catégorie. Il a consacré au *beau* (ch. 12. § 174 à 183) un examen qui mérite d'être lu avec la plus grande attention. Seulement il prend trop cette idée du *beau* pour une idée simple, et alors il est obligé de supposer chez nous une sorte de sens intérieur capable d'apprécier des harmonies et des rapports (§ 175); il va jusqu'à écrire que « les principes et la raison du beau ne tiennent pas aux particularités de l'organisation de l'homme et sont d'un ordre bien supérieur à l'ordre des faits purement humains (*Ibid.*, p. 372).» C'est là du platonisme tout pur, c'est-à-dire sous une forme savante et plus ou moins détournée le retour aux idées archétypes. Les exemples choisis avec beaucoup de soin et donnés par M. Cournot n'amènent heureusement pas cette conséquence. La manière même dont il pose la question (§ 174, p. 368). montre où est son erreur. « Un objet nous plaît-il parce qu'il est beau en lui-même et essentiellement ?... ou bien le qualifions-nous de beau parce qu'il nous plaît, sans qu'il y ait d'autre fondement à l'idée de beauté que le plaisir qu'il nous cause ? » — Évidemment ce dilemme est trop étroit: il y a autre chose que cette alternative. Le plaisir est bien un des éléments du beau: mais il s'y joint d'autres conditions que nous indiquerons tout à l'heure, et qui ne nous deviennent familières et bien connues que par suite du développement de nos facultés intellectuelles.

2. Ch. 3, § 5, p. 164 et 165.

logique à les rétablir presque sans changement dans la plus haute région de l'art. Platon et Aristote reconnaissent tous deux une beauté que l'artiste crée avec des éléments de la réalité, d'après un modèle supérieur à la réalité; seulement, l'un s'arrête à cette conception abstraite du beau. Pour comprendre sa pensée, il n'a pas besoin de la voir dans une image ; il lui suffit de la concevoir, de la *penser*, comme il l'a dit lui-même. Platon, imagination vive en même temps que puissante raison, ne se contente pas de saisir la vérité dans sa pure essence, il faut qu'il la personnifie et qu'il l'anime. Le beau est pour Aristote une idée, rien de plus; pour Platon, c'est un être vivant, c'est un dieu. À cela se réduit, au moins dans la théorie sur le beau, toute la différence entre ces deux grands génies. Elle ne méritait pas, comme on voit, de les diviser [1].

Je reviendrai tout à l'heure sur quelques-unes de ces assertions; pour me borner ici à la conclusion, rien, selon moi, ne mérita jamais mieux de diviser deux philosophes; car je crois l'opinion de Platon le comble de l'absurdité et de la folie, et celle d'Aristote me semble un chef-d'œuvre de l'analyse appliquée aux facultés de notre âme. Voyons si je pourrai expliquer clairement cette divergence, et faire partager ma conviction au lecteur.

On sait que Platon croyait à l'existence extérieure à nous-mêmes de nos idées générales; qu'ainsi le beau, le juste étaient pour lui quelque chose de réel, existant probablement dans le sein de Dieu, et se transmettant dans nos âmes par une sorte de communication ou d'émanation divine [2] :

1. La prétention de mettre d'accord Platon et Aristote n'est pas nouvelle chez ceux qui subordonnent l'idée nette et exacte des choses à leur sentiment, à leur amour plus ou moins éclairé pour l'antiquité. M. Théry, proviseur en 1832 du collège de Versailles, dans son livre *De l'esprit et de la critique littéraires chez les peuples anciens et modernes*, après deux paragraphes consacrés à Aristote et à Platon (t. I, p. 5 à 10), en ajoute un sous le titre *Lutte et accord des deux systèmes* (p. 10 à 13), où son admiration pour les deux philosophes grecs lui fait essayer une conciliation absolument impossible. On regrette que cette tentative désespérée aboutisse à un éloge, tout à fait hors de propos, de l'éclectisme qui affichait la même prétention, et dont le patron, M Cousin, était alors tout-puissant dans l'Université.

2. Voyez dans l'*Enseignement* (in-8°, 1840), p. 373 à 397, notre analyse des œuvres complètes de Platon, traduites par M. Cousin.

c'est cette idée qui a paru à tous les vrais philosophes, et
que j'ai tout à l'heure dit être le comble de la déraison. Je
ne l'examine pas ici, car il ne s'agit pas du fond de la question, mais de savoir seulement si Aristote a pensé à peu
près la même chose.

M. Egger cite de lui un assez grand nombre de passages,
et les mots qu'il emploie pour les traduire peuvent, jusqu'à
un certain point, prêter au sens qu'il suppose. Mais les termes mêmes d'Aristote, les phrases où ils entrent et les explications qu'il en donne montrent tout autre chose, et il
semble qu'il eût fallu indiquer ces nuances.

Ainsi, suivant Platon et Aristote, dit M. Egger, « l'artiste
crée la beauté avec les éléments de la réalité, d'après un
modèle supérieur à la réalité. » — Oui; mais, selon Platon, ce
modèle est hors de l'esprit de l'homme; selon Aristote, il
est dans son esprit. Selon le premier, il est antérieur à l'existence des choses; selon le second, il résulte de la comparaison des choses. Celui-là veut que l'artiste copie, calque en
quelque sorte un type immuable et placé on ne sait où;
celui-ci pense qu'il fait un choix entre les formes réelles
que lui rappelle la mémoire, et prend celles qui lui paraissent faire le meilleur effet dans une circonstance donnée[1].
Tout est donc, dans ces deux théories, diamétralement opposé, quand on veut aller au fond de la question; certes, ce
n'est pas là une différence qu'on puisse négliger.

M. Egger poursuit : « L'un s'arrête à cette conception
abstraite du beau.... Il lui suffit de la concevoir, de la pen-

---

1. Cette opération de l'esprit est parfaitement représentée et expliquée
par Cicéron au commencement du second livre du *De inventione* (c. 1, n° 3),
lorsqu'il raconte comment le peintre Zeuxis parvint à réaliser la beauté
parfaite dans une image d'Hélène, qu'il faisait pour décorer le temple de
Junon à Crotone. « Ille quinque (formosissimas virgines) delegit.... neque
enim putavit omnia quæ quæreret ad venustatem uno in corpore se reperire
posse, ideo quod nihil, simplici in genere omni ex parte natura expo-
livit. »

ser. Platon la personnifie et l'anime.... Il en fait un être vivant, un dieu. » — Mais cela même est le point capital de la
séparation des deux philosophes. Il semblerait, d'après les
mots français, que Platon, s'accordant avec son disciple
quant au fond des idées, emploie seulement une expression
métaphorique; qu'il personnifie, qu'il divinise bien dans le
langage ces idées générales, mais qu'il ne leur accorde pas
du tout d'existence réelle hors de notre entendement. Si
c'est dans ce sens que M. Egger l'écrit, certes la différence
entre les deux philosophes serait purement verbale; mais
alors il aurait fallu le dire expressément, et, d'un autre
côté, les idées de Platon ne seraient pas du tout exposées.

Non : ce qui a trompé M. Egger, c'est qu'il ne s'est pas
suffisamment rendu compte de la pensée d'Aristote. Il écrit
que ce philosophe « distingue très-bien le beau intellectuel,
celui qui est dans les choses immuables, qu'il lui assigne
deux caractères, l'ordre ou la symétrie et la détermination;
qu'il le place en dehors et au-dessus des réalités, comme
une vertu qui s'y ajoute pour les rendre belles, et dont l'absence produit l'effet contraire. » — Tous ces mots sont susceptibles de deux sens, et M. Egger leur donne constamment
celui qui contrarie l'esprit de la doctrine d'Aristote.

Le beau, qui est dans les choses immuables, est précisément
ce que nous disions nous-même, que *le beau ne varie pas*,
qu'*il est de tous les temps*. Cela veut-il dire qu'il y ait un
modèle immuable de ce beau hors de notre esprit? Non,
assurément; mais que l'esprit humain, étant partout à peu
près le même, juge partout de la beauté d'une manière analogue [1].

Aristote *assigne partout au beau deux caractères*. Sans
doute; mais ce que M. Egger ne remarque pas, c'est que
ces caractères sont toujours des idées de relation, ce qui

---

1. Encore faut-il remarquer, et nous le verrons plus bas, que cette analogie laisse subsister de fort grandes différences.

exclut absolument toute idée archétype, comme Platon croyait qu'il en existait. Le passage de la *Poétique* est remarquable : Aristote y explique que le beau, pour être beau, a besoin d'une certaine grandeur : d'où il suit que si la taille humaine était celle des géants, mille choses qui sont belles aujourd'hui pour nous ne le seraient plus, car elles seraient trop petites; et réciproquement, si nous n'étions pas plus grands que les pygmées, bien des choses que nous ne jugeons pas belles parce qu'elles sont trop petites, le deviendraient dès quelles seraient assez grandes relativement à nous.

C'est surtout dans la *Politique* [1] que cette idée est clairement exposée. Aristote remarque que la beauté des cités dépend de la grandeur et du nombre; qu'il en est d'elles comme des animaux, qui ne sont plus beaux dès qu'ils sont trop petits ou trop grands; et il explique pourquoi alors ils ne sont pas beaux : « c'est qu'ils ne peuvent pas avoir toute la force qu'admet leur nature. Il en est de même d'un navire qui n'aurait qu'un pied de long, ou d'un autre qui aurait deux stades, qui ne seraient pas beaux parce qu'ils ne pourraient servir à rien; et de même une ville peut être trop petite, si elle n'a pas les ressources nécessaires, ou trop grande si le commandement y est ou difficile ou impossible. »

Il est donc bien évident que pour Aristote la beauté consiste essentiellement dans des rapports, tandis que pour Platon elle est absolue et hors de nous.

Ces mots que « la beauté *est en dehors* ou *au-dessus de la réalité*, comme une vertu qui *s'y ajoute pour la rendre belle*, et dont *l'absence produit l'effet contraire*, » pris dans leur sens littéral, expriment la doctrine de Platon. Pour Aristote, ils ne sont qu'une expression figurée représentant une opération

---

1. Liv. VII, ch. 4. Passage cité par M. Egger.

commune de notre esprit. Nous disons en effet tous les
jours : « La *beauté d'un ouvrage ;* ce qui fait *la beauté d'un
tableau ;* si cette *beauté* n'y était pas, rien ne serait plus
médiocre que cette tragédie ; la *beauté* du cinquième acte a
sauvé la tragédie de *Rodogune.* » Conclurons-nous de ces
phrases que la beauté est un être particulier qui se trouve
dans un ouvrage, soit pour y avoir été mis, soit pour y être
venu, et qui pourrait en sortir ou s'en éloigner? Rien ne
serait assurément plus erroné qu'une pareille imagination.
Ne la prêtons donc pas à Aristote, qui la combat sans cesse,
tandis que Platon emploie toutes les ressources de son esprit pour l'établir.

Mais laissons le dissentiment de ces deux Grecs, que nous
allons d'ailleurs retrouver sous d'autres formes, et cher-
chons ce que c'est que le beau. C'est ici que vont se montrer les vains efforts de ceux qui ne savent pas analyser
leurs idées, ni reconnaître les éléments qui s'y trouvent.

D'abord, les simples observateurs, ceux qui ont établi des
divisions ou recueilli des exemples, ont fait de bonnes remarques sans approcher de la solution. Le père André, dans
une dissertation autrefois célèbre, reconnaît trois beaux : un
beau essentiel, un *beau naturel*, un *beau arbitraire* ou *artifi-
ciel ;* et encore, ne pouvant définir exactement ni l'un ni
l'autre de ces beaux, il est obligé de diviser le second en trois
autres : le *beau dans les images*, le *beau dans les sentiments*,
le *beau dans les mouvements*. Il ne peut, du reste, tirer de
toutes ces distinctions que des discussions chargées de métaphores ; et, après ces distinctions interminables, il est obligé
de s'écrier : « Je parcours ces matières plutôt que je ne les
traite, sans m'arrêter à *prouver des choses que tout le monde
sent* [1]. » — C'est justement le point de la difficulté. Tout le
monde sent, en effet, ce qui est beau ; et si tous le sentaient

---

1. Voyez dans l'*Encyclopédie* (Gramm. et Littérat.) la dissertation savante, mais un peu diffuse, de Marmontel, au mot *Beau*, t. I. p. 305.

de la même manière, il n'y aurait point de débat. Mais
comme c'est le contraire qui a lieu, dès que vous faites une
dissertation, c'est que vous ne vous bornez pas à la sensation pure et simple : vous voulez nous faire savoir ce que
c'est que le beau. Définissez-le donc, et en termes simples
et intelligibles.

Smith et l'école écossaise ont déplacé la question. « Le
beau, ont-ils dit, est produit en nous, non par quelques
qualités des objets, mais par l'association des idées. Nous
trouvons beau ce qui nous rappelle des idées agréables. Le
clair de lune nous charme, par exemple, s'il nous rappelle
de gracieux souvenirs; si, au contraire, nous avons été
volés par un clair de lune, il ne nous semble pas si beau[1]. »
— Il n'y a ici, comme dans le P. André, qu'une observation
utile assurément sur l'influence de l'association des idées,
mais qui ne peut nous donner du beau aucune idée nette.

Boileau avait dit longtemps auparavant[2] :

Rien n'est beau que le vrai, le vrai seul est aimable;

et, dans une discussion que Mme de Sévigné rapporte dans
ses lettres, comme il soutenait[3] que Pascal était très-beau
dans ses *Provinciales*, le jésuite avec qui il discutait répondit : « Pascal est beau autant que le faux peut l'être. » — Ce
ne sont pas là des définitions, mais de simples remarques
que la vérité ou du moins une certaine vérité est essentielle
au beau, ou que le beau ne peut être conçu sans elle.

D'autres ont dit qu'il y fallait de l'unité ou de la simplicité.

Denique sit quidvis simplex duntaxat et unum

---

1. Cf. Dugald-Stewart, *Philosophie de l'esprit humain*, ch. 5, part. 2, § 2.
M. Ampère a fait au collège de France une leçon où il a recueilli, pour en
montrer l'insuffisance, les observations et définitions d'un grand nombre
d'auteurs. Mais il n'a pas lui-même discuté assez profondément ni surtout
résolu la question.
2. Épître IX, v. 43.
3. Lettre du 25 janvier 1690.

est un principe bien connu d'Horace [1], auquel saint Augustin
a donné une forme philosophique plus élevée, quand il a
dit que l'unité était la condition essentielle de toute beauté :
Omnis porro pulchritudinis forma unitas est.

Quelques-uns ont demandé la variété, ou quelque autre
qualité, ou enfin la réunion de ces qualités. Il faut répéter
sur ces remarques ce que nous en avons déjà dit : ce sont de
bons préceptes qui ont leur côté vrai et peuvent être utiles;
ils ne nous rapprochent guère malheureusement de notre
but, qui est d'obtenir du beau, tel que le genre humain le
conçoit, avant tout, une notion exacte, et, s'il est possible,
une définition formelle.

Beaucoup de définitions ont été données, ou, pour mieux
dire, tentées par les philosophes qui, comme Platon, prennent les similitudes pour des explications, et croient avoir
détruit une difficulté en la reculant [2]. Les disciples de Leib-

---

1. *Ars poet.*, v. 23.
2. On trouve dans le livre de M. Théry sur l'*Esprit et la critique littéraires*, t. I, p. 417 et suiv., la traduction du traité de Plotin sur le beau;
c'est un morceau bien curieux où s'épanouit la sottise prétentieuse des
platoniciens sur la nature de nos idées abstraites; et cela avec une apparence de logique et de conviction qui fait de la peine. Ce bon Plotin remarque que les mêmes corps nous paraissent tantôt beaux, tantôt difformes;
qu'*être corps* et *être beau* sont deux propriétés distinctes; il se demande
quel est le *principe présent* dans les corps (p. 418). « La plupart des philosophes, ajoute-t-il, prétendent que c'est l'heureuse combinaison des parties
entre elles et par rapport à l'ensemble, qui, mariée à la grâce du coloris,
constitue la beauté (*Ibid.*). » Mais cette idée est si claire qu'il se hâte de la
repousser. « Les philosophes, dit-il, admettront nécessairement que le simple ne saurait être beau, qu'il n'y a de beau que le composé (*Ibid.*). » Voilà
qui est puissamment raisonné; et qu'est-ce que c'est que le simple? O Plotin!
vous oubliez de nous le dire. Tout le reste est à l'avenant. Il cherche dans
son second chapitre (p. 420) comment l'âme peut saisir et aimer la beauté
dans les corps, tandis qu'elle repousse le difforme: et voici sa réponse :
« L'âme étant telle qu'elle est, c'est-à-dire d'une espèce supérieure à tous
les autres êtres, sitôt qu'elle aperçoit au dehors un être identique ou du
moins analogue à son essence, se réjouit et s'extasie: elle approche cet
être de sa propre nature, elle se replie sur elle-même et sur son essence
intime.»— C'est très-clair : le beau nous cause un certain plaisir, et l'âme a

nitz, Wolff, Baumgarten, disent que « le beau est une connaissance obscure de la perfection. » Hutcheson croit qu'il y
a un sens particulier pour le beau, et que ce sens interne en
est frappé comme l'œil l'est de la lumière. Le docteur Reid
veut que « la beauté soit la perfection ou l'excellence de la
nature; » selon Jouffroy, « le beau est tout ce qui cause un
plaisir désintéressé; et ce qui constitue le beau, c'est, en présence de la nature ou des chefs-d'œuvre de l'art et des lettres, le plaisir que nous trouvons à percer les symboles par
lesquels s'exprime l'invisible. » — Qu'est-ce qu'un plaisir
désintéressé? Comment celui qui me vient par les yeux
l'est-il plus que celui d'une odeur suave ou d'une saveur
agréable? Qu'est-ce que l'invisible? et comment s'exprime-t-il
par des symboles? Celui qui voudrait bien répondre clairement à ces quatre petites questions m'aiderait beaucoup, je
l'avoue, à comprendre la pensée de Jouffroy.

M. Cousin fait une longue dissertation sur le beau[1]; mais
il est difficile d'en tirer une notion précise. Il se résume
cependant lui-même, en disant que « le jugement du beau est
universel et absolu[2], » et développe son idée en ces termes:

> Il n'y a pas d'individu sans genre, pas de particulier sans universel,
> pas de contingent sans quelque chose de nécessaire, pas de relatif
> sans quelque chose d'absolu. Il en est de même de l'idée du beau.
> Primitivement, le beau naturel nous est donné comme composé de
> particulier et de général, de relatif et d'absolu, de variété et d'unité.
> L'abstraction immédiate, en dégageant l'absolu du relatif, lui rend sa
> pureté et sa simplicité, et l'idéal est trouvé. Le beau idéal diffère du
> beau naturel en ce que celui-ci a ses objets dans la nature, et tombe
> ainsi à la fois sous le sens et sous l'esprit, accompagné de l'agréable;

du plaisir parce qu'elle se plaît à se reconnaître dans ce qui lui fait plaisir.
Sganarelle, devenu médecin, explique aussi couramment le mutisme de
Lucile (le *Médecin malgré lui*, acte II, sc. 6); mais il est amusant, et Plotin
ne l'est pas.

1. *Cours d'histoire de la philosophie moderne*, leçons 11, 12 et 13; t. II,
p. 121 à 171 de l'édit. de 1846.

2. *Ibid.*, dans l'argument de la onzième leçon. p. 121.

tandis que celui-là n'est jamais vu par les yeux, et demeure toujours une pure conception de l'intelligence, accompagnée, non de la sensation, mais du sentiment. Le *beau* peut être vu, le *beau idéal* ne peut être que pensé, conçu, rêvé. La raison seule l'aperçoit et le transmet à l'imagination et au cœur [1].

M. Cousin, après ces mots, écrit : « Terminons ici cette discussion. » C'est ce qu'il peut faire de mieux, et nous suivrons son conseil. Voilà bien assez, peut-être trop de ces définitions qui ne disent rien du tout à l'esprit, soit qu'elles ne fassent que substituer une expression à une autre, ou, comme Jouffroy, expliquer *obscurum per obscurum*, ou, comme M. Cousin, opposer des mots sans jamais donner ni une idée exacte, ni même un exemple qui montre que l'auteur sait ce qu'il veut dire [2].

Sortons de cet affreux brouillard, et, pour cela, suivons celui qui fut la clarté personnifiée, Voltaire, lequel écrit, après avoir cité quelque chose du fatras de Platon sur le même sujet [3] :

1. *Cours d'histoire de la philosophie moderne*, à la fin de la onzième leçon, p. 136.

2. M. Théry, qui suit les idées philosophiques de M. Cousin, va plus hardiment au fait. Il dit dans son livre sur la *Critique* (t. II. p. 319) : « Le beau dans son essence absolue, c'est Dieu. Il est aussi impossible de chercher les caractères de beau hors de la sphère divine, qu'il est impossible de trouver hors de cette même sphère le bon et le vrai absolus. Le beau en lui-même n'appartient donc pas à l'ordre sensible, mais à l'ordre spirituel (p. 320).... Dans sa nature propre, le beau n'est pas variable, car cela seul est variable qui est relatif, et l'absolu ne peut varier (*Ibid.*).... Descendu de ces hauteurs au milieu du monde sensible, le beau, non pas en lui-même, mais dans ses manifestations, est soumis aux influences extérieures.... Il s'imprègne des habitudes individuelles ou nationales, des préjugés de temps et de lieu. Il souffre de la fausseté des notions que l'ignorance ou la corruption conçoivent du beau et du vrai. Il faut qu'une étude calme et désintéressée reconnaisse la place où fut son temple et retrouve la statue parmi les ruines (*Ibid.*). » — Il est inutile, sans doute, d'insister sur toutes ces logomachies. Tout le monde voit à quel point de déraison on peut aller avec les abstractions et les similitudes dans lesquelles se complaît cette école philosophique.

3. *Dictionn. philosoph.*, mot *Beau*.

Je veux croire que rien n'est plus beau que ce discours de Platon ; mais il ne nous donne pas des idées bien nettes de la nature du beau. Demandez à un crapaud ce que c'est que la beauté, le grand beau, le *to kalon?* Il vous répondra que c'est sa crapaude, avec deux gros yeux ronds sortant de sa petite tête, une gueule large et plate, un ventre jaune, un dos brun. Interrogez un nègre de la Guinée : le beau est pour lui une peau noire, huileuse, des yeux enfouis, un nez épaté.... Consultez enfin les philosophes : ils vous répondront par du galimatias. Il leur faut quelque chose de conforme à l'archétype du beau en essence, au *to kalon.*

J'assistais un jour à une tragédie auprès d'un philosophe. Que cela est beau ! disait-il. — Que trouvez-vous là de beau ? lui dis-je. — C'est, dit-il, que l'auteur a atteint son but. Le lendemain, il prit une médecine qui lui fit du bien. Elle a atteint son but, lui dis-je. Voilà une une belle médecine. Il comprit qu'on ne peut dire qu'une médecine est belle, et que, pour donner à quelque chose le nom de beauté, il faut qu'elle vous cause de l'admiration et du plaisir. Il convint que cette tragédie lui avait inspiré ces deux sentiments, et que c'était là le *to kalon,* le beau.

Nous fîmes un voyage en Angleterre : on y joua la même pièce parfaitement traduite. Elle fit bâiller tous les spectateurs. Oh ! oh ! dit-il, le *to kalon* n'est pas le même pour les Anglais et pour les Français. Il conclut, après bien des réflexions, que le beau est souvent très-relatif, comme ce qui est décent au Japon est indécent à Rome, et ce qui est de mode à Paris ne l'est pas à Pékin ; et il s'épargna la peine de composer un long traité sur le beau.

Y a-t-il rien de plus clair au monde que cette conclusion ? C'est que nous voilà revenus à l'idée d'Aristote et des philosophes qui ne se payent pas de mots. Ils disent tous que l'idée de la beauté est une idée relative. Aristote le déclare expressément quand il met dans sa *Rhétorique* [1] :

Il y a une beauté d'une espèce particulière pour chaque âge ; elle est autre pour l'adolescent, autre pour l'homme fait, autre pour le vieillard, et elle est toujours relative aux besoins et aux fonctions de ceux chez qui on la considère [2].

1. Liv. I, ch. 5, p. 67, de la traduction de M. Gros.
2. Marmontel, dans la dissertation citée tout à l'heure (*Encyclopédie*, mot *Beau*), généralise avec raison cette idée. « Il est donc constant, dit-il,

Cicéron n'est pas moins formel, quand, dans son premier livre *Sur la nature des dieux*, il fait dire à Cotta que la beauté que nous attribuons aux dieux n'est jamais que la nôtre [1]; que si les animaux se figuraient des dieux, ils les feraient à leur image [2]; qu'en fait, les Égyptiens, les Syriens, les Grecs se représentent les mêmes dieux sous des formes entièrement diverses [3], et qu'il est ridicule de leur donner comme belles des parties telles que des pieds, des mains, une bouche, des dents, un palais dont ils n'ont pas à se servir [4]; car les choses ne sont *belles* qu'à la condition d'être *convenables pour l'utilité qu'on en tire* [5].

Voilà donc qui doit être entièrement compris maintenant : l'idée du beau est une idée relative. De plus, c'est une idée complexe, c'est-à-dire que, quand nous jugeons qu'une chose est belle, nous portons ce jugement en vertu de plusieurs sentiments qui s'offrent ensemble à notre esprit.

Quels sont ces sentiments? Aristote l'a dit le premier, et c'est assurément une des définitions qui témoignent le plus de la puissance de son analyse. Le beau, dit-il, consiste dans la grandeur unie à l'ordre [6].

Ces qualités se trouvent en effet dans ce que nous appe-

que la *beauté* s'accroît, varie, décline et disparaît avec les rapports, ainsi que nous l'avons dit plus haut (p. 310, col. 2). » M. Cousin, dans sa dissertation *Sur le beau* (ouvr. et vol. cités, p. 129 et 128), est d'un avis entièrement contraire. Il blâme ces considérations non-seulement comme erronées, mais comme absurdes. Il est vrai qu'il ne les discute pas, qu'il ne les expose même pas, et n'y oppose qu'un cliquetis de propositions générales d'où il est impossible de faire sortir une idée nette.

1. C. 27, n° 77.
2. *Ibid.*, n° 78.
3. *Ibid.*, c. 29, n° 81.
4. *Ibid.*, c. 33, n° 92.
5. Considerantes quæ sit utilitas, quæque opportunitas in homine membrorum.... Quid enim pedibus opus est sine ingressu? quid manibus, si nihil comprehendendum?... Quæ membra), detracta utilitate, quid habent venustatis? *Ibid.*
6. Τὸ καλὸν ἐν μεγέθει καὶ τάξει ἐστί. *Poet.*, c. 7, n° 4

28

lons *beau ;* mais elles ne suffisent pas : il faut, de plus, le sentiment de l'agréable, comme l'a très-bien dit Voltaire[1].

Il y a joint l'*admiration ;* mais l'admiration est elle-même un sentiment complexe, produit par la vue de ce qui est très-beau, plutôt qu'elle n'est un élément de la beauté ; et il me semble qu'on serait plus dans l'exactitude des termes philosophiques, si l'on disait que, sous le mot *beau*, nous comprenons à la fois l'ordre, la grandeur, le plaisir et la satisfaction inattendue que nous cause la réunion de ces qualités.

Si la grandeur n'y était pas, le nom de *beau* ne conviendrait plus, on dirait *joli*, et le joli ne fait pas naître ordinairement chez nous cette satisfaction qui accompagne le *beau*, et qui, lorsqu'elle dure, s'appelle *admiration*[2].

Le *joli*, dans les très-petites choses, s'appelle quelquefois *gentil, gentillet ;* dans les ouvrages d'esprit, ce mot désigne aussi une pensée fine et qui a quelque délicatesse ; mais il se prend ordinairement en mauvaise part, comme contenant en soi quelque chose de méprisable ou de peu digne d'estime.

L'opposé du *beau* c'est le *laid*, et à un point extrême le *difforme*, et l'*affreux* ou l'*horrible ;* l'opposé du *joli* et du *gentil*, c'est le *vilain*, et, à un point extrême, le *hideux* et le *dégoûtant*.

Tous ces mots ensuite se prennent au figuré, et c'est ce qui, la plupart du temps, a causé l'erreur des analystes, et à plus forte raison de ceux qui ne le sont pas.

Voltaire lui-même s'est laissé prendre à cette homonymie. Après avoir parlé du *beau* tel qu'il nous frappe dans les grandes scènes de la nature, ou dans les grandes créations des arts, il passe à la *beauté* des actions, au dévouement

---

1. Ci-dessus, p. 432.
2. Voyez, dans les *Synonymes* de Girard et dans ceux de Beauzée, une suite de vues ingénieuses sur le beau et le joli.

d'un ami pour son ami, d'un fils pour son père[1]; et parce
que nous disons de ces actes qu'ils sont *beaux*, il s'imagine
qu'il y a quelque analogie de fond entre leur beauté et celle
des objets beaux : c'est une erreur. L'une est une beauté
sensible, c'est celle qui nous a frappés d'abord; et nous
avons transporté son nom aux actions qui, dans l'ordre moral, ont éveillé chez nous un sentiment de plaisir et peut-
être d'étonnement semblable à celui qui naît de la vue des
beaux objets.

Mais il est si faux qu'il y ait entre ces choses analogie
réelle et fondamentale, qu'une *belle action* signifie tout simplement une *action louable à un très-haut degré*, et qu'un
beau poëme, un *beau* tableau, une *belle* symphonie n'ont certainement rien de ce sens-là.

L'application des mêmes mots à des idées différentes les
unes des autres, et qui s'éloignent de plus en plus du sens
primitif, est assurément une des causes les plus ordinaires
de la confusion chez les hommes qui réfléchissent peu. Mais
s'il n'est pas possible, même aux habiles, d'éviter toujours
l'erreur en ce point, il est certainement honteux aux philosophes d'y tomber sans cesse et sur tous les sujets : or, c'est
ce qu'ont fait jusqu'ici ceux qui, prenant tous les sens du
mot *beau* pour également essentiels ou primitifs, ont cherché
une définition qui s'appliquât avec une égale rigueur à
l'idée première et à toutes les acceptions détournées.

IV. *Sublime.* — Les métaphysiciens n'ont guère moins dé-
raisonné sur le *sublime* que sur le beau. Il y a d'abord eu
la confusion des deux sens du mot, confusion si puérile que
j'ai presque honte de la rapporter. Il faut savoir que les
Grecs ont appelé *style sublime* celui que nous appelons avec
plus de raison *magnifique* ou *pompeux*, qui consiste dans
l'emploi des mots les plus sonores, des figures les plus bril-

---

1. *Dictionn. philosoph.*, mot *Beau*.

lantes, etc. Ils ont nommé aussi *sublime*, ou même *style sublime*[1], quelques traits qui, bien qu'exprimés sous une
forme très-simple, réveillent en nous des idées très-grandes.
Il n'y a évidemment entre ces deux sublimes que l'analogie
du nom. La signification en est non-seulement diverse, mais
contraire ; et nous ne croirions pas qu'on eût pu s'y tromper,
si la dixième *Réflexion critique* de Boileau, tout entière consacrée à cette discussion, ne nous montrait qu'en effet
de très-savants hommes ont pris l'une pour l'autre et dis-
serté longuement sans se comprendre eux-mêmes[2]. Mais
comme ce n'est qu'une question de mot, et que la différence
une fois définie, il ne doit plus rester aucune difficulté,
nous nous bornons à dire que, par *sublime*, nous entendons
seulement les traits sublimes, ceux qui nous frappent d'autant plus vivement que les mots sont plus simples.

Or, qu'est-ce que ce sublime? et d'où vient le sentiment
qu'il nous fait éprouver? Ce sont les deux questions qui ont
embarrassé les philosophes et les littérateurs. Essayons de
les résoudre.

D'abord, qu'est-ce que le sublime? Selon Boileau,

> Le *sublime* est une certaine force de discours propre à élever et à
> ravir l'âme, et qui provient ou de la grandeur de la pensée et de la
> noblesse du sentiment, ou de la magnificence des paroles, ou du ton
> harmonieux, vif et animé de l'expression, c'est-à-dire d'une de ces choses
> regardées séparément, ou, ce qui fait le parfait sublime, de ces trois
> choses jointes ensemble[3].

Ce n'est pas là une définition, c'est une description ; et il
est facile de voir que Boileau met ici ensemble, sans les
distinguer suffisamment, les deux sublimes que nous avons
séparés tout à l'heure.

---

1. Ὕψος, littéralement *la hauteur, la sublimité*. Ce mot comprend les
deux significations que j'indique ici.

2. *Cours supérieur de grammaire*, part. II, liv. IV, ch. 9, p. 194.

3. Boileau. édit. de Saint-Marc, t. IV, p. 32 ; cf. *Traité du sublime*, la
préf. du traducteur, les ch. 5 et 6, et la dixième *Réflexion critique*.

Lamotte a été beaucoup plus précis : « Je crois, dit-il [1], que le *sublime* n'est autre chose que le vrai et le nouveau réunis dans une grande idée, exprimés avec élégance et précision. » — La définition est assurément ingénieuse ; mais elle est incomplète, insuffisante, et sinon absolument fausse au moins fort inexacte. Le *vrai* et le *nouveau* se trouvent-ils nécessairement dans le sublime ? N'est-ce pas plutôt l'*inattendu* que le nouveau ? Et si la précision, ou pour mieux dire la rapidité est nécessaire, en est-il de même de l'*élégance* dans le vrai sens du mot ? Y a-t-il beaucoup de cette qualité dans le *moi* de Médée ? le *qu'il mourût* du vieil Horace ? le *en roi* de Porus ?

L'analyse de Lamotte est donc fautive. Silvain, cité par Saint-Marc dans son édition de Boileau [2], a fait une description plus longue encore que celle du poëte et qui ne vaut pas mieux.

> Le *sublime* est un discours d'un tour extraordinaire, qui, par les plus nobles images et par les plus grands sentiments dont il fait sentir toute la noblesse par ce tour même d'expression, élève l'âme au-dessus de ses idées ordinaires de grandeur, et qui la portant tout à coup avec admiration à ce qu'il y a de plus élevé dans la nature, la ravit et lui donne une haute idée d'elle-même.

On aurait dû prier Silvain de dire où est *le tour extraordinaire*, où est la *très-noble image* dans le *moi* de *Médée*, et les autres exemples que je viens de citer. Que de dissertations vagabondes on s'épargnerait en essayant sur les choses les plus connues la vérité de ses explications, et s'assurant ainsi, par une expérience facile, que l'on ne fait pas fausse route !

Pour moi, je crois que le *sublime* en général, c'est une *beauté* [3], et il vaudrait peut-être mieux dire une *grandeur* qui

---

1. *Discours sur la poésie et l'ode*, p. 34 ; il ajoute quelques développements et explications sur les mots employés.

2. T. IV, p. 38. Voyez dans l'édition de Daunou, t. II, p. 368, quelques lignes sur ce Sylvain, avocat au parlement.

3. Quand je dis *beauté*, je prends ce mot dans un sens général, que le

nous frappe assez à l'improviste et assez vivement pour nous étonner ou exciter notre admiration.

C'est bien là certainement ce qui se trouve dans les traits cités tout à l'heure et dans les traits sublimes qu'on y pourrait ajouter. La définition convient donc très-bien, et, de plus, c'est une définition pure et simple; je n'y explique en aucune façon l'origine du sublime, qui appartient à une question tout autre. Mais comme cette définition est exacte, il en résulte immédiatement deux conséquences aussi incontestables qu'elle.

La première est que le *sublime* ne s'applique jamais, dans le sens que nous avons déterminé, à un ouvrage entier, mais seulement à un passage, à un trait, à une pensée; en un mot, à ce qui est soudain et ne dure pas; car la surprise entre nécessairement dans l'effet qui nous a fait reconnaître et nommer le sublime; et c'est un sentiment qui s'éteint après un moment de réflexion.

La seconde conséquence est qu'un trait sublime qui nous a frappés à une première audition, ne nous fait plus à la seconde le même effet. La surprise n'y étant plus, c'est la beauté du trait que nous admirons, et d'autant plus qu'en y réfléchissant nous y trouvons plus de véritable grandeur. Il en est de cet effet comme de celui qu'on éprouve à la vue subite d'un superbe édifice ou d'un immense paysage. L'étranger qui, venant par la rue d'Arcole, aperçoit tout à coup la façade de Notre-Dame de Paris, est frappé d'étonnement et d'admiration par l'ampleur, la hauteur, la grâce de

---

langage a admis avec raison. Le sublime peut se trouver dans ce qu'on appelle une *belle horreur.* Il est clair que si ce dernier mot est mérité, ce n'est pas la *beauté* précisément qu'on y admire. Mais l'épithète de *belle* indique avec beaucoup de vérité que l'effet produit sur notre esprit par une chose laide en elle-même, mais portée à un certain point de grandeur extraordinaire, n'est pas sans un certain agrément analogue à celui de la beauté, quoique contraire dans son principe. Telle est l'éruption d'un volcan, la chute d'un torrent, le bombardement d'une ville, etc.

ce monument. S'il continue de le contempler, il le trouve
de plus en plus grand, de plus en plus beau; mais la surprise a disparu, et l'admiration calme qu'il ressent se rapporte à la beauté, non à ce que nous avons appelé le *sublime*,
dont l'émotion n'a duré qu'un instant.

Quelle est maintenant la cause première du sublime? ou
en quoi consiste, dans notre entendement, la disposition qui
nous en apporte l'idée? C'est ce qu'il ne sera pas difficile
d'expliquer. Nous savons que le style simplement sublime
dont nous nous occupons est celui où les pensées les plus
grandes sont exprimées par les mots les plus simples, dont
le seul effet est alors d'en bien faire comprendre le sens,
celui-ci étant toujours au-dessus de toutes les figures possibles et de tous les embellissements du langage[1]. C'est précisément de cette opposition inattendue et subite entre la
petitesse des termes et l'immensité de la pensée, si je puis
parler ainsi, que naît chez nous la surprise admirative
en quoi consiste le sentiment du sublime.

On a remarqué depuis longtemps que la grandeur des expressions, l'allongement des phrases, l'emploi des circon-
locutions détruisaient le sublime de trait bien loin de l'augmenter[2]; certes, rien n'est plus naturel ni plus facile à comprendre, d'après l'observation que nous venons de faire.

La même observation explique aussi et très-bien comment
et en quoi se sont trompés les philosophes qui, frappés du
sentiment d'indécision et de vague qui caractérise toujours
pour nous le sublime de trait, ont cherché à l'expliquer par
des exemples particuliers ou par des raisons métaphysiques
qui ne s'y rapportent pas. Lamotte, que j'ai déjà cité et qui
a le plus approché de la vérité, dit par exemple que dans
ce vers prononcé par Ajax :

1. *Cours supérieur de grammaire*, part. II. liv. IV. ch. 9. p. 194.
2. Boileau, dans sa dixième *Réflexion critique*, t. II, p. 335, de l'édition
de Daunou.

Grand Dieu ! rends-nous le jour et combats contre nous [1] !

la sublimité vient de la vérité du sentiment exprimé, parce que le caractère de ce guerrier une fois connu, il a dû penser ce qu'Homère lui fait dire. — C'est là une fort mauvaise raison. Si l'on pouvait croire d'avance qu'Ajax va répondre ainsi, tout le sublime de sa réponse disparaîtrait en même temps, c'est-à-dire qu'il n'existerait pas du tout. Il vient ici de l'opposition imprévue, et cependant sentie, entre la faiblesse de l'homme et la puissance du dieu, que cet homme ose défier, pourvu que ce soit au grand jour. Cela est si vrai qu'il n'y aurait plus rien de sublime, si les mêmes mots précisément étaient adressés à quelque grand guerrier troyen, comme Hector ou Sarpédon, qui, par un moyen quelconque, aurait attiré Ajax dans un lieu très-obscur.

Hector, rends-nous le jour et combats contre nous !

serait la même pensée, tout aussi vraie, tout aussi nouvelle, aussi précise, aussi élégante que la pensée d'Homère ; mais on n'y verrait plus qu'une demande commune, et qui n'aurait rien de sublime, puisqu'il n'y a rien de si ordinaire que de voir deux hommes combattre l'un contre l'autre.

Le père Castel, dans une dissertation longue et emphatique *Sur la nature et la cause du sublime* [2], dit que :

Ce sublime consiste dans une vérité toute neuve en elle-même ou dans son point de vue, ou par son expression, et présentée sous une espèce d'enveloppe qui en rehausse l'éclat en le tempérant [3].

Il est assurément difficile de dire plus longuement quelque chose de plus faux que cette définition entortillée, et ce qu'on y trouve de vrai rentre sans difficulté dans la définition que nous avons donnée.

1. Ce vers est très-beau, et il est de Lamotte lui-même.
2. Voyez-la dans le *Boileau* de Saint-Marc, t. IV, p. 73 à 84.
3. Même endroit, p. 81, au n° 30.

De nos jours, on est revenu, surtout dans quelques ouvrages philosophiques, sur l'essence du sublime. M. Cousin
a vu que ce sentiment supposait toujours dans l'esprit quelque indécision, au moins momentanée. Mais au lieu de
l'attribuer à sa véritable cause, savoir à la surprise produite
par une grandeur soudaine, il a tâché de la rattacher à une
doctrine profondément inintelligible qui joue un grand rôle
dans son livre, celle du rapport du fini à l'infini et de l'infini au fini[1]. Selon lui, « le sentiment du sublime vient de
ce que les formes d'un objet, moins arrêtées et plus difficiles
à saisir, éveillent en nous le sentiment de l'infini[2]. » — Dites-
nous, je vous prie, quelles sont les formes mal arrêtées ou
difficiles à saisir dans le *moi* de Médée, le *qu'il mourût* du
vieil Horace, le *en roi* de Porus? et quelle idée d'infini ces
mots si simples et si parfaitement clairs peuvent nous apporter?

Sans discuter à fond cette question philosophique[3], voyons
où l'on peut aller avec ces définitions où entre l'infini comme
un élément de nos idées. Car il est facile, tant qu'on reste
dans le vague des propositions ou des mots généraux, de se
faire illusion sur ce que l'on dit. Mais cela n'est plus guère
possible sur des propositions particulières comme celles que

1. Voyez dans le *Journal de l'Institut historique*, 157ᵉ livraison, septembre 1847, une analyse de son *Cours de l'histoire de la philosophie*. M. Cournot ne dit qu'un mot de ces fantaisies incompréhensibles. « Nous préférons
la définition de saint Augustin à ces définitions plus modernes et plus mystiques que philosophiques, qui font consister la beauté dans un prétendu
rapport entre le fini et l'infini auquel il est douteux que la plupart des
grands artistes aient jamais pensé. » *Essais sur les fondements*, etc., ch. 12,
§ 183.

2. *Cours de l'histoire de la philosophie*, t. II, p. 156, édit. de 1846.

3. Sur la nature de l'infini, et l'impossibilité où nous sommes de le comprendre, voyez Locke, *Essai sur l'entendement humain*, liv. II, ch. 17:
voyez aussi l'analyse précédemment citée du *Cours de l'histoire de la philosophie* de M. Cousin.

je vais citer. M. Schwalbé, auteur d'une *Dissertation sur le beau* [1], écrit que :

La beauté objective consiste dans le développement harmonique de la triplicité, et que la *sublimité* existe lorsque l'un des termes de la triplicité est dans l'infini [2].

Je copie ce texte, je ne l'explique pas. Je remarque seulement qu'il y a entre ces idées et celles de M. Cousin une analogie évidente [3], et que chez tous les deux le vague de la proposition générale nous en dissimule un peu la fausseté. Je continue donc, et je vois que l'auteur trouve le développement harmonique qu'il cherche dans la forme elliptique ; et, en conséquence, il attribue la beauté objective à l'ellipse des géomètres préférablement au cercle ; puis il recherche la sublimité et la trouve dans une autre courbe. Je transcris :

S'il était permis d'appeler *sublime* une forme, je donnerais ce nom à la forme parabolique, qui n'est qu'une ellipse allongée, dont un des foyers est situé à l'infini. Cette courbe a les mêmes propriétés esthétiques que la précédente (l'ellipse) : il y a de l'unité dans son développement, parce que chacun des points est également éloigné du foyer et de la directrice. Il y a aussi de la variété ; mais cette variété, se prolongeant à l'infini, ne peut être comprise par l'imagination, et exige l'intervention de la raison, qui fait cesser une synthèse fatigante et inutile [4].

Les prémisses une fois acceptées, le philosophe raisonne très-conséquemment, et je ne vois pas ce que peuvent répondre ceux qui croient que le sentiment de la sublimité dépend précisément de l'idée de l'infini. Mais, d'un autre

---

1. Thèse pour le doctorat soutenue en 1835 devant la Faculté des lettres de Paris.

2. Même ouvrage, p. 13.

3. Cela ne veut pas dire que ces deux philosophes soient de la même opinion. J'ai entendu M. Schwalbé parler de M. Cousin, et il ne me paraissait pas faire grand cas de sa philosophie. Au reste, ce qui serait curieux, ce serait de charger chacun de ces philosophes, non pas de critiquer, mais seulement d'expliquer l'autre.

4 *Dissert. sur le beau*, p. 14 et 15.

côté, l'application de cette qualité de *sublime* à une courbe
est si grossièrement absurde, qu'il faut bien que la définition
le soit elle-même; et en effet l'auteur, en écrivant ces lignes,
a déployé un courage que M. Cousin n'aurait certainement
pas eu, quoiqu'elles découlent naturellement de son principe.

Mais laissons là ces conceptions abstraites, plus inintelli-
gibles encore que prétentieuses. Le sublime s'explique complétement et de la façon la plus naturelle par ce qui le produit toujours, savoir une grande pensée exprimée très-rapidement en termes fort simples : l'opposition inattendue de
la chose et de son expression causant au premier moment
cette admiration soudaine qui le constitue.

Allons plus loin. La même cause produit souvent, dans un
genre opposé, un effet de même nature tellement semblable,
qu'on lui a donné le même nom. Tout le monde se rappelle
comment dans le *Cid* le vieux don Diègue, chargeant son
fils de le venger, résume tout son discours en ces deux mots
terribles : « Meurs ou tue[1]. » Dans le *Chapelain décoiffé*, ce
poëte charge aussi Cassagne de le venger, mais par des satires en vers, et il se résume en ces mots : « Rime ou crève[2]. »
C'est le *sublime de la parodie*, dit Marmontel avec raison[3],
et l'on trouverait facilement dans nos comiques et nos satiriques des traits de cette forme[4].

Cette observation qui, je crois, a été faite pour la première fois par Marmontel[5], nous mène à une autre bien
importante, que voici : c'est que comme il y a peu d'hommes
qui réfléchissent sur leurs idées ou leurs émotions; que
presque tous, au contraire, cèdent à leur premier mouvement, lequel peut être déterminé non-seulement par la

---

1. Acte I, sc. 8.
2. Sc. 3.
3. *Encyclop. méthod.*, mot *Parodie*.
4. Voyez dans le *Cours supérieur de grammaire*, part. II, liv. IV, ch. 9,
p. 196, la fameuse strophe sur M. de Villèle.
5. *Encyclop. méthod.*, mot *Beau*, p. 310, col. 1 et 2.

grandeur réelle ou la beauté de la pensée, mais aussi par
l'opposition ou le heurtement des mots, par une similitude
inattendue, par un sarcasme ou un quolibet qui flatte la passion de la multitude, bien des mots ont été jugés sublimes
qui n'étaient au fond que de plates bêtises ou des allégations
honteuses, et ils ont eu quelquefois, soit sur l'esprit public,
soit sur nos destinées, une influence aussi déplorable qu'elle
était peu méritée[1]. Je n'ai pas à développer cette remarque;
mais elle explique un fait grave de l'histoire de nos derniers temps, et méritait, à cet égard, de trouver sa place ici.

Quoi qu'il en soit, voilà les quatre mots placés en tête de
cette dissertation expliqués, si je ne m'abuse, d'une manière
naturelle et complète, et cela sans avoir eu recours ni aux
métaphores ambitieuses, ni à toutes ces figures si chères,
dans les discussions philosophiques, à ceux qui ne se comprennent pas eux-mêmes. Mon travail n'eût-il que ce dernier
mérite, j'en fais assez de cas pour croire que, par lui seul,
la présente dissertation mériterait l'estime des hommes de
lettres.

1. On ferait un triste recueil de ces mots à effet prononcés dans nos assemblées parlementaires, surtout sous la république, par les hommes souvent les plus indignes de la confiance de leurs commettants. Je ne souillerai
pas cette page de la répétition de ces infamies : je me borne à exprimer ma
profonde douleur de l'action que de tels hommes exercent quelquefois sur
nos affaires, à l'aide de telles expressions, et grâce surtout à l'incapacité
de leurs auditeurs.

LA CRITIQUE LITTÉRAIRE

EN L'AN VIII [1].

Après le coup d'État du 18 brumaire, à la licence républicaine succéda presque tout à coup une discipline que bien des gens acceptaient à regret, mais à laquelle il n'y avait pas moyen de se soustraire. Les journaux, quelques journaux du moins, changèrent de ton; d'autres disparurent; ceux qui subsistèrent furent obligés de prendre des formes et un style en harmonie avec les institutions nouvelles. Sans doute on y soutenait encore, pour ce qui restait discutable, des opinions opposées; on le fit du moins dans un langage qui permettait aux adversaires de se retrouver ensemble dans le monde, et d'y paraître d'aussi bon accord que deux avocats qui ont plaidé l'un contre l'autre.

Cette modération forcée, si l'on veut, mais nécessaire assurément, et avantageuse à tous, rendit possibles et même fréquentes soit chez les hommes de lettres, soit chez les riches et les gens en place qui les invitaient, des réunions où se discutaient sur les mêmes sujets le pour et le contre. La littérature et la critique étaient souvent sur le tapis; et un jour entre autres que les principaux tenants des deux camps littéraires étaient ensemble dans le même salon, d'une part quelques rédacteurs du *Mercure* [2] et du *Journal*

---

1. Cette dissertation, rédigée sur d'anciennes notes, a été mise sous la forme de dialogue en juillet 1855.
2. La Harpe, Fontanes, Chateaubriand, etc.

des Débats[1] ; de l'autre, ceux de la *Décade philosophique*[2] et des professeurs du Lycée[3], on vint à parler des qualités que devaient réunir ceux qu'on a plus tard appelés *feuilletonistes*, qui rendaient compte dans les journaux des pièces de théâtre ou des ouvrages d'imagination.

« La première de ces qualités, dit Ginguené, c'est, à mon avis, l'intelligence des mots et surtout celle des choses. On dit souvent que la critique doit être *éclairée*, c'est-à-dire, en termes plus précis, que le critique doit savoir de quoi il parle et ce qu'il dit. N'est-il pas ridicule de voir l'abbé Desfontaines, qui n'avait aucune connaissance en physique, prendre parti dans la querelle des newtoniens et des cartésiens et écrire à ce sujet :

Quoique le newtonianisme soit une doctrine qui renverse toute la physique et qui éteint toutes les lumières que Dieu nous a données sur les propriétés de la matière, sur l'ordre et le mécanisme de la nature, et qu'il soit presque inconcevable qu'il puisse y avoir un homme qui soit newtonien de bonne foi, il faut avouer cependant que cette philosophie, hérissée de calculs géométriques et armée de fines observations, ne laisse pas en plusieurs points de donner de l'embarras aux cartésiens. Mais tant que ceux-ci n'abandonneront pas leur oriflamme, c'est-à-dire les idées naturelles et distinctes, ils triompheront des newtoniens avec la même facilité qu'ils ont triomphé des péripatéticiens[4].

Quel galimatias ! qu'est-ce qu'une doctrine *qui éteint toutes les lumières que Dieu nous a données sur les propriétés de la matière*, comme s'il nous en avait donné d'autres que celles que nous tirons de l'expérience, laquelle était constamment invoquée par les newtoniens? Qu'est-ce encore que ces *idées naturelles et distinctes* que les cartésiens ne doivent pas abandonner, comme si, en ce qui tient à la nature phy-

1. Geoffroy, Dussault, de Féletz, etc.
2. Amaury Duval, Andrieux, Ginguené, etc.
3. Chénier, Lemercier, Fourcroy, etc.
4. Cette citation et les réflexions qui s'y rapportent ont été placées dans le *Petit traité de rhétorique et de littérature*, § 21, p. 79.

sique, aucune idée distincte et naturelle pouvait contrarier
l'observation constante? Comment Desfontaines assure-t-il
qu'on ne peut être newtonien de bonne foi? Comment surtout ne voit-il pas que les disciples de Newton jouaient
alors à l'égard de ceux de Descartes le même rôle que ceux-
ci avaient joué à l'égard des péripatéticiens, et que les péripatéticiens avaient tenu, de leur temps, à l'égard des platoniciens? C'est-à-dire qu'à mesure que l'étude et la science
avancent, on s'aperçoit que les travaux des devanciers n'ont
pas été complets; que, s'ils ont fait disparaître certaines
erreurs, ils en ont conservé d'autres qu'il s'agit aujourd'hui
d'ébranler et de déraciner, et que c'est en cela que consiste
précisément le travail des grands physiciens de toutes les
époques.

— C'est là en effet, dit Andrieux, une ignorance impardon-
nable. Je citerai des fautes moins grossières, mais qui ont
encore quelque gravité, je veux dire des erreurs de mots.
Vous, par exemple, monsieur de la Harpe, continua-t-il en
se tournant vers le célèbre critique, à qui il ne pardonnait
ni sa conversion subite ni le zèle excessif et l'intolérance
religieuse dont il faisait parade depuis ce temps, vous avez
donné dans quelques écueils en divers endroits de votre
cours de littérature où vous traduisez du grec. D'abord, dans
un mot de l'*Électre*, lorsque cette princesse charge sa sœur
de porter ses cheveux sur le tombeau d'Agamemnon, elle
remarque que c'est un petit présent[1], σμικρὰ μὲν τάδε (δῶρα);
mais en rapportant ce σμικρὰ τάδε à ses propres cheveux,
vous lui faites dire qu'*il lui en reste bien peu*[2]; vous voyez
que c'est un faux sens. L'autre endroit est tiré de votre explication des *Chevaliers* d'Aristophane[3]. Vous y parlez des

1. Soph., *Electra*, v. 446.
2. *Lycée*, t. I, p. 283, de l'éd. in-18 de 1820.
   Prenez de mes cheveux, prenez aussi des vôtres....
   Il m'en reste bien peu. Mais prenez, il n'importe.
3. *Equites*, v. 40 et sqq.

dernières calendes[1]. Or, comme les Grecs n'ont jamais compté par calendes, que c'est un mot tout romain, il est trop visible que vous avez ici suivi la traduction latine au lieu du texte original, qui porte en effet la *néoménie* ou *nouvelle lune*[2].

— Je reverrai l'endroit, répondit la Harpe d'un ton rogue. Je ne conteste pas que j'aie pu me tromper sur deux ou trois mots dans un ouvrage aussi considérable que mon *Cours* ou *Lycée :*

> .... Opere in longo fas est obrepere somnum[3];

je regretterais beaucoup plus de m'être fourvoyé sur les choses, surtout en matière importante, comme si, par exemple, je prêtais des mots et des plaisanteries françaises aux Campaniens du temps d'Annibal[4]. Mais il est rare que des hommes de quelque valeur tombent dans ce défaut.

— Rare, j'y consens, interrompit Ginguené, qui ne voulait pas voir s'envenimer cette querelle ; mais cela arrive ; et je vous en donnerai un exemple chez un homme que vous reconnaissez sans doute pour un des philosophes qui se sont le mieux compris eux-mêmes. Je veux parler de d'Alembert, qui propose à l'occasion des vers élégiaques des Grecs[5] une suite de questions auxquelles il répond chemin faisant de la façon la plus saugrenue.

Pourquoi d'abord les anciens avaient-ils pris cette forme de vers pour les élégies tristes ? Est-ce parce que l'uniformité des distiques, les repos qui se succèdent à intervalles égaux et l'espèce de monotonie

---

1. *Lycée*, t. II, p. 9.

2. C'est en effet Andrieux qui me signalait cette erreur de la Harpe. Il ajoutait qu'il l'avait pris la *main dans le sac*, voulant dire qu'il l'avait reconnu dérobant toutes ses traductions du grec.

3. Horat., *Ars poet.*, v., 360.

4. La Harpe fait allusion au joli conte d'Andrieux . le *Procès du sénat de Capoue*, auquel il adresse le seul reproche qu'on lui puisse faire. celui d'une prétention mal justifiée à la fidélité historique.

5. *Encyclopédie*, mot *Éléginque*.

qui y règne, rendent cette forme propre à exprimer l'abattement et la langueur qu'inspire la tristesse? 2° Pourquoi ces mêmes vers ont-ils ensuite été employés à exprimer les sentiments d'une âme contente? Serait-ce que cette même forme, ou du moins le vers pentamètre aurait une sorte de légèreté et de facilité propre à exprimer la joie? 3° Serait-ce qu'à mesure que les hommes se sont corrompus, l'expression des sentiments tendres et vrais est devenue moins commune et moins touchante, et qu'en conséquence la forme des vers consacrés à la tristesse a pu être employée par les poëtes à exprimer un sentiment contraire?

— Je me rappelle en effet ces questions, dit Geoffroy. Marmontel n'y a-t-il pas répondu[1]?

— Oui, reprit Ginguené, à l'aide d'une métaphysique très-fausse et très-obscure, sur laquelle je ne m'arrête pas. Quant à la manière dont ces vers ont été produits et remarqués, ils l'ont été comme tous les vers dans toutes les langues du monde, parce que l'oreille les distinguait nettement, et nous les distinguons encore nous-mêmes des hexamètres continus par l'inégalité du pentamètre[2]; les distiques avaient d'ailleurs quelque chose de plus léger ou de plus familier comme nous l'assure Ovide[3]. Il n'est donc pas étonnant que les anciens y aient eu recours pour peindre leurs affections particulières, tandis qu'ils réservaient l'hexamètre pour les actions des héros et les grands événements publics. Cette observation répond suffisamment, ce me semble, à la première demande de d'Alembert.

La seconde, qui veut trouver quelque conformité de nature entre la constitution des distiques, ou leur monotonie, et l'abattement qu'inspire la tristesse, est une puérilité prétentieuse qui ne mérite aucune attention. Ajoutons que d'Alembert se trompe formellement quand il parle des repos à la

1. Même endroit.
2. Sur l'harmonie réelle de ces deux vers, voyez nos *Études sur quelques points des sciences dans l'antiquité*, VIII, p. 285.
3. *Amores*, 1, 1, v. 1-4.

fin des distiques, ou des césures égales, comme touchant à la nature intime de ces vers. Les Grecs ne se sont jamais astreints à terminer le sens avec le pentamètre. Ce sont les Romains qui ont introduit cette règle, et encore fort tard ; elle n'a donc eu aucune influence sur l'emploi antérieur de cette forme de stance.

La troisième question : « Pourquoi les vers qui exprimaient la tristesse ont-ils ensuite exprimé la joie? » est plus puérile encore, s'il est possible, que la précédente. Rien n'est plus naturel que de voir le même vers exprimer deux sentiments opposés. Le vers tragique n'est-il pas le même chez nous que le vers comique? l'iambique n'était-il pas chez les Grecs et les Romains également propre aux plaintes de Melpomène et aux plaisanteries des Daves et des Phormions? Le vers, en effet, n'est qu'un instrument choisi pour telle ou telle pièce de poésie, et qui doit dans ce genre se prêter à l'expression de toutes les affections qui y entrent[1]. Le distique une fois admis dans la poésie mélancolique qu'on a nommé *élégie* a dû y convenir encore, lorsque le ton de la pièce est venu à changer, et à passer à la joie brusquement ou graduellement. Il n'y a à cet égard rien à demander, ni rien à apprendre à personne.

Enfin les explications que hasarde d'Alembert sous forme interrogative[2] sont ce qu'il y a au monde de plus chimérique. Ce n'est ni la légèreté, ni la facilité du vers pentamètre qui le rendent propre à interpréter la douleur ou la joie, puisque toutes les autres espèces de vers chez les Grecs et chez les Romains, comme chez nous, sont également aptes à exprimer ces deux sentiments ; et surtout ce n'est pas la corruption des hommes qui peut faire que l'expression des sentiments tendres et vrais devienne moins touchante. Au contraire, car d'Alembert entend évidemment ici, par des

1. *Thèses de grammaire*, XIV, p. 322, 326.
2. Sous les n°s 3° et 4°.

temps corrompus, les temps d'une grande civilisation. C'est justement alors qu'on est le plus sensible à la douceur et à l'harmonie des vers, et qu'on y apprécie des différences tout à fait ignorées dans les siècles de barbarie trop souvent regardés comme des siècles de pureté et de patriotisme.

J'ai insisté sur ces points, parce qu'il est vraiment étonnant qu'un esprit aussi net, aussi lucide que celui de ce philosophe se soit à ce propos perdu dans un labyrinthe de questions mal entendues, mal posées, et surtout mal résolues.

— Mon Dieu, dit Clément (de Dijon), autrefois grand ennemi de Voltaire et des philosophes, mais dont les événements avaient un peu calmé les sens, cette divagation exceptionnelle chez d'Alembert est au contraire très-commune, on pourrait dire habituelle chez l'abbé Batteux, son contemporain, qui tombe dans le galimatias le plus indéchiffrable, toutes les fois qu'il cherche à définir une de ces idées ou qualités générales qu'on trouve à tout moment dans les questions de littérature. Voulez-vous savoir à quel point un homme peut battre la campagne quand il parle de choses qu'il comprend imparfaitement? Lisez ce qu'il écrit pour prouver que sept vers de Mme Deshoulières ont le caractère poétique. Selon lui, rien n'est plus facile que de faire voir comment ce morceau est ce qu'on appelle *vers*.

Il n'est ni du ton épique, ni du tragique, ni du comique, ni du pastoral. Dans tous ces genres il serait prose plus ou moins, mais ici il ne l'est nullement, parce qu'il a quelque chose au-dessus de ce que la nature simple inspirerait dans la situation où est Mme Deshoulières.... Elle se livre à une douce rêverie mêlée de tristesse.... Son sentiment s'exprime presque de lui-même. Cependant, malgré cette indolence, on n'y voit rien de superflu, de lâche; la nature seule ne se plaint pas si bien; il y a donc quelque chose de plus que ce qu'on voit communément dans la nature. Ce *plus* est ce qui en fait le ton poétique [1].

1. Batteux, *Principes de littérature*, tr. I, ou *les Beaux Arts réduits à un seul principe*, part. III, sect., I, ch. 6, p. 234, 235 et 236.

Comment un homme qui avait de l'esprit et du goût pou-
vait-il abuser ainsi du raisonnement et du papier? Ces vers
seraient *prose* dans le genre pastoral, et ils sont *vers* dans
une idylle, parce qu'il y a quelque chose de plus que dans
la simple conversation! Cela a-t-il du bon sens? et ces
assertions ne se réfutent-elles pas d'elles-mêmes[1]?

— Il est vrai, reprit Andrieux, que cet exemple est prodigieux; mais alors tout le monde pensera, comme vous et
moi, que le premier caractère chez un critique, c'est l'intelligence de ce qu'il va juger. Comme il n'y a pas de contestation sur un point si évident, nous passons naturellement à
la seconde qualité. Quelle est-elle?

— Selon moi, dit Ginguené, c'est l'indépendance.

— L'indépendance, observa Fontanes; soit, mais laquelle?

— Comment! laquelle? Je n'en connais qu'une, et qui
comprend tout.

— Bien, reprit l'autre : décomposons-la néanmoins. Voulez-vous que le critique soit indépendant du gouvernement?
de ses propres amis et de ses protecteurs? du propriétaire
de son journal? du goût de ses lecteurs? des règles reçues?
des modèles admis?

— Oui, » répondit fièrement Ginguené ; mais presque tous
les autres s'écrièrent : «Cela n'est pas possible!» et Fontanes
continua : « L'indépendance absolue est, comme l'égalité
absolue, une chimère et un malheur[2]. Nous sommes aujourd'hui sous un gouvernement que quelques-uns trouvent
dur, que je juge, pour moi, très-paternel, puisqu'il nous garantit la tranquillité de la rue et nous permet de garder nos
têtes sur nos épaules. Essayez cependant de dire quelque
chose qui lui déplaise; discutez une question qui l'intéresse

1. Clément, *Essais de critique*, etc., t. I, ch. 6, p. 155.

2. Cette idée de Fontanes se retrouve, et fort bien exprimée, dans le
troisième chant de sa *Maison rustique*. Voyez notre *Histoire de la poésie
française à l'époque impériale*, lect. 33, t. II, p. 54.

et qu'il veuille se réserver, et vous verrez ce que deviendra votre indépendance. J'ajoute qu'il est bon que cette indépendance n'existe plus. Nous l'avons vue dans la pratique, et nous savons ce qu'elle vaut.

—Sans nous y arrêter, interrompit Amaury Duval, puisque nous n'avons plus celle-là, au moins avouerez-vous qu'il serait bon d'avoir la suivante, d'être indépendant des amis, des protecteurs, du propriétaire du journal....

— Chimère! s'écria Geoffroy. La vie du critique est une vie de combats. Espérez-vous pouvoir vaincre, en simple tirailleur, séparé du corps d'armée et de vos chefs?

— Je ne l'entends pas ainsi....

— Alors ne demandez pour le critique qu'une indépendance raisonnable et possible, la liberté de se mouvoir dans un cercle qu'on lui aura tracé d'avance.

—Mais c'est la servitude que vous nous vantez là.

—Servitude, si vous voulez : comme vous n'aurez jamais autre chose, il faudra bien vous en contenter, et faire feu des quatre pieds pour plaire à vos lecteurs. Sans quoi votre propriétaire vous remplacerait, et il aurait raison.

—C'est incontestable, dit la Harpe; ainsi, ne souhaitons au critique que d'être indépendant du préjugé : il aura bien assez à faire de répondre aux routiniers de tous les partis.

— Mettez-vous parmi les préjugés, demanda Lemercier, les règles généralement reçues?

— Non pas toutes assurément, quoiqu'il y en ait quelques-unes qui ne soient pas fondées sur le bon sens, et qu'on fera toujours bien de mépriser[1].

— Où sera la raison et le critérium du beau, dit Chénier, si vous pouvez fouler aux pieds ce que l'expérience indique?

— Mais, vous-même, dit Chateaubriand, dites-nous quelles sont les règles précisément indiquées par l'expérience : car

---

1. Sur ce rejet des mauvaises règles, voyez le discours de réception de la Harpe à l'Académie française.

vous ne doutez pas qu'il n'y en ait qui soient arbitraires, ou de simple habitude ; par exemple, la division obligée d'une tragédie en cinq actes ni plus ni moins, ou la défense de mettre à la fois sur la scène plus de trois personnages [1].

— Mon Dieu ! interrompit Dussault, ne pourriez-vous pas simplifier la question en mettant, au lieu des *règles*, les *modèles*. On peut disputer sur les règles de la critique : on ne discute guère sur les modèles. Corneille et Racine, Boileau et La Fontaine, voilà les types qu'il faut se proposer d'imiter ; et plus on en approchera, plus assurément on sera près de la perfection [2].

— Là dedans encore, observa Chénier, il y a un excès à éviter. L'admiration des grands écrivains ne doit pas devenir une adoration servile. Rollin, dont on estime avec raison les ouvrages, porte souvent par là des jugements d'une puérilité et d'une fausseté inexcusables : décidé qu'il est d'avance à tout admirer chez les anciens ou, du moins, chez quelques anciens, il se confond en une extase perpétuelle sur tous les mots qu'ils ont écrits. Il n'y a pas de circonstance indifférente sur laquelle il ne croie devoir insister pour en louer les plus minces détails. Virgile a mis, par exemple [3] :

> Quum Juno, æternum servans sub pectore vulnus,
> Hæc secum ;

et assurément ce vers, quoiqu'il n'ait rien d'extraordinaire, est bon et convenable comme tous ceux de Virgile. C'est à quoi se bornerait un critique raisonnable. Avec Rollin, nous n'en serons pas quittes à si bon marché ; il faut qu'il s'extasie en ces termes sur tous les mots :

1. Ce sont des règles latines. Les actes n'étaient pas reconnus des Grecs. Les trois personnages sont constamment dépassés chez nous.
2. C'est là l'esprit de la critique chez Dussault. Voyez ses *Annales littéraires*.
3. *Æneis*, I, v. 36.

Le poëte appelle son ressentiment une plaie, *vulnus*, et une plaie profonde *sub pectore*, ancienne et sans remède, *æternum*, et que cette déesse conserve et nourrit avec soin dans son cœur, *servans*. *Hæc secum*, ajoutez *loquitur*, qui est sous-entendu, vous éteignez tout le feu et toute la vivacité de ce récit.

A quoi, je le demande, peut nous conduire tout ce mot à mot admiratif? Sans doute Virgile a mis dans son vers tout ce que Rollin nous dit ici, une plaie profonde, éternelle et que Junon conserve; mais tout autre poëte eût mis la même chose ou l'équivalent, car il n'y a rien là qui ne se présente à tout le monde.

Quant à ce que Rollin ajoute sur la rapidité de *hæc secum*, tout ce qu'il y a de vrai, c'est que quand une ellipse n'amène dans la phrase aucune obscurité, elle y fait un bon effet, en ce qu'elle en augmente la rapidité. Rien n'est plus connu que ce principe ni plus commun que son application. Mais il est si peu vrai que l'addition de *loquitur* eût *éteint tout le feu et toute la vivacité du récit*, que si Virgile l'eût ajouté, Rollin eût déployé son éloquence à démontrer qu'en le retranchant on gâtait sa poésie. En fait, nous voyons ce verbe exprimé quelquefois, et en des endroits où il aurait pu être supprimé. Par exemple, lorsque Énée va tuer Mézence, celui-ci lui demande d'être mis dans le même tombeau que son fils; Virgile écrit [1] :

Hæc loquitur, juguloque haud inscius accipit ensem.

N'aurait-il pas pu mettre :

Hæc Tuscus, juguloque, etc.,

comme il a écrit ailleurs [2] :

Hæc Proteus, et se jactu dedit æquor in altum?

Qui oserait assurer que dans l'un ou l'autre de ces deux cas

1. *Æneis*, X. v. 906.
2. *Georg.*, IV, v. 528

Virgile a été froid et inanimé? N'y a-t-il pas une erreur égale, à le trouver toujours, et quoi qu'il dise, admirable et supérieur?

— C'est là, dit Dussault, un excès où personne ne tombera sans doute.

— Mais pardonnez-moi, dit Clément : il est au contraire assez commun. On s'habitue à admirer un homme, on veut que tout soit chez lui non-seulement bon, mais beau, mais sublime, presque divin. Je vous parlais tout à l'heure de l'abbé Batteux qui mérite à beaucoup d'égards l'estime des littérateurs. Eh bien, il y a des noms devant lesquels il est toujours prosterné. On lit, par exemple, dans une fable de Phèdre[1], ce vers si simple qu'il ne semble pas qu'on le puisse faire autrement :

> Subito latrones ex insidiis advolant.

« Aussitôt les voleurs s'élancent de leur cachette. » Batteux, après s'être extasié sur l'art et la variété dans la peinture des deux mulets, s'arrête à *ex insidiis advolant*, et s'écrie[2] : « Combien d'idées dans ces trois mots! » Je n'y en vois qu'une, pour moi, et je ne sais pas ce que Batteux y pouvait trouver de plus.

— L'observation de MM. Chénier et Clément n'est que trop fondée, poursuivit la Harpe. J'ai toujours été, pour moi, un peu scandalisé de cette idolâtrie qui veut nous faire trouver dans des ouvrages d'ailleurs très-beaux, les beautés qui précisément n'y sont pas; qui, pour relever davantage à nos yeux les grands écrivains, n'admet pas qu'ils puissent parler comme tout le monde parle; qui cherche enfin un mérite éminent dans les mots les plus indifférents, que dis-je? dans les syllabes de ces mots[3]. Voulez-vous apprendre,

---

1. *Muli et Latrones*, lib. I, 7.
2. *Principes de littérature*, tr. II, ch. 5, p. 39.
3. Qu'on ne croie pas qu'il y ait ici la moindre exagération. Écoutez

au moins en riant, où est pour moi le modèle de cette critique nauséabonde?

— En riant? nous le voulons sans doute, d'autant mieux qu'on peut ainsi dire la vérité.

> Ridentem dicere verum
> Quid vetat [1]?

— Eh bien! ce modèle est pour moi dans les *Précieuses ridicules*[2], quand Mascarille a improvisé ce couplet :

> Oh! oh! je n'y prenais pas garde :
> Tandis que sans songer à mal je vous regarde,
> Votre œil en tapinois me dérobe mon cœur.
> Au voleur! au voleur! au voleur! au voleur!

Il en explique lui-même toutes les beautés et en fait apprécier les mérites aux deux folles qui l'écoutent :

> Avez-vous remarqué ce commencement *oh! oh!* Voilà qui est extraordinaire! *Oh! oh!* comme un homme qui s'avise tout à coup. *Oh! oh!* la surprise, *oh! oh!...* N'admirez-vous pas aussi *je n'y prenais pas garde? Je n'y prenais pas garde*, je ne m'apercevais pas de cela; façon de parler naturelle : *je n'y prenais pas garde. Tandis que sans songer à mal*, tandis qu'innocemment, sans malice, comme un pauvre mouton, *je vous regarde*, etc., etc. »

On se mit à rire de la comparaison, et surtout de la res-

Mme Dacier faisant l'éloge de Térence : « Une chose encore très-considérable, c'est que plus on lit ces comédies, plus on les trouve belles, et que les esprits sublimes en sont plus charmés que les médiocres. Mais ce n'est pas encore assez. J. Scaliger a eu raison de dire que les grâces de Térence sont sans nombre, et qu'entre les plus savants à peine s'en trouvera-t-il de cent un qui les découvre. En effet, ces grâces merveilleuses échappent aux yeux des plus fins; car on peut dire de chaque vers ce que Tibulle disait de toutes les actions de sa maîtresse : « Componit furtim subsequitur que decor. » C'est pourquoi, comme Heinsius l'a fort bien remarqué, ces comédies demandaient des acteurs très-habiles : car il n'y a presque pas un mot, pas une syllabe, qui ne renferme un sentiment délicat qui a besoin d'être soutenu d'une action très-fine. » (*Préface de la traduction de Térence.*)

1. Hor., *Sat.*, I, 1, v. 24.
2. Sc. 10.

semblance des critiques. « Cela prouve toujours, ajouta
la Harpe, que la première indépendance chez nous, c'est
celle qui nous fait prononcer notre jugement d'après ce
que nous sentons et non d'après la réputation des auteurs.

— Avez-vous toujours eu cette indépendance à l'égard de
Voltaire? demanda malignement Andrieux.

— Ne répondez pas, M. de la Harpe, interrompit Fontanes,
nous traitons ici une question de critique générale, et il ne
s'agit pas de ce que chacun de nous a pu penser ou dire
autrefois. Il semble reconnu que si l'homme de lettres
chargé de juger un ouvrage ne peut pas toujours avoir
cette indépendance matérielle qui ne vient que d'une certaine fortune, il faut au moins qu'il maintienne pour lui
l'indépendance de son jugement, et ne soumette pas son
goût à la lettre des règles ou à la réputation des auteurs.
Ne mettrez-vous pas aussi l'impartialité au nombre des qualités essentielles au critique ?

— L'impartialité? dit Geoffroy, je répéterai d'abord la
question que vous faisiez tout à l'heure sur l'indépendance :
je demanderai laquelle!

— Vous en reconnaissez donc plusieurs !

— Oui, au moins deux; et je vous les montrerai tout à
l'heure. Définissez d'abord la vôtre.

— Si vous permettez, dit Clément, je vais donner un
exemple qui sera, j'espère, goûté de tout le monde. Je le
prendrai dans l'auteur que j'ai déjà cité deux fois, dans
l'abbé Batteux, que j'ai dit être toujours à genoux devant
certains poëtes. La Fontaine est un de ceux-là. Aussi, quand
il parle de ses fables[1], il n'y a presque pas une tournure,
presque pas un mot sur quoi il ne s'extasie à tort et à travers. Quand il en vient à Lamotte[2], ce n'est plus le même
langage. Je ne compare pas assurément ces deux fabulistes,

1. *Principes de littérature*, tr. II, ch. 6, p. 42 et suiv.
2. *Ibid.*, tr. II, ch. 7.

et je mets volontiers le premier à cent piques au-dessus du
second ; mais ce que je ne puis approuver, c'est qu'on blâme
Lamotte uniquement parce que c'est Lamotte; et que, bon
gré mal gré, tout soit à reprendre chez lui. Vous connaissez
la fable des *Deux moineaux* qui s'aimaient tendrement quand
ils étaient libres; pris au piége et mis en cage ils se querellent et se battent bientôt.

> Qui les apaisera? Pour en venir à bout,
> Il fallut séparer le mâle et la femelle.
> Leur flamme en liberté devait être éternelle :
>   La nécessité gâta tout.

Voici la remarque de Batteux sur cette fable :« L'auteur nous
aurait fait plus de plaisir s'il eût peint ces deux moineaux
constants dans leurs malheurs; » il s'évertue à prouver que
la fable eût été plus morale de cette façon. C'est possible,
mais alors c'eût été une autre fable.

Vient-il à examiner les vers en particulier, et d'abord
celui-ci :

> Ils goûtent côte à côte un sommeil gracieux ;

il demande : « *Côte à côte* est-il assez gracieux pour des
moineaux? » Sur cet autre vers :

> Vous voilà, mes enfants, passez là votre vie,

il fait cette observation : « Ce vers est naïf et familier, mais
est-il assez fondu avec le reste? la couleur paraît tranchante,
et le passage de l'un à l'autre est dur. » Sur ce troisième :

> Que le couple encagé ne s'aime plus si fort,

il écrit : « *Si fort* est familier; mais il l'est peut-être trop.
Le reste est haché, les phrases sont courtes et le récit long. »

Vous voyez par cet exemple ce qu'est la critique de Batteux : il trouve le mot *côte à côte* : Est-il assez gracieux? il
trouve un vers naïf : Est-il assez fondu? Il rencontre un mot

familier : Ne l'est-il pas trop? Il n'y a besoin pour faire des
questions pareilles ni de goût, ni de bon sens; et l'on peut
blâmer ainsi tous les mots dans les morceaux les plus irré-
prochables. Ah! si la fable était de La Fontaine, combien
Batteux eût admiré tout cela imperturbablement! parce
qu'elle est de Lamotte il a fallu déclarer tout mauvais; et
on a jeté le blâme au hasard et sans savoir pourquoi.

C'est là, selon moi, une partialité détestable; il y a dans
les fables de Lamotte assez de mauvais pour qu'on ne soit
pas embarrassé de le signaler. Ne donnez pas comme tel
ce qui ne l'est pas, ce qui même est assez bon, uniquement
parce que vous n'aimez pas l'auteur.

— M. Clément, dit Geoffroy, a eu raison de dire que son
exemple ne serait contredit par personne. La partialité dont
il nous parle est aussi révoltante qu'absurde, et ce n'est pas
celle-là que j'avais en vue. Celle dont je parle est beaucoup
plus habile; et comme je crois très-difficile, peut-être impossible de s'en défendre, je fais d'avance, et, quoi que j'é-
crive plus tard, mes réserves en sa faveur. J'admets donc
que le critique doit louer le bon et blâmer le mauvais quelque part qu'ils soient. Quand je lirai dans La Fontaine[1],
parlant des animaux :

> Il s'en vit de petits, *exemplum ut talpa*,

je dirai que ce dernier hémistiche n'est pas seulement pitoyable dans du français, que c'est un barbarisme en latin,
que le poëte est inexcusable d'avoir admis de pareils roga-
tons dans une fable adressée à un jeune prince; et je n'aurai
pas plus de peine à l'avouer que si le mot était de Lamotte,
de Florian, ou d'un fabuliste contemporain.

Mais si deux ouvrages me sont apportés, l'un d'un ami,
l'autre d'un ennemi, les lirai-je tous les deux avec le même
esprit? ne passerai-je pas plus légèrement pour l'un sur le

---

1. *Fables*, liv. XII. 1.

mauvais, pour l'autre sur le bon ? M. Clément est-il bien sûr
lui-même d'avoir, dans ses *Essais de critique*[1], pesé tout le
monde à la même balance et avec les mêmes poids ? A-t-il
la même bienveillance pour les encyclopédistes et les auteurs du XVIIIe siècle que pour les orateurs sacrés ou les
poëtes du XVIIe ! Messieurs, je n'aime pas Voltaire ; mais sa
critique me paraît souvent fort bonne, malgré une partialité
évidente. Chez ceux-là même qu'il n'aime pas, il ne blâme
guère que ce qui est blâmable. Il est vrai qu'il ne parle pas
de ce qu'ils ont pu faire de bon. Pour ceux qu'il aime, au
contraire, il loue ce qui est louable, et passe discrètement
le mauvais sous silence. C'est une critique qui n'est pas impartiale ; qui, si vous le voulez, n'est pas même équitable.
Mais elle est vraie ; elle est même juste sur chaque point,
quoiqu'elle ne le soit pas exactement dans son ensemble. Or,
comme je ne crois pas que, dans un temps de lutte tel que
celui-ci, on en puisse espérer une autre, je ne me ferai, je
vous l'assure, aucun scrupule de m'en contenter.

— Bon ! s'écria Amaury Duval ; nous voilà bien avancés.
Nous n'avons eu tout à l'heure qu'un tiers d'indépendance,
et nous voilà réduits à une moitié d'impartialité !

— Prenons les choses comme elles sont, dit Chateaubriand, et ne pensons pas que le *Mercure de France* et la
Décade philosophique puissent juger le même ouvrage abso-
ment de la même manière. Vous-même, monsieur Duval,
croyez-vous cette identité possible ?

— Non, assurément.

— Alors si, dans votre journal, vous jugez autrement
que moi l'ouvrage dont j'aurai rendu compte dans le *Mercure*, nous accuserons-nous réciproquement de partialité et
d'injustice ?

— Ce n'est pas ce que je veux dire.

---

1. Deux volumes in-12. Amsterdam, 1785.

— De même si, faisant connaître un ouvrage où se trouvent quelques mots inusités, quelques expressions bizarres, vous les rapprochez et en augmentez ainsi le ridicule, tandis qu'au contraire je les aurai dissimulés, y aura-t-il là une partialité bien criminelle?

— Nullement, dit Chénier[1]; cette critique est de bonne guerre. Il est tout simple qu'un homme de lettres présente au lecteur les choses comme il les sent ou les voit.

— Convenons donc que cette impartialité si désirée et tant prônée est un but impossible, qu'on présente à l'émulation des jeunes gens pour le bon exemple. Dans la pratique, ceux-là seront toujours assez impartiaux que leur intérêt ou celui de leur parti n'entraînera pas à dire le contraire de ce qu'ils pensent ou de ce qu'ils savent.

— Ainsi, interrompit Dussault, vous renonceriez volontiers à l'impartialité absolue pour vous réduire à la bonne foi?

— Ne pensez pas vous moquer, répondit Andrieux : la bonne foi est plus rare que vous ne l'imaginez. J'entends par là cette attention scrupuleuse du critique à prendre et à citer les pensées et les expressions de son auteur telles qu'elles sont; à ne lui prêter jamais un autre sens que celui qu'il a ; à ne pas tirer contre lui de conséquences forcées de ce qu'il a dit; à ne pas donner, enfin, de ces mauvaises raisons dont on rougirait en soi-même, si la passion ne nous aveuglait pas. Oui, la bonne foi est, selon moi, une qualité bien nécessaire et malheureusement fort peu commune.

Je vous en donnerai un exemple qui étonnera peut-être beaucoup celui à qui l'erreur est échappée. Vous savez ce que M. de la Harpe dit de l'*Avare de Plaute ;* il accuse le co-

---

1. C'est en effet de cette façon que Chénier critique *Atala* dans son *Tableau historique de l'état et des progrès de la littérature française*, depuis 1789, ch. 6.

mique latin d'avoir souvent dépassé le but et d'être tombé dans la charge. Voici ses propres termes :

Euclion, après avoir examiné les deux mains de son esclave pour voir s'il ne lui emporte rien, lui dit : *Voyons la troisième.* En cela il blesse la vraisemblance. Euclion, qui n'est point fou, sait bien qu'on n'a que deux mains. Molière a pourtant profité de ce trait. Mais comment? Harpagon, après avoir vu une main, dit : *l'autre;* et après avoir vu la seconde, il dit encore : *l'autre.* Il n'y a rien de trop, parce que la passion peut lui faire oublier qu'il en a déjà vu deux. Mais elle ne peut pas lui persuader qu'on en a trois. Le mot de Plaute est d'un farceur, celui de Molière est d'un comique [1].

— Vous tirez bien sur moi, dit la Harpe; mais je ne vois pas jusqu'ici ce que vous pouvez reprendre à mes paroles, ni où est la mauvaise foi.

— Attendez un peu. Rien ne paraît assurément plus juste, plus impartial et plus sensé que cette critique. Mais enfin il faut en vérifier les points principaux; et quand on ouvre Molière, on voit qu'elle repose entièrement sur une invention du professeur français. En effet, monsieur de la Harpe, Molière ne dit pas l'*autre*, il dit *les autres* [2].

— Ah bah! êtes-vous sûr de cela?

— Très-sûr. Or, quelque jugement que vous portiez du mot de Plaute, vous conviendrez que celui de notre grand comique n'est pas plus naturel, et qu'il est aussi impossible de demander deux mains après en avoir vu même une seule, que d'en demander une troisième après en avoir vu deux.

— Je suis vraiment surpris et affligé de cette erreur; mais il n'y a pas mauvaise foi de ma part, j'ai été le premier trompé.

— Je n'en doute aucunement; seulement, par rapport au lecteur, comme il s'agit ici d'une erreur matérielle que la moindre attention aurait fait corriger, cette altération dans

1. La Harpe, *Lycée*. t. II. p. 49.
2. L'*Avare*, acte I. sc. 3.

le texte est précisément ce qu'on appelle *mauvaise foi* chez le critique. Eh bien! les exemples en sont chez nous assez fréquents.

— C'est vrai, continua Duval. Vous avez tous lu les *Réflexions critiques* de Boileau sur quelques passages du traité de Longin. Ces réflexions, dirigées en partie contre Perrault et son *Parallèle des anciens et des modernes* [1], sont un véritable chef-d'œuvre d'exposition et de discussion. Mais elles ne sont pas aussi recommandables par la bonne foi; et la réponse que Perrault a faite à l'une d'elles met en évidence plusieurs infidélités fort répréhensibles [2]. Lorsque Boileau, par exemple, écrit que, selon l'auteur du *Parallèle*, Pindare, non-seulement est plein de véritables fautes, mais que c'est un auteur qui n'a aucune beauté, Perrault lui répond catégoriquement :

Je n'ai jamais dit ni en termes exprès, ni en termes équivalents, que Pindare fût un auteur qui n'a aucune beauté : j'ai même dit le contraire à la page 163 du troisième volume de mes *Parallèles*.

Après quelques exemples du même genre, il demande avec beaucoup de raison où est la bonne foi dans une critique pareille [3]; et je ne vous cache pas que c'est, à mon gré, le reproche le plus cruel qui puisse être fait à un critique que celui d'avoir manqué de cette qualité.

— Sans doute, reprit Geoffroy, au point où ce défaut est poussé ici, et quand on tombe dans des faussetés matérielles, qui peuvent être facilement qualifiées de mensonges; mais croyez bien que là encore il y a des degrés, et que je pourrais rappeler telle critique de mauvaise foi qu'on se permet dans la discussion et qu'on soutient sans scrupule

1. Particulièrement la huitième, à laquelle Perrault a cru devoir faire une réponse catégorique.

2. Voyez cette réponse dans l'édition de Boileau. par Saint-Marc, t. III, p. 315 et suiv.

3. *Ibid.*, p. 322.

pour n'en avoir pas le démenti. Ainsi Lamotte ayant cité, dans
son *Discours sur Homère*, un jugement de Boileau à propos de
l'usage que ce poëte grec avait fait des dieux de la fable,
Mme Dacier interpréta ces mots dans un sens qu'elle affir-
mait être celui de Boileau, et Lamotte répondit[1] :

Mme Dacier assure *comme si elle avait été présente*, et moi j'assure
parce que j'étais présent, que M. Despréaux s'est servi des propres
termes d'*égayer sa matière aux dépens des dieux*, et de *leur faire jouer
la comédie*.

Vous voyez qu'ici Lamotte triomphe des mots que Boileau
a prononcés devant lui ; mais ces mots, en supposant même
que sa mémoire ne le trompe pas, il les a entendus dans le
sens qui lui convenait. Or, ils se prêtent aussi à celui qu'explique Mme Dacier ; et comme ce dernier est aussi conforme
à l'histoire qu'à tout ce que nous savons des jugements de
Boileau sur ce sujet, il n'est pas possible d'admettre celui
que Lamotte maintient, savoir, qu'Homère aurait, de propos
délibéré, employé les dieux à boucher les vides de son
drame, en aurait fait des espèces de pantins pour amuser
les spectateurs. Si Boileau s'est réellement servi de ces mots,
il les prenait par rapport à lui-même pour exprimer le peu
d'estime qu'il faisait de divinités si éloignées de la perfection, et non par rapport à Homère, qu'il métamorphoserait
par là, contre toute vraisemblance, en un philosophe railleur, une sorte de Rabelais des temps héroïques, livrant à
la risée de tous, les dieux de son temps et de son pays. Vous
voyez pourtant que Lamotte, au lieu de revenir sur ce qu'il
avait dit, y a insisté, l'a confirmé par de nouvelles déclarations. Y a-t-il là-dedans une parfaite bonne foi? vous ne le
croyez pas. Qui de vous pourtant, à la place de Lamotte et
s'étant avancé comme lui, n'aurait pas répondu comme il
l'a fait?

1. *Réflexions sur la critique*, t. III. p. 118.

—A ce que je vois, dit Dussault, vous ne laisserez aucune vertu au critique ?

— Pardonnez-moi, je les lui laisse toutes ; je crois seulement qu'elles doivent être chez lui comme chez nous tous dans une certaine mesure, laquelle est déterminée par les circonstances.

— Et ne demanderez-vous rien avec cette demi-bonne foi ?

— Si fait, je voudrais que la critique fût *solide ;* j'entends par là celle qui s'attache uniquement à résoudre les questions qui sont véritablement de son domaine. Tel ouvrage est-il bon ? est-il mauvais ? Pourquoi est-il l'un ou l'autre ? Il semble que rien ne soit aussi facile à attaquer de face et franchement qu'une question pareille. On est surpris, quand on vient à examiner les jugements prononcés soit dans les écrits, soit dans les conversations, combien d'hommes se perdent dans des détours étrangers au sujet, et n'ont plus rien à dire de ce que le lecteur ou l'auditeur voudrait d'abord savoir. Je lisais dernièrement le compte rendu d'une traduction en vers de Virgile, et voilà ce que disait le critique :

En regardant ce livre avant de l'ouvrir, nous nous faisions mille questions. Comment aura-t-on reproduit cette grâce, cette sensibilité, cette délicatesse de cœur, cette inimitable harmonie du style ? Comment aura-t-on rendu la variété des coupes ? la valeur des rejets sans briser quelquefois maladroitement notre alexandrin ? comment, etc. [1] ?

Eh! mon ami, ouvre le livre ; ces questions seront toutes résolues quand tu l'auras lu : et si elles s'offrent encore à toi, tu pourras du moins y répondre, au lieu qu'à présent tout ce que tu mets là n'est qu'un bavardage sans objet, sous lequel tu essayes en vain de dissimuler la pauvreté et la faiblesse de ta critique.

1. Ces paroles se trouvent dans la *Revue de l'instruction publique*, p. 452, col. 1 ; elles sont beaucoup plus modernes que la date de notre entretien. Mais le défaut relevé ici est de tous les temps.

Un autre, sur le vu du titre, cherche comment on peut concevoir ou composer l'ouvrage ; et si l'auteur a compris son sujet autrement, c'en est assez pour qu'il blâme son travail[1]. Un troisième ne voit rien au delà du nom qu'on doit donner à votre livre. Vous l'appelez une *histoire*. Est-ce bien une histoire ? Ne sont-ce pas plutôt des *annales ?* Vous croyez avoir écrit un *discours en vers ;* mais ce mot éveille dans l'esprit de votre critique l'idée d'une condition que vous avez justement négligée, il va vous prouver doctement qu'il faut renoncer à cette dénomination.

— Mais s'écria Dussault, les noms ne sont-ils pas ce qu'il y a de plus important en littérature ?

— Oui, répondit Geoffroy, pour le critique ou le grammairien qui a en effet à nommer les œuvres et à les classer. Mais qu'est-ce que cela fait à l'auteur ? il produit son œuvre, qu'il la fasse bonne, c'est tout ce qu'on peut lui demander. Quand Molière aurait intitulé son *Misanthrope* une *tragi-comédie*, cela lui ôterait-il la moindre valeur ?

— Ce serait toujours un ouvrage mal nommé.

— J'en conviens, mais c'est un mot à changer. Il n'y a pas de discussion à avoir là-dessus ; et l'ouvrage reste toujours à juger en lui-même et indépendamment de son titre.

— Nous verrons, reprit Dussault, si quand vous jugerez les ouvrages vous serez toujours fidèle à cette opinion. Je tiens, pour moi, que le nom d'un ouvrage est important, puisqu'il en indique en abrégé la nature et rappelle les règles auxquelles il est soumis.

— Quoi qu'il en soit, observa Fontanes, M. Geoffroy a raison quand il dit que l'examen du titre et l'examen du livre

---

1. C'est le défaut où est tombé le rédacteur qui, le 10 septembre 1844, a rendu compte dans la *Revue indépendante* de mon *Histoire de la poésie française à l'époque impériale*. Il me dit combien il y avait, selon lui, de manières de concevoir mon ouvrage, et me blâme beaucoup de n'avoir pas choisi celle qui aurait eu sa préférence.

sont deux choses, ou qu'une critique solide ne doit pas abandonner celui-ci pour celui-là. J'ajouterai à ce qu'il vient de dire que souvent une critique est frivole malgré sa solidité apparente. Bien des gens ont reproché à Racine d'avoir dans *Britannicus* vieilli ou rajeuni Junie, ou d'avoir donné à Narcisse un autre caractère que Tacite. Ce sont là les censures pointilleuses d'un érudit ferré sur la chronologie ou l'étude d'un texte. Les spectateurs ni les lecteurs ne s'aperçoivent de cette irrégularité. Le théâtre n'est pas une école d'histoire. Une pièce dramatique est une œuvre d'art où l'on réunit tous les genres d'intérêt et d'émotion. Si la vérité historique s'y refuse, on sacrifie avec raison cette vérité.

— Votre réflexion, dit Chénier, me rappelle une anecdote[1], que je tiens de mon père, et qui la confirmera, ce me semble. Il avait vu à Constantinople un lettré du pays, instruit, ce qui est assez rare en Turquie, dans nos langues d'Europe, et spécialement dans la langue française. Ce lettré se faisait lire le *Bajazet* de Racine ; entre autres choses qui l'étonnaient dans cette pièce, où il ne retrouvait pas toujours les mœurs musulmanes telles qu'il les connaissait, une surtout le frappait, et le faisait rire avec irrévérence : c'est que dans le sérail de Racine, il n'y a pas de kislar-aga (c'est le chef des eunuques). Sachant très-bien que là tout tourne autour du kislar-aga, il disait et répétait à chaque scène en voyant Acomat et tous les personnages aller et venir librement : « Mais où est donc le kislar-aga? si le kislar-aga était là il leur ferait trancher la tête. » Cette critique qui paraît profonde, ne vaut rien du tout. Il y a dans les arts certaines nécessités qu'il faut absolument accep-

1. Cette anecdote est rapportée par M. Lebrun, qui dit la tenir de M. J. David, dans son *Voyage en Grèce*, note 28 du ch. V. C'est au pacha de Bosnie que notre ancien consul attribue la remarque. J'ai changé la date et les personnes.

ter, à moins qu'on n'aime mieux renoncer à l'art lui-même.
Qui dit *pièce de théâtre* et *intérêt dramatique* suppose une action qui n'est pas perpétuellement interrompue comme elle le
serait dans la nature, et par conséquent supprime l'obstacle
extérieur qui dans l'ordre habituel l'arrêterait incessamment. Que Racine eût mis le kislar-aga en scène, même
comme personnage muet, et que les autres toujours aux
aguets eussent disparu toutes les fois qu'il se montrait, la
pièce, que vous jugez certainement très-bonne dans son état
actuel, fût, par cela seul, devenue détestable.

Ce qu'il y a de vrai dans l'observation de notre musulman,
c'est uniquement qu'un artiste, quel que soit son sujet, ne
doit pas pousser le mépris de la vérité historique jusqu'à
heurter les habitudes générales où les croyances de ceux à
qui il s'adresse, parce que leur incrédulité nuira nécessairement à son succès; et si Racine avait écrit pour des Turcs,
il aurait dû étudier davantage leurs mœurs et leurs coutumes. Toute autre conséquence est puérile; et il serait
insensé d'en rien conclure, quant à la pratique, soit pour
l'art du théâtre, soit contre le *Bajazet*.

— A ce que je vois, dit de Féletz, il n'y a pas une des
qualités que vous souhaitez chez les critiques qui ne dé-
pende des circonstances et ne soit susceptible de plus
et de moins. En serait-il de même de la politesse dont nous
n'avons pas parlé jusqu'ici? La critique, selon moi, doit être
polie, c'est-à-dire qu'il faut d'abord n'employer que des
termes reçus dans la bonne compagnie. Il est facile de dire à
quelqu'un qu'il est un sot, un ignorant, que ses raisonnements sont absurdes; mais comme de telles expressions ne
seraient pas reçues dans le monde, il convient de les écarter des jugements littéraires. Je ne crois pas qu'il y ait de
difficultés sur ce point.

— Comme principe général, non, dit Geoffroy; comme
application, nous le verrons tout à l'heure.

— Une autre règle, continua de Féletz, c'est que l'on s'attache toujours à l'ouvrage, et qu'on ne passe pas de là à la personne, même par insinuation. Il est permis de dire que tel livre est mauvais, que tel passage y est impertinent, que telle assertion est fausse ou absurde. Il ne l'est jamais d'appliquer ces épithètes à un homme. Il n'y a pas de mal à dire d'une proposition contenue dans un livre qu'elle *n'est pas sérieuse*. Mais si vous dites de l'auteur même que *ce n'est pas un homme sérieux*, qu'il est *impossible de discuter sérieusement avec lui*[1], ne sont-ce pas là des injures formelles et que tout homme qui se respecte doit scrupuleusement écarter?

— Nous sommes tous de votre avis, dit Geoffroy, s'il ne s'agit que du principe. Dans l'application, il y a, ainsi que je l'annonçais, plus de difficultés que vous ne croyez. Supposez qu'un auteur traite d'une matière qu'il n'entend pas, par exemple de la musique ancienne (voilà un sujet reconnu partout pour être parfaitement obscur), et qu'il s'appuie sur des textes qu'il cite de travers ou traduit en contre-sens. Pour la première, la seconde, la troisième bévue, vous pourrez bien chercher et trouver une manière honnête de lui dire qu'il n'a pas compris le texte; mais ces formes anodines s'épuisent, et si les contre-sens ne s'épuisent pas, il faut bien nommer la chose par son nom. Alors, quoi que vous fassiez, et sans que vous attaquiez directement l'auteur, le lecteur y passe tout naturellement[2], et le juge un ignorant, ou même un imbécile.

— Nous ne pouvons pas l'en empêcher.

— Sans doute, mais à quoi se réduit alors la politesse

---

1. C'est ce que M. Vincent a dit de moi, et à plusieurs reprises, dans les deux articles où il critique mes *Études sur la métrique* et *la musique anciennes*. Voyez à ce sujet ma *Polémique sur quelques points de métrique ancienne*. Brochure in-12, 1854 et 1855.

2. Voyez la même *Polémique*, particulièrement aux numéros III, IV, VI et VII.

dans la critique? Elle n'est possible qu'avec ceux qui font peu de fautes. Pour les autres, après quelques exemples, la honte passe, sans que vous vous en mêliez, des choses à la personne, et la critique devient, si je puis le dire, d'autant moins polie qu'elle affecte de l'être davantage.

— C'est vrai, observa Chénier, mais enfin, cette critique, pour sévère qu'elle soit, est partout admise, et jamais le public ne verra là une critique grossière.

— Soit, mais je n'ai pas tout dit; M. de Féletz a supposé que le critique rendait compte d'un livre, et que l'auteur acceptait le jugement, ou n'y répondait que par une discussion polie; c'est ce qui n'arrive pas souvent. Les auteurs sont singulièrement chatouilleux sur ce qu'ils ont écrit. Si vous ne les admirez pas depuis le commencement jusqu'à la fin, vous courez grand risque d'être pour eux de *lâches Zoïles*, comme disait Voltaire, et je n'achève pas la citation. Ce sont eux qui vont vous injurier, vous accuser d'ignorance, de sottise, quelquefois de perfidie[1]; le moins qu'ils fassent, c'est de prendre avec vous un ton de hauteur et même de sarcasme méprisant, qu'il est impossible de supporter[2]. Que ferez-vous alors?

— Mais, répondit Fontanes, c'est toute la discussion de Mme Dacier contre Lamotte.

— J'y pensais, reprit Geoffroy; et certes j'apprécie tout ce qu'il y a d'excellent dans la manière aimable dont l'académicien a répondu à la pédante. Mais je ne suis pas convaincu que tout le monde y puisse réussir de la même manière. Je ne crois pas même qu'il soit possible à tous les tempéraments de tenter une défense pareille. Enfin je suis bien persuadé que si cette forme de réplique a réussi une fois ou deux à un homme qui n'était pas journaliste, il faut à celui qui rédige périodiquement un journal une discus-

1. Voyez la même *Polémique*, première partie, n° III, au commencement.
2. *Ibid.*, n°ˢ V et VII.

sion un peu plus poivrée. Le grand Corneille écrivait à un
de ses critiques, qu'à qui lui dirait *pois* il répondrait *fèves*.
C'est, messieurs, une des nécessités de notre métier, et j'y
suis pour moi tout préparé, je vous l'avoue.

— Allons, dit Amaury Duval, je vois que si nous nous
accordons en principe sur les qualités de la critique, si
nous avouons qu'elle doit être éclairée ou intelligente, indépendante, impartiale, de bonne foi, solide et polie, nous
mettons à tout cela des restrictions telles que, dans la pratique, nous admettons, ou peu s'en faut, tous les vices opposés. Il faut avouer que voilà une discussion qui aura bien
avancé les idées.

— Ma foi, répondit la Harpe, prenons-en notre parti, et
disons avec La Fontaine,

> J'ai maints chapitres vus
> Qui pour néant se sont ainsi tenus;

le monde, croyez-moi, n'en ira pas plus mal, et nous conti-
nuerons à faire de notre mieux dans nos journaux ce qu'ont
fait jusqu'à présent tous ceux qui se sont par métier ingérés
de rendre la justice aux auteurs. »

LES CONCERTS VALENTINO[1].

Les concerts de la rue Saint-Honoré sont assez fréquentés le vendredi pendant les six mois d'hiver. Le bon choix des morceaux qu'on y joue, l'ardeur et l'ensemble des symphonistes, le talent de l'habile chef d'orchestre[2] qui dirige l'exécution, suffiraient sans doute pour y appeler tout ce monde; et le grand nombre des amateurs ferait honneur au goût musical des Parisiens, si la solitude des autres jours et surtout le bruit des promenades et des conversations particulières ne prouvaient qu'on vient là par genre, moins pour entendre de bonne musique, que pour tuer le temps, se pavaner et lorgner l'assistance.

On ne se trouve pas deux fois à ces réunions, sans remarquer, entre les plus assidus lorgneurs, un ci-devant jeune homme, bien cravaté, bien boutonné dans une redingote étroite, et qui, semblable au fameux Boissec que jouait autrefois Potier, paraît toujours avoir recommandé à son tailleur de lui faire des pantalons si justes et si tendus qu'il ne puisse pas y entrer[3].

J'ignore si ce grand dadais vient au concert pour la musique; au moins ce n'est pas le but apparent de ses visites : il semble n'avoir jamais autre chose à faire que d'étaler sa

1. Cette pièce qui se rapporte au style que l'on a quelque temps nommé *romantique*, remonte à l'année 1840, le titre l'indique bien : car c'est à cette époque qu'on a essayé d'ouvrir au public, pour lui faire entendre la musique instrumentale des grands maîtres, une salle dont l'entrée ne fût pas aussi difficile que celle de la Société des concerts du Conservatoire.

2. M. Valentino, dont le nom, appliqué d'abord aux concerts, est resté à la salle et aux bals qu'on y a donnés depuis.

3. *Le Ci-devant jeune homme*, sc. 5.

coiffure, d'allonger une botte bien luisante, de faire jouer des mains étroitement gantées, et de promener, malgré les rides profondes qui sillonnent son visage, son éternel binocle sur les plus jeunes et les plus jolies dames.

Un soir que je l'avais vu manœuvrer avec une activité inaccoutumée : « Voilà, dis-je à mon ami Allenet[1] entre les deux parties du concert, un plaisant original, il faut en convenir.

— Oui, me répondit-il; c'est l'illustre Oswald.

— Oswald, m'écriai-je : eh! c'est le nom de l'amant transi de Corinne.

— C'est cela même, ajouta-t-il; il paraît que l'aimable jouvenceau qu'avait en vue Mme de Staël quand elle a fait son roman, était précisément ce vieux dégingandé que vous admirez ici.

— Oh bien! dis-je en pouffant de rire, l'amour est aveugle. Se peut-il que ce hareng saur ait inspiré une passion à une femme raisonnable?

— Il n'était pas alors tel que nous le voyons aujourd'hui. Sa peau était lisse, son teint frais, ses cheveux épais et tombant en boucles, ses yeux bien ouverts et fort brillants; ses membres avaient l'élasticité et la grâce de la jeunesse. Aujourd'hui tous ces agréments ont disparu; il ne lui reste plus qu'une taille assez avantageuse qu'il tient beaucoup à conserver fine, avec des prétentions qui sont devenues des ridicules, et des airs conquérants dont il serait difficile de ne pas rire. »

Pendant ce dialogue fait à demi-voix, notre homme était venu s'asseoir ou plutôt s'étendre derrière nous. Il y fut bientôt salué par une autre personne qui paraissait le connaître, et s'assit auprès de lui. La conversation s'engagea entre les deux amis. « Que dites-vous du ministère? demanda le nouvel arrivant.

---

1. Licencié en droit et flûtiste distingué, mort vers 1843.

— Ma foi, je n'en dis rien du tout. Vous savez que je ne m'occupe pas de politique. La littérature et les beaux-arts, ajouta-t-il en minaudant, absorbent tous mes loisirs.

— Bon! pensai-je en moi-même : est-ce que ce respectable débris d'un antique mirliflor serait artiste ou homme de lettres? Je voudrais bien entendre sa conversation sur un de ces sujets. »

Mon vœu fut promptement exaucé. Son interlocuteur lui repartit : « En effet, je sais que vous admirez beaucoup les œuvres et que vous donnez tête baissée dans les doctrines de l'école romantique.

— Oui, répondit Oswald. Les poëtes de la nouvelle pléiade ont tout à fait régénéré la littérature française. Mme de Staël avait ouvert la voie, et il faut convenir que depuis une vingtaine d'années ses conseils ont richement fructifié. Nous avons aujourd'hui plus de génies poétiques qu'il n'y en a peut-être eu dans tout le xviiᵉ siècle.

— Ce jugement, dit l'autre, pourrait être facilement contesté ; mais ici je veux moins discuter que m'instruire. Dites-moi donc sincèrement, je vous prie, ce que vous admirez le plus dans les œuvres de vos poëtes. Est-ce précisément l'heureuse disposition, le bon arrangement des divisions d'un ouvrage, ce que l'on nomme la composition?

— Non, non : je leur sais bon gré, au contraire, d'avoir réduit à sa véritable valeur cette partie tout à fait accessoire, et dont les classiques s'occupaient beaucoup trop. Aujourd'hui la matière d'un roman, d'un discours, d'un poëme est, si je puis le dire, jetée plutôt que préparée ou arrangée ; il n'y a pas de plan fixe, de sorte que les divisions tombent à leur place plutôt qu'elles n'y sont mises ; partout éclate un génie prime-sautier qui montre bien que l'auteur n'a donné presque aucun travail à son œuvre.

— J'entends : il s'en est débarrassé sur le lecteur. Mais alors c'est par le style évidemment qu'il l'emporte sur les anciens. Est-ce la suite des idées, leur expression toujours correcte et limpide que vous louez surtout chez lui?

— Non : vous nous citez là des qualités que poursuivaient encore les vieux auteurs, et dont nous faisons aujourd'hui bon marché. Je vous le disais tout à l'heure : nous voulons surtout voir étinceler le génie; qu'importe alors que l'expression soit quelquefois incohérente, disparate ou même contradictoire? M. Lamartine, dans ses *Souvenirs d'un voyage en Orient*, nous peint l'Europe,

> Où deux esprits divers, dans d'éternels combats,
> Se lancent temples, lois, trône et mœurs en éclats.

On vous aurait demandé jadis comment des esprits peuvent *se lancer des temples*, des *lois*, un *trône* et des *mœurs*, ou ce que c'est que des *éclats de mœurs*, des *éclats de trône*, des *éclats de lois*, des *éclats de temple*. Cette critique étroite est aujourd'hui bien méprisée. Nous sommes contents dès que nous trouvons un homme qui parle comme il sent, et c'est bien le cas ici pour le poëte.

— Je comprends ce goût nouveau; seulement quelquefois la pensée peut devenir difficile à entendre, si, avec des expressions aussi imprévues, vous acceptez encore, dans les idées, le défaut de suite ou la contradiction. Par exemple, le même poëte fait dire à Jocelyn en parlant de sa mère :

> L'aimer! mais pour l'aimer étais-je un autre qu'elle?
> N'étais-je pas nourri du suc de sa mamelle?

Ce dernier vers détruit un peu le précédent, où il se défend d'aimer sa mère, comme ne faisant qu'un avec elle, puisqu'il avoue qu'il l'a tetée? Que diable! on ne se tette pas soi-même. Il dit encore :

> L'air qu'elle respirait dans sa chaste poitrine
> Ne fut-il pas neuf mois celui de ma narine?

Or, en laissant même ici de côté l'expression qu'on eût ac-

cusée autrefois de manquer de noblesse, l'enfant, pendant
le temps de la gestation, n'est pas précisément dans la poitrine. Il ne respire pas, à proprement parler ; et s'il respire,
ce n'est pas par le nez, ou par *la narine*, comme on nous
le dit.

— Vous vous attachez là à des minuties. Le poëte n'est
pas un anatomiste.

— J'en conviens. Je crois seulement que quand il parle
du corps humain, il doit savoir ce que sait tout le monde,
sans quoi il s'expose à n'être pas compris, pour ne rien
dire de plus.

— Pardon, il est toujours compris, au moins à peu près,
et c'est un des points par où la poésie actuelle l'emporte
tant sur l'ancienne poésie française. Celle-ci était souverainement claire. Depuis le commencement jusqu'à la fin, il
semblait qu'elle fût faite pour tout le monde. Ce n'est pas
cela. Le poëte ne parle pas au genre humain tout entier,
mais seulement aux hommes qui, s'ils ne sont pas inspirés
comme lui, sont du moins capables de l'entendre. *Odi pro-
fanum vulgus et arceo*, dit Horace[1] ; c'est le *vates* des temps
antiques, procédant toujours plus ou moins du prêtre et du
prophète.

Par exemple, M. Hugo dit dans *Marion de Lorme :*

> Ai-je droit d'accepter ce don de son amour
> Et de *mêler ma brume et ma nuit à son jour ?*

Et ailleurs, dans la même pièce :

> A mon amour si pur que votre amour réponde,
> Et mon bonheur pourra *faire la dot d'un monde.*

Est-ce que vous croyez que je sais exactement ce que c'est
que la *brume* et la *nuit* d'une personne qui *se mêlent au jour*
d'une autre, ou comment le *bonheur* d'un amant, c'est-à-
dire son extase actuelle, peut *faire la dot* non pas de quel-

1. *Carm.*. III, 1. v. 1.

qu'un, ce qui aurait un sens, mais *d'un monde,* ce qui n'en
a plus du tout?

Je lis de même dans le beau poëme de *Jocelyn*, ces vers
qu'il adresse à sa mère :

> S'il passait sur mon front quelque fraîche pensée,
> *D'un sourire* avant moi ta lèvre était *plissée.*

Qui ne sait que le rire et le sourire tendent les lèvres et ne
les plissent pas? Ces vers, pris dans leur signification exacte,
sont donc incompréhensibles. Comme beaucoup d'autres,
aux yeux des esprits prosaïques, ils n'ont pas le sens commun. Aussi n'est-ce pas là ce que je cherche. Je ne lis pas
des vers pour y trouver la simplicité et la clarté d'idées que
nous avons dans la conversation et dans les lettres de commerce. Je veux entrevoir seulement la pensée de l'auteur,
comme on soupçonnait autrefois la signification cachée des
oracles ; et c'est ce qui fait la grande beauté de tous ces passages.

— Excusez, je vous prie, mon ignorance. Peu au courant
jusqu'ici de la nouvelle poétique, j'étais loin de croire que
vous feriez un mérite au poëte de son obscurité.

— Le précepte n'est pourtant pas nouveau. Quintilien l'attribue à un rhéteur grec[1], dont nous ne faisons que développer la pensée. Oui, le poëte doit être en quelque façon
deviné plutôt que lu. Et les titres donnés aujourd'hui par
nos plus célèbres auteurs à quelques-uns de leurs ouvrages
ne laissent aucunement douter que telle soit leur intention.
M. Lamartine avait d'abord fait des *Méditations :* on sait ce
que c'est. Il a donné ensuite des *Harmonies*, et déjà vous ne
comprenez pas aussi bien. Dernièrement sont venus les
Recueillements poétiques, et vous n'y voyez plus que du feu.
M. Hugo a fait aussi des *Odes et Ballades :* ce titre est clair.
Puis sont venues les *Orientales :* c'est un mot très-vague, qui

---

1. *Instit. orat.*, VIII, 2, n° 18.

pourtant peut encore s'entendre. Plus tard il a publié les
Feuilles d'automne, les *Rayons et les Ombres*, les *Voix intérieures*, les *Chants du crépuscule* : pour cela je vous défie bien
de me dire d'avance ce que ce peut être.

— Je serais en effet très-embarrassé. Si vous ne tenez pas à
la grande clarté ni à l'enchaînement des idées, vous ne devez pas rechercher beaucoup non plus l'heureuse construction de la phrase, et cette disposition des termes qui fait que
quand on arrive à la fin, la pensée est si complète que tout
s'est classé sans aucune confusion dans l'esprit du lecteur.

— Nous n'y tenons pas, en effet. Lisez dans le *Voyage en
Orient*[1] ces vers adressés par M. Lamartine à son beau-frère :

> Tes vers, fils de l'éclair, tes vers nés d'un sourire,
> Que tu n'arraches pas palpitants de la lyre,
> Mais que de jour en jour ta négligente main
> Laisse à tout vent d'esprit tomber sur ton chemin,
> Comme ces perles d'eau que pleure chaque aurore,
> Dont toute la campagne au réveil se colore,
> Qui formeraient un fleuve en se réunissant,
> Mais qui tombent sans bruit sur le pied du passant,
> Dont le soleil du jour repompe l'humble pluie,
> Et qu'aspire en parfum le vent qui les essuie.

Vous voyez que le poëte s'est si bien égaré dans ses *dont,
qui, qui, dont, que, qui*[2], que la phrase n'est pas achevée, et
que le sens reste pour nous tout à fait indécis : aussi est-ce là
ce que nous nommons une magnifique tirade poétique.
L'esprit est emporté par la beauté et l'entrain des images
vers le but fantastique de la signification précise qui fuit
constamment devant lui, et finit par nous laisser le bec dans
l'eau. C'est une merveille de poésie inspirée.

M. Hugo n'est ni moins sublime ni moins admirable

---

1. *Souvenirs d'un voyage en Orient*, 4 vol. in-8, 1835.
2. Voyez dans les *Pensées de Joseph Delorme*, nᵒˢ 7 et 9, p. 220 et 225 de
la première édition (1829), une déclaration caractéristique sur cette façon
de relier entre elles les parties des phrases.

quand, prévoyant le temps où il n'y aura plus de proscrits après les révolutions politiques[1], il s'écrie[2] :

> Alors, jetant enfin l'ancre dans un port sûr,
> Ayant les biens germés sur nos maux, et l'azur
> Du ciel nouveau dont Dieu nous donne la tempête,
> Proscription! nos fils broieront du pied ta tête!
> Démon qui tiens du tigre et qui tiens du serpent!
> Dans les prospérités invisible et rampant,
> Qui, lâche et patient, épiant en silence
> Ce que dans son palais le roi dit, rêve ou pense,
> Horrible, en attendant l'heure d'être lâché,
> Vis, monstre ténébreux, sous le trône caché !

Vous remarquez ici ces *dont, qui, qui, qui, que;* comme tout à l'heure la phrase n'est pas finie. Il n'y a donc pas de sens à proprement parler. L'ensemble, toutefois, n'est-il pas d'une extrême magnificence?

— Je le veux bien. Avançons cependant, et dites-moi par quoi nos poëtes alors l'emportent sur ceux des deux derniers siècles. Ce n'est, selon vous, ni par la composition, ni par la suite ou l'enchaînement des idées, ni par la justesse ou la clarté de l'expression, ni par la correction ou la bonne tournure de la phrase. Sur tous ces points ils restent bien au-dessous des poëtes classiques; eux-mêmes ne s'en cachent pas plus qu'ils ne s'en soucient. Par quoi enfin sont-ils au-dessus d'eux?

— Voulez-vous que je vous le dise en un mot?

— Oui, très-volontiers.

— Eh bien, c'est par l'harmonie.

— J'y consens : seulement, comme l'harmonie est une qualité très-complexe, permettez-moi de distinguer les éléments qui y entrent, et de vous demander successivement ceux que vous reconnaissez en faire partie intégrante. On a

---

1. Si ce ne sont pas de bons vers, c'est au moins un bon souhait, dont malheureusement il est bien difficile de croire la réalisation possible.

2. *Les Voix intérieures*, n° 2.

remarqué depuis longtemps que des mots très-sonores ou très-doux peuvent se réunir de manière à produire des sons très-durs : ainsi rien ne sonne plus agréablement à notre oreille que ce beau nom de *France*, et le verbe *encenser* par lui-même n'a rien de dur. Cependant si, rejoignant ces deux mots un poëte écrivait :

> Les bons rois que la *France encense*,

ne faudrait-il pas avouer que cette fin de vers est une des plus désagréables qu'on puisse rencontrer? Lamotte, dans son *Ode à l'Académie française*, écrit :

> Mais un Œdipe infatigable
> Nous a, *de ce sphinx respectable*,
> Découvert *le sens le plus beau* ;

et les articulations sont tellement doublées ou triplées dans ces derniers vers, qu'ils peuvent à bon droit passer pour extrêmement durs. L'harmonie que vous reconnaissez consiste-t-elle particulièrement à éviter ces cacophonies?

— Non, point du tout. M. Lamartine met dans ses *Souvenirs d'un voyage en Orient* :

> Je venais de quitter la terre dont le bruit
> Loin, bien loin sur les flots vous tourmente et vous suit,
> Cette Europe *où tout croule, où tout craque, où tout lutte;*

et la répétition dans ce dernier vers des sons *outoucr* qui certes n'ont rien de flatteur, vous montre bien que nos poëtes sont loin de s'attacher à cette recherche puérile de sons plus agréables que d'autres. M. Hugo, de même, commence ses *Feuilles d'automne* par :

> Ce siècle avait deux ans, *Rome remplaçait Sparte;*

et ce dernier hémistiche est certainement de ceux que les anciens auraient nommés *durs :* nous ne trouvons pas, pour nous, que cela nuise aucunement à l'harmonie.

— Soit. Alors tenez-vous plus à la juste longueur des mots.

On sait combien un mot trop court à la fin d'une phrase y fait souvent un mauvais effet. Lamotte met dans son *Ode à Despréaux* :

> Veux-tu que sur le ton du *béotique cygne*,

et dans une de ses fables :

> Comme d'un *homme peint* quand le portrait ressemble ,

et il n'y a pas d'oreille qui ne soit blessée d'entendre tomber le vers ou l'hémistiche sur ces monosyllabes *cygne* et *peint*, placés ainsi après des *e* muets. L'harmonie dont vous me parlez ici vous fait-elle un devoir d'éviter ces chutes désagréables?

— Non, en vérité. M. Hugo met dans son *Hymne à l'Arc de triomphe*[1] :

> Comme une *mère sombre* et qui, dans sa fierté,
> Cache sous son manteau son enfant souffleté ;

M. Lamartine écrit aussi dans son *Voyage en Orient* :

> Mon navire, poussé par l'*invisible main*,
> Glissait en soulevant l'écume du chemin ;

et ces exemples vous montrent comme les précédents combien les génies du jour s'occupent peu de la recherche des syllabes, et de la douceur matérielle à quoi elles peuvent contribuer.

— Fort bien. Alors l'harmonie, qui fait la supériorité des poëtes romantiques, consiste surtout sans doute dans la cadence de la phrase. Vous entendez bien ce que je veux dire. La cadence de la phrase vient particulièrement de la juste proportion des membres ou sections qui y entrent. Une phrase un peu longue mal coupée, en tombant à faux, ne saurait être harmonieuse.

On peut s'en assurer en prenant une des périodes citées

---

1. *Les Voix intérieures*, n° 4.

ordinairement pour leur harmonie, à cause de la presque égalité de leurs membres; et, diminuant le dernier d'une manière tout à fait sensible, on sera frappé du défaut de cadence qui en résultera tout à coup et qui transformera immédiatement la période en une phrase ordinaire.

Soit, par exemple, cette période de Bossuet[1] :

Quelque haut qu'on puisse remonter pour rechercher dans les histoires les exemples des grandes mutations, — on trouve que jusqu'ici elles sont causées ou par la mollesse ou par la violence des princes.

Changeons non pas le sens, mais la forme du second membre : l'apodose ne sera plus du tout en rapport avec la protase; cela seul suffira pour que l'harmonie périodique ayant disparu, nous n'y trouvions plus rien qui distingue cette expression d'une phrase commune.

Quelque haut qu'on puisse remonter pour rechercher dans les histoires les exemples des grandes mutations, — la conduite des princes les a causées.

La cadence des phrases ou de leurs sections a donc une influence marquée sur ce qu'on nomme l'harmonie du style; et cette influence est surtout sensible lorsqu'elle vient à détruire l'égalité plus ou moins exacte que l'oreille s'attend à trouver dans les prolations. Elle l'est donc au plus haut point dans les vers, où l'irrégularité des césures déconcerte et blesse chez nous le sentiment de l'oreille. Est-ce dans la stricte observation de cette sorte d'équilibre entre les césures que consiste la nouvelle harmonie?

— Mais non pas du tout. Au contraire, c'est chez nous presque une règle de briser le vers alexandrin, pour lui donner la variété et la souplesse qu'il avait sous Ronsard et que Malherbe lui a fait perdre. Nous avons dans ce genre des exemples merveilleux à produire. M. Lamartine et M. de

1. Oraison funèbre de la reine d'Angleterre.

Vigny y sont moins heureux que leurs émules. Leurs vers
sont presque toujours scandés à la manière des anciens.
Cependant on trouve chez le premier, par exemple :

> Mon corps n'était-il pas tout son corps? — et mon âme
> Un foyer emprunté qu'allume une autre flamme [1];

ou bien encore, que les passions

> Font monter leurs clameurs dans le ciel, — comme un flux [2].

M. de Vigny écrit aussi :

> Tous s'affligeaient. — Jésus disait en vain : — Il dort [3];

ou bien :

> Voilà pourquoi — toujours prudents — et toujours sages
> Les anges de ces lieux redoutent les passages [4];

ou encore :

> Es-tu venue — avec quelques anges des cieux [5]?

ou enfin :

> Non. La lumière — au fond de l'albâtre — étincelle
> Blanche et pure — et suspend son jour mystérieux [6].

M. Hugo est en ce point bien supérieur à ces deux poëtes :
on trouve à tout moment chez lui des vers tellement brisés
qu'on les prendrait pour de la prose, s'ils n'étaient pas
séparés.

> Oui-da, monsieur! — C'est très-spirituel vraiment [7].
> Il est roi, dis-je. — Il a dissous par trahison
> La ligue catholique. — Il frappe la maison

1. Jocelyn.
2. *Ibid.*
3. *Éloa*, chant I.
4. *Ibid.*
5. *Éloa*, chant II.
6. *La Somnambule.*
7. *Marion Delorme*, acte IV, sc. 5.

> D'Autriche, — qui me veut du bien, — dont est la reine [1].
> D'un bras il fait la guerre à nos païens — l'infâme [2].
>   Le défi
> Vint de moi ; — vous viviez heureux, — il a suffi [3].

M. Alexandre Dumas a suivi avec succès les traces de **M.** Hugo. Il met dans *Christine* [4] :

> Or çà venez ici, mes braves, — à défaut
> D'exécuteur légal et d'un bon échafaud ;

ou encore :

> Du courage, marquis : j'en aurais aussi, moi,
> Du courage, — au milieu des combats, — quand la poudre,
> Quand la voix des canons gronde comme la foudre [5].

M. Théophile Gautier pousse aussi très-loin ce sans-façon qui nous charme aujourd'hui ; on lit dans sa *Jeune fille* :

> La jeune fille plaît — ou réservée ou franche,
> Mélancolique ou gaie, il n'importe. — Le don
> De charmer est le sien — autant par l'abandon
> Que par la retenue. — En Occident sylphide,
> En Orient péri, bien aimant ou perfide [6].

M. Alfred de Musset enfin est un de nos jeunes poëtes qui promettent d'aller le plus loin dans ce genre. Le commencement de la pièce qu'il a faite sur lui-même est un chef-d'œuvre de coupes variées dans notre alexandrin :

> J'ai connu l'an dernier un jeune homme nommé
> Mardoche — qui vivait nuit et jour enfermé.
> O prodige ! il n'avait jamais lu de sa vie
> Le Journal de Paris, ni n'en avait envie.
> Il n'avait vu ni Kean, — ni Bonaparte, — ni
> Monsieur de Metternich. — Quand il avait fini

1. *Marion Delorme*, acte IV, sc. 6.
2. *Ibid.*
3. *Marion Delorme*, acte V, sc. 6.
4. Acte IV, sc. 5.
5. *Christine à Fontainebleau*, acte V, sc. 2.
6. M. Th. Gautier, *Poésies*

De souper — se couchait précisément à l'heure,
Où (quand par le brouillard la chatte rôde et pleure),
Monsieur Hugo va voir mourir Phébus le blond.
Vous dire ses parents, cela serait trop long [1].

Il est bien évident, par ces exemples, que nos poëtes, au lieu de s'astreindre à cet équilibre des hémistiches où l'on faisait autrefois consister la cadence de l'alexandrin, se sont ingéniés à rompre le vers de toutes les façons, pour le rapprocher de l'allure de la prose.

— Je crois vous avoir bien suivi; et, si je ne me trompe, l'harmonie dont vous louez les poëtes romantiques, n'est aucunement celle qu'on a reconnue jusqu'à présent dans les vers ou la prose de nos classiques. Allons même jusqu'au bout de notre pensée. Le style que vous appelez *harmonieux* est le même, au moins à mon oreille, qu'on appelait autrefois *rocailleux*. Je n'entends ici ni louer ni blâmer l'un ou l'autre; mais enfin il y a eu de tout temps des écrivains et surtout des poëtes qui, négligeant les observations que j'ai rappelées tout à l'heure, employaient des constructions insolites, comme :

O grand prince, que grand dès cette heure j'appelle [2];

n'évitaient pas la rencontre des sons durs, comme :

Là, sur une rapide roue,
Ixion dont le ciel se joue,
Expie à jamais son amour [3];

terminaient des vers par des monosyllabes précédés d'*e* muets, comme :

Calliope, savante fée.... [4],
Ce tyran aux sévères traits [5];

1. M. A. de Musset, *Premières poésies.*
2. Vers de Chapelain, dans la *Pucelle.*
3. Lamotte, *Odes.*
4. *Ibid.*
5. *Ibid.*

redoublaient la même voyelle ou la même consonne, sans
paraître apercevoir la dureté de cette répétition, comme :

> As-tu cette âme forte et cet instinct hardi,
> Par qui *tout est osé*, *tout est approfondi* [1], etc.

On a jugé que ces vers étaient durs, heurtés, raboteux, à
peu près comme ces pierres brisées et diversement colorées
dont on fait dans les jardins des imitations de rochers qu'on
nomme des *rocailles :* et de là l'épithète de *rocailleux* donné
au style ou aux vers où l'on trouvait ces défauts. Vous reconnaissez que tous se trouvent dans les nouvelles poésies ;
seulement, selon vous, ce ne sont pas des défauts, ce sont des
beautés. Encore une fois, je ne discute pas ce point. Il résulte au moins, de votre déclaration, que le style *harmonieux*
moderne n'est au fond que le style *rocailleux* ancien, supposé même qu'il faille rejeter ce dernier nom comme impli-
quant une sorte de blâme que vous ne croyez pas mérité?

— Il est absurde de l'appeler *rocailleux*, lorsque au contraire nous en admirons l'harmonie.

— Encore un coup, je ne dispute pas sur le nom à lui
donner : je ne suis ni disposé à soutenir qu'on ait eu raison
autrefois, ni étonné que le goût public ait changé. Je cherche
seulement à me faire une idée précise de votre jugement
actuel. En énumérant les éléments qui vous paraissent constituer l'harmonie poétique, je ne trouve pas que vous y mettiez plus de choix que n'en mettaient autrefois les poëtes les
plus durs. Je vous demande alors si, sous les noms si opposés
de *style rocailleux* et de *style harmonieux*, les anciens critiques et les critiques de votre parti n'ont pas au fond la
même idée? »

Oswald allait répondre, lorsque M. Valentino, frappant sur
son pupitre, fit signe qu'on allait commencer la seconde
partie du concert. « Ah! dit notre inconnu, nous allons ouïr

1. Lemierre, *la Peinture*.

un sextuor de Bertini ; je serai charmé de connaître un peu les compositions de ce musicien dont on fait tant d'éloges et dont je n'ai jusqu'ici rien entendu. N'êtes-vous pas bien aise de le juger à votre tour?

— Je n'y tiens pas, répondit Oswald en se levant. D'ailleurs je goûte mieux la musique en me promenant. Permettez-moi donc de vous laisser. Je vais circuler un peu dans la salle, afin d'apprécier de différents endroits les divers effets de l'orchestre. »

Il se leva en disant ces mots, et, se transportant successivement à tous les points du pourtour, il fit jouer son binocle jusqu'à la fin du concert, avec la même activité qu'il avait déployée d'abord.

FIN

TABLE ALPHABÉTIQUE

DES MATIÈRES CONTENUES,

DES AUTEURS ET DES OUVRAGES CITÉS,

DANS CE VOLUME.

32

TABLE ANALYTIQUE.

FIN DE LA TABLE ANALYTIQUE.

Ch. Lahure, imprimeur du Sénat et de la Cour de Cassation (ancienne maison Crapelet), rue de Vaugirard, 9.

Imprimé en France
FROC031859200120
23227FR00012B/110/P